U0095536

21世纪高等院校教材

国家级特色专业建设项目成果

MARKETING
市场营销学

主 编 徐大佑 吕 萍
副主编 林 辉 侯贵生

科学出版社

北京

内 容 简 介

市场营销学是建立在经济学、管理学和行为科学基础之上的一门应用性学科，是高等院校管理类专业的核心课程。本书在吸收国内外营销学教材优点的基础上，按照最新的营销学框架，即价值发现、价值创造、价值传递和价值沟通的线索，对市场营销基本原理、方法、战略和策略进行了系统的介绍。为了教学的方便，各章都给出了导入案例、本章小结、核心概念、自我测试和讨论问题，大多数案例都源于中国本土企业的营销实践。

本书既可作为普通高等院校管理类专业本科生的教材，又可作为高等职业院校和成人教育经济管理类专业的教材，同时也适于企业营销管理人员阅读参考。

图书在版编目(CIP)数据

市场营销学/徐大佑，吕萍主编 .—北京：科学出版社，2011.6
21世纪高等院校教材
ISBN 978-7-03-031248-8

Ⅰ.①市… Ⅱ.①徐… Ⅲ.①市场营销学 Ⅳ.①F713.50

中国版本图书馆 CIP 数据核字（2011）第 100874 号

责任编辑：林 建 张 宁/责任校对：钟 洋
责任印制：张克忠/封面设计：番茄文化

科 学 出 版 社 出版
北京东黄城根北街 16 号
邮政编码：100717
http://www.sciencep.com

骏 杰 印 刷 厂 印刷
科学出版社发行 各地新华书店经销

*

2011 年 6 月第 一 版 开本：720×1000 1/16
2012 年 1 月第二次印刷 印张：25 3/4
字数：510 000
定价：39.00 元
（如有印装质量问题，我社负责调换）

　　市场营销学的实践性和应用性特征客观上要求该课程的教材必须与时俱进，才能满足教学改革和人才培养模式变革的需要，才能更好地实现营销理论与实践的有效结合。

　　贵州财经学院获得省级本科示范专业和国家级特色专业建设点以来，市场营销教研组一直试图联合国内高校相关专业教师编写一本更具本土化特色的教材，以推动市场营销专业教学改革和人才培养模式变革。

　　本书编写的指导思想是以国内外市场营销理论发展的最新进展为基础，结合国内企业营销实践的最新经验，按照价值发现、价值创造、价值传递和价值沟通的营销逻辑，系统介绍了营销环境研究、营销战略、营销管理的基本问题和方法，结合中国企业营销实践，深入分析了企业产品设计与开发、产品定价、分销、促销的基本策略和技巧。最后，对国内外市场营销理论发展的最新进展和趋势进行了简单的介绍。

　　本书的基本特点是：系统性、专业性和通俗性有机统一，基本涵盖了市场营销理论的各个方面和领域。既涉及国内营销和全球营销，又包括了产品营销和服务营销的有关方面；既重视营销基础理论的介绍，又注意这些理论和方法在营销实践中的应用；既重视营销学基本原理和核心概念的阐述，又注意行文上的通俗性和可读性。

　　本书是集体努力的结晶。徐大佑、吕萍提出编写大纲，编写组反复讨论后明确了编写任务的分工：第一章由徐大佑负责，第二章由黎开莉负责，第三章由徐大佑和王志亮承担，第四章由王尧艺负责，第五章由汪劲松负责，第六章由董晓燕（铜仁学院）承担，第七章和第十章由陈劲松承担，第八章和第九章由林辉（贵州大学）负责，第十一章由陈通荣（毕节学院）承担，第十二章和第十三章由吕萍（贵州师范大学）负责，第十四章和第十五章由侯贵生（贵州高等商业专科学校）负责，第十六章由魏锦承担，第十七章由沈鹏熠（华东交通大学）负责，第十八章由梁林红承担。未标明单位的编写人员均为贵州财经学院市场营销专业教师。全书由徐大佑和吕萍负责统稿。由于编写人员水平所限，书中错误和不当之处在所难免，敬请广大读者批评指正。

本书吸取并参考了国内外专家学者的著述和研究成果，大多已经在书中注明，或者在参考文献中列示，如仍有疏漏，敬请原创者谅解，我们在此深表谢意！

徐大佑　吕　萍

2011 年 5 月于贵阳

ontents

目 录

第 **1** 章

市场营销与市场营销学

他在短短 2 天时间里抢占了天涯近 3000 个"沙发";他在天涯的单网点击超过 1300 万次,网友回复超过 17 000"楼";在《新闻晨报》、《南方周末》及网络主流媒体的评论中,他是继"贾君鹏"后的又一次网络事件……他便是在天涯迅速蹿红的"彪悍的小 y"。如果你还没有听说过小 y 的名字,说明你"out"了。

"彪悍的小 y"到底是谁?他是如何在天涯这样一个拥有超高流量的论坛里缔造横扫沙发和凡帖必复的神话?是否真的像媒体所说的"几个学生合伙上演的闹剧"?答案不言而喻。从抢你沙发到凡帖必复,从爆料天涯各大教派到万人抢楼帖,环环相扣、步步为营,绝非一般人所为,而是一次极富创意、策划缜密的网络营销事件。

"彪悍的小 y"是中国本土最大的公共关系机构——蓝色光标针对联想 idea-pad Y450 笔记本彪悍的性能和主流的价位所策划的一次网络口碑营销事件。它抓住了网民猎奇的心理,在短短 20 天内凭借着抢沙发和凡帖必复的彪悍行径引发了公众的广泛关注和追捧,在天涯搭起了"万丈高楼",并创下千万点击的纪录。

为什么说"彪悍的小 y"是超越了"贾君鹏"事件的一次网络营销案例?众所周知,"贾君鹏"在 6 小时内创造了近 40 万的点击和近 2 万的回复,但根据媒体调查,很多网友只是记住了"贾君鹏"这个名字,却并不知道他到底是谁?为谁而生?最终,在大多数人看来,"贾君鹏"仅仅是一个网络红人的名字,而企业希望通过"贾君鹏"事件传达的相关信息却鲜为人知。

反观"彪悍的小 y",天涯单网千万点击的背后是绝佳的网络营销创意,即巧妙地利用抢沙发和凡帖必复等社区文化及网络新兴名词进行产品的推广,使得"彪悍的小 y"的种种彪悍行为与 ideapad Y450 笔记本彪悍的性能高度契合,从而为企业的产品营销带来了良好的效果，极大地拉动了销售，体现了网络营销的主旨。如果站在企业营销的角度来讲，"贾君鹏"事件只能算一次成功的网络热词炒作，而"彪悍的小 y"才是网络口碑营销的经典案例。

事实表明：在新经济时代，企业任何营销活动既要重视传统营销手段和方法的应用，也要注意网络等新的技术平台或手段的利用，才能充分实现企业的营销目标。

资料来源：根据北方新闻网 2009 年 11 月 13 日和中国公关网 2009 年 11 月 17 日资料整理编写

1.1　市场与市场营销

1.1.1　市场的概念和构成要素

1. 市场的概念

市场起源于古时人类对于固定时段或地点进行交易的场所的称呼，当城市成长并且繁荣起来后，住在城市邻近区域的农夫、工匠、技工们因为分工就会开始互相交易并且对城市的经济发展产生积极影响。显而易见，最好的交易方式就是在城市中有一个集中的地方，如市场，可以让人们在此提供货物以及买卖服务，方便人们寻找货物及接洽生意（黄典波，2010）。

一切生产商品的目的都在于交换，并通过市场完成商品的交换。因此，从空间角度看，市场是货物的买主和卖主聚集在一起交易的地方，如北京新发地蔬菜批发市场。随着社会的不断进步，市场的内涵也得到进一步的丰富和发展，商品不再仅仅局限于有形的物品，市场也不再局限于有形的市场。因此，经济学的抽象分析，最终把市场定义为一切商品和服务交易关系的总和。

从一般意义上讲，市场主要包括买方和卖方之间的关系，同时也包括由买卖关系引发出的卖方与卖方之间的关系以及买方与买方之间的关系。

在图 1-1 中，描绘了行业和市场之间的关系，买卖双方由四种流程图连接起来。卖方将商品、服务等相关信息传送到市场（买方），反过来买方把货币和需

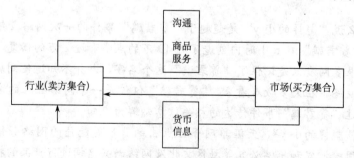

图 1-1　简单的市场营销系统

求信息传送到卖方。内环表示货币和商品的交换，外环则表示信息交换。

2. 市场的构成要素

市场作为交换关系的总和，从构成因素上看，主要表现为商品、人和需求。商品是交换的客体或物质基础，但有物质基础并不一定会产生交换，只有当人们具有购买的欲望以及购买能力才能形成现实的市场。现代市场营销学一般从卖主的角度研究市场，认为市场是对商品或服务具有相同有效需求的消费群体。因此，在卖主的眼里，市场的构成要素主要包括人口、购买力和购买动机，用公式表示为

$$市场＝人口因素＋购买力＋购买动机$$

人口因素是构成市场的基本因素。人口的数量直接决定了市场的规模，人口越多，对商品的需求量相对而言也会越大，现实和潜在的消费需求才有可能越大。在人民生活必需品市场，人口的数量与市场的规模成正比。今天，为什么全球厂商都非常重视中国市场，一个基本的原因就是他们无法忽视中国 13 亿人口的巨大需求。

购买动机是消费者产生购买行为的愿望和要求，是消费将潜在的购买力转化为购买行为的重要条件，是驱使消费者实行某种购买活动的内部动力，反映了消费者在心理、精神和感情上的需求，实质上是消费者为达到需求采取购买行为的推动力。现实中，购买动机既受市场环境的影响，也与企业的营销努力密不可分。

购买力是人们为需求的商品和服务支付货币的能力。它反映该时期社会的市场容量的大小。影响购买动机的因素很多，包括生活习惯、文化、社会阶层等。现实中，消费者的购买能力既和社会的经济发展水平、收入水平等因素有关，也和企业营销的定价政策息息相关。

市场是由以上三种基本要素组成的有机结构体，三种要素相互制约、相互影响、缺一不可。正是这些要素之间的相互联系和相互作用，决定了市场的形成，推动着市场的现实运行。

➤ 案例 1-1　向非洲卖鞋

某制鞋企业打算开拓非洲市场，决定派甲乙两位营销人员到非洲考察。

甲君在非洲待了几天，举目所见都是赤脚的非洲人。他颇为颓丧，原因是没有人穿鞋，意味着没有市场。于是他便向总公司汇报有关情况，同时订购机票回国。而乙君到了非洲视察之后，发现大家都没有穿鞋子，市场潜能非常可观。他连夜致电总公司，催促加速生产，以应付未来的需求。

甲乙两君同样考察非洲市场，却得到两种截然不同的信息。乙君以乐观的心境看到希望，在第一时间催促加速生产，以供应非洲市场。然而，业绩却一败

涂地。

由于气候原因，非洲人世代以来都是赤脚的，他们没有穿鞋的习惯，也不懂得穿鞋，鞋子无法激起他们的需求；再加上长期赤脚，脚趾左右张开，一般厂商设计的鞋子，都不符合他们的需求。乙君对市场知其一而不知其二，最终还是一事无成。

这时，该企业的营销员丙君自告奋勇去开拓这个市场。为了使鞋子能够在非洲畅销热卖，丙君进行深入的调查研究，掌握了非洲人的脚型，量脚订制，让他们穿起鞋来感到舒适。

同时，丙君重视营销策略，以一种信仰的力量来突破非洲人不穿鞋的习惯，在重要的节日让人们看到自己的部落酋长、敬仰的名人和政治领袖穿着鞋子的姿态，以感受鞋子给生活带来的健康和快乐。

结果，这个市场营销难题很快被丙君一举攻克，销售业绩蒸蒸日上。

上述案例表明：作为一个优秀的营销人员，必须进行科学的市场分析和调研，寻找合理的市场切入点，运用正确的营销手段与策略才能把产品成功地推入市场。面对一个新市场，有时候人们的购买动机和需求是潜在的，也是需要企业发掘的。

资料来源：http://wenku.baidu.com/view/abe521d96f1affoobed51efc.html

1.1.2　市场种类

根据不同的划分方法，市场区分出来的种类也千差万别。

（1）按产品的自然属性划分，可分为商品市场、金融市场、劳动力市场、技术市场、信息市场、房地产市场等。

（2）按市场范围和地理环境划分，可分为国际市场、国内市场、城市市场、农村市场、山区市场、高原市场和平原市场等。

（3）按消费者类别划分，可分为中老年市场、青年市场、儿童市场、男性市场、女性市场、高收入者市场和中低收入者市场等。

（4）根据市场竞争程度划分，还可以区分出以下四种基本类型：①完全竞争市场。一个行业中有非常多的独立生产者，他们以相同的方式向市场提供同类的标准化的产品。②完全垄断市场。一个行业只有一家企业，或一种产品只有一个销售者或生产者，没有或基本没有别的替代者。③寡头垄断市场。一种产品有大量消费者或用户的情况下，由少数几家大企业控制了绝大部分生产量和销售量，剩下的一小部分则由众多小企业去经营。④垄断竞争市场。指一个行业中有许多企业生产和销售同一种产品，每一个企业的产量或销售量只占总需求量的一小部分。

上述四种竞争格局不同的市场，对买卖双方体现出来的自由度也不同。完全竞争市场对买方的选择自由度最大，但对卖方的行为约束也最大；完全垄断市场则正好相反，为了保护消费者或公众的利益，政府必须介入或调控它，不能完全听任卖主左右市场格局。

1.1.3 市场营销及相关概念

1. 市场营销的作用

美国著名管理学家彼得·德鲁克（Peter Drucker）曾指出：市场营销是整个企业的基础，从营销的最终成果或从顾客的角度看，市场营销就是整个企业。企业经营的成功不仅仅取决于生产者，更取决于顾客。当今，市场营销已成为企业经营活动首先考虑的第一任务，这一点在发达市场经济国家显得尤为突出。因为，市场供过于求是绝大多数商品或服务的常态。对美国250家主要公司高级管理人员进行调查后发现，公司的第一任务是发展、改进及执行竞争性的市场营销策略，第二任务是"控制成本"，第三任务是"改善人力资源"。同时，大部分企业的高级管理人员也来自市场营销部门。例如，美国克莱斯勒汽车公司总裁艾可卡便是来自营销部门。

随着国际经济一体化的发展，各国卷入国际市场竞争的程度也在进一步加深。在全球市场上，能准确地选择目标市场，并为目标市场制定相应的市场营销战略与策略的公司往往成为竞争中的最后赢家。

总之，从微观角度看，市场营销是连接社会需求与企业行为的中间环节，是企业将消费者需求和市场机会变成有利可图的公司机会的一种行之有效的方法，亦是企业战胜竞争者、谋求长期发展的重要方法。

从宏观角度看，市场营销能够避免社会资源和企业资源的浪费，最终实现社会的生产目的，促进社会经济的健康发展。首先，市场营销从顾客需求的角度出发，根据需求条件安排生产，最大限度地减少产品无法销售的情况出现，可以有效避免社会资源和企业资源的浪费。其次，市场营销可以将社会商品和服务价值真正体现出来，推动社会再生产过程的顺利进行。最后，市场营销部门包含了众多社会第三产业部门，市场营销的广泛重视和发展，必然带来第三产业的发展和繁荣，从而实现社会经济结构的不断优化。

2. 市场营销的定义

市场营销作为20世纪才被众多企业重视的一项职能活动，其活动内容也在不断发展和变化之中。同时，市场营销学作为一门新兴科学，在过去的100多年，其研究的对象和内容也在变化与发展，因此理论上对市场的定义也一直处于发展和完善之中。

罗艺奥尔德在1957年指出"市场营销是消费群体和供应者群体之间的交换"。这一定义突出了营销的核心概念——交换，但由于条件的限制，并没有显示交换中买卖双方的地位和职能。

美国营销协会主席拉尔夫·亚历山大 1960 年认为"市场营销是引导货物和劳务从生产者流向消费者或用户所进行的一切企业活动"。该定义侧重于商品在生产者与消费者之间的交换，因而把企业营销活动仅局限于流通领域的狭窄范围，忽略了营销的前期调研、产品的设计以及对消费者的管理，因此，这种市场营销的定义也是片面的和不科学的。

克里斯蒂安·格隆罗斯在 1990 年提出"市场营销是在一种利益之后，通过相互交换和承诺，建立、维持、巩固与消费者及其他参与者的关系"。该定义强调了关系在营销中的重要性，开启了关系营销理论的新时代。

科特勒曾这样定义："市场营销是个人和集体通过创造并同他人交换产品和价值以满足需求和欲望的一种社会管理过程。"他把营销者价值发现与价值创造、价值交换与社会需求满足的营销活动过程进行了完整的展示，同时也揭示了市场营销的宏观性特征。

美国市场营销协会（AMA）2004 年指出，"市场营销是一项有组织的活动，它包括创造'价值'，将'价值'输送给顾客，以及维系管理公司与顾客之间的关系，从而使公司及顾客受益的过程"。这一定义既强调了营销者价值发现、创造、沟通、传递的活动过程，也强调了对顾客关系和顾客满意度的管理，它表明现代营销的首要任务就是提高目标顾客满意度。

3. 市场营销的相关概念

市场营销研究消费者的购买欲望，如何满足消费者需求，以及用何种途径营销等一系列活动。要想对市场营销的概念有更加深刻的理解，就必须了解市场营销的核心概念。

1）需要、欲望和需求

需要（needs）是营销最基本的概念，是人类最基本的要求。例如，人们为了生存需要空气、水、衣服和住所，同时人们也有精神需求如娱乐。如果不考虑其他条件，人的需要是多种多样的。马斯洛的需求层次理论就讲人的需要区分为生理需要、安全需要、感情需要、尊重需要和自我实现的需要。

欲望是对具体实物的需求。当有具体的实物满足需要时，需要就变成了欲望。人的需要受环境的约束。例如，对吃的需求，北方人对馒头的需求比较普遍，而南方人对米饭的需求会更为强烈一些。在营销中，采取一定的刺激措施，促使消费者需要向欲望转变也是企业必须面对的问题。

需求是有能力购买具体实物并得到满足的欲望，即消费者的欲望在具有购买能力时就变成需求。消费者欲望能否转化为需求，关键性的因素在于消费者的购买能力。因此，从营销的目的出发，企业通过努力，调整营销策略在一定条件下是可以提高目标顾客购买能力的。例如，适当降低销售价格、调整支付条件、延长支付期限等都是可能增强消费者购买能力的。

因此，发现市场需求是企业营销的起点，创造产品或价值，有效地满足市场需求则是企业营销活动的目标和归宿。

2）产品

产品狭义的概念为生产出的物品；广义的概念为可以满足消费者需求的所有载体。产品包括有形产品和无形产品两种。

有形产品，又称形体产品，是产品满足消费者某一需求和特定形式，是核心产品得以实现的形式。它一般通过不同的侧面反映出来，如质量水平、产品特色、产品款式以及产品包装和品牌。产品的基本效用必须通过某些具体的形式才得以实现。

有形产品是核心产品得以实现的形式，即向市场提供的实体和服务的形象。如果有形产品是实体物品，则它在市场上通常表现为产品质量水平、外观特色、式样、品牌名称和包装等。产品的基本效用必须通过某些具体的形式才得以实现。市场营销者应首先着眼于顾客购买产品时所追求的利益，以求更完美地满足顾客需要，从这一点出发再去寻求利益得以实现的形式，进行产品设计。

无形产品是指对一切有形资源通过物化和非物化转化形式使其具有价值和使用价值属性的非物质的劳动产品以及有偿经济言行等。

无形产品指包括软件、电影、音乐、电子读物、信息服务等可以数字化的商品，无形商品网上交易与有形商品网上交易的区别在于前者可以通过网络将商品直接送到购买者手中。也就是说无形商品电子商务完全可以在网络上实现，因而这类电子商务属完全电子商务。

3）价值

从消费者角度看，价值是企业产品或服务所具有的效用和利益。随着时间和地点的变化，产品或服务所具有的效用和利益也会变化。因此，只有在消费者急需一个产品或服务的时候，才会认为其价值最大。对营销者来说，要实现产品或服务价值的最大化，也必须在顾客最需要的时间和地点提供。在卖方市场中，由于竞争和消费者选择的存在，价值还具有比较的特性，即顾客所获得的利益和支付的成本进行对比，也就是菲利普·科特勒提出的"顾客让渡价值"。营销者必须千方百计增大产品价值、服务价值、人员价值和形象价值，降低其货币成本、时间成本和精力成本，才能战胜竞争对手，最终赢得顾客。

4）交换和交易

交换就是产品或价值在买卖双方所有权转移的过程。交换通常需要四个条件：拥有商品的双方、每一方有对方需要的产品、交换自由而且合适、产品能够顺利送达对方手中。

交易也叫买卖，即交换的基本单元，也就是买卖双方对某一种产品或服务进行洽谈的一桩生意。我国古代就有此概念的记载。在《易·系辞下》中："日中为市，致天下之民，聚天下之货，交易而退，各得其所。"这里的交易指物物交换。我们现在的交易一般是以货币为媒介的商品交换。

■ 1.2 市场营销学的形成与发展

市场营销学译自英文 marketing 一词，作为一门独立的学科，最早诞生于 20 世纪初的美国，经过近百年的发展，已经成为一门建立在经济科学、行为科学、现代管理理论基础上的综合性应用学科。菲利普·科特勒 1987 年在纪念美国市场营销协会成立 50 周年的大会上曾经说过，"市场营销学的父亲是经济学，市场营销学的母亲是行为科学"。这也说明了市场营销学在形成与发展过程中不断吸收并利用其他社会科学的成果，并最终成为一门独立的学科。

1.2.1 市场营销学的形成阶段

一般认为市场营销学创始于 20 世纪初，在此之前，市场营销作为企业的自觉实践活动已经存在了很多年，但并没有成为学术界的研究领域。从 18 世纪的英国开始，随着工业革命对生产力的解放，西方资本主义国家的工业生产迅速发展，商品供给迅速增加，出现了工业增长速度数倍于人口增长速度的情况。1825 年，英国爆发了第一次以"生产过剩"为特征的大规模经济危机，之后大约每十年就要出现一次周期性的经济危机，大量商品的积压，使企业不得不特别关注市场销售问题，一些有远见的企业家们开始重视商品推销和刺激需求，注意研究推销术和广告术，以此招徕顾客，扩大销路。

企业界在经营观念和经营策略上的变化，引起了学术界的注意，在此背景下市场营销学应运而生。早期市场营销方面的学者基本上都是经济学家，而当时也并没有"市场营销"这个术语。1902 年，密歇根大学开设了"美国工业分销和管理"课程，同年，密歇根州、加利福尼亚州和伊利诺伊州的三所大学的经济系也开设了相关课程。1904 年，W. E. 克鲁希（W. E. Kreusi）在宾夕法尼亚大学讲授了一门名为"产品市场营销"的课程，这是"市场营销"这个名词首次作为大学课程的名字[①]。在这一时期，市场营销理论尚未形成完整的体系，不仅参与研究的学者较少，而且影响的范围也仅限于美国的少数大学讲坛，还未引起社会的普遍重视。

---

① 关于"市场营销"这个术语第一次出现的问题，学界尚存在争议，本书采用郭国庆教授的观点。

1.2.2　市场营销学的发展阶段

从 20 世纪 20 年代到 50 年代，是市场营销学的发展阶段。这一特殊时期给市场营销学提供了得以发展的特殊环境。这一时期，美国社会经历了快速发展和繁荣的 20 年代，据估计，1921～1929 年美国的实际经济增长速度为 4.4%，是美国经济发展历史上增长最快的时期之一，但市场的扩张赶不上生产的扩张使得社会经济矛盾日趋尖锐，并最终导致了 30 年代的大萧条。1929～1933 年的经济大萧条造成资本主义国家大量企业倒闭、工厂停工、工人失业，各资本主义国家的工业生产下降了 37%，失业率平均达到了 30%～40%，世界贸易额减少了 2/3。大量的商品积压使得许多企业体会到市场营销活动的重要性，1929 年，美国总统委员会在《美国经济新动向》的报告中指出，"过去企业关心的是满足需求的产量，现在企业所关心的是产品销售活动"，现实的迫切需要使市场营销学在西方企业中迅速普及。

这一时期，各种专门的市场营销研究机构如雨后春笋般出现。例如，1926 年美国在原"全美广告协会"（NATM，1915 年成立）的基础上成立了全美市场营销学和广告学教师协会，1931 年成立了专门讲授和研究 marketing 的美国市场营销学会（AMS），1937 年上述两组织合并成立了美国市场营销协会，许多专家学者从不同的角度研究市场营销学，到了 50 年代，市场营销学已经发展成为一个欣欣向荣、颇有影响的学术领域。

虽然市场营销得到了企业的普遍重视，市场营销学科的基本体系也已经建立，但不可否认的是，这一时期市场营销学者们却更多地侧重于对市场营销实践的研究，即如何对现有产品进行宣传和推销，究其原因是企业的生产经营仍旧是以"生产为中心"的传统观念。因此市场营销学的研究重点仍局限于商品的推销和广告术，商品的推销组织、机构和推销策略等，还没有超出商品流通的范围。

1.2.3　市场营销学的成熟阶段

20 世纪 50 年代以后，市场营销学的理论和实践进入了成熟的发展阶段，市场营销观念也有了根本性的变化。第二次世界大战给人类社会造成了巨大的创伤，但随着战争的结束，战时研发的一大批新技术、新材料和新能源纷纷转向民用，促使社会生产力水平大大提高，经济迅速增长，市场环境也发生了重大变化，劳动生产率的提高使社会产品数量猛增，品种类型日新月异。同时，西方国家推行了一系列高工资、高福利、高消费以及缩短工作时间的政策，以刺激需求和提高居民购买力，因此消费者对商品供给的要求越来越高，企业面临的竞争压力也越来越大，市场环境也由卖方市场转变为买方市场。为了适应市场环境的变化，市场营销学在发展过程中也不断进行革新和完善，这一时期市场营销学的研究范围不仅突破了流通领域，而且还不断延伸，上至生产领域，下至消费领域，由旧有的生产、产品、推销观念转变为"以消费者为中心"的现代市场营销观念。

第二次世界大战之后，市场营销学发展迎来了"百花齐放"的时代，一系列具有代表性的创新理念不断地充实和完善市场营销学的理论体系，"潜在需求"这一概念的提出就是这一时期有代表性的成就之一。美国市场营销学家奥尔德逊（W. Alderson）认为市场是生产者和消费者之间实现商品和劳务潜在交换的任何一种活动，这样就把凡是为了保证通过交换实现消费者需求（包括现实需求与潜在需求）而进行的一切活动，都纳入了市场营销学的研究范围，这就使市场营销学的研究内容发生了质的变化。

麦卡锡（E. J. McCarthy）在 1960 年出版的《基础市场营销学》一书中，又对市场营销管理提出了新的见解。他把消费者视为一个特定的群体，即目标市场，企业通过制定四个基本市场营销组合策略，即产品策略、价格策略、渠道策略和促销策略（简称 4P's），适应外部环境，满足目标顾客的需求，实现企业经营目标。20 世纪 70 年代，市场营销学又与消费经济学、心理学、行为科学、社会学、统计学等应用科学相结合，发展成为一门新兴的综合性的应用学科。20世纪 80 年代中期，菲利普·科特勒提出了"大市场营销"概念，即在原来的4P's 组合上，又增加了两个 P："权力"（power）和"公共关系"（public relations），这一概念的提出，是 80 年代市场营销战略思想的新发展。到了 90 年代，网络营销、差异化营销、绿色营销和 4R 营销等一系列新的营销理念相继被提出，这些新理念的问世又扩展了营销学的研究领域，使市场营销学理论趋于成熟。

1. 2. 4 市场营销学的传播

20 世纪五六十年代，市场营销学开始从美国传播到日本、西欧、前苏联和东欧国家，特别是在日本得到了灵活的运用和新的发展。日本在 50 年代开始引进现代美国市场营销学；法国也在第二次世界大战后开始引进现代美国市场营销学，在一些公司的市场营销中应用营销学的原理和技术，1969 年，巴黎高等商业学校最先开设了市场营销学课程；70 年代以后，东南亚地区和中国也开始引进和接受了市场营销的理论。

早在 20 世纪 30 年代，我国就有市场营销学的译本，中国现存最早的市场营销学著作，是丁馨伯先生 1933 年译编，复旦大学出版的《市场营销学》。新中国成立后的 50 年代到 70 年代末，由于西方的外部封锁和国内实行高度集中的计划经济体制，导致这门学科受到冷落而销声匿迹。党的十一届三中全会后，中国确定实施以经济建设为中心，建立社会主义市场经济体制的改革目标，为我国重新引进和研究市场营销学创造了良好条件。

1980 年以来，市场营销学在中国迅速传播，我国理论界和工商业、外贸、银行等业务部门开始重视引进、学习、研究和应用现代西方市场营销学所阐明的原理和技术。到了 1988 年，国内各大学经济管理类专业已普遍开设了市场营销课程。1984 年 1 月，中国高等院校市场学研究会成立。1991 年 3 月，中国市场营销学会在北京成立。到了 21 世纪初，中国内地已形成庞大的营销教育与人才培养网络。至 2006 年，已累计出版市场营销有关教材上千种，各类学校的营销专业任课教师达到了 5000 多人。到 2007 年年底，中国开办市场营销专业的普通高校超过了 500 所，从事市场营销工作的人员突破了 7000 万。随着社会主义市场经济体制在我国的建立和发展，市场营销学必将具有更加广阔的发展前景。

1.3 市场营销学的研究对象、内容和方法

1.3.1 市场营销学学科性质和研究对象

市场营销学是一门综合性和交叉性学科，起源于美国，英文单词"marketing"译为动词即市场营销活动进行的过程，译为名词即指导营销活动进行的理论概括或市场营销学科名称。市场营销学以心理学、行为学、社会学、经济学和管理学等多种学科理论为研究基础，以市场（或消费者）为中心，对企业如何了解市场需求、满足消费者欲望进行探索，通过交换，为市场（或消费者）提供产品或服务，以实现企业的营销目标。市场营销学经历了一个充分吸收相关学科研究成果的发展过程，其研究对象和研究内容也得到极大程度的丰富。从学科归属上来说，市场营销学属于广义的管理类学科，其研究内容涉及多种学科的理论知识，具备综合性、交叉性和应用性的特点。从市场营销的实践来说，市场营销学具有科学性、艺术性和应用性的特点，主要体现在：首先，市场营销有规律可循，可以熟练掌握，具有可操作性；其次，市场营销具有很强的艺术性，在实践过程中要有一定的灵活性，并非将营销学知识学透，就一定会取得良好的营销业绩；最后，市场营销学的研究内容能反映一般规律，解决一些问题，对现实的营销活动有一定的普遍指导意义和应用性。

任何一门学科都有其特定的研究对象。根据市场营销学的发展历程和其学科性质，其研究对象可以定义为：企业以消费者需求为中心进行的市场营销活动及其规律性。市场营销学本身就是长期以来企业生产经营活动的实践所形成的经验和理论概括，研究市场营销学即从顾客的角度出发，将顾客、顾客价值、顾客满意、顾客忠诚与客户关系管理视做市场营销学研究的核心，有计划地组织企业的整体活动。

从总体上看，现代企业市场营销活动的特点或规律性主要表现为：需求导向、整体活动和目标多元化。

需求导向又称市场导向，是指企业业务范围确定为满足顾客的某一需求，并运用互不相关的多种技术生产出不同种类的产品去满足这一需求。实行需要导向的企业把满足同一需要的企业都视为竞争对手，而不论它们采用何种技术、提供何种产品。需求导向要求企业必须以消费者需求为中心，一切活动都必须从消费者需求出发，千方百计满足消费者需求。当然，由于消费者需求的可预见性和可刺激性，企业也不是被动地适应和满足消费者需求，条件允许时也可以培育和引导消费者需求，实行积极的市场营销。

整体活动，整体就是指营销活动过程的统一性和完整性。整体活动强调自身整体性并与外环境相统一的思想。整体活动要求整个企业行动一致，为企业共同目标努力。企业的营销活动必须是在追求共同利益的基础上去实现其目标。因此，不但要重视供应链上关联企业的市场营销，也要对竞争对手展开市场营销研究。通过加强与竞争者之间的了解和沟通，力求能够影响竞争者的行为方式，使竞争态势朝有利的方面发展，避免恶性竞争，共同构建有序的市场竞争环境。

目标多元化即企业营销活动的追求必须多元化。在市场营销中既要追求企业自身的利益，也要追求消费者利益、社会公众的利益，尽可能实现各种利益主体的和谐统一，否则，营销活动的效果就不能持续下去。在营销学者看来，企业利润是营销的副产品，在现代营销理念支配下，它是一个必然的结果。

1.3.2　市场营销学的研究内容

随着市场营销学的发展，其研究内容也经历了一个逐步丰富和完善的过程。市场营销学的研究内容由以下三个方面组成。

1. 营销环境研究

市场营销学对营销基础工作的研究，主要包括营销原理及其指导思想的确定、分析市场营销环境，研究企业与市场的关系和消费者需求与购买行为、进行市场细分和选择目标市场等方面。

➤ 案例 1-2　丰田汽车"霸道"广告风波

崎岖的山路上，一辆丰田"陆地巡洋舰"迎坡而上，后面的铁链上拉着一辆看起来笨重的东风大卡车；一辆行驶在路上的丰田"霸道"引来路旁一只石狮的垂首侧目，另一只石狮还抬起右爪敬礼。该广告的文案为"霸道，你不得不尊敬"。

这是刊载于《汽车之友》和美国《商业周刊》的两则丰田新车广告，这两则广告刚一露面，就在读者中引起了轩然大波。"这是明显的辱华广告！"很多看到过这两幅广告的读者认为石狮子有象征中国的含义，丰田"霸道"广告却让它们向一辆日本品牌的汽车敬礼、鞠躬。"考虑到卢沟桥、石狮子、抗日三者之间的关系，更加让人愤恨"。对于拖拽卡车的丰田"陆地巡洋舰"广告，很多人则认为，广告图中的卡车系国产东风汽车，绿色的东风卡车与我国的军车非常相像，有侮辱中国军车之嫌。选择这样的画面为其做广告，极不严肃。在舆论的强大压力下，丰田公司和负责制作此广告的盛世长城广告公司先后公开向中国读者致歉。

结果表明：对市场环境分析的失误，不充分研究企业与市场的关系使丰田为以后的市场销售与品牌推广付出了代价。其后一段时间内，一汽丰田在中国销售的产品目录中已经看不到"霸道"，而换身为普拉多（PRADO），丰田车乃至日系车的销售将受负面影响几乎是难以避免的。

资料来源：铭万网，http://news.b2b.cn/zt/2008-03/132467.shtml［2008-03-07］

2. 营销策略研究

营销策略研究的任务在于论述企业如何运用各种市场营销手段以实现企业的预期目标，是市场营销学的核心组成部分。1964年，美国的麦卡锡教授首先提出了4P's营销组合理论，即产品（product）、价格（price）、渠道（place）、促销（promotion）。

（1）产品，即研究产品，是从市场经营的角度出发，研究企业应如何根据消费者的需要，作出正确的生产和经营决策，使产品适销对路，包括产品组合、产品寿命周期、产品包装、品牌等内容。

（2）价格，主要是研究定价的策略和方法，包括决定定价导向、作出调整价格的反应、设计价格的风险评价等。市场营销学研究价格可以为企业提供定价的理论依据，根据不同的条件作出相应的定价策略。

（3）渠道，包括渠道模式和中间商的选择、调整协调管理、实体分配。市场营销学根据商品流通规律的客观要求，具体的研究不同商品在不同情况下所应选择的流通渠道，以实现迅速地把商品送达消费者的目的。

（4）促销，主要是研究商品扩大销售的途径、策略和方法，包括推销、广告、营业推广等。

1984年，美国著名的市场学家菲利普·科特勒首次提出了"大市场营销理论"，指出：企业为了进入特定的市场，并在那里从事业务经营，在策略上应协调地运用经济的、心理的、政治的、公共关系等手段，以博得外国或地方各方面的合作与支持，从而达到预期的目的。在原来4P's的基础上，加上了权力（power）和公共关系（public Relations），称为6P's理论。1986年，菲利普·科特勒再次提出了10P's理论，即在6P's的基础上又加上了探索（probing）、划分（partitioning）、优先（prioritizing）、定位（positioning）。菲利普·科特勒的

10P's理论全面概括并进一步拓展了麦卡锡的4P's市场营销学理论，是对市场营销学研究内容的极大丰富和完善，对营销实践具有重要的指导意义。

1990年，美国罗伯特·劳特朋提出了4C's的营销组合理论。该理论以消费者需求为导向，重新设定了市场营销组合的四个基本要素：瞄准消费者的需求和期望（customer），首先要了解、研究、分析消费者的需要与欲求，而不是先考虑企业能生产什么产品；消费者所愿意支付的成本（cost），首先了解消费者满足需要与欲求愿意付出多少钱（成本），而不是先给产品定价；消费者购买的方便性（convenience），首先考虑消费者购物等交易过程如何给消费者方便，而不是先考虑销售渠道的选择和策略；与消费者沟通（communication），以消费者为中心实施营销沟通是十分重要的，通过互动、沟通等方式，将企业内外营销不断进行整合，把消费者和企业双方的利益无形地整合在一起，而不要先考虑企业传播策略。因此，有的学者认为，4C's营销理论可以视为传统4P's营销组合理论的导向性工具。

总之，营销组合理论告别了传统营销理论营销手段单一的时代，开始进入营销实践策略多样化和规范化的新时代，提高了企业营销策略的针对性，有助于消费者需求的充分满足。

3. 营销管理研究

营销管理研究主要是对市场营销计划、组织与控制等职能活动的研究。为了保证企业实施营销活动的顺利进行并获得成功，企业必须在计划、组织、审计和控制等方面采用相应的措施与努力。营销管理研究就是要通过揭示这些管理活动的特征与规律性，实现企业营销活动效果的最大化。

1.3.3 市场营销学的研究方法

随着市场营销学的逐渐发展和完善，研究市场营销学的方法也在变化和丰富。近100年来，人们从不同的需要出发，对企业市场营销活动进行了多角度、多层次的研究，形成了产品、机构、职能、管理、系统和历史研究法六种主要的学科性研究方法。其中，产品研究法、机构研究法和职能研究法产生于第二次世界大战以前，统称为传统研究法，第二次世界大战以后，市场营销学从传统市场营销学演变为现代市场营销学，研究方法也逐渐演变为管理研究法、系统研究法和历史研究法三种现代研究方法。

1. 传统市场营销学的研究方法

第二次世界大战之前，对市场营销学的研究主要采用传统的研究方法，包括产品研究法、机构研究法和职能研究法三种。

1）产品研究法

产品研究法是对各类或各种产品的市场营销问题分别进行研究，侧重于考察

不同产品的营销个性问题，如农产品、化工产品的市场营销，消费品和劳务的市场营销等。这种研究方法分析较为详细、具体、深入，可以详细地分析研究各类产品市场营销中遇到的具体问题，但是也存在重复工作、耗费大量人力和财力方面的缺陷。

2）机构研究法

所谓机构研究法，就是以市场营销渠道系统中的某类或某些机构、组织为对象，着重分析研究流通过程中的这些机构、组织的市场营销问题，如批发营销、零售营销、超市营销和银行营销等。

3）职能研究法

职能研究法，就是通过详细分析各种市场营销职能（诸如交换、供给和便利职能）以及企业在执行这些职能中所遇到并要解决的问题来研究和认识市场营销。这一方法有利于较为深入地剖析企业各个营销环节的活动，如新产品开发、定价学、广告学、公共关系学和物流管理等。

2. 现代市场营销学的研究方法

第二次世界大战以后，特别是 20 世纪 50 年代以后，市场营销学从传统市场营销学演变为现代市场营销学，研究方法也逐渐演变为管理研究法、系统研究法和历史研究法三种现代研究方法。

1）管理研究法

管理研究法也称为决策研究法，它侧重于管理决策的角度来研究企业的市场营销问题。它综合了产品研究法、机构研究法和功能研究法。从管理决策的角度看，企业的营销活动受两类因素的制约和影响：一类是企业的外部环境因素，诸如人口、政治、经济、法律等不受企业控制的因素；另一类是企业内部条件，如产品、价格、渠道和促销等受企业支配的因素。企业在制定营销策略时，必须全面分析企业外部的环境因素，同时考虑到企业的内部条件，以实现企业的任务和目标为根本目的，制定最佳的市场营销组合方案，将适当的产品提供给目标顾客，完成产品销售。企业营销的整个业务活动过程都是在一系列管理决策的指导下进行的，因此管理决策的正确与否直接关系着企业营销的成败。

2）系统研究法

系统研究法是系统理论具体应用的一种研究方法，是从企业内部系统、外部系统，以及内部和外部系统如何协调对研究市场营销学进行研究。市场营销学研究人员及企业营销管理人员，在从管理决策的角度分析研究市场营销问题时，必须全面调查研究并考虑到企业本身、目标市场、市场营销渠道企业、竞争对手、周围公众和宏观环境等各方面的情况，统筹兼顾，处理好各种关系，从而使市场营销系统内的各有关方面保持一种协调性，实现系统的合理有效运行，取得营销的成功。

3）历史研究法

历史研究法，就是从事物发展演变的角度来分析、研究和阐述有关的市场营销问题。例如，分析研究市场营销概念及其变化、市场营销指导思想的演变、批发机构与零售机构的生命周期等方面的发展变化，从中找出其发展变化的原因，掌握其演变的规律性，以指导现实的工作。在市场营销学的教学研究工作中，一般都重视采用这一方法，但通常并不将其作为唯一的研究方法单独使用。

本　章　小　结

市场是生产力发展到一定阶段的产物，既是满足消费者需要的场所，又是企业完成营销目标的舞台。从卖主的角度看，市场的构成要素有人口、购买力、购买动机。市场营销是企业成功的基础，已经成为企业经营活动首先考虑的第一任务。市场营销的核心概念是交换，密切相关的范畴有市场、产品、价值、需要、欲望、需求以及交换和交易。市场营销学产生于 20 世纪初的美国，经历了形成阶段、发展阶段、成熟阶段等发展过程。作为一门综合性和交叉性学科，市场营销学具备了科学性和艺术性相统一的特点。市场营销学的研究对象是以消费者需求为中心的企业进行的市场营销活动及其规律性。市场营销学的研究内容主要是营销环境研究、营销策略研究和营销管理研究。随着市场营销学的发展和完善，市场营销学的研究方法先后出现了产品研究法、机构研究法、职能研究法、管理研究法、系统研究法和历史研究法六种。学习和研究市场营销，对于促进经济增长，有效满足人民群众需求和加速企业发展都有着重大的理论意义和现实意义。

 核心概念

市场　市场营销　需要　欲望　价值　交换　4P's 理论　4C's 理论

自我测试

1. 从卖主角度简述市场的构成要素。
2. 试述市场营销学的形成与发展过程。
3. 简述市场营销学的研究对象。

讨论问题

设计将梳子卖给寺庙的三种方法，并比较它们的优劣。

第2章

市场营销管理的任务和职能

电影《阿凡达》上映 45 天便突破了 20 亿美元的票房，成为史上最卖座的电影。当《阿凡达》被引入中国市场后，其营销沿袭了科学且商业的作风。从 2009 年 11 月中下旬，时光网开始了一场为《阿凡达》量身定制的"三部曲营销大戏"。

第一步是要让人们知道什么是《阿凡达》，就是抓眼球，认知这部电影。大导演卡梅隆亲自到中国宣传，其曾经执导《泰坦尼克号》等经典影片的口碑是让中国消费者了解《阿凡达》的开端。在触动传媒上简单投放一些广告并配合福克斯本身的宣传后，时光网启动了一项非常有意思的首轮营销，特别制作了《阿凡达》宣传网页，设定为当点击率超过 1000 万时，网页会自动开启，于是众多影迷为了早日看到网页而在朋友之间竞相传播并一起疯狂点击，每一次点击都是一次认知该影片的宣传。事实证明，卡梅隆的号召力和电影的吸引力大大超过了时光网的想象，原本预计需 2 周时间才能点开的网页，在中国影迷的热情之下仅用了 8 天就开启了。

第二步是吸引消费者的眼球。在网页上，时光网除了介绍故事情节和幕后花絮外，还特别设置了大量 3D 图片和 3D 视频的试看，让更多网友直观了解特效，使人们意识到，要真正欣赏这部电影，必须去电影院而非在家看碟片。类似点击打开网页的方式，时光网还设定了网友集体拼画，当足够多的网友参与拼成一幅指定的卡梅隆电影图片后，即会出现《阿凡达》海报，这种互动式营销又一次增加了观众对这部电影的传播。

第三步也是营销的最终目的，即将这些网民转换成有效客户——赴电影院观看《阿凡达》的观众。时光网特意推出不可修改形式的公正性影评以及实时影讯，这些都促使人们去购买电影票。此外，时光网还发动了其在全国众多院线的合作力量，发起周末 3D 版《阿凡达》全国各大影院网络抢票活动，当抢票活动开始后，仅仅几秒钟内，数千张电影票在瞬间被抢购一空。吸引了大量会员和网友前往电影院观赏《阿凡达》之后，营销还没有结束，时光网根据剧情推出了互动游戏，通过游戏，将会激发人们进一步传播《阿凡达》的效应——还没有看过该影片的人或许会因此走进电影院，还有不少影迷则被激发了二次消费的欲望，即在看过普通 2D 版后再看 3D 版或 IMAX 3D 版。

根据时光网的统计，截止到 2010 年元月初大约有 1000 多万人次浏览过《阿凡达》官方推广中心网页，时光网所营销的对象大多为有效观众，估计通过时光网的营销，大约为《阿凡达》在中国市场贡献了过亿元的票房收益。

事实表明：企业对营销活动的管理一定要以消费者需求为中心，营销管理活动的实质就是对顾客的需求进行管理，其任务是有效了解需求并满足需求。

资料来源：凤凰网-财经，http://finance.ifeng.com/roll/20100112/1695338.shtml〔2010-01-12〕

2.1　市场营销管理的实质与任务

2.1.1　市场营销管理的含义

美国市场营销协会于 1985 年对市场营销管理下了较为完整和全面的定义：市场营销管理是规划和实施理念、商品、劳务设计、定价、促销及分销，为满足顾客需要和组织目标而创造交换机会的过程（王妙，2005）。目前，我国学者普遍认为市场营销管理是指：企业为实现其目标，创造、建立并保持与目标市场之间的互利交换关系而进行的分析、计划、执行与控制的过程。

上述定义指出市场营销管理包括以下内容：

（1）市场营销管理是一个分析、计划、执行和控制的过程；

（2）市场营销管理涵盖组织理念、商品和劳务；

（3）市场营销管理是以交换为基础进行管理；

（4）市场营销管理的目标是全方位满足顾客的需要，并通过满足顾客需要达到企业的营销目标。

2.1.2　市场营销管理的实质

企业在开展市场营销活动过程中，一般要设定一个在目标市场上预期要实现的交易水平。然而，实际需求水平是在不断变化的，可能会高于、等于或低于企业预期的需求水平。换言之，目标市场上可能没有需求、需求很小或超量需求，市场营销管理就是要应对这些需求。因此，市场营销管理的实质就是"需求管理"。

2.1.3　市场营销管理的任务

市场营销管理的任务是针对市场需求及其变化情况，对市场营销活动进行计划、执行与控制，以达到企业目标。不同的地区、不同的产品、不同的时期，市场需求状况会有所不同，与此相适应，企业就应当实施不同的营销活动，以满足消费者对产品的需求。因此，营销管理的主要任务不仅要刺激消费者对产品的需求，还要帮助企业在实现其营销目标的过程中，影响需求水平、需求时间和需求构成。所以，营销管理的任务是刺激、创造、适应及影响消费者的需求。

任何市场均可能存在不同的需求状况，市场营销管理的任务是通过不同的营销策略来应对不同的需求状况，如表 2-1 区分了八种典型的需求状况以及营销管理者面临的相应任务。

表 2-1　八种需求状况及营销管理的任务

需求状况	营销管理任务	应改变成的需求状况
负需求	改变营销	正需求
无需求	刺激营销	有需求
潜伏需求	开发营销	现实需求
下降需求	重振营销	恢复需求
不规则需求	协调营销	调解需求
充分需求	维持营销	维持需求
过量需求	限制营销	抑制需求
有害需求	抵制营销	否定需求

1. 负需求

负需求是指市场上绝大部分顾客不喜欢某种产品或服务，即绝大多数人对某个产品感到厌恶，甚至愿意花费一定代价来回避它的一种需求状况。

在负需求状况下，市场营销管理的任务是改变市场营销，即分析市场为什么不喜欢这种产品，然后针对目标市场的需求重新设计产品、降低价格，作更积极的促销，以此来改变市场的信念和态度，将负需求转变为正需求。

2. 无需求

无需求是指市场对某种产品既无负需求亦无正需求，只是对产品漠不关心或毫无兴趣的一种需求状况。形成这种需求状况的原因通常有三个：人们认为某些产品无价值；人们认为其有价值，但在特定的目标市场却无价值；新产品或消费者不熟悉的产品，人们买不到或不了解，因此无需求。

在无需求状况下，市场营销管理的任务是刺激市场营销，即通过促销宣传和其他营销措施，让消费者认识到产品的价值，努力将产品所能提供的利益与人们的自然需要和兴趣联系起来，尽量激发顾客对产品的兴趣，使无需求变为有需求。

➤ **案例 2-1　上海钢琴公司的刺激营销**

上海钢琴公司为了让公司的聂耳牌钢琴在供大于求的局面下打开销路，首先对国内的实际情况作了调查，他们发现国内弹钢琴的人并不多，而且学钢琴的氛围也不浓厚。于是得出结论：要销售钢琴，首先要培养弹钢琴的人。后来他们先后在上海、广州、福州、青岛等城市举办了各种形式的钢琴演奏会、钢琴大赛等，以增添家长为孩子购买钢琴的动力。丰厚的奖品、广告宣传营造的气氛为钢琴的销售带来轰动效应，聂耳牌钢琴的名声也一炮打响。此外是创办艺术学校，据调查，在已培训的 3000 多名儿童中，已有 10% 以上的儿童的家长购买了该公司生产的钢琴。

上述案例表明：当目标市场对某种产品毫无兴趣的时候，通过有效的促销宣传，实行刺激性营销，使消费者认识到该产品的价值，定能激发出目标市场对该产品的需求。

资料来源：刘治江 . 2008. 市场营销学——知识技能与应用 . 北京：经济管理出版社

3. 潜伏需求

潜伏需求是指相当一部分消费者对某种产品或服务有强烈的需求，而现有产品或服务又无法使之满足的需求状况，如人们对无害香烟、节能环保汽车及癌症特效药品的需求。需要特别说明的是，潜伏需求和潜在需求不同，潜在需求是指消费者对某些产品或服务有消费需求而无购买力，或虽有购买力但并不急于购买的需求状况。

在潜伏需求状况下，市场营销管理的任务是开发市场营销，即开展市场需求调研，测量潜在市场需求量，开发有效的产品和服务来满足这些潜在需求，将潜伏需求转变为现实需求。

4. 下降需求

下降需求是指市场对某种产品或服务的需求呈下降趋势的状况。许多产品和服务出现下降需求是不可避免和不可逆转的，这是科技进步、社会发展和产品更新的结果。但是，也有许多产品出现下降需求是企业营销不力或消费风潮的暂时改变所造成的。

针对这种下降需求的状况，市场营销管理的任务是重振市场营销，即分析需求衰退的原因，进而开拓新的目标市场，改进产品特色和外观，或采用更有效的沟通手段来重新刺激需求，使老产品开始新的生命周期，并通过创造性的产品再营销来扭转需求下降的趋势，使下降需求转变为上升需求。

5. 不规则需求

不规则需求是指市场对某种产品或服务的需求在一年的不同季节、不同月份、或者在一周的不同时间，甚至在一天的不同时点上下波动很大、有时多有时少的的需求状况。例如，在公用交通工具方面，在运输高峰时不够用，在非高峰时则闲置不用；又如，在旅游旺季时旅馆紧张或短缺，在旅游淡季时，旅馆空闲；再如，节假日或周末，商店拥挤，而平时却顾客稀少。

在不规则需求状况下，市场营销管理的任务是协调市场营销。即企业的市场营销部门通过调查研究，掌握需求变化的规律，采取适当的措施。例如，通过灵活定价、大力促销及其他刺激手段来改变需求的时间模式，尽量使供需在时间上协调一致，以保持供求关系的平衡。

6. 充分需求

充分需求指的是某种产品或服务的市场需求水平、时间等与企业的期望值相一致，对企业来说，这是最为理想的需求状况。但是充分需求状态不会静止不变，而是动态的，它常常受两种因素的影响而发生变化：一是消费者偏好和兴趣的改变，二是同行业的竞争。

因此，在充分需求状况下，营销管理者的任务是维持营销，即设法保持现有的需求水平，防止出现需求下降的趋势。这就要求企业努力保持或提高产品质量，降低成本保持合理的价格水平，提供良好的售后服务和保证，激励销售人员和经销商提供良好的销售服务等，确保经营的有效性，千方百计地维持目前的需求水平。与此同时，企业要密切关注消费偏好与需求可能发生的变化，警惕竞争者的挑战，掌握可能侵蚀本企业产品市场份额的有关因素，努力保持本企业目前在市场上的优势地位。

7. 过量需求

过量需求指的是某种产品或劳务的市场需求超过了企业目前甚至将来所能供给或所愿供给的能力，产品供不应求的一种需求状况。例如，由于人口过多或物质短缺，引起交通、能源及住房等产品供不应求。

在过量需求情况下，市场营销管理的任务是实施限制营销，即通过提高产品价格、合理分销产品、减少服务和促销等措施，暂时或永久地降低市场需求水平，或者设法降低来自赢利较少或服务需要不大的市场的需求水平。需要说明的是，限制市场营销并不是杜绝需求，而只是暂缓需求压力。

8. 有害需求

有害需求指的是对无益或有损于消费者的根本利益、社会利益的产品或劳务（如迷信用品、毒品、黄色书刊、色情服务等）的需求。对于有害需求，市场营销管理的任务是实施抵制营销，即劝说喜欢有害产品或服务的消费者放弃这种爱好和需求，大力宣传有害产品或服务的严重危害性，大幅度提高价格，以及停止生产供应等。限制营销与抵制营销的区别在于：前者是采取措施减少需求，后者是采取措施消灭需求。

以上几种需求通常同时存在于整个市场，只是每个企业面临的具体情况有所不同而已。企业必须在对市场需求现状及其他有关的营销环境进行深入调查研究的基础上，确定市场营销管理的具体任务，有针对性地制定营销策略和措施，能动地开展营销活动，才能完成企业战略规定的任务，实现企业战略目标。

➤ 案例 2-2　不同商品的需求状况

羽绒服在夏季的需求水平下降，空调却相反，在夏季的需求呈上升趋势；天然气在民用上的需求大于供给，而快速消费品的供给大于需求；城市消费者对家电产品的需求呈下降趋势，农村消费者的需求却呈上升趋势；我国市场对家用小汽车的需求呈上升趋势；大多数消费者对于垃圾等无用的东西的需求是负面的，对于毒品、黄色书刊的需求是抵触的。

问题：对上述各种需求的阐述你理解了吗？对于这些不同的需求如何营销？

资料来源：张雁白，苗泽华.2010.市场营销学概论.第二版.北京：经济科学出版社，中国铁道出版社：44.

2.2　市场营销管理过程

所谓市场营销管理过程，就是企业为实现其任务和目标而发现、分析、选择和利用市场机会的管理过程。具体而言，市场营销管理过程包括如下步骤：分析市场机会、选择目标市场、设计市场营销组合和管理市场营销活动，如图 2-1 所示。

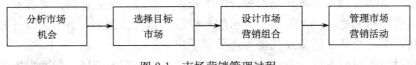

图 2-1　市场营销管理过程

2.2.1　分析市场机会

市场机会是指市场上存在的尚未完全满足的需求（兰苓，2006）。在现代市场经济条件下，由于市场需求不断变化，任何产品都有其生命周期，因此任何企业都不能永远依靠现有产品过日子，每一个企业都必须寻找、发现新的市场机会。市场营销管理人员可以采取以下方法寻找、发现市场机会。

1. 搜集市场信息

市场营销管理人员通过对市场资讯的收集、分析与整理，来寻找、发现或识别未满足的的需要和新的市场机会，如通过上网浏览、阅读报纸、参加展销会、研究竞争者产品、召开献计献策会、调查研究消费者的需要等。

2. 分析产品/市场矩阵

市场营销管理人员可运用产品/市场矩阵来寻找、发现增长机会，如图2-2 所示。

	现有市场	新市场
现有产品	市场渗透	市场开发
新产品	产品开发	多元化增长

图 2-2　产品/市场发展矩阵（郭国庆，2007）

3. 进行市场细分

市场包括多种类型的顾客、产品和需要，因此营销管理人员可通过细分市场来寻找、发现最好的市场机会，拾遗补漏。

市场营销管理人员不仅要善于寻找、发现有吸引力的市场机会，而且要善于对所发现的市场机会加以评价，决定哪些市场机会能成为本企业的有利可图的企业机会。市场营销管理人员在评价各种市场机会时，要看这些市场机会与本企业的任务、目标、资源条件等是否相一致，要选择那些较之其潜在竞争者有更大的优势、能享有更大的差别利益的市场机会作为本企业的市场机会。

2.2.2　选择目标市场

对市场机会进行评估后，企业要做好进入市场的准备。进入哪个市场或者某个市场的哪部分，这就涉及研究和选择目标市场的问题，这是市场营销管理过程的第二个步骤。目标市场是指企业在众多市场中选择的，为之提供产品和服务的消费者群体，实际上就是企业确定并力图抓住的市场机会。有关目标市场的相关内容在本书第八章有具体阐述。

2.2.3　设计市场营销组合

市场营销组合是企业为了占领目标市场、满足顾客需求加以整合和协调使用的可控因素。营销组合的概念是由美国哈佛大学的教授尼尔·鲍敦首先提出来的，此后受到学术界和企业界的普遍重视并得到广泛运用。所谓市场营销组合，就是企业的综合营销方案，即企业根据目标市场的需要和自己的市场定位，对企业可控制的各种营销因素进行优化组合和综合运用，使之协调配合，扬长避短，发挥优势，以达到企业的经营目标，并取得最佳的经济效益。

企业可控制的因素很多，为了更好地实践"组合"的要求，麦卡锡教授把许多因素概括为四个方面，即产品（product）、价格（price）、渠道（place）、促销（promotion），简称为 4P's。这些因素之间存在着相互依存、相互影响和相互制约的关系，这些因素也是企业进行市场营销活动的主要手段，具有可控性、动态性、复合性和整体性的特征。这四个因素在本书后面的章节中都有详尽论述。

2.2.4　管理市场营销活动

市场营销管理过程的最后一个步骤是对营销活动的管理。在对市场机会分析，选择目标市场，设计营销组合策略等实际操作与运行中都需要进行管理，都离不开营销管理职能活动的支持。对市场营销活动而言，需要以下三个营销管理职能的支持。

1. 市场营销计划

现代营销管理，既要制定较长的战略规划，决定企业的发展方向和目标，又要有较为具体的市场营销计划，以便具体实施战略计划目标。

2. 市场营销组织

营销计划制订以后，需要有一个强有力的营销组织来执行营销计划。根据计划目标，需要构建一个高效的营销组织结构，还需要对组织人员实施筛选、培训、激励和评估等一系列活动。

3. 市场营销控制

在营销计划实施过程中，可能会出现很多意想不到的问题。因此，需要一个控制系统来保证营销目标的实施。营销控制主要包括企业年度计划控制、企业获利控制、营销效率控制和战略控制。

营销管理职能的三个方面是相互联系、相互制约的。市场营销计划是营销组织活动的指导，营销组织负责实施营销计划，而实施的情况和结果又受控制，保证计划得以实现。

2.3　市场营销管理的基本职能

市场营销管理是企业各项管理职能在市场营销活动中协调运转的过程。相应地，市场营销管理职能也就是企业管理职能在市场营销活动中的具体体现，包括市场营销计划、市场营销组织和市场营销控制等，下面对这三个方面分别进行讨论。

2.3.1　市场营销计划

从某种意义上讲，市场营销管理的任务就是研究企业如何有计划地组织整体营销活动，通过编制计划、执行计划、实现营销战略，达到企业的既定目标。由此可见，市场营销计划是营销管理的中心内容。所谓市场营销计划，是指企业在一定时期内从事营销活动预期达到的目标以及达到目标的步骤、措施和方法，它是现代企业总体计划的一个纲领。

1．市场营销计划的类型

市场营销计划是一个总称，泛指企业有关营销活动的计划。一般情况下营销计划的类型是由企业的规模、市场的状况、战略的方向等多方面因素决定的，根据划分的角度不同，可对营销计划进行如下的分类。

1）从营销计划内容上划分为战略营销计划和战术营销计划

（1）战略营销计划是一种长期计划，跨越三年或是三年以上时间，勾画出企业的战略营销目标、目标市场、市场定位、营销组合及实施营销战略所需要的企业资源以及所希望的结果（预算）。

（2）战术营销计划则是属于操作层面的短期计划，是为实现第一年战略计划所制定的特定营销活动的详细时间和费用安排表，成功的组织在制订战术计划之前应该完成其战略计划的制订。

2）从组织层次上划分为企业整体计划、事业部计划、产品线计划、产品项目计划和品牌计划

（1）企业整体计划包括企业所有的业务计划，规定企业的使命、发展战略、业务决策、投资决策和当前的目标。

（2）事业部计划主要包括事业部的发展及赢利目标，规定事业部的营销及相应的财务、生产及人事。

（3）产品线计划一般由产品线经理对产品线的目标、战略及战术作出具体规定。

（4）产品项目计划一般由产品经理制订。产品经理对一个特殊产品或产品项目的目标、战略及战术作出具体规定。

（5）品牌计划是规定产品系列中一个品牌的目标、战略和策略，由品牌经理制订。

3）从计划的时间跨度上划分为长期计划、中期计划和短期计划

（1）长期计划多在 5 年以上，主要涉及企业组织扩大、产品升级、市场转移等重大事项的概要性计划，往往由企业的最高决策层作出和掌握。

（2）中期计划主要是指 1～5 年以内的计划，与企业的中期规划和中层管理人员的日常工作有更多的直接联系。中期计划较为稳定，受环境因素变化的影响较小，是大多数企业制订计划的重点。

（3）短期计划主要是指 1 年以内的计划，其内容比较详细具体，对企业一线管理人员的日常工作有更大的影响作用。短期计划一般包括年度经营计划和各项适应性计划。一些生命周期较短的产品也采用短期计划。

2．市场营销计划的内容

一般来说，大多数的市场营销计划，尤其是产品与品牌计划包括以下几个内容板块，如表 2-2 所示。

表 2-2　市场营销计划的内容

计划项目	目的与任务
计划概要	对计划进行整体性简要的描述，以便于了解计划的核心内容和基本目标
营销现状分析	提供宏观环境的相关背景数据资料，收集与市场、产品、竞争、分销及资源分配等方面相关的数据资料
机会与问题分析	确定公司的主要机会和威胁、优势和劣势，及产品所面临的问题
营销目标	确定该项计划需要实现的销售量、市场份额、利润等基本目标
营销战略与策略	提供用于实现计划目标的营销策略与主要营销手段
行动方案	做什么、谁执行、何时做、需要多少费用
预算开支	预测计划中的财务收支状况
营销控制	说明如何监测与控制计划的执行

资料来源：科特勒 P. 2003. 营销管理. 梅清豪译. 第 11 版. 上海：上海人民出版社

1）计划概要

计划概要是市场营销计划的开端，是对主要营销目标和措施简要概括的说明，是整个市场营销计划的精神所在。撰写计划概要的目的，是让计划的阅读者能迅速地把握计划的要旨。如果有关人员需仔细推敲计划，则可查阅计划书中的有关部分。所以在形式上，最好在计划概要之后能附上整个计划分项的目录及相应页码。

2）营销现状分析

这一部分是提供编制营销计划所需的有关市场、产品、竞争、分销和宏观环境因素的背景材料。

（1）市场现状，主要描述市场规模与增长状况、各细分市场的销售情况、顾客需求和购买行为的变化与趋势。

（2）产品现状，列出每一主要产品过去几年的销售额、价格、利润等方面的资料数据。

（3）竞争现状，指出主要竞争者，分析它们的规模、目标、市场占有率、产品质量，以及市场营销战略和策略、战术，以及任何有助于了解其意图、行为的资料。

（4）分销现状，列出各分销渠道上的销售量及在每一渠道上的重要性，描述各类中间商能力的变化及企业对它们有效的激励。

（5）宏观环境状况，描述影响企业产品市场的宏观环境有关因素，它们的现状及未来变化的趋势，一般仍以人口统计、经济、技术、政治、法律、社会文化等基本宏观环境因素为划分维度进行描述与分析。

3）机会与问题分析

市场营销部门要在市场营销现状的基础上，围绕产品找出主要的机会和威胁、优势与劣势，以及面临的问题。

（1）通过机会（opportunity）与威胁（threat）分析阐述影响企业未来的外部因素，以便考虑可以采取的应变行动。对所有机会和威胁，要有时间顺序，并分出轻重缓急，使更重要、更紧迫的因素能受到应有的关注。

（2）通过优势（strength）与劣势（weakness）分析说明企业内部条件。其中优势是企业成功利用机会和对付威胁所具备的有利的内部因素，劣势则是企业必须加以改进、提高的方面。通过企业自身优、劣势的分析与比较，能够使企业更客观地找准自己在市场中的位置，以便于成功地利用某些策略，避免某些不利因素。

（3）通过问题分析，企业将机会与威胁、优势与劣势分析的结果用于决策，产生出市场营销的目标、战略和战术。通过这种分析方法产生出来的市场营销目标、战略与战术更符合企业内情，对外更易于适应环境，使企业营销计划更为容易执行并取得经营上的成功。

4）营销目标

营销目标是营销计划的核心部分，是在分析营销现状并预测未来的机会与威胁的基础上制定的，将指导随后的策略和行动方案的拟订。营销计划的目标分为两类：财务目标和市场营销目标。财务目标主要由短期利润指标和长期投资收益率目标组成。财务目标必须转换成营销目标，如销售额、市场占有率、分销网覆盖面、单价水平等。所有目标都应以定量的形式表达，并具有可行性和一致性。

5）营销战略和策略

营销战略和策略是完成计划目标的主要营销途径和方法，包括目标市场的选择和市场定位战略、营销组合策略、营销费用安排、市场调研等主要决策。营销经理不仅应当准确地描述战略的内容，而且还要说明战略所需要的资源及战略实施过程中的责任分担。营销战略的实施只有在其他职能部门的配合下才能很好地完成，因此战略的最后确定应该征求其他职能部门的意见。

6）行动方案

行动方案是将营销战略和策略具体化为可操作的措施，它回答应该做什么、谁执行、何时做、需要多少费用等，以此把营销战略的内容具体贯彻下来。通常企业会把行动方案按时间顺序列出，并明确标清每项行动的日期、活动费用和负责人员。

7）预算开支

根据行动方案编制预算方案，收入方列出预计销售量及单价，支出方列出生产、实体分销及市场营销费用，收支顺差即为预计的利润。上级主管部门负责该预算的审查、批准或修改。而一旦获得批准，此预算即成为购买原料、安排生产、支出营销费用的依据。

8）营销控制

营销控制是营销计划的最后一部分，规定如何对计划执行过程进行控制。基本做法是将计划规定的目标和预算按季度、月份或更小的时间单位来分解，以便于主管部门能对计划执行情况随时监督检查。有些计划的控制部分还包括发生意外时的应急计划。

2.3.2　市场营销组织

所谓市场营销组织，是指企业内部涉及市场营销活动的各个职位及其结构。市场营销计划的落实，必须通过营销组织来进行。没有高效运行的营销组织作保证，再好的计划都可能达不到预期的目的，甚至成为一堆废纸。因此，建立与企业内外环境要求相适应的市场营销组织，是确保企业各项营销职能、营销措施顺利实现的保证。

1. 市场营销组织的形式（纪宝成，2008；万晓，2005；黎开莉等，2009）

多年来，市场营销从一个简单的销售功能演变成一个功能复杂的整体活动，营销组织结构也随之不断发生演变。目前常见的营销组织形式有以下几种。

1）职能式组织

职能式组织是最古老、最常见的市场营销组织形式，通常是在市场营销副总经理领导下，由各种营销职能专家构成，营销副总经理负责协调各营销职能专家之间的关系如图 2-3 所示。它同时强调营销各种职能如销售、广告和调研等的重要性。

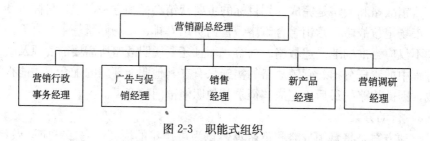

图 2-3　职能式组织

职能式组织最大的优点是行政管理简单。当企业只有一种或者很少几种产品，或者企业产品的营销方式大体相同时，按照营销职能设置组织结构比较有效。但是，随着公司产品种类增多和市场扩大，这种组织形式会失去其有效性。因为没有一个职能部门对某一具体的产品或市场负责，每个职能部门都在为获得更多的预算和有利的地位而竞争，致使营销经理经常陷于难以调解的纠纷之中。

2）地区式组织

当一个企业面临的市场范围很大，而且各地的需求差异也比较大时，那么建立地区式组织有助于市场开发和管理。该组织形式设置包括一名负责全国销售业务的销售经理，若干名区域销售经理、地区销售经理和地方销售经理。其组织结构如图 2-4 所示。

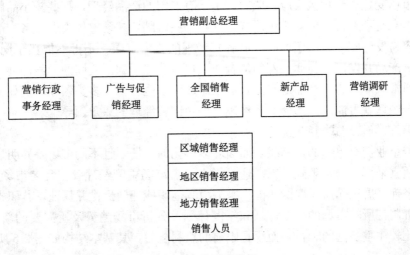

图 2-4　地区式组织

地区式组织的主要优点：便于掌握该地区市场情报，施之以针对性的营销策略。其主要缺点：有可能造成地区割裂和整个企业内有害竞争；容易造成不必要的资源浪费。这种营销组织必须与其他的组织类型结合起来，才能将具体的营销活动落到实处。

3）产品管理式组织

若企业经营多品种或多品牌的产品，并且各种产品之间差别较大，则适于按产品系列或品牌设置营销组织（图 2-5）。采用产品管理式组织，即在企业内部

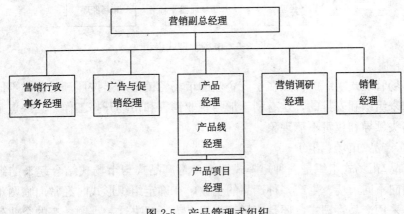

图 2-5　产品管理式组织

增设产品经理,负责各种产品的策略规划与修正,收集有关销售、用户和中间商的反映,改进产品以适应市场需要等。

产品管理式组织形式的优点:产品经理能够有效地协调各种市场营销职能,并对市场变化作出积极反应。同时,由于有专门的产品经理,那些较小品牌产品可能不会受到忽视。但该组织形式也存在一些缺陷:缺乏整体观念,各产品经理之间容易发生摩擦;由于产品(品牌)经理的权力有限,不得不依赖于同广告、推销、产品开发等其他职能部门的合作,这就造成了部门之间的矛盾冲突;产品经理通常只能成为本产品的专家,而很难成为职能专家;多头领导。例如,产品的广告经理就可能面临接受产品经理和公司广告经理的双重领导。

4)市场管理式组织

若企业拥有单一的产品线,而面对多样化的市场,且不同市场差异明显,则一般适宜采用市场管理式组织。这是指由一名市场主管经理管理几名市场经理,市场经理开展工作所需要的职能性服务由其他职能部门提供并保证,其职责主要是负责制订所辖市场的长期计划和年度计划,分析市场趋势及所需要的新产品,他们比较注重长远的利益,而不是眼前的获利能力。其基本结构如图 2-6 所示。

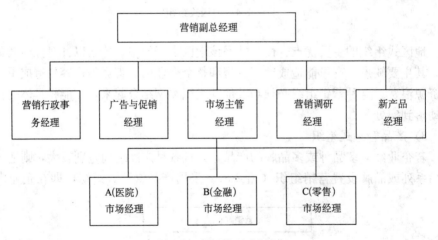

图 2-6　市场管理式组织

市场管理式组织的优点在于,企业的市场营销活动是按照满足各类不同顾客的需求来组织和安排的,这有利于加强企业销售和市场开拓工作。其缺点是容易出现多头领导和权责不清现象。

5)产品/市场式组织

产品/市场式组织是一种矩阵式组织,是产品式与市场式结合起来的组织形式。面向不同市场、生产多种产品的企业,在确定组织形式时经常面临两难的选择:是采用产品管理式,还是市场管理式。为了解决这一难题,有的企业建立一种既有产品经理又有市场经理的矩阵组织，如图 2-7 所示。产品经理负责产品的销售利润和计划，为产品寻找更广泛的用途；市场经理则负责开发现有和潜在的市场，着眼市场的长期需要，而不是推销眼前的某种产品。这种组织形式适于多元化经营的公司，其缺陷是管理费用高，容易产生内部冲突，存在权力和责任界限不清的问题。

图 2-7　产品/市场式组织

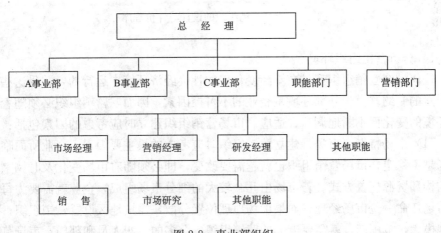

图 2-8　事业部组织

6）事业部组织

随着产品品种增加和企业经营规模扩大，为适应这种情况，企业常常将各产品部门升级为独立的事业部，各事业部下设职能部门如图 2-8 所示。关于企业是否再设立企业级的营销部门，一般有以下三种选择：

（1）公司总部不再设营销部门，营销职能完全由各事业部自己负责。

（2）公司总部设立适当规模的营销部门，主要承担协助公司最高层评价营销机会，向事业部提供营销咨询指导服务，宣传和提升企业整体形象等职能。

（3）公司总部设置强大功能的营销部门，直接参与各事业部的营销规划工作，并对计划实施过程加以监控。因此，各事业部营销部门实际是营销计划的执行部门。

2. 市场营销组织的设计

由于各种市场营销组织形式的特性、适用条件不同，企业营销管理当局在设计、选择和评价组织形式时，通常需要遵循以下 6 个程序，如图 2-9 所示。

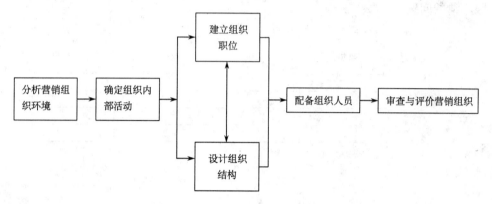

图 2-9　市场营销组织的设计与评价程序

1）分析营销组织环境

任何一个营销组织都是在不断变化着的社会经济环境中运行的，并受这些环境因素的制约。由于外部环境是企业的不可控因素，因而，营销组织必须随着外部环境的变化而不断地调整、适应。市场营销组织建立时应考虑的因素包括：

（1）市场特点。市场是建立营销组织时应考虑的最主要因素。企业所面临的市场越不稳定，市场营销组织也就越需要改变，即必须随着市场变化及时调整内部结构和资源配置方式。若市场由几个较大的细分市场组成，企业就需要为每个分市场任命一位市场经理；如果市场地理位置分散，需按地区设置营销组织；市场规模大，范围广，就需要庞大的营销组织，众多的专职人员和部门；市场范围窄，销量有限，营销组织自然规模有限。

（2）企业规模。企业规模越大，市场营销组织越复杂。大公司需要较多的各类市场营销专职人员、专职部门以及较多的管理层次；反之，企业规模较小，市场营销组织就相对简单，往往只有一个或几个人进行营销管理活动。

（3）产品类型。产品类型也影响到营销组织形式，尤其是在工作侧重上有所不同。工业品倾向于人员推销的组织，消费品组织结构则较重视广告、分销等。

（4）企业所处行业和市场阶段。原材料加工企业的营销职能主要是存储、运输，服务业的营销职能主要是同顾客的沟通和形象塑造。创业阶段的营销组织较集权，进入正规化阶段后则多采用分权制的组织结构。

2）确定组织内部活动

市场营销组织内部的活动有主要有两种类型：一是职能型活动，涉及市场营销组织的各个部门，范围相当宽泛，企业在制定战略时要确立各个职能在市场营销组织中的地位，以便开展有效的竞争；二是管理型活动，涉及管理任务中的计划、协调和控制等方面。

企业通常是在分析市场机会的基础上，制定市场营销战略，然后再确定相应的市场营销活动和组织的专业化类型。假定一个企业容易控制成本，产品都在相对稳定的市场上销售，竞争战略依赖于广告或人员推销等技巧性活动，那么，该企业就可能设计职能式组织。同样，如果企业产品销售区域很广，并且每个区域的购买者行为与需求存在很大差异，那么，它就会建立地区式组织。

3）建立组织职位

企业对市场营销组织内部活动的确立有利于企业对组织职位的分析，通过组织职位的分析使这些活动有所归附。为此需考虑三个因素，即职位类型、职位层次和职位数量，以弄清楚每个职位的权力、责任及在组织中的相互关系。

（1）职位类型，有三种划分方法：一是直线型和参谋型。处于直线职位的人员行使指挥权，能领导、监督、指挥和管理下属人员；处于参谋职位的人员则拥有辅助性职权，包括提供咨询和建议等。二是专业型和协调型。一个职位越是专业化，它就越无法起协调作用，但是各个专业化职位又需要从整体上进行协调和平衡，于是，协调型职位就产生了，像项目经理和小组制都是类似的例子。三是临时型和永久型。严格地说，没有一个职位是永久的，它只是相对于组织发展而言较为稳定而已。临时型职位的产生主要是由于在短时期内企业为完成某项特殊任务。例如，组织进行大规模调整时，就需要设立临时型职位。

（2）职位层次，指每个职位在组织中地位的高低。例如，公共关系和销售管理的职位孰高孰低，对于不同的企业的情况就大不一样。这主要取决于职位所体现的市场营销活动与职能在企业整个市场营销战略中的重要程度。

（3）职位数量，指企业建立组织职位的合理数量。它同职位层次密切相关，一般来说，职位层次越高，辅助性职位数量也就越多。

职位决策的目的，是把组织活动纳入各个组织职位。因此，建立组织职位时必须以营销组织活动为基础。企业可以把营销活动分为核心活动、重要活动和附属性活动三种。核心活动是企业营销战略的重点，所以首先要根据核心活动来确定相应的职位，而其他的职位则要围绕这一职位依其重要程度逐次排定。

4）设计组织结构

设计组织职位的主要问题是使各个职位与所要建立的组织结构相适应，即各个职位权、责、利的划分明确。这一阶段以效率为中心，因此在设计组织结构时必须注意两个问题：一是把握好分权化程度，即权力分散到什么程度才能使上下级之间更好地沟通；二是确定合理的管理宽度，即确定每一个上级所能控制的合理的下级人数。人们普遍认为，假设每一个职员都是称职的，那么，分权化越高，管理宽度越大，则组织效率就越高。

5）配备组织人员

为充分发挥职能人员积极性和创造力，这一环节要注意人员配备数量和人员适当轮岗问题，特别是要避免组织创新过程中人员岗位的轮换，以保证组织的活力。

6）审查与评价营销组织

任何一个组织都是存在冲突的，在冲突中组织才能不断发展和完善。因此，从市场营销组织建立之时起，市场营销经理就要通过定期审查组织的适应性、先进性以及组织缺陷和人员之间的矛盾等方面，及时发现各种问题，为企业组织改革与创新提供政策依据。

2.3.3　市场营销控制

所谓市场营销控制，就是市场营销管理者用以跟踪企业营销活动各个环节的一套工作程序，其目的是确保营销活动按计划进行。在执行市场营销计划的过程中，当出现意外情况和问题时，企业需要有一套反馈和控制程序，以确保营销目标的实现。所以，在实施企业营销计划的过程中，不仅需要积极执行，而且还要有效控制，努力实现计划目标。营销控制是营销管理的一项重要职能，也是实施企业营销计划的一项必要措施，主要包括年度计划控制、获利控制、效率控制和战略控制四种类型，如表 2-3 所示。

表 2-3　市场营销控制的类型

控制类型	主要负责人	控制目的	方法
年度计划控制	高层管理人员、中层管理人员	检查计划目标是否实现	销售分析、市场份额分析、费用—销售额比率分析、财务分析、市场基础的评分卡分析
获利控制	营销审计人员	检查公司在哪些地方赢利，在哪些地方亏损	赢利情况：产品、地区、顾客群，细分卡、销售渠道、订单大小
效率控制	直线和职能管理层、营销审计人员	评价和提高经费开支效率以及营销开支的效果	效率：销售队伍、广告、人员、促销和分销
战略控制	高层管理者、营销审计人员	检查公司是否在市场、产品和渠道等方面，正在寻求最佳机会	营销效益等级评价、营销审计、营销杰出表现、公司道德与社会责任评价

资料来源：科特勒 P，凯勒 K R. 2006. 营销管理. 第 12 版. 梅清豪译. 上海：上海人民出版社

1. 年度计划控制

所谓年度计划控制，是指企业在本年度内采取控制步骤，检查实际绩效与计划之间是否有偏差，并采取改进措施，以确保市场营销计划的实现与完成。年度计划控制是一种短期的即时控制，是对当前的营销努力和结果的监控，其控制目的是确保企业达到年度计划规定的销售额、利润及其他指标。年度计划控制的中心是目标管理，包括四个步骤：

第一步，管理者要确定计划中的月份或季度的具体目标；

第二步，管理者要监督营销计划的实施情况；

第三步，如果营销计划在实施中有较大偏差，则要找出产生偏差的原因；

第四步，采取必要的补救或调整措施，以缩小实际与计划的差距。

常见的年度计划控制绩效测定指标有：销售分析、市场占有率分析、销售额/费用分析、财务分析和顾客态度追踪分析。

2. 获利控制

企业除了年度控制外，还需要衡量其不同地区的产品在不同地区、不同市场，针对不同顾客群、通过不同分销渠道出售的实际获利能力。获利性控制可以帮助企业的管理人员作出哪些产品或市场应该扩大、哪些应该缩减甚至放弃的决策。控制采用营销赢利率分析方法，包括以下三个必要步骤：

第一步，确定功能性费用。衡量销售产品、广告、包装和产品运输等每项营销功能的费用数量，标明费用在不同营销功能活动中的分配。

第二步，将功能性费用分配到各个营销渠道实体。衡量每一个渠道的销售所产生的功能性费用支出。

第三步，为每一个营销渠道编制损益表，从而观察、分析每一个渠道的赢利能力，而后决定最佳改进方案。

市场营销获利性分析能提供企业在不同产品、地区、分销渠道、客户群获利能力方面的资料，但它不能说明放弃哪些不赢利的产品、地区和渠道是最佳方案，也不能证明放弃的结果会使企业的利润状况有所改善。

3. 效率控制

效率控制是指采用系列指标对营销过程中销售人员效率、广告效率、促销效率、分销效率等进行日常监测与控制，具体的控制指标如表 2-4 所示。

效率控制的目的在于提高人员推销、广告、销售促进和分销等市场营销活动的效率，市场营销经理必须关注若干关键比率，这些比率表明上述市场营销职能执行的有效性，显示出应该如何采取措施以改进执行情况。

4. 战略控制

战略控制是一种最高层次的营销控制，其目的是确保企业的目标、政策、战略和措施与市场营销环境相适应。战略控制主要审查企业营销战略与市场营销环

表 2-4　效率控制的指标

效率控制的内容	效率控制的指标
销售人员效率	每位销售人员平均每天访问次数
	每次推销的平均时间
	每次推销的平均收入与成本
	每百次推销的订单百分比
	每次赢得的新客户数和失去的老客户数
	销售人员成本占销售收入的百分比
广告效率	每种媒介的广告成本
	客户对广告内容与效果的评价
	客户对每种媒介注意、联想与阅读的百分比
	广告前后客户态度的变化
	受广告刺激引起的访问或购买次数
促销效率	优惠销售所占百分比
	每次销售的陈列成本
	赠券回收百分比
	示范引起访问次数
分销效率	存货水平、仓储位置、分装、配货重组与运输效率等

境的适应性以及营销战略在实施过程中出现的偏差与问题，并提出相应的战略调整计划。因为企业战略的成功是总体性的和全局性的，战略控制关注的是控制未来，是未发生的事件。战略控制必须根据最新的情况重新评价计划和进展，因而难度也较大。常见的控制工具是市场营销审计，通过对营销环境、目标、战略、战术、营销活动等，独立、系统、综合地进行定期审计，以便发现机会、找出问题、提出改进工作和计划的建议。

本 章 小 结

　　市场营销管理是指企业为实现其目标，创造、建立并保持与目标市场之间的互利交换关系而进行的分析、计划、执行与控制过程。市场营销管理的实质就是"需求管理"。市场营销管理的任务是针对市场需求及其变化情况，对市场营销活动进行计划、执行与控制，以达到企业目标，即面对不同的市场需求，采取不同的营销措施，刺激、创造、适应及影响消费者的需求，使市场需求状况得到改善，赢得竞争优势，求得生存与发展。

　　市场营销管理过程，就是企业为实现其任务和目标而发现、分析、选择和利用市场机会的管理过程。具体而言，市场营销管理过程包括如下步骤：分析市场机会、选择目标市场、设计市场营销组合和管理市场营销活动。

市场营销管理是企业各项管理职能在市场营销活动中协调运转的过程。相应地，市场营销管理职能也就是企业管理职能在市场营销活动中的具体体现，包括市场营销计划、市场营销组织和市场营销控制。市场营销计划是营销管理的中心内容，是指企业在一定时期内从事营销活动预期达到的目标以及达到目标的步骤、措施和方法，它是现代企业总体计划的一个纲领。市场营销计划的落实，必须通过营销组织来进行。没有高效运行的营销组织作保证，再好的计划都可能达不到预期的目的，所谓市场营销组织，是指企业内部涉及市场营销活动的各个职位及其结构。因此，建立与企业内外环境要求相适应的市场营销组织，是确保企业各项营销职能、营销措施顺利实现的保证。营销控制是营销管理的一项重要职能，也是实施企业营销计划的一项必要措施。所谓市场营销控制，就是市场营销管理者用以跟踪企业营销活动各个环节的一套工作程序，其目的是确保营销活动按计划进行，主要包括年度计划控制、获利控制、效率控制和战略控制四种类型。

核心概念

市场营销管理　市场营销管理实质　市场营销管理任务　市场营销管理过程　市场营销计划　市场营销组织　市场营销控制

自我测试

1. 什么是市场营销管理？
2. 试述市场营销管理的实质与任务。
3. 简述市场营销管理的过程。
4. 营销管理包括哪些职能？
5. 营销部门有哪几种常见的组织形式？各有何优缺点？
6. 简述市场营销控制的四种类型。

讨论问题

有人认为品牌或产品管理组织是目前我国许多企业对市场营销活动进行有效管理的最佳组织结构形式，你怎么看？

第 3 章

市场营销管理哲学

　　1998 年，TCL 集团以其总资产 58 亿元，销售额 108 亿元，实现利润 8.2 亿元的业绩，在全国电子行业排行表上跃居前五名。回顾 17 年前由 5000 元财政贷款起家的成长历程，这个地方国有企业集团的高层决策者体会到建立并贯彻一套适应市场经济要求的经营理念，是公司生存和发展的关键。

　　TCL 的经营理念包括两个核心观念和四个支持性观念。

　　两个核心观念是：

　　第一，为顾客创造价值的观念。他们认为，顾客（消费者）就是市场，只有为顾客创造价值，赢得顾客的信赖和拥戴，企业才有生存和发展的空间。为此，公司明确提出"为顾客创造价值，为员工创造机会，为社会创造效益"的宗旨，将顾客利益摆在首位。每上一个项目，都要求准确把握消费者需求特征及其变化趋势，紧紧抓住四个环节：不断推出适合顾客需要的新款式产品；严格为顾客把好每个部件、每种产品的质量关；建立覆盖全国市场的销售服务网络，为顾客提供产品终身保修；坚持薄利多销，让利于消费者。

　　第二，不断变革、创新的观念。他们认为，市场永远在变化，市场面前人人平等，唯有不断变革经营、创新管理、革新技术的企业，才能在竞争中发展壮大。为此，他们根据市场发展变化不断调整企业的发展战略和产品质量与服务标准，改革经营体制，提高管理水平。近几年来，集团除推出 TCL 致福电脑、手提电话机、锂系列电池、健康型洗衣机和环保型电冰箱等新产品外，对电视机、电话机等老产品每年也有各近 20 种不同型号新产品投放市场，并几乎都受到青睐。

　　在具体的营销管理工作中，集团重点培育和贯彻了四个支持性观念：

　　（1）品牌形象观念。将品牌视之为企业的形象和旗帜、服务和质量的象征。

花大力气创品牌、保品牌，不断使品牌资产增值。

（2）先进质量观念。以追求世界先进水平为目标，实施产品、工艺、技术和管理高水平综合的全面质量管理，保证消费者利益。

（3）捕捉商机贵在神速的观念。他们认为，挑战在市场，商机也在市场，谁及时发现并迅速捕捉了它，谁比竞争对手更好地满足消费者需要，谁就拥有发展的先机。

（4）低成本扩张观念。认为在现阶段我国家电领域生产能力严重过剩，有条件实行兼并的情况下，企业应以低成本兼并扩大规模，为薄利多销奠定坚实基础。1996 年，TCL 以 1.5 亿港元兼并香港陆氏集团彩电项目；以 6000 万元与美乐电子公司实现强强联合。仅此两项，就获得需投资 6 亿元才能实现的 200 万台彩电生产能力，年新增利润近 2 亿元。

TCL 集团在上述观念指导下，建立了统一协调、集中高效的领导体制，自主经营、权责一致的产权机制，灵活机动、以一当十的资本营运机制，举贤任能、用人所长的用人机制，统筹运作、快速周转的资金调度机制。依据目标市场的要求，TCL 投入上亿元资金，由近千名科技人员建立了三个层次（TCL 中央研究院、数字技术研究开发中心、基层企业生产技术部）的战略与技术创新体系，增强自有核心技术的研究开发能力，以此抢占制高点，拓展新产品领域。20 世纪 90 年代初，TCL 集团在以通信终端产品为主拓展到以家电为主导产品的同时，强化了以"主动认识市场、培育市场和占有市场"为基本任务的营销网络建设。集团在国内建立了 7 个大区销售中心、31 家营销分公司、121 家经营部和 1000 多家特约销售商，覆盖了我国除西藏、台湾地区之外的所有省份，在俄罗斯、新加坡、越南等国家建立了销售网络。

1990 年以来，TCL 集团快速成长。全集团销售额、实现利税年均增长速度分别为 50％和 45％。

资料来源：吴健安.2000.市场营销学.北京：高等教育出版社

■ 3.1　市场营销管理哲学的本质及其演进

市场营销作为企业的一种基本职能和实践活动，总是在特定的营销管理哲学指导下进行的。同时，市场营销管理哲学作为企业营销理念的表现形式也必须体现营销实践活动的客观要求和时代特征，从这个意义上说，市场营销管理哲学具有客观性，它会随着企业营销环境的变化而变化。从历史上看，市场管理哲学的演进经历了由以产品生产或销售为中心的企业导向营销管理哲学向以满足市场需求为中心的顾客导向营销管理哲学的转变，随着市场的不断开放和竞争的日趋激烈，必然发展到以顾客和竞争者为焦点的市场营销管理哲学。

3.1.1　市场营销管理哲学的本质

任何公司的营销活动都包含着一定的指导思想，即所谓的市场营销管理哲学。市场营销管理哲学就是指人们通过对客观市场环境的认识而产生的一种组织市场营销活动的经营哲学，其实质在于如何认识和处理公司的生产、销售与市场需求之间的关系，其核心问题是以什么为中心来组织生产经营活动。市场营销管理哲学左右着公司营销活动的基本方向，制约着公司的营销目标和原则，关系到公司营销活动的质量及其成败。一个公司只有树立起正确的市场营销管理哲学，才能正处理生产、销售与市场需求的矛盾，有效发挥市场营销的作用，保证营销活动的顺利进行。

3.1.2　市场营销管理哲学演进过程

企业市场营销管理哲学的演进可划分为生产观念、产品观念、推销观念、市场营销观念、顾客满意营销观念和大市场营销观念等六个阶段。前三个阶段的观念一般称之为旧观念，是以企业为导向的观念；后三个阶段的观念是新观念，是以顾客为导向的观念。

（1）企业导向营销管理哲学，就是以企业利益为根本取向和最高目标来处理营销问题的观念。它包括生产观念、产品观念、推销观念。

（2）顾客导向营销管理哲学，就是企业的一切计划与策略以顾客为中心，正确确定目标市场的需要与欲求，比竞争者更为有效地提供目标市场所要求的满足。它包括市场营销观念、顾客满意营销观念和大市场营销观念。

（3）竞争导向营销管理哲学，在市场需求一定的情况下，最有效地满足消费者需求的过程，也是竞争者之间争夺消费者的过程和企业优势转化的过程。因此，第二次世界大战以后出现的几种新型营销管理哲学从市场竞争的角度看，也是一种竞争导向的营销管理哲学。

从理论上说，市场营销管理哲学的产生和存在都是与一定的生产力发展水平和社会政治经济制度相联系、相适应的。尽管它们在历史上是依次出现的，但并不能因此认为它们是此消彼长的关系。由于各种产品的供求状况不同，企业的规模不同，企业领导的价值取向和经验判断也有区别，因而在同一时期不同的企业往往会有不同的营销管理哲学。就我国目前的实际情况来看，旧的营销观在相当多的企业中仍然存在，特别是在国有垄断的某些企业更是这样。但是，自从新市场营销观念出现以来，由于其符合生产是为了满足消费的原理，适应了市场的消费需求，因而引起了广泛的注意。即使实际上奉行传统经营观念的企业，也不可能不受到新市场营销观念的启迪和影响。

■3.2 企业导向营销管理哲学及其局限性

从历史上看,以企业利益(产品的生产或销售)为根本取向和最高目标的企业导向营销管理哲学,主要包括生产观念(production concept)、产品观念(product concept)和推销观念(selling concept)三种基本形态。

3.2.1 生产观念

生产观念是以产品生产为中心,以提高效率、增加产量、降低成本为重点的营销观念。在商品经济不发达,产品供不应求的情况下,经营者往往以生产观念指导企业的营销活动。

持生产观念的营销者认为,市场需要我的产品,消费者喜爱那些随时可以买到的、价格低廉的产品。因此,生产观念是一种"以产定销"的观念,表现为重生产轻营销、重数量轻特色。其主要特点为:

(1)企业将主要精力放在产品的生产上,追求高效率、大批量、低成本,产品品种单一、生命周期长。

(2)企业对市场的关心,主要表现在关心市场上产品的有无和产品的多少,而不是市场上消费者的需求。

(3)企业管理中以生产部门作为主要部门。

生产观念在以下两种情况下是合理、可行的:一是物资短缺条件下,市场商品供不应求时。此时,消费者最关心的是能否得到商品,企业以生产观念为指导,不断扩大生产、保证供给,从客观上讲,也就是满足了市场的需求。二是由于产品成本过高而导致产品的市场价格居高不下时。在这种情况下,企业以生产观念为指导,不断改进生产,提高生产效率,降低成本,在短期内能够取得比较好的营销效果。因此,直到20世纪30年代前,不少企业都以生产观念作为指导。

然而,随着经济的发展,仅希望"买得到、买得起"的目标市场越来越少,生产观念的用武之地也就越来越小。

3.2.2 产品观念

产品观念是以产品的改进为中心,以提高现有产品的质量和功能为重点的营销观念。当市场供求关系发生变化,供不应求局面得到缓解之时,一些企业转向以产品观念为指导。

持产品观念的营销者认为,消费者喜欢那些质量优良、功能齐全、具有特色的产品。因此,企业应致力于提高产品的质量、增加产品的功能,不断地改进产品。同时，抱着"皇帝的女儿不愁嫁"、"酒香不怕巷子深"的想法，认为只要产品好，不愁没销路，只有那些质量差的产品才需要营销。

在产品观念指导下，企业两眼向内看，一手抓管理，提高人员的素质，制定各种规章制度；一手抓质量，不断改进产品，提高和增加产品的功能。

产品观念也是一种"以产定销"的观念，表现为重生产轻销售、重产品质量轻顾客需求。其主要特点为：

（1）企业把主要精力放在产品的改进和生产上，追求高质量、多功能。

（2）轻视推销，单纯强调以产品本身来吸引顾客，一味排斥其他促销手段。

（3）企业管理中仍以生产部门为主要部门，但加强了生产过程中的质量控制。

产品观念相对于生产观念来讲，有了一定的进步，在只抓产量不抓质量、大批劣质产品充斥市场的情况下，产品观念对于提高产品的质量、改善企业的形象起到了一定的作用。然而，不顾市场的实际需要，一味地提高产品的质量、增加产品的功能，无论是对消费者、对企业，还是对整个社会都是十分不利的。西方市场营销学家也纷纷对产品观念提出了批评。美国西北大学的菲利普·科特勒教授指出，那些以产品观念为指导的组织"应当朝窗外看的时候，它们却老是朝镜子里面看"。美国哈佛大学的西奥多·莱维特教授指出，产品观念导致"市场营销近视症"。

莱维特教授指出，"市场营销近视症"是指企业管理者在市场营销中缺乏远见，只注视其产品，认为只要生产出优质产品，顾客就必然会找上门，而不注重市场需求的变化趋势。"市场营销近视症"的主要表现如下：一是企业经营目标的"狭隘性"。这些企业将自己所经营的任务看得过于狭隘，人为地把自己限制在一个特定的狭隘目标上，以至限制了自身的发展。例如，某香皂生产企业将自己的经营目标定为"向市场上提供品质优良的香皂"，为此，企业的产品研究部门在改进香皂的香型、配方、色彩、包装方面狠下工夫。这种狭隘的经营目标定位使企业未能认识到自身是在从事"向市场提供清洁皮肤和护肤、美容等方面的满足"的事业，因此，当新一代液体洗面奶、营养洗面剂问世后，企业无从适应，受到很大的冲击。二是企业经营观念上的目光短浅。这些企业把自己的注意力集中在现有产品上，用主要技术和资源进行现有产品的研究和生产。他们目光短浅，看不到市场需求的新特点，看不到新产品取代旧产品的趋势，看不到市场经营策略的新变化。总以为本企业的产品是永远不会被淘汰的，只要有好的产品就不怕顾客不上门。这样的企业必然遭到失败。

莱维特教授提出，预防和治疗"市场营销近视症"的"处方"为"企业逆向经营过程"，即将传统的经营过程倒转过来：第一，了解消费者市场需求；第二，分析消费者需求，找出企业能够满足的部分；第三，确定满足需求的具体产品形式；第四，购进必需的原材料；第五，确定生产工艺；第六，生产产品；第七，将产品推向市场，满足消费者需求。

3.2.3　推销观念

推销观念是以产品的生产和销售为中心，以激励销售、促进购买为重点的营销观念。在产品供过于求的情况下，企业将自觉或不自觉地运用推销观念指导企业营销活动。

持推销观念的营销者认为，本企业的产品需要市场，而消费者在购买中往往表现出一定的惰性和消极性，如果没有一定的动力去促进，消费者通常不会足量地购买某一企业的产品。因此，企业必须积极地组织推销和促销，促使消费者大量购买，使本企业产品能占领市场。

在推销观念指导下，营销者的主要任务是在狠抓产品生产的同时，抽出部分精力用于产品的推销。一方面，积极引进先进技术和科学管理方法，不断提高生产效率，增加产品的品种和数量。另一方面，抽调一部分骨干力量，组成强有力的推销队伍，寻找潜在顾客，研究和运用各种方法说服潜在顾客购买本企业的产品，以提高本企业产品的销售量，扩大企业的市场占有率，获取较大的利润。

20 世纪 30 年代以后，西方资本主义经济发展很快，工业、科技的发展及科学管理方法的推广，使市场上产品数量增加，品种类型增多，并开始出现供过于求的局面，企业之间竞争加剧。企业在注重生产的同时，开始重视产品的推销。30 年代以后，推销观念广泛地被西方企业所接受和运用。

进入 20 世纪 80 年代以后，随着我国"对外开放，对内搞活"的方针的不断落实，我国企业的经营自主权不断扩大，产品不再由商业部门统购包销，而必须由企业自寻渠道、自找销路。在这种情况下，企业纷纷开始组建推销队伍，研究和运用推销技术。

推销观念仍然是一种"以产定销"的营销观念，其主要特点为：

(1) 产品不变。企业仍根据自己的条件决定生产方向及生产数量。

(2) 加强推销。注重产品的销售，研究和运用推销和促销方法及技巧。

(3) 开始关注顾客。主要是寻找潜在顾客，并研究吸引顾客的方法与手段。

(4) 开始设立销售部门。但销售部门仍处于从属的地位。

推销观念不仅注重产品的生产，而且注重产品的销售。推销观念在以下两种情况下是可行的：一是当产品供大于求，产品大量积压时。此时市场竞争激烈，企业积极组织产品的推销，以大量销售企业能够生产的产品、取得较大利润为近期目标，对于促进积压产品的销售有一定的积极作用，能在短期内取得较好的营销效果。二是对于一些"非渴求商品"（即购买者一般不会想到要去购买的商品），通过推销可以引起消费者的兴趣，促进消费者购买。然而，推销观念注重的仍然是产品和利润，不注重市场需求的研究和满足，不注重消费者的利益和社会利益。强行推销不仅会引起消费者的反感，从而影响营销效果；而且可能使消费者在不自愿的情况下购买了不需要的商品，严重损害了消费者的利益。

推销工作只是市场营销中的一部分，而且不是最重要的部分。正如菲利普·科特勒所言："推销只不过是营销冰山上的顶峰。推销要变得有效，必须以其他营销功能为前提。"著名管理学家彼得·德鲁克也指出："可以设想，某些推销工作总是需要的。然而，营销的目的就是要使推销成为多余。营销的目的在于深刻地认识和了解顾客，从而使产品或服务完全适合他的需要而形成产品自我销售。"推销作为市场营销活动的一种职能，无论是过去、现在和将来，都会被企业所采用，在企业的市场营销中发挥一定的作用。但是，推销观念作为企业营销的一种指导思想，已不适应社会发展的需要。因此，现代企业的市场营销，必须摒弃产品导向的营销观念，树立以消费者需求为导向的现代市场营销观念。

总之，企业导向营销管理哲学在工作重点、任务和适用条件等方面都有其自身的特点，具体情况见表3-1。

表 3-1　企业导向营销管理哲学

营销观	主要观点	营销重点	营销任务	适用条件
生产观念	消费者喜欢能买到的商品。企业能生产什么就销售什么	产品生产	提高效率、降低成本	产品供不应求
产品观念	消费者喜欢质量高、功能强的商品。企业必须致力于产品的改进和提高	产品生产和改进	提高质量、增加功能	产品供求平衡
推销观念	消费者具有惰性，没有外力的推动不会足量购买。企业必须同时注重生产和销售	产品生产和销售	重视生产、加强推销	产品供过于求

3.3　顾客导向营销管理哲学及其实践

西奥多·莱维特教授在20世纪60年代提出的"顾客导向"概念不仅是对现代市场营销观的精辟概括，也是指导企业营销实践的行动指南。然而，随着营销理论与实践的发展，顾客导向营销观的内涵也在不断发生变化：从以适应需求为目标的市场营销观念，到以创造需求为目标的大市场营销观念，再到以顾客满意为目标的顾客满意营销观念，使企业的营销活动越来越贴近顾客。

3.3.1　市场营销观念

市场营销观念是以顾客的市场需求为中心，以研究如何满足市场需求为重点的营销观念。市场营销观念的确立，标志着企业在营销观念上发生了根本的、转折性的变革，由传统封闭式的生产管理型企业，转变为现代开放式的经营开拓型企业，为成功营销奠定了基础。

1. 市场营销观念的基本内容

市场营销观念认为，实现企业营销目标的关键在于正确地掌握目标市场的需求，并从整体上去满足目标市场的需求。因此，企业必须生产、经营市场所需要的产品，通过满足市场需求去获取企业的长期利润。市场营销观念的基本内容，主要包括以下几个方面：

（1）注重顾客需求。树立"顾客需要什么，就生产、经营什么"的市场营销观念，不仅要将顾客的需求作为企业营销的出发点，而且要将满足顾客的需求贯穿于企业营销的全过程，渗透于企业营销的各部门，成为各部门工作的准则。不仅要了解和满足顾客的现实需求，而且要了解和满足顾客的潜在需求，根据市场需求的变化趋势，来调整企业的营销战略，以适应市场的变化，求得企业的生存与发展。

（2）坚持整体营销。市场营销观念要求企业在市场营销中，必须以企业营销的总体目标为基础，协调地运用产品、价格、渠道、促销、公关等因素，从各个方面来满足顾客的整体需求。

（3）谋求长远利益。市场营销观念要求企业不仅要注重当前的利益，更要重视企业的长远利益。在营销中不仅要满足顾客的需要，而且要使顾客满意，通过让顾客满意来树立企业的良好形象，争取再次购买者。因此，企业在市场营销中，不仅要注重产品的生产和销售，而且要注重营销服务，把服务贯串于企业生产经营的全过程，从而推动企业经营管理水平的不断提高。

2. 市场营销观念与推销观念的区别

从推销观念到现代市场营销观念的变化，是企业从"以产定销"的传统观念转变为"以需定产"的现代营销观念的一个重大的、带有转折性的变化。这在国际上称为可与工业革命相提并论的"销售革命"。市场营销观念在营销重点、营销目的、营销手段、营销程序等方面都不同于推销观念。两者的区别主要表现在以下几个方面：

（1）营销重点不同。推销观念以产品作为营销的重点。在推销观念指导下，企业将主要精力用于产品的生产和推销上，以"生产、销售我能生产的产品"作为营销的格言。市场营销观念以顾客需求作为营销的重点。在市场营销观念指导下，企业的各项工作、各个部门都以满足顾客需求为中心和原则，围绕着如何满足顾客的现实需求和潜在需求来开展工作，以"生产、经营顾客所需要的产品"作为营销的格言。

（2）营销目的不同。推销观念"通过产品销售来获取利润"。为了多销售产品、多获利，积极研究和运用推销技巧，有时甚至采取虚假广告等手段，急功近利，表现出"一锤子买卖"的短视行为。市场营销观念以"通过顾客满意而获得长期利益"为目的，既注重近期利润，又注重长期利益，将两者有机地结合起来，以优质的产品、合理的价格、优良的服务建立企业的信誉，从而取得顾客的信赖，以长期占领市场，取得长远的发展。

（3）营销手段不同。推销观念以单一的推销和促销为手段，不注重各种营销因素的综合运用。市场营销观念则以整体营销为手段，在企业营销目标指导下，综合运用产品、定价、渠道、促销、公关等企业可以控制的营销因素，从整体上来满足顾客的需要。

（4）营销程序不同。以推销观念为指导的企业营销活动，是产品由生产者到达消费者的企业活动，即以生产者为起点，以消费者为终点的"生产者→消费者"的单向营销活动过程。现代市场营销观念指导下的企业营销活动，是从调查研究消费者需求入手，确定目标市场，研制目标顾客所需要的产品，提供目标顾客满意的价格、渠道、促销和服务，并反馈消费者的需求信息的全过程，即由"消费者→生产者→消费者"的不断循环上升的活动过程。

（5）营销机构不同。以推销观念为指导的企业，由第一副总经理抓生产管理，由居于从属地位的销售副总经理直接领导若干个销售机构（或按地区划分，或按产品划分）和销售人员，如图 3-1 所示。

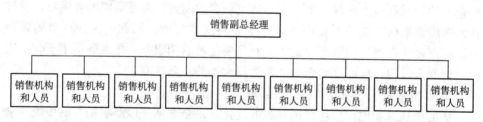

图 3-1　推销观念下的企业营销机构

现在市场销售观念指导下的企业，将整体营销工作作为企业的主要工作，由第一副总经理全面负责市场调研和市场销售工作，下设市场调研部、产品销售部、广告推广部、顾客服务部等，如图 3-2 所示。

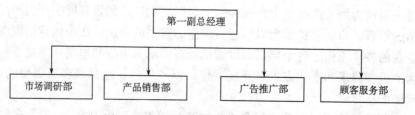

图 3-2　市场营销观念下的企业营销机构

对于市场营销观念与推销观念的区别，著名营销学家莱维特作了精辟的概括：推销观念注重卖方需要，而营销观念则注重买方的需要；推销以卖方需要为出发点，考虑如何把产品变成现金，而营销则考虑如何通过产品以及与创制、传送产品和最终消费产品有关的所有事情，来满足顾客的需要。

3.3.2　顾客满意营销观念

随着世界经济的飞速发展，企业竞争日趋激烈，对顾客导向的认识也在不断地深化和拓展。20 世纪 80 年代末 90 年代初提出的顾客满意（customer satisfaction，CS）就是顾客导向在当代市场条件下的发展和具体运用。顾客满意是指顾客通过将产品的可感知的效果（或结果）与他们的期望值相比较后所形成的感觉状态。顾客满意是达到顾客忠诚的前提和基础。CS 战略的兴起，使企业经营实现更高层次的顾客导向。

1. 顾客满意观的兴起与发展

美国企业界于 20 世纪 80 年代后期开始注重顾客满意，并制定了各个行业的顾客满意指标（customer satisfaction index，CSI）体系。例如，美国 J. D. Power 公司针对购买汽车的顾客的特点，制定了较为完善的顾客满意指标体系。

1989 年，瑞典引进 CS 指标体系，建立了全国性的顾客满意指标。

1991 年 5 月，美国市场营销协会召开了第一届以"如何以 CS 战略来应付竞争日益激烈的市场态势"为主题的会议。

1990 年，日本丰田、日产两大汽车公司率先导入 CS 战略，拉开了日本企业实施 CS 战略的序幕。CS 战略传入日本以后，有了极大的发展，从单一的顾客满意度调查，发展成为具有较为完整体系的指导企业经营活动的总体性战略。日本企业界甚至将 1990 年定为"顾客满意元年"。进入 20 世纪 90 年代以来，激烈的国际市场竞争已打破了区域界限，形成了全方位、高强度之势。经济增长放慢，企业利润率降低，各种信息加快扩散的趋势越来越明显，企业要长期保持技术上的领先和生产率的领先以取得竞争优势，已非易事。企业只有坚持顾客导向，以顾客满意作为其营销活动的基本准则，建立与顾客的良好关系，才能在根本上赢得竞争优势。而实现顾客满意的关键是提高顾客让渡价值。

2. 顾客满意的理论基础——"让客价值"理论

"让客价值"，又称为"顾客让渡价值"，是指顾客总价值（total customer value）与顾客总成本（total customer cost）之间的差额。"顾客总价值"是指顾客购买某一产品与服务所期望获得的所有利益，它包括产品价值、服务价值、人员价值和形象价值。"顾客总成本"是指顾客为获得某一产品所费的时间、精力以及所支付的货币等，具体包括货币成本、时间成本、精神成本和体力成本。

对顾客来说，"顾客让渡价值"就是企业所提供的使其感到满意的价值。由于顾客在购买商品时，总希望把包括货币、时间、精力在内的有关成本降到最低限度，而同时又希望从中获得更多的利益，以使自己的需要得到最大限度的满足。因此，顾客在购买产品或服务时，往往从价值与成本两个方面进行比较分析，选择对自己来说"让客价值"最大的产品或服务。企业实施 CS 战略，就是为了能向顾客提供颇具吸引力的"让客价值"，以实现顾客满意的目标。CS 战略的实施和"让客价值"理论的提出，使顾客导向发展到一个新的阶段：由传统的适应需求、满足需求发展到顾客满意。企业要提高"让客价值"，可以从两个方面改进自己的工作：

1）增加顾客购买的总价值

使顾客获得更大的"让客价值"的途径之一，是增加顾客购买的总价值。顾客总价值由产品价值、服务价值、人员价值和形象价值组成，其中每一项价值因素的变化均对总价值产生影响。

（1）产品价值。产品价值是指产品的功能、特性、品质、品牌与式样等所体现的价值。它是决定顾客购买总价值大小的主要因素。产品价值是由顾客需要来决定的，在分析产品价值时应注意：①在经济发展的不同时期，顾客对产品有不同的需求，构成产品价值的要素以及各种要素的相对重要程度亦会有所不同。在经济不发达、生产水平相对较低时，顾客购买产品时更看重产品的耐用性、可靠性等，而对产品的花色、式样、特色等却较少考虑。在经济发展迅速、商品大量供应、人们生活水平普遍提高的今天，顾客往往更为重视产品的特色质量，如要求功能多、式样新等。②在经济发展的同一时期，不同的顾客在消费选择上显示出极强的个性特色和明显的需求差异性，对产品价值也会有不同的要求。因此，企业必须认真分析不同顾客的需求个性和特征，并据此进行产品的开发与设计，以增强产品价值的适应性，为顾客创造更大的价值。

（2）服务价值。服务价值是指企业伴随产品实体的出售或者单独地向顾客提供的各种服务所体现的价值。随着消费者收入水平的提高和消费观念的变化，消费者在选购商品时，不仅注意产品实体价值的高低，而且更加重视产品附加价值的大小。特别是在同类产品质量与性能大体相同的情况下，企业向顾客提供的服务越完善，产品的附加价值越大，顾客从中获得的总价值也越大。因此，向顾客提供更完善的服务，已成为现代企业竞争的新焦点。

（3）人员价值。人员价值是指企业员工的经营思想、知识水平、业务能力、工作效率与质量、经营作风、应变能力等所体现的价值。员工直接决定着企业为顾客提供的产品与服务的质量，决定着顾客购买总价值的大小。一个综合素质较高的员工，能够比知识水平低、业务能力差、缺乏顾客导向观念的员工为顾客创造更高的价值，从而争取更多满意的顾客。然而，人员价值对企业、对顾客的影响作用往往是潜移默化、不易度量的。因此，高度重视对企业人员综合素质与能力的培养，强化其顾客导向的观念，加强对员工日常工作的激励、监督与管理，使其始终保持较高的工作质量与水平就显得更为重要。

（4）形象价值。形象价值是指企业及其产品在社会公众中形成的总体形象所体现的价值。包括：企业的产品、技术、包装、商标、工作场所等所构成的、能为公众感官所把握的有形形象所体现的价值；公司及其员工的职业道德、经营行为、服务态度、工作作风等行为形象所体现的价值；企业的价值观念、经营哲学等理念形象所体现的价值。形象价值对于企业来说是宝贵的无形资产，良好的形象会对企业的产品产生巨大的支持作用，给顾客带来精神上和心理上的满足感、信任感，使顾客的需要获得更高层次和更大限度的满足，从而增加顾客购买的总价值。

2）降低顾客购买的总成本

使顾客获得更大"让客价值"的途径之二，是降低顾客购买的总成本。顾客总成本不仅包括货币成本，而且还包括时间成本、精力成本、体力成本等非货币成本。一般情况下，顾客购买时首先要考虑货币成本的大小，因此货币成本是构成顾客总成本大小的基本因素。在货币成本相同或差别不大的情况下，顾客还要考虑购买时所花费的时间、精力、体力等。尤其是随着人们生活水平的提高，后者在很多时候将成为构成顾客总成本的主要因素。

（1）时间成本。在顾客总价值与其他成本一定的情况下，时间成本越低，顾客购买的总成本越小，从而"让客价值"越大。如以服务企业为例，顾客在购买餐馆、旅店、银行等服务行业所提供的服务时，常常需要等候一段时间才能进入到正式购买或消费阶段，特别是在营业高峰期更是如此。在服务质量相同的情况下，顾客等候购买该项服务的时间越长，所花费的时间成本就越大，购买的总成本也就会增加。同时，等候时间越长，越容易引起顾客对企业的不满，从而中途放弃购买的可能性亦会增大。因此，努力提高工作效率，在保证产品与服务质量的前提下，尽可能减少顾客时间的支出，降低顾客的购买成本，是为顾客创造更大的"让客价值"，增强企业竞争能力的重要途径。

（2）精力、体力成本。精力、体力成本是指顾客在购买产品及服务时，在精神、体力方面的耗费与支出。顾客购买商品的过程是一个从产生需求、收集信息、判断选择、决定购买到实施购买以及购后感受的全过程，在购买过程的各个阶段，均需付出一定的精神与体力成本。如果企业能够通过各种渠道向顾客提供全面详尽的商品信息，为顾客提供良好的售后服务，如送货上门、安装调试、定期维修、供应零配件等，就可以减少顾客为购买或消费耗费的精神和体力成本。

3. 实现顾客满意的营销对策

1）合理确定目标顾客

菲利普·科特勒提出：要分析顾客赢利率，吸引和保持有利可图的顾客。威廉·谢登的"20/80/30 定律"指出："在顶部的 20％的顾客创造了公司 80％的利润，但其中的一半让在底部的 30％的非赢利顾客丧失掉了。"

因此，公司应尽力保持为公司带来最大利润的顾客，将其作为公司的基本目标顾客，对之进行有效的客户关系管理；逐步剔除最差的顾客，以调整公司的顾客结构。在此基础上，针对不同的目标顾客来建立顾客满意战略体系。

2）建立顾客满意度监控体系

"顾客满意度"不仅仅取决于企业的营销举措，而且在很大程度上取决于目标顾客的主观意愿和偏好。要实现顾客满意，首先，必须将"顾客总价值"和"顾客总成本"指标进行细化，建立顾客满意指标体系；其次，以此为标准对目标顾客进行调查，了解目标顾客的意愿、偏好及对企业营销的满意程度；最后，在此基础上，制定整改措施，不断提高顾客满意度。

3）建立价值让渡的 CS 战略系统

CS 战略系统包括产品和服务系统、内部员工管理系统、企业与顾客的沟通系统及绩效评估系统。建立这一系统的战略目标是培育和提高顾客忠诚。

4. "满足需求—顾客满意"为企业各个部门所接受和运用

（1）"满足需求—顾客满意"已成为产品质量管理的依据众所周知，国际标准化组织所颁布的 ISO 9000，是国际公认的质量标准，也是指导企业进行质量管理的导航器。于 2001 年 9 月 26 日公布的重新修订的 ISO 9000（2000 版），明确规定产品质量必须以满足需求为先导，以顾客满意为评判标准。这一标准的推行，必将引导企业确立以顾客为导向的质量观，在质量管理中不仅注重功能（标准）性质量，更要注重以市场需求为依托的适用性质量。

（2）"满足需求—顾客满意"也成为企业内部管理的指导思想内部营销的实施，促使企业各个部门都要注重企业的最终顾客，实施"满足需求—顾客满意"；同时，还必须将企业内部的后续部门作为自己的顾客，达到"满足需求—顾客满意"。

3.3.3　大市场营销观念

大市场营销观念是以市场需求为中心，以引导需求、创造需求为宗旨的营销哲学。20 世纪 80 年代以来，世界经济进入了一个发展滞缓、增长乏力的时期，世界各国和各个地区采取封锁政策，贸易保护主义抬头。企业在进入贸易保护主义严重的那些特定地区进行营销活动时，面临着各种政治壁垒和公众舆论方面的障碍。针对这种情况，美国著名营销学家菲利普·科特勒提出了大市场营销观念。

所谓大市场营销是指企业为了成功地进入特定市场并从事业务经营，在策略上协调地使用经济的、心理的、政治的和公共关系等手段，以博得各有关方面的支持与合作的活动过程。

　　大市场营销观念认为，由于贸易保护主义回潮、政府干预加强，企业营销中所面临的问题，已不仅仅是如何满足现有目标市场的需求。企业在市场营销中，首先须运用政治权力（political power）和公共关系（public relations），设法取得具有影响力的政府官员、立法部门、企业高层决策者等方面的合作与支持；启发和引导特定市场的需求，在该市场的消费者中树立良好的企业信誉和产品形象，以打开市场、进入市场。然后，运用传统的产品、价格、渠道和促销组合，即 4P's 去满足该市场的需求，进一步巩固市场地位。

　　大市场营销观念与传统的市场营销观念的区别主要表现在以下四个方面：

　　（1）对环境因素的态度不同。传统的市场营销观念将外部环境因素看做是不可控制的因素，企业在营销中主要是被动地适应它，分析环境、抓住机遇、避开风险。而大市场营销观念认为对于某些环境因素，企业可以通过某些途径，能动地去影响和改变它，使它成为企业营销的有利因素。

　　（2）企业营销目标有所不同。在传统的市场营销观念指导下，企业营销的目标是"了解目标市场的需求，并设法去满足它"。在大市场营销观念指导下，企业营销的目标是"引导和改变目标顾客需求，打开和进入某一特定市场，进而满足市场需求"。

　　（3）市场营销手段有所不同。传统的市场营销，以企业可以控制的 4P's 为手段，组成市场营销组合，去满足目标市场的需要。大市场营销则以 6P's（产品、价格、渠道、促销、权力和公共关系）为手段，首先考虑如何通过引导需求去打开和进入市场，然后才有可能去满足市场需求。

　　（4）诱导方式有所不同。传统的市场营销采取积极的诱导方式，通过宣传说服目标顾客接受企业及产品。大市场营销论者认为，有时也可采取运用政治权力等方式来打开市场。

■ 3.4　竞争导向营销管理哲学及其实践

　　2008 年 10 月，五粮液保健酒公司推出"黄金酒"之后，贵州茅台保健酒业公司也推出了与之抗衡的"白金酒"。五粮液保健酒公司负责人对此表示："名优酒厂共同进入保健酒行业对于做大市场，正确引导消费是好事"。几年下来，在保健酒市场每年增长 30％以上的大背景下，黄金酒和白金酒都取得了骄人的营销业绩。

　　在市场营销中，我们同样可能发现这样的情况，在激烈的市场竞争中，那些成功的企业常常是在顾客选择过程中做得比竞争者更为优秀的企业。这就告诉我们，如何超越竞争，使自身的竞争优势得到最大程度的发挥，也是每一个企业必须经常思考和面对的问题。

3.4.1　竞争导向营销管理哲学的基本含义和特征

从本质上看，竞争导向就是要求企业每一位员工都必须具有竞争意识，即使企业当前面临的是一个垄断市场，也必须看到未来可能的市场竞争，盯住竞争者的任何营销努力，并千方百计地超越他，在顾客面前比竞争者做得更好一些。

➢ 案例3-1　比竞争者做得更好一点

泰国的东方大饭店堪称亚洲之最，几乎天天客满。不提前一个月预定是很难有入住机会的，而且客人大都来自西方发达国家。东方饭店的经营如此成功，是他们有什么特别的优势吗？不是。是他们有新鲜独到的招数吗？也不是。那么他们究竟靠什么获得如此骄人的业绩呢？要找到可靠的答案，我们不妨来看一下王先生入住东方饭店的经历。

王先生经常因为生意去泰国，第一次下榻东方饭店的感觉就很不错，第二次入住，这种好感迅速升级。那一天早上，他走出房间去餐厅时，楼层服务生恭敬地问道："王先生是要用早餐吗？"王先生很惊奇，反问"你怎么知道我姓王？"服务生说，"我们饭店规定，晚上一定背熟所有客人的名字。"这令王先生大吃一惊，因为他住过世界各地无数高级酒店，但这种情况还是第一次碰到。王先生走进餐厅，服务小姐微笑着问："王先生还要老位置吗？"王先生的惊讶再次升级，心想虽不是第一次在这里吃饭，但最近一次也有一年多了，难道这里的小姐记性这么好？看到他惊讶的样子，服务小姐主动解释说："我刚刚查过电脑记录，您去年6月8日在靠近第二个窗口的位置上用过早餐。"王先生听后兴奋地说："老位置，老位置！"小姐接着问："老菜单，一个三明治，一杯咖啡，一个鸡蛋？"王先生已经不再惊讶："老菜单，就要老菜单！"

上餐时餐厅赠送了一种小菜，由于这是他第一次看到，就问："这是什么？"服务生退后两步说："这是我们饭店特有的一种某某小菜"。服务生为什么要退后两步呢，原来是怕自己说话时口水不小心落在客人的食品上。这种细致的服务不要说在一般的酒店，就是在美国最好的酒店里王先生也没有见过。

后来，王先生两年没有去泰国。在他生日的那天，突然收到一封东方饭店发来的生日贺卡，并附上了一封信，信上说东方饭店的全体员工十分想念他，希望能再次见到他。王先生当时激动得热泪盈眶，发誓再到泰国，一定要住在东方饭店，并且要说服所有的朋友像他一样选择东方饭店。

原来，东方饭店在经营上的确没有什么新招、怪招，他们采取的仍然是惯用的传统方法：提供人性化的服务。只不过在别人仅仅局限于达到规定的服务标准就停滞不前时，他们却进一步挖掘，抓住大量别人不在意的、不起眼的细节，坚持把人性化的服务延伸至方方面面，落实到点点滴滴，不遗余力地推向极致。由此，他们靠比别人更胜一筹的服务，更容易赢得顾客的心，天天爆满也就不足为奇了。

东方饭店的做法令人深思。在这个竞争的时代，做什么事情只会做"规定动作"，只满足于和别人做得一样好，没有竭尽全力超越别人，没有争创一流，做到极致的意念和行动，就难以从如林的强手中胜出，在激烈的角逐中夺魁。

资料来源：根据余世雄《成功经理人讲座》有关资料整理

市场经济的公平性、开放性和自由性，决定了任何一个领域都可能出现竞争。只要没有经营上的垄断因素存在，在利润的驱动下，竞争者迟早会发现你正在获取利润丰厚的产品或产业。企业目前所拥有的技术、资本或管理上的竞争优势都是暂时的，企业不创新，不继续前进，迟早会被竞争者超越。因此，在营销管理中，牢固树立竞争导向营销观念具有十分重要的现实意义。竞争导向营销管理哲学相对于其他营销理念具有以下特征：

第一，企业营销活动的出发点是竞争者。企业做什么，必须和竞争者进行比较。如果没有显著的竞争优势，就必须选择不同于竞争者的业务或市场空白，从而避开激烈的市场竞争。你生产"白色家电"很成功，我就经营网络信息产品。你生产家用轿车很出色，我就生产商务汽车。即企业选择业务方向和经营目标时，要和竞争者实现错位经营。

第二，企业营销工作重点明确需要有竞争思维。只要选准竞争者的薄弱环节和领域，扎实地开展工作，也会迅速建立起自身的竞争优势。当年力帆集团根据国产摩托车行业普遍存在的发动机缺陷进行攻关，很快拿出了技术水平和产品性能世界一流的成果，不仅迅速成为中国摩托市场上的领袖企业，而且在世界许多国家和地区也站稳了脚跟，取得了骄人的经营业绩。

第三，企业营销手段和策略的选择必须盯住竞争者。企业怎么做，即营销工作的质量水平或营销策略的选择，必须和竞争者进行比较。一方面，企业可以以竞争者作为标杆，在营销质量的水平向他看齐的过程中，努力超越他，使自己的目标顾客让渡价值达到最大化。另一方面，如果无法超越，也可以在竞合理念的指导下，利用自己的优势和竞争者结成战略联盟，最终建立起自身长期的竞争优势。当年，四川长虹公司在国际市场竞争中，发现难以在技术上超越欧洲的飞利浦公司，就利用自身的低生产成本和国内市场分销网络优势与飞利浦公司结成战略联盟，几年合作下来，四川长虹电子股份有限公司研发能力和产品技术含量进一步增强，企业的竞争优势在国内同行中更加明显。

3.4.2　竞争导向营销管理哲学的实践要点

作为一种营销管理哲学，要在企业中得到充分的贯彻和实践，既是一种系统的营销工程，也是一种长期的企业营销努力。一方面，它是需要企业所有员工、所有部门、所有业务领域都必须树立的营销思想，离不开企业的整体行为支持。另一方面，一种营销理念要得到企业所有员工的认同并成为大家的自觉行为，也不是一朝一夕的事情，有时需要企业中几代人的努力。

首先，竞争导向营销理念的实践首先需要企业牢固树立科学的竞争文化。尽管商业竞争的现实使越来越多的中国企业看到了竞争的残酷性，在企业经营中决策中开始具有竞争的意识，但是，我们也必须看到，在长期受到中庸与和谐文化熏陶下的中国社会，"和为贵"的思想还是深入人心，即使企业的领导者具有竞争意识，也不等于企业全体员工都拥有竞争意识。因此，一定时期内依靠企业系统的努力在企业建立一种竞争文化就具有十分重要的意义。

> ### ➤ 案例3-2 华为的狼文化

任正非先生是深圳华为技术有限公司的董事长，军人出身，具有集体战斗意识。华为技术有限公司是生产电话程控交换机的世界一流企业。它的快速发展对同行企业贝尔阿尔卡特公司形成了很大的威胁。华为的成功在很大程度上与它独特的狼性企业文化有关。

任正非说，狼有三个特性：第一，嗜血性。什么地方有血腥味，狼很快就会嗅到。作为企业，华为就是要像狼一样，对商业机会具有敏锐性，在瞬息万变的市场竞争中不放过任何有价值的公司机会。第二，顽强性。狼不避风雨，不怕寒冷，在任何艰难的环境中也能生存下去。华为公司必须学习狼的精神，敢于迎接任何困难和挑战。第三，团队性。也是华为最重要的一种"性格"。狼是成群出动的动物，华为公司也必须在迎接竞争中打团体战，从来不搞单兵出击。

资料来源：余世维.2009.打造高绩效团队.北京：北京大学出版社

其次，科学的竞争文化还要求企业必须告别传统的竞争思想和低劣的竞争手段。尽管短期内在特定市场中，需求在同行企业中具有此消彼长的关系，但是，从长期看，消费者需求的多样性和发展性，决定了企业市场容量在竞争者发展时也可以相应增长。因此，同行企业间的竞争绝对不是零和游戏，而是可以共同成长共同发展的。"同行是冤家"作为一种传统的竞争理念对中国企业影响很深，即竞争者产品和自己有一定的替代性，很多企业就不高兴，甚至采取低劣的非法的手段去打击竞争对手，这不仅会影响到企业的社会形象，有时还会使企业陷入法律纠纷之中。因此，在竞合营销理念的指导下，注意发现市场中的"蓝海"[①]，用更新的技术和手段去开发"蓝海"市场对于当前的中国企业具有十分重要的现

---

① 此处将待建未知市场比喻为"蓝海"

实意义。曾经的美国钢铁大王卡内基和洛克菲勒之间的竞争就值得我们深思。在洛克菲勒购买铁矿山准备进军钢铁行业的时候，卡内基在"与比自己强的人合作而不是战斗"的信念指引下，与洛克菲勒谈判，最终达成了洛克菲勒不涉足钢铁业，卡内基购买其全部的铁矿石并利用洛克菲勒运输系统运输的合作协议，最终实现了双赢。

再次，竞争导向营销管理哲学也要求企业选准竞争者。向谁学习，决定着自己的水平和能力。向行业领袖学习，企业就会具备领袖的知识能力和水平。向身边的领袖企业学习，更能够增强员工的信心。因此，企业家在为企业树立学习标杆企业时，一方面要瞄准行业的领袖企业，有时是世界领袖企业，用他们的管理制度、创新精神和服务意识要求员工，给他们增加压力。另一方面，所选择的标杆企业要具有可学习性。他们的业务领域、发展特征和基本条件和自身具有某种相似性，他们的成功经验具有可借鉴性，让企业员工感到可学易学，从而增强他们的信心和动力。

最后，苦练内功、打造良好企业形象也是竞争导向营销管理哲学实践的根本。企业竞争就好比拳击比赛，既要有强壮的体魄，也需要过硬的竞技水平。在市场营销中，企业要成为最后的赢家，就必须拥有一流的技术、一流的产品、一流的服务和一流的管理。这就要求企业必须用优秀的企业文化聚集优秀的员工，加大研发投入，狠抓产品和服务质量，在管理上比竞争者做得更精更细，这就是企业竞争必备的内功。打造良好的企业形象就是为了赢得更为广泛的社会知名度和美誉度，为企业产品或服务赢得更好的市场环境，最终获得更高的市场占有率。

3.5　企业家在营销管理哲学实践中的地位和作用

企业家不仅是企业的经营者和掌门人，也是企业性质方向和目标的重要决定者。在市场营销管理哲学实践过程中，重视企业家的地位和作用，不仅关系到营销管理哲学自身的形成发展和完善，也关系到它能否顺利融入企业的文化之中，关系到它对企业营销活动产生的作用的性质和大小。

3.5.1　企业家在营销管理哲学实践中的地位

在现实中，一种特定的市场营销管理哲学通常需要经历被发现、被总结和推广宣传的过程，才能在企业中生根开花。企业家作为企业的精神领袖，往往是企业营销理念的发现者、传播者和实践者。

1. 企业家是市场营销管理哲学的发现者

什么样的理想信念能够把企业广大的员工凝聚起来，形成一个具有很强战斗力的营销团队，这是每一个企业家必须面对的问题。不同时期各个企业面临的目标任务不同，对员工具有感召力的东西也不相同。同时，员工需求的变化也决定了他们感兴趣的事物也不一样。因此，企业家就是要根据企业面临的特殊环境，结合员工的普遍需求，寻找和发现潜藏在企业内部的精神动力，通过归纳提炼之后上升到企业精神的高度，最后表现为一个特色鲜明的营销理念。这个过程就是企业营销管理哲学的发现过程。企业家的特殊位置和能力决定了他们往往是营销管理哲学的最早的发现者或提出者。

➤ 案例3-3　联邦快递的共同价值——"行动中思想着"

1971年，弗莱德·斯密斯在一个废弃的军用机场里开始了他的联邦快递创业生涯，30多年过去了，弗莱德·斯密斯已经将联邦快递发展成为业务遍及全球214个国家和地区，营业收入超过200多亿美元的快递营运商，跻身世界企业500强。弗莱德·斯密斯有一句名言"行动中思想着"。其基本的含义就是速度是联邦快递的生命，速度就是联邦快递的核心文化和共同价值观。因此，联邦快递在在这一精神的影响下，经营中十分重视速度、行动和敏捷，并努力把这种价值观和文化灌输到每一位员工的思想和行动之中。凡是做事不积极、不敏捷和不快速的员工是很难在联邦快递待下去的，联邦快递也不喜欢这样的经理人和员工。

资料来源：余世维.2005.企业变革与文化.北京：北京大学出版社

2. 企业家是市场营销管理哲学的传播者

高度抽象和概括的市场营销哲学，开始提出之时往往难以被所有的员工理解和接受，这就需要企业的管理者尤其是企业家以牧师的形象出现，利用各种机会和场所宣讲它，把其中涉及的人和事、工作领域、管理制度及其执行要领讲清楚讲透彻，甚至不惜挖掘典型事件来展示营销管理哲学的本质或要害，最终达到教育员工，转变员工的目的。由于各个企业员工的知识水平不同，传播的手段和途径还不能千篇一律，企业家必须结合企业实际，努力实现传播手段和形式的多样化，让员工在具体的丰富多彩的文化活动中来感受和体会营销管理哲学的魔力。曾经有一个来料加工企业，由于员工的主体是文化程度不高的农民工，企业家为了把"善待顾客"的理念传播出去，煞费苦心地在工厂大门口放置了一尊释迦牟尼雕像，让员工每天上下班的时候都能感受到佛就在身边，不能对顾客作恶，只能善待顾客。善待顾客就是必须做好自己的每一件事情，保障公司的产品和服务质量，最终维护顾客的利益。实践表明：这样的传播形式效果非常明显，企业长期没有出现任何质量安全事故。

3. 企业家是市场营销管理哲学的实践者

俗话说，言传不如身教。企业家在实践一种特定的营销管理哲学时，除了语重心长地向广大员工宣讲之外，更为重要的事情是在员工面前怎样带头实践，怎样带头执行和贯彻体现营销管理哲学的各项企业规章制度。如果言行不一，后果必然是企业的营销管理哲学被束之高阁。相反，企业家如果能够身体力行，模范地执行企业各项管理制度，尤其是在一些关键时刻，依然能够受到企业精神或营销理念的约束，宁可让企业的眼前利益受损或管理者自己的利益受损，也要坚定不移地执行企业的制度，实践企业的营销理念，员工就会自然而然地产生对营销理念的崇拜和尊重，就会在日常工作中把营销理念变成自己的一种自觉行为。

3.5.2　企业家在市场营销管理哲学实践中的作用

1. 明晰市场营销管理哲学的文化地位

一种市场营销管理哲学从朦胧走向清晰并最后进入到企业文化的核心领域，常常与企业家的作用密不可分。企业家在思考企业文化系统建设时，必须考虑企业是什么、企业做什么和企业怎么做等问题。在解决这些问题的过程中，企业的精神和信仰又是最为关键的因素。因此，企业家必然从企业内在需要出发，去发现企业的终极目标和精神需要，把那些能够唤起企业员工、客户、股东等利益相关者共鸣的精神力量挖掘出来、提炼出来，通过系统的努力最后使之成为企业文化的核心或精髓。海尔公司张瑞敏先生为了打造世界名牌，打造百年品牌，根据世界名牌的本质要求和中国转轨时期市场经济的特点，最终提出了"真诚到永远"的营销理念，其目的就是要用对消费者真诚换取消费者对海尔的信任和喜爱，而且是一种永远的信任和喜爱。今天，"真诚到永远"已经成为海尔文化的核心，成为海尔竞争制胜的有力法宝。

2. 扩大市场营销管理哲学的影响力

一种特定市场营销管理哲学的影响力通常会经历从公司管理层到全体员工，再扩散到渠道成员和社会公众的过程。企业管理层和全体员工接受和认同营销理念离不开企业家的宣传和实践。渠道成员和社会公众的接受和认同也离不开企业家的对外宣传和推广努力。在企业的市场营销理念被明晰以后，企业家就要扮演精神领袖的角色，深入到广大的员工之中、渠道成员之中和社会公众之中，进行宣讲和传播。万科集团的王石先生每年花相当多的时间参加各种论坛或讲座，到处宣讲万科的营销理念，对于提升万科的知名度、美誉度和影响力发挥了十分重要的作用。

3. 提高市场营销管理哲学的认同度

一种特定的市场营销管理哲学要成为企业发展的精神动力必须首先得到企业

内部全体员工的认同，要得到全体员工的认同就必须让大家真正认识到它的价值。企业家无论是作为教练还是牧师都需要不断地宣讲营销理念的价值，最终使大家充分认识它在企业中的重要地位和作用，而且员工们在日常工作中还会经常从企业的制度中体会到它的存在和价值，从而自觉践行企业的精神和宗旨。同时，企业的营销理念如何获得社会公众的认同，这是营销管理哲学认同度提升的又一个境界，优秀的企业家通常会在营销管理哲学得到内部认同之后，还会努力使这种理念得到社会公众的认同，从而提升企业的形象和声誉，然后依靠这种形象和声誉形成一种外部力量，在促使企业员工和中间商努力做好产品和服务质量的同时，产生一种自豪感和荣誉感，增强企业的凝聚力。因此，从某种意义上说，企业家提升市场营销管理哲学认同度的过程也就是企业竞争力提升的过程。当年四川长虹电子集团在民族工业面临外资巨大冲击的严峻时刻，提出了"以产业报国民族昌盛为己任"的营销理念，在激励企业不断创新，提升产品技术含量，降低制造成本的同时，赢得了社会的广泛赞誉，内外两种力量的作用，进一步提升了长虹产品的市场竞争力。

3.5.3　企业家实践市场营销管理哲学需要注意的几个问题

1. 重视员工身份和角色的转化

一种营销管理哲学要得到企业管理层的认同相对容易，但是要成为企业内部的共同价值观则要困难得多。因为，企业的员工因知识层次、职场经历和所处的社会地位的不同，都会对它具有不同的认识和体会。企业家必须首先将他们从自然人和社会人转变为具有某种属性的企业人，即企业主人翁意识的形成。经验表明：身份和角色转化最为困难的是一些来自同行竞争者企业的核心员工。他们对企业和行业有一定的认识，很容易将现有企业的营销管理哲学和以前的企业进行比对，要让他们在短期内认同企业、认同企业的营销理念，实属不易。企业家必须在个人魅力、领导能力和管理创新等方面作出更大的努力，用更好的经营业绩和员工报酬促使他们逐渐改变认识、转变态度、最终形成一种归属感。因此，重视企业员工身份和角色的转化，首先是核心员工主人翁意识的建立，然后再逐步普及到所有的企业员工中去。

2. 注意从宗教领域吸取精神营养

世界三大宗教之所以有顽强的生命力和持续的影响力，一个重要的原因就是它有清晰的核心理念、系统的传播手段和专职的宗教人员。企业营销管理哲学要在企业内外具有顽强的生命力和影响力也必须达到三个方面的有机统一，即清晰的企业精神、完备的传播与推广系统以及相对稳定的宣传队伍。企业家无论是在企业文化建设过程中，还是企业管理制度与组织变革过程中，都必须重视这三个方面的投入和效果，否则，就会影响到它的传播和推广。因此，企业管理当局和各职能部门要定期审查营销管理哲学在营销管理制度中的落实情况，企业宣传部门要经常检查文化建设工作，突出企业精神、企业宗旨和奋斗目标的情况，企业员工要经常自觉审视自身行为和营销理念是否相符。世界快餐巨头麦当劳在全球统一的店面设计、员工服饰、产品和服务内容、员工操作守则与服务规范和价值理念就与世界主要宗教的某些做法具有很大的相似性。

3. 努力实现营销管理哲学和企业的营销管理制度融合

在企业里，营销管理哲学之所以没有形成强大的影响力，一个重要的原因就是仅仅将其理解为一种企业口号，用于粉饰门面，而没有将其融入企业各项营销管理制度中去。企业家必须千方百计地把营销管理哲学的精髓和本质融入企业的产品研发、生产、销售和服务工作制度与流程之中，让员工时刻感受到它的存在和价值，并在执行制度过程中自觉将其融入到自己的意识之中。

➤ 案例 3-4　北京同仁堂的营销理念

创建于清康熙八年（1669 年）的北京同仁堂在中医理论指导下生产和使用中药，收集并研制有效方剂，在实践中不断创新与提高，至清末同仁堂有文字记载的中成药已多达近五百种，"以医带药"的模式传承至今。

供奉御药使同仁堂中医药文化独具特色。在供奉御药期间同仁堂以身家性命担保药品质量，采用最高标准的宫廷制药技术，磨炼出诚实守信的制药道德，使"炮制虽繁，必不敢省人工；品味虽贵，必不敢减物力"的古训得到了进一步升华，形成了"配方独特、选料上乘，工艺精湛、疗效显著"的制药特色，并得以世代弘扬。

同仁堂的价值取向源于"可以养生，可以济人者惟医药为最"的创业宗旨。它所体现的正是儒家思想的核心"仁、德、善"。因此，"患者第一，顾客至上"始终是同仁堂追求的最高境界。

同仁堂质量文化是以药品疗效为核心的全面质量保障体系和现代制药规范，概括为"安全有效方剂；地道洁净药材；依法科学工艺；对证合理用药"。它所形成的是一种对药品质量高度负责的文化理念，并渗透于制药、营销管理和各项工作之中。

资料来源：同仁堂官方网站

由此可见，一种营销管理哲学要在企业生根开花结果，要引领企业成为百年品牌，实现基业长青，必须在产品的研发、生产、营销、服务等环节制定严格的管理制度，这些管理制度必须体现营销管理哲学的本质特征和要求。

本 章 小 结

市场营销管理哲学是企业营销活动的指导思想，是企业对营销活动的利益相关者所持有的态度、看法和价值观。市场营销管理哲学具有客观性，它会随着企业市场营销环境的变化而变化。从历史上看，较为典型的市场营销管理哲学形态有生产观念、产品观念、推销观念、市场营销观念、社会营销观念、大市场营销观念和顾客让渡价值理论等。从性质上可以区分为企业导向营销管理哲学、顾客导向营销管理哲学和竞争导向营销管理哲学。一种特定营销管理哲学要得到充分的贯彻，必须依靠企业家和员工的共同努力，才能成为企业共有的价值观和精神力量，才能自觉融入企业员工的营销活动之中。

核心概念

生产观念　产品观念　推销观念　市场营销观念　社会营销观念　大市场营销观念　顾客让渡价值理论

自我测试

1. 市场营销观念与推销观念的主要区别何在？
2. 企业家在营销管理哲学实践中的作用有哪些？

讨论问题

1. 对目前中国企业而言，如何牢固树立市场营销观念？
2. 从营销观念角度怎样评价"三鹿"奶粉事件？

第4章

市场营销环境研究

　　对于在汽车玻璃制造业工作的王兵而言，2008年真是犹如过山车一般，悲喜交集。一场突如其来的席卷全国的金融危机让他体验到了下岗的危机。为了应对可能到达的汽车销售低迷，王兵所在的汽车玻璃厂关闭了一半以上的产能，大部分员工都被动员回家休假。解聘下岗的阴影笼罩全厂。根据当时的预测，要想走出困境至少需要两年的时间，因此，解聘工人是必须放在议事日程上的重要事情。工厂的人力资源部也在紧锣密鼓的筹划此事，制定相应的政策，以期顺利解决此事。没有人料到，事件居然会在极短时间发生如此戏剧性的转变。

　　同年11月底，政府相继出台4万亿投资计划以及汽车购置税优惠计划，把中国人压抑许久的购车梦一下子激发出来，汽车市场上出现前所未有的增长行情，在全球市场一枝独秀。王兵不仅顺利回到岗位，而且还每天加班。

　　王兵的悲喜只是金融危机的一小部分。他们幸运的赶上政府政策支持的快车，而更多的企业却在这场危机中面临绝境，甚至销声匿迹。尤其是纺织、服装等劳动密集型或者过于依赖出口型的企业。据统计2008年前三季度，我国出口总额同比增长22.3%，增幅比去年同期回落4.8个百分点。我国对第二大贸易伙伴美国出口1891亿美元，同比增长11.2%，比去年同期回落4.6个百分点。纺织、服装等劳动密集型行业出口增速明显放缓，长三角、珠三角地区不少外向型中小企业面临困境。

　　企业的发展固然与企业本身的能力相关，但是企业所在的环境对于企业的影响也是不容忽视的。企业只有了解市场、了解消费者需求、了解其所在的社会环境变化才能够在市场竞争中脱颖而出。

■ 4.1   市场营销环境概述

4.1.1   市场营销环境的定义

任何企业都生存在一定环境中，其营销活动也必然被这些环境因素所影响。企业必须了解外部环境，识别其中变化，发现其中的机会和威胁，及时的根据这些变化以调整自己的营销策略，从而在激烈的市场竞争中生存、发展，并保持优势。任何营销活动要以环境为依据，企业要主动地适应环境，而且要通过营销努力去影响环境，使环境有利于企业的生存和发展，有利于提高企业营销活动的有效性。就如同我们在开篇案例中所看到的王兵所在的企业，该企业属于汽车行业的上游企业，汽车行业的任何变化都会直接影响企业。金融危机会对汽车行业产生威胁，这是在通常情况下会发生的状况，而且通常这种威胁会持续较长时间，故该企业及时根据市场可能出现的威胁调整产能。但是市场由于政府政策的刺激带来新的机会，这又使得企业必须重新调整，以适应市场变化。

所谓市场营销环境是指与企业市场营销活动有关的内部、外部因素的总和。如图 4-1 所示，市场营销环境包括微观环境和宏观环境两大类。微观环境是指直接影响企业营销活动的各种因素，由企业的供应商、营销中介、顾客、竞争对手、社会公众及企业等构成。宏观环境是指间接影响企业营销活动的各种社会力量，包括人口环境、经济环境、社会与文化环境、政治与法律环境等。

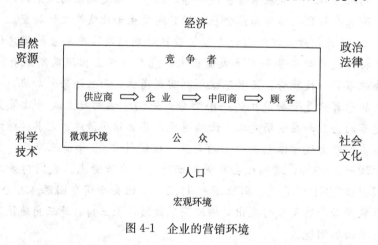

图 4-1   企业的营销环境

4.1.2   市场营销环境的特征

市场营销环境与其他因素相比具有其独特性。首先，市场营销环境是客观存

在的，具有自身的运行规律和发展特点，它不会以某个营销组织或个人的意志为
转移。营销部门无法摆脱和控制营销环境，特别是宏观环境，企业难以按自身的
要求和意愿随意改变它，如企业不能改变人口因素、政治法律因素、社会文化因
素等。但企业可以主动适应环境的变化和要求，制定并不断调整市场营销策略。
事物发展与环境变化的关系是适者生存，不适者淘汰，就企业与环境的关系而
言，也完全适用。有的企业善于适应环境就能生存和发展，有的企业不能适应环
境的变化，就难免被淘汰。

　　其次，市场营销环境具有差异性，不同的国家或地区之间，宏观环境存在着
广泛的差异，不同的企业，微观环境也千差万别。同一环境的变化对不同企业的
影响不同。例如，中国加入世界贸易组织，意味着大多数中国企业进入国际市
场，进行"国际性较量"，而这一经济环境的变化，对不同行业所造成的冲击并
不相同。企业应根据环境变化的趋势和行业的特点，采取相应的营销策略。

　　最后，市场营销环境它不是一成不变的、静止的，恰恰相反，它总是处在一
个不断变化的过程中，是一个动态的概念。构成营销环境的诸因素都受众多因素
的影响，每一环境因素都随着社会经济的发展而不断变化。例如，在改革开放
前，中国的市场是属于卖方市场，市场上物品短缺，而如今中国已转向买方市
场，遭遇"过剩"经济，营销环境发生重大转换。营销环境的变化，既会给企业
提供机会，也会给企业带来威胁，虽然企业难以准确无误地预见未来环境的变
化，但可以通过设立预警系统（warning system），追踪不断变化的环境，及时
调整营销策略。

　　市场营销环境个因素间具有极强的相关性。它们相互依存、相互作用和相互
制约。某一因素的变化，会带动其他相关因素的变化，从而形成新的营销环境。
例如，企业开发新产品时，不仅要受到经济因素的影响和制约，更要受到社会文
化因素的影响和制约。再如，各个环境因素之间有时存在矛盾，某些地方消费者
有购买家电的需求，但当地电力供应不正常，无疑是扩展家电市场的制约因素。

　　企业无法改变环境，只能积极、主动地去适应环境。因为影响市场营销环境
的大部分因素是企业无法控制的。

■ 4.2　宏观市场营销环境

　　宏观环境是对所有企业都起影响作用的环境因素，它对市场营销活动的影响
是间接的，但它的影响面更宽，持续时间更长，对其进行选择和改变更困难，是
企业不可控制的因素。

　　成功的企业能够从宏观环境中识别出尚未满足的需要和趋势，并且能够据此
作出相关反映从而获取竞争优势。在日益激烈的市场竞争环境中，企业需要不断

创新以满足消费者尚未满足的需要。苹果通过搭建 App Store 商业平台,为消费者提供各种新软件,一举占领手机以及平板电脑的大部分市场,改变了消费趋势,从而获取了竞争对手难以匹及的市场地位。

企业、供应商、中间商、顾客、竞争者和公众都在一个充满各种变化因素的宏观环境中运行,其中孕育着无数的机会和威胁。这些因素是不可控制的,故企业必须密切关注宏观环境,并及时发现其中的机会和威胁,以便准确应对环境变化。

金融危机使得全球格局发生巨大变化,而区域间不断的纷争使得这种变化增加了更多不确定的因素。对于一个企业而言,面对全球的快速变化,它必须掌控6 种主要因素:人口、经济、社会文化、自然环境、政治法律和科学技术。营销人员不仅需要了解这些因素及其变化,更重要的是需要观测它们之间的交互作用,因为它们会导致新的机会与威胁的产生。例如,爆炸式的人口增长(人口)导致了资源的迅速消耗以及环境的污染(自然环境),这使得全球不得不思考环境保护问题,进而引发相关的法律政策的出台(政治法律),同时消费者意识的提升也刺激了消费者转向更为节能环保的生活方式,从而刺激了新产品和新技术的产生(科学技术),而这些新产品和新技术的成熟,使得人们能够负担(经济),那就会最终改变人们的观念和行为(社会文化)。

4.2.1 人口环境

首先引起营销人员兴趣的因素是人口,因为市场是由那些想购买商品同时又具有购买力的人构成的。人口的多少直接决定市场的潜在容量,而人口的年龄结构、地理分布、婚姻状况、出生率、死亡率、人口密度、人口流动性及文化教育等特性,都会对市场格局产生深刻影响,并直接影响企业的市场营销活动和经营管理。

➢ 案例 4-1 中国人口现状

(1) 2007 年年末,全国总人口为 132 129 万人,比上年末,增加 681 万人。全年出生人口为 1594 万人,出生率为 12.10‰;死亡人口为 913 万人,死亡率为 6.93‰;自然增长率为 5.17‰。

(2) 现阶段,青少年比重约占总人口的一半。这反映到市场上,在今后 20年内,婴幼儿和少年儿童用品及结婚用品的需求将明显增长。2005 年年底,中国 60 岁以上老年人口近 1.44 亿,占总人口的比例达 11%。这反映到市场上,将使老年人的需求呈现高峰。

(3) 1982 年,平均每个家庭的人口为 4.4 人,2005 年为 3.13 人,23 年间家庭平均人口减少了 1.27 人,下降幅度高达 28.86%,城市家庭结构小型化更加明显。

（4）0～62 岁年龄组内，男性略大于女性，其中 37～53 岁的年龄组内，男性约大于女性 10%左右，但到 73 岁以上，女性约多于男性 20%左右。

（5）从我国来看，人口主要集中在东南沿海一带，约占总人口的 94%，而西北地区人口仅占 6%左右，而且人口密度逐渐由东南向西北递减。另外，城市的人口比较集中，尤其是大城市人口密度很大，在我国就有上海、北京、重庆等几个城市的人口超过 1000 万人，而农村人口则相对分散。

資料来源：改编自中国网综合消息［大国战略］中国人口现状

1. 人口数量与增长速度对企业营销的影响

市场是由人构成的，人口数量是决定一个市场规模和潜力的基本因素，如果收入水平不变，人口越多，那么市场也就越大，然而从研究中很难发现由于人口数量剧增使得企业受到冲击的案例。

目前全球都面临着人口爆炸性增长的问题。2000 年世界人口是 61 亿，而到了 2025 年将达到 79 亿。此外，人口增长还面临不均衡性，在发达国家增长缓慢，而发展中国家甚至落后国家增长迅速。这些人口增长率高的国家和地区并没有能力来承受高增长。因为人口的增长首先意味着基础消费的增长，如食品、衣服和教育，这对于很多落后地区和发展中国家而言是不能完全实现的。

人口的增长对于营销人员而言并不一定意味着市场的扩大，除非人们有足够的购买能力。但是营销人员可以通过仔细分析市场寻找出可能的机会。例如，随着我国人口增加，人均耕地减少，粮食供应不足，人们的食物消费模式将发生变化，这就可能对我国的食品加工业产生重要影响；随着人口增长，能源供需矛盾将进一步扩大，因此研制节能产品和技术是企业必须认真考虑的问题；人口增长将使住宅供需矛盾日益加剧，这就给建筑业及建材业的发展带来机会。

此外，人口的迅速增长也会给企业营销带来不利的影响。比如，人口增长可能导致人均收入下降，限制经济发展，从而使市场吸引力降低；房屋紧张引起房价上涨，从而增大企业产品成本；对交通运输产生压力。

2. 人口结构对企业营销的影响

人口结构主要包括人口的年龄结构、性别结构、家庭结构、教育结构、社会结构以及民族结构。人口结构的变化会给企业带来众多机会和威胁。例如，社会老龄化的到来会给老年人用品市场带来巨大商机。而家庭结构的更改又会使市场对住房、日用品等的需求发生变化。

1）年龄结构

年龄是区分市场的一个重要指标。一个国家的人口变化往往反映在该国的年龄结构上。不同年龄的需求是不同的。营销人员一般将人口按照年龄分成六个群：学龄前儿童、学龄儿童、青少年、20~40岁的年轻人、40~65岁的中年人、65岁以上的老年人。总的说来，全球老龄化趋势日趋明显，中国也不例外。我国社会用于老年人的支出，如社会保险费用、医疗卫生费用和退休养老金明显增加。另外，在需求上，老年人们对商品的花色、品种、款式、功能以及各种社会服务等均有特殊的需求。营销人员必须注意这一大趋势，及时应对。

2）性别结构

性别是人口结构的另外一个重要指标，性别结构反映到市场上就会出现男性和女性用品市场。不同性别对于商品需求的不同衍生出不同的市场。营销人员利用这些差异来寻找新的机会。中性化的流行使得目前很多商品开始趋于淡化性别差异，以寻求新的机会。例如CK的中性化香水，男女都可以使用。而另外一些无明显性别区别的商品也通过利用性别差异另辟蹊径，如饮用水、牙膏。

3）家庭结构

家庭是购买、消费的基本单位。传统家庭是由夫妻双方和子女（有时候包括孩子的祖父母）组成。非传统家庭则包括单亲家庭、单身家庭、丁克家庭、空巢家庭和其他家庭。随着越来越多的人选择离婚、分居、不婚、晚婚或者不要孩子，非传统家庭在社会上占据越来越重要的地位。营销人员应该注意非传统家庭的特殊需求。例如，SSWD（独身、分居、丧偶、离异）群体对于较小的公寓、小包装的食品、小型家电具有需求，而他们对于一些家庭服务需求也比较高，如家政、外卖等。此外，目前，世界上普遍呈现家庭规模缩小的趋势，越是经济发达地区，家庭规模就越小。我国随着计划生育的推行和家庭意识的变化，独生子女增多，家庭平均人口逐渐下降，家庭构成呈现小型化趋势。家庭数量的剧增必然会引起对炊具、家具、家用电器和住房等需求的迅速增长。

4）教育结构

任何社会人口都可以按照教育水平分为五种：文盲、高中肄业、高中或者专科毕业、本科及本科以上学位。中国是目前全球文盲人数比较多的国家之一，这和中国的历史遗留以及人口基数大等原因是分不开的。

5）社会结构和民族结构

我国的人口绝大部分在农村，农村人口约占总人口的80%。因此，农村是个广阔的市场，有着巨大的潜力。这一社会结构的客观因素决定了企业在国内市场中，应当以农民为主要营销对象，市场开拓的重点也应放在农村。尤其是一些中小企业，更应注意开发价廉物美的商品以满足农民的需要。

我国除了汉族以外，还有50多个少数民族。民族不同，其生活习性、文化传统也不相同。反映到市场上，就是各民族的市场需求存在着很大的差异。因此，企业营销人员要注意民族市场的营销，重视开发适合各民族特性、受其欢迎的商品。

3. 人口的地理分布及迁徙对企业营销的影响

地理分布指人口在不同地区的密集程度。由于自然地理条件以及经济发展程度等多方面因素的影响，人口的分布也呈现不均衡状态。中国整个人口分布就是东多西少。人口分布的不均衡表现在市场上，就是人口的集中程度不同及市场大小不同。此外，在消费习惯上，中国的地区差异也比较大。例如，南方人以大米为主食，北方人以面粉为主食；江、浙、沪沿海一带的人喜食甜，而川、湘、鄂一带的人则喜辣。

随着经济的活跃和发展，人口的区域流动性也越来越大。营销人员应该注意消费者向哪里集聚。人口的流动会带来诸如住房、日常消费等的系列变化。在我国，人口的流动主要表现在农村人口向城市或工矿地区流动，内地人口向沿海经济开放地区流动。另外，经商、观光旅游、学习等使人口流动加速。对于人口流入较多的地方而言，一方面由于劳动力增多，就业问题突出，从而加剧行业竞争；另一方面，人口增多也使当地基本需求量增加，消费结构也发生一定的变化，继而给当地企业带来较大的市场份额和较多的营销机会。

4.2.2　经济环境

决定市场的另一个重要指标就是经济环境，人口决定市场的可能规模和潜力，然而对于市场而言，经济环境才是影响其大小的根本因素。经济环境和发展水平的不同决定了消费者的实际购买力的大小，而实际购买力的大小决定了市场的大小。实际的经济购买力取决于目前收入、消费价格、储蓄、负债和信贷。营销人员必须注意与公司业务有紧密联系的收入和消费者支出模式中的主要变化趋势。

1. 收入分配

收入是决定消费支出的首要因素。消费者收入是指消费者个人从各种来源中所得的全部收入，包括消费者个人的工资、退休金、红利、租金、赠予等收入。除了个体因素不同之外，收入通常与国民经济水平和人均国民经济水平有密切联系。经济水平比较高的地区，消费者的收入也比较高，因此有着较好的消费能力。营销人员按照收入状况将各个国家分成五种类型：①收入极低；②多数人收入低；③收入极高和极低同时存在；④收入高、中、低同时存在；⑤大多数人属于中等收入（科特勒，2010）。欧美发达国家通常属于第⑤类，人均消费能力较强；然而对于那些奢侈品而言，第③类市场往往潜力巨大，因为即使国家不富裕，却仍旧拥有足够多的富人能够消费这些产品。例如中国，中国目前已成为奢侈品消费量最大的国家。

消费者的购买力来自消费者的收入，但消费者并不是把全部收入都用来购买商品或劳务，购买力只反映了收入的一部分。对于营销人员而言，他们更为关注的是个人/家庭可任意支配的收入，所谓个人/家庭可任意支配收入是指个人/家庭可支配收入中减去用于维持个人/家庭基本生存不可缺少的费用（如房租、水电、食物、燃料、衣着等项开支）后剩余的部分。这部分收入是消费需求变化中最活跃的因素，也是企业开展营销活动时所要考虑的主要对象。因为这部分收入主要用于满足人们基本生活需要之外的开支，一般用于购买高档耐用消费品、旅游、储蓄等，它是影响非生活必需品和劳务销售的主要因素。

此外，通货膨胀水平对于消费的影响也是十分巨大的，通货膨胀水平决定了当地货币的实际购买价值。通货膨胀水平越高，货币购买力越低。在通货高涨的情况下，货币购买力相对较低，人们需要用更多的钱来维持个人/家庭的基本需要，因此会降低其他产品的购买。目前中国市场贫富分化日趋严重，通货膨胀短期内无法消除，这将会使得市场发生众多变化，提供中档商品的传统零售商很容易受到冲击。

2. 支出模式和消费结构

营销者除了需要了解消费者的收入情况外，还需要了解其支出模式和消费结构。随着消费者收入的变化，消费者支出模式会发生相应变化，继而使一个国家或地区的消费结构也发生变化。恩格尔系数表明，在一定的条件下，当家庭个人收入增加时，收入中用于食物开支部分的增长速度要低于用于教育、医疗、享受等方面的开支增长速度。食物开支占总消费量的比重越大，恩格尔系数越高，生活水平越低；反之，食物开支所占比重越小，恩格尔系数越小，生活水平越高。

消费结构指消费过程中人们所消耗的各种消费资料（包括劳务）的构成，即各种消费支出占总支出的比例关系。目前我国随着居民收入的不断提高，消费结构也从过去的基础消费型转向致力于生活品质提高的消费，人们在旅游度假、娱乐、教育、家庭服务等方面的消费日趋增长。

3. 储蓄、债务和信贷

消费者的支出还受到消费者的储蓄、债务和信贷能力的影响。消费者个人收入不可能全部花掉，总有一部分以各种形式储蓄起来，这是一种推迟了的、潜在的购买力。消费者的储蓄一般有两种形式：一是银行存款，增加现有银行存款额；二是购买有价证券。当收入一定时，储蓄越多，现实消费量就越小，但潜在消费量愈大；反之，储蓄越少，现实消费量就越大，但潜在消费量愈小。企业营销人员应当全面了解消费者的储蓄情况，尤其是要了解消费者储蓄目的的差异。储蓄目的的不同，往往影响到潜在需求量、消费模式、消费内容、消费发展方向的不同。这就要求企业营销人员在调查、了解储蓄动机与目的的基础上，制定不同的营销策略，为消费者提供有效的产品和劳务。

我国居民有勤俭持家的传统，长期以来养成储蓄习惯。近年来，我国居民储蓄额和储蓄增长率均较大。据调查，居民储蓄的目的主要用于供养子女和婚丧嫁娶，但从发展趋势看，用于购买住房和大件用品的储蓄占整个储蓄额的比重将逐步增加。我国居民储蓄增加，显然会使企业目前产品价值的实现比较困难，但另一方面，企业若能调动消费者的潜在需求，就可开发新的目标市场。

消费者信贷对购买力的影响也很大。消费者信贷是指消费者凭信用先取得商品使用权，然后按期归还贷款，以购买商品。这实际上就是消费者提前支取未来的收入，提前消费。信贷消费允许人们购买超过自己现实购买力的商品，从而创造了更多的就业机会、更多的收入以及更多的需求。同时，消费者信贷还是一种经济杠杆，它可以调节积累与消费、供给与需求的矛盾。当市场供大于求时，可以发放消费信贷，刺激需求；当市场供不应求时，必须收缩信贷，适当抑制、减少需求。消费信贷把资金投向需要发展的产业，刺激这些产业的生产，带动相关产业和产品的发展。

4.2.3　社会文化环境

社会文化是指一个社会的民族特征、价值观念、生活方式、风俗习惯、伦理道德、教育水平、语言文字、社会结构等的总和。它主要由两部分组成：一是全体社会成员所共有的基本核心文化；二是随时间变化和外界因素影响而容易改变的社会次文化或亚文化。人们生活在一定的社会环境中，必然受到一定的社会文化潜移默化的影响，并将此带入其生活中，由此界定对自己、他人、组织、社会、自然以及宇宙之间关系的世界观。社会文化所包含的内容很多，下面仅就与企业营销关系较为密切的社会文化因素进行讨论。

1. 教育水平

教育水平是指消费者受教育的程度。一个国家、一个地区的教育水平与经济发展水平往往是一致的。不同的文化修养表现出不同的审美观，购买商品的选择原则和方式也不同。一般来讲，教育水平高的地区，消费者对商品的鉴别力强，容易接受广告宣传和接受新产品，购买的理性程度高。因此，教育水平高低影响着消费者心理、消费结构，影响着企业营销组织策略的选取，以及销售推广方式方法。

2. 语言文字

语言文字是人类交流的工具，它是文化的核心组成部分之一。不同国家、不同民族往往都有自己独特的语言文字，即使同一国家，也可能有多种不同的语言文字，即使语言文字相同，也可能表达和交流的方式不同。语言文字的不同对企业的营销活动有巨大的影响。企业在开展市场营销尤其是国际营销时，应尽量了解市场国的文化背景，掌握其语言文字的差异，这样才能使营销活动顺利进行。

3. 价值观念

价值观念是人们对社会生活中各种事物的态度、评价和看法。不同的文化背景下，人们的价值观念差别是很大的，而消费者对商品的需求和购买行为深受其价值观念的影响。对于不同的价值观念，企业营销人员应采取不同的策略。对于乐于变化、喜欢猎奇、富有冒险精神、较激进的消费者，应重点强调产品的新颖和奇特；对一些注重传统、喜欢沿袭传统消费习惯的消费者，企业在制定促销策略时应把产品与目标市场的文化传统联系起来。

4. 宗教信仰

不同的宗教信仰有不同的文化倾向和戒律，从而影响人们认识事物的方式、价值观念和行为准则，影响着人们的消费行为，带来特殊的市场需求，与企业的营销活动有密切的关系，特别是在一些信奉宗教的国家和地区，宗教信仰对市场营销的影响力更大。企业应充分了解不同地区、不同民族、不同消费者的宗教信仰，提倡适合其要求的产品，制定适合其特点的营销策略；否则会触犯宗教禁忌，失去市场机会。这说明，了解和尊重消费者的宗教信仰，对企业营销活动具有重要意义。

5. 审美观

审美观通常指人们对事物的好坏、美丑、善恶的评价。不同的国家、民族、宗教、阶层和个人，往往因社会文化背景不同，其审美标准也不尽一致。不同的审美观对消费的影响是不同的，企业应针对不同的审美观所引起的不同消费需求，开展自己的营销活动，特别要把握不同文化背景下的消费者审美观念及其变化趋势，制定良好的市场营销策略以适应市场需求的变化。

6. 风俗习惯

风俗习惯是人们根据自己的生活内容、生活方式和自然环境，在一定的社会物质生产条件下长期形成，并世代相袭而成的一种风尚和由于重复、练习而巩固下来并变成需要的行动方式等的总称。企业营销人员应了解和注意不同国家、民族的消费习惯和爱好，做到"入境随俗"。这是企业做好市场营销尤其是国际经营的重要条件。

4.2.4 政治与法律环境

政治与法律环境是影响企业营销的重要的宏观环境因素，包括政府各种政策制度和法律。这些对于各种团体和个人都有影响和限制，像一只有形之手，调节着企业营销活动的方向，为企业制定商贸活动行为准则。政治与法律相互联系，共同对企业的市场营销活动发挥影响和作用。

1. 政治局势

经济的发展是建立在社会稳定的基础上的，只有在社会政治长期稳定的情况下才有可能给企业和个人带来安稳的发展环境，才可能实现生产发展和安居乐业。相反，如果政局不稳，社会矛盾尖锐，秩序混乱，就会使人们无心生产，这不仅会影响经济发展和人民的购买力，而且对企业的营销心理也有重大影响。战争、暴乱、罢工、政权更替等政治事件都可能对企业营销活动产生不利影响，能迅速改变企业环境，甚至改变全球经济发展。例如，当年的波斯湾战争就使得全球油价一夜飞涨。

2. 法律、法规、方针和政策

各国对于企业发展都制定了相应法规，企业法规主要有四个目的：保护企业免于不正当竞争、保护消费者免受商家欺诈、保护社会利益群体免受不法企业的侵害、要求企业承担由其产品或生产造成的社会成本。而各国不同的法律、法规以及阶段性的方针政策也会对企业营销带来众多影响，可能带来新的商机也可能造成巨大威胁。例如，我国目前对于环保的要求，带来对于环保材料和技术的巨大需求，相关企业就能从中获利。而相反对于那些高污染企业而言，就是一个巨大威胁。不同国家对于相同事件的法律规定也是不一样的。例如，在美国对于产品广告具有很多限定，不允许使用比较性广告。同样的转基因食品，在美国和在欧洲其销售规定就不尽相同，美国允许使用，而欧洲的规定更为严格，必须有各种明确标示。故企业必须认真研究，并积极应对，以趋利避害。

我国处在社会主义发展的初级阶段，市场经济发展时间较短，故在企业法规制定方面还相应较为落后。但近年来，我国也为此做出了众多努力，如新的《消费者权益保护法》，《反不正当竞争法》等法律的出台都表明了我国在企业法规方面做出的努力。这表明了我国将会进一步积极完善企业法规的规范，使得社会企业竞争更趋于公平化合法化，更专注于保护消费者权益。这些变化是企业应该注意并积极遵守的，以创建一个更为公平合理的社会。

3. 国际关系

此外，国际间关系也会对企业营销发生影响。目前国际间关系正面临很多新的变化，新的贸易区域的建立，如东盟自由贸易区；美元地位的打破，越来越多的国家间货币直接兑换等都给整个国际间经济发展带来很多机会。企业要密切关注这些发展，从中寻找新的发展机会。

4.2.5　自然地理环境

企业的运营和市场营销活动的开展都必须考虑自然环境的承受能力，实现可持续发展。一个国家、一个地区的自然地理环境包括该地的自然资源、地形地貌和气候条件，这些因素都会不同程度地影响企业的营销活动，有时这种影响对企业的生存和发展起决定性的作用。目前全球面临自然环境恶化的威胁，有报告称2010 年冬季以来的全球极端天气在未来还将持续，这将迫使各国出台更为严厉的环保条例。这些法律将会使得很多行业面临更为高昂的成本，如钢铁厂、水泥厂等就需要购置更新的环保设备；而对于那些环保产品制造企业而言无疑是天降福音。

环保问题目前不再仅仅是国家规定层面的事，越来越多的消费者也对此十分关注。但是需要注意的是，消费者对于环保问题通常是十分矛盾的，他们一方面愿意享受各种设施带给他们的便利，如塑料购物袋、一次性用品，一方面又对污染问题大为担心。案例 4-2 就详细描述了不同的消费者面对环保的态度。营销人员在面对这些全球化的环保主义时需要注意四种趋势会给企业带来的机会和威胁：

（1）全球自然资源，如矿产资源、森林资源、土地资源、水力资源等的日趋减少和大量污染使得这些产品的价格不断提升。

（2）石油价格的不断提升，以及石油资源的无法再生性，使得全球致力于寻求更为安全、可靠、低污染等替代资源。

（3）有些行业的活动不可避免地会给环境造成威胁。

（4）各个政府对待环境的态度不同。普遍说来，富裕国家相对于贫穷国家更为重视环境问题。但是资金短缺是普遍面临的问题。

➢ 案例 4-2　环境消费者细分

美国研究者把环境消费者细分为五类：

（1）忠实的绿色主义者（30%）：环保的领导者和中坚力量。有着丰富的环保知识，也比普通消费者参与更多的环保活动，如回收再利用。

（2）环保支持者（10%）：虽然没有时间或者习惯来全力支持环保，但是他们倾向于购买环保产品。

（3）观望者（26%）：对于环保事业持观望态度。他们认为一些环保行动应该得到支持。但是另外一些则不，他们只购买能够满足他们需要的环保产品。

（4）消极者（15%）：认为个人行为对环境没有什么影响，所以也不致力于环保行动。

（5）冷漠者（18%）：对环境问题不关心，这些人自认为对环境问题不关心的人占主流。

资料来源：科特勒 P. 2010. 营销管理. 第 13 版. 上海：上海人民出版社

4.2.6　科技环境

科学技术也是影响市场环境的一个重要因素。随着技术变革的速度不断加快，研究与开发费用不断上升以及技术变革的法规不断增多，科学技术在市场营销环境中的地位和作用也日趋显著。

科学技术的发展对于社会的进步、经济的增长和人类社会生活方式的变革都起着巨大的推动作用。现代科学技术作为重要的营销环境因素，不仅直接影响企业内部的生产和经营，还同时与其他环境因素相互依赖、相互作用，影响企业的营销活动。科学技术发展的影响是：直接影响企业的经济活动；影响企业的营销决策；造就一些新的行业、新的市场，同时又使一些旧的行业与市场走向衰落；使产品更新换代速度加快，产品的市场寿命缩短；使人们的生活方式、消费模式和消费需求结构发生深刻的变化；为提高营销效率提供了更新更好的物质条件。例如，互联网克服了营销过程中时空的限制，通过其交互性可以了解不同市场顾客的特定需求并针对性地提供服务，可以说是营销中满足消费者需求最具魅力的营销工具之一。

➤ 案例 4-3　全球化背景下的中国制造

如今出国旅游的中国人常常感到悲喜交加，喜的是中国的国力提升无处不在，从产品到城市建设，充分感受了国家强大带来的自豪感，但悲的是往往一不小心就买到中国制造，回家送人挺丢面子的。

事实上，现在中国制造已经遍布全球，甚至连 top-shop，老佛爷百货这类高档商品云集地方也充斥着中国制造的产品。无法想象没有中国制造的全球人如何生活。这从美国记者萨拉·邦焦尔尼女士的亲身体验可以证明。中国是全世界的工厂这已是毋庸置疑的。

然而我们必须正视这样一个事实，中国虽然为全球提供着无数产品，然而在整个利益链条中仅占据最低部分。中国制造的竞争力来源于低廉的人力成本。而随着人民币的不断升值和中国高通货膨胀时代的来临，中国的这些优势将逐渐丧失。目前很多原先布局于沿海、江浙一带的劳动密集型产业纷纷转战泰国、缅甸等劳动力成本更低廉的国家。中国的经济也必然面临新的转型，从劳动密集型转向更高的科技型、创造型企业。

▋4.3　微观市场营销环境

企业的生产经营活动是一个内外交换的过程，在生产经营活动中，企业首先需要从外部输入各种要素，包括人力、物力、财力和信息，然后通过在企业内部进行加工制造，最后向外部输出各种要素。在这个过程中，企业的市场营销组织必须要根据顾客和社会公众的要求、市场竞争的情况、供应商所能提供的原材料情况及企业内部的资源分配情况，决定要向什么市场、以什么样的价格、通过什么样的渠道、用什么样的方式输出消费者所需要的产品。这些因素对企业营销活动的影响是直接的、具体的，企业有一定的可控性。这些对个别企业产生影响的环境因素，称为企业的微观环境。企业的微观环境包括企业内部环境、企业的供应者、营销中介、顾客、竞争者和社会公众。下面就逐一分析（黎开莉等，2009）。

4.3.1　企业内部环境

企业的市场营销部门不是孤立存在的，而是和其他职能部门，如高层管理（董事会、总裁等）、财务、研究与发展、采购、制造和会计等相互配合，协同作战。而部门间的分工是否科学，协作是否和谐，目标是否一致、配合是否默契，都会影响企业的营销管理决策和营销方案的实施。例如，在营销计划的执行过程中，资金的有效运用、资金在制造和营销之间的合理分配、可能实现的资金回收率都与财务部门有关；新产品的设计和生产方法是研究与发展部门集中考虑的问题；生产所需原材料能否得到充分供应，是由采购部门负责的；制造部门负责生产指标的完成；会计部门则通过对收入和支出的计算，协助营销部门了解它的目标达到的程度。所有这些部门都同营销部门的计划和活动发生着密切的关系。

4.3.2　供应者

供应者是指向企业提供生产上所需要的资源的企业和个人，其提供原材料、设备、能源、劳务、资金等，与企业构成协作关系。供应者所提供资源的价格和供应量，直接影响着企业产品的价格、销量和利润。供应短缺、工人罢工或其他事故，都可能影响企业按期完成交货任务。这从短期来看，损失销售额；从长期来看，则损害企业在顾客中的信誉。因此，成功的企业应该积极与各供应商密切配合，协同一致，共同成长。在降低自己成本的同时，确保物资的稳定供应。

4.3.3　营销中介

营销中介是指在促销、销售，以及把产品送到最终购买者方面给企业以帮助的那些机构，包括中间商、实体分配机构、营销服务机构（调研公司、广告公司、咨询公司等）、金融中介（银行、信托公司、保险公司等）等。这些都是市场营销中不可缺少的中间环节，大多数企业的营销活动，都需要有它们的协助才能顺利进行。例如，生产集中和消费者分散的问题，必须通过中间商的分销来解决；资金周转不灵，则须求助于银行或信托公司等。随着商品经济的发展，社会分工愈细，这些中介机构作用就愈大，因而企业在营销过程中必须处理好同这些中介机构的合作关系。

4.3.4　顾客

顾客是企业营销活动的起点，也是营销活动的对象和终点，是企业最重要的一个环境因素，企业需要仔细了解它的顾客。通常按顾客及其购买目的的不同来划分市场，一般可以分为消费者市场、产业市场、转卖者市场和政府市场等。这些市场上顾客的需求不相同而且是变化着的，必定要求企业以不同的服务方式提供不同的产品（包括劳务），从而制约着企业营销决策的制定和服务能力的形成。这种划分方法可以具体深入地了解不同市场的特点，更好地贯彻以顾客为中心的经营思想。

4.3.5　竞争者

从购买者的角度划分，企业的竞争者包括愿望竞争者、平行竞争者、产品形式竞争者和品牌竞争者。

（1）愿望竞争者指提供不同产品以满足不同需求的竞争者。假如你是电视机制造商，那么生产冰箱、洗衣机、地毯等不同产品的厂家就是愿望竞争者。如何促使消费者更多地首先购买电视机，而不是首先购买其他产品，这就是一种竞争关系。

（2）平行竞争者指提供能够满足同一种需求的不同产品的竞争者。例如，平板电视、液晶电视都是家庭的视频工具，这两种产品的生产经营者之间必定存在着一种竞争关系，它们也就相互成为各自的平行竞争者。

（3）产品形式竞争者指生产同种产品，但提供不同规格、型号、款式的竞争者。

（4）品牌竞争者指产品、规格、型号等相同，但品牌不同的竞争者。在同行业竞争中，卖方密度、产品差异、进入难度的变化是三个特别需要重视的方面：①卖方密度是指同一行业或同一类商品经营中卖主的数目。这种数目的多少，在市场需求量相对稳定时，直接影响到企业市场份额的大小和竞争激烈的程度。②产品差异是指同一行业中不同企业生产同类产品的差异程度。差异使产品各有特色而相互区别，这实际上就存在着一种竞争关系。③进入难度是指某个新企业在试图加入某行业时所遇到的困难程度。

4.3.6　社会公众

社会公众是指所有实际上或潜在地关注、影响着一个企业达到其目标能力的各种企业、机构和个人等，包括金融公众（银行、投资公司、证券交易所和保险公司等）、媒介公司（报社、杂志社、广播电台和电视台等大众传播媒介）、政府公众（有关政府部门）、群众团体（消费者组织、环境保护组织及其他群众团体)、当地公众(企业所在地附近的居民和社区组织)、一般公众、内部公众(企业内部的公众,包括董事会、经理、白领工人、蓝领工人等)。所有这些社会公众都与企业的营销活动有直接或间接的关系。现代企业是一个开放的系统,在经营活动中必然与各方面发生联系,必须处理好与各方面社会公众的关系。这些力量既构成了企业营销的微观环境,也是一个企业的市场营销系统。疏通、理顺这个系统,是企业极为重要的一项经常性任务。

4.4　市场营销环境分析方法

观测市场营销环境的目的是为了对外部环境的各种因素进行调查研究,以明确其现状和发展变化的趋势,寻找有利于增加企业发展的机会和优势,发现不足和威胁,以便企业能够因时制宜、趋利避害。

4.4.1　环境扫描

不论微观环境还是宏观环境都不是一成不变,而是不断地发生着不同程度的变化,但并非每个变化都会影响企业的经营活动,不同的变化其影响程度也是不一样的。这些变化对于企业发生何种影响、程度何在,就需要企业采用环境扫描方法,从市场营销环境中辨认出对企业经营有影响的环境因素。所谓环境扫描就是由企业的高层领导召集和聘请企业内外熟悉外部环境的管理人员和专家组成分析小组,通过有组织的调查研究、预测分析,将所有可能影响企业经营的环境因素变化引发的事件罗列出来,然后加以讨论,逐一评审所有列为有关的环境事件的依据是否充分,从中筛选出小组一致认定的对企业经营将有不同程度影响的事件。

4.4.2　外部环境对市场营销的影响

企业外部环境的发展变化给企业营销带来的影响分为两大类,即环境威胁和市场机会。分析研究营销环境,目的在于抓住和利用市场机会,避免环境威胁。

1. 市场机会分析及对策

从某种意义上说,成功的营销就是发现、开发营销机会并且从中受益的艺术。所谓营销机会也叫市场机会,就是指购买者存在需求和兴趣的领域,而且公司又具有较高的概率能够满足这些需求并且获取利润(科特勒,2010)。

市场机会可以来自下面三个方面:

(1)市场某种供应品短缺。

(2)使用新的或者更好的办法向顾客供应现有产品或服务。

(3)向顾客提供崭新的产品或服务。

　　在实际的市场操作中，机会的存在方式是多种多样的。营销者必须能够有效地捕捉和利用市场机会，并结合企业自身资源和能力，及时将市场机会转化为企业机会。

　　为了对机会进行评估，企业可以使用市场机会分析法，对各项机会分析的思路同威胁分析的思路相仿：一是考虑机会给企业带来的潜在利益；二是考虑机会出现的吸引力和成功概率；三是选择最有利于企业发展的机会来突破。图 4-2 描述了某汽车生产企业的机会矩阵。

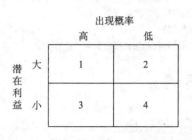

图 4-2　机会分析矩阵

　　在该案例中，其中对于该小汽车生产企业最佳的机会是图 4-2 左上角代表的机会。也就是位于图中第 1 象限的机会。潜在吸引力和成功的可能性都大，有极大可能为企业带来巨额利润，企业应把握时机，全力发展。处于第 2、3 象限的机会，企业也不容忽视，因为第 2 象限虽然出现概率低，但一旦出现会给企业带来巨大的潜在利益；第 3 象限虽然潜在利益不大，但出现的概率却很大，因此，需要企业高度重视，制定相应对策。对处在第 4 象限的机会，不仅潜在利益小，成功的概率也很小，企业应改善自身条件，注意机会的发展变化，审慎而适时地开展营销活动。

　　市场机会建立在预测、预见的基础上，带有不同程度的不确定性，因而具有风险性。为此，不仅研究和开发人员对重大机会的评估要持慎重态度，企业也应在研究和开发上作必要的投资，进行机会分析和可行性研究，对机会的利用进行缜密的分析研究，这有助于企业作出正确的决策。

　　2. 环境威胁分析及对策

　　环境威胁是指营销环境中对企业营销不利的各项因素的总和。企业面对环境威胁，如果不果断地采取营销措施，避免威胁，其不利的影响势必伤害企业的市场地位，甚至使企业陷入困境。运用机会分析类似的方法，营销人员根据环境威胁对企业的影响程度和威胁出现的概率大小可描绘出环境威胁矩阵。图 4-3 展示了对于该小汽车生产企业所面临的若干威胁。其中第 1 象限是企业必须高度重视的，因为它的危害程度和出现概率都很大，企业必须及早制定应变策略；第 2 和第 3 象限也是企业应该重视的，因为第 2 象限虽然出现概率低，但一旦出现给企业带来的危害是巨大的；第 3 象限虽然对企业的影响不大，但出现的概率却很大，所以对其也必须给予充分注意，一般应该有应变的措施；对第 4 象限主要是注意观察其发展变化，是否有向其他象限发展变化的可能性。

图 4-3　威胁分析矩阵

企业面对环境威胁，一般可采取三种不同的对策：

（1）反抗，即企业利用各种手段，限制不利环境对企业的威胁，或促使不利环境向有利方向发展。

（2）减轻，即调整市场营销策略来适应或改善环境，以减轻环境威胁的影响程度。

（3）转移，即对于长远的、无法反抗和减轻的威胁，采取转移到其他可以占领并且效益较高的经营领域或干脆停止经营的方式。

3. 综合环境分析及对策

前面描述了如何对企业环境进行分析，当然在实际的客观环境中，单纯的威胁环境与单纯的机会环境都是极少的，而通常是机会与威胁同在，风险与利益共存。所以，企业实际面临的是综合环境。根据环境中威胁水平和机会水平高低的不同组合，可把公司业务面临的环境类型分成四种不同情况，如图 4-4 所示，并根据不同情况制定相应策略。

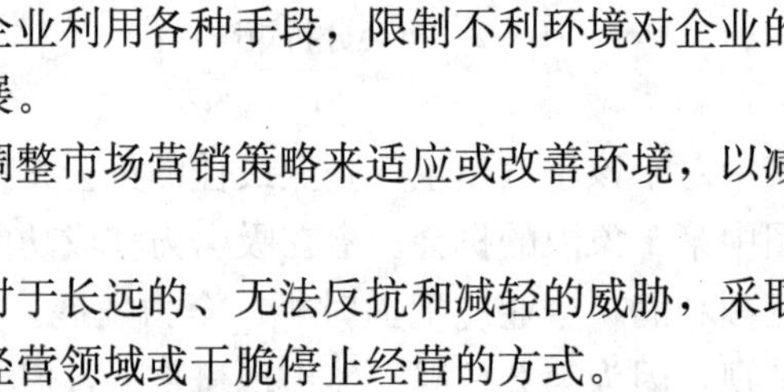

| | 威胁水平 | |
	高	低
机会水平　高	冒险环境	理想环境
机会水平　低	困难环境	成熟环境

图 4-4　综合环境分析矩阵

（1）理想环境。理想环境下，机会水平高、威胁水平低、利益大于风险。这是企业梦寐以求的一种环境，通常是非常少见的，故对该环境企业必须及时抓住机遇，迅速行动，以免错失良机。

（2）冒险环境。在冒险环境中，机会和威胁同在，利益与风险并存。因此企业需要认真考量、仔细调查研究、全面分析、审慎决策，以降低风险，争取最大利益。

（3）成熟环境。成熟环境是一种比较平稳的环境，机会与威胁都处于较低水平，通常如若经营得法，企业可以获得平均利润。该类环境可作为企业的常规经营环境，利用它来维持企业正常的运转，并为进入理想环境和冒险环境提供资金。

（4）困难环境。困难环境下风险大于机会，企业处境十分困难。此时，企业必须想方设法扭转局面。如果大势已去，无法扭转，企业则必须果断决策，另谋发展。

本 章 小 结

企业只有正确处理市场营销活动和市场营销环境的关系，才能在复杂多变的市场营销环境中立于不败之地。企业要了解市场营销环境变化，设计正确营销策略以提高应变能力，走上良性循环的道路。为了应对迅速变化的全球形式，营销人员必须监测 6 个主要环境因素：人文、经济、社会文化、自然、技术和政治法律。市场营销环境分析的根本任务是对企业环境因素进行调查研究，发现营销机会和威胁，提出相应的对策。

核心概念

市场营销环境　企业的微观环境　企业的宏观环境　人口环境　经济环境
文化环境　社会公众　环境扫描

自我测试

1. 简要说明网络对市场营销的影响及企业的对策。
2. 经济全球化过程中，企业应如何应对不同的文化环境？
3. 为什么新技术在市场营销中是一种创造性的毁灭力量？

讨论问题

你认为当前中国市场环境变化的总体趋势如何？哪些行业蕴藏的商业机会最多？

第5章

购买者的行为研究

20世纪80年代以来,瀑布啤酒曾经占据了大部分的贵州市场,成为名副其实的第一品牌,但是,90年代后期,一些外来啤酒品牌如漓泉、金星等相继进入贵州境内,对瀑布啤酒造成了前所未有的冲击。啤酒市场陷入了价格战的怪圈。2005年,企业决定打造一个中高端啤酒类型——瀑布纯生啤酒,力图在激烈竞争的中低端市场重新开发出一片"蓝海",提升、凝练"瀑布"的品牌形象。

啤酒是一种地域性很强的大众消费品,许多知名的啤酒品牌都是从区域性领导品牌成长为世界名牌的。因此,在啤酒营销中的关键是如何成为当地市场的第一名,让"瀑布纯生"啤酒在继承"瀑布"一贯的品牌形象的优点基础上又活化、提升其形象。根据市场调查:

(1)贵州市场在全国处于相对封闭的市场,贵州经济在全国处于落后的阶段,但消费水平却比较高,吃、喝、玩的消费异常流行。

(2)由于几大啤酒厂商对贵州市场的忽视,市场上的中高端啤酒较少。

(3)由于历史的原因,瀑布啤酒在本地消费者中的名气较大,但由于长期处于中低端,传播手段单一,品牌给人的形象是"传统的"。

(4)贵州消费者对纯生啤酒这一品种并没有很清晰的认知,饮用者也并不很多。

(5)贵州人民形成了一种独特的贵州情怀和地域感情,仍然保持着淳朴务实的民俗民风。他们拥有"春燕精神"、"超女何洁"、"黄果树瀑布"。

通过分析消费者,分析贵州经济和消费现状,分析瀑布企业的历史与传统。公司最后将瀑布纯生啤酒的目标消费群体定位于有稳定的经济来源,处于中上等水平的25~45岁的男性消费者,这部分人是社会中坚阶层,收入稳定,家庭关系牢固,追求有品质的生活,重视物质与精神享受;他们扎根于贵州,依靠自己的实力，为贵州这片热土的每一点发展和进步出力；他们不满足现状，时刻保持着一颗进取的心态，用自信来迎接更大的挑战；他们以贵州为荣，因贵州自豪。对贵州具有浓烈的情怀，而瀑布啤酒是贵州本土第一啤酒品牌，是他们的骄傲。于是，企业决定把瀑布纯生啤酒定位为"凝聚贵州情怀的啤酒品牌"，也可以说是"贵州自己人的纯生啤酒"，并围绕这一定位运作产品，整合营销。

资料来源：根据企业实际情况采编

　　市场营销的本质就是以目标市场的需求为出发点来组织企业的营销活动，也就是选择最适当的时间，最适当的地点，以最适当的价格和方式，将最适当的产品供应给最适当的顾客。但顾客行为往往和他们的需要欲望言论不一致，他们不会轻易暴露他们的内心世界，"认识顾客"绝不是一件轻而易举的事情，他们对环境的反应往往在最后一刻也会发生变化。把握顾客的购买心理，洞悉顾客的消费特征，是营销成功的基础和前提。因此，营销者必须深入研究目标顾客的欲望、需要、动机、知觉、偏好，以及购买行为类型等方面，并把它作为营销活动的基础和前提。

5.1　市场分类

　　按购买者及购买目的划分，可将整体市场分为消费者市场、生产者市场、转卖者市场（中间商市场）、政府市场四大类型，后三类又合称为组织市场。

　　从营销的角度而言，市场分类是对消费者或者顾客的划分而不是对产品的划分。决定一种商品属于何种类型的市场，不是取决于商品本身的属性，而是取决于购买者类型和购买目的。例如，同是棉布，个人购买用来缝制衣物时属于消费者市场；服装厂购买用作制作时装原料时属生产者市场；商场进货用于转卖赢利时属于中间商市场；政府行政部门采购用于订制统一工作服时，则属于政府市场。采用这种分类方法的好处在于可以使企业深入地了解不同市场的特点，更好地体现市场营销中以消费者为中心的经营理念。

5.2　消费者市场

　　消费者市场是指所有为了个人消费而购买物品或服务的个人和家庭所构成的市场。与组织市场相比，消费者市场具有以下几个特征：

　　(1) 消费者人数众多而且市场分散。消费者市场上，不仅购买者人数众多，而且购买者地域分布广。从城市到乡村，从国内到国外，消费者市场无处不在。

　　(2) 消费者差异性大。消费需求不仅受消费者心理、个性等内在因素的影响，还会受环境、文化、时尚等外在因素的影响。因此消费者的需求具有一定的流行性和较高的替代性、可诱导性。需求弹性大，消费者之间的需求差异很大，而且变化迅速。

（3）购买方式为少批量多批次。消费者市场的购买主要是为了满足个人或家庭的生活消费，因此其购买次数频繁，但购买批量较小。

（4）购买者多属于感情型而非专家型。消费者一般缺乏专门的商品知识和市场知识。因此在购买商品时，往往容易受厂家、商家广告宣传、促销方式、商品包装和服务态度的影响产生购买冲动。

5.3　消费者行为模式

与消费者行为相关的内容繁多而复杂，我们可以从以下七个方面来分析消费者购买行为特征：

（1）购买者。哪些人构成了市场？谁是产品的购买者？他们的年龄、性别、收入、文化、职业等方面有何共同特征？

（2）购买对象。他们购买什么样的产品？选择何种款式、规格？

（3）购买原因。他们为什么购买这些商品，即购买的动机和用途是什么？

（4）购买方式。他们以何种方式购买商品？是批量购买还是零星购买？作出购买决策受哪些因素的影响？

（5）购买时间。他们通常什么时候购买商品，是集中于节假日还是平时？

（6）购买地点。他们通常在哪里购买商品，是超市、便利店还是百货商场？

（7）参与者。有哪些人参与和影响了购买过程？其周围的人际关系对购买者作出决策的影响程度如何？

这七个因素统称为 6W1H 模式，也可表述为市场的 7O's 问题，即购买者（occupants）、购买对象（objects）、购买目的（objectives）、购买组织（organizations）、购买行为（operations）、购买时机（occasions）和购买地点（outlets）。

5.4　消费品的分类

5.4.1　依据人们购买、消费的习惯分类

依据人们购买、消费的习惯分类，可分为便利品、选购品、特殊品、未求品。

便利品是指顾客经常购买或即刻购买，并几乎不作购买比较和购买努力的商品，如香烟、肥皂、报纸、食盐等。为顾客提供购买该类产品的便利性很重要。

选购品是指消费者在选购过程中，对产品的适用性、质量、价格和式样等基本方面要作有针对性比较的产品。例如，服装、家具、家用电器等。对于选购品，企业必须备有丰富的花色品种，以满足不同消费者的爱好。同时，要拥有受过良好训练的推销人员，为顾客提供信息和咨询。

特殊品是指具有独有特征和（或）品牌标记的产品，有相当多的消费者愿意对这些产品作特殊的购买努力，如高级服装、轿车、专业摄影器材等。对特殊品的营销，企业不必太多考虑销售地点是否方便，但是要让可能的顾客知道购买地点。

未求品又称非渴求产品，是指消费者不了解或即使了解也没有兴趣购买的产品或服务，如一些刚开发的应用软件、刚面世的新产品、保险、百科全书等。

5.4.2　依据产品的有形与否分类

依据产品的有形与否分类，可分为有形产品（物品）、无形产品（服务）。

有形产品是指使用价值必须借助有形物品才能发挥其效用，且该有形部分必须进入流通和消费过程的产品。

服务，也称无形产品，是指一方能向另一方提供的基本上无形，并且不导致任何所有权产生的活动或利益。服务是无形的、市场和消费不可分离的、可变的和易消失的。例如，理发、修理、培训教育等。作为一种活动的结果，他们一般要求更多的质量控制、供应者信用能力和适用性。

5.4.3　依据产品耐用性分类

依据产品耐用性分类，可分为耐用品和非耐用品。耐用品和非耐用品都是有形产品。

耐用品一般是指使用年限较长、价值较高的有形产品，通常有多种用途，如冰箱、电视机、高档家具等。耐用品一般需要较多地采用人员推销，提供较多的售前售后服务和担保条件。

非耐用品一般是指有一种或几种消费用途的低值易耗品，如解渴饮料、食盐、肥皂等。这类产品消费快，购买频率高，企业的营销战略应该是：使消费者能在许多地点方便地购买到这类产品；价格中包含的赢利要低；加强广告宣传以吸引消费者试用并形成偏好 。

■ 5.5　消费者市场购买行为模式

消费者购买行为是指消费者为满足其个人或家庭生活而发生的购买商品的决策和行为过程。消费者购买行为是复杂的，其购买行为的产生是受到其内在因素和外在因素的相互促进交互影响的，其本质是消费者对内外部刺激的综合反应。我们可将消费者接受刺激到发生购买行为的全过程概括为以下模式（图 5-1）。

市场营销的激励	其他方面的刺激	购买者的特征	购买者的决策过程	购买者的决策
产品 价格 渠道 促销	经济 技术 政治 文化	文化特征 社会特征 个人特征 心理特征	确认需要 信息收集 方案评价 购买决策 买后行为	产品选择 品牌选择 经销商选择 购买时机 购买数量

图 5-1　消费者购买行为过程

5.6　影响购买者行为的主要因素

消费者的购买行为在很大程度上受到文化、社会、个人和心理的影响（图 5-2）。

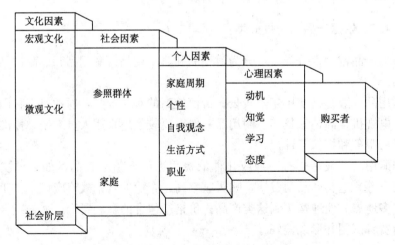

图 5-2　影响消费者购买行为的因素

5.6.1　文化

文化是人类欲望和行为最基本的决定因素。文化因素对于消费者的购买行为有着最广泛和最深远的影响。

1. 文化

这里我们可以把文化广义定义为一个群体（可以是国家，也可以是民族、企业）在一定历史时期内形成和传承下来的思想理念、风俗习惯、价值观念、伦理道德、行为方式、代表人物，及由上述群体整体意识所辐射出来的一切活动。

在一定社会环境下成长的人，受到家庭、环境及社会潜移默化的影响，学习和接受一整套基本的价值观、风俗习惯和审美观，形成了一定的偏好和行为模式。进而影响了其消费观念和消费行为。不同的国家、民族的文化差异很大。例如，龙在中国是中华民族的象征，代表着中国人天人合一、阴阳交合的价值观，而在基督教中，龙是罪和异教的象征；红色在我国是喜庆、吉祥的含义，在西方则是危险、警告的信号；法国人特别喜欢丁香色和蔷薇色，西班牙人崇尚玫瑰红和灰色调，黑色在英国则被认为是神秘、高贵的色彩。文化因素对于消费者购买行为的影响力是巨大的。例如，在服装设计上，西方文化崇尚人体美，重视展示人体的性感，在服装构成上强调刺激、极端的形式，以突出个性为荣，以短露和紧身为现代时髦，而中国文化则强调均衡、对称、统一，服装造型以规矩、平稳、和谐为最美，宽衣博带，遮掩人体，表现的是一种庄重、含蓄之美。

2. 亚文化

一种文化会因各种因素影响，使价值观、风俗习惯及审美观等表现出不同特征，形成亚文化。每一文化都包含着能为较小范围内成员提供更为具体的认同感和社会化的较小的亚文化，并对消费行为产生深刻影响。亚文化主要有：

（1）民族亚文化：各个民族在宗教信仰、节日、崇尚爱好、图腾禁忌和生活习惯方面有其独特之处。

（2）宗教亚文化：不同宗教有不同的文化倾向和戒律，影响人们认识事物的方式、对客观生活的态度、行为准则和价值观，从而影响消费行为。每种宗教都有其主要流行地区和鲜明的特点。

（3）地理亚文化：不同的地区有不同的风俗习惯和爱好，使消费行为带有明显的地方色彩，如中国人常说的"南甜北咸，东辣西酸"，就是指我国各地由于气候、饮食习惯、文化等方面的差异，不同地区人们对口味的喜好不同。

➤ 案例 5-1 山水黔城：大打贵州文化牌

2007 年夏，在贵阳这样一个中国二线城市，平均楼价 2000～3000 元、总人口只有 300 万的城市，山水黔城地产项目却缔造了一个奇迹。自一期开盘以来，其平均销售价格从 2800 元猛涨到 3500 元，现在已直逼 5000 元大关，并且连续三个季度做到全国总套数、总面积、总金额的单盘销售冠军。在销售套数与面积上远远高出全国其他主要城市的所有在售楼盘！5 月 19 日，这个占地 2000 亩①的楼盘三期也首次公开发售，引来 600 多位全国各地投资者和上千位贵州购房者争相竞购。让这个中国西部贵州的项目成为 2007 年中国地产市场一道靓丽的风景线。

　　山水黔城不是全国最大的地产项目，其开发商宏立城集团也不是全国最有实力的房地产企业，但他们从项目策划开始，就明确将山水黔城定位在"满足遍布全国乃至世界各地的贵阳籍成功人士的居住梦想"。他们敏锐地洞察到房地产市场的变化趋势，即随着中国经济的高速发展，沿海一批先富起来的人群在满足了基本居住需求后，开始产生旅游休闲、异地置业需求，生态物业、高性价比的物业以及高品质的产品成为大量在外省成功创业的贵州人和珠三角地区的成功人士异地置业追求的热点。他们聘请了曾参与华南碧桂园、广州星河湾等著名楼盘营销的梁上燕女士加盟宏立城集团，开始运作号称"贵州星河湾"的大盘山水黔城。具有"世界眼光"的梁上燕走马上任后，提出了"先营销文化，再营销贵州；先营销城市，再营销地产"的总体战略，一方面，坚持高起点规划、高标准设计、高质量建设、高效能管理，顺应城市住宅发展的国际化趋势，一步到位地设计了贵州第一个精装住宅。每个户型都经过 227 道的装修供需，室内装修采用大理石和印尼的菠萝格木，并匹配国内名牌的厨具，室外装饰采用澳洲砂岩，还移植了 80 多株名贵的银杏树。其 2000 多亩开发面积中，森林就占地 1000 亩，社区绿化率占 50% 以上，户型设计由美国著名的 WY 公司承担，物业管理则由香港著名的港联物业负责。另一方面，倾力打造大规模的原生态山水人文社区。他们甘做"贵州"的后台，通过组织"世界向黔看、深圳向黔看"全国巡回推介会，出资组织深圳、长沙贵州旅游置业团，他们将贵州得天独厚的生态环境、丰富多彩的民族文化、四季宜人的气候、独特优美的喀斯特风光全方位介绍给珠三角和沿海发达省区，他们还在社区设计的国际化中注入原生态的地方民族文化元素，其一万平方米的销售中心里四分之三面积用来做古生物鱼龙化石展，在社区中开设黔菜文化馆、贵州民间文化产品馆，引进希尔顿五星级酒店和大雅园餐饮集团。同时他们还倾力打造了一次次引人炫目的大手笔营销活动：申遗成功后的多国大使"荔波行"、德国莫扎特交响乐团贵阳 2007 年新年音乐会、"亚洲霓裳时尚大典"……将黔文化与地产文化完美融合。2007 年 9 月，"山水黔城"在深圳拉开了"山水黔城'醉'中国"的全国品牌推广序幕。仅仅一个月时间，深圳人占山水黔城成交客户中的比率上升到 15%。贵州以外的购房人达到 39%。

　　资料来源：根据实地调研收集编写

---

　　①　1 亩≈666.667 平方米。

3. 社会阶层

社会阶层是指一个社会中具有相对同质性和持久性的群体，它们是按等级排列的。人们以自己所处的社会阶层来判断各自在社会中占有的高低地位。当然，某人所处的社会阶层并非由一个变量决定，而是受到职业、财富、教育和价值观等多种变量的制约。一个人也能够在一生中改变自己所处的阶层，既可以向高阶层迈进，也可以跌至低阶层。但每一阶层成员具有类似的价值观、兴趣爱好和行为规范。例如，工薪阶层的消费者比较注重商品的实用性和性价比，而中上阶层的消费者则比较注重商品的品牌档次和时尚性。同一社会阶层的人，要比来自两个社会阶层的人行为更加相似。因此，社会阶层不仅是影响消费者行为的重要因素，而且被用作细分消费者市场的重要依据（表 5-1、表 5-2）。

表 5-1　美国的社会阶层划分及其特征

等级	比重	特征
上等上层	不到 1%	拥有大量财富或遗产，通常是出身显赫的达官贵人或社会名流。经常参加社交活动的舞会，拥有一个以上的宅第，送孩子接受最好的教育。这些人是珠宝、古玩、住宅和度假用品的主要市场。他们的采购和穿着常较保守，不喜欢炫耀自己，但其消费往往被作为其他阶层的参考群体和模仿对象
下等上层	约 2%	拥有高薪和大量财产，通常是高级白领或暴发户，对社会活动和公共事业颇为积极，有喜欢炫耀、摆阔、挥霍的倾向，希望被接纳为上等上层，他们是贵族学校、游艇、别墅和汽车等产品的主要市场
上等中层	约 12%	无高贵的出身和巨额财产，通常是职业人士、实业家、公司经理；他们关注事业，注重教育，追求家庭和谐，善于思考和接受外来文化，参加各种社会组织，有高度的公德心。他们是高档住宅、服装、家电、家具和高档家用器具的主要市场
中等阶层	约 32%	中等收入的白领，拥有汽车，居住环境良好，期望从事体面工作。大部分看重时尚，追求品牌，非常重视子女接受高等教育。他们是中档消费品和时尚产品的主要市场
劳动阶层	约 38%	中等收入，蓝领，主要依靠亲朋好友的援助，较少度假或外出，性别分工明显，习惯陈旧，他们愿意听从购物建议，注重实惠，偏好标准型号或较大型号的汽车，是一般家居用品和普通品牌的主要消费市场
上等下层	约 9%	收入较低，生活水平刚好在贫困线之上，但没有失业，缺乏教育，工作努力。注重商品的经济实用
下等下层	约 7%	靠福利金谋生，常常失业或从事最肮脏的工作，长期依靠公众或慈善机构救济。只能消费最差的住宅、衣着

表 5-2　中国的社会阶层划分及其特征

等级	收入特征	职业特征	消费特征
富有阶层	50 万元以上	民营企业家、合资企业老板、著名演员、体育明星、名画家、名律师、名作家等	高档消费品和豪华汽车、别墅的主要消费者
富裕阶层	20 万元左右	外资企业和合资企业的中方高级管理人员、高级专家、个体企业主、律师、高级厨师等	名牌家具、高档时装、高级汽车、高级住宅等的消费者
小康阶层	6 万元左右	公司中高级职员、公务员、部分收入较高的教师、技术人员、部分效益较好的农民	时尚潮流商品、中档品牌商品的消费者
温饱阶层	1 万~3 万元	人数庞大，主要是企事业单位的普通职工	大众家居用品和普通品牌的主要消费者
贫困阶层	5000 元以下	国有企业下岗、尚未重新就业的各类工人、部分退休职工、未脱贫致富的农民	廉价产品、无品牌产品的消费者

5.6.2　社会

在社会生活中，人与人形成各种各样的关系，因此消费者购买行为也受到诸如参考群体、家庭、社会角色与地位等一系列社会因素的影响。

1. 参考群体

参考群体是能够影响消费者态度、意见和价值观的群体。参考群体可分为直接群体与间接群体两类。群体使个人对其产生认同性或区隔性，从而影响消费者的选择和行为。

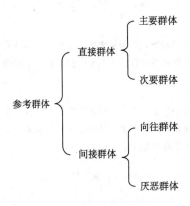

图 5-3　参考群体的分类

直接群体是指消费者周围的人际关系圈，又可分为主要群体和次要群体（图 5-3）。

（1）主要群体：直接与消费者本人接触、关系密切的，如家人、亲戚、朋友、同事、同学等。

（2）次要群体：直接与消费者本人接触，但是关系相对较为疏远的，如个人所属的宗教组织、单位、爱好者协会等。

间接群体是指个人不属于这一群体，但是消费者态度、行为明显受其影响，如影星、歌星、球星的崇拜者和追随者。间接群体又可分为向往群体和厌恶群体。

（1）向往群体：消费者个人希望去从属，或者持正面评价的、赞赏的群体。

(2) 厌恶群体：其价值观和行为被消费者个人所拒绝接受，或者持有负面评价的群体。

由于参考群体产生了某种让消费者趋于一致、迎合群体的"向心力"或让消费者产生"区别"于对方的离心力，因而影响了消费者个人的行为和生活方式，进而影响个人的实际产品选择和品牌选择。现代企业大量聘用体育明星、娱乐明星、社会名流作为其广告代言人或品牌形象代言人，就是基于这一原理。

参考群体影响消费者行为的程度在不同产品和品牌中并非都是相同的。在不同国家民族、文化背景下的影响力也存在较大差异。对受到参考群体影响大的产品和品牌制造商来说，关键必须正确地选择和运用有关参考群体中的意见带头人。通过意见带头人针对特定的群体，正式或非正式传播产品或品牌，从而取得目标群体对品牌或产品的认同。例如，有的地区一段时间内流行吸某一种品牌的卷烟，是烟民互相影响的结果，因为周围的人都吸这种烟。

2. 家庭

家庭是社会组织的一个基本单位，也是消费者的首要参照群体之一，对消费者购买行为有着重要影响。每个人所经历的"家庭"，包括了自己出生的家庭（父母、兄妹姐弟），也包括了自己组建的家庭（配偶和子女）。他们对购买行为产生更直接的影响，并形成一个消费者的"购买组织"。家庭对消费者购买行为的影响主要体现在以下两个方面。

1) 家庭生命周期

家庭生命周期指的是一个家庭诞生、发展直至死亡的运动过程，它反映了家庭从形成到解体呈循环运动的变化规律。家庭生命周期概念最初是美国人类学学者 P. C. 格里克于 1947 年首先提出来的。

消费者随着年龄的增长，对产品和服务的需求不断发生变化，对食品、衣着、家具、娱乐、教育等方面的消费会有明显的年龄特征。消费者的家庭状况，因为年龄、婚姻状况、子女状况的不同，可以划分为不同的生命周期阶段，在生命周期的不同阶段，消费者的行为呈现出不同的主流特性。不同国家、地区因社会经济发展水平的差异，家庭生命周期阶段的划分和各阶段的消费特征也存在一定差异。就我国目前现状而言，一个典型的家庭生命周期可以划分为以下五个阶段。

(1) 青年单身阶段，即从参加工作至结婚的时期，一般为 3～8 年。消费者较年轻，没有经济负担，但收入比较低，资产较少，可能还有负债（如贷款、父母借款），这个时期的消费投向是培养提高自身能力和扩展人际交往圈，消费支出大。消费观念紧跟潮流，主要消费学习、娱乐产品和基本的生活必需品。

(2) 家庭形成阶段，即从结婚到新生儿诞生的时期，一般为 1～5 年。收入增加而且生活稳定，家庭已经有一定的财力和基本生活用品。这个时期的消费投向是为提高生活质量所产生的家庭建设支出，主要用于购买耐用消费品、偿还买房按揭款。

（3）家庭成长阶段，指从小孩出生直到小孩工作之前，一般为 12～20 年。处于这一阶段的消费者一般经济状况较好，常常感到购买力不足，这个时期的消费投向是小孩的抚养教育，主要用于购买保险、教育和生活必需品，对新产品感兴趣并且倾向于购买有广告的产品。有一定的投资能力。

（4）家庭成熟阶段，指子女参加工作到子女结婚自立门户这段时期。子女已完全自立，家庭收入达到高峰状态，债务已逐渐减轻，消费已经形成比较稳定的购买习惯，极少受广告的影响，这个时期的消费投向的重点是扩大投资，主要用于购买理财产品、耐用消费品。部分中国家庭这个阶段的消费急剧萎缩，主要是用于为资助子女结婚而储蓄。

（5）退休养老期，指子女已经自立门户并且独立生活，处于这一阶段的消费者经济状况最好，消费习惯稳定，这个时期的消费投向的重点是保健医疗和休闲娱乐，主要购买生活必需品、保健医疗品和部分耐用奢侈品，对新产品不感兴趣，也很少受到广告的影响。

以上只是一种对家庭生命周期的划分方式。我们可以大致看出家庭生命周期不同阶段的家庭消费热点或购买力投向（表5-3）。即使对同一种商品，家庭生命周期不同阶段的需求也是存在差别的。一份对北京地区的 106 个已经购买家用轿车家庭的调查显示，各年龄阶段对家用轿车的选择和购买行为有显著的不同。单身的青年时尚一族，追求的是轿车的外观的前卫，价格的低廉和功率的强劲；而结婚后有年幼的孩子的家庭，以价格适度和舒适宽敞为主要甄选指标；而经济收入较高、处于家庭成熟期的家庭来说，购车则以品牌知名度和舒适豪华为主要参考的因素。

表 5-3　家庭生命周期各阶段的购买力投向特征和购买力投向

家庭生命周期各阶段	购买行为模式
单身阶段	几乎没有经济负担，新观念的带头人，追求自我价值；购买一般的厨房用品和家具、新潮服装、度假
新婚阶段 ——年轻、无女子	经济状况较好、购买力强； 购买家用电器、汽车、耐用家具、度假
满巢阶段 I ——年幼子女不到6岁	家庭用品采购的高峰期，更注重产品的实用价值，对广告宣传敏感，购买大包装商品； 购买婴儿食品、玩具、学习用品、日常用品
满巢阶段 II ——年长的夫妇和尚未独立的子女同住	经济状况较好，对耐用品及日常用品购买力强； 购买学习用品、教育、生活必需品、医疗保健品、度假
空巢阶段 ——年长的夫妇，无子女同住	经济状况良好且有储蓄，对旅游娱乐、自我教育感兴趣； 购买旅游用品、奢侈品、度假
鳏寡阶段	收入减少，经济状况一般，对身体健康更加关注； 购买有助于健康、睡眠和消化的医用护理保健用品、家庭劳务、度假

　　传统的家庭生命周期概念反映的是一种理想化的模式，与社会的现实状况有较大出入。没有考虑到无生育能力或其他原因造成的丁克家庭、离婚或丧偶的单亲家庭、从未结过婚的单身家庭、多子女家庭等情况。

　　2）家庭角色

　　消费一般以家庭或个人为单位，从事购买活动的通常却是家庭中的一个或几个成员。这里的家庭角色是指一个人在购买中所体现的家庭身份和地位。家庭的每个成员在日常生活里无形中都有各自的分工，各自发挥着不同的作用。这种分工与作用同样体现在购买决策上。家庭成员在购买中所扮演的角色，可以分为以下几种类型。

　　（1）发起者：首先提出或有意购买某一产品或服务的人。

　　（2）影响者：其看法或者建议对最终购买决策具有一定影响的人。

　　（3）决定者：在是否购买、为何买、哪里买等方面作出部分或全部决定的人。

　　（4）购买者：实际购买产品或服务的人。

　　（5）使用者：实际消费或使用产品、服务的人。

　　家庭角色对企业设计产品、制定广告和促销的策略具有重要的意义，依据社会学家庭权威中心理论，家庭购买决策有四种类型，即各自做主型、丈夫支配型、妻子支配型、共同支配型。不同的家庭决策类型，其购买行为会有很大的差异。例如，在丈夫支配型的商品购买中，丈夫往往会按自己的审美观、偏好来挑选评判商品，尤其注重商品的性能、质量及实用价值，因而带有明显的男性消费者的心理特征。家庭决策者或权威人士，往往会对家庭中其他成员尤其是孩子的购买行为产生很大的影响。丈夫、妻子、孩子对购买决策的影响因商品而异，并随着家庭或个人的价值观、家庭经济状况以及家庭生命周期的不同而变化。例如，在购买彩电、摩托车等商品时，丈夫的发言权多一些；而在购买床上用品、洗衣机等商品时，妻子的影响就比丈夫大得多；在购买住房与家具或外出度假时，则由夫妻双方共同商议决定。企业及市场营销人员应根据本企业产品的特点和目标，市场上家庭的状况，研究家庭对消费者购买决策的影响，有的放矢地制定各种营销策略，尤其是促销决策，从而提高产品的市场占有率。

　　典型的产品支配形式有以下三种。①丈夫支配型：人身保险、汽车、电视机；②妻子支配型：洗衣机、地毯、家具、厨房用品；③共同支配型：度假、住宅、户外娱乐。

5.6.3　心理

　　消费者心理是指消费现实在消费者头脑中的反映，包括消费者心理过程、心理状态和心理特征。心理过程是指消费者对消费现实的感觉、知觉、记忆、联想、思维等活动过程；心理状态是指消费者对消费现实情感、情绪及态度如何；心理特征是指消费者在消费行为中带有经常性的一种消费倾向。影响消费者心理活动过程的主要因素有动机、知觉、学习、态度等。

1. 动机

动机是引起消费者去从事某种购买活动，并使这一活动指向特定目的以满足他某一需要的愿望或意愿。购买动力形成的两个主要因素：一是某个目标或刺激；二是需要内驱力或欲望。动机具有转移性、内稳性、模糊性、冲突性的特征。动机由需要而生。消费者的购买行为，是消费者解决他的需要问题的行为。对消费行为的解释和研究方面，主要有三种著名的动机理论：弗洛伊德理论、马斯洛理论和赫茨伯格理论。

弗洛伊德假定形成人们行为的真正心理因素大多是无意识的，一个人可能不真正懂得其受激励的主要动因。因此，企业需要了解产品所能唤起消费者的独特的动机，尤其是内存的动机。例如，一个购买轿车的消费者，其表明，需要是：我想买一辆不贵的汽车；真正的需要却是运营成本低，而不是首次购买的价格；在销售现场未表明的需要是顾客期望从销售商处得到好的服务；真正秘密的需要（潜意识需要）则是想要让自己的朋友认为自己是一个以价值导向的精明消费者。

弗雷德里克·赫茨伯格提出了动机双因素理论。这个理论区别了两种不同因素，一是保健因素，二是激励因素。只有激励因素才能够给人们带来满意感，而保健因素只能消除人们的不满，但不会带来满意感。因此，企业要仔细识别消费者购买产品的各种主要保健因素和激励因素，并对此深加研究。例如，在轿车市场上，不易读懂的使用手册、缺乏良好的维修服务措施都是导致购买者不满意的要素，做好这些事情对轿车的出售不起促进作用，但会起影响销售的作用；而漂亮的外观、赠送车载设备、免费装修、代办行驶手续等政策，却能刺激消费者的购买欲望。

美国著名的心理学家马斯洛（A. H. Maslow）于 1951 年提出了"需要层次论"。他认为，人们在生理上、精神上的需要具有广泛性与多样性。每个人的具体情况不同，解决需要问题轻重缓急的顺序自然各异，也就存在一个"需要层次"。急需满足的需要，会激发起强烈的购买动机，需要一旦满足，则失去了对行为的激励作用，即不会有引发行为的动机。他根据人们对需要的不同程度，把需要分成若干层次，即生理需要、安全需要、社会需要、尊重需要和自我实现需要（图 5-4），人的需要是由低级向高级发展的。只有满足了低层次的需要，才能产生高一层次的需要。当各层次需要全部满足或部分满足后，就开始追求各层次需要的质量水平，当然，各层次的需要也可能交替出现，具有相互交织、波浪式发展的特点。马斯洛认为，每个人的行为动机一般是受到不同需要支配的，已满足的需要不再具有激励作用，只有未满足的需要才具有激励作用。这一观点，对市场营销人员具有很大的启示。首先，营销人员要不断发现消费者未被满足的需要，然后应想方设法、最大限度地去满足他们；其次，营销人员在分析消费者特性后，将促销方式、广告、宣传集中于多层次消费者需要上，以获得最大效果；最后，营销人员可以针对某个层次的需要来确定目标市场，并进一步制定市场营销策略。

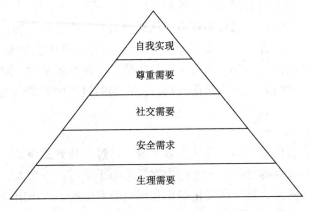

图 5-4　人的需要层次

2. 知觉

知觉是个人选择、组织并解释信息，以便创造一个有意义的现实世界图像的过程。消费者对商品的感觉与知觉、记忆与思维构成了对商品的知觉。知觉不但取决于物质刺激物的特征，而且还依赖于刺激物同周围环境的关系，以及个人所处的状况。人们会对同一刺激物产生不同的知觉，这是因为人们会经历 3 种知觉过程，即选择性注意、选择性扭曲和选择性保留。选择性注意即人们感觉到的刺激，只有少数引起注意，形成知觉，多数会被有选择地忽略。例如，商业广告，平均每人每天要接触到 1500 个以上的广告，但人们感兴趣的只有少数几个广告。人们在日常生活中面对众多刺激，一般来说，以下情况容易引起注意并形成知觉：

（1）与最近的需要有关的事物；

（2）正在等待的信息；

（3）大于正常、出乎预料的变动或有较大差别的刺激物。

选择性扭曲就是人们将信息加以扭曲，使之合乎自己意思的倾向。受众在潜意识中，试图让新的信息去"符合"自己的观点。因此，即使是消费者注意的刺激物，也并不一定会与信息原创者预期的方式相吻合，这是因为人们面对客观事物，有一种把外界输入的信息与头脑中早已存在的模式相结合，按自己已有的想法来解释信息的倾向。例如，某一商品在消费者心目中已树起信誉，形成品牌偏好，即使一段时间该品牌的质量下降了，消费者也不愿意相信；而另一新的品牌即使实际质量已优于前者，消费者也不会轻易认可，总以为原先的那个名牌货更好些。选择性曲解意味着营销人员必须理解消费者的思路，以及这些思路对广告和销售信息的解释会产生什么影响，并在此基础上寻找能引起消费者注意的广告语言。例如，药品广告"泻停封"、"咳宁顿"等就是利用消费者的选择性曲解，借他人品牌扬自家之名。

选择性保留即人们会忘记他们所知道的许多信息，但倾向于保留那些能够支持其态度和信念的信息。它对消费者的认识发展具有十分重要的作用。商品的名称、商标、包装、广告均为消费者记忆的主要内容，其中商标是消费者最易识别、最主要的商品标志。企业的信息是否能留存于顾客记忆中，对其购买决策影响甚大。因此，营销人员在传递信息给目标市场的过程中需要选用大量戏剧性手段和重复手段。

3. 学习

学习是指人会自觉、不自觉从很多渠道、经过各种方式获得后天经验，从而引起的个人行为改变的过程。人类行为大都来源于学习。一个人的学习是通过驱使力、刺激物、诱因、反应和强化的相互影响而产生的。由于市场营销环境不断变化，新产品、新品牌不断涌现，消费者的购买行为必须经过多方搜集有关信息之后，才能作出购买决策，这本身就是一个学习过程。消费者在学习过程中，以下几点特别需要关注。

（1）加强：购后非常满意，会加强信念，以至重复购买。

（2）保留：称心如意或非常不满，会念念不忘。

（3）概括：感到满意会爱屋及乌，对有关的一切也产生好感；反之，则会殃及池鱼。

（4）辨别：一旦形成偏好，需要时会百般寻求。

美国的心理学家和行为科学家斯金纳创立了学习强化理论，又称"刺激-反应"模式或"S-R"模式。将刺激与反应的关系分成驱使力、刺激物、提示、反应与强化等（图5-5）。

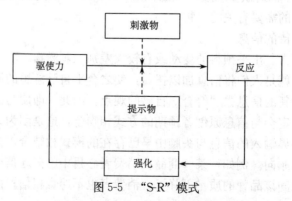

图5-5   "S-R"模式

　　该模式中的驱使力是指人受本能或心理动机的作用而产生的购买商品的冲动力；刺激物是客观存在的能够满足人的动机需要的商品或劳务；提示物是加深对"刺激物"印象的次刺激物，如广告宣传、商品的外观形态、陈列展览等；反应是指购买者对"刺激物"采取的具体行动；强化是具体行动之后进一步加深对刺激物的印象。例如，一个行人在路上突然感到饥饿，产生了食欲，他正好看到路旁蛋糕店在卖桃仁酥，展示在玻璃橱柜里并散发出诱人的香味，于是决定去蛋糕店买桃仁酥来充饥，吃了以后非常满意，打算下次感到饥饿时再去购买。在这个例子中，行人的食欲就是驱使力，蛋糕店的桃仁酥是刺激物，桃仁酥的香味是提示物，行人购买桃仁酥来充饥则是反应，吃后的满意感就是强化。

　　学习对于更好地指导、促进、提高消费者的购买行为，具有十分重要的作用，主要体现在：①增加消费者的产品知识，丰富购买经验；②进一步提高消费者的购买能力，促进购买行为的完成；③有助于激发消费者的重复购买行为。

　　4. 态度

　　在日常生活中，态度对人们的行为有着深刻的影响。消费者的购买行为，在很大程度上也由他或她对所购买商品或服务的态度所支配。态度是一个人对他人或外界事物、环境所持有的一种较具持久性和一致性的行为反应倾向。态度本身包括信仰、情感和行为倾向三个方面。消费者信仰包括对产品或服务所具备的知识；情感包括对产品或服务的喜、恶、爱、恨及其他在情绪上的反应；行为倾向则是指对产品或服务所采取买或者不买的行为。通过实践和学习，消费者获得了自己的信念和态度，而信念和态度又反过来影响人们的购买行为。

　　根据消费者在购买商品时所反映出的态度的不同程度，它可分为三种类型：①完全相信型，即消费者对所要购买的产品的各个方面持完全肯定的态度。这种态度往往会导致购买行为的实现。②部分相信型，即消费者对所要购买的产品并不十分满意或不完全相信。在这种情况下，消费者的态度往往犹豫不决，拿不定主意。营销人员应该为消费者操作示范，详细讲解，增强消费者对产品的信任感，导致其购买行为。③不相信型，即消费者对所要购买的产品持完全否定的态度。造成这种情况的主要原因为：第一，产品不符合消费者的心理需求；第二，消费者发现产品的缺陷及不足；第三，消费者发现商品的实际性能与广告宣传不符，从而形成对商品的不信任态度。消费者对商品持不信任态度，一般很难导致购买行为，只有通过各种方式消除消费者的怀疑、不信任，改变消费者态度，才会引起消费者的购买欲望，导致购买行为。影响消费者态度转变的主要因素有价值观念、经验、个性等态度形成特征，以及信息、广告宣传、消费者之间的相互影响、群体压力等外界因素的影响。因此，企业和市场营销人员必须做到：①利用各种形式如广告宣传、产品展销、操作表演等向消费者传递产品信息；②提高产品质量，改进产品性能，树立商品信誉和企业形象；③加强产品的售前、售中和售后服务，促进消费者态度的转化。

5.6.4 个人

消费者的购买决策也会受到各种个人因素的重大影响，这些因素主要包括消费者的年龄、家庭生命周期、职业、经济状况、生活方式、个性及自我形象等。

1. 年龄

消费者的欲望和行为，因年龄不同而发生变化。例如，三个月、六个月和一岁的婴儿，对玩具的要求会不一样；同一消费者年轻时与步入老年阶段，对食物的胃口、服装的爱好也会不同。

2. 生活方式与个性

生活方式是一个人生活中表现出来的他的活动、兴趣和看法的整个模式。生活方式描述出他同所处环境的相互交互的"完整的个性"。个性是指一个人所特有的心理特征，它导致一个人对他或她所处环境的相对一致和持续不断的响应。一个人的个性通常可用自信、控制欲、自主、顺从、交际、保守和适应等性格特征来加以描绘。调查发现：某些个性类型同产品或品牌选择之间关系密切。例如，某经营计算机的公司也许会发现，许多有可能成为顾客的人都具有如下个性特征：即他们的自信心、控制欲和自主意识都极强。这就要求公司运用针对那些购买或拥有计算机的顾客的某些特征所设计出来的广告手段。生活方式与个性不同的人会产生不同的生活倾向：如是消费意识还是节约意识；是突出个性还是从众；是消费创新还是消费保守。这些生活方式倾向影响了消费者的购买动机、购买决策及消费行为。例如，美国学者发现，购买有活动车篷汽车的买主与无活动车篷汽车的买主之间，存在一些个性差别——前者表现较为主动、急进和喜欢社交；在挑选服装方面，性格外向的人，往往偏爱色彩鲜艳、对比强烈、款式新颖的流行服装，而性格内向的人，一般比较偏重深沉的色调、传统内涵的大众款式。因此，市场营销人员应了解与掌握目标消费者的生活方式，通过理解消费者生活方式来判断消费者的价值观，及对消费行为的影响制订出适当的营销方案。

3. 自我形象

自我形象也就是自我概念。每个人都具有某种性格、习惯，有着独特的自我形象。这种自我形象包括自我估价、他人的评价，以及自己渴望与追求的理想形象。虽然这三者在现实生活中往往有一定的差距，但每个人总是以这种自我形象来寻求与此一致的产品、品牌，采取与自我形象一致的消费行为。许多消费者的购买行为，是由于期望保持美化自我形象而采取的购买决策，因此，营销者要了解消费者自我形象与其拥有物之间的关系。注重研究目标市场上消费者的自我形象，设计符合目标市场自我形象的品牌形象，努力提供与开发那些能实现消费者自我形象的商品和服务。

4. 职业和性别

个人的职业和性别也影响其消费模式，如工人、农民、军人及教师，对不同产品及品牌会表现出不同的看法和购买意向，有不同的消费习惯，而性别一直是影响人们购买服装、鞋帽、化妆品等的重要因素。现在"男女有别"已经延伸到其他不少领域，如美国企业推出女性香烟，从风味、包装乃至广告各方面着力迎合女性消费者。

5. 经济条件

消费者通常会"量入为出"，依据条件来消费和购买。人们的经济状况包括可供其消费的收入（收入水平、稳定性和时间形态）、储蓄与财产、借债能力和对花钱与储蓄的态度等。

➤ **案例 5-2　促销引发争议**

2005 年，郑州一商场首次推出"美女出浴"浴具促销活动。在商场前空地公开演绎"模特洗浴"，为某高档品牌浴具做宣传，引发了大量的围观人群。围观者中有人认为在大街上穿泳装有伤风化。对此，策划方称，模特穿的泳装并不暴露，也不违法，吸引眼球的目的只是为了促销浴具。

无独有偶，2006 年知名的高档内衣品牌黛安芬在北京也做了一次体验促销活动，活动的方式是：任何女性消费者只要穿上黛安芬的三点式胸罩内裤（除此外不得身着其他衣物），从该商场的 5 层步行至 1 层，然后返回 5 层，即可免费获赠这套内衣，一时间在商场里引起了轰动。

5.7　消费者的购买行为类型

5.7.1　从消费者购买态度与要求区分

1. 习惯型

习惯型消费者往往忠于一种或几种品牌，对这些产品十分熟悉，信任、注意力稳定，体验深刻，形成习惯。购买时不假思索，不必经过挑选和比较，行动迅速，时间短，容易促成重复购买。例如，一些"烟龄"较长的中老年吸烟者，他们固定购买某一个或几个品牌的卷烟，就是因为他们吸食该品牌的感觉良好或认为该品牌的质量稳定。

2. 理智型

理智型消费者根据自己的经验和学识判别商品，对商品进行认真的分析、比较和衡量才作出决定，在购买过程中，主观性较强，不愿意外人介入。

3. 经济型

经济型消费者在选购商品时多从经济角度考虑，对商品的价格非常敏感。例如，有些收入水平较低的居民由于经济条件有限，加之长期养成的节俭习惯，倾向于购买低价商品，对商场的降价促销活动反应积极。

4. 冲动型

冲动型消费者个性心理反应敏捷，客观刺激物容易引起心理的指向性，其心理反应与心理过程的速度也较快，这种个性因素反映到购买的实施时便呈冲动型。此类行为易受商品、外观质量和广告宣传的影响，以直观感觉为主，新产品、时尚产品对其吸引力较大。

5. 感情型

感情型购买行为兴奋性较强，情感体验深刻，想象力与联想力特别丰富，因此也容易受销售宣传的诱导影响，往往以商品品质是否符合其感情的需要来确定是否购买。

6. 疑虑型

疑虑型购买行为具有内倾性的心理因素，持这种购买行为的消费者善于观察细小事物，行动谨慎、迟缓，体验深而疑心大；选购商品从不冒失仓促地作出决定；听取商品介绍和检查商品时，往往小心谨慎和疑虑重重；挑选商品时动作迟缓，费时较多，还可能因犹豫不决而中断；购买时常常"三思而后行"，购买后还会疑心是否上当受骗。

7. 不定型

不定型购买行为常常发生于新购买者。他们缺乏购买经验，购买心理不稳定，往往是随意购买或奉命购买；在选购商品时大多没有主见，表现出不知所措的言行。持这类购买行为的消费者，一般都渴望能得到商品介绍的帮助，并很容易受外界的影响。

5.7.2　从消费者在购买现场的情感反应区分

1. 沉着型

沉着型购买行为的消费者平静而灵活性低，反应缓慢而沉着，因此，环境变化刺激对他们影响不大。持这种行为的消费者在购买活动中往往沉默寡言，情感不外露，举动不明显，购买态度稳重，不愿谈与商品无关的话题，也不爱听幽默或玩笑式的语句。

2. 温顺型

温顺型消费者神经比较脆弱，在生理上不能忍受或大或小的神经紧张，对外界的刺激很少在外表上表现出来，但内心体验持久。此类行为的消费者在选购商品时，往往遵从介绍作出购买决定，很少亲自重复检查商品的品质。这类购买行为对商品本身并不过于考虑，而更注重服务态度与服务质量。

3. 健谈型

健谈型或活泼型消费者神经过程平衡而灵活性高，能很快地适应新的环境，但情感易变，兴趣也很广泛。这类行为的消费者在购买商品时，能很快地与人们接近，愿意交换商品意见，并富有幽默感，喜欢开玩笑，有时甚至谈得忘乎所以，而忘掉选购商品。

4. 反应型

反应型消费者在个性心理因素上，具有高度的敏感性，对于外界环境的细小变化能有所警觉，显得性情怪僻，多愁善感。在购买过程中，往往不能忍受别人的多嘴多舌，对售货员的介绍异常警觉，抱有不信任的态度，甚至露出讥讽性的神态。

5. 激动型

有的消费者由于具有强烈的兴奋过程和较弱的抑制过程，情绪易于激动，在言谈举止和表情神态上都有急躁的表观。激动型消费者选购商品时表现出不可遏制的冲动，而不善于考虑产品的实用性，在言语表情上显得傲气十足，甚至会用命令式的口气提出要求，在商品品质和服务质量的要求极高，稍有不合意就会发生争吵。

5.7.3　根据消费者在购买过程中参与者的介入程度和品牌间的差异程度区分

表 5-4　消费者购买类型

品牌差异	参与程度	
	高	低
大	复杂型	多样型
小	协调型	习惯型

这里所谓的介入（参与）程度实际上与产品价格相对于消费者收入水平的比重的高低有关。消费者的购买行为特征和相应的营销策略如表 5-5 所示。

表 5-5　针对消费者购买类型的营销策略

购买行为类型	购买行为特征	品牌差异	价格	常见商品	营销要点
习惯性	习惯性购买	小	低	日用品消耗品	优惠价格、促销、广告
多样型	有意识尝试新产品	大	低	食品服装	促销、陈列
协调型	充分比较	小	高	电器	人员推销、渠道、服务
复杂型	反复衡量	大	高	住宅轿车	提供详细信息、咨询

5.8　消费者购买决策过程

　　如图 5-6 所示，在购买时，消费者要经过一个决策过程，典型的购买决策一般包括以下五个阶段：引起需求、收集信息、选择评价、购买决策和购后感受。营销者应该了解每一个阶段中的消费者行为，以及哪些因素在起作用。针对购买行为的不同阶段采取相应的促销措施。制订针对目标市场的行之有效的营销方案。

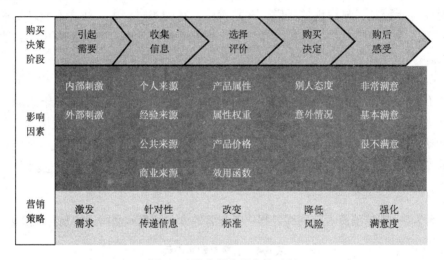

图 5-6　消费者购买决策过程

5.8.1　引起需要

　　需要是购买过程的起点。当消费者感到他有一种需要必须得到满足时，购买过程就开始了。需要可以由内在刺激或外在刺激引起，或两者相互作用引起。当一个人饥渴时就促使这个人寻找可以吃喝的东西，而饮食店里色香宜人的鲜美食品、饮料也会刺激人的饥饿与渴饮感。因此，这一阶段营销者任务是识别引起消费者某种需求的环境，不失时机地采取适当措施，唤起和强化消费者的需要，把消费者引导到特定的产品上。

5.8.2　收集信息

　　当消费者认识到自己的消费需求后，就会考虑"买什么样的商品"、"到那里买"等问题。为了解决这些问题，就要收集情报资料，寻找商品信息，比较选择。资料的来源主要有四个方面。

(1) 个人来源：家庭、朋友、邻居、熟人等。

(2) 商业来源：广告、销售人员、经销商、包装、陈列、展销会等。

(3) 公共来源：大众媒介、消费者权益保护机构等。

(4) 经验来源：接触、检查及使用某产品等。

这些信息来源的相对影响力因产品和消费者的不同而变化。总的说来，信息主要来自商业来源，而最有影响力的是个人来源，公共来源的信息可信度较高。因此，这一阶段营销者任务是：①尽可能将产品有关信息传递到目标消费群，并十分重视有关营销服务，争取有好的口碑；②广告宣传应设法将产品与消费者熟悉的事、人、物及好的情感联系在一起，加深消费者的印象和记忆，产生共鸣，以强化消费者的购买动机，促使其购买。

5.8.3 选择评价

通过收集信息，消费者熟悉了市场上的竞争品牌，如何利用这些信息来评价确定最后可选择的品牌？其过程一般是：某消费者只能熟悉市场上全部品牌的一部分，而在熟悉的品牌中，又只有某些品牌符合该消费者最初的购买标准，在有目的地收集了这些品牌的大量信息后，只有个别品牌被作为该消费者重点选择的对象（图 5-7）。

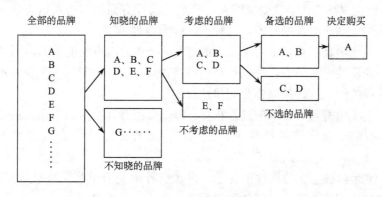

图 5-7 消费者对品牌的筛选

选择评价就是消费者在搜集信息的过程中和搜集到足够多的商品信息后，消费者依据自身的情况对可供选择的商品进行综合分析、比较、评价，作出相应的综合结论，为下一步进行购物决策提供充足的依据，是消费者将获取的信息进行分析整理和比较的过程。评估的内容主要包括三个方面：

(1) 产品属性，即产品能够能满足消费者某种需要或利益功能或性能。消费者一般都将产品看成是能提供实际利益的各种产品属性组合，对不同的产品消费者感兴趣的属性是不同的。产品属性除基本性能外还包括包装、外观，以及营销者对产品的诉求点是否与消费者的利益点相一致等。

（2）价格。不同的消费者因性别、年龄、收入、学识、经历不同对同种商品价格反映不一样，但总的要求是物美价廉。

（3）属性权重。每种产品由许多属性组成，消费者大多心中都有一套已认定的某一类产品的各种属性的排列位置，消费者对不同属性是有一定偏重的，即不会将各属性看成是同等重要，而消费者感兴趣的属性也不一定是最重要的属性。也就是说，不同的属性，具有不同的重要性权数。如果产品的每种属性都完全满足了消费者的要求，则这个品牌的产品就是"理想品牌"，但是现实品牌都不可能达到消费者"理想品牌"的要求，故只能考虑购买最接近"理想品牌"的现实品牌的产品。

（4）效用函数。即商品对消费者需求满足的程度。任何商品在不同时间和不同场合，其效用不一样。这一阶段是消费者购买的前奏，对实施购买起决定作用，而且不同的消费者评价商品的标准和方法有很大差异，营销者应尽可能为消费者提供条件，帮助消费者了解商品属性，作出购买决定。

相应而言，如果企业产品的属性权重和效用函数不能达到目标消费群对"理想品牌"的要求，企业可采用如下策略来改进消费者对自身产品的评价：

（1）改进现有产品，即对产品进行重新设计，这种策略称为实际再定位。

（2）改变品牌信念，改变品牌在一些重要属性方面的购买者信念，一般用于消费者低估了品牌属性的时候，这种策略称为心理再定位。

（3）改变消费者对竞争对手品牌的信念，企业可以设法变消费者对竞争对手品牌在不同属性上的信念，特别是在消费者误认为竞争者品牌某项属性的性能高于其实际性能时，这种策略称为竞争性反定位。

（4）改变消费者心目中的属性权重，即说服消费者把他们所重视的属性更多地放在本品牌具有优势的属性上，强调这一属性才是消费者最应注重的品牌属性。

（5）唤起对被忽视的属性的注意，设法引导消费者重视某些被忽视的属性，而这些属性也正是本品牌具有的优势所在。

（6）改变消费者心目中"理想品牌"的形象，试图说服消费者改变其对一种或多种属性上的理想标准。

营销者在该阶段的营销重点是：①强化产品宣传，尽可能让消费者能亲身感受或体验产品的功能，并配合适宜的促销活动。②通过整合营销努力建立或重建消费者对该类产品的评价标准。

5.8.4　购买决策

购买决策指消费者在经过上述诸阶段后，作出相应购买决定，包括购买目

标、购买方式、购买地点、购买时间、购买频率等内容，并付诸购买行动。但从
购买决策到购买行为，除消费者自身因素外，还会受三类因素影响：①他人的态
度，如同事、朋友对该品牌的负面评价；②意外因素，如购买者突然失业、意外
涨价等；③可觉察的风险，如购买轿车的消费者对车祸伤害发生的担忧。这三种
因素都可能使消费者改变或放弃原有的购买意图，最终出现不购买的结果（图
5-8）。因此，营销者在这一阶段要深入分析影响目标消费群购买决策的内外因
素，有针对性地开展营销行动，采取适宜的手段坚定消费者的购买决心，促使其
最终将购买决策付诸行动，并使之最终作出购买本企业产品的决策。

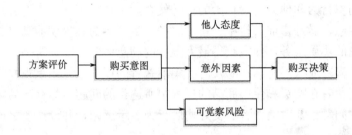

图 5-8 消费者购买决策阶段的影响因素

营销者在该阶段的营销重点是：①设法了解并解除消费者各种购买顾虑，如
对有望实现购买的汽车消费者，许多有经验的品牌经理会将说服的重点放在汽车
的安全性、易控制性方面；对某服装感兴趣并决定购买的消费者，促销员会着重
解释服装易清洗、免烫等。②尽可能地作出符合消费者愿望的承诺，如限期内可
无条件退货、免费更换、上门维护等，且必须说到做到。③设法使消费者感到产
品的潜在价值的明显高于产品的价格。

5.8.5 购后感受

消费者购买以后，往往通过使用或消费购买所得，检验自己的购买决策：重
新衡量购买是否正确；确认满意程度；作为今后购买的决策参考。消费者的购后
感受评价对营销者来说是一个重要的信息反馈。

购后感受的研究有两种理论：

（1）"预期满意"理论。该理论认为，消费者购买产品以后的满意程度取决
于购买前期望得到实现的程度。如果感受到的产品效用达到或超过购前期望，就
会感到满意，超出越多，满意感越大；如果感受到的产品效用未达到购前期望，
就会感到不满意，差距越大，不满意感越大。

（2）"认识差距"理论。这种理论认为，消费者在购买和使用产品之后对商
品的主观评价和商品的客观实际之间总会存在一定的差距，可分为正差距和负差

距。正差距指消费者对产品的评价高于产品实际和生产者原先的预期，产生超常的满意感。负差距指消费者对产品的评价低于产品实际和生产者原先的预期，产生不满意感。

无论如何，消费者在使用购买产品之后总会体验某种程度的满意感和不满意感，作出满意、不满意、一般的评价。消费者对所购商品满意，可能再度购买，而且向他人作义务宣传，也就是说消费者的满意是最好的广告。反之消费者会竭力劝阻他人购买，诉诸舆论，甚至诉诸法律。因此，营销者在这一阶段要做到：①着重研究分析有哪些因素影响消费者的消费体验，这些消费体验又是怎样影响其下一次消费行为和他人消费行为的；②使企业全体员工牢牢树立客户服务和客户满意的观念，做好售前、售中、售后服务，尽可能为其提供能满足其需求的产品和全方位的优质服务，使之获得最大限度的满意体验；③设置一些令顾客获得的"意外惊喜"或额外优惠；④及时收集消费者的评价意见，重视并消除客户异议，处理消费者在购买和使用商品的过程中所遇到的问题，弥补产品缺陷可能给客户带来的问题；⑤对消费者的良好购后行为表示感谢，并设法使之成为有力的促销材料。

■ 5.9　产品特征对接受率的影响

除上述内容影响消费者购买决策和购买行为外，消费者对产品的接受程度和使用比率还受到产品本身特征的影响。影响消费者对产品接受程度的因素主要包括：

（1）比较优势，即该产品与同类产品相比较的优点。该产品相对同类产品的比较优势越明显，被消费者认可和购买的比率就越高。

（2）复杂性，即该产品使用的复杂程度。如果产品结构复杂，使用需要具备较多的专门知识，使用过程较烦琐，都会降低产品的接受度。反之则较易被顾客购买和消费，如"傻瓜相机"、"自动挡轿车"在现实市场上较传统相机、"手动挡轿车"更能引起消费者的青睐。

（3）可分割性。一件产品如果能被拆分为若干部分，且这些部分是可以独立使用、互不干扰的，或者一件产品在拆分后能比较容易再次组装起来发挥其原有效用，则该产品的可分割性较强，易拆分的产品因其在使用上更加灵活、运输上更加便利，更能获得消费者的认可和接受，如许多速食麦片、饼干的生产商将原来 250 克或 500 克的大袋装改为 50 克小袋单独包装，销路较过去好得多。目前市场上较流行的"模块式"组合家具也应用了这一思路。产品可分割性在食品、小型工具上的应用也比较广泛。

（4）可沟通性。如果产品能够被消费者"简单明确"地认知，或者其性能和内涵便于消费者"直观"地体验和感受，那么我们说该产品的可沟通性较强。可沟通性较强的产品因其特性和功能更易于消费者认知、理解和判断，相对于较"封闭"的同类产品而言更易得到消费者的关注和选择。现代服装的销售从过去的柜台展示转变为"开架式"销售，并鼓励顾客试穿，就是应用了这一原理。

（5）和谐程度。产品的和谐程度指产品信念与顾客消费观念的一致性程度，产品所倡导的生活方式和风格如果与目标消费者的信念比较接近，那么受到目标消费者购买的可能性就比较大。

■ 5.10　组织市场

企业的市场营销对象不仅包括广大消费者，也包括各类组织机构，这些组织机构构成了原材料、零部件、机器设备、供给品和企业服务的庞大市场。组织市场是由各种组织机构形成的企业产品和劳务需求的总和，包括工商企业为从事生产、销售活动以及政府和非营利性组织为改造职责而购买产品或服务所构成的市场。它可大致分为三种类型：

（1）行业市场，或称生产者市场、产业市场。它是指一切购买产品和服务并将之用于生产其他产品或劳务，通过供销售、出租或供应给其他个人和组织，并获取赢利的个人和组织，如农业、林业、水产业、制造业、建筑业、通信业、公用事业、银行业、金融业和保险业、服务业等。

（2）中间商市场。它是指那些通过购买商品和劳务，以转售或出租给他人获取利润为目的的个人和组织。中间商不提供形式效用，而是提供时间效用、地点效用和占有效用。它由各种批发商和零售商组成。

（3）非营利组织市场。所谓非营利组织泛指一切不从事营利性活动，即不以创造利润为根本目的的机构团体。在我国，习惯以"机关团体事业单位"称谓各种非营利组织。非营利组织主要包括三类：①公益性组织。通常以国家或社会整体利益为目标，服务于全社会，如各级政府机构、军队、警察等。由于各国政府通过税收、财政预算等，掌握了相当大一部分国民收入，因此形成了一个很大的政府市场；②互益性组织，如各类职业、业余团体、宗教组织、学会和协会、同业公会；③服务性组织。以满足某些公众的特定需要为目标或使命的组织，如学校、医院、新闻机构、图书馆、博物馆及文艺团体、红十字会、福利和慈善机构。

5.10.1　组织市场的特点

在某些方面，产业市场与消费者市场具有相似性，二者都有人为满足某种需要而担当购买者角色、制定购买决策等共同点。然而，产业市场在市场结构与需求、购买单位性、决策类型与决策过程及其他各方面，又与消费者市场有着明显差异。与消费者市场相比，产业市场有以下特征：

（1）购买者的数量较少，频率低但批量大。在产业市场上，购买者绝大多数都是企业或社会机构，其数目必然比消费者市场少得多；而且，由于企业或单位的为了保证自身业务的顺利进行和降低综合采购成本，总是要保持合理的储备和较稳定的采购时间合同，因此通常是批量采购，单次购买规模必然比消费者市场大得多。例如，一般工业企业，主要设备若干年才买一次，原材料则根据供货合同定期大批量购进。

（2）购买者地理位置往往比较集中，供需双方关系密切。由于产业聚集效应和产业链规模效益等原因，组织市场的购买者往往集中在某些区域，以至于这些区域某种产品的消费量（即购买量）在全国市场乃至全球市场中占据相当的比重。例如，美国大部分农业机械的购买者都集中在东南和西南地区（这也是美国主要的农产品产区）；在我国，汽车零配件的客户主要集中在京沪地区、广东一带，且出于生产成本和产品质量稳定性的考虑，多数组织市场的购买者愿意根据供货合同定期供应。供需双方形成长期合作关系甚至建立战略联盟。

（3）派生性需求。即产业购买者对产业用品的需求，归根结底是从消费者对消费品的需求中延伸出来的。例如，采矿企业将铁矿石卖给冶炼厂，是因为冶炼厂要把钢材卖给零件制造商，零件制造商把汽车配件卖给汽车制造厂，是汽车制造厂要把卖给消费者，如果消费者不需要汽车，就不会引起这种连锁反应。也就是说，组织机构对产品的需求，归根结底是从消费者对消费品的需求中派生出来的。

（4）需求缺乏弹性。在产业市场上，产业购买者对产业用品和劳务的需求受价格变动的影响不大。例如，建筑公司不会因为水泥涨价而少购进水泥，轮胎厂不会因为橡胶涨价而少购进橡胶。造成这种现象的主要原因是因为产业市场的需求取决于其生产工艺的特定性和原材料的可替代性较低，企业在短期内不可能很快变更其生产方式和产品种类。除非出现重大的技术变革使制造商发现了新的生产方法或材料代用品。

（5）波动性需求。如前所述，组织市场的需求是"派生需求"，尤其是生产者市场比消费者市场的需求波动性更大。这是因为，生产者市场内部的各种需求之间具有很强的连带性和相关性，而且消费品市场需求的结构性变化会引起生产者市场需求的一系列连锁反应；受经济规律的影响，消费品市场需求的少量增加与减少，会导致生产者市场需求较大幅度的增加和减少；生产者市场的需求更容易受各种环境因素（尤其是宏观环境因素）的影响，从而产生较大的波动。这种特征，西方经济学者称之为加速效应。

（6）专业人员购买。由于产业用品特别是主要的生产资料不易替代，且单位产品价值较高，购买的数量较大，其质量好坏、适用性、经济性、供应等会给购买者的使用效能或企业的生产经营过程、形成较大的影响。因此，组织市场购买者对所购产品在技术经济性等方面有着严格的要求。通常都聘请具有很强专业知识、熟悉产品的专业人员负责采购工作。许多企业采购通常由若干技术专家和最高管理层组成采购机构来完成采购工作。

（7）直接购买。在消费者市场中，除了服务之外，消费者通常向批发、零售商购买产品，很少直接向制造商采购产品。在组织市场上，组织用户直接向制造商采购则非常普遍，尤其当订单非常大或需要技术帮助时更是如此。从卖方的角度来看，因为制造商较少、具有地理区域集中性，且组织的采购订单较大，直接向制造商购买更有利于获得良好的售后服务和降低采购成本。

（8）互购。所谓互购就是如果你向我购买，我就向你采购。这是一种互惠性的采购方式，在原材料（石油、钢铁、橡胶）市场上，互购比较常见。有时还表现为三边或多边互购。组织之间通过互购易货减少流动资金的占用或得到更优惠购买条件，有利于买卖双方建立长期的业务联系、相互依存，降低整个产业链的成本。

（9）租赁，即产业购买者往往通过租赁方式取得产业用品的使用权。组织市场的供需双方之所以经常采用这种方式，是因为许多产业用品单价高，通常用户需要融资才能购买，而且技术设备更新快，因此租赁有助于解决某些产品（特别是价值高的大型设备）"用户买不起，卖主卖不掉"这种供求矛盾，从而降低了购买者的固定投资和维护成本，也提高了产品使用的经济性。

5.10.2　组织市场购买者的行为类型

组织市场的购买行为的主要有三种类型：新产品采购、直接重复采购、修正重复采购。

新产品采购是最困难、最复杂的一种采购类型，这是企业的首次采购，决策者的新产品采购经验很少，新产品采购的风险较大，因此新产品采购的参与人员多。对信息的需求很大，而且评估选择过程比较复杂，采购决策时间也比较长。对于新产品采购，营销者需要努力了解组织和采购人员的需求，主动与他们充分沟通，确认产品的功能。

直接重复采购是例行性、低度参与型的一种采购类型。这种采购类型只需少量信息，也不必太考虑是否存在替代方案。采购人员与销售人员的关系十分融洽，组织用户不需另找供应来源。直接重复采购通常由采购部门进行决策，根据事先决定的合格供应商名单进行选择。如果某厂商不在名单之列，向采购人员推销业务可能就不会太容易。

修正重复采购在投入时间、参与人数、所需信息、考虑选择方案方面介于上述二者之间。例如，许多房地产开发商在开发出新车型后，在选购配套的零件如灯光系统的设备时，通常会调整生产设计，同时发出招标邀请原来各家供应商提供方案，比较并评估新产品的特点。

就组织市场的营销者而言，对直接重复采购、修正重复采购、新产品采购的营销重点也不相同，如表5-6所示。

表5-6　组织市场的购买行为类型

类型	采购方特点	营销重点
直接重复采购	按照以往惯例再行采购	尽力维护产品和服务质量，降低客户重购成本
修正重复采购	就产品规格、价格、发货条件等加以调整	了解修正的原因，掌握新的标准，保护自己的份额
新产品采购	首次购买某种产品或劳务	全面研究购买决策过程及影响因素，制定相应策略

5.10.3　产业购买者的决策过程

组织市场购买决策过程可以大致划分为五个阶段，即需求认知-说明需求-寻求供方-签约订购-购后评价，也可细分为如下八个阶段。

1. 提出需要

提出需要是组织机构购买决策过程的起点。它是指组织机构用户在生产过程中认识到了某个问题或某种需要，且该问题或该需要可以通过得到某一产品或服务来解决时，便开始了采购过程。提出需要通常由两种刺激引起：内部刺激和外部刺激。就内部因素而言，主要有以下原因：

（1）企业推出一种新产品，对原材料和设备产生新的需要；

（2）设备出现故障，需要更新或采购配件以修复设备；

（3）采购的产品不尽如人意，需要寻找新的供应商；

（4）采购负责人认为还有可能找到更质优价廉的供应商，需要进一步寻找。

就外部因素而言，采购者受到销售者的营销刺激，如展销会、广告、推销介绍等，也可能使其产生购买的欲望。因此，组织市场的供应商应主动推销，经常开展广告宣传，派人访问用户，以发掘潜在需求。

2. 确定需要

确定需要即购买者确定确定所需产品的品种、性能、特征、数量和服务等。如果是简单的采购任务，可由采购员直接决定；如果是复杂的采购任务，由采购员会同其他部门人员，如工程师、使用者等共同来决定所需项目的总特征，并按照产品的可靠性、耐用性、价格及其他属性的重要程度来加以排列。因此，组织市场的营销者可以通过向购买者描述产品特征的方式向他们提供某种帮助,协助他们确定其所属公司的需求。

3. 详述产品规格

采购者在确定了需求要项之后,就要具体确定产品规格。采购组织通常会专门组建一个产品价值分析技术组,按照需求要项来确定产品的技术规格,写出详细的技术说明书,作为采购人员的采购依据。产品技术说明书或功能规格表是对所需产品的品种、性能、特征、数量和服务更详细、更精确的描述。因此,组织市场的营销者应尽早参与产品价值分析,可以影响采购者所确定的产品规格,以获得中选的机会。

4. 查询可能的供应商

采购者在确定产品规格后,会利用各种媒体和信息渠道寻找供应商的信息,如通过公开招标、查询工商名录或其他资料,也可通过其他企业介绍。组织市场的营销者的任务就是要力争被列入主要的名录中。因此组织市场的营销者应努力通过各种渠道传播企业信息,争取进入组织购买者的视野,并制订强有力的广告和促销方案,在市场上建立良好信誉,同时确定谁是寻找供应商的买主并明晰采购者对供方在生产、供货、人员配备、信誉等方面的选择标准。

5. 征求报价

采购单位会向合格的被选供应商发函,以电话、传真和信函等方式通知供应商提供详尽的产品目录资料和报价。对重大设备和工程报价,采购单位也可能采用招标的方式征寻报价。对于组织市场的营销者,必须精于调查研究和提出建议,明确采购单位的需求,慎重地制定报价书。

6. 选择供应商

选择供应商指组织机构用户对供应商提供的产品质量、数量、价格、信誉、交货期限和技术服务等加以分析评价,以选择符合企业自身要求的最终供应商。影响组织选择供应商的因素有交货能力、产品质量、规格、价格、企业信誉、履约情况、维修服务能力、供应商灵活性、财务状况、地理位置等诸多因素,各种不同因素的相对重要性随购买情况类型的差异而有所不同。有的组织往往有若干供应商,他们还需要决定选择多少个供应商。组织市场营销者在这一阶段的工作重点就是认真研究竞争对手和制定相应策略,抵制竞争者的压价。

7. 正式发出订单

在供应商选好以后,购买方开始确定最后的订单,内容包括产品技术说明书、需要量、预期交货时间、退货政策、担保条件等。供需双方拟定和签订合同,并开始执行合同。组织市场营销者的目标是按照协议的价格条件提供满意的产品或服务,力争与采购方建立一种长期有效的合同关系,在这种关系下,其他供应商欲涉足其间就十分困难。

8. 购后评价

购后评价指组织机构用户对各供应商的绩效进行评价，通过绩效评价，以决定维持、修正或中止向供应商采购、未来是否再找其他供应商就要看功能评估和供应商处理未来可能发生质量问题的能力。因此，组织市场营销者必须与采购者和使用者保持密切联系，了解产品使用情况和满意程度，积极制定相应的售后服务策略。

上述八个阶段的具体情况也与组织市场购买行为的类型有关（表5-7）。

表5-7 组织市场的购买决策过程

项目	新产品采购	修正重复采购	直接重复采购
1. 提出需要	是	可能	否
2. 确定总体需要	是	可能	否
3. 详述产品规格	是	是	否
4. 寻找供应商	是	可能	否
5. 征求供应信息	是	可能	否
6. 供应商选择	是	可能	否
7. 发出正式订单	是	可能	否
8. 购后评价	是	是	是

5.10.4 组织市场购买的参与者

对于组织市场购买，影响和决定采购的一般有以下五种角色：

（1）使用者，即具体使用欲购买的某种产业用品的人员。在许多情况下，使用者首先提出购买建议，并协助确定产品规格、价格。

（2）影响者，即在组织内部和外部直接或间接影响购买决策的人员。影响者协助决定产品规格，提供评价信息，如企业中，技术人员对设备采购的影响作用尤其重要。

（3）采购者，即在企业中有组织采购工作的正式职权人员，是与供应商互动沟通的人，负责制定采购条件和处理实际采购订单的人，购买者可以帮助制定产品规格，但主要任务是选择经销商和交易谈判。

（4）决定者，即在企业中有批准购买产品权力的人，是有权决定产品要求和供应商的人，决定着实际购买决策的拍板人，是整个采购的关键环节，当然也是组织市场营销者重点沟通和说服的对象。

（5）控制者，即在企业内外能控制信息流到决定者、使用者的人员。他们有权控制或阻止供应商的营销人员与采购成员发生接触。这些人员可能是秘书、接待员或技术人员。

　　组织市场购买的参与者在不同类型的采购中所起的作用也不尽相同：在直接重购时，采购者所起的作用较大；而在新采购时，则组织的其他人员所起的作用较大；在作产品选择决策时，通常是工程技术人员影响最大，而采购者却控制着选择供应商的决策权。这说明在新采购时，营销者必须把产品信息传递给工程技术人员，在修正重复采购和新产品采购的选择供应商阶段必须首先把信息传递给采购者。

　　组织市场的营销者必须作出判断：谁是主要决策的参与者？对哪些决策他们具有影响力？其影响决策的程度如何？每一决策参与者使用的评价标准是什么？当某一采购包含许多参与者时，如果营销者没有时间和条件同其中每个人接触，则应该将注意力集中于接触关键性的购买影响力量。对于实力较强企业或时间充裕的条件下，应采取多层次深度推销，以便尽可能多地接触决策参与者。

5.10.5　影响组织市场购买者的因素

1. 影响产业采购人员的主要因素

　　组织采购人员在作出购买决策时受到许多因素影响。如果供应商的供应物同质性较强，由于组织采购人员能与任何供应商一起来满足本组织的各项采购需求，采购者就可以按个人因素行事；如果当竞争性产品差异很大时，组织采购者对其选择就会负有更多的责任，并会更重视经济因素。对组织采购人员的影响有四个因素：环境因素、组织因素、人际关系因素和个人因素（图 5-9）。供应商应了解和运用这些因素，引导买方购买行为，促成交易。

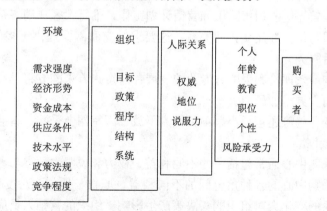

图 5-9　影响组织市场购买行为的因素

1）环境因素

　　环境因素指企业外在的宏观环境，包括经济环境、技术环境、政治法律环境、竞争环境、自然环境和地理环境等。组织市场的营销人员无法控制和改变这些环境，而只能适应和利用它。例如，在经济衰退时期，组织购买者就会减少对厂房或设备的投资，并设法减少存货，组织市场的营销人员在这种环境下刺激采购是无能为力的。他们只能在增加或维持其需求份额上作艰苦的努力。除了经济形势以外，政治变化、科技变革、技术水平、竞争程度等都会影响组织单位的采购计划和需求水平。组织市场的营销人员必须密切注视所有这些环境作用力，测定这些力量将如何影响采购者，设法使问题转化为机会。同时，注重提升自身的相对竞争优势，同时不断地保持、改善与采购者的合作关系，使自身企业与采购者讨价还价的能力更优于竞争对手。

2）组织因素

组织因素是指与购买者自身有关的因素，包括采购组织的经营目标、战略、政策、程序、组织结构和制度等。各组织的经营目标和战略的差异，会使其对采购产品的款式、功效、质量和价格等因素的重视程度、衡量标准不同，从而导致他们的采购方案呈现差异化。供应商的营销人员必须尽量了解这些问题：采购组织的经营目标和战略是什么；他们需要采购什么；他们采购的方式和程序是什么；有哪些人参与采购或对采购产生影响；他们评价采购的标准是什么；该组织对采购人员有哪些政策和限制等。目前，组织市场的采购领域呈现出以下新的变化趋势，营销人员必须意识到以下问题并采取适当的应对策略：

（1）采购部门升格：采购管理更加集中，采购部门的采购范围扩大，这意味着供应商必须相对应地提升其销售人员的等级。

（2）集中采购：对营销者来说，意味着必须同人数少，但素质高的采购者打交道，要求有较先进的销售队伍和营销计划工作，推行大客户销售管理模式。

（3）希望与供应方建立长期关系：这要求供应商需要提供更多的优惠条件、更良好的售后服务。

（4）采购绩效评价和采购方专业的发展：这意味着采购方将具有更强的讨价还价能力并向卖方施加压力。

其他的变化趋势还包括小票项目权力下放、因特网上采购、精益生产等。

3）人际因素

组织的采购中心通常包括一些不同利益、权力和说服力的参与者。人际因素是指组织的采购中心的各种角色间的不同利益、职权、地位、态度和相互关系。这些人事关系的变化会对组织购买决策产生影响。组织的营销人员应尽量地了解购买中心的每个人在购买决策过程中所扮演的角色，以及他们的相互关系所产生的群体动力，充分地利用这些因素促成与采购组织的合作。

4）个人因素

购买决策过程中每一个参与者由于年龄、收入、受教育程度、专业、个性、风险意识和文化等方面的差异而具有不同的个人动机、直觉与偏好。从而影响了各个参与者对要采购的用品和供应商的感觉、看法，从而影响购买决策和购买行为。采购中心的相关人员明确表现出其不同的购买类型。有些是"简练"型购买者，有些是"完美"型购买者，有些是"理智"型购买者；有些是"强硬"型的购买者。因此，市场营销人员应了解产业市场采购员的个人情况，以便采取"因人而异"的营销措施。特别是在国际营销中，市场营销人员必须了解和适应当地的文化和价值标准。

在分析个人因素对组织市场采购的影响时，尤其要注意"双重性"采购动机对组织用户的影响。组织用户的采购动机往往既有组织目标又涉及个人利益。一般而言，组织采购是有规律、理性的，组织采购的动机是综合考虑价格、质量和服务来满足组织目标的要求。但另一种方面，组织采购人员也是人，他们有保护或提升他们在组织中的职位（个人利益）的动机。有时，这两个目标是一致的，有时又是互相冲突的。显然，两个目标吻合的程度越低，组织采购人员就越难以作出采购决策。在此情况下，组织市场的营销人员必须综合考虑这两种诉求，如果产品的同质性较强，且价格与售后服务差不多时，促销工作更多会针对采购人员的个人利益。

本 章 小 结

消费是社会生产的根本目的。消费者行为是决定企业营销模式和规律性的基础性因素。加强购买者行为特征和规律性研究，对于更好地体现以消费者为中心的现代营销理念，提高企业营销活动的主动性和针对性意义重大。消费者行为的产生是受到其内在因素和外在因素的相互促进交互影响的。其本质是消费者对内外部刺激的综合反应。消费者购买行为是文化、社会、个人和心理因素影响的结果。消费者购买行为根据其介入程度一般可以区分为习惯型、多样型、协调性和复杂型四种基本类型，消费者购买决策通常包括引起需求、收集信息、选择评价、购买决策和购后感受五个基本阶段。组织市场是由各种组织机构形成的企业产品和劳务需求的总和，它包括产业者市场、中间商市场和非营利组织市场三种基本类型。组织市场的购买行为的主要有三种类型：直接重复采购、修正重复采购和新产品采购。对组织采购人员的影响有四个因素：环境因素、组织因素、人际因素和个人因素。

核心概念

消费者市场　消费者行为模式　参考群体　自我形象　特殊品　文化　家庭生命周期　产业者市场　中间商市场　非营利组织市场　修正重复采购

自我测试

1. 什么是消费者市场？它有哪些特点？

2. 简述消费者行为的一般模式。

3. 怎样应用马斯洛的需要层次理论解释消费者的购买动机？

4. 相关群体有哪些类型？对消费者行为的影响有哪些？

5. 请说明"预期满意"理论。

6. 说明消费者购买决策过程中各阶段的营销策略重点

7. 下表是合肥市对两类消费群体关于时装购买选择标准的调查统计资料：请问该统计数据反映了什么需求规律？简述其内容。

消费群体月收入/（元/月）	时装选购标准顺序（按考虑顺序的先后排列）			
	1	2	3	4
<2000	耐久耐洗	价格较低	款试新颖	品牌有知名度
>4000	品牌知名度高	时尚流行	款式个人偏爱	价格可承受

讨论问题

1. 文化因素是怎样影响消费者的购买行为的？

2. 分析电视购物频道市场的 5W2H，并提出相应的营销对策。

第 **6** 章

市场竞争分析

　　20 世纪的商战史上，没有比可口可乐与百事可乐之间更激烈、更扣人心弦的市场争夺战了。百年来，这两家占世界饮料行业绝对主导地位的美国企业以广告为旗帜在产品配方、包装、价格等多方面始终进行着激烈的竞争。

　　第二次世界大战前，可口可乐公司统治着美国的软饮料行业，而百事可乐公司却举步维艰，曾两次宣告破产。30 年代，百事可乐公司主动提出将公司卖给可口可乐公司，但被拒绝了。第二次世界大战后，针对强大的竞争对手，百事可乐公司采取了一系列的措施与之争夺市场，逐渐占据了饮料市场的一席之地：

　　(1) 挑起价格大战，让消费者得到更大实惠。针对可口可乐瓶形固定、容量少的弱点，百事可乐改用容量更大的瓶子，却以相同的价格出售，成功地夺走了可口可乐在美国劳动大众中的相当一部分市场。

　　(2) 占领海外市场。1959 年，百事可乐借美国在莫斯科举办博览会之机，请苏联国家元首赫鲁晓夫为其评价口味，使苏联掀起了品尝百事可乐的热潮，从而轻取了苏联市场。随后，百事可乐采取一系列措施在中东及日本市场也获得了成功。

　　(3) 鲜明的广告主题拉近了与顾客的距离。可口可乐推出了以"罗素摇滚"广告和越战后甜蜜、纯洁为主题的广告，吸引了大量年轻人。针对这一举措，百事可乐不惜重金请来青少年偶像歌星"小甜甜"布兰妮做代言人，赞助其全球巡演，引起了极大轰动，从而在年轻人中树立起了青春、时尚的形象。此后，二者在广告上的竞争更是异常激烈。

　　(4) 向可口可乐的"店饮"市场发起直接正面进攻。通过引入新规格的瓶子，使可乐可以购回家饮用，让顾客更感方便。同时，百事可乐公司还对想要购买和安装百事可乐自动售货机的销售商提供财务帮助，从而扩大了百事可乐的市场销售量。

1985 年，可口可乐为迎接其诞生 100 周年，突然宣布改变使用了 99 年之久的配方，而采取刚刚研制的新配方。岂料该产品上市后，引起了轩然大波，消费者纷纷抗议这一改变，可口可乐形象也为之大挫。为改变被动局面，可口可乐公司在很短的时间里接连推出健怡可口可乐、古典可乐等几种不同口味的新产品。谁知消费者反而被弄得无所适从，纷纷转向购买百事可乐。此后，百事可乐的销售量大幅度增长，效益不断提升，日渐超越可口可乐。如今，百事可乐已经和可口可乐并列为软饮料市场上的"双雄"，并且还在加紧争夺行业的第一把交椅。

可口可乐和百事可乐的百年之争，真正缔造了一个饮料帝国的神话。在近百年的市场竞争战中，两家公司有进攻、有防守、有反击、更有创新，从而发展成为世界一流的大型跨国公司。

资料来源：根据大众新闻网"百年商战两可乐"改写，2003 年 1 月 29 日

市场竞争是指各企业之间以获取利润和满足消费者需求为中心，以求得生存和更大的发展空间为主要目的，以国家法律、法规、产业政策为行为规范而展开的一系列市场争夺活动。竞争是市场经济的基本特征，市场竞争所形成的优胜劣汰，是推动市场经济运行的强制力量。

6.1　市场竞争类型及竞争力量

6.1.1　市场竞争类型及特点

经济学通常按市场竞争的激烈程度把市场竞争划分为四种基本形态：完全竞争、垄断竞争、寡头垄断和完全垄断。深入了解各种市场结构和竞争类型有助于企业分析所处的竞争环境，认清自己及竞争对手的市场地位，从而作出合适的竞争策略选择。

1. 完全竞争市场

完全竞争市场是指有很多竞争者，提供完全同质产品的市场。完全竞争市场具有以下特点：①存在大量的规模相对很小的竞争者；②竞争者相互之间的战略差别很小或没有差别；③新的竞争者可以自由进入该行业或市场；④市场信息是完全的和对称的，企业与消费者都可以获得完备的市场信息。这些特点说明任何一个企业对市场的影响都是很微小的，企业进出这个市场十分容易。这类市场竞争模式除了在许多农产品市场，如谷物、水果、蔬菜等市场上找到外，在现实中很难出现类似于完全竞争市场的情形。

2. 垄断竞争市场

垄断竞争市场是指有较多竞争者，提供有些许差异的可相互替代产品的竞争市场。垄断竞争市场具有以下特点：①有较多生产者和购买者，且每一个购买者和生产者都对市场有充分了解；②各企业提供有些许差异性的产品；③进入市场的门槛不高，所有生产者都可以相对自如地进入市场；④产品的差异性使生产者对产品价格有一定程度的控制权。在垄断竞争市场上，特色和差异性是企业生存和发展的根本。服装市场、餐饮市场均可看做垄断竞争市场。

3. 寡头垄断市场

寡头垄断市场是少数几家厂商控制整个市场产品生产和销售的一种市场结构，它的特点是：①生产者数量有限，购买者数量众多；②各企业提供的产品无独特性和明显的差异性；③进入行业的门槛较高，生产者进入市场存在一定难度；④竞争者之间进行价格博弈，需要时时注意竞争对手的行为。常见的寡头垄断市场有石油业、航空业、电信业、银行业、保险业等。

4. 完全垄断市场

完全垄断市场是指没有竞争者，只有一家企业提供产品的市场。有如下特点：①只有一个生产者，没有竞争者；②由于自然资源、技术、国家产业规则等原因，使得行业进入门槛极高；③在基于自然资源和技术垄断造成的完全垄断市场上，垄断企业有相对独立的定价权，如自然风景区旅游业、计算机芯片业、软件业等；而在由国家产业规则产生的完全垄断市场上，垄断企业则没有独立的定价权，价格变动需取得政府有关部门的同意，如食用盐业、烟草业、供电业、自来水业等。

营销学从消费者需求转移的角度还将市场竞争区分为欲望竞争者、类别竞争者、产品形式竞争者和品牌竞争者四种类型。

欲望竞争者由那些力图满足消费者各种欲望的产品或服务的提供者构成。例如，普通电视、等离子电视和液晶电视的客户群对电视的需求和欲望水平不同，在 3 类产品的生产厂商各不相同的情况下，这些生产厂商就是电视机产品的欲望竞争者。

类别竞争者是为满足消费者的相同需要而提供不同类型的可替代产品或服务的供应者，如普通眼镜与隐形眼镜的生产者就属于类别竞争者。

产品形式竞争者是那些同种类但不同规格、型号的产品或服务的提供者。例如，运动自行车与普通自行车的制造商、迷你汽车与常规汽车的制造商就可归属到这类竞争者。

品牌竞争者是那些相同形式不同品牌的产品或服务的提供者。例如，耐克运动鞋与阿迪达斯运动鞋的提供者就是一对品牌竞争者。

6.1.2　行业竞争模式分析

1. 行业

市场营销学中，行业是指提供一种或一类相互密切替代产品的企业群、如日常经济活动中经常提到的计算机行业、食品行业、汽车行业、家电行业等。任何一个行业都会经历一定的演进过程：起初，生产者少，利润高，市场快速成长；随后，高利润吸引大量投资，竞争加剧，利润水平降低，市场增长逐步放缓；再后来，残酷的竞争使大多数企业退出、倒闭或被兼并，市场仅剩少数大型生产者，新进入者很少，形成寡头垄断格局。

2. 行业竞争格局

在市场竞争中，影响行业竞争格局的主要是集中程度与产品差别、进入与退出障碍、成本结构、纵向一体化程度、全球化经营程度。

（1）集中程度与产品差别。集中程度指行业里厂商数量的多少，通常用行业中最大企业的销售额或市场占有率衡量；产品差别是指行业中各个企业的产品可被顾客感知的不同之处。例如，两家钢铁厂生产的钢材，即使型号、规格相同，也会有很大区别；而有的产品不论哪家生产，在顾客眼中基本都是一样的。集中程度和产品差别的相互关系，会形成开篇所讲的四种基本类型的市场结构。

（2）进入与退出障碍。一个行业中的厂商数量，受到进入与退出障碍的影响。进入和退出障碍反映企业进入或退出某个行业时，所受到的不同程度的阻力。一般而言，如果某个行业具有较高的利润吸引力，其他企业通常会设法进入。但是进入一个行业会遇到许多障碍，其中一些障碍是一个行业本身具有的，另外一些则是先期进入的企业设置的。各个行业的进入障碍不同，比如，进入餐饮行业十分容易，进入钢铁制造业则极其困难。

（3）成本结构。在不同的行业经营，所需要的成本及成本结构不同。例如，钢铁制造业所需要的成本大，化妆品行业所需要的成本小；钢铁制造业所需要的加工制造成本大，而化妆品业所需要的分销和促销成本大。

（4）纵向一体化程度。在许多行业，实行前向或后向一体化有利于形成竞争优势，如广东一家纸品加工企业，发展到一定的规模后，将生产必不可少的原纸采购业务分离，使其成为相对独立的经营单位，一方面可以供应自身生产所需，另一方面又可以按市场价出售给其他企业。这一举措不仅能在各个环节控制价格，还能在一定程度上通过原纸供应制约竞争者。

（5）全球化经营程度。有些行业局限于地方经营，如理发、影院等；有些行业则适宜发展全球经营，如飞机制造业、计算机业、家电业、石油业等。在全球性行业从事业务经营，必须具有全球性的眼光，开展以全球为基础的竞争。

6.1.3　五种竞争力量分析

根据美国学者迈克尔·波特的研究，一个行业中存在着五种基本竞争力量，即同行竞争者、上游供应商、下游客户、新加入者、替代品厂商。在市场竞争中不同力量的特性和重要性因行业和公司的不同而变化。

1. 同行竞争者

同行竞争者指提供同种或同类产品，但规格、型号、款式不同的企业，所有同行业的企业之间存在彼此争夺市场的竞争关系。如果某个市场有众多的、没有主导者、且竞争欲望强烈的竞争者，该行业的竞争就会非常激烈，如国内的纺织服装业、家用电器制造业、汽车制造业等均属于这种竞争比较激烈的行业。

通常，对同行竞争者的研究包括以下两方面内容：一是竞争对手基本情况，包括竞争对手的数量、位置、规模、资金、技术力量等；二是竞争对手的发展动向，包括市场发展动向、转移发展动向与产品发展动向。

2. 上游供应商

供应商是指向企业及其竞争者提供产品或服务的组织或个人。供应商所提供的资源主要包括原材料、能源、设备、劳务、资金等。供应商的讨价还价能力会对一个行业形成竞争压力，具体表现可能是要求提高供应品的价格，降低供应品的质量，减少紧俏资源的供应以及延迟供货时间等。

3. 下游客户

下游客户即购买者。购买者的讨价还价能力会对行业形成竞争压力，具体表现可能是要求该行业的产品价格更低、质量更好，或提供更多的服务。决定购买者讨价还价能力的因素主要有客户的集中程度、本行业产品的差异性、客户对本行业的依赖性、客户的转换成本、客户对信息的掌握程度等。

4. 新加入者

新加入者也称作潜在竞争者，当新加入者进入某个行业时，会给该行业的现有企业带来竞争压力，导致行业竞争更加激烈。某一行业被入侵的威胁程度，取决于该行业的进入障碍、行业产品价格水平、该行业现有企业对新加入者的报复能力以及新加入者对报复的估计。

5. 替代品厂商

产品的使用价值或功能相同，满足消费者的需要相同，在使用过程中就可以相互替代，生产这些产品的企业就可能形成竞争。替代品的出现，会对本行业产品形成价格约束，降低本行业的获利水平。通常，对替代品厂商的分析主要包括以下几个方面：替代品的赢利能力、替代品生产企业的经营策略、购买者的转换成本。

➤ **案例 6-1   基于波特模型的中国汽车行业竞争环境分析**

潜在进入者的威胁。对于汽车产业来讲，由于存在着规模经济、资本需求等高进入壁垒，国内新企业进入威胁相对较小。但随着我国逐渐融入全球经济浪潮，不排除在未来国外汽车制造商在国内成立 100% 外资汽车公司的可能，因此，我国企业将可能会受到来自国外汽车制造商的潜在进入威胁。

替代品的威胁。在我国，自行车、摩托车、出租车、公共交通都是汽车的良好替代品。随着这些替代品需求的增长，汽车的消费需求会受到限制。但从长远来看，由于私人汽车特有的优越性以及国民消费意识的提高，购买汽车的人会越来越多，这些替代品并不会对我国汽车工业带来很大的影响。

购买者讨价还价的能力。对于个人而言，消费者不可能有能力和汽车厂商讨价还价，只能被动接受由汽车厂商制定的价格，议价能力比较弱。

供应商讨价还价的能力。对于汽车工业而言，整车只是最终产品，其上游还包括生产汽车所需的各种零部件生产商。就我国目前的零部件供应来看，由于存在着大量的、规模很小且分散经营的零部件供应商，供应方实际上对汽车生产商是没有讨价还价空间的。加之国内很多汽车生产商都建有自己的零部件工厂，这种垂直的企业模式也在一定程度上削弱了供应方讨价还价的能力。

行业内部现有企业的竞争。中国目前有 123 家汽车生产商，但 70% 以上的市场份额是由销量居前几名的几家大公司占据的，如上海大众、上海通用、一汽大众、奇瑞汽车、东风日产等，产业内部竞争非常激烈。可见，行业内现有企业仍是主要竞争对手。

资料来源：覃嘉 .2010. 基于波特模型的中国汽车行业竞争环境研究 . 特区经济，(10)：239-240

■ 6.2   竞争者分析

6.2.1   识别竞争者

竞争者是指那些与本企业提供的产品或服务相类似，并且所服务的目标顾客也相似的其他企业。通常可以从产业和市场两个方面来识别竞争者。从产业方面来看，提供同一类产品或可相互替代产品的企业，构成一种产业，如汽车产业、医药产业等。从市场方面来看，竞争者是那些满足相同市场需要或服务于同一目标市场的企业。例如，从产业观点来看，打字机制造商以其他同行业的公司为竞争者；但从市场观点来看，顾客需要的是"书写能力"，而铅笔、钢笔、电子计算机都可满足，因而生产这些产品的公司均可成为打字机制造商的竞争者。以市场观点分析竞争者，可使企业拓宽眼界，更广泛地看清自己的现实竞争者和潜在竞争者，从而有利于企业制定长期的发展规划。

直观地看，识别公司的竞争者是一件简单的事情，谁在与自己争夺市场谁就是自己的竞争对手。然而，通过波特的"五力模型"分析，我们发现许多公司是被潜在的新进入者和替代品生产者所击退的。因此，在识别公司的竞争者时，企业应从产业和市场两方面将产品细分和市场细分结合起来综合考虑，须具备前瞻性的眼光和长远的预期，预测出新行业、新替代品带来的潜在竞争对手。

6.2.2 确定竞争者的目标

确定了谁是企业的竞争者之后，还要进一步了解每个竞争者在市场上追求的目标是什么。虽然终极目标都是获得利润，但在不同的时间和空间，各个竞争者的侧重点会有所不同。通常来讲，在利润目标的背后是一系列的目标组合，企业通过了解竞争者的目标组合，就可以此来确定或调整自己的竞争战略。

竞争者目标的差异还会影响到其经营模式，例如美国企业多数按照最大限度扩大短期利润的模式经营，因为当前经营绩效决定着股东满意度和股票价值；日本公司则主要按照最大限度扩大市场占有率的模式经营，由于贷款利率低，资金成本低，所以对利润的要求也较低，会在市场渗透方面显示出更大的耐心。

6.2.3 分析竞争者的强弱优势

分析竞争者的强弱优劣可以从其品牌知名度、市场占有率、产品质量高低及稳定程度、开发新产品的能力、生产成本高低、技术支撑能力、供货效率、促销能力、服务水平等方面进行。根据企业在竞争中的现实表现，可将竞争者分为以下六种类型：

（1）主宰型。这类公司控制着其他竞争者的行为，有广泛的战略选择余地。

（2）强壮型。这类公司可以采取不会危及其长期地位的独立行动，而且它的长期地位也不受竞争者行动的影响。

（3）优势型。这类公司在特定战略中有较多资源可供利用，并在改善其地位上有较多机会。

（4）防守型。这类公司经营状况令人满意，足以继续经营，但它在主宰企业的控制下存在，改善其地位的机会较少。

（5）虚弱型。这类公司经营状况不能令人满意，但仍有改善的机会，不改变就会被迫退出市场。

（6）难以生存型。这类公司经营状况很差，并且没有改善的机会。

6.2.4 分析竞争者的市场反应

竞争者的目标、战略、优势和劣势决定了它对各种竞争行为的反应，不同的竞争者有不同的反应模式。

1. 从容型竞争者

从容型竞争者指对竞争者的行动反应不迅速、不强烈的市场竞争者。这样的竞争者对敏感事件、社会舆论、市场行动几乎没有明显的反应。此时，企业要研究竞争对手"从容"的原因，是资金不够、反应迟钝，还是盲目自大，或是有其他战略意图。这对于企业下一步的策略选择有直接影响。

2. 选择型竞争者

选择型竞争者指只对竞争对手某些类型的竞争行为作出反应，对其他竞争行为无动于衷的市场竞争者。了解竞争对手会在哪些方面作出反应，以及反应的激烈程度，对于企业选择可行的竞争策略有重要帮助。

3. 凶狠型竞争者

凶狠型竞争者指对竞争者的任何竞争行为都会作出迅速和激烈反应的市场竞争者。例如，宝洁公司绝不会任由一种新的洗涤液轻易进入市场。通常凶狠型竞争者面对竞争对手"入侵"时会拼死抗争，寸土不让，它们的用意在于向整个市场的竞争对手显示自己的实力与奋战到底的决心，使对手望而却步。

4. 随机型竞争者

随机型竞争者指对竞争者的竞争行为并不表现出可预知的反应模式的市场竞争者，即它们对于其他企业的攻击行动可能作出反应，也可能不作反应，很难找到它们作出反应的规律。

6.2.5 选择竞争对手

当完成以上各步骤的分析之后，企业就可以在竞争者群中确认为数较少的直接竞争对手，并针对它们制定市场竞争战略。

1. 选择强竞争者还是弱竞争者

大多数公司喜欢把竞争目标瞄向市场地位弱的竞争者，因为从弱势竞争对手手中取得市场份额的几率比较大。但总是把竞争目标瞄向市场地位弱的竞争者会令企业在提高自身能力方面毫无进展。因此，企业还要适时把竞争目标瞄向强有力的竞争者，才能不断提高自己的竞争力。任何强有力的竞争者都不是无懈可击的，都会有自身的相对劣势。企业向强有力竞争者发动进攻时须慎重，应做到知己知彼，并用自己的优势痛击对方的劣势。

2. 选择近竞争者还是远竞争者

通常大多数公司会把那些与自己极为类似的企业作为主要竞争对手。例如，雪佛莱汽车要与福特汽车竞争；吉利汽车要与夏利汽车竞争。但需注意的是在竞争时，应避免"摧毁"邻近竞争者而引来更强大的竞争者。例如，20 世纪 70 年代末，美国博士伦眼镜公司在与其他隐形眼镜公司的竞争中大获全胜，结果完全失败的竞争者将公司卖给了竞争力较强的公司，博士伦公司不得不面对更加强大的竞争对手。

3. 选择"良性"竞争者还是"恶性"竞争者

每个行业都有"良性"竞争者和"恶性"竞争者。公司应积极支持前者而攻击后者。好的竞争者遵守行业规则，坏的竞争者则会破坏行业规则。所以一个明智的企业经营者应当支持好的竞争者，攻击坏的竞争者，尽力使本行业成为友好的竞争者组成的健康行业。

6.3 市场竞争战略

6.3.1 市场竞争的一般战略

市场竞争的一般战略主要有低成本战略、差异化战略、集中化战略。

1. 低成本战略

低成本战略是指企业利用低成本和低价格优势进行市场竞争。低成本有利于企业在强大的买方压力中保护自己。由于低成本优势通常是以规模经济体现的，这就为新进入者制造了较大的进入障碍，从而削弱了新进入者的竞争威胁。此外，低成本企业还可以采取降低价格的办法保持和维护现有消费者，降低替代品对企业的冲击。

2. 差异化战略

所谓差异化战略，是指企业通过向顾客提供与其他竞争者相比有特色的产品或服务，从而使企业建立起独特竞争优势的一种战略。这种战略的核心是形成某种对顾客有价值的独特性，从而实现高价格，获得高利润。企业可以从多角度寻求差异化，如良好的品牌形象、独特的风味、可靠的服务等。

成功地实施差异化战略可带来的竞争优势有：①使企业减少与竞争对手的正面冲突，取得某一领域的竞争优势；②有利于扩大企业和品牌的知名度，强化顾客的品牌偏好和忠诚；③能有效地将顾客的注意力吸引到企业鲜明的个性和特色上，降低顾客对价格的敏感性，从而有利于企业抵御价格竞争的冲击；④具有特色的产品还能有效地防止替代品的威胁。

需要注意的是我们所讲的差异化战略所寻求的是持久的差异化优势，这并不意味着可以忽视成本因素，为实现差异化而不计成本，企业必须将差异化战略和低成本战略相结合，低成本地创造差异化才具有可行性和可持续性。此外，企业在某些方面的经营特色也可能被其他企业打破，企业采用这一战略时需要有不断创新的精神。

➤ 案例6-2　农夫果园：差异化摇动果汁市场

果汁市场竞争一向非常激烈。汇源、统一、娃哈哈、康师傅等各大饮料企业在果汁市场上的争夺战从来都没有停止过。然而，2003年农夫果园的面市，却给果汁市场吹来了一股清新的春风。面对众多实力强大的对手，农夫果园采取了一系列的差异化竞争策略：

(1) 产品设计差异化。市场上果汁饮料一般以橙汁、苹果汁、桃汁、葡萄汁四种最为常见。这些产品一般都是单一口味，如统一的"鲜橙多"、汇源的"真鲜橙"、可口可乐的"酷儿"等。农夫果园作为一个后进品牌，在产品设计上没有像一般的厂家那样依照现有的口味跟进，而是独辟蹊径选择了"混合口味"作为突破口，采用三种果汁混合，且30％的果汁浓度远远大于其他品牌10％的果汁浓度，对消费者更加具备吸引力。

(2) 包装设计差异化。农夫果园在包装设计上也采取了与众不同的600毫升宽口包装，与绝大多数果汁小口包装形成了鲜明的对比，增加了大气和时尚的感官元素，使消费者更感实惠，同时也便于消费者辨认。

(3) 宣传诉求差异化。由于采用三种果汁混合，使得农夫果园果汁不够均匀，含有沉淀物（实际是果肉），三种果汁产生的口味也有层次。解决这两个问题的方法就是让消费者在喝前将果汁摇匀。通常，果汁生产企业在引导消费者时一般是在产品的外包装上加一句说明：瓶内沉淀物为新鲜果肉，不影响产品品质，搅拌均匀喝口味更好。但农夫果园却将这一产品短板作为广告主题进行宣传，广告词"喝前摇一摇"，生动活泼，便于记忆，极具亲和力，不但吸引了各个年龄段的消费者，而且加深了消费者对果汁浓度的信任，因为太浓，所以"摇一摇"！

农夫果园的竞争策略中处处充满了差异性，正是这些差异性的组合，形成了农夫果园的核心竞争力，使其成为果汁市场上最具锋芒的新星。

资料来源：根据百度百科"农夫果园"改写，http://baike.baidu.com/view/5842329.htm

3. 集中化战略

集中化战略是企业将经营重点集中在某一特定的顾客群体、某一系列产品或某一特定的市场，力争在局部市场取得竞争优势的策略。集中化战略一方面能满足某些消费者群体的特殊需要，具有与差异化战略相同的优势；另一方面因其可以在较窄的领域里以较低的成本进行经营，又兼有与低成本战略相同的优势。

具备下列四种条件的企业采用集中化战略是适宜的：①具有完全不同的用户群，这些用户或有不同的需求，或以不同的方式使用产品；②在相同的目标细分市场中，其他竞争对手不打算实行重点集中战略；③企业的资源不允许其追求广泛的细分市场；④行业中各细分部门在规模、成长率、获利能力方面存在很大差异，致使某些细分部门比其他部门更有吸引力。

一般来说，低成本战略和差异化战略着眼于整个市场、整个行业，从大范围谋求竞争优势。集中化战略则把目光放在某个特定的、相对狭小的领域内，在局部市场争取别具一格的竞争优势，是中小企业常用的一种战略。

6.3.2　位势竞争战略

位势竞争战略就是在市场竞争结构中，明确本企业的竞争地位，对处于不同地位的竞争对手采取不同的竞争策略。现代市场营销理论根据企业在市场上的竞争地位，把企业分为四种类型：市场领导者、市场挑战者、市场跟随者和市场补缺者。随着市场竞争的激化，企业有必要采取位势竞争战略来取胜。

1. 市场领导者战略

市场领导者指占有最大市场份额，在价格变化、新产品开发、分销渠道建设和促销战略等方面对本行业其他公司起着领导作用的公司。虽然占据着市场领导者地位，但这类公司常常成为其他公司攻击的对象，须随时保持警惕并采取适当的措施。通常，市场领导者为了维护自己的优势，保持自己的领导地位，可采取三种策略：一是扩大市场需求；二是采取有效的防守措施和攻击战术，保护现有的市场占有率；三是在市场规模保持不变的情况下，进一步提高市场占有率。

1) 扩大需求量

当一种产品的市场需求总量扩大时，受益最大的是处于领先地位的企业。市场领先者可从三个方面扩大市场需求量：

(1) 发现新用户。企业可从三个方面发掘新的使用者：一是转化未使用者，促使从未使用过的潜在顾客购买其产品；二是进入新的细分市场，为产品寻找新的使用功能和新的需求者；三是开发新的地理市场，寻找尚未使用该产品的地区。以香水为例，企业可设法说服不用香水的妇女使用香水；说服男士使用香水；也可向其他国家推销香水。

(2) 开辟产品的新用途。为产品开辟新的用途，可扩大需求量并使产品销路更广。例如，碳酸氢钠虽有多种用途，但在 100 多年的销售中没有一种用途是具有大规模需求的。后来，一家企业发现有些消费者将该产品用作电冰箱除臭剂，于是大力宣传这一新用途，使该产品销量大增；凡士林最初问世时是用作机器润滑油的，一些使用者发现凡士林也可用作润肤脂、药膏和发蜡等，于是凡士林的销量也逐步增加。许多事例表明，新用途的发现往往归功于顾客，因此，企业应经常调查了解用户使用其产品的情况。

（3）增加产品的使用量。促进用户增加使用量是扩大需求的一种重要手段。例如，宝洁公司劝告消费者在使用海飞丝洗发水时，每次将使用量增加一倍效果更佳；法国的一家轮胎公司宣传法国南部的旅馆服务优良，诱导巴黎人开车到南部去度周末，增加了轮胎的消耗量。除此之外，提高购买频率也是扩大消费量的一种常用办法，如时装制造商每季都推出新的流行款式，消费者就不断购买新装，流行款式的变化越快，购买新装的频率也越高。

2）保护市场占有率

处于市场领导地位的企业，在努力扩大整个市场规模时，必须注意保护自己现有的业务，防备竞争者的攻击。须在产品创新、提高服务水平和降低成本等方面不断努力，以保持竞争优势。从策略上讲，市场领导者可以采取以下防御手段来防备对手：

（1）阵地防御。这种防御是把企业的资源和精力用于保护现有产品和经营活动上，是一种被动的、静态的防御措施。对于企业来讲，单纯防守现有的市场或产品，容易导致失败，须在防守的基础上积极创新，如当年福特公司的 T 型车，因故步自封不愿创新，最终使得年赢利 10 亿美元的福特公司从顶峰跌到了濒临破产的边缘。

（2）侧翼防御。侧翼防御是指市场领导者除保卫自己的市场外，还应建立某些辅助性的市场作为防御阵地，或必要时作为反攻基地。企业要特别注意保卫自己较弱的侧翼，防止对手乘虚而入。20 世纪 70 年代美国的汽车公司就是因为没有注意侧翼防御，遭到日本小型汽车的进攻，失去了大片阵地。

（3）先发防御。即在竞争者尚未进攻之前，先主动攻击对手。当竞争者的市场占有率达到某一危险的高度时，就对它发动攻击；或者对市场上的所有竞争者全面攻击，使得人人自危。有时，市场领导者也可发出市场信号，迫使竞争者取消某些计划。例如，一家大型制药厂是某种药品的市场领导者，每当它听说一个竞争对手要建立新厂生产这种药时，就放风说自己正在考虑将这种药降价，并且要考虑扩建新厂，以此吓退竞争者。

（4）反攻防御。当市场领导者遭到对手进攻时，不能只是被动应战，应主动反攻。领导者可选择正面进攻迎击对方，也可迂回攻击对方的侧翼。例如，当美国西北航空公司利润最高的航线受到另一家航空公司降价和促销的进攻时，西北航空公司采取的报复手段是将该航线的票价降至更低，由于这条航线是对方主要收入来源，结果迫使进攻者不得不停止进攻。

（5）运动防御。指企业不仅防御目前的阵地，还要扩展到新的市场阵地，使其作为未来防御和进攻的中心。运动防御可通过两种方法实现：一是市场扩大化。例如,把"石油"公司变成"能源"公司,就意味着市场范围扩大了,不仅限于石油,而是要覆盖整个能源市场。二是市场多元化。即向无关的其他市场扩展,实行多元化经营。例如,美国的烟草公司由于社会对吸烟的限制日益增多,纷纷转向酒类、软饮料和冷冻食品等产业。

(6) 收缩防御。在所有市场阵地上全面防御有时会得不偿失,在这种情况下,最好是实行战略收缩,即放弃某些疲软的市场阵地,把力量集中到主要的市场阵地,如美国西屋电器公司将其电冰箱的品种由 40 个减少到 30 个,撤销了10 个品种,竞争力反而增强了。

3) 提高市场占有率

设法提高市场占有率,也是市场领导者增加收益、保持领先地位的一个重要途径。美国通用电气公司要求它的产品在各自市场上都要占据第一或第二,否则就要撤退。

2. 市场挑战者战略

市场挑战者指在行业中占据第二位及以后位次,有能力对市场领导者和其他竞争者采取攻击行动,希望夺取市场领导者地位的公司。市场挑战者如果要向市场领先者和其他竞争者挑战,首先必须确定自己的战略目标和挑战对象,然后选择适当的进攻战略。

1) 确定策略目标和挑战对象

战略目标同进攻对象密切相关,对不同的对象有不同的目标和战略,挑战者可在下列三种情况中进行选择:

(1) 攻击市场领先者。这种进攻的风险性和吸引力都是很大的。挑战者需仔细调查研究领导者企业的弱点,以调整自己的进攻策略,打击对手弱点,赢得市场。

(2) 进攻势均力敌者。对一些与自己势均力敌的企业,挑战者可选择其中经营不善、发生亏损的企业作为进攻对象,设法夺取它们的市场阵地。

(3) 攻击地方性小企业。对一些地方性小企业,挑战者可夺取它们的顾客,甚至直接夺取这些企业。很多大公司之所以有今日的规模,就是靠着攻击一些小企业而日渐壮大的。

2) 选择进攻策略

在确定了战略目标和进攻对象之后,挑战者可供选择的进攻策略有:

(1) 正面进攻。集中全力向对手的主要市场阵地发动进攻。进攻者必须在产品、广告、价格等主要方面大大超过对手才有可能成功,否则不可采取这种进攻战略。

(2) 侧翼进攻。分析对手的实力,寻找和攻击对手的弱点,把对手实力薄弱、绩效不佳或尚未覆盖而又有潜力的市场作为攻击点和突破口。

（3）围堵进攻。是一种全方位、大规模的进攻战略，当挑战者拥有优于对手的资源，并确信借助围堵计划足以打垮对手时，可采用这种策略。在几个战线发动全面攻击，迫使对手在正面、侧翼和后方全面防御。

（4）迂回进攻。是一种间接的进攻策略，指完全避开对手的现有阵地而迂回进攻。具体办法有三种：一是实行产品多元化；二是以现有产品进入新地区的市场，实行市场多元化；三是发展新技术、新产品，取代现有产品。例如，美国高露洁公司在面对强大的宝洁公司竞争压力下，就采取了这种策略：加强公司在海外的领先地位，在国内实行多元化经营；向宝洁没有占领的市场发展，迂回包抄宝洁公司；不断收购纺织品、医药产品、化妆品及运动器材和食品公司，结果获得了极大成功。

（5）游击进攻。这种战略主要适用于规模较小、力量较弱的企业。游击进攻的目的在于以小型的、间断性的进攻干扰对手的士气，使之疲于奔命，以此来占据长久的立足点。需要指出的是，持续不断的游击进攻，也是需要大量投资的，如果要想打倒对手，光靠游击战不足以达到目的，还需发动更强大的攻势。

上述市场挑战者的进攻战略是多样的，一个挑战者不可能同时运用所有这些战略，但也很难单靠某一种战略取得成功。通常是设计出一套战略组合，以改善自己的市场地位。但是，并非所有居于次要地位的企业都可充当挑战者，如果没有充分把握不应贸然进攻领先者，最好是跟随而不是挑战。

➤ 案例 6-3　今麦郎与康师傅的市场争夺战

康师傅公司是中国台湾魏氏兄弟在大陆投资所建，从 90 年代初在大陆推出康师傅品牌方便面至今，其行业老大的位置无人能够撼动，在城镇市场的份额更是无人能及。

今麦郎公司的前身是河北省华龙食品公司，主要以生产中低档方便面为主，位居中国方便面行业第二。公司前期以华龙品牌为主，占据着农村的大部分方便面市场。在确立了农村市场的强势地位后，华龙开始进入城镇市场，并推出高端品牌今麦郎。2002 年，今麦郎借"弹面"这一方便面新品类异军突起，打破了方便面行业的既有格局。2008 年，今麦郎凭"弹面才好吃"这一旗舰型广告，抵挡住了康师傅十来条不同产品广告的合力围攻，取得了 15 亿的销量增长，对方便面行业老大康师傅发出了有力的挑战信号。

2009 年，为改变方便面料包单薄、内容物过少的状况，今麦郎推出上品系列方便面，采用黄金冬小麦面粉特制的面饼和平遥精选牛肉包、精选上汤调味包、兴化无公害蔬菜包等上品"三包"。在包装材质和开口形式上也推陈出新第一次起用彩色包装，且手撕料包时不会油腻沾手。这个小小的突破给消费者带来了全新的消费体验。在这个基础上，今麦郎还在方便面里赠送卤蛋，不但增加了方便面的营养，吸引了消费者，更重要的是给竞争对手康师傅带来了不小的难题。按今麦郎相对保守的估计，如果每天日销量达到 25 万桶，一年就需要 9000 万个卤蛋，这对企业供应链是个极大的考验。从成本限制、技术门槛和供应链建设来看，如果康师傅被迫跟随今麦郎也做卤蛋红烧牛肉面，那康师傅的日销量决定了它的困难会非常大，这令康师傅进退两难。

2009 年春节央视黄金段的广告中，今麦郎上品代言人葛优的演绎形成了一个传播亮点："老是一个味，群众不满意"、"有料就是不一样"、"高一年级的味道"成为记忆度最高的广告词。

如今，今麦郎已陆续推出有料系列方便面：加火腿肠、加蔬菜、加虾等，这将给康师傅带来更大的冲击。

资料来源：选编自业务员网

3. 市场追随者战略

市场追随者指那些在产品、技术、价格、渠道和促销等大多数营销战略上模仿或跟随市场领导者的公司。为了减少经营风险，在多数情况下，做一个追随者比做挑战者更加有利：一是让市场领导者和挑战者承担新产品开发、信息收集和市场开发所需的大量经费，自己坐享其成，减少支出和风险；二是避免承受向市场领导者挑战可能带来的重大损失。许多居第二位及后面位次的公司往往选择追随而不是挑战。

不过，追随者并非仅是被动的模仿领导者，追随者也应当制定有利于自身发展而不会引起竞争者报复的战略。追随者战略主要有：

（1）紧密跟随。指在各个细分市场或产品、价格、广告等营销组合战略方面模仿市场领导者，完全不进行任何创新。由于是利用市场领导者的投资和营销组合策略去开拓市场，故被看做依赖市场领导者而生存的寄生者。

（2）距离跟随。指在主要方面，如目标市场、产品创新、价格水平和分销渠道等方面都追随市场领先者，而在其他方面同市场领先者保持一段距离。这种跟随者可通过兼并小企业使自己发展壮大起来。

（3）选择跟随。在某些方面紧跟领导者，而在另一些方面又自行其是，不盲目跟随。在跟随的同时还要发挥自己的独创性。在这类跟随者之中，有些可能发展成为挑战者。2003 年，统一集团的"鲜橙多"投放市场，这种定位于年轻女性的新型果汁饮料取得了巨大的成功。随后，其竞争对手"康师傅"迅速跟进，推出了类似的橙汁类饮料，夺取了"鲜橙多"的一部分市场。

➤ **案例 6-4 格力 VS 奥克斯：十年的领跑与追赶**

格力公司成立于 1991 年，有着实力雄厚的国家资金支持，是空调市场的老牌劲旅；奥克斯则是崛起于宁波的民营企业，局限于规模、人才、品牌等因素的限制，与格力有一定差距。

1996 年，空调行业竞争逐步升级，当时还处在第四位置的格力空调凭借着专业制冷形象，持续打造"好空调、格力造"的品牌概念，通过在一、二级市场自建专卖店模式，一举成为中国空调行业的领跑者，其产品品质有口皆碑。

奥克斯则依靠民营企业机制灵活的特点，走了一条非常精彩的"民牌"之路，成为中国空调业新的实力派追赶者：

2001 年，奥克斯顺应民意将一款 2P's 柜式空调售价从 4288 元降至 2880 元，首次点燃空调降价导火线，掀起了消费者购买奥克斯空调的热潮。

2002 年，奥克斯邀请米卢作形象代言人，掀起了空调历史上首次与世界杯结缘的体育事件营销。由米卢演绎的"沸腾的事业、冷静的选择"的广告片因贴近球迷、贴近消费者，被行业专家点评为"品位极高"的广告创作。同时展开的米卢"巡回演出"和签名送足球活动，不但提高了品牌知名度，而且直接促进了销售。

2006 年，奥克斯又邀请贝克汉姆、罗纳尔多、齐达内、劳尔、卡洛斯五名国际顶级球星，为奥克斯空调"助阵"，再次体现了奥克斯以"奇、巧、省"见长的特点，成功吸引了消费者的眼球。

2006 年后，奥克斯通过一系列的市场运作，逐步完成了从价格战向价值战的战略转型，运营质量大幅提高，利润也大幅增长。

事实上，奥克斯除了在品牌、渠道、推广方面加速追赶外，在售后服务等综合竞争力方面也在持续加强追赶速度。十年时间，原来的老四格力成为了老大，老四的位置由新生实力派奥克斯接班，十年的争夺战是对一场竞争角逐的完美演绎。

资料来源：根据新浪网-科技时代-家电，2006 年 10 月 10 日晚枫的文章改写

4. 市场补缺者战略

市场补缺者是指精心服务于总体市场中的某些细分市场，避开与主导地位的企业竞争，只通过独有的专业化经营来寻找生存与发展空间的企业。对于市场补缺者来说，理想的补缺市场一般具有下列特征：①有足够的规模和购买力；②有成长潜力；③该市场被大企业所忽略或不愿涉足；④企业有市场需要的技能和资源，可以进行有效的服务；⑤已建立的企业信用足以抵挡来自竞争者的攻击。

　　市场补缺者的主要战略是专业化营销。具体来讲，就是在市场、顾客、产品或渠道等方面实行专业化，主要有：①最终用户专业化，专门致力于为某类最终用户服务；②垂直层面专业比，专门致力于分销渠道中的某些层面；③顾客规模专业化，专门为某一种规模的客户服务；④特定顾客专业化，只对一个或几个主要客户服务；⑤地理区域专业化，专为国内外某一地区或地点服务；⑥产品或产品线专业化，只生产一大类产品；⑦客户订单专业化，专门按客户订单生产预订的产品；⑧质量和价格专业化，专门生产经营某一种质量和价格的产品；⑨服务项目专业化，专门提供某一种或几种其他企业没有的服务项目；⑩分销渠道专业化，专门服务于某一类分销渠道。

本 章 小 结

　　竞争是客观存在的，企业必须面对各种竞争者，分析和掌握竞争对手的实力和战略选择至关重要。市场竞争有完全竞争、垄断竞争、寡头垄断和完全垄断四种类型。迈克尔·波特提出的五种竞争力量是：同行竞争者、上游供应商、下游客户、新加入者和替代品厂商。

　　识别公司竞争者是制定竞争战略的前提。识别直接竞争对手包括五个步骤：识别竞争者、确定竞争者目标、分析竞争者的强弱优势、了解竞争对手的反应模式以及确定数量有限的直接竞争对手。任何一个公司必须结合本行业竞争的实际情况来对自己的竞争者进行排序。

　　竞争地位的分析是企业制定经营战略的基础。一个公司在其目标市场可能占据着六种竞争地位中的一种：主宰型、强壮型、优势型、防守型、虚弱型、难以生存型。竞争者在行业中还可分为市场领先者、市场挑战者、市场追随者和市场补缺者。企业所处的竞争地位不同，其战略选择就不同。市场领导者战略主要包括扩大市场需求量、保护市场占有率和扩大市场占有率；市场挑战者战略主要包括攻击市场主导者、攻击与自己实力相当者、攻击地方性小企业；市场追随者战略主要有紧密跟随、距离跟随和选择跟随；市场补缺者战略主要是突出专业化经营特征。企业要抓住竞争对手的特征，确定自身所处的市场竞争地位，制定适宜的市场竞争战略方能在市场竞争中处于优势地位。

📖 核心概念

　　完全竞争　垄断竞争　完全垄断　寡头垄断　竞争者　市场领导者　市场挑战者　市场追随者　市场补缺者

自我测试

1. 基本的市场结构和竞争类型有哪些？
2. 举例说明一个企业应当怎样识别竞争者。
3. 简述市场领导者一般采用的竞争策略。
4. 简述市场挑战者一般采用的竞争策略。
5. 试分析市场挑战者与市场追随者之间的异同点。

讨论问题

试举出我国几大行业中的市场领导者、市场挑战者和市场追随者，并分析它们的竞争策略。

第7章

市场营销战略计划

2011 年新年伊始，美国最大的电子产品零售商百思买（Best Buy）便遭遇"可能撤出中国"的传闻。百思买进入中国 5 年后，"水土不服"的老问题仍未彻底解决。

2006 年，通过收购江苏五星电器，百思买正式进军中国家电零售业。其后，它在中国采取了百思买、五星双品牌运作模式，五星依然按照内资家电零售商的模式——主要向供应商提供租赁场地进行运营，而百思买则采取国外方式——自行买断商品进行运作。

业内人士透露，五星电器近年来发展不错，2011 年将会有更具雄心的发展规划。但是百思买自有品牌的发展却始终令外界质疑。一方面，百思买在中国发展期间频繁换将，5 年时间中国区的"掌门人"已换了三位；另一方面，5 年时间仅开店 8 家，拓展速度缓慢。目前百思买在上海开设了 6 家门店，另外 2 家分别在杭州和苏州。

百思买在上海一直希望加快拓展速度，但去年一年便有大宁路、大华虎城、大华锦绣华城等 3 个签约项目最终没有入驻，此外，其在中山北路、光新路附近的一个项目也签约多年尚未入驻。业内人士认为，出现这种现象可能与百思买目前门店一直处于亏损有关。

百思买现在的 8 家门店尚未寻找到合适的赢利模式。甚至有业内人士认为，如果不能及时扭转亏损，百思买中国处于停滞的发展速度可能将转向关店的收缩战略。百思买位于上海八佰伴商圈的新大陆店有可能关闭，此店目前并未与业主解约。

百思买最新披露的财务数据显示，其在美国本土的销售业绩近期受到沃尔玛等大型卖场的冲击力度逐渐加大。百思买北美业务执行副总裁兼联席负责人

Mike Vitelli 日前对外表示，百思买在考虑一种可能性，即从策略性折扣转向类似沃尔玛的每天特价模式。不过这项调整还处于内部讨论，何时正式执行尚无时间表。

百思买在店面布局、购物环境以及服务等方面均较内资家电零售商出色，甚至有业内人士以"家电业内的 iPad"来比喻。不过，业内人士有些感叹"来得太晚"，因为现在在上海寻找合适的物业难度明显加大。在上海的拓展受到内资家电零售商的"阻击"。除了拓展难题，外资家电零售商的另一共同"硬伤"是传统家电几无优势。

业内资深人士认为，造成外资家电零售商在华"水土不服"现象的背后原因，其实就是谁掌握主导权的问题。这位人士介绍，在内资家电卖场内，家电供应商通过租赁场地、派驻促销员掌握了大部分主导权，而外资家电零售商则通过现金买断的方式获得整个卖场的主导权，后者的这种方式本应是商业的本质，但在中国采取这种方式，会让绝大部分的二线品牌供应商不敢与外资合作，最终的结果便是目前的现况——外资家电零售商的卖场变成一线品牌的天下，于是在很多家电品类的丰富度上无法和内资家电零售商比拼，也使得他们的销售很难有大的突破。

资料来源：改编自腾讯财经. http://finance.qq.com/a/20110216/000963.htm［2011-02-16］

■ 7.1　企业战略概述

市场营销是企业管理活动的重要组成部分，企业战略对企业的市场营销行为具有指导性和规范性的作用。

7.1.1　企业战略的内涵

企业战略是在对企业内外部环境进行研究分析的基础上，确定的长远发展目标，以及为实现企业的长远目标而制定的行动纲领和途径。战略是一种思想，一种思维方法，也是一种分析工具和一种较长远和整体的计划规划。

7.1.2　企业战略的特征

（1）长远性。企业战略是对企业未来的规划，必须着眼于未来，具有长远的眼光，在对现实清楚认识的基础上，科学分析、预测企业未来面临的环境，为未来而做准备，为未来而规划。

（2）指导性。企业战略确定了企业的经营方向、远景目标，明确了企业的经营方针和行动指南，并筹划了实现目标的发展轨迹及指导性的措施、对策，在企业经营管理活动中起着导向性的作用。

（3）全局性。企业战略是对国际、国内的政治、经济、文化及行业等经营环境的深入分析，并结合自身资源，站在系统管理高度，对企业的远景发展轨迹进行全面的规划。战略规划涉及企业的各个方面，以企业的全系统为控制对象，涵盖了企业的各种单项活动。

（4）竞争性。面对纷繁复杂的市场竞争环境，企业需要明确自身的资源优势，通过设计合适的经营模式，增强企业的对抗性和战斗力，推动企业长远、健康地发展。

（5）系统性。企业是由人员、资金、物资、信息等要素共同作用而形成的系统性结构体，各个要素之间及内部都必须有机链接，才能产生最大的功效。企业战略就需要运用系统性思维，对各要素进行有机整合，经济而高效地实现企业的目标。

（6）风险性。企业在一个高速变化的环境中生存发展，作出任何一项决策都存在风险，战略决策也不例外。企业必须对市场进行深入研究，制定客观可行的目标，合理调配人、财、物等资源，权变地实施企业战略，才能及时消除各种风险，保障企业健康、快速地发展。

7.1.3　企业战略层次

企业战略是一个笼统的概念，根据战略覆盖的范围不同，可以将企业战略划分为三个层次的战略：公司战略、业务单位战略、职能战略，如图 7-1 所示。

图 7-1　企业战略层次

公司战略也称集团战略，即企业集团公司层面的战略。公司战略需要解决的是确定企业该做什么、不该做什么的问题，即企业在明确使命和目标的基础上，确定企业应该发展哪些业务、去除哪些业务、各个业务单位组合与资源分配及对公司的贡献。

业务单位战略是组成企业各业务单位的战略。各业务单位战略重点是根据自己所处的竞争环境，根据分析竞争者的实力及战略、本企业的优势和劣势制定相应的竞争战略，提高核心竞争力，为顾客创造和让渡价值。

职能战略是各职能部门，如营销部门、研发部门、财务部门、生产部门、人力资源管理部门等，根据业务单位的竞争需要，确定实现目标的具体方法和途径，实现职能战略目标。由于各职能战略差异很大，本章主要讨论公司战略和业务单位战略。

7.2　公司战略

7.2.1　公司战略计划书的内容

公司战略是站在集团公司的高度，在明确企业的使命和任务的基础上，分析企业面临的内外部环境，分析企业每个业务单位在所处的环境中的地位，确定企业各业务单位的资源分配及发展方向。因此，公司战略计划书的内容通常由以下四个部分组成。

1. 公司任务

公司任务（使命）是企业经营者确定的企业生产经营的总方向、总目标、总特征和总的指导思想。企业的任务（使命）实际上就是企业存在的原因或者理由，也就是说，是企业生存的目的定位，也就是经营观念。企业确定的使命为企业确立了一个经营的基本指导思想、原则、方向、经营哲学等，它影响经营者的决策和思维，一般包括两个方面的内容：企业观念和企业宗旨。企业观念提出了企业为其经营活动方式所确定的价值观、信念和行为准则；企业宗旨则指明了企业的类型，以及企业现在和将来的活动方向和范围。企业必须明白本企业是干什么的、谁是本企业的现实顾客、顾客需要的是什么、顾客期望得到什么、本企业的潜在顾客的主要特征是什么等基本问题。

2. 公司目标

公司目标就是实现其宗旨所要达到的预期成果，是企业发展的终极方向，是指引企业航向的灯塔，是激励企业员工不断前行的精神动力。企业由多元素构成，因此企业战略目标是多元化的，既包括经济目标，又包括非经济目标；既包括定性目标，又包括定量目标。德鲁克在《管理实践》一书中提出了八个关键领域的目标：市场方面的目标、技术改进和发展方面的目标、提高生产力方面的目标、物资和金融资源方面的目标、利润方面的目标、人力资源方面的目标、职工积极性发挥方面的目标、社会责任方面的目标。企业的目标应该是多层次的、协调一致的、可靠的、分阶段的、切实可行的。

3. 业务组合与资源分配

业务单位是指企业的一部分，其产品或服务与其他业务单位有不同的外部市场。业务单位不是按企业的组织结构划分的，而是按市场划分的。业务单位可能是一个事业部，也可能不是一个事业部。公司需要分析各业务单位的内外部环境，根据公司目标，既考虑企业的现实生存，又考虑公司的长远发展，科学组合公司的业务单位。公司战略的另一部分重要内容就是根据公司目标要求，将公司有限的资源在各业务单位之间进行分配，使资源利用产生最好的效果。

4. 新业务发展计划

面对市场环境的变化，企业原有的业务单位有可能向亏损转化，出现市场萎缩，销售下滑的局面，从而影响企业的可持续发展。因此，企业管理当局必须密切注视环境变化中出现的公司机会，及时制订出新业务增长计划，最大限度地组织企业内外的各种资源，把公司机会转化为企业的赢利机会。

7.2.2 业务单位组合

业务单位的选择主要考虑的是两方面的因素：市场状况和企业实力。最著名的分析和评价业务单位的方法是美国的波士顿咨询集团的方法和通用电气公司的方法。

1. 波士顿咨询集团（BCG）法

波士顿咨询集团主张企业用"市场增长率—相对市场占有率矩阵"来对其业务单位加以分类和评价（图 7-2）。

矩阵图中的纵坐标代表市场增长率，表示公司的各战略业务单位的所在市场的年增长率。假设以 10％为分界线，10％以上为高增长率，10％以下为低增长率；横坐标代表相对市场占有率，表示企业的各战略业务单位的市场占有率与同行业最大竞争者的市场占有率之比。假设以 1.0 为分界线，1.0 以上为高的相对市场占有率（表示企业在占有的市场份额最大），1.0 以下为低的相对市场

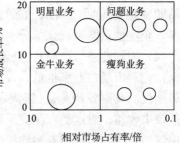

图 7-2 波士顿矩阵

占有率。矩阵中的八个圆圈代表企业的八个战略业务单位。这些圆圈的位置表示企业的战略业务单位的市场增长率和相对市场占有率的高低；各个圆圈面积的大小则表示企业的各个战略业务单位的销售额大小。

波士顿矩阵的四个象限分别代表不同性质的业务（产品）：明星业务（产

品)、金牛业务(产品)、问题业务(产品)和瘦狗业务(产品)。

(1)明星业务(产品)。处于矩阵图左上象限的业务(产品),市场增长率高,相对市场占有率也高,说明企业的这些业务在一个高成长率的市场中占有优势地位。此象限的业务,因为迅速增长,企业必须抓住难得的机会,投入大量现金扶持其发展。企业需要以长远利益为目标,积极扩大经济规模,提高市场占有率,加强竞争地位。随着该象限产品生命周期的推移,该类产品的增长速度会逐渐降低,逐渐就转入金牛类业务(产品)。

(2)金牛业务(产品)。处于矩阵图左下方象限的业务(产品),市场增长率低,相对市场占有率高,说明企业的这些业务在一个成熟的市场中占有优势地位。该类业务相对市场占有率高、赢利多、现金收入多,可以提供大量现金。企业可以用这些现金来支援需要现金的明星类、问题类等业务单位。对这一象限内的大多数产品,市场占有率的下跌已成不可阻挡之势,因此可采用收获战略,即所投入资源以达到短期收益最大化为限:①把设备投资和其他投资尽量压缩;②采用榨油式方法,争取在短时间内获取更多利润,为其他产品提供资金。对于这一象限内的销售增长率仍有所增长的产品,应进一步进行市场细分,维持现存市场增长率或延缓其下降速度。

(3)问题业务(产品)。处于矩阵图右上方象限的业务(产品),市场增长率高,相对市场占有率低,说明企业的这些业务在一个高增长率的市场中处于相对劣势地位。其财务特点是利润率较低,所需资金不足,负债比率高。对问题产品应采取选择性投资战略。对该象限中那些经过改进可能会成为明星的产品进行重点投资,加大投入,提高市场竞争力,提高市场占有率,使之转变成"明星产品"。例如,在产品生命周期中处于引入期、因种种原因未能开拓市场局面的新产品即属此类问题的产品。如果企业资源有限,为了保证企业的明星类业务健康发展,企业也只能削减该部分业务。

(4)瘦狗业务(产品)。处于矩阵图右下方上象限的业务(产品),市场增长率低,相对市场占有率也低,说明企业的这些业务在一个成熟的市场中处于相对劣势地位。其财务特点是利润率低、处于保本或亏损状态,负债比率高,无法为企业带来收益。对这类产品应采用撤退战略:首先应减少批量,逐渐撤退,对那些销售增长率和市场占有率均极低的产品应立即淘汰。其次是将剩余资源向其他产品转移。最后是整顿产品系列,最好将瘦狗产品与其他事业部合并,统一管理。

所以,针对不同象限的业务,企业的资源分配如表7-1所示,有取有舍,保证企业资源利用效益最大化。

表 7-1　企业应用波士顿矩阵的资源分配

业务类型	经营单位赢利水平	现金流量	所需投资	资源分配
明星类	高	几乎为零或负值	多	投资或维持
金牛类	高	极大剩余	少	抽取资金
问题类	低或为负值	负值	非常多	大力投资
		剩余	不投资	抽取资金
瘦狗类	低或为负值	剩余	不投资	抽取资金

波士顿集团分析法的特点是简单、清晰，但仅仅通过业务的市场增长率和相对市场占有率反映企业市场吸引力和企业的竞争能力存在较大的片面性。下面介绍另一种方法——通用公司矩阵法。

2. 通用公司矩阵法

通用公司矩阵法又称行业吸引力矩阵、九象限评价法，是美国通用电气公司设计的一种投资组合分析方法。相对于波士顿分析法，通用公司矩阵法作了较大的改进，在两个坐标轴上增加了中间等级，增加了分析考虑因素。它运用加权评分方法分别对企业各种产品的行业引力（包括市场增长率、市场容量、市场价格、利润率、竞争强度等因素）和企业实力（包括生产能力、技术能力、管理能力、产品差别化、竞争能力等因素）进行评价，按加权平均的总分划分为大（强）、中、小（弱），从而形成 9 种组合方格以及 3

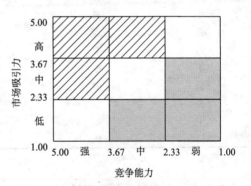

图 7-3　通用公司矩阵图

个区域，用"多因素投资组合矩阵"来对企业的战略业务单位加以分类和评价（图 7-3）。

矩阵中的纵轴表示市场吸引力，横轴表示竞争能力。如果以 5 分分别表示市场吸引力和竞争能力的最大值，市场吸引力和竞争能力为 1 分以下不考虑，同时将 1～5 分范围内的市场吸引力和竞争能力分为 3 等份，建立一个由 9 部分或 9 象限表示的矩阵，将企业不同业务的市场吸引力和竞争能力的综合评价值标在图中，就可以得到企业的通用公司矩阵图。

根据企业不同战略业务单位在通用公司矩阵图中的不同位置，可以为企业的不同战略业务单位制定不同的投资对策。

（1）左上角地带，又叫"绿色地带"，该地带的三个小格是"大强"、"中强"、"大中"，在图 7-3 中为黑色区域。对这个地带的行业吸引力和战略业务单位，企业应采取增加投资和发展的战略。

（2）从左下角到右上角的对角线地带，又叫"黄色地带"，该地带的三个小格是"小强"、"中中"、"大弱"，在图7-3中为无色区域。这个地带的行业吸引力和战略业务单位的业务力量总的说来是"中中"。因此，企业对这个地带的战略业务单位，企业应采取维持原来的投资水平的市场占有率的战略。

（3）右下角地带，又叫"红色地带"，这个地带的三个小格是"小弱"、"小中"、"中弱"，在图7-3中为灰色区域。总的说来，这个地带的行业吸引力偏小，战略业务单位的业务力量偏弱。因此，企业对这个地带的战略业务单位，企业应采取"收割"或"放弃"的战略。

如表7-2所示，对于不同市场吸引力和业务竞争力的业务，企业应该采取不同的策略。

表7-2　企业应用通用公司矩阵的战略选择

市场吸引力	企业竞争能力	战略选择
高	高	谋求主导地位的扩大投资
中	高	找出适宜增长的细分市场扩大投资
低	高	维持地位，谋求现金流
高	中	找出弱点，巩固强项
中	中	找出适应增长的细分市场进行专业化投资
低	中	减少投资，准备放弃
高	低	谋求收购，专业化发展
中	低	专业化地占据细分市场，考虑退出
低	低	及时退出和放弃投资

7.2.3　企业新业务发展计划

1. 密集型成长战略

密集型成长战略是指企业在原有生产范围内充分利用在产品和市场方面的潜力，以快于过去的增长速度来求得成长与发展的战略。企业通过剖析现有业务，发现成长机会。产品—市场扩展矩阵是识别新的密集型成长机会的有用工具，如图7-4所示。

	现有市场	新市场
现有产品	市场渗透	市场开发
新产品	产品开发	多元化增长

图7-4　产品—市场扩展矩阵

（1）市场渗透战略。如果当前的市场中还未达到饱和，现有消费者对产品的使用率还可显著提高，整个行业的销售额还可能增长，或者竞争对手的市场份额呈现下降局面。企业就通过增加营销力度，改进产品特性，努力发掘潜在的顾客，吸引竞争对手的顾客，扩大产品使用者的数量，扩大产品使用者的使用频率和使用量，实现现有产品在现有市场的销售增长。

（2）市场开发战略。如果在空间上存在着未开发或未饱和的市场区域，企业可以获得新的、可靠的、经济的、高质量的销售渠道，企业拥有扩大经营所需的资金、人力和物质资源，或者企业存在过剩的生产能力或容易形成现实生产能力。企业可以通过增加新的销售渠道，在新市场寻找现有产品的潜在用户，实现现有产品的市场拓展。

（3）产品开发战略。如果企业拥有成功的、处于产品生命周期中成熟阶段的产品或者企业所参与竞争的产业属于快速发展着的（如高技术）产业，企业拥有非常强的研究与开发能力，企业通过有效市场定位、加强管理、构建技术基础，实现产品革新和产品发明，用新产品去占领市场。

密集型成长战略有利于企业实现规模经济和学习效应的好处，获得较高的运作效率，建立起较强的竞争力和成本领先或差异化优势，管理人员也会在业务、技术、市场、管理诸方面有更深的了解和更丰富的经验。而且追加资源要求低，有利于发挥企业的已有能力。但密集型成长战略将全部（或多数）资源投入到单一行业，集中在单一市场上从事经营，使得竞争范围变窄，这犹如"将所有鸡蛋放入一个篮子里"，当市场变得饱和或缺乏吸引力或因新技术、新产品出现使消费者快速转移导致其业务需求下降、行业发生萎缩时，采取这一战略的企业容易受到较大的打击。

2．一体化成长战略

一体化成长战略又称企业整合战略，是指企业充分利用自己在产品、技术、市场上的优势，根据物质流动的方向，使企业不断地向经营业务的深度和广度发展的一种战略。该战略有利于深化专业化分工协作，提高资源的利用深度和综合利用效率。

（1）后向一体化战略，即按销、产、供为序实现一体化经营而获得增长的策略。其具体表现为，通过自办、契约、联营或兼并等形式，对它的供给来源取得控制权或所有权，确保产品或服务所需的全部或部分原材料的供应，加强对所需原材料的控制。

（2）前向一体化战略，即企业按供、产、销为序实现一体化经营使企业得到发展的策略。其具体表现为，企业通过一定形式对其产品的加工或销售单位取得控制权或所有权，目的是为了促进和控制产品的需求。

（3）水平一体化战略指企业收购、兼并同类产品生产经营企业，或者在国内外与其他同类企业合资生产经营，与生产同类产品或工艺相近的企业实现联合。其实质是资本在同一产业或部门内的集中，目的是实现扩大规模，降低产品成本，巩固和提高市场地位。

一体化成长战略可以使企业了解市场信息，实现规模经济，较容易实现生产能力扩张，降低成本，加强生产过程的控制，提高产品差异化水平，减少竞争对手。但一体化成长战略也存在弱化激励效应、加大管理难度、降低经营灵活性、需要较多的资金、产品质量保证难等经营管理问题。

3. 多元化成长战略

多元化成长战略又称为多样化或多角化成长战略，指企业利用经营范围之外的市场机会，新增与现有产品业务有一定联系或毫无联系的产品业务，实行跨行业的多样化经营，以实现企业业务增长。企业实行这种战略是为了长期稳定地经营和追求最大的经济效益。多元化增长有三种形式：

(1) 同心多元化，即企业利用原有的技术、特长、经验等发展新产品，增加产品种类，从同一圆心向外扩大业务经营范围，新业务在技术、工艺、市场管理技巧、产品等方面与原有业务具有共同或相似的特点。

(2) 水平多元化，即企业利用原有市场，采用不同的技术来发展新产品，增加产品种类。水平多元化的特点是原产品与新产品的基本用途不同，但存在较强的市场关联性，可以利用原来的分销渠道销售新产品。

(3) 集团多元化，指企业从与现有的业务领域没有明显关系的产品、市场中寻求成长机会的策略，即企业所开拓的新业务与原有的产品、市场没有相关之处，所需要的技术、经营方法差异也很大。

企业选择多元化成长战略可能是由于现有产品需求趋向停滞、需求的不确定性、转移竞争能力等原因，通过多元化增长战略可以纠正企业目标差距、挖掘企业内部资源潜力、实现企业规模经济与范围经济，形成内部资本与人力资源的市场效益而实现企业重建。但多元化成长战略也应注意对新进入的经营领域可能预测有误、不能客观评估企业多元化经营的必要性、盲目自信本企业的能力、多元化程度过高、不能处理好主导业务和多元化经营之间的关系及新业务和原业务领域之间的关系、不能有效管理不同业务等问题。

7.3　业务单位战略

7.3.1　业务单位战略内容

业务单位战略的目标是取得竞争优势，主要是决定在一个特定市场的产品如何创造价值，对业务内外部环境客观分析的基础上决定与竞争对手展开竞争、高效地向顾客创造和让渡价值。

7.3.2　SWOT 分析

业务单位战略制定的前提是对所处的内外部环境进行全面的分析，分析业务单位所在市场的机会（opportunity）和威胁（threat），分析公司的业务在所在市场的优势（strength）和劣势（weakness），也就是 SWOT 分析（图 7-5）。

图 7-5　SWOT 矩阵

1. 外部环境（机会与威胁）分析

随着经济、社会、科技等方面迅速发展，特别是世界经济全球化、一体化进程的加快，全球信息网络的建立，企业所处的环境变得更加开放和动荡。这种变化几乎对所有企业都产生了深刻的影响。正因为如此，环境分析成为一种日益重要的企业职能。

环境发展趋势分为两大类：一类表示环境威胁，另一类表示环境机会。环境威胁指的是环境中一种不利的发展趋势所形成的挑战，如果不采取果断的战略行为，这种不利趋势将导致公司的竞争地位受到削弱。环境机会就是对公司行为富有吸引力的因素，在这一领域中，该公司将拥有竞争优势。

对环境的分析也可以有不同的角度。例如，一种简明扼要的方法就是 PEST 分析，另外一种比较常见的方法就是波特的五力分析。

2. 内部环境（优势与劣势）分析

企业不仅要能识别环境中有吸引力的机会，更需要拥有在机会中成功所必需的竞争能力或竞争优势。企业要定期检查并客观地评价自己在营销、财务、制造和组织能力等方面的竞争力，按照科学的方法将各项能力和综合能力评定出不同的等级，真实评价企业自己相对于竞争对手的优势与劣势。

处在同一市场或者有能力向同一顾客群体提供产品和服务的企业之间，如果企业有更高的赢利率或赢利潜力，即企业在这个市场中就具有竞争优势。竞争优势就是企业超越其竞争对手的能力，这种能力有助于实现企业的主要目标——赢利。竞争优势表现在消费者眼中就是企业或它的产品有别于其竞争对手优越的东西，它可以是产品线的宽度、产品的质量、可靠性、适用性、风格和形象以及服务的及时、态度的热情等。虽然竞争优势实际上指的是一个企业比其竞争对手有较强的综合优势，但是明确企业究竟在哪一个方面具有优势更有意义，因为只有这样，才可以扬长避短，或者以实击虚。

衡量一个企业及其产品是否具有竞争优势，只能站在现有潜在用户角度上，而不是站在企业的角度上。由于企业是一个整体，并且由于竞争优势来源的广泛性，在做优劣势分析时必须从整个价值链的每个环节上，将企业与竞争对手做详细的对比。如果企业在某一方面或几个方面的优势正是该行业企业应具备的关键成功要素，那么，该企业的综合竞争优势也许就强一些。另一方面，企业不可能没有劣势，公司关键是充分利用其优势，避开自己的劣势，但不应去纠正所有劣势。企业不应只局限在已拥有优势的机会中，还要去获取和发展一些优势以找到更好的机会。正如波士顿咨询公司提出的那样，能获胜的公司是取得公司内部优势的企业，而不仅仅是只抓住公司核心能力。

3. 业务单位战略目标

公司在对其所处环境和自己竞争能力做了 SWOT 分析的基础上，制定业务单位的发展目标就有了依据。企业业务单位的目标，是指引业务单位发展的前提。企业业务单位目标应该是经过量化的、有明确的完成时间安排的具体目标。

尽管业务单位最主要的目标是利润，但实际上业务单位追求的目标往往是目标组，除利润外，还包括销售增长额、市场份额、风险、创新和声誉等。业务单位应该使各个目标协调一致，理清相互之间的关系，分清目标的轻重缓急。只要可能，目标都应该尽量量化。目标应该是经过努力能够实现的（即人们"跳一跳能够达到的高度"）。

本 章 小 结

战略是企业生产经营的纲领，企业管理一切活动（包括市场营销管理）都必须以企业战略为出发点。企业战略包括公司战略、业务单位战略和职能战略。公司层面的战略确定企业的使命和目标，评估和选择企业的业务单位，科学合理分配企业的资源。业务单位是公司业务的组成单元，业务单位需要在分析内外部机会、威胁、优势、劣势的基础上，在总成本领先、差异化、聚焦等战略形式之间根据业务单位的市场势力进行选择。

📖 核心概念

公司战略　业务单位战略　职能战略　密集成长　一体化成长　多元化成长

自我测试

1. 公司战略、业务单位战略和职能战略有什么区别和联系？

2. 简述企业的密集成长、一体化成长、多元化成长三种战略的优缺点和适用条件。

讨论问题

我国零售企业能复制沃尔玛的战略吗？为什么？

第 **8** 章

市场细分化战略

2011年年初，中国汽车市场销量行情火爆。在各大车行里看车、选车的消费者络绎不绝，他们选车的要求不同，各有各的选购倾向和偏好，但目的都想赶在春节前买到一辆符合自己要求的汽车。大多数消费者都是有备而来，都能如愿地选到一款自己喜欢的汽车。通过对热销现象的观察，人们发现除政策、经济、季节、习惯等原因外，生产厂家能够为不同的消费者提供丰富的车型也是出现热销的原因之一，而这是10年前很难想象的。

2010年，中国汽车产销双双超过1800万辆，连续第二年成为全球第一。在销量火爆的同时，中国车市已成为全球最大、竞争最激烈的市场。在中国国内激烈的市场竞争中，纯粹的价格竞争已经不再适应现状，谁能为消费者提供更加个性、时尚或者功能更多的车型，谁就能首先吸引住消费者。生产厂家已经明确地意识到产品差异化已成为竞争的重点。

将市场细分再细分，通过差异化的定位寻找更加细分的市场和消费人群，通过精准定位让产品在激烈的竞争中取胜。近一年来，新车型的这种差异化日趋明显，并成为当下各大汽车生产厂家逐鹿市场、赢得消费者的一大制胜法宝。

奔驰、宝马、奥迪的生产商也都毫无例外地看准了中国汽车市场的商机，以市场细分为工具在中国赢得了2010年的高速发展。奥迪先入为主，宝马奋起直追，奔驰迎难而上，在中国汽车市场中大显身手。

2010年，宝马品牌总销量为16.9万辆，同比增长87%；奥迪销量为22.79万辆，同比增长43.3%；奔驰同期的销量数据为14.8万辆，同比增长115%。从以上数据看出，2010年三大品牌在中国国内高档车市场的总体增幅接近70%，远远超过其他车型细分市场30%的平均增幅。

奔驰、奥迪、宝马等豪华品牌不仅加快了中国新工厂的建设，还几乎把全部产品线都带到了中国。在价格方面，原来很难想象可以用 30 万元购买一辆高档车，现在已经成为现实。而为了抢得更多的高档车份额，奔驰、奥迪、宝马还将引进或者在中国本地生产新的高档车型来适应中国消费者的需求。

看来竞争的好戏还在后面，谁会是未来的赢家？在各种各样的猜想之中，有一点是明确的，那就是谁能从战略的高度充分地进行市场分析、有效地进行市场细分、合理地选择目标市场以及准确的市场定位，谁就会首先赢得商机。

资料来源：搜狐网，http://auto.sohu.com/20110113/n278837538.shtml［2011-01-13］；中金在线，http://auto.cnfol.com/110119/169，1684，9187649，00.shtml［2011-01-19］

市场营销战略是指企业在现代市场营销观念下，为实现其经营目标，对一定时期内市场营销发展的总体设想和规划。战略解决的是提高企业竞争力的问题，也就是说在现有条件下怎样获得更多的资源并利用好资源，提高能力并发挥作用来实现企业的目标。

本书中所指的市场营销战略主要是指市场细分战略、目标市场战略、市场定位战略和市场营销组合战略。

8.1　市场细分概述

8.1.1　市场细分的概念

企业的根本目的是赢得利润，服务于社会，满足消费者的需求。但是，企业的资源和能力是有限的，而消费者的需求是广泛的、多样和多变的，所以任何一个企业都不可能独自满足市场上的所有需求，更不可能独享整个市场。

怎样从有限的资源着手，服务于整个市场中最有吸引力的部分？如何发挥优势，为消费者提供比竞争对手还好的产品和服务？如何扬长避短，正确地选择服务对象？这些都是企业在经营中最为关心的问题，市场细分就是为解决这类问题而出现的。

所谓市场细分是指以整体市场上顾客需求的差异为起点，以影响顾客需求和欲望的某些因素为依据划分出不同的消费者群体，把整体市场分割为若干个子市场的过程。简单地说，市场细分就是按一定标准把市场由大划小的过程，其实质就是按消费者的不同需求和欲望来划分消费者群体。

1. 市场细分的由来

市场细分是市场营销实践的总结，这一概念最早于 1956 年由美国学者温德尔·斯密（Wendell R. Smith）提出，是第二次世界大战后市场营销理论的新发展，也是买方市场环境下的一种现代市场营销观念。业内学者将这一观念称之为营销学中继"以消费者为中心观念"之后的又一次革命。经历了半个多世纪的营销实践，市场细分已经成为营销学中重要的组成部分，并得到了理论界与工商界的广泛认同与接受。市场细分的出现与营销发展的下述阶段有关（图8-1）。

（1）大量营销阶段。在中国内地也有人称之为大众化营销或广泛营销。在19世纪末20世纪初的西方发达国家工业化初期，普遍盛行"生产观念"，这一观念支配着企业的行为，企业普遍采取的是单一产品策略，即面对所有顾客，大量生产、销售单一产品，如美国福特汽车公司只生产一种黑色T型车。学者将这一时期的营销称为大量营销阶段，虽然称之为营销，但本质上还算不上是真正意义上的营销。

（2）产品差异化营销阶段。美国及其他西方国家的企业从20世纪20年代开始产品产量迅速提高，逐渐出现了"生产过剩"现象，供过于求，导致产品价格下跌，企业利润减少。又因产品大体相似，差别很小，卖方很难控制其产品价格和市场。这一时期企业的营销观念是"销售观念"，在这一观念支配下企业生产的产品具有明显的差异化。

图8-1　营销阶段的发展

（3）目标市场营销阶段。20世纪50年代后，西方发达国家的市场供求关系发生了质的变化，由原来传统的卖方市场变成了买方市场。面对新的形势，一些企业用"市场营销观念"取代了陈旧的"销售观念"，开始重视研究异质市场消费者的不同需求，实行目标市场营销，即根据消费者需求的差别，将整体市场分割为若干个子市场，然后选择其中的一部分作为服务对象，进行市场定位，通过市场营销组合，来最大限度地适应和满足目标顾客的需要。

市场细分和目标市场选择是指企业认识和了解不同的消费群体，选择其中的一个或几个作为准备进入的目标市场，并针对该目标市场的特点，制订和实施相应的营销组合方案，以满足目标消费者的需求。

市场细分是以满足消费者需求为目标的现代营销观念。企业通过对市场进行细分（segmenting）、确定目标市场（targeting）、进行市场定位（positioning）决定营销组合策略的战略过程，来组织企业的营销活动，这一过程也称STP战略（图8-2）。

2. 市场细分的理论依据

市场细分的理论依据也称为市场细分的理论基础或原理。在营销活动中，市场细分的出现是由市场经济内在矛盾的发展引起的。这种内在矛盾主要表现为消

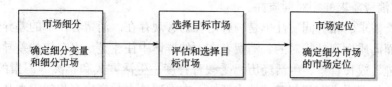

图 8-2　目标市场营销（STP 战略）

费者的需求动机和购买行为的多元性及差异性同企业营销活动的局限性之间的矛盾，正是这个矛盾导致了市场细分。营销活动的局限性的根源是企业资源的有限性，因此，市场细分的理论依据来源于消费需求的绝对差异性、消费需求的相对同质性、企业资源的有限性三个方面。

1）消费需求的绝对差异性

消费需求的绝对差异性是一种内在的客观存在。由于人们的成长背景不同，所处的地理条件、社会环境以及自身的个性心理不同，追求的利益也就不同，拥有不同的需求特点和购买习惯，消费需求呈现绝对的差异性。人们的需求偏好可分为三种模式，以某食品厂生产的奶油糖果为例加以说明。

同质偏好（图 8-3（a）），即市场上的所有消费者有大致相同的偏好。在图 8-3（a）中，人们都倾向于购买奶油含量高、且甜度适中的奶油糖。

分散偏好（图 8-3（b）），即市场上的消费者对奶油糖的两种属性要求非常分散。

集群偏好型（图 8-3（c）），即市场上的消费者对奶油糖的两种属性形成群组偏好，同一群组内需求接近，不同群组间需求差异较大。

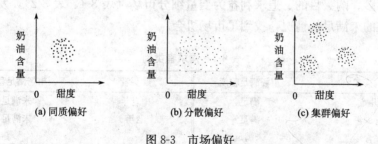

图 8-3　市场偏好

在同质偏好情况下，企业可推出一种产品去满足消费需求，而在分散偏好和集群偏好的情况下，企业要提供不同的产品，才能满足不同的需求。在实际生活中，同质偏好的情形很少，并且一些原来的同质偏好市场，随着时间的推移，也会逐渐向异质市场演变。因此，只要存在两个以上的顾客，市场需求就会有所不同。

2）消费需求的相对同质性

消费需求的相对同质性也是一种内在的客观存在。消费者需求的差异性是绝对的，而同质性则是相对的。消费者在大的群体中往往显示出个体的差异，但由于受环境、成长背景、生活经历、受教育程度、生活方式和年龄等因素的影响，消费者往往会形成有相似需求的小群体。在大群体中分离出有相似需求和欲望的小群体，形成部分市场，即细分市场或子市场。

3）企业资源的有限性

企业资源的有限性是外在的客观依据，企业规模再大，也不可能拥有人力、财力、物力、信息等一切资源，不可能向市场提供所有产品，满足市场上所有的消费需求。这就要求从整体市场中选择一部分作为服务对象，以利于发挥自己的经营优势。

8.1.2 市场细分的作用

1. 有助于发掘和利用市场机会

市场是由具有需求和欲望的顾客及购买力所组成的，需求是关键。未满足的需求会给企业带来市场营销机会，但是这种需求是潜在的，如不加以研究是不易发现的。需求是永恒的，从表面上看市场也是永远存在的，但是企业不主动及时地去寻找和发现，需求不可能自动成为企业的市场营销机会。企业只有在及时主动地发现未被满足的需求或未被完全满足的需求时，才能捕捉到市场机会，才能为企业的发展拓展空间。市场细分为企业发现市场机会提供了方法与途径。例如，某企业在化妆品市场竞争十分激烈的情况下，通过市场调查，决定以消费者性别、年龄、购买目的、追求利益为变量细分市场（表 8-1、表 8-2），发现了市场中存在的未满足的情况，找到了市场机会。

表 8-1　需求者类别

购买者	市场满足程度	购买者	市场满足程度
儿童	满足	中老年	未满足
青少年	满足	老年	未满足
中青年	未满足		

表 8-2　购买化妆品的目的

购买目的	市场满足程度	购买目的	市场满足程度
滋润皮肤	满足	祛雀斑、粉刺	满足
防晒	满足	增白	未满足
有营养、无刺激	满足	延长青春期	未满足

2. 有助于认识和掌握市场特点

企业进行市场细分是将整体市场划分为不同子市场的过程，也是对市场不断认识的过程。市场由消费者组成，每一个消费者都具有其固有的特点，这些特点是市场特点的基础，市场细分有助于了解这些特点，并为开拓新市场做前期准备。因此，市场细分与了解消费者的需求特点是相互作用相互促进的。通过深入的认识和分析子市场的特点之后，企业就会掌握市场动态和变化，把握市场开发的主动权。

例如，保险公司将人生划分为单身期、家庭形成期、家庭成长期、子女大学教育期、家庭成熟期和退休期六个阶段，分别对处于人生不同阶段的群体进行分析，发现其需求既有相同的一面又有不同的另一面。针对不同的特点，保险公司开发出了不同的寿险来满足不同的需求群体。

3. 有助于制定和调整营销策略

通过市场细分，企业可以更清楚地了解市场的结构，了解市场上消费者的需求特点，在这个基础上结合企业自身的优势、能力和市场竞争情况，从细分市场中选择目标市场，有针对性地制定营销策略。也就是说，企业的服务对象已定，就能有的放矢，有针对性地制定有效的市场营销组合策略，满足消费者的需求，增强市场竞争力。

例如，经济型旅馆主要是以大众消费者为服务对象，其经营策略是"普通装修，经济实用"；而大型五星级宾馆主要是以富豪、商家为主要服务对象，其经营策略多体现为"豪华排场，一流享受"。

4. 配置和运用资源条件

每个企业的资源是有限的，怎样在有限的资源基础上获得最大的经营收益是企业长期以来追求的目标。企业根据市场细分确定目标市场的特点，扬长避短，集中使用有限的人力、物力、财力等资源于少数几个或一个细分市场上，将有限的资源用在刀刃上，可避免分散使用力量，会取得事半功倍的经济效果，用最少的费用取得最大的经济效益。

5. 有助于提升和保持竞争能力

在企业之间竞争日益激烈的情况下，通过市场细分，有利于发现目标消费者群的需求特性，从而调整产品结构，增加产品特色，使企业的强项与优势充分发挥，形成独特的能力，提升和保持企业的市场竞争能力，有效地与竞争对手相抗衡。

例如，在运输行业，不同的细分群体需要不同的运输方式。春节期间，大量的农村外出劳务人员大多乘坐火车与长途汽车异地返乡，而多数公司的白领则选择乘坐飞机异地往返。针对这两类不同的细分群体，航空公司与铁路行业就各有优势，前者体现为快捷，后者以价取胜。

　　企业的竞争能力在营销上还表现为市场占有率的高低。经济规律和市场实践表明，一个行业的发展必然要经历从量的积累到质的改变的发展过程。企业可先选择最适合自己占领的某些子市场作为目标市场，逐渐把目标市场向外发展、扩大，从而扩大市场占有率，形成竞争优势。

➢ 案例8-1　宝洁公司运用市场细分成功开拓中国市场

　　宝洁公司（P&G）作为美国著名的化妆品制造企业，早在20世纪80年代就开始进入中国市场，并在护肤及卫生用品市场展开了一系列成功的市场细分和定位策略，而国内同一领域的企业往往是希望通过同样品牌的少数几个品种来满足所有的市场需求。在80年代初，宝洁公司针对当时中国消费者头皮屑患者较多的现象，敏锐地觉察到这一细分市场，因而率先推出具有去头屑功能的"海飞丝"洗发水，这一产品在市场上获得了巨大成功，并且成为当时时尚的消费品。其后，宝洁公司又针对城市女性推出了"玉兰油"系列护肤品。除以上品牌之外，宝洁公司陆续推出了针对不同细分市场的多个品牌的护肤及洗涤卫生用品，如"飘柔"洗发护发二合一，既方便又有利于头发飘逸柔顺；"潘婷"则含有维生素原B5可以令头发健康而亮泽。这一系列产品定位鲜明、细分市场明确的战略，在宝洁公司的发展和壮大过程中起了决定性的作用。

　　宝洁公司的细分市场告诉我们，在任何市场需求的背后都隐藏着这种需求可以被进一步明确细分的潜力和可能，企业在既定的市场需求面前绝不是无所作为的。在宝洁公司市场细分刚刚起步的20世纪80年代，市场需求的状况绝不会比现在优良，那么宝洁的成功是不是可以带给那些整日埋怨市场需求的企业一点启示呢？"别总是期待市场需求能为你做些什么，要问一问你能为市场需求做些什么。"

　　资料来源：屈云波.2010.市场细分.北京：企业管理出版社

8.1.3　市场细分的有效性

　　市场细分有效性是指细分市场符合企业进入该细分市场的基本条件和要求。企业进行市场细分是从确认顾客需求差异开始的，并通过产品的差异化来实现目的，这种产品差异化必然导致生产成本和推销费用的相应增长，所以，市场细分的有效性就自然而然地体现在市场细分所得收益与所增成本之间的权衡之中。由此，我们得出有效的细分市场必须具备以下特征。

　　1. 可衡量性

　　可衡量性是指用来细分市场的标准和变数及细分后的市场是可以识别和衡量的，即有明显的区别与合理的范围。如果某些细分变量或消费者的需求和特点很难衡量，细分市场后无法界定，难以描述，那么市场细分就失去了意义。一般来说，一些带有客观性的变量，如年龄、性别、收入、地理位置、民族等，都易于确定，并且有关的信息和统计数据也比较容易获得；而一些带有主观性的变量，如心理和性格方面的变数就比较难以确定。

2. 可进入性

可进入性是指企业能够进入所选定的市场部分，能进行有效的促销和分销，实际上就是考虑营销活动的可行性。一是企业能够通过一定的广告媒体把产品的信息传递到该市场众多的消费者中去，二是产品能通过一定的销售渠道抵达该市场。

3. 足量性

足量性又称为可赢利性，是指细分市场的规模要大到能够使企业足够获利的程度，使企业值得为它设计一套营销规划或方案，以便顺利地实现其营销目标，并且有可拓展的潜力，以保证按计划能获得理想的经济效益和社会服务效益。例如，仅为钢琴爱好者开一个音乐酒吧，可能会由于这个细分市场的可赢利性太小而得不偿失。

4. 差异性

差异性指细分市场时子市场之间的需求有着明确的差异，可以区别并对不同的营销组合因素和方案有不同的反应。差异性是市场细分的基础，如果没有差异性，那么市场细分也就无从做起；如果差异性不明显，那么市场细分也失去了意义。

5. 相对稳定性

相对稳定性指细分后的市场在需求量等方面基本保持不变或变化不大。细分后的市场能否在一定时间内保持相对稳定，直接关系到企业生产营销的稳定性，特别是大中型企业以及投资周期长、转产慢的企业，更容易造成经营困难，严重影响企业的经营效益。

6. 可行动性

可行动性也称之为可实施性，是指能够为吸引和服务细分市场而设计有效的营销方案。企业可以通过对市场营销因素（产品、价格、渠道和促销）等方面的变动，去影响细分市场中的消费行为，达到企业的经营目标。如果这些营销因素的变动不能引起子市场中的消费行为，或者不能制定出适应细分市场的有效营销方案，企业只能放弃这一细分市场。从这个意义上讲，这一细分市场对企业来说就是水中的月亮，可遇不可求。

■ 8.2　市场细分依据

市场细分依据特指市场细分的划分依据，这与市场细分的理论依据不同。市场细分依据是指细分时所依据的具体因素或标准；市场细分的理论依据是指市场细分的理论基础，它们是不同的概念。要进行市场细分就必需根据一定的标准或依据，并且细分要用到统计学的知识，在统计学的术语里，这些细分标准或依据称之为细分变量。

为了便于理解，我们以购买动机（即目的）为依据将潜在市场分为两大类：消费者市场和组织市场。消费者市场是指购买产品或服务是为了个人或家庭所用的最终消费者所组成的市场。例如，家庭购买大米是为了自己食用，个人购买电脑是为了自己使用。而组织市场一般包括商业、工业或政府机构等组织，它们采购产品或服务是为了制造或生产其他产品，为了维持组织运作。例如，酒店采购大米是为了向消费者提供餐饮服务，机床生产厂采购钢材是为了生产机器，企业购买咨询公司提供的咨询服务是为了提升自己的运营能力，政府机构购买电脑是为了行政管理。

消费者市场和组织市场是根据采购动机进行分类的，没有国界之分。但是随着全球一体化的深入，国际市场越来越重要。国际市场也有其自身的独特性，因此有必要单独分析国际市场的细分。我们将在本章中分别对消费者市场、产业市场以及国际市场的细分变量进行分析。

8.2.1   消费者市场细分

在营销活动中，市场细分的出现是由市场经济内在矛盾的发展引起的。这种内在矛盾主要表现为消费者的需求动机和购买行为的多样性和差异性同企业营销活动的局限性之间的矛盾，这个矛盾是促使市场细分化的主要原因。消费者的需求通常是由地理环境变量、人口统计变量、消费心理变量、购买行为变量来体现的。从原因和表现的角度看，地理环境变量、人口统计变量和消费心理变量描述产生消费者需求差异的原因，行为变量则描述消费者需求差异的表现。从主观与客观的角度来看，地理环境变量和人口统计变量是客观变量，消费心理变量与购买行为变量是主观变量。这四个变量可以完整而清晰地描述细分市场的需求状况。表 8-3 简要总结了各个细分变量并作了举例说明。

1. 地理环境变量

地理环境变量是指企业根据消费者所处的地理位置、自然环境等变量来划分消费者细分市场，将一个整体市场分为不同的地理单元，形成不同的小市场。这些具体变量有：国界（国际、国内）、气候、地形、行政区域、城市、农村、自然环境、城市规模、交通运输、人口密度、气候条件、地形等多种。

地理环境变量的主要理论依据是：处于不同地理区域的消费者的需求偏好各不相同，其需求和欲望也不相同，对市场营销策略的反应程度也会不相同。例如，2007 年淘宝网在对上半年的网上购物情况进行统计时，发现在江浙沪地区，

表 8-3　消费者市场细分变量及举例

细分变量		具 体 变 量
地理环境变量	世界区域	北美洲、西欧、东欧、中东、亚洲、大洋洲、欧共体、欧洲自由贸易区等
	国家区域	中国、美国、日本、韩国、英国、德国、印度、英国、法国、俄罗斯等
	国内地区	东北、华北、华东、华南、中南、西南、西北、沿海、珠江三角洲、长江三角洲等
	国内省（自治区）	贵州、河北、河南、广西、广东、山东、山西、陕西、浙江、福建等
	城市规模	（人口）50 万以下、50 万～100 万、100 万～200 万、200 万～300 万、300 万以上
	城镇	直辖市、省会城市、地级市、大城市、中等城市、小城市、乡镇和农村等
	自然环境	高原、盆地、山区、林区、丘陵、平原、草原、江河等
	气候条件	干燥、潮湿、温暖、严寒、风沙、闷热、高温、多雨等
人口统计变量	性别	男性、女性
	个人生命周期	婴幼儿、儿童、少年、青年、中年、中老年、老年
	年龄	6 岁以下、6～11 岁、12～19 岁、20～34 岁、35～49 岁、50～64 岁、65 岁以上
	家庭生命周期	单身青年、无小孩的已婚青年、有小孩的已婚青年、有子女已婚中老年、子女 18 岁以上已婚中老年、单身中老年等
	社会阶层	上上层、上下层、中上层、中层、中下层、下上层、下下层
	职业	工人、农民、干部、公务员、教师、经理、厂长、营销员、业主等
	收入/元	人均月收入 500 以下、500～1000、1000～2000、2000～3000、3000～5000、5000 以上
	受教育程度	小学及以下、初中、高中、大专、大学、硕士研究生、博士研究生等
	家庭人口数	1～2 人、3～4 人、5 人以上
	宗教信仰	佛教、道教、基督教、天主教、伊斯兰教、犹太教等
	民族	汉族、回族、蒙古族、藏族、苗族、傣族、壮族、满族、彝族、高山族、朝鲜族、布依族、仡佬族等
消费心理变量	需求动机	生存需要、安全需要、情感和归属的需要、尊重需要、自我实现的需要
	生活方式	传统型、保守型、现代型、时髦型等
	感知风险力	低风险、中等风险、高风险
	消费理念	节俭朴素型、铺张浪费型（爱阔气、讲排场）
	文化导向	东方文化、欧美文化、日韩文化、北非文化、南美文化等
	个性特征	理智型、冲动型、情绪型、情感型等
	心态特征	有抱负、自信、积极、乐观、悲观、内向、外向、善交际等

续表

细分变量		具 体 变 量
购买行为变量	利益诉求	品牌、质量、价格、功效、式样、包装、服务、速度等
	购买时机	规律性、无规律性、季节性、节令性、非节令性
	对产品的态度	热情、肯定、冷淡、否定、敌意
	使用状况	从未使用过、少量使用过、中量使用过、大量使用过
	使用频率	曾经使用者、首次使用者、经常使用者
	品牌忠诚	坚定忠诚者、适度忠诚者、转移者、非忠诚者
	使用时间	休闲、工作、繁忙、早晨、晚上
	使用目的	个人使用、礼物、成就、娱乐、收藏等
	使用地点	家庭、公司、朋友家中、店内、车内等
	营销影响因素	价格、产品、售后服务、渠道便利性、广告宣传、销售促进、公关活动等

资料来源：屈云波 . 2010. 市场细分 . 北京：企业管理出版社

交易量最大的是化妆品、女装等日用消费品；而在北京、广东等地区，卖得最多的则是手机、电脑等电子类产品。同样的羽绒服广告在中央电视台播出，能吸引东北消费者的注意力，却不能激发海南消费者的购买兴趣。地理变量是静态因素，相对比较容易划分与辨别，但是，值得注意的是即使居住在同一国家、地区、城市的消费者，其需求与爱好也不一定相同，差别仍然存在，因此还有必要使用其他细分变量对市场进行细分。

2. 人口统计变量

人口统计变量是企业按国籍、民族、年龄、性别、职业、教育、宗教、收入、家庭规模、家庭生命周期阶段等人口变量细分消费者市场。不同国籍或民族、不同年龄和性别、不同职业和收入的消费者需求和爱好大不相同，故人口统计变量与消费者对商品的需求爱好和消费行为有着直接的关联。

某些行业常用单一的人口变量来细分市场，如服装、食品、书刊、居室环境布置常以年龄来细分市场，因为对于书籍、文化用品、艺术品而言，文化层次及受教育水平高的消费者群体的需求量明显高于其他群体。

由于人口变量比其他变量容易测量和获得，所以人口变量一直是细分消费者市场的重要变量。在实际细分市场过程中，企业往往是用一系列人口变量交叉使用来细分消费者市场。

3. 消费心理变量

消费心理变量是按消费者的个性、生活方式、社会阶层、购买动机、购买习惯、价值观、审美观等心理变量来细分消费者市场。由于消费者所处的社会阶层、生活方式或性格等特征不同，往往表现出不同的心理特性，对同一种产品会有不同的需求和购买动机。心理因素对消费者的爱好、购买动机、购买行为影响很大。企业以心理因素进一步深入分析消费者的需求和爱好，更有利于发现新的市场机会和找到目标市场。

➤ 案例 8-2　市场细分使麦当劳公司取得巨大成功

麦当劳作为一家国际餐饮巨头，创始于 20 世纪 50 年代中期的美国。由于当时创始人及时抓住高速发展的美国经济下的工薪阶层需要方便快捷的饮食的良机，并且瞄准细分市场需求特征，对产品进行准确定位而一举成功。当今麦当劳已经成长为世界上最大的餐饮集团，它在 121 个国家拥有 3 万家以上的连锁店，每天接待的顾客超过 3500 万，2010 年全球营业额高达 240.74 亿美元。

回顾麦当劳公司发展历程后发现，麦当劳一直非常重视市场细分的重要性，而正是这一点让它取得令世人惊羡的巨大成功。

1. 麦当劳根据地理要素细分市场

麦当劳有美国国内和国际市场，而不管是在国内还是国外，都有各自不同的饮食习惯和文化背景。麦当劳进行地理细分，主要是分析各区域的差异。例如，美国东西部的人喝的咖啡口味是不一样的。通过把市场细分为不同的地理单位进行经营活动，从而做到因地制宜。

每年，麦当劳都要花费大量的资金进行认真的严格的市场调研，研究各地的人群组合、文化习俗等，再书写详细的细分报告，以使每个国家甚至每个地区都有一种适合当地生活方式的市场策略。

例如，麦当劳刚进入中国市场时大量传播美国文化和生活理念，并以美国式产品牛肉汉堡来征服中国人。但中国人爱吃鸡，与其他洋快餐相比，鸡肉产品也更符合中国人的口味，更加容易被中国人所接受。针对这一情况，麦当劳改变了原来的策略，推出了鸡肉产品。在全世界从来只卖牛肉产品的麦当劳也开始卖鸡了。这一改变正是针对地理要素所做的，也加快了麦当劳在中国市场的发展步伐。

2. 麦当劳根据人口要素细分市场

通常人口细分市场主要根据年龄、性别、家庭人口、生命周期、收入、职业、教育、宗教、种族、国籍等相关变量，把市场分割成若干整体，而麦当劳对人口要素细分主要是从年龄及生命周期阶段对人口市场进行细分，其中，将不到开车年龄的划定为少年市场，将 20～40 岁的年轻人界定为青年市场，还划定了年老市场。

人口市场划定以后，要分析不同市场的特征与定位。例如，麦当劳以孩子为中心，把孩子作为主要消费者，十分注重培养他们的消费忠诚度。在餐厅用餐的小朋友，经常会意外获得印有麦当劳标志的气球、折纸等小礼物。在中国，还有麦当劳叔叔俱乐部，参加者为3～12岁的小朋友，定期开展活动，让小朋友更加喜爱麦当劳。这便是相当成功的人口细分，抓住了该市场的特征与定位。

3. 麦当劳根据心理要素细分市场

根据人们生活方式划分，快餐业通常有两个潜在的细分市场：方便型和休闲型。在这两个方面，麦当劳都做得很好。

例如，针对方便型市场，麦当劳提出"59秒快速服务"，即从顾客开始点餐到拿着食品离开柜台标准时间为59秒，不得超过一分钟。

针对休闲型市场，麦当劳对餐厅店堂布置非常讲究，尽量做到让顾客觉得舒适自由。麦当劳努力使顾客把麦当劳作为一个具有独特文化的休闲好去处，以吸引休闲型市场的消费者群。

资料来源：智库·百科，http：//wiki. mbalib. com/wiki/Market _ Segmontation；中国加盟网，http：//article. jaw. com. cn/NewsFile/Detail/bnc/uzv/71104042954. shtml；丰越网，http://www. maxtie. com/ch/pic/piccon _ fc9181e82dbbeb37012dbcc8f26100cd. html

个性特征是指个体在心理发展过程中逐渐形成的稳定的心理特点，个性特征的形成与环境、教育、社会和遗传因素有着密切的关系。一个人的个性特征对其心理特点和行为方式影响显著。例如，随意型的消费者的购买行为不同于谨慎型的消费者；安静内向型的消费者所购买的产品和购买方式与爱交际、外向型的消费者也有所不同。在营销实践中通常按自信、积极、自主、支配、顺从、保守、消极、适应等性格特征来进行市场细分。

生活方式是一个内容相当广泛的概念，它包括人们的衣食住行、劳动工作、休息娱乐、社会交往、待人接物等物质生活和精神生活的价值观、道德观、审美观，以及与这些方式相关的方面。人们追求的生活方式各不相同，如有的追求新潮时髦；有的追求恬静简朴；有的追求刺激冒险；有的追求稳定安逸。许多企业都按照消费者生活方式的不同来细分市场，并据此设计出不同产品和市场营销策略。例如，手机生产商，把消费者分为商务型、时尚型、学生型、经济型和老年型手机，分别为不同的群体生产手机。

社会阶层。由于人们所处的社会层面不同，购买行为有很大差异。社会阶层对人们在购买住房、汽车、家用电器、家具、服装、休闲方式等方面的偏好有较强的影响，一些企业根据社会阶层进行市场细分，如为高收入阶层设计的豪华住宅小区、豪华汽车，为低收入阶层设计的经济适用房等。

4. 购买行为变量

购买行为变量是指和消费者购买行为和习惯密切相关的一些因素，包括购买者对产品的了解程度、态度、利益诉求、购买时机、使用者状况、使用频率和消费者对品牌的忠诚度等。根据这些行为变量将整个市场划分成不同的群体称为行为细分。营销实践表明，行为变量能更直接地反映消费者的需求差异，是市场细分常用的变量。

购买时机是指消费者购买的时间点。企业可以根据消费者购买动机和使用某种产品时间变量细分市场，扩大消费者使用本企业产品的范围，如国内的酿酒厂都非常重视中国传统节日的消费，特别是春节前夕都是厂商最为忙碌。又如"情人节"促进玫瑰花、巧克力的销售，中秋节、元宵节扩大月饼、元宵的销售。

利益变量是指企业可以根据消费者追求利益的不同来细分市场。按消费者对产品和品牌的选择动机不同，追求的利益不同，将其归入不同的群体，是常见的市场细分方式。例如，消费者都需要牙膏，但希望获得的利益却不同，或为了洁白牙齿，或为了清新口气，还有的为了防治牙病；同样是洗发水，但宝洁的"海飞丝"重在去头屑，"潘婷"重在对头发的营养保健，而"飘柔"则重在使头发飘逸柔顺。

使用者变量是指产品的最终消费者。使用者按使用产品情况分为非使用者、潜在使用者、初次使用者、曾经使用者和经常使用者。潜在使用者是资金雄厚，市场占有率高的大企业所关注的目标市场，促使潜在使用者转为现实使用者，以扩大市场份额。中小企业注重吸引经常使用者，以巩固现有市场占有率。

使用频率是指某一固定时间间隔内的使用次数。使用频率、购买次数和使用量之间有内在的联系，对于商家来说最关心的是购买的数量，而购买次数容易统计，所以商家常常按购买次数来计算使用量。一般地，将消费者分为少量使用者、中量使用者和大量使用者。少量使用者虽然个人用量少，但群体大；大量使用者虽然个人使用量大，但群体小。值得关注的是大量使用者群体的使用量总数往往比少量者的群体使用量总数高。例如，以贵州"老干妈"为代表的油辣椒产品，10 年前在上海市的销量就不如在贵阳市的销量大，虽然当时上海市人口高达 1500 万以上，贵阳市人口也只是 300 万左右，但是贵阳市的消费者大多数是大量购买者（购买的次数多），上海市的消费者大多都是少量购买者。现在情况有些变化，目前上海市的外地人口总量增加了，特别是"食辣族"人口，也就是大量购买者人数增加，使得上海市的油辣椒的总销量大幅提高。

品牌忠诚度指消费者对某种品牌的偏好和经常使用程度。品牌忠诚度是每一个企业都非常关注的问题，对企业的发展影响很大。一般可以把消费者分为坚定品牌忠诚者、有限品牌忠诚者、转移品牌忠诚者和非品牌忠诚者四种类型，每一个市场都可以用这四种忠诚者来细分。

坚定品牌忠诚者只忠诚购买其中的一种品牌中的产品；有限品牌忠诚者常常是从一种偏好品牌产品转换到另一种偏好品牌的产品；非忠诚者对任何品牌都无忠诚感，他们有什么品牌就买什么品牌，或者想尝试各种品牌。

例如，香烟的消费者基本都是品牌的忠诚者和有限品牌忠诚者。城市里的部分家庭是洗发液的有限品牌忠诚者，是高档饭店的坚定品牌忠诚者，是中档饭店的有限忠诚者。

值得注意的是消费者并非对每一种商品都有同样的忠诚度，他们可能对这种产品有很高的品牌忠诚性，而对另一种产品则没有，如有些消费者讲究穿戴，只穿某名牌服装，但对餐饮消费却不大讲究；有些消费者重视吃，不重视穿，正好相反。

8.2.2　组织市场细分

很多用来细分消费市场的变量同样可以用来细分组织市场。企业可以用地理变量、人口统计变量（行业、公司规模）、追求的利益、用户状态、使用率以及忠诚度来对组织购买行为进行细分。但是由于组织与消费者在购买动机与行为上存在差别，因此，还需要诸如顾客的经营特征、采购方式、情境因素和个性特征等变量来细分。由于产业市场是组织市场的主要表现形式，对产业市场进行分析的细分变量也适用于其他组织市场的细分。一般常用的产业市场细分变量分为：最终用户变量、经营变量、采购方式变量、情境因素变量、购买者个性变量。

1. 最终用户变量

最终用户变量是指根据最终用户所处的行业、企业规模、地理位置等因素进行细分。通过最终用户规模细分，决定企业产品市场重点放在哪些行业、多大规模用户、哪个地理区域。行业不同，用户规模不同，地理区域不同，对企业市场营销组合战略有不同的要求。

行业包括冶金、煤炭、军工、机械、服装、食品、纺织、电子、化工、医疗等。在产业市场上，不同的最终用户所追求的利益不同，对同一种产品的需求有明显的差异。例如，飞机制造商购买轮胎，在质量、安全标准方面的要求比汽车轮胎质量安全标准要高得多。

用户规模，在生产者市场中，有的用户购买量很大，有的用户购买量很小。生产企业可以根据用户企业的销售量、员工人数、生产设备数等来预估组织用户的需求规模。通常把潜在客户分为大客户、中客户和小客户，并根据客户规模大小设计不同的分销渠道，大客户直接由销售人员负责进行沟通，直接供应并且在价格和信用等方面有优惠，小客户则通过中间商进行销售或依赖互联网和电话进行销售。

地理位置包括地理区域、资源、城市规模、交通条件、城乡区域、生产力布局等。产业用户的地理分布往往受一个国家的资源分布、地形气候和经济布局的影响制约。例如，我国钢铁业主要集中在东北钢铁工业区、上海钢铁工业区等；轻工业区主要分布在东部和东南沿海地区，如长江三角洲、珠江三角洲等。这些不同的产业地区对不同的生产资料具有相对集中的需求。

2. 经营变量

经营变量指的是与企业的经营密切相关的一些因素，包括使用者的技术水平、使用者情况、用户能力等变量。企业常使用这些变量对产业市场进行细分。

生产技术在很大程度上决定采购需求。同一种产品可能有不同的生产方法，所使用的资本设备和原材料都可能不同，自然采购的方式、渠道、条件各不相同。

使用者情况主要是指首次用户、较少用户、经常用户、潜在用户的基本情况。面对不同的用户，生产企业所采取的营销策略不同，如对首次使用的用户给予更多的技术指导和说明，对于经常使用的用户给予快速及时的服务和技术支持。

用户能力主要指用户的经营能力，包括财务能力、设备现状、工艺水平、管理能力、生产能力、销售能力、人员能力等。用户能力与用户的规模有一定的联系，但又不同。有能力的企业也许规模暂时不是很大，但一定有发展势头且业绩较好。每一个生产企业都会非常重视那些能力强的用户。

3. 购买方式变量

购买方式变量是指采购职能组织结构、权力结构、采购标准、采购政策、采购流程标准等。所对应的细分就是采用这些变量对产业用户的购买决策方式进行细分。

采购职能组织结构不同，其采购决策方式可能会不同。有些组织的采购会涉及许多人员参加，需要反复的内部沟通和协商，而另一些组织的采购会相对简单。例如，一个小餐馆的采购与一个大型酒店的采购在程序上就会不同。有些公司的采购集权度高，有一些公司的权力会分散到基层。

组织结构与权力结构也有一定的联系，权力结构主要是指企业中技术人员占主导地位、财务人员占主导地位还是营销人员占主导地位。

采购标准主要指产品的质量、价格、交货、交付和支付方面的要求。不同的组织对标准的重视程度是不一样的。大企业有严格的采购标准和流程，但小企业要显得灵活些。这一细分变量将重视质量、服务和价格的用户作出了划分。

采购政策决定生产企业对用户企业的态度，是把重点放在采用租赁、服务合同、系统采购方式的用户上还是放在采用密封投标贸易方式的用户上。

4. 情境因素变量

情境因素变量也可称购买情形变量，其对应的细分是根据购买的紧迫性、特殊用途、订货量大小、对现场服务的依赖程度等因素对购买用户购买产品时的处境进行细分。

紧迫性指订单的紧迫程度，决定企业把工作重点是放在需要快速交货公司上，还是放在需要服务的公司上。特殊用途主要指非常用产品的使用，决定企业应把精力重点放在产品的某些用途上还是将精力平均用在产品的各种用途上。订货量通过指订单的大小，订货量的细分决定企业对大、小订单用户的重视程度。

不同的客户对现场服务的依赖程度也不一样，如果对现场服务的依赖程度比较高，那么就必须派专人负责；如果对现场服务的依赖程度不高，那么就可以进行批量处理，所以一般可以据此对市场进行细分。

5. 购买者个性变量

在采购中作决策的是人，虽然这些人作出选择时会受到诸多制约，但是买卖双方人员的相似性、个人动机、观念、忠诚度、风险意识和采购策略等因素会直接影响采购的实施。根据个性变量对用户采购人员在采购决策中的态度进行市场细分，是企业中常用的方法之一。

买卖双方人员的相似性决定企业是否应将重点放在其人员和价值观念与本企业相似的公司身上。对待风险的态度决定企业把重点放在敢于冒险的用户身上还是不愿冒险的用户身上。忠诚度决定公司是否把重点放在对本公司产品非常忠诚的用户身上。

通过前面的分析我们较为详细地了解了产业市场的细分，讨论了产业市场细分的各个变量，从分析中我们可以看出细分变量是分层的，而且各个细分变量在应用中会出现交叉出现的情况，也就是说同一个子市场可以用不同的细分变量来划分，或者说用不同的细分变量划分出来的是同一个子市场。只要不影响细分后的结果，这些都属于正常的情况，因为我们细分的目的是为了找到细分市场，而不是专注于细分过程。

一般情况下，营销人员可以由外而内依次运用这些变量进行市场细分，有时单独强调某些内层变量可能更有效。如果不是对最简单或者同质化程度非常高的市场进行细分，就会用到内层变量进行市场细分。不采用内层变量会影响效果甚至无法进行细分，但过分强调内层的变量又会增加资金和时间成本，所以营销人员应该在效果与成本之间作平衡。

8.2.3 国际市场细分

随着全球一体化的发展，外国的企业进入了中国，中国的企业也开始走向世界，国际市场细分已成为企业营销关注的热点。国际市场细分（international market segmentation）是市场细分在国际营销中的运用。与国内市场相比，国际市场购买者更多，分布范围更广，企业由于自身实力的限制，往往更难满足全球范围内顾客的需要。为此，就需要对国际市场按照某种标准进行划分。通常，国际市场细分可以分为宏观细分和微观细分。

1. 宏观细分

对国际市场进行宏观细分可以用不同细分变量。由于国际市场范围广、跨度大等特点决定了其细分变量首先考虑的应该是宏观环境。宏观细分是指用宏观变量作为细分变量进行市场细分。国际市场细分的依据主要有：地理变量、经济变量、政治和法律变量以及文化变量。

地理变量与消费者市场细分变量相同，但是每个国家都是一个细分市场。经济变量是国际市场细分的重要依据，可按各国人均收入水平和经济发展水平来细分市场。政治和法律变量是常用的宏观细分的变量。因资本主义国家和社会主义国家的环境有所不同，若要进入一个市场，其政治制度和法律制度也是需要考虑的一个重要因素，因此，我们可以根据政治和法律变量来细分国际市场。文化变量对市场细分的影响较大，不同的国家拥有不同的文化传统，文化因素直接影响人们的生活方式，所以按照文化细分国际市场对营销决策是非常实用和有效的。

2. 微观细分

企业进入某一国外市场后，当地顾客需求也有差异，企业不可能满足当地所有顾客的需求，而只能将其细分为若干个子市场，满足一个或几个子市场的需求。微观细分是指以直接影响需求的微观变量划分子市场。当企业决定进入某一海外市场后，会发现当地市场顾客需求仍有差异，需进一步细分成若干市场，以期选择其中之一或几个子市场为目标市场。一般可将出口国内的细分变量，如消费品市场的地理变量、人口统计变量、心理变量和行为变量；组织市场的最终用户变量、经营变量、采购方式变量、情境因素变量和购买者的个性变量用于国际市场细分。但在实施的过程中还必须要注意根据当地市场的情况进行调整，以适应国际市场的需要。

8.3　市场细分的方法及流程

8.3.1　市场细分的方法

市场细分的基本方法有单一变量细分法、综合变量细分法、系列变量细分法和多变量组合细分法四种。复杂的细分方法有：聚类分析、对应分析、Q 型因子分析、方差分析、判别分析法等，本书只介绍基本方法。

1. 单一变量细分法

单一变量细分法就是根据影响消费者需求的某一个重要因素进行市场细分。例如，玩具市场需求量的主要影响因素是年龄，可以针对不同年龄段的儿童设计适合不同需要的玩具。除此之外，性别也常作为市场细分变量而被企业所使用，妇女用品商店、女人街等都是使用性别变量来划分的。

这种方法有两个适用条件：第一，市场竞争不太激烈，市场细分程度不高，用单一变量就能够细分出有效市场；第二，影响消费者购买的各个因素中有一项是主导因素,其影响最为强烈。

例如,早期的服装市场按年龄细分市场,可分为童装、少年装、青年装、中年装、中老年装、老年装;按气候细分市场,可分为春装、夏装、秋装、冬装。虽然当今竞争日趋激烈,单一变量的细分有时已经不能适应要求了,但是这仍是一种重要的细分方法,一般常把这种细分作为初级细分,尤其是服装行业经常使用。

单一变量细分法,虽然简单快捷,但受使用条件限制,有时并不适用。因为,在多数情况下,消费者的需求是由多个因素影响的,无论用哪个单一因素都不能有效地描述,这时就要使用多个变量来进行细分。

2. 综合变量细分法

综合变量法,是指为了达到更为准确地细分市场的目的,用两种或两种以上影响需求较大的因素作为细分变量进行市场细分的方法。所涉及的需求影响因素一般是指地理环境、人口统计、消费心理和购买行为四大变量。

表 8-4 是某公司对家具市场细分时所使用的细分变量。在本例中使用了四组细分变量,即四维变量,其细分的结果有 144 个,很难用图表显示这些结果。

表 8-4　某公司对家具市场的细分变量

户主年龄	家庭人口	月收入水平/元	地理区域
65 岁以上	1～2 人	1000 以下	东北
50～64 岁	3～4 人	1000～3000	华南
35～49 岁	5 人以上	3000 以上	华中
25～34 岁	—	—	西南

两维和三维变量细分因为能够用图表显示出细分结果,所以是最常用的综合变量细分方法。两维变量细分法是以两个主要的消费影响因素为变量对市场进行细分的方法。我们可以用图表或矩阵图的方式表达。

以某食品进出口公司对日本冻鸡市场细分过程为例,以消费者习惯和购买者类型两个变量为细分变量。消费者习惯分为净膛全鸡、分割鸡和鸡肉串变量;购买者类型分为餐饮、团体和家庭用户。两个变量交错进行细分,日本冻鸡市场就分为九个细分市场,如表 8-5 所示。企业可对各细分市场的情况进行分析,然后确定自己的目标市场。

表 8-5　两维细分变量的日本冻鸡产品市场细分

细分变量	净膛全鸡	分割鸡	鸡肉串
餐饮用户	细分市场 1	细分市场 2	细分市场 3
团体用户	细分市场 4	细分市场 5	细分市场 6
家庭用户	细分市场 7	细分市场 8	细分市场 9

例如，用三维变量细分轿车市场。第一维，家庭规模：单身、新婚和满巢；第二维，收入：高收入、中等收入和低收入；第三维，年龄：青年、中年和壮年。细分结果有 3×3×3＝27 个（图 8-4）。这种方法适合于消费者需求差别较为复杂、需要从多方面去分析、比较和认识的市场情况。

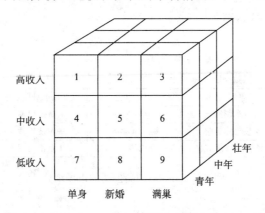

图 8-4 三维变量的轿车市场细分

3. 系列变量细分法

从客观上讲，为了更准确地细分某个整体市场，应考虑多选几个细分变量，并且将每个变量产生的不同特征尽量考虑周全。但是，这样会导致该整体市场一下被细分为许多子市场，市场确实被细分化了，面对众多的备选子市场，选择和评估就会出现困难。系列变量细分法就是为克服这一不足而设计的方法。

系列变量细分法（也称为多层变量细分法）是指在细分市场时，使用一系列不同层次的变量细分市场的方法。其基本思路是：从粗到细将整体市场分为几个层次，逐层细分，并确定该层次的预选市场，最终层次的预选市场就是企业将全力投入的目标市场。

它与综合变量细分法的区别就是：综合变量细分法体现的是全，即先分出全部的细分结果，然后再深入分析，最后作选择；而系列变量细分法体现的是实用，即不必先分出全部的细分结果，而是在以列出的各类细分变量中依次直接预选出最重要变量，一步到位直接细分出所需的细分结果。它们的共同之处就是所使用的细分变量之间是线性无关的或是相关度不高的。

例如，某一铝制品公司的市场细分，公司选择三个变量，用三个层次对铝制品需求市场进行宏观细分：第一层的细分变量为最终用户，将市场分为汽车制造业、住宅建筑业、饮料容器制造业等三个子市场。假定经过分析对比以住宅建筑业为预选市场，经过分析发现该预选市场内需求仍存在差异，就选择产品用途变量进行第二层细分，得到半制成品、铝制活动房和建筑构件等三个市场。假定该层中确定建筑构件市场为预选市场，分析后再按用户规模作为第三层细分的变量，得出大、中、小三个子市场。最后公司选择"大量使用者"为第三层预选市场。在对"大量使用者"的调研后，再以用户的要求为变量对其作微观细分。最终选定重视产品质量的大量使用者为目标市场，如图8-5所示，细分市场是住宅建筑业中建筑构件的大量使用者。

由粗到细，逐层细分 →

第一层	第二层	第三层
最终用户	产品用途	用户规模
汽车制造业	半制成品	大量使用者
住宅建筑业	铝制活动房	中量使用者
饮料容器制造业	建筑构件	小量使用者

图 8-5　某一铝制品公司的市场细分

细分变量有不同的组合，既可以同时使用两个以上的变量，也可以由外到内或由粗到细的使用不同层次（组别）的细分变量。当细分变量之间是线性无关的，或者是相关程度比较低时，使用综合变量细分法或者系列变量细分法较为有效。如果细分变量之间的关联度较大，使用多变量组合细分法较为有效。

4. 多变量组合细分法

多变量组合细分法，是指分析一组线性相关或相关程度较高的变量，将这些变量组合在一起，并用这些变量组合进行市场细分的方法。

以房产市场为例，为了便于理解，仅以消费者的职业、收入和房产价值三个变量为例（图8-6），这三个变量往往具有很强的相关性。为了便于分析，我们特意以收入为变量把人口分为高收入者、中等收入者和低收入者；按照所拥有的房产价值分为高价值房产、中等价值房产和低价值房产；按照职业把人口分为管理者、技术人员和普通工人。通过分析可以发现，经营管理者与高收入、拥有高价值房屋往往具有较高相关性；技术工作者与中等收入、中等价值房屋往往具有相关性；普通工人与低收入、拥有低价值房屋往往具有相关性。那么按照多变量组合细分法就是把人口分为三个群体：拥有高收入和高价值房产的管理者、拥有中等收入和中等价值房产的技术人员、拥有低收入和低价值房产的普通工人。通过图8-6显示的细分结果，我们不难看出，细分的关键是各个细分变量的排列要按相关程度相互对应。

8.3.2　市场细分的流程

市场细分作为一个比较、分类、选择的过程，应该按照一定的程序来进行，

相关程度高的各层细分变量都在同一行

第一层	第二层	第三层	
收入	房产价值	职业	细分市场（细分群体）
高收入　→	高　→	管理者　→	有高收入和高价房产的管理者
中等收入　→	中　→	技术人员　→	有中收入和中价房产的技术人员
低收入　→	低　→	普通工人　→	有低收入和低价房产的普通工人

图 8-6　多变量组合细分市场

通常有这样几个环节。

1. 依据需求选定产品市场范围

企业根据自身的经营条件和经营能力确定进入市场的范围，如进入什么行业，生产什么产品，提供什么服务。

产品市场范围应以市场的需求而不是产品特性来定。例如，一家住宅出租公司，打算建造一幢简朴的小公寓，从产品特性如房间大小、简朴程度等出发，它可能认为这幢小公寓是以低收入家庭为对象的，但从市场需求的角度来分析，便可看到许多并非低收入的家庭，也是潜在顾客。

2. 列举市场范围内潜在顾客的基本需求

选定产品市场范围以后，市场营销从业人员，可以从地理环境变量、行为和心理变量等方面，预估潜在顾客有哪些需求，尽可能比较全面地列出潜在顾客的基本需求，也许这一步能掌握的情况可能并不全面，但可以为下一步的深入分析提供基本资料和依据。

例如，这家住宅出租公司可能会发现，人们希望小公寓住房满足的基本需求，包括遮蔽风雨、停放车辆、安全经济、设计良好、方便工作、学习与生活、不受外来干扰、足够的起居空间、满意的内部装修、公寓管理和维护等。

3. 分析潜在顾客的不同需求，初步划分市场

企业将所列出的各种需求通过抽样调查，进一步搜集有关市场信息与顾客背景资料，向不同的潜在顾客了解，上述需求哪些对他们更为重要，然后初步划分出一些差异最大的细分市场，至少从中选出三个分市场。例如，在校外租房住宿的大学生，可能认为最重要的需求是经济、方便上课和学习等；新婚夫妇的希望是遮蔽风雨、停放车辆、不受外来干扰、满意的公寓管理等；较大的家庭则要求遮蔽风雨、停放车辆、经济、足够的儿童活动空间等。

4. 移除潜在顾客的共同需求

根据有效市场细分的条件，对所有细分市场进行分析研究，剔除不合要求、无用的细分市场，并移除各分市场或各顾客群的共同需求。这种共同的需求只能

作为制定市场营销组合的参考，不能作为市场细分的基础。例如，遮蔽风雨、停放车辆和安全等项，几乎是每一个潜在顾客都希望的，公司可以把它用作产品决策的重要依据，但在细分市场时则要移去。

5. 为细分市场暂时取名

对剩下的需求，要做进一步分析，并结合各分市场的顾客特点暂时取名。为便于操作，可结合各细分市场上顾客的特点，用形象化、直观化的方法细分市场，如将某旅游市场分为商人型、舒适型、好奇型、冒险型、享受型、经常外出型等。

6. 进一步认识各分市场的特点

对每一个分市场的顾客需求及其行为作更深入地考察，充分认识细分市场的特点，以便进一步明确，各分市场有没有必要再作细分，或重新合并，并弄清楚还需要对哪些特点进一步分析研究等。例如，经过这一步骤，可以看出，新婚者与老成者的需求差异很大，应当作为两个分市场。同样的公寓设计，也许能同时迎合这两类顾客，但对他们的广告宣传和人员销售的方式都可能不同，企业要善于发现这些差异。要是他们原来被归属于同一个分市场，现在就要把他们区分开来。

7. 测量各分市场的大小，选定目标市场

企业在各子市场中选择与本企业经营优势和特色一致的子市场，作为目标市场。应把每个分市场同人口变数结合起来分析，以测量各分市场潜在顾客的数量。因为企业进行市场细分，是为了寻找获利的机会，这又取决于各分市场的销售潜力。

经过以上七个步骤，企业便完成了市场细分的工作，就可以根据自身的实际情况确定目标市场并采取相应的目标市场策略。

本 章 小 结

市场细分是指以整体市场上顾客需求的差异为起点，以影响顾客需求和欲望的某些因素为依据划分出不同的消费者群体，把整体市场分割为若干个子市场的过程。市场细分的出现与目标市场营销有关，目标市场营销的起点是市场细分。市场营销的发展经过了三个阶段：大量营销阶段、产品差异化营销阶段和目标市场营销阶段，目标市场营销出现在最后一个阶段。目标市场营销（STP战略）包括细分市场、目标市场选择和市场定位。市场细分对企业的作用在于：有利于发掘和利用市场机会、认识和掌握市场特点、制定和调整营销策略、配置和运用资源条件、提升和保持竞争能力。市场细分必需有效，有效的细分应满足：可衡量性、可进入性、足量性、差异性、相对稳定性和可操作性等六个方面的要求。

市场细分要按一定的标准和依据进行，这些标准和依据就是变量，消费品市场细分有四类变量，分别是：地理环境变量、人口统计变量、消费心理变量和购买行为变量；产业市场的细分变量主要有：最终用户细分、经营变量、购买方式变量、情境因素变量和购买者个性变量五类变量。国际市场一般要按宏观变量和微观变量并结合国内市场细分的方式进行细分。细分市场的主要方法有四种：单一变量细分法、综合变量细分法、系列变量细分法和多变量组合细分法。市场细分还必须按照一定的流程进行，即定范围、找需求、初划分、除同需、暂取名、识特点、测大小选结果，这就是所谓的细分"七步骤"。

 核心概念

市场营销战略　市场细分　市场细分变量　子市场　目标市场战略　消费者市场细分　组织市场细分　国际市场细分

 自我测试

1. 什么是市场细分？它对企业市场营销活动的意义何在？
2. 市场细分的客观依据是什么？
3. 消费者市场细分有哪些主要变量？
4. 产业市场的细分有哪些主要变量？

讨论问题

怎样有效地细分市场？

第 9 章

目标市场选择策略

20世纪60年代中期，日本的丰田汽车进入美国市场，曾在目标市场的选择上经历过痛苦的过程：

(1) 进入美国市场的当年，连美国国家的质量测试都没有通过；

(2) 随后丰田汽车经过重大的质量改进，重新进入美国市场，这次在产品质量上已无可挑剔，甚至超过了美国许多公司的产品质量，但丰田经过艰苦的市场推销，也仅能售出288辆。这时的丰田已是债台高筑、濒临破产。

为了找到原因和目标市场，丰田公司通过美国市场的调研，发现并抓住了商机：

市场细分，发现商机。丰田公司通过调研发现，一般车型的市场已被美国的三大汽车公司垄断，其垄断地位正面难以撼动，且普通轿车的市场需求已经饱和，要想争取足够的新购买者是极其困难的，但是在小型汽车市场上，由于是美国的三大汽车公司不屑一顾的细分市场，存在明显的市场空白。当时只有德国大众汽车公司在这一细分市场上经营而且经营的非常顺利。发现了市场空白就是发现了商机，发现了竞争对手的弱点就是发现了机会。

锁定目标，抓住商机。丰田公司分析认为，小型车市场潜在需求量巨大。丰田完全有实力同德国大众竞争，于是，丰田破釜沉舟，选择实用、轻便、耐用、省油的小型车市场作为自己的目标市场，重新设计产品，使产品更适合美国人的身材，并作了汽车销售史上前所未有的、轰动一时的广告宣传，强化服务，拓展专业维护网点，终于打开了美国市场，并在美国市场站稳了脚。从此丰田得以跻身于汽车市场，最终成长为世界最大的汽车生产企业之一，实现了"有路必有丰田车"的夙愿。

数据显示，虽然1965年丰田向美国出口的轿车一共只有288辆；但十年后，超过它的主要竞争对手德国大众公司居美国小轿车进口商的首位；20 世纪 80 年代初，年产超过 300 万辆，一跃成为世界第二位的汽车制造商；1985 年，它在美国市场销量就已占美国轿车市场的 20%。

丰田公司 2010 年在美国市场的汽车销量因受汽车召回事件的影响出现了下滑，但全年销量仍高达 176 万辆。

有针对性地设计、生产产品、最强的广告攻势、细微周到的维修服务是丰田公司劈开美国市场的三板斧，没有当年准确的细分，就不能发现商机；没有及时的锁定目标，也就不可能抓住商机。

本章给读者介绍的就是怎样从战略的高度选择目标市场。

资料来源：道客巴巴；百度文库；新民汽车网

9.1　目标市场选择概述

市场细分是选择目标市场的基础。通过市场细分后，整体市场被分割成了一个个细分市场。企业的资源是有限的，由于受到内外部条件的制约，不可能把所有的细分市场都作为目标市场。企业只能根据自己实际情况，选择一个或多个既有利于发挥企业优势，又能达到最佳经济效益的细分市场作为自己的目标市场。每个企业的产品特性、生产条件、技术水平、资金实力和竞争能力是不同的，因此选择的目标市场也就会不同。事实上，市场细分的最终目的是为了选择和确定目标市场。企业的一切市场营销活动都是围绕目标市场进行的，目标市场选择是目标市场营销的重要内容之一。

9.1.1　目标市场选择的含义

本书第 7 章分析了目标市场营销（STP 战略）中市场细分和目标市场选择之间的关系。STP 战略的第一步是市场细分，STP 战略的第二步是目标市场选择，见图 9-1。市场细分的目的是为了选择合适的目标市场，只有在众多细分市场中选择了合适的目标市场，市场细分的工作才有价值，从这个意义上讲，本书在第 7 章中介绍的关于市场细分的意义和作用，实际上是市场细分和目标市场选择两项工作共同的意义和作用，两者密不可分。

所谓的目标市场选择，就是通过市场细分后，企业对各个细分市场进行评估，然后结合自身情况，准备以相应的产品和服务满足其需要的一个或几个子市场的过程。市场细分化的目的在于正确地选择目标市场，如果说市场细分显示了企业所面临的市场机会，那么目标市场选择体现的是怎样评价和锁定这些市场机会。目标市场选择是企业通过评价各种市场机会并结合自身的资源和能力而作出的选择，是企业内外因素和条件结合、适应的结果。目标市场的确定，为企业下

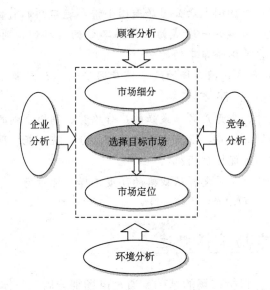

图 9-1　目标市场营销战略模型

一步制定营销组合策略奠定了基础。在 STP 战略中，目标市场的选择是一个承上启下的中间过程，它与市场细分密不可分。细分市场的结束之时，正是选择目标市场开始之际，目标市场选择是否合理和恰当，关乎市场定位的准确与否。

目标市场选择涉及三个方面：对目标市场的评估，对目标市场选择模式的确定，确定在选择目标市场的过程中采取什么样的选择策略。

9.1.2　目标市场选择的流程

从目标市场选择的概念中，我们可以这样理解：选择目标市场的过程由两个阶段构成，首先是评估，其次是选择。在评估阶段，通过层层评估和筛选，最后剩下几个最有可能成为目标市场的细分市场；在选择阶段，结合现有的目标市场覆盖模式，对通过评估后的细分市场进行选择，确定最合适的细分市场为目标市场。

通常，对细分市场进行评估，可以从有效性、可行性、环境吸引力和结构吸引力等方面进行。可行性评估是以企业的目标和资源为基础来评判企业是否具备了进入细分市场的基本条件。吸引力评估是对细分市场表现出来的客观市场机会进行评判，分析出哪些细分市场对企业更具吸引力。吸引力一般包括市场环境吸引力和市场结构吸引力（或称行业竞争吸引力）两个方面。

实际上，目标市场评估主要是指市场机会的评估，由有效性、可行性、环境吸引力和结构吸引力四个方面的评估组成，如图 9-2 所示。目标市场评估为目标市场的最后选择和确定提供依据，如图 9-3 所示。

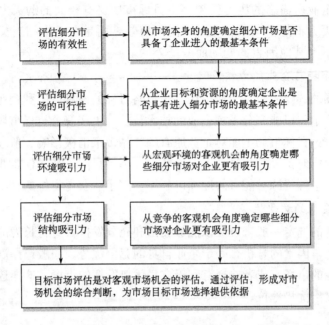

图 9-2　目标市场评估

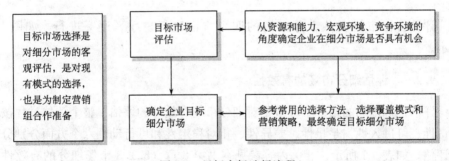

图 9-3　目标市场选择流程

9.1.3　选择目标市场的原则

企业确定目标市场过程，其实就是考量外部环境与自身条件的过程，也是两者匹配的过程，因此应遵循以下三个原则。

1. 目标市场具有潜力

目标市场的潜力由细分市场的足量性，稳定性，以及环境吸引力与结构吸引力共同确定。市场必需足够大才有潜力；市场需求具有相对的稳定性，企业的风险就会减少；环境条件好，经济有发展，需求潜力就会高；行业竞争对企业越有利，企业所面临的压力就越小。目标市场要有较大的购买力或潜在购买力，这种购买力不是在一段较短的时间内有效，而是在一个相当长的时期持续而平稳，它不因其他因素的变动而变动。

2. 目标市场与企业能力相匹配

目标市场的选择应根据企业市场营销策略目标的发展方向和企业自身生产和技术条件来确定，以能充分发挥企业的技术特长，生产符合目标市场需求的产品为条件来确定。目标市场不能对企业原有的产品带来消极影响。新老产品要能互相促进，实现同时扩大销售量和提高市场占有率的目的，从而使企业所拥有的人才、技术、资金等资源都能有效地加以利用，使企业获得更好的经济效益。

3. 发挥企业的竞争优势

目标市场的选定一般来说应以能够突出和充分发挥自身特长为前提，结合细分市场中对竞争因素的分析，确定企业自身的竞争优势。一般选择没有同业竞争或竞争对手少的市场，或者选择有利于自身优势发挥的市场，这样选择可以减少竞争成本，突出优势地位。

9.2 评估目标市场

评估目标市场要从细分市场的四个方面进行着手，逐一进行，如图 9-2 所示。

9.2.1 评估细分市场的有效性

评估目标市场的第一个环节是对细分市场有效性的评估。整个评估过程按可衡量性、可进入性、足量性、差异性、相对稳定性和可行动性六个方面分别分析与评估，如表 9-1 所示。相关内容参见本书第 8 章（8.1.3 市场细分的有效性），本章不再重复。

表 9-1 细分市场有效性评估

特征或条件	解释
可衡量性	用来划分细分市场大小和购买力的特性程度，是能够被测量的
可进入性	能有效地到达细分市场并为之服务的程度
足量性	细分市场的规模大到足够获得的程度
差异性	细分市场可以被区分，并且对不同的营销策略有不同的反应
相对稳定性	细分后的市场在需求量等方面基本保持连续不变或变化不大
可行动性	能够为吸引和服务细分市场而设计有效的营销方案

9.2.2　评估细分市场的可行性

通过对细分市场有效性的评估，企业可以从市场的角度确定哪些细分市场具备了企业进入的最基本条件。至于这些有效的细分市场对企业来讲是否可行，还要进一步分析企业目标的一致性以及企业资源的支撑性（表 9-2），从企业目标和资源的角度出发，来确定企业是否具备了进入细分市场的最基本条件。可行性评估就是对自身条件的评估。

表 9-2　评估细分市场的可行性

变量	解释
目标一致性	评估细分市场的开发与企业发展的长远目标是否一致
资源支撑性	评估企业是否具备在该细分市场上取胜所必需的技术和资源

1. 评估细分市场与企业目标的一致性

评估细分市场与企业目标的一致性，简称为一致性评估。企业开发细分市场，是发展的需要，细分市场开发应有利于达到企业目标，而不是背离企业目标。市场细分及确定目标细分市场的过程本身都不是孤立进行的，它们都是营销的重要组成部分之一。在选择目标细分市场时，必须要综合考虑、系统分析，应在企业整体目标和战略体系的框架下进行分析。企业的战略方向由企业的目标来体现，企业的经营与企业的总体目标不能背离。当然企业可以根据市场情况来调整目标，但是在调整之前，企业的细分市场不能与企业的目标形成矛盾。

通过有效性的分析与评估，有些细分市场可能具有一定的潜力，但如果这些细分市场不符合企业的战略或长远目标，企业只能放弃，因为这些细分市场不能推动企业完成自己的目标，相反会分散企业的精力，影响主要目标的实现。一致性评估是一种主观评估，即把企业战略、目标以及细分市场的特点列举出来，然后从宏观上凭经验对其进行对照和评判。

2. 评估企业内部资源的支撑性

细分市场虽然适合企业的长远目标，并不能说明这个细分市场就一定能成为企业的最后选择。因为，我们还要继续分析和评估企业是否具备了能够承接这个细分市场的资源条件。例如，雕牌公司考虑增加新香皂品牌时，就必须评估是否可利用现有生产设备与专业技术；如果新产品需要新厂房或设备，就需考虑企业的财务能力。

通常，企业的内部资源表现在其人力（人员的数量和人员的能力）、物力（生产设备以及材料的供应能力）、财力（资金实力）、技术开发能力、经营管理能力和企业文化等方面。企业进行市场细分的根本目的就是要发现与自己的资源优势能够达到最佳结合的市场需求，然后去满足这些需求，提高销售额和市场占有率，谋求进一步的发展。

（1）评估企业的人力资源。人力资源一般包括人员的数量和人员的能力两个方面，是企业的首要资源。没有足够的人力资源，进入一个新的市场就无从谈起。如果企业现有的人力资源暂时不能满足要求，那就要看企业能否在短期内组建满足要求的人力资源团队。

（2）评估企业的物力。企业的物力指的是企业进行生产经营活动所需要并拥有使用权的土地、厂房、建筑物、构筑物、机器设备、仪表、工具、运输车辆和器具、能源、动力、原材料和辅料等。

（3）评估企业的财力。企业财力主要是指企业的资金能力。企业的财务评估可以从企业财务管理的水平评估和企业财务状况评估两方面进行。企业的财务管理分析就是看企业财务管理人员如何管理企业资金，是否根据企业的战略要求决定资金筹措方法和资金的分配，监视资金运作和决定利润的分配。企业财务状况评估是判断企业实力和对投资者吸引力的最好办法。

（4）评估企业的技术研发能力。不同的细分市场对技术的要求不同，对于那些技术要求不高的劳动密集型企业，人力和物力可能是最重要的障碍，但是对于那些技术要求比较高的高新技术企业，企业的技术研发能力将是最大的瓶颈，它将直接决定着新产品能否顺利开发出来。评估企业的技术研发能力首先要分析细分市场对技术研发能力的要求高低，然后看企业目前的技术研发能力能否满足要求，如果不能满足要求，那么就要看外援能力和后续人力资源能否补充。

（5）评估企业的经营管理能力。不同的细分市场对企业经营管理能力的要求是不一样的，企业经营管理的能力往往和细分市场的复杂程度是成正比的，企业必须选择和自身经营管理能力相匹配的细分市场才能获得成功，否则只能被市场淘汰。企业经营管理评估包括计划、组织、领导和控制四个职能领域，它们互相依赖互相影响。企业管理能力强，意味着企业有竞争实力，尤其是营销管理能力是评估的重要方面。一个不能很好有秩序和协调地使用各种资源的企业必然缺少发展的后劲。

（6）评估企业的文化。企业文化一般指企业中长期形成的共同理想、基本价值观、工作作风、生活习惯和行为规范的总称，包含价值观、最高目标、行为准则、管理制度、道德风尚等内容。它以全体员工为工作对象，通过宣传、教育、培训和文化娱乐、交心联谊等方式，以最大限度地统一员工意志，规范员工行为，凝聚员工力量，为企业总目标服务。不同的细分市场有些时候可能需要不同的企业文化，对企业文化进行评估就是看现有的企业文化和细分市场所需要的企业文化是否相一致，如果不一致，就要考虑能否通过企业文化重塑或组建新团队来解决，但是这往往牵涉到文化的兼容性、品牌的兼容性等其他的新问题。

9.2.3 评估细分市场的环境吸引力

如果细分市场是有效的，也是可行的，接下来就要评估细分市场的环境吸引力，主要评估宏观环境的吸引力。这里主要是分析评判企业的经营环境是否有利于企业的经营，是否有利于企业的发展。根据第 4 章市场营销环境研究的知识，及细分市场的特点，从宏观的角度进行分析与评判。环境吸引力评估是市场营销环境知识的应用。

企业的宏观环境是指与所有企业的市场营销活动有联系的环境因素。宏观环境对每个细分市场的吸引力都有着重要的影响，有些重要的宏观环境会直接决定细分市场的可进入性。评估细分市场的宏观环境的吸引力，就是从政治/法律、经济、社会文化、自然、技术等方面对宏观环境进行分析，综合考虑宏观环境对本企业进入该细分市场的机会和威胁，从而判断该细分市场对企业是否具有吸引力，如表 9-3 所示。

表 9-3 细分市场环境吸引力评估

变量	解释
政治/法律	评估政治局势、政府政策法、法律制度对开发细分市场的影响
人口（统计）	评估人口性别、年龄、民族、婚姻、职业、居住分布等对细分市场开发的影响
经济	评估经济制度、经济发展水平、产业结构、劳动力结构、物资资源状况、消费水平、消费结构对开展细分市场的影响
社会文化	评估价值观念、宗教信仰、风俗习惯、道德规范、生活方式、文化传统等对开发细分市场的影响
自然环境	评估交通运输、环境状态、气候条件等对开发细分市场的影响
技术	评估技术现状和发展趋势等因素对开发细分市场的影响

9.2.4 评估细分市场的结构吸引力

宏观环境的适宜，只是说明大环境对企业的营销管理有利，但企业毕竟是在微观的具体的行业内运营的。具体来说，细分市场的有效性就算表明其具备理想的规模，细分市场的可行性就算表示其具备了很好的发展前景，但从赢利的观点来看，它未必有吸引力。因为每个行业的特点不同，经营方式不同，也就是所处的微观环境不同，企业所面临的经营压力也就截然不同。对于细分市场所在的行业环境，企业的竞争吸引力究竟如何，要经过评估才能给出答案。通俗地讲，宏观环境具有吸引力不等于微观环境也同样具有吸引力。

哈佛大学教授迈克尔·波特认为有 5 种力量决定整个市场或其中任何一个细

分市场的长期的内在吸引力（图 9-4）。同行业竞争者、潜在的新生竞争者、替代产品、购买者和供应商，企业应对这 5 种力量进行评估，这 5 种力量代表了 5 个群体对企业的长期赢利产生影响，因此，有必要对其作出评估。

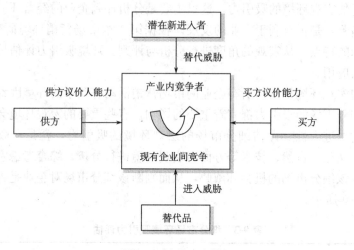

图 9-4　波特五力模型

以空调制造商所选择的空调市场为例。在空调行业中，生产厂家相互竞争，这是市场竞争的主导力量。另一支竞争力量是新的行业进入者不断冲击市场，为了在市场上占有份额，新旧厂家在空调市场上争得你死我活。但是他们受到相同的威胁，这就是空调的替代品——电扇的威胁。电扇因其价格低廉，使用安全方便，严重影响空调厂家制定的定价策略。供应商及顾客对厂家的威胁主要源于其议价能力，面对议价能力强的供给者和顾客，厂家所得的销售利润就很少。

分析细分市场竞争环境，有利于企业避重就轻，审时度势，选择出能发挥自身优势，取得可观利润的目标细分市场。

1. 行业内竞争威胁

细分市场行业内的竞争威胁将影响细分市场的吸引力，一般情况下，某个细分市场行业内的竞争威胁越大，细分市场的吸引力就会越小。我们需要对细分市场中已有的卖方进行分析，根据细分市场中已有卖方的数量、规模、市场份额等竞争情况，判断细分市场的行业内竞争威胁，从而最终判断细分市场的竞争吸引力。在通常情况下，有八种因素将导致行业内部竞争强度加剧，它们是行业增长缓慢、固定成本和库存成本高、产品差异小、转换成本低、产能增幅大、竞争对手多、退出壁垒大、进入壁垒低。

2. 新进入者竞争威胁

通过分析行业进退壁垒判断市场吸引力。如果某个细分市场有利可图，可能吸引新的竞争者，那么他们就会增加新的生产能力和大量资源，并争夺市场占有率，结果这个细分市场就没有吸引力了。这是不是告诉我们有利可图的细分市场没有吸引力呢？答案是否定的，因为市场有利可图只是说明这个细分市场对新的竞争者具有吸引力，但是竞争者会不会进入这个市场，关键还要看细分市场的进退壁垒大小。如果新的竞争者进入这个细分市场时遇到森严的壁垒，并且遭受到细分市场内原来的公司的强烈抵抗，他们便很难进入。反之，细分市场的壁垒越低，并且，原来占领细分市场的公司的抵抗心理越弱，那么该细分市场就越容易进入。

一般来讲，某个细分市场的吸引力的大小因其进退难易的程度不同而有所区别。根据行业利润的观点，最有吸引力的细分市场应该是进入的壁垒高、退出的壁垒低。在这样的细分市场里，新的公司很难打入，但经营不善的公司可以安然撤退。如果细分市场进入和退出的壁垒都高，那里的利润潜量就大，但也往往伴随着较大的风险，因为经营不善的公司难以撤退，必须坚持到底。如果细分市场进入和退出的壁垒都较低，公司便可以进退自如，然而获得的报酬虽然稳定，但较为低下。最坏的情况是进入细分市场的壁垒较低，而退出的壁垒却很高。于是在经济景气时，大家蜂拥而入，但在经济萧条时，却很难退出。其结果是各公司长期生产能力过剩，收入降低。退出壁垒分析，主要从六个方面进行分析：规模经济、产品差异、资金需求、转换成本、分销渠道获得难易和与规模无关的成本优势。

➢ 案例 9-1　耐克的成功及其市场竞争吸引力

20 世纪 70 年代初，在美国，慢跑热正逐渐兴起，数百万人开始穿运动鞋。但当时美国运动鞋市场上占统治地位的是阿迪达斯、彪马和 Tiger（虎牌）组成的铁三角，他们并没有意识到运动鞋市场的这一趋势，而耐克紧盯这一市场，并选定以此为目标市场，专门生产适应这一大众化运动趋势的运动鞋。

为打进"铁三角"，耐克迅速开发新式跑鞋，并为此花费巨资，开发出风格各异、价格不同和多用途的产品。到 1979 年，耐克通过策划新产品的上市和强劲的推销，其市场占有率达到 33%，终于打进了"铁三角"。

直到现在耐克在美国运动鞋市场上仍坐在霸主的位置上。其实，在美国，运动鞋市场已经饱和，竞争空前激烈。耐克意识到只有不断推陈出新的公司才能得到发展，耐克利用其敏锐的眼光去观察选择市场，放手去干，保持了领先。

迈克尔·波特在其经典著作《竞争战略》中，提出了行业结构分析模型，即所谓的"5力模型",他认为:行业现有的竞争状况、供应商的议价能力、客户的议价能力、替代产品或服务的威胁、新进入者的威胁这5大竞争驱动力,决定了企业的赢利能力。对比这5种力量的作用,来分析一下美国运动鞋企业的竞争状态。

第一,这个领域存在较高的进入壁垒。美国运动鞋产业由"不用工厂生产"的品牌型公司组成,大公司在广告、产品开发以及销售网络、出口方面都更有成本优势。更重要的是,品牌个性与消费者忠诚度都给潜在的进入者设置了无形的屏障。

第二,供应商的议价能力较弱。因为大多数运动鞋产业的投入都是同质的,特别是在耐克发起了外购浪潮后,超过90%的生产都集中在低工资、劳动力远远供过于求的国家。

第三,运动鞋的终端消费者在意价格,同时对时尚潮流更加敏感,但是对于公司的利润率并没有极为负面的影响。因为如果存在利润的减少,那么这将通过降低在发展中国家的生产来弥补。此外,大多数品牌在产品差异化方面很成功,这阻止了购买者将品牌同不断转换的品牌形象联系起来。

第四,因为其他鞋类都不适宜运动,所以现在还没有运动鞋类的完全替代产品。

第五,美国运动鞋市场被看做具有挑战性并已饱和,充满激烈的竞争且增长缓慢,因此对于新进入者只有很小的空间。耐克、阿迪达斯和锐步,这些主要品牌抢占了超过一半的市场份额并保持相对稳定。

通过分析我们可以看到:一方面,这是一个令人垂涎的市场,不过壁垒高筑,有较低的供应商议价能力,适度的购买者议价能力并且没有知名品牌的替代产品,很难挤出利润;另一方面,当除了高度市场集中但没有任何垄断力量时,区域里的对抗十分激烈。因此,在这个竞争环境中,独立公司的超常利润的持续性在很大程度上依靠他们的策略。

资料来源:梅花网,http://www. meihua. info/knowledge/article/492 [2009-12-08];
百度百科,http://baike. baidu/view/529223. html

3. 替代品威胁

细分市场中替代产品的威胁将影响细分市场的吸引力,一般情况下,替代品威胁越大,细分市场的吸引力就会越小。我们需要对细分市场中已存在的替代产品或者潜在的替代产品进行分析,判断替代品威胁的大小,从而最终判断细分市场的吸引力。一般情况下,规模产品的威胁主要取决于下述三个因素:替代品的价格、转换成本和消费者对替代品的接受程度。替代品的价格越低、质量越好、转换成本越低、消费者对替代品的接受程度越低,威胁越大,市场结构吸引力就越小。

4. 购买者市场威胁

细分市场中购买者市场威胁将影响细分市场的吸引力，一般情况下，购买者的市场威胁越大，细分市场的吸引力也就会越小。我们需要对细分市场中的已有购买者进行分析，判断购买者威胁的大小，从而最终判断细分市场的吸引力。购买者市场威胁主要取决于购买者的议价能力，购买者的议价能力越大，购买者市场威胁也越大。通常，购买者的议价能力主要取决于两个因素，谈判实力和价格敏感性。

5. 供应商市场威胁

细分市场中供应商市场威胁将影响细分市场的吸引力，一般情况下，供应商的市场威胁越大，细分市场的吸引力也就会越小。我们需要对细分市场中已有供应商进行分析，判断供应商威胁的大小，从而最终判断细分市场的吸引力。供应商的市场威胁主要取决于其议价能力、信誉及稳定性，供应商的议价能力越大，信誉、稳定性越差，其市场威胁也越大。这里我们主要介绍如何判断供应商议价能力。一般情况下，供应商的议价能力主要取决于六个因素：供应商的行业集中度较高、存在替代品、买方是否为供应商的主要客户、供应商产品是否为买方业务的主要投入品、转换成本大和供应链前向一体化的趋势明显。

在营销实践中，一种简单的方法是只评估细分市场的规模与发展、细分市场结构的吸引力、企业的目标和资源三个方面，并将这三个方面作为最基本的评估。事实上，评估市场的可行性就是对企业的目标和资源进行了评估；评估市场的有效性就是对细分市场的规模作了系统的评估；而市场环境吸引力与市场有效性的评估也就是对细分市场的发展作出了评估。

■ 9.3　选择目标市场覆盖战略

目标市场覆盖战略指的是目标市场覆盖模式，是指企业根据自身实力选择若干个细分市场或整个市场作为目标市场的一种战略模式。

战略与策略是战略与战术之间的关系，战略与策略是相对的概念，同一种模式有些教科书上说是战略，另一些书上则说是策略。出现差异的原因有二：首先，是地区的习惯差异所致，如中国台湾、中国香港等地所说的策略等同于中国大陆内地的战略，这是各地区的习惯用法，表述形式不同，但实质相同；其次，同一模式用于不同的场合，也会有不同的说法，因战略与策略是一种相对的概念，当用于重要的场合、重大事项、涉及的时期长，往往解决的是战略问题；当用于日常的一般具体经营决策时，往往涉及的是策略问题，其本质等同于战术问题。无论是战略还是策略，我们学习研究它们是为弄清楚其具体的作用，学会变通处理。

根据所选的细分市场覆盖整个产品与市场的范围不同，存在五种形式的目标市场战略，如图 9-5 所示，它们分别是市场集中化战略、产品专业化战略、市场专业化战略、选择专业化战略、全面市场化战略。

9.3.1　市场集中化

市场集中化是指企业只生产一种产品去满足一个细分市场的需求，集中力量专注服务于一个市场，即企业只选取一个子市场（M1）为目标市场，然后集中人、财、物资源生产单一产品（P2）满足其需要，见图 9-5（a）。

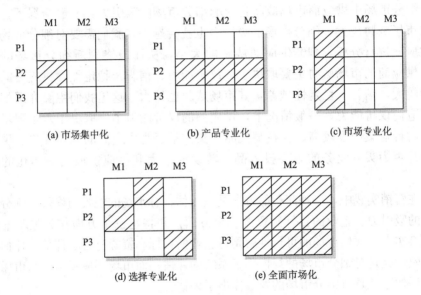

图 9-5　五种目标市场选择类型

注：M 为市场；P 为产品

选择市场集中化战略，一般基于以下考虑：

（1）企业具备在该细分市场从事专业化经营或取胜的优势条件；

（2）限于资金能力，只能经营一个细分市场；

（3）该细分市场中没有竞争对手；

（4）企业准备以此为出发点，待取得成功后再向更多的细分市场扩展。

企业通过集中化营销，更加符合本细分市场的需要，并树立特别的声誉，因此可在该细分市场建立巩固的市场地位。另外，企业通过生产、销售和促销的专业化分工，也获得了许多经济效益。如果细分市场选择得当，公司的投资便可获得很高的报酬。这是最简单的目标市场模式，一般是小企业经常选择的战略。例如，某服装厂只生产儿童服装，满足儿童对服装的需要。

9.3.2　产品专业化

产品专业化是指企业只生产一种产品来满足整个市场的需求。当然，由于面对的顾客群不同，产品在档次、质量或款式等方面会有所不同。企业可以通过这种策略，在某个产品领域树立起很高的威望。企业面向不同的子市场（M1，M2，M3），以某一种产品（P2）满足其需要，如图9-5（b）。如电动机生产企业为各行各业提供的通用电动机就是一种专业化程度非常高的产品。这一涵盖方式可充分利用企业资源，扩大企业影响，分散经营风险。不过，一旦目标顾客购买力下降，或减少购买开支，企业收益就会明显下降。

实行产品专业化战略有利于企业充分发挥生产和技术的专业优势，降低成本，树立企业形象，提升品牌知名度，但是由于产品品种单一，一旦该行业出现新技术或替代品，将给企业造成很大威胁，因此这种战略风险较大。例如，显微镜生产商向大学实验室、政府实验室和工商企业实验室销售显微镜，企业准备向不同的顾客群体销售不同种类的显微镜，而不去生产实验室可能需要的其他仪器。企业通过这种战略，在某个产品方面树立起很高的声誉。如果产品显微镜被全新的显微技术代替，就会发生销售滑坡的危险。例如，服装零售市场上的服装专卖店，就只为某一厂家服务，类似的例子有"七匹狼"服装店、"神鹰"专卖店等。

9.3.3　市场专业化

市场专业化是指企业专门生产经营满足某个细分市场需求的各种产品。企业面向某一子市场（M1），以多种产品（P1，P2，P3）满足其需要，如图9-5（c），例如，茅台集团为酒类市场生产各种类型白酒、葡萄酒，海尔、海信生产的各种电冰箱、电视机、录像机、洗衣机等家用电器。

实行市场专业化战略有利于企业分散风险，扩大企业市场占有率。但是投资大，产品成本相对较大，对企业的经营管理提出更高要求。例如，公司可为大学实验室提供一系列产品，包括显微镜、示波器、化学烧瓶等。公司专门为这个顾客群体服务，而获得良好的声誉，并成为这个顾客群体所需各种新产品的销售代理商。如果这个顾客群体——这里指大学实验室——突然发现经费预算已经削减，它们就会减少从这个市场专门化公司购买仪器的数量，这就会产生销售滑坡的危险。对消费者而言购买力下降，或减少购买开支，企业收益就会明显下降。

零售市场上的音响专业店，就只作音响的生意，销售各种音响，它服务于专业需要音响的顾客群体，这些顾客群体只需要某类产品。类似的例子还有品牌运动鞋专业销售店、品牌运动装服专业销售店等，这些专业商品销售店不同于商品的专卖店。

➤ 案例 9-2　畅销书如何选择目标市场

针对一本畅销书的运作，一般使用市场集中化模式和产品专业化模式。

使用密集单—市场模式是锁定一个目标市场，在这个市场内营造最大的渗透市场。这就需要仔细分析这个市场的消费者特征，从而制定最合适的产品，并采用相应的营销策略。经管类畅销书采用这种模式比较多，如德鲁克的《卓有成效的管理者》就是采用这种模式。在选择目标市场时主要针对企业管理或热衷于企业管理的人员。选定这个目标市场，在图书制作和制定营销策略时都会针对这个目标市场。

使用产品专门化模式是让一个产品同时满足多个不同细分市场的消费者。这就需要对各个细分市场的消费者作分析，找到他们的共同消费偏好。当然，市场上没有完全相同的消费偏好，但可以找出比较集中的消费偏好，而且由于影响消费者购买书的因素有很多，可以针对每个重要因素分析比较集中的偏好，如小说类畅销书，对故事的表现形式、语言风格这两个因素进行分析。我们可以发现哪个细分市场的读者喜欢什么样的语言、故事表现形式。布老虎丛书以现代派青春小说为主，它的目标市场是中学生、大学生，以及年轻的城市白领，以女性为主。图书的语言风格大都带有很强的现代气息、简洁流畅，略带调侃、伤愁的类型，故事性强，情节引人。它的读者与余华、贾平凹、余秋雨他们的读者的消费偏好很不一样。

畅销书使用产品专门化模式比较多，尽可能覆盖更多的市场对于畅销书来说的确是创造销量的一个保障。例如，作家出版社出版的《哈佛女孩刘亦婷》是反映孩子的家庭和学校教育这一被广为关注的社会问题，其目标读者群体，用张胜友的话说，就是离异的家庭都想买来看看，为什么人家离婚以后，孩子不但没有受到伤害，而且还成长得很好？而没有离异的家庭也想看看，人家怎样培养出这么好的孩子？中学生也想买来看看，如何学习才能成才？如何考上名牌大学甚至出国深造？还有，作为破解社会和学校教育一个难题的典型案例，广大的教育工作者更想买来研究探讨一下。可以说，该书的目标市场非常庞大，这是该书发行量高达140万册的基础之一。出版者总是希望每个人都来买自己的书，所以我们看到畅销书运作时往往采用大量的炒作，希望覆盖所有的市场。但是实际上不管多么畅销的书都不可能覆盖所有的市场，而且它的消费市场都是有一定集中度的。据事后统计，白岩松的《痛并快乐着》读者多数为青年人，大学生特别多，而崔永元的《不过如此》的女性读者居多，而且主要集中在三四十岁。

资料来源：成蔚帆．北大纵横管理咨询公司

9.3.4　选择专业化

选择专业化是指企业选择若干个互不相关的细分市场作为自己的目标市场，即企业选择若干个子市场（M3，M1，M2）为目标市场，并分别以不同的产品（P1，P2，P3）满足其不同的需要，在图 9-5（d）的示意图中，P1 满足 M2，P2满足 M1，P3 满足 M3。

实行选择专业化战略有利于企业分散经营风险，即使在某个细分市场失利，也能得到较好的投资回报。它其实就是多样化战略，需要大量投资，是大企业经常采用的一种战略模式。企业选择了若干个细分市场，其中每个细分市场在客观上都存在吸引力，并且符合公司的目标和资源。

从另一方面看，各细分市场之间很少有或者根本不存在任何联系，并且每个细分市场都有可能赢利，这时可考虑采用选择专业化战略。多细分市场覆盖优于单细分市场覆盖，是因为这样可以分散企业的风险，即使某个细分市场失去吸引力，公司仍可继续在其他细分市场中赢利。

这实际上是一种多元化经营模式，它可以较好地分散经营风险，有较大的回旋余地，即使某个市场失利，也不会使企业陷入绝境，但它需要具备较强的资源和营销实力。

9.3.5　全面市场化

全面市场化是指企业生产多种产品去满足整个市场的需求。这是实力雄厚的大企业采用的一种模式，如微软公司在计算机市场、可口可乐在饮料市场、海尔在家电市场就是采取这种战略，保洁公司在洗发液市场的战略奉行的就是全面市场化战略。在图 9-5（e）中，P1 分别适用于 M1、M2、M3 这三个市场，同样P2 与 P3 也分别适用于 M1、M2、M3 三个市场，市场被整体覆盖。

▪ 9.4　目标市场营销策略

目标市场覆盖战略的选择是对既定战略模式的选择，选择过程和结果反映的是宏观的指导思想，涉及的是营销工作的大方向、原则和总的指导思想与部署，并不是具体的营销活动；而目标市场营销策略则是与后续的市场营销活动相连，涉及营销活动的全部内容。如果营销活动涉及的面相对较少，主要工作由营销部门来完成，并且工作内容具体，活动时间短，这样的营销活动与营销策略相对应；如果营销活动涉及面广，关乎整个企业的全局，工作量大，时间长（至少一年），这样的营销活动与营销战略相对应。本部分介绍的是目标市场营销策略，有三种策略。

9.4.1　无差异市场营销策略

无差异营销策略指企业不进行市场细分，而把整体市场作为目标市场（图9-6）。它强调市场需求的共性，忽略其差异性。企业为整个市场设计生产单一产品，实行单一的市场营销方案和策略，迎合绝大多数顾客的需要。例如，早期美国可口可乐公司就是采用这种无差异策略的典范，单一口味的品种、统一的价格和瓶装、同一广告主题将产品面向所有顾客。我国第一汽车制造厂在经济体制改革以前也是采用这种策略，生产单一的解放牌中型卡车，满足整体市场的需要。

无差异性市场策略

图 9-6　无差异化市场策略示意图

无差异营销策略的优点是品种单一，适合大批量生产，发挥规模经济的优势；可以降低生产、存货和运输成本；缩减广告、推销、市场调研和市场细分的费用，进而以低成本在市场上赢得竞争优势。无差异营销的缺点是应变能力差，一旦市场需求发生变化，难以及时调整企业的生产和市场营销策略，特别是在产品生命周期进入成熟阶段后，显得竞争手段过于单一，因而风险较大。

无差异营销策略适宜于企业资源雄厚，产品通用性、适应性强，差异性小，以及市场类似性较高且具有广泛需求的产品，如通用设备、标准件以及不受季节、生活习惯影响的日用消费品。

9.4.2　差异市场营销策略

差异性营销策略指企业将整体市场细分后选择两个或两个以上，直至所有的细分市场作为目标市场，并根据不同细分市场的需求特点分别设计、生产不同的产品，采取不同的营销组合手段，制定不同的营销组合策略，有针对性地满足不同细分市场顾客的需求（图9-7）。例如，宝洁公司就是长期采取差异性

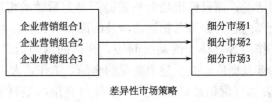

差异性市场策略

图 9-7　差异性市场策略示意图

营销策略的典范，它的洗发水、洗衣粉、护肤品都有许多品种，针对不同顾客的需要。

营销策略的优点是：

(1) 面向广阔市场，满足不同顾客需要，扩大销售量，增强竞争力；

(2) 企业适应性强，富有周旋余地，不依赖一个市场一种产品，可以做到"东方不亮西方亮"。

营销策略的缺点是：

(1) 由于小批量、多品种生产，要求企业具有较高的经营管理水平；

(2) 由于品种、价格、销售渠道、广告、推销的多样化，使生产成本、研发成本、存货成本、销售费用、市场调研费用相应增加，降低了经济效益。所以在选择差异性营销策略时要慎重，应比较运用此策略所能获得的经济效益是否能够抵消或超过成本的提高。

9.4.3　集中市场营销策略

集中性营销策略又称产品——市场专业化策略，即企业在对整体市场进行细分后，由于受到资源等条件的限制，决定只选取一个细分市场作为企业的目标市场，以某种市场营销组合集中实施于该目标市场（图 9-8），如某小型医疗器械厂只选择一次性针管市场作为目标市场。

图 9-8　集中性市场营销策略示意图

采用集中性营销策略的企业，追求的不是在较大市场上取得较小的市场占有率，而是在一个有限的市场上拥有较高的市场占有率。这种策略特别适合于资源有限的小企业，或刚刚进入某个新领域的企业，使企业得以集中运用有限的资源，实行专业化的生产和销售，提供良好的服务，节省营销费用，提高产品和企业知名度。这些企业虽资源有限，但仍能在局部市场的竞争中处于有利地位。条件成熟时，企业还可伺机扩大市场，进一步向纵深发展。因此，集中性营销往往会成为新企业战胜老企业、小企业战胜大企业的有效策略。

集中营销策略的缺点是对单一和窄小的目标市场依赖性太大，一旦目标市场情况发生突然变化，企业周旋余地小，风险大，可能陷入严重困境甚至倒闭。

➤ **案例 9-3　诺基亚之路：如何从多元化转向专业化**

诺基亚认为必须从国际竞争的眼光来制定策略，让"现实的发展服从于理想"，这样，地处芬兰的诺基亚才有可能成为国际市场的领导者。

诺基亚能够持续成功的秘密，在于它创造了自己的诺基亚之道（Nokia Way），平衡了"诺基亚领导"与"诺基亚管理"，创造了自觉、激情和无所畏惧的企业文化。

没人统计知道诺基亚的人多还是知道芬兰的人多，甚至有些人还不知道诺基亚是一家芬兰的公司，这恰好说明诺基亚其实已经是一个很国际化的公司了，人们并不介意它是芬兰的还是德国的，人们只知道它是全世界手机的领导者。

事实上，即使在芬兰，诺基亚也是没有地道芬兰特点的"另类公司"。1865年，诺基亚作为一个生产纸和纸浆的木材加工厂诞生；1917年，诺基亚通过合并成为橡胶、电缆与电器制造商；1967年，诺基亚通过并购成为横跨造纸、化学药品、橡胶与电缆等产业的大集团。从 20 世纪 80 年代开始，诺基亚开始了它从多元化转向专业化的道路，并成功地在 90 年代成为移动通讯领域的全球领导者。

诺基亚的策略思想有着十分鲜明的"现实理想主义"色彩。1977 年，卡拉莫（Kari H. Kairamo）被任命为诺基亚 CEO 时，诺基亚赋予他的使命是使诺基亚成为一个电气巨人。而作为 CEO，卡拉莫认为，诺基亚必须从国际化的眼光来看诺基亚的业务战略，才有可能使诺基亚成为真正的巨人。虽然到1977 年，诺基亚的净收入中已经有 65% 来自于国外，但卡拉莫认为这并不足以支撑诺基亚成为"国际巨人"，诺基亚必须从国际竞争的眼光来制定战略，让"现实的发展服从于理想"，这样地处芬兰的诺基亚才有可能成为国际市场的领导者。

正是在这种远景的指导下，诺基亚开始了它的专业化之路。首先，诺基亚对自己业务进行了精心分析，将当时还很小的移动通信业务放到最重要的位置上来，并将自己的未来定位于移动通信，开始收缩阵线，集中力量于一点。1980年诺基亚的业务结构是：电子行业 4%、化学 2%、机械 3%、电器批发 6%、移动电话 10%、电信 10%、动力 2%、橡胶 4%、信息系统 21%、电缆 11%、消费类电器 27%。到 2000 年、诺基亚的业务结构转变为：移动电话 72%、电信基础设施 25%、其他 3%。

"在同一时间内能够将增长、国际化、保持活力、超速发展融为一体"，这是业界对诺基亚专业化道路成功的评价，而做到这一点的关键是所谓的诺基亚之道（NokiaWay）。

资料来源：校园网，http://www. xiaoyan. com/wenku/view/doc _ iol/11634. html

企业选择目标市场营销策略时应慎重，一旦确定，应该有相对的稳定，不能朝令夕改。如果更改太快，只能说在选择时不够慎重。相对的稳定性，并不是忽视灵活性。其实也没永远不变的策略，密切注意市场需求的变化和竞争动态才是永恒不变的。

9.4.4　影响目标市场营销策略选择的因素

三种目标市场营销策略各有优缺点，企业在确定了目标市场后，究竟采取哪种策略，取决于下列影响目标市场策略选择的各种因素。

1. 企业资源与实力

企业如果在生产、技术、资源、营销、财务和人力资源等方面的实力很强，有能力覆盖所有的市场面，则可采用无差异性营销策略，或差异性营销策略；若实力有限，无力顾及整体市场或多个细分市场，宜采用集中性营销策略较为有效。

2. 产品性质

这里的产品性质是指产品是否同质，即产品在性能、特点等方面差异性的大小。如果企业生产同质产品，可选择采用无差异市场营销策略；如果企业生产异质产品，则可选择采用差异市场营销策略或集中市场营销策略。例如，粮食、食盐、钢铁、普通水泥、标准件等同质性产品，尽管它们因产地和生产企业的不同会有些品质差别，但消费者可能会持有"一分钱，一分货"的观念，因此，竞争将主要集中在价格上，这样的商品较适合于采用无差异性营销策略；而一些差异性较大的产品如家具、服装、化妆品、美食、家用电器、汽车、专用设备等，宜采用差异性营销策略或集中性营销策略。

3. 市场性质

这里的市场性质是指市场是否同质，即市场上消费者需求差异性的大小。如果市场是同质的，消费者需求差异性不明显，消费者购买行为基本相似，企业则可选择采用无差异市场营销策略；反之，企业则可选择采用差异市场营销策略或集中市场营销策略。

4. 产品生命周期

处在介绍期和成长期初期的新产品，由于竞争者少、品种比较单一，市场营销的重点主要是探求市场需求和潜在消费者，企业可选择采用无差异市场营销策略；当产品进入成长期后期和成熟期时，由于市场竞争激烈，消费者需求差异性日益增大，为了开拓新的市场，扩大销售，企业可选择采用差异市场营销策略或集中性市场营销策略或保持原有市场，延长产品市场生命周期。

5. 竞争者

企业生存于竞争的市场环境中，对营销策略的选用也要受到竞争者的制约。竞争者的数量和竞争者所采用的目标市场营销策略都会影响到企业目标营销模式的选择。企业的目标市场营销策略应当与竞争对手的目标市场营销策略不同。如果竞争对手强大并采取无差异市场营销策略，企业则应选择采用差异市场营销策略或集中市场营销策略，以提高产品的市场竞争能力；如果竞争对手与自身实力相当或面对实力较弱的竞争对手，企业则可选择采用与之相同的目标市场营销策略；如果竞争对手都采用差异市场营销策略，企业则应进一步细分市场，实行更有效、更深入的差异市场营销策略或集中市场营销策略。

企业选择目标市场营销策略时，应综合考虑以上影响目标市场策略选择的因素，权衡利弊，综合决策。目标市场营销策略应保持相对稳定，但当市场营销环境发生重大改变时，企业应当及时改变目标市场营销策略。竞争对手之间没有完全相同的目标市场策略，企业也没有一成不变的目标市场策略。

本 章 小 结

目标市场选择是STP策略的中间环节，所谓的目标市场选择，就是通过市场细分后，企业对各个细分市场进行评估，然后结合自身情况，准备以相应的产品和服务满足其需要的一个或几个子市场的过程。目标市场选择的依据和原则：目标市场具有潜力，目标市场与企业能力相匹配，能发挥竞争优势。目标市场的评估包括评估细分市场的有效性，评估细分市场的环境吸引力和结构吸引力，其中评估细分市场的可行性主要指评估与企业目标的一致性，评估企业内部资源的支撑性。评估细分市场的环境吸引力，主要包括：政治/法律环境分析，人口环境分析，经济环境分析，社会文化环境分析，自然环境分析，科学技术环境分析六个方面。评估细分市场的结构吸引力，主要是使用五力模型分析法，分析行业内竞争者，替代品，新进入者、供应商及购买者六个方面综合评估市场吸引力的高低，结构吸引力也称为竞争吸引力，吸引力越大，竞争强度也越大。通过评估，企业完成了目标市场选择的前期工作，接下来是选择目标市场的覆盖战略或模式。有五种常见的战略模式供选择，分别是市场集中化，产品专业化，市场专业化，选择专业化和全面市场化。目标市场营销策略的确定为目标市场的选择画上了句号，常见的目标市场营销策略有三种，分别是无差异市场营销策略，差异市场营销策略和集中市场营销策略。影响目标市场营销策略选择的因素很多，但主要的有企业资源与实力、产品性质、市场性质、产品生命周期和竞争者五个方面。

📖 **核心概念**

目标市场　目标市场评估　市场集中化　产品专业化　市场专业化　选择专业化　全面市场化　无差异市场营销策略　差异性市场营销策略　集中性市场营销策略

自我测试

1. 评估细分市场从哪几个方面着手？
2. 评估细分市场的程序。
3. 描述主要的目标市场选择战略，并举例说明各自的适用范围。
4. 影响目标市场策略选择的因素。

讨论问题

选准目标市场对企业开展市场营销活动有何重要意义？

第 **10** 章

市场定位战略

2011 年 1 月 1 日，贵州茅台集团上调出厂价格，平均上调幅度为 20% 左右。提价后茅台继续实行"限价令"，规定售价不得超过每瓶 959 元。"限价令"一出，超市和专卖店集体缺货，不受"限价令"控制的烟酒店有货，但售价均在 1400 元左右。（据 1 月 4 日《新京报》）

限得住的没货，有货的限不住，这就是茅台"限价令"的尴尬所在。但即便如此，"限价令"也将长期存在。因为作为一家国企，茅台需要明确自己的企业立场，作出一个不愿高价的姿态，以维护其品牌和口碑。与之类似的还有五粮液，市场价格上涨后，厂家强调自己的国企角色不能带头涨价，涨价是经销商单方面行为。

其实，提价风波也从另一侧面说明了茅台品牌定位的尴尬。茅台是中国最有可能成为，也是最应该成为奢侈品的品牌。它具有奢侈品所有的属性：优良的品质，稀缺性和独特性，悠久的历史传统和传奇的品牌故事，以及身份的象征和多级情感。要说茅台成为奢侈品唯一的不足就是价格低。

不必惊讶，和动辄几千甚至几万的洋酒相比，茅台在品质和文化上并不逊色于这些品牌。我们能接受价格昂贵的洋酒，为什么对国酒第一品牌涨价大惊小怪？美国 DRC 乐善基金会理事、奢侈品研究专家胡俭强认为：这是因为很多消费者对国内品牌不自信。

恐怕还有其他的原因。茅台酒并非生活必需品和大众消费品，其价格涨不涨、涨多少，与国计民生关系不大，为何大家对茅台如此关注？据《中国经营报》报道，经销商透露，只有二成的真茅台酒进入大众消费市场，八成以上属集团消费。民间对于集团消费的不满，才是茅台酒涨价引来关注的根源所在。

如果茅台酒定义为奢侈品酒，哪个部门还好意思大量采购？只有当茅台从政府采购名单中剔除，民众对于特供酒的各种传闻、猜测和不满才会逐渐减少。能消费起茅台的人士也不用发愁寻觅不到货真价实的茅台酒。

不过，连提价都显得那么不好意思的茅台集团，要走奢侈品路线，恐怕将面临更大的压力。

资料来源：改编自中华品牌管理网

企业不管采取何种目标市场战略，一旦选定了目标市场，都必须进一步考虑在拟进入一个或多个细分市场中推出具有某种特色和形象的产品，就要在目标市场进行产品的市场定位，使产品在消费者心目中占据特定的位置。

10.1　市场定位概述

10.1.1　市场定位的含义

市场定位是在 20 世纪 70 年代由美国营销学家里斯和特劳特提出的。目标市场确定以后，企业就需要进行市场定位，为企业或者产品在市场上树立尽可能明确的特色和塑造尽可能清晰的形象，并争取获得目标顾客的认同。企业需要向目标市场说明，本企业（或产品）与现有的及潜在的竞争者（或产品）有什么区别，以使目标顾客理解和正确认识本公司有别于其竞争者。

市场定位就是指企业针对顾客对该类产品某些特征或属性的重视程度，根据竞争者现有产品在市场上所处的位置，为本企业产品塑造与众不同的，给人印象鲜明的形象，并将这种形象生动地传递给顾客，从而使该产品在市场上确定适当的位置。企业在进行市场定位时，一方面要了解竞争对手的产品具有何种特色，即竞争者在市场上的位置，另一方面要研究顾客对该产品各种属性的重视程度，包括产品特色需求和心理上的要求，然后分析确定企业的产品特色和形象，从而完成产品的市场定位。

市场定位并不是对一件产品本身做些什么，而是针对潜在消费者，研究企业（或产品）在潜在消费者心目中做些什么。市场定位的实质是使本企业（或产品）与其他企业（或产品）严格区分开来，使顾客明显感觉和认识到这种差别，从而在顾客心目中占有特殊的位置。

10.1.2　市场定位的特点

1. 沟通的双向性

企业在了解顾客需求的情况下，通过与消费者的双向沟通，满足消费者某个需求空白点的需求。定位是在人的大脑中进行，在企业的大脑和企业的潜在顾客的大脑中进行，是企业的大脑和顾客的大脑的双向强化。

2. 差异性

定位的前提就是塑造与竞争者不同的形象，故企业务必要针对目标顾客的需求，塑造自己鲜明的个性，突出与竞争者之间的主要差别，从而达到在消费者心目中形成强烈的印象的目的。这就要求企业在进行市场定位时要体现特色，不能人云亦云。

3. 战略性

定位是一种战略行为。企业要想在目标顾客心目中成功树立鲜明独特的形象，并能得到他们的高度认同，非一朝一夕之功。成功的市场定位是企业一笔巨大的无形资产，因此应站在战略的高度倍加珍惜而不能轻率、模糊和损害。

4. 竞争性

定位的出发点和终结目标，均是寻求和造就本企业相对于竞争者的差别优势以赢得市场竞争。企业通过有效的市场定位，指导企业在营销实践中与竞争对手展开竞争，实现企业的市场竞争目标。

5. 主动性

定位是企业为赢得市场竞争的主动权和战略优势而积极主动实施的市场行为，是企业根据内外部环境自主作出的市场选择，并以此为基础制定营销策略，指导营销活动。

6. 适度的灵活性

当企业生产经营多种产品时，若产品品质有显著差异，则应有不同的市场定位。若产品品质差异性很小，亦可以运用不同的定位战略和信息沟通方式，在目标顾客心目中造成一定的差异以进入不同的细分市场。

10.1.3　市场定位与顾客沟通

1. 建立市场定位的顾客认同

（1）让目标顾客知道、了解和熟悉企业的市场定位。一个企业树立形象，首先必须积极、主动而又巧妙、经常地与顾客沟通，以期引起顾客的注意和兴趣，并保持不断的联系，提高顾客对企业和产品的注意和兴趣。

（2）使目标顾客对企业的市场定位认同、喜欢和偏爱。认同，是目标市场对企业有关市场定位的信息的接受和认可，是顾客对这一市场定位的承认。喜欢则是一种更为积极的情绪，是在认同的基础产生一种心理上的愉悦感。偏爱则是建立在喜欢的基础上的一种特别的感情。通过市场定位，展开与顾客持续沟通，培养顾客对产品和企业的认同感，以及喜欢和偏爱。

2.　巩固与市场定位相一致的形象

（1）强化目标顾客的印象。顾客对企业的市场定位及其形象的认识，是一个持续的过程，即不断地由浅入深、由表及里和由偏到全的深化过程，有明显的阶段性。这就使得增进顾客认识，强化其对企业的印象，显得十分必要。

（2）保持目标顾客对企业的了解。一个企业必须有较强的应变能力，始终保持与相关环境之间的动态平衡。在这个过程中，纵然企业的市场定位无须调整，构成其市场定位的相对优势在内容、形式上，也可能发生变动。只有促使顾客的认识与这些变化同步发展，始终保持他们对企业及其市场定位的了解，其形象才能巩固。

（3）稳定目标顾客的态度。态度反映人们对某种事物所持的评价与行为倾向，并使一个人的行为表现出某种规律性。态度的形成有一个过程，一旦形成则将持续相当长的时间而不轻易改变。所以，树立形象之后，还应为顾客提供新论据、新观点，证实其原有的认识和看法的正确性，支持企业的市场定位，防止顾客的态度中断或反向转化。

（4）加深目标顾客的感情。顾客对一个企业及其市场定位的认识，不会是一个冷漠无情、无动于衷的过程，必然充满鲜明的态度体验和感情色彩，在认识的同时，顾客会作出自己的价值判断，并据以确定其反应倾向。因此，引导顾客的感情倾同，增加其感情的浓度，并提高顾客感情的效能，无疑会大大有利于企业市场定位及相应形象的巩固。

3.　矫正与市场定位不一致的形象

目标市场对企业及其市场定位的理解可能会出现偏差，如定位过低或定位过高、定位模糊与混乱，都容易造成误会。企业在显示其独特的竞争优势的过程中，必须对这种与市场定位不一致的形象加以矫正，使企业或产品留给消费者的印象与企业期望的定位保持一致。

■ 10.2　市场定位的内容

1.　产品定位

指企业根据市场的竞争情况和企业自身条件，确定本企业产品在目标市场上的位置及产品特征的行为过程。具体地讲，确定产品的市场位置，就是找出产品的最大消费群的需求特征，从而确定产品的特征，即产品在质量、功能、体积、颜色、包装、渠道、价格等方面的基本特点和变化情况。

2.　企业定位

是企业根据市场的竞争情况和企业自身的条件，确定企业在目标市场上处于何种地位的行为过程。菲利普·科特勒将市场上的企业分为四类，即市场领先者、市场挑战者、市场跟随者和市场补缺者。企业如何为自己在市场上的位置定位，并通过努力达到预期的定位目标，成为企业奋斗的目标。

3. 竞争定位

是指企业根据企业定位和产品定位的内容，确定相应的竞争战略的行为过程。企业竞争战略包括成本领先战略、差异化战略和聚焦战略等。企业根据自己的资源条件和外部环境，选择切实可行的竞争战略，实现企业的竞争目标

4. 消费者定位

指对产品潜在的消费群体进行定位。对消费对象的定位也是多方面的。例如，从年龄上，有儿童、青年、老年；从性别上，有男人、女人；根据消费层，有高低之分；根据职业，有医生、工人、学生等。消费者定位，实质是企业在消费者群体中进行选择

5. 形象定位

企业形象是消费者和社会公众对企业、企业行为以及企业的各种活动成果所给予的整体评价与一般认定，良好的企业形象是企业的重要无形资产和宝贵精神财富。形象定位就是企业根据企业定位和竞争定位的内容，设计和塑造本企业独特而富有竞争力的形象的过程。

10.3　市场定位的依据

在市场营销实践中，企业可以根据产品的属性、利益、价格、质量、用途、使用者、产品档次、竞争局势等多种因素或其组合进行市场定位。具体来讲，市场定位的主要依据包括以下几个方面。

10.3.1　根据具体的产品特点定位

构成产品内在特色的许多因素都可以作为市场定位的依据，如所含成分、材料、质量、价格等。例如，某企业推出酒味浓醇、苦味适度的啤酒，用来满足那些不喜欢又苦又浓的啤酒消费者的需要。七喜汽水的定位是"非可乐"，强调它是不含咖啡因的饮料，与可乐类饮料不同。泰宁诺止痛药的定位是"非阿司匹林的止痛药"，显示药物成分与以往的止痛药有本质的差异。一件仿皮皮衣与一件真正的水貂皮衣的市场定位自然不会一样。同样，不锈钢餐具若与纯银餐具定位相同，也是令人难以置信的。

10.3.2　根据特定的使用场合及用途定位

为老产品找到一种新用途，是为该产品创造新的市场定位的好方法。小苏打曾一度被广泛地用作家庭的刷牙剂、除臭剂和烘焙配料，现在已有不少的新产品代替了小苏打的上述一些功能。小苏打可以定位为冰箱除臭剂，另外还有家公司把它当作了调味汁和肉卤的配料，更有一家公司发现它可以作为冬季流行性感冒患者的饮料。我国曾有一家生产"曲奇饼干"的厂家最初将其产品定位为家庭休闲食品，后来又发现不少顾客购买它是为了馈赠，于是又将之定位为礼品。

10.3.3　根据顾客利益定位

根据顾客利益定位是指突出产品能给予顾客某一方面更多的利益。例如，一些连锁超市强调"天天平价"，吸引了很多精打细算的顾客。产品提供给顾客的利益是顾客最能切实体验到的，也可以用作定位的依据。1975 年，美国米勒（Miller）推出了一种低热量的"Lite"牌啤酒，将其定位为喝了不会发胖的啤酒，迎合了那些经常饮用啤酒而又担心发胖的人的需要。

10.3.4　根据使用者类型定位

根据使用者定位是指把产品引导给某一特定顾客群体。例如，将性质温和的婴儿洗发精推荐给留长发而且天天洗头的年轻人。企业常常试图将其产品指向某一类特定的使用者，以便根据这些顾客的看法塑造恰当的形象。美国米勒啤酒公司曾将其原来唯一的品牌"高生"啤酒定位于"啤酒中的香槟"，吸引了许多不常饮用啤酒的高收入妇女。后来发现，占 30% 的狂饮者大约消费了啤酒销量的 80%。于是，该公司在广告中展示石油工人钻井成功后狂欢的镜头，还有年轻人在沙滩上冲刺后开怀畅饮的镜头，塑造了一个"精力充沛的形象"，在广告中提出"有空就喝米勒"，从而成功占领啤酒狂饮者市场达 10 年之久。

➤ 案例 10-1　甩掉"小资"帽子　宜家欲回归平民定位

宜家进入中国以来就一直奉行"低价"策略，有过多次降价行动。根据宜家2007 年的《新产品指南》显示，有数百件新产品进行了降价，最高幅度近20%。"能降的都降了，我们现在在中国的价格基本上已是宜家全球体系中最低的价位了。"宜家中国区公关部经理许丽德曾在多个场合中这样表示。

但全球定位为中低档卖场的宜家，由于其外来的"洋"身份和产品设计，使得其在中国的主观定位与客观形象之间存在着偌大的"错位",被深深打上"小资"的烙印。广州宜家公关部经理沈雁告诉记者,长期惠顾宜家的并不是其全球市场定位的中低收入阶层,最热捧宜家的还是天河北CBD的白领们,并表示宜家在北京的动作可以看成是全国市场的一个尝试,广州市场明年将继续下调价格5%~10%,并不排除有打出部分商品"全城最低价"的可能,希望通过持续的努力,改变宜家"小资"消费的形象。

就职于某顾问公司的蒋亚南小姐表示,自己和同事都比较喜欢宜家样板间的搭配方式和产品,对于宜家欲摆脱"小资"的举动,她说:"虽然与其全球定位不符,但毕竟是在中国,就中国城市目前的发展阶段来看,宜家已经做到了充分满足一个特定阶层的需要,那做'小资'有什么不好呢?"

而一家老少四口来逛宜家的曾志先生,却对价格调整后产品质量是否会降低表示了担忧。在他心目中"便宜"未必是最关键的,只要货真价实就可以了。另外一位冯先生则表示,他认为宜家应该改进的是售后服务,一旦消费者怀疑产品存在质量问题,处理的程序比其他卖场麻烦很多,这是最令他的部分朋友不满的地方,价格反而不是十分重要。

业内人士认为,宜家在中国缺乏平民的亲和力,其外来的形象一反中国家居卖场传统的平民形象,给人以独特的、贵族的感觉,这是一种文化上的沟通不畅,单凭降价的手段很难改观。同时,物流成本、管理成本较高,黄金地段的店址费用等成本问题将导致宜家缺乏价格竞争优势。而烦琐的售后服务程序、送货价格等问题,也让一些消费者有怨言。

资料来源:金羊网

10.4　市场定位的方法

10.4.1　市场定位图

市场定位图是一种直观而简洁的定位分析工具。尽管影响市场定位的因素是多维度的,但为了说明方便,一般利用平面二维坐标作直观比较,以解决有关的定位问题。其横坐标和纵坐标分别代表消费者评价产品或品牌的两个特征因子。图上的区域对应市场上的各主要品牌,它们在途中的位置代表消费者对其在各关键特征因子上的表现的评价。如图10-1所示是啤酒的定位图,图上的横坐标表示啤酒苦或甜的程度,纵坐标表示口味的浓淡程度。图上各点的位置反映了消费者对其口味和味道的评价。例如,百威被认为味道较甜、口味较浓,而菲斯选则味道偏苦、口味较浓。

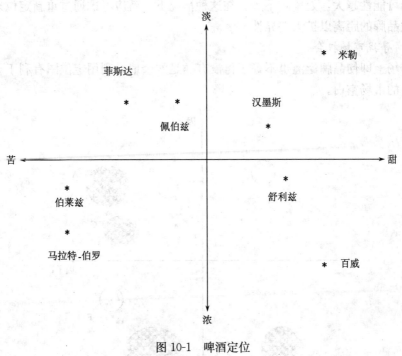

图 10-1　啤酒定位

10.4.2　市场定位图的运用

1. 根据与竞争者之间的差异来确定定位

市场定位图直观地显示了消费者对各种品牌产品的性质之间的差异认知。在图中，只要两点不重叠，就说明它们之间存在着差异，而横、纵向距离大小则表示它们在这两方面特征因子上的差异的大小。图 10-1 中，米勒与百威在味道上几乎一样，都被消费者认为较甜，但它们在口味的浓淡上却相去甚远；菲斯达与佩伯兹在图中的位置相当接近，这表明这两种品牌的啤酒味道相似，口味相近，但菲斯达与百威无论在味道上还是口味上都大相径庭。

明确了自己产品的位置及与对手的差异后，就可确定定位的方向，因为定位就是要突出产品与其他品牌的差异，定位的基础就是自己与众不同的地方。例如，米勒啤酒口味清淡这一点相当突出，因而它较为适合辛劳者和畅饮者。依据这一定位，"米勒时刻"就应运而生，通过广告，一群普通劳动者在一日劳作后畅饮米勒啤酒的场景深深烙进了消费者的心里，于是当劳动大众辛勤一天后想寻找畅饮的欢乐时，就自然想起了米勒："哦，米勒时刻到了。"

若自己的产品与其他某些产品的位置相当接近，则意味着在消费者的心目中，该品牌的产品在关键特征因子上的表现无出众之处。越是接近，就说明其被替代的可能性越大，处境越不妙。在这种情况下，就应考虑通过重新定位来拉开与其他品牌的距离以扩大差异性。

2. 寻找市场机会

市场上即使品牌泛滥也不等于再没有插足的余地，利用定位图有利于寻找出被忽略的市场空白。

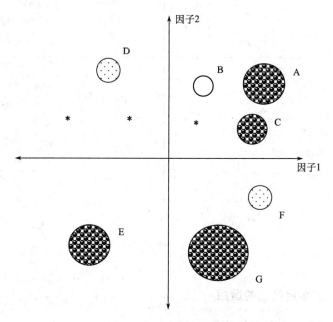

图 10-2　啤酒市场机会分布图

在图 10-2 中，A～G 是根据消费者的需求状况而划分的七个区域及七个细分市场。区域中的点表示符合该类型需求的品牌。这七个区域中点的密度并不相同，其中 A、C、E、G 的密度相当大，密度越大则竞争越激烈，因此不宜去硬碰；D、F 两区中的点相对稀疏，这表示竞争相对缓和而 B 区还处于空白，这昭示着一个诱人的潜在市场。意识到机会所在，那么如何定位便心中有数了。改革开放初，在新兴的大市场上还没有一种品牌的啤酒被认为是清新的，有鉴于此，喜力将其定位为清新路线（令人心旷神怡的啤酒）。厂家一方面给产品穿上绿色的衣装，另一方面通过广告向消费者散播大自然的清新气息。这令人耳目一新的定位切中了喜爱清新感受的消费者的需求，从而让喜力占据了一定的市场地位并得以一直保持。

运用定位图寻找市场机会要注意两点：第一，定位图的空白部分不一定等于市场机会，只有存在潜在的需求才能称为潜在市场（图 10-2 中 A～G 区外的部分都是缺乏市场需求的）。对于消费者不感兴趣的定位，即使空间再大也毫无意义。第二，有时可让企业发挥的定位空间范围较大，但具体定位于哪一点却不易把握。这时，应先确定目标消费者心目中的理想产品是怎样的，然后将其在定位图上定位，以作为本企业产品定位的参照系，若能将本企业产品定位在这附近或与之重合，成功的可能性就很大。

3. 跟踪消费者的品牌认知情况，以检验营销沟通活动和营销努力的有效性

定位图反映了消费者对产品定位的理解，但消费者的理解不一定与企业所确立的定位相符。其中的偏差万不可把责任推到消费者身上，这其实意味着企业的营销沟通有欠缺。确定出点位并非大功告成，企业通过营销努力将定位信息成功地传递并保证消费者正确理解才是定位成功的标志。比如，一家公司将自己的小汽车定位为超凡气度的象征，但经调查却发现消费者觉得该企业生产的汽车是一辆上班人士的普通座驾。这一差距足以引起公司的重视并着手研究在营销沟通上失败在什么地方，并探索缩小差距的方法。

10.4.3　绘制市场定位图

1. 确定关键的特征因子

因子选择的正确与否决定定位图的有效性，从而影响整项定位工作的成功可能性。

定位图一般是二维的，这样是为了追求其直观性。但影响消费者决策的特征因子是多种多样的，那么该如何在复杂的诸要素中找对作为坐标变量的关键的两点呢？方法只能从消费者身上找。首先通过市场调查了解影响消费者购买决策的诸因素及消费者对这些因素的重视程度，然后通过统计分析确定出重要性较高的几个特征因子，再从中进行进一步筛选。在对影响因子根据重要性进行取舍时，首先要剔除那些难以区分各产品差异的因子，其次要剔除那些无法与竞争产品抗衡的因子，最后就是在剩下的因子中选取两项对消费者决策影响最大的因子。有时对于相关程度甚高的若干个因子可将其合并为一综合因子以作为坐标变量。如需要，在运动鞋的定位分析中，可把运动鞋的舒适和耐用两特征因子综合为品质因子。此外，在确定因子的过程中，注意要始终排除研究人员的主观偏见，务求保证结果的客观性。

2. 确定各企业产品在定位图上的位置

在选取关键因子后，接着就要根据消费者对各企业产品在关键因子上的表现的评价来确定各企业产品在定位图上的坐标。在确定位置之前，首先要保证各个企业产品的变量值已量化。特别对于一些主观变量（如啤酒口味的浓淡程度），必须要将消费者的评价转化为拟定量的数值，只有这样才便于在图上定位。

从市场调查中得到的数据，经常是比较繁杂的，这时若要准确定将其转化为直观的定位图，最好借助计算机的辅助。比如，科学统计软件包（statistics package for science：SPSS）提供了用于市场数据分析的许多方法，其中的对应分析和多维尺度有效支持了编绘定位图的工作。对应分析程序能将消费者对各企业产品在各特征因子上的评价数据转化为定位图，利用多维尺度也能得出类似的图形，但需输入的原始数据是消费者对各种企业产品两两之间的相似或差异程度的评价，且其得出的图形可以是超平面的（即在两种以上的特征因子上作比较）。

➢ 案例 10-2　洋快餐为什么能长驱直入广州

广州有"食在广州"的美誉，因而很多人并没料到洋快餐竟能在此大行其道。但只要分析洋快餐进攻广州之前的餐饮市场定位图（图 10-3），就可知洋快餐的成功并非偶然。

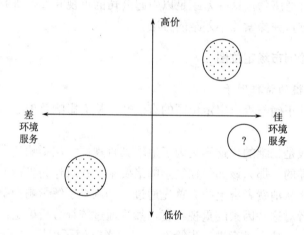

图 10-3　广州餐饮业档次分布图

图上的点主要聚集在两个区域：环境服务俱佳但价格不菲的部分是星罗棋布的高档酒楼；另一部分是环境服务都差但价格低廉，这是遍布大街小巷的小食店。由此可以看出广州餐饮业：①主要分为两大类：高档酒楼和低档小食店；②这两类的从业者间的竞争非常激烈，市场空隙很少。

虽然市场上众餐饮企业竞争得不可开交，但我们从图上看到，环境和服务优良但价格适中的区域却还是一片空白。如果我们了解广州的经济发展状况及市民对餐饮服务需求的变化，就很容易明白这片空白是大好的市场机会所在。随着经济的发展，人们的收入有了大幅度的增长，对进餐的卫生条件、环境和服务质量等方面的要求也提高了，因为低档小食店已不能满足越来越多人的要求，特别是日益壮大的白领阶层，更是将在这类小食店进餐看做有失身份的事情，但由于价格原因，到高档酒楼进餐又只能偶尔为之，将其作为解决日常进餐问题的场所是不现实的。生活水准的提高，生活节奏的加快，都令中档快餐有着不可估量的市场潜力。洋快餐就是瞅准这一机会而进攻广州市场的。洋快餐供应快捷，环境洁净，服务员彬彬有礼，这些特点正迎合了现代都市人的需求，因而洋快餐一打入广州市场，其发展便势不可挡，成为了都市生活的新景观。

　　资料来源：张德鹏《市场营销学》课程资料，http://jpkc·gdut·edu·cn/08xjsb/scyx/

10.5　市场定位的步骤

10.5.1　明确自己潜在的竞争优势

　　明确自己潜在的竞争优势，要求一个企业从以下三个方面，寻找明确的答案。

　　(1) 分析目标市场的现状，确认本企业潜在的竞争优势。目标市场上的竞争者做了什么？做得如何？包括对竞争者的成本和经营状况，作出确切的估计。

　　(2) 目标市场上的足够数量的顾客真正需要什么？他们的需求满足得如何？必须认定目标顾客认为能够满足其需要的最重要的特征。因为市场定位能否成功的关键，在于企业能否比竞争者更好地了解顾客，对市场需求与其服务之间的关系是否有更深刻的认识。

　　(3) 本企业能够为此做些什么？同样必须从成本和经营方面进行考察。

　　要回答这三个问题，企业市场营销人员必须通过一切调研手段，系统地设计、搜索、分析并报告有关上述问题的资料和研究结果。通过回答上述三个问题，企业就可以从中把握和确定自己的潜在竞争优势在哪里。

10.5.2　选择相对的竞争优势

　　竞争优势表明企业能够胜过竞争对手的能力。这种能力既可以是现有的，也可以是潜在的。选择竞争优势实际上就是一个企业与竞争者各方面实力相比较的过程。比较的指标应是一个完整的体系，只有这样，才能准确地选择相对竞争优势。通过分析、比较企业与竞争者在下列七个方面的优势与劣势，才能准确地选择相对竞争优势。

　　(1) 经营管理方面，主要考察领导能力、决策水平、计划能力、组织能力以及个人应变能力等指标。

　　(2) 技术开发方面，主要分析技术资源（如专利、技术诀窍等）、技术手段、技术人员能力和资金来源等指标。

　　(3) 采购方面，主要分析采购方法、物流配送系统、供应商合作以及采购人员能力等指标。

　　(4) 生产方面，主要分析生产能力、技术装备、生产过程控制以及职工素质等指标。

（5）市场营销方面，主要分析销售能力、分销网络、市场研究、服务与销售战略、广告及营销人员的能力等指标。

（6）财务方面，主要考察长期资金和短期资金的来源及资金成本、支付能力、现金流量以及财务制度与人员素质等指标。

（7）产品方面，主要考察产品的特色、价格、质量、支付条件、包装、服务、市场占有率、信誉等指标。

10.5.3　显示独特的竞争优势

选定的竞争优势不会自动地在市场上显示出来。企业要进行一系列活动，使其独特的竞争优势进入目标顾客的脑海。

这一步骤的主要任务是企业要通过一系列的宣传促销活动，将其独特的竞争优势准确传播给潜在顾客，并在顾客心目中留下深刻印象。为此，首先企业应使目标顾客了解、知道、熟悉、认同、喜欢和偏爱本企业的市场定位，在顾客心目中建立与该定位相一致的形象。其次，企业通过各种努力强化目标顾客形象，保持目标顾客的了解，稳定目标顾客的态度和加深目标顾客的感情来巩固与市场相一致的形象。最后，企业应注意目标顾客对其市场定位理解出现的偏差或由于企业市场定位宣传上的失误而造成的目标顾客模糊、混乱和误会，及时纠正与市场定位不一致的形象。

10.6　市场定位战略

10.6.1　产品差别化

产品差别化战略是从产品质量、产品款式等方面实现差别。寻求产品特征是产品差别化战略经常使用的手段。在全球通信产品市场上，摩托罗拉、诺基亚、西门子、飞利浦等颇具实力的跨国公司，通过实行强有力的技术领先战略，在手机、IP 电话等领域不断地为自己的产品注入新的特性，从而走在市场的前列，同时吸引顾客、赢得竞争优势。实践证明，某些产业特别是高新技术产业，如果企业掌握了最尖端的技术，并率先推出具有较高价值和创新特征的产品，它就能够拥有一种十分有利的竞争优势地位。

产品质量是指产品的有效性、耐用性和可靠程度等。比如，A 品牌的止痛片比 B 品牌疗效更高、副作用更小，顾客通常会选择 A 品牌。但是，这里又带来新的问题，A 产品的质量、价格、利润三者是否完全呈正比例关系呢？一项研究表明：产品质量与投资报酬之间存在着高度相关的关系，即高质量产品的赢利率高于低质量和一般质量的产品，但质量超过一定的限度时，顾客需求量开始递减。显然，顾客认为过高的质量需要支付超出其质量需求的额外价值（即使在没有让顾客付出相应价格的情况下可能也是如此）。

产品款式是产品差别化的一个有效工具，对汽车、服装、房屋等产品尤为重要。日本汽车行业中流传着这样一句话："丰田的安装，本田的外形，日产的价格，三菱的发动机"这体现了日本四家主要汽车公司的核心专长，而本田的（款式）设计优美入时，受到消费者青睐，成为其一大优势。

> ## 案例 10-3　永辉超市：差别化定位，高速成长的生鲜超市

永辉超市创建于 2000 年，十年创业，飞跃发展，已跻身全国性大型商业百亿企业，是福建省流通及农业产业化双龙头企业，被国家商务部列为"全国流通重点企业"、"双百市场工程"重点企业，荣获"中国驰名商标"。

永辉超市是中国大陆首批将生鲜农产品引进现代超市的流通企业之一，被国家七部委誉为中国"农改超"开创者，被百姓誉为"民生超市、百姓永辉"。公司已发展成为以零售业为龙头，以现代物流为支撑，以现代农业和食品工业为两翼，以实业开发为基础的大型集团企业。永辉超市坚持"融合共享"、"竞合发展"的理念开创蓝海，与国际零售巨头共同繁荣中国零售市场，在北京、重庆、福建、安徽等多个省市已发展 200 多家大、中型超市，经营面积超过 100 万平方米，员工逾 30 000 人，2009 年营业总额突破百亿元大关，位居中国连锁百强企业 34 强、中国快速消费品连锁百强 16 强。

永辉积极承担企业公民的社会责任，热心致力于慈善超市、助学支教、扶贫济困、助残助孤、赈灾救难等公益事业，已向社会捐赠资金及物资累计逾 5000 万元。未来几年，永辉将稳健地向全国多个区域发展，力争至 2014 年销售总额逾 500 亿元，发展成为全国性生鲜超市龙头企业，跻身中国连锁企业前列。

永辉超市的高速发展，得益于其准确的市场定位，其特征如下：

（1）公司的股权结构是以家族式控股为主的控股结构。同时其主要的核心员工也通过控股公司的形式持股。其中汇银投资是公司的 132 名骨干员工持股组成，合计持股 3570 万股，占发行后总股本的 4.64%。

（2）生鲜产品销售为主。公司生鲜产品的销售收入占比在销售收入的 50%以上，生鲜销售是公司经营优势。生鲜、食品、服装是公司三大主要业务，同时随着公司经营面积的扩大，高毛利的服装与食品比重不断扩大，带来毛利水平的提升。

（3）直采为主保证较高利润。永辉超市的经营模式有别于其他超市以代销为主的模式，主要产品均以直采为主，较高的直采比例为公司带来了较高的利润率水平。直采对于公司管理运营能力的水平要求较高，多年的经营考验可以让我们认为永辉的经营团队是一个让人值得信任的团队，具有较高的经营水平。

（4）高速扩张保证成长。终端的扩张是零售类企业扩张的最好的方法，从永辉发展的经历看，终端的扩张保证了较高的速度，近年来增速有加快的趋势，同时维持了一个比较稳定的状态。

资料来源：腾讯财经

10.6.2　服务差别化战略

服务差别化战略是向目标市场提供与竞争者不同的优质服务。企业的竞争力越能体现在顾客服务水平上，市场差别化就越容易实现。如果企业把服务要素融入产品的支撑体系，就可以在许多领域建立其他企业的"进入障碍"。服务差别化战略能够提高顾客购买总价值，保持牢固的顾客关系，从而击败竞争对手。

服务差别化战略在各种市场状况下都有用武之地，尤其是在饱和的市场上。对于技术精密产品，如汽车、计算机、复印机等服务战略的运用更为有效。

强调服务差别化战略并没有贬低技术质量战略的重要作用。如果产品或服务中的技术占据了价值的主要部分，则技术质量战略是行之有效的。但是竞争者之间差别越小，这种战略作用的空间也越小。一旦众多的厂商掌握了相似的技术，技术领先就难以在市场上有所作为。

10.6.3　人员差别化战略

人员差异化战略是通过聘用和培训比竞争者更为优秀的人员以获取差别优势。

一个受过良好训练的员工应具有以下基本的素质和能力：①能力。具有产品知识和技能。②礼貌。友好对待顾客，尊重和善于体谅他人。③诚实。使人感到坦诚和可以信赖。④可靠。强烈的责任心，保证准确无误地完成工作。⑤反应敏锐。对顾客的要求和困难能迅速反应。⑥善于交流。尽量了解顾客，并将有关信息准确传达给顾客。

企业采取人员差异化战略，就是要通过培养和训练具有以上特征的员工，在消费者心目中树立差异化的定位印象。

10.6.4　形象差别化战略

形象差异化战略是在产品的核心部分与竞争者相近的情况下塑造不同的产品形象以获取差别优势。企业或产品想要成功地塑造形象，需要具有创造性的思维和设计，需要持续不断地利用企业所能利用的所有传播工具。将具有创意的标识（理念识别、视听识别和行为识别）融入某一文化的气氛并传递给接受对象，从而实现形象差别化。

10.7　市场定位策略

10.7.1　产品定位策略

1. 功能定位

通过对自己产品各种功能的表现、强调，为顾客提供比竞争对手更多的收益和满足，借此使顾客对产品留下印象，实现产品某类功能的定位。深圳的太太药业集团推出的太太口服液，重点强调产品含有 F. L. A，是能够调理内分泌，令肌肤重现真正天然美的纯中药制品等，从而成功地实现了重点功能定位。

2. 品质定位

高品质的商品是当代高品质生活的保障，这是在同价同类产品竞争中击败对手的一种有效方法。品质定位应该突出商品的良好的具体品质。例如，宣传丁基橡胶自行车内胎的功能时，强调打气一次，保持三个月的优良品质。

3. 价格定位

即通过价格传递给消费者产品本身的信息。例如，劳斯莱斯汽车是富豪生活的象征。其最昂贵的车价近 40 万美元。据说该车的许多部件都是手工制作，精益求精。出厂前要经过上万公里的无故障测试。高价就成为劳斯莱斯高质量的标志。此外低价也可以成为另外一些商品的定位标志。

4. 主要属性/利益定位

产品所提供的利益，目标市场认为很重要。一家医院针对消费者所作的初级研究中，发现个人保健是病人认为非常重要的利益点，但是没有一家竞争者强调这一点。因为这家医院，将基本推销想法定位为："我们关心你的……还有很多。"结果使这家医院在个人保健中，由排名第三迅速提升为第二，造成虽有 4 家提供不同层次个人保健的医院，但却只有 1 家以这种重要特征为其特有的特性。

5. 产品使用者定位

找出产品的准确使用者/购买者，会使定位在目标市场上显得更突出，在此目标组群中，为他们的地点、产品、服务等，特别塑造一种形象。一家纺织品连锁店将自己定位为：以其过人的创意为缝纫业者服务的零售店，即为喜爱缝纫的妇女提供"更多构想"的商店。

6. 使用定位

有时可就消费者如何及何时使用产品，将产品予以定位。Coors 啤酒公司举办年轻成年人夏季都市活动，该公司的定位为夏季欢乐时光、团体活动场所饮用的啤酒。后来又将此定位转换为"Coors 在都市庆祝夏季的来临",并向歌手 John Sebastian 购得"都市之夏"(Summer in City)这首歌的版权。另一家啤酒公司 Michelob,根据啤酒饮用场合为自己定位,然后扩大啤酒的饮用场合,Michelob 将原来是周末饮用的啤酒,定位为每天晚上饮用的啤酒——即将"周末为 Michelob 而设",改为"属于 Michelob 的夜晚"。

7. 分类定位法

产品的生产并不是要和某一事实上的竞争者竞争,而是要和同类产品互相竞争。当产品在市场上是属于新产品时,此法特别有效,不论是开发新市场,或为既有产品进行市场深耕。淡啤酒和一般高热量啤酒竞争,就是这种定位的典型例子,此法塑造了一种全新的淡啤酒。

10.7.2　竞争定位策略

1. 迎头定位

是指企业选择靠近现有竞争者或与现有竞争者重合的市场位置,与在市场上强烈的竞争对手对着干,争夺同一个顾客群体,彼此在产品、价格、分销及促销等方面差别不大。这种定位使本企业产品与竞争者争夺相同或相近的目标顾客,故该方法有一定的风险性。但该方法也能激励企业学习竞争者的长处,运用定点超越的理论和方法,充分发挥自己的优势。实行迎头定位,必须知己知彼,尤其应清醒估计自己的实力,不一定试图压倒对方。

2. 避强定位

避强定位是指企业避开目标市场上强有力的竞争对手,将其位置确定于市场空白点,开发并销售目标市场上还没有的某种特色产品,开拓新的市场领域。避强定位是一种见缝插针、拾遗补缺的定位方法。其优点是能迅速立足于市场,在目标顾客心目中树立良好的形象。由于它风险较小,成功率较高,很多中小企业乐意采用。但空白的子市场往往也是有一定难度的市场,需要企业在营销技巧和营销努力等各方面要比竞争对手有更多的投入。

3. 重新定位

重新定位是指企业改变目标顾客对其原有的印象,使目标顾客对其产品形象有一个重新的认识。市场重新定位对于企业适应市场环境、调整市场营销战略是必不可少的。企业产品在市场上的定位即使很恰当,但在出现下列情况时也需考虑重新定位:一是竞争者推出的市场定位在本企业产品的附近,侵占了本企业品牌的部分市场,使本企业品牌的市场占有率有所下降;二是消费者偏好发生变化,从喜爱本企业某个品牌转移到喜爱竞争对手的某个品牌。企业在重新定位前,需考虑两个因素:一是企业将自己的品牌定位从一个子市场转移到另一个子市场时的全部费用;二是企业将自己的品牌定在新位置上的收入有多少,而收入多少又取决于该子市场上的购买者和竞争者情况，取决于在该子市场上的销售价格等。

4. 比附定位

比附定位则是指拿自己的产品或服务比附领导者的位置，以便在消费者心目中为自己确立一个有利位置的方法。例如，七喜品牌刚刚诞生时，只不过是一种普通的汽水而已。经过调研后，七喜发现，可口可乐和百事可乐的品牌形象和利益点已经在消费者脑海中构筑了坚固的抗拒壁垒。于是，七喜采用借建好的梯子往上爬的办法，定位于"非可乐"饮料，一下子把默默无闻的七喜与可口可乐和百事可乐对等起来，同时通过"非可乐"的定位又与"可口可乐和百事可乐"分隔开来，凸现七喜的个性。

5. 补缺定位

是指寻找新的尚未被占领但有潜在市场需求的位置，填补市场上的空缺，生产市场上没有的、具备某种特色的产品。例如，日本的索尼公司的索尼随身听等一批新产品正是填补了市场上迷你电子产品的空缺，使得索尼公司即使在第二次世界大战时期也能迅速地发展，一跃成为世界级的跨国公司。

10.7.3　目标消费者定位策略

1. 第一定位策略

企业运用所有的市场营销组合，使产品特色确实符合所选择的目标市场。但是，企业要进入目标市场时，往往是竞争者的产品已经上市或形成了一定的市场格局。这时，企业就应认真研究同一产品竞争对手在目标市场的位置，从而确定本企业的产品的独特的有利位置。第一定位策略就是企业将自己定位为市场某方面的首创者或领导者。

2. 强化定位

由于各种原因，消费者对产品可能具有先入为主的定位或印象。企业可以利用其产品在目标消费者心目中的原有印象，着力强化这一印象，实现更有效的市场定位。例如，中国台湾某伞生产企业意识到本企业产品在目标顾客中的价廉的低端形象，企业有意识地将产品的价格定得比竞争对手的产品低很多，从而强化了消费者的印象，获得了良好的市场效益。

3. 集团定位

企业生产的产品可能由于类别、形式、规格很多，企业如果单独对每种商品定位，不仅成本很高，而且会由于定位不一致而让消费者产生混淆。对于这种情况，企业应该考虑针对特定的目标消费者，为企业集团生产的多种产品进行相同或相近的市场定位，向消费者传播统一的信息，实现统一的营销沟通效果。

本 章 小 结

企业选择了目标市场后，需要研究自己在目标市场的位置，在目标市场上的消费者、竞争中的地位，即市场定位。企业的市场定位应该是主动地、战略性地、竞争性地与顾客进行双向沟通，在企业形象、产品、竞争等方面在消费者心中占领牢固的位置且树立鲜明形象。企业进行市场定位时应该科学把握定位依据，采用市场定位图法，通过合理的步骤，在产品差别化、服务差别化、人员差别化和形象差别化中进行有效的战略选择和组合，并制定行之有效的产品定位、竞争定位和目标消费者定位策略。

核心概念

市场定位　迎头定位　避强定位　比附定位　补缺定位　产品差别化　服务差别化　人员差异化　形象差别化

自我测试

1. 市场定位就是寻求产品差异化吗？为什么？
2. 试述市场定位与目标市场的关系。
3. 为了实现市场定位企业需要如何与消费者沟通？

讨论问题

应该如何给茅台酒定位？

第11章

市场营销组合战略

微波炉市场上独傲群雄的格兰仕，成立于1992年，其前身是创立于1978年的一家乡镇羽绒制品厂。在短暂的几年时间里，经历了从微波炉到光波炉，并形成系列产品，始终在微波炉市场处于领先地位的发展历程，在发展过程中，其成功取决于诸多因素共同发挥作用。它在形成规模经济后，获得低成本优势，为抢占市场，通过自己建立的营销渠道优势，大打价格战，使其获得全球微波炉市场份额第一的位置，这都得益于格兰仕的特殊的市场营销组合战略。

1. 在产品策略上，格兰仕突出抓以下工作

（1）注重产品的质量和种类。创业之初，格兰仕从日本引入当时世界上最先进的微波炉生产技术与生产设备，学习日本东芝企业的生产管理与质量管理经验，并聘请微波炉专家和工程师。为提高自主研发能力，1998年格兰仕在美国设立研究与开发部门，与全球200多家跨国公司建立合作关系，并向市场推出百余种新开发的品种。

（2）做产业的领头羊。2001年7月，在行业内首创研发并批量生产科技含量较高、能消灭细菌、高效烹饪后仍保持原汁原味的数码光波微波炉。2005年年初，格兰仕及时调整产品策略，推出了极具市场竞争力的V尚光波和光波V8一键通系列，并占据中高端市场，提高垄断地位。

（3）加强研发和技术创新能力。格兰仕通过自主研发掌握了磁控管核心技术，开始领先世界先进水平，每年开发的新品上千种，并将更多的精力放在产品研发和制定行业标准等方面。

（4）塑造品牌形象。随着其产品畅销近200多个国家和地区，塑造了"全球制造、专业品质"的品牌形象，赢得消费者认可。格兰仕坚持"努力，让顾客感动"的经营宗旨，使其正在向国际一流企业，世界名牌进军。

2. 在价格策略上，格兰仕的主要做法是：

(1) 低价渗透、抢夺市场。在微波炉生产过程中，格兰仕采取措施加强了成本管理和控制，从而成功降低产品成本，进而为推行低价渗透、抢夺市场的价格策略赢得机会。当时的微波炉在国内市场上还属高档消费品，基本上是国外产品，价格较高，且有较大的利润空间。于是格兰仕推出低价位的产品，以较低的利润率换取市场占有率的快速增长。从1993年开始试产到1995年，格兰仕以25.1%的全国市场占有率成为市场领导者。

(2) 低价销售遏止竞争对手进入市场。格兰仕在1995年实现全国产销第一的目标后，将主要目标放在了如何进一步扩大市场占有率、维持领先地位上。随着格兰仕低价、大规模地进入市场，国内市场容量急剧扩大，市场吸引力也越来越大。它除了沿用成本控制措施之外，又通过扩大规模来获取规模经济效应，降低成本。格兰仕利用其成本与规模优势，分别于1996年8月和1997年10月展开了两次大规模的降价行动，通过这两次价格大战，格兰仕达到了两个主要目的。第一，格兰仕的市场占有率继续快速上升，产销量迅速扩大。由于格兰仕先发制人，所以当其他企业醒悟过来跟随降价时，格兰仕已经牢牢掌握了市场的主动权。第二，通过这两轮大战，一方面重创了现有的竞争对手，使规模小、成本高的许多厂家纷纷倒闭、转产；另一方面使微波炉销售的利润空间变得极小，抬高了行业进入的门槛，无形中遏止了潜在竞争者进入。

(3) 新产品开发与降价策略齐头并进。通过大规模的降价促销，获得了巨大的市场份额后，格兰仕认识到新产品开发的重要性，并不断加强新产品的开发。实践中，格兰仕总是利用每一次价格战的机会，悄悄地将新产品推向市场。从而使其竞争对手只看到每次的降价引起的激烈竞争和消费高潮，而看不到格兰仕一次次大规模的新产品导入市场。通过降价策略与新产品开发的结合，适时地导入新产品、淘汰旧产品，使得格兰仕在市场上占尽了先机。

3. 在营销渠道方面，格兰仕主要采用专卖店模式策略

为了更快地将产品传递给消费者，同时使消费者支付较低的价格，格兰仕采用合资销售股份公司的形式来构建专卖店模式。通过成立合资销售股份公司，由其负责地方广告和促销活动以及专卖店的店面装修，负责分销工作，并制定批发价格和零售价格，要求下级经销商严格遵守。与各服务公司签订合约，承担并管理售后服务，监督其执行，并承担相关费用。而格兰仕负责实施全国范围内的广告和促销活动，只是对品牌建设提出建议，并对合资销售股份公司的行为进行抽样检查，从而使得格兰仕微波炉获得了成本优势。例如，在整个管理过程中，格兰仕只面对各个专卖店，因而其信息收集成本低，谈判成本低，对各专卖店进行监督的成本也比较低。由于它通过合资销售股份公司来完成整个产品流通过程，大大消除了多个批发商之间的价格大战，解决了经销商在品牌经营上的短期行

为，这样就可以大大节约格兰仕微波炉的管理成本，提高了其竞争力。

4. 在促销方面，格兰仕微波炉采用了如下策略：

（1）文化促销策略。为了让消费者认识、了解微波炉的功能和使用方法，并产生消费欲望，从 1995 年起，公司就开始在全国各地开展大规模的微波炉知识推广普及活动，宣传微波炉。在全国各地 150 多家报刊上以特约专栏的形式开设了"微波炉使用指南"、"专家谈微波炉"等栏目，从微波炉具有的功能以及如何选择、使用、维护、保养进行全面介绍，激起了消费者购买微波炉的欲望。组织国内专家学者编写《微波炉使用大全及美食 900 例》，连同《如何选购微波炉》、《如何保养微波炉》等小册子组成系列丛书，并在全国 30 多个城市的大型商场开展赠书活动。使消费者了解、认识、知道微波炉，同时提高消费者的识别、鉴别能力，直接向消费者传达微波炉概念。

（2）现场促销策略。通过大篷车将微波炉送到城区的大街小巷，采用现场宣传，现场演示的方式，使消费者亲眼看见并亲自体验，提高消费者对产品的知晓度和信任度，充分利用口碑宣传的作用，提高产品知名度，产生了较好的宣传效果。

（3）联合互动营销。在 2003 年 12 月 3 日，由格兰仕牵头，康宝、万信、名人、欧派、大自然等十家企业在北京共同签订"互动联合营销联盟公约"，采用大规模互赠促销模式。即当消费者购买格兰仕微波炉时，可享受其他九家企业的某种产品的优惠，反之亦然。

资料来源：百度文库。

11.1　市场营销组合概述

11.1.1　市场营销组合的涵义

从管理决策的观点来看，企业的市场营销受两大要素的影响，其一是企业不可控制的要素，如人口、政治、经济、法律、自然和社会文化等外部营销环境要素；其二是企业内部自身可以控制的营销要素，这些要素首先被美国著名营销学家杰·罗姆·麦卡锡（Jerome McCarthy）归纳为 4P's，即产品（product）、价格（price）、渠道（place）和促销（promotion）。可见，企业的营销活动实质上是一个利用内部可控的营销要素去适应外部不可控的营销环境的过程，即企业通过对产品、价格、渠道、促销的计划和实施，来实现对外部不可控环境作出积极动态的反应，从而促成营销活动的实现，进而满足消费者与组织的目标。

所谓市场营销组合，就是指企业为了进入某一特定的目标市场，在综合考虑外部不可控的营销环境要素的基础上，结合自身的资源情况，并对企业内部自身可以控制的营销要素进行搭配、优化组合、综合运用，以实现企业营销目标的系统过程。

市场营销组合概念的提出与应用，其基础是以消费者需求为中心的市场营销观念。而在市场营销观念确立之前，企业的经营思想基本上是以生产为中心，企业各职能部门为了强调各自的重要性，各种活动都从自己部门业务出发，从而导致企业没有从系统上去考虑营销策略。从系统过程来看，营销组合过程要求企业协调好各职能部门的生产经营活动和策略，使各部门的活动既有序又灵活，使企业形成高度统一的有机系统。

11.1.2 市场营销组合的特点

企业通过对自身可以控制的各个变量要素进行动态组合，当这些变量要素以不同方式组合就表现出不同的组合形式，这就为企业获得不同的营销优势提供条件。在实践中，企业的营销组合的优劣不但在较大程度上会影响其营销优势，而且企业在目标市场上的竞争地位和经营特色也会通过市场营销组合的特点充分体现出来。

1. 营销组合具有可控制性

企业除了按照消费者的需求生产和销售产品外，更要考虑产品、定价、渠道、促销等企业本身可以控制的各种要素的影响，在思考这些要素如何组合才能满足消费者的需求的同时，又能使企业获得既得利益，而这种组合作为市场营销手段，企业在实践中是可以选择和控制的。例如，当企业确定进入的目标市场后，对消费者需要进行调查和分析，以此来确定企业所要生产的产品的功能、结构和服务方向；在确定以什么价格将产品卖给消费者时，要根据企业面临的市场竞争状况，自主控制产品的销售价格；同时，企业可以根据自己的发展战略以及市场竞争状况，选择以什么渠道将产品分销到消费者手中；而为了让消费者能了解、认识企业的产品，企业可以根据产品的特点，自主选择广告宣传手段。

另外还要关注企业不能控制的外部要素，如社会人口、宏观经济、政治法律、文化与风俗习惯等外部环境的变化，因为企业可以控制的这些内部要素也要受到其外部环境的影响。例如，2008年的经济危机，对企业的产品结构和产品价格都产生了的影响。可见，企业在运用营销组合战略时，不但要利用好可以控制的自身要素，同时又要动态地适应外部环境的变化，这样才能在市场竞争中获得主导地位。

2. 营销组合具有动态性

市场营销要素组合的动态性表现为4P's中的产品、价格、渠道和促销等四大要素是一个变量，企业可以根据经营战略以及外部环境的变化，对其中每一个要素不断地调整。而每一个要素中又由若干个子要素构成，于是只要某一个变量发生变化，就会形成一个新的组合，可见，营销组合的过程实际上是一个动态过程，由于营销组合的动态性，提高了企业对经营环境的适应性和能动性。

3. 营销组合具有系统性

企业营销组合虽然更多是站在消费者的立场来进行的，但是，企业在考虑消费者利益的同时，也要考虑自身的利益，这是消费者利益得以保障的前提。所以企业在进行营销组合时，要以企业的经营战略为前提，各部分要相互配合，形成一个统一的系统。由于各个营销要素自身因构成要素的不同（如产品由质量、性能、包装、规格等子要素构成），从而形成各自的子系统。因而企业要根据目标市场的情况，在经营战略的指导下，使各个子系统相互协调，即当企业在制定产品战略、价格战略、渠道战略、促销战略时，必须考虑这些战略在具体实施时与其他策略能否相互协调、相互配合形成一个较强有力的和谐系统。例如，某企业销售部门如果开展大规模的促销活动，会对企业产品成本策略以及定价策略产生一定的影响。因此，在进行市场营销组合时，不但要考虑其能否推动目标市场经营战略的实现，而且还要考虑它对其他营销战略的可能影响，尽量使产生的负效应降到最低程度。

可见，市场营销组合从系统性方面来理解时，体现为它是一个复合体。因而要求企业在进行产品、价格、渠道和促销等四个要素组合时，要协调好各方面的关系，各策略之间要相互协调、相互配合、相互作用。从管理方面的木桶理论得知，要兼顾最差的一方，才能使整体组合效果最优，产生的整体效果也最佳。

4. 市场营销组合具有层次性

营销组合是产品、价格、渠道、促销等四大要素的大组合，而每一个要素又包括许多子要素构成，从而形成一个正金字塔的层次结构。例如，产品要素包括产品实体、产品服务、品牌、包装等；价格要素包括基本价格、折扣价格、信贷条件、付款方式等；渠道要素包括存货控制、运输方式及设施等；促销要素包括人员推销、广告、营业推广和公共关系等。这些子要素之间又可组成各个要素的子组合，进而对企业的经营活动产生影响。

11.1.3 市场营销组合的意义

1. 市场营销组合支持营销战略的实现

企业的营销战略主要是由营销目标（如提高产品的市场占有率以及满足消费者的需要等等）和支持该目标得以实现的营销组合战略共同构成，也就是说，企业营销目标的实现得益于营销组合战略的制定与实施，而营销组合战略的制定与选择取决于企业所选择的目标市场。因而企业要根据目标市场上消费者的需求特点和企业的经营实力，确定产品战略、价格战略、渠道战略、促销战略以及整体市场的营销组合战略。而在市场营销组合战略的制定过程中，既要将四个子战略综合运用，也要根据产品和市场需求的特点，分别重点使用某一个或某几个子战略，从而制定出相应的营销战略。那么，当营销组合战略得以顺利实施，就必然会支持企业营销战略的实现。

2. 市场营销组合是企业获取竞争优势的有效手段

市场营销组合的核心是为其目标消费群体创造价值，通过实施不同的营销组合战略来满足目标消费群体的需求，而能否获得和留住消费者，将会使企业在激烈的竞争中获得最大的竞争优势。由于市场竞争的激烈性，任何一个企业都不可能具有全面的竞争优势，企业只有在确定目标市场的基础上，选择适合自己的经营目标，并运用市场营销组合战略，形成各自的经营优势。这样，企业可以做到扬长避短，充分发挥自己的潜力和优势，战胜对手，使企业在市场竞争中处于有利地位。

3. 市场营销组合可以协调企业内部各部门的关系

一般地，消费者对某种商品进行消费时，往往要求得到整体需求满足。因此企业必须以适当的产品、适当的价格、在适当的时间和适当的地点，进行整体销售。然而在实践中，常出现各个部门都从各自的职能出发提出经营目标和工作安排。例如，生产部门希望产量提高，采购部门期望原材料成本降低，销售部门希望销售量增加等等。各部门或多或少都与消费者发生着联系，但又各自为政，相互内耗，使企业难以满足目标市场需求。

而从营销组合的系统性特点可知，如果企业能从市场营销组合的各个战略方向去设置职能部门，使各部门互相分工协作，相互间形成统一、协调、和谐整体系统，使得各部门的统一行动能够共同满足目标市场上消费者的需求，从而推动企业实现既定的战略目标。例如，销售部门在进行商品销售时，其行为会涉及或影响到企业的生产、财务、人事等各个部门。当销售部门根据市场需求的变化，要增加某种新产品，或者调整现有某种产品的结构，以满足消费者需求时，企业生产部门就得考虑现有技术力量和设备资源的能力是否支持销售部门的要求，而财务部门就要考虑企业的财务能力能否支持生产线的改进等等，从而使得企业各部门明确自己的工作，形成一个协调的系统。

11.1.4　市场营销组合的构成要素

自从1960年麦卡锡教授率先提出了4P's营销组合要素的观点后，使得关于营销组合要素内容的讨论成为热点，许多营销学专家和学者都在对其内容进行补充和完善，使得4P's营销组合理论得到广泛的传播和应用，成为几乎所有营销课程的理论基础。如图11-1所示，这就是在实践操作中，最常见的市场营销组合的构成要素。

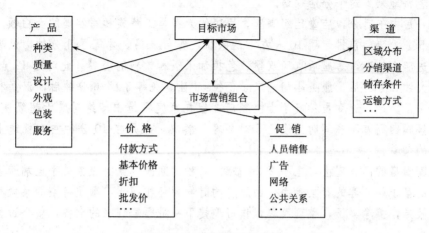

图 11-1　市场营销组合图

可见，企业的市场营销组合就是由产品、价格、渠道、促销等四大类要素构成，而各要素又由相关的子要素构成，这些都是企业可以控制的要素。从其系统特性来分析，它则由四个系统（产品、价格、渠道、促销）及其相关子系统构成。在这里，产品是以消费者为中心，生产的是满足消费者需要的产品，价格应该是消费者愿意支付的价格、竞争对手的价格和企业生产成本的综合，而渠道的选择和运用，要体现为了消费者能在合适的地方能方便购买到企业的产品，至于是采用广告、人员销售或者是公共关系来促销，主要取决于企业将向消费者传递什么样的信息，而这些信息是为了企业与消费者之间能更好地沟通，最后促使消费者采取行动购买企业的产品。

因此，当企业的目标市场和营销战略确定后，企业将以此为依据制定市场营销组合，并根据面临的外部营销环境和竞争对手的情况以及消费者的消费需求的变化情况，不断微调企业的市场营销组合结构，使其符合营销战略的需要，进而推动营销目标的实现。

➤ 案例 11-1　"牛气"萨利亚：低价是硬道理

一、2.5 万日元吃遍所有菜肴

在东京都杉并区 JR 荻洼站附近的一幢商业大厦里，萨利亚在这里开的分店毫不起眼，店堂里总共才不过 170 个座位，和随处可见的家庭餐馆毫无二致，唯一不同的是，这里的菜肴都十分便宜，你就是把菜单上所有列出的菜肴都吃到家也不过花费 2.5 万日元，大概是通常家庭餐馆的一半。在经济日益吃紧的形势下，低廉的价格无疑成了吸引顾客纷至沓来的磁石。前不久，日本日经商业杂志的记者特地来到这个分店探访。

一过中午时分，店堂已经满座。用餐的大多是工薪族和写字楼的女白领。12点零5分，店门前排起了10人左右的队伍，等待入席。才等了几分钟，记者便被领进店内就座，落座后点了汉堡、色拉加米饭和饮料的套餐。此时是12点15分。大约2分钟后，服务小姐端来了色拉："让您久等了!"6分钟后，汉堡和米饭也来了。这个速度虽然赶不上快餐店，但在家庭餐馆中却绝对属于超级快速。记者环顾四周差不多同时落座的5对顾客的餐桌，也是在10分钟左右就送上了所点的菜肴。

朝厨房的门口望去，差不多20秒到30秒的间隔，就有服务员手里端着装有菜肴的盘子朝顾客的餐桌走去。回厨房的时候则环顾四周，顺便将空的菜盆和玻璃杯收走，擦净桌子，整理菜单，作好迎接下一批顾客到来的准备，整个过程一气呵成。

像这样的分店，萨利亚在整个日本有780间，在中国也开了近30个分店。在日本，外餐业已迎来寒冬季节，被称为引领日本家庭餐馆业发展的"三驾马车"——Skylark、Danny's、Royalhost经营业绩萎靡不振，有的连连亏损不得不关闭大量的分店。其原因，一方面是由于各家餐馆提供的菜点趋于同质化，降低了吸引力；另一方面，与新起的餐饮连锁店竞争日益激烈，再加上受金融危机影响，消费者开始捂紧钱袋，抑制外出就餐的支出。但萨利亚似乎是块世外桃源，到2008年已连续36年实现赢利，单体的营业利润率达8.9%；但其食材的成本率却比Skylark还高出3个百分点，为35.5%，这说明它并不是通过削减原料开支来提高利润的。从意大利直接进口的葡萄酒、通心粉都是按自己独有规格的产品，进口量在日本外餐业中是最多的。

萨利亚为什么既可以维持低价，又能够实现较高的利润率呢？公司创始人、现任总裁正垣泰彦告诉记者："所有的奥秘都在作业流程中。"

二、厨房里没有一把菜刀

你若有机会进入即将开门营业的萨利亚任何一间分店的厨房，一定会发现，这里出奇地安静和干净，与通常所见的餐馆厨房有很大的不同，那里没有厨师忙着作准备工作而大呼小叫，空气里充满着蒸汽和油烟，地上到处是胡萝卜和土豆皮。原来萨利亚在福岛、埼玉、神奈川、兵库各县都有集中烹饪的中央厨房，分店一般不进行烹调作业。通心粉是预先在工厂煮开，然后按一人份装袋；生菜也是加工好与切细的胡萝卜拌匀后送到各分店备用。

在萨利亚的工作，有两个关键词，即"轻松"和"速度"。分店的工作，加热和装碟占了大半，在萨利亚各分店的厨房里你找不到一把菜刀。烹饪时间最长的一道菜也不过8分钟，因此萨利亚能够做到在短时间内提供很多道菜肴。

　　萨利亚有个指标，叫"人时营业额"，即一名员工一小时实现的营业额，目前萨利亚已实现"人时营业额"6000 日元左右。萨利亚非常注重提高这个指标，因为"人时营业额"一上去，每名员工应对的顾客数就随之增加，可以做到以较少的人力维持经营；而劳动力成本一下降，即使菜肴价格不得不降低，也可以通过成本来吸收。在萨利亚的分店，即使在平日忙碌的中午用餐时段，厨房员工也只有二三人，而且都是计时工，在萨利亚你找不到一个厨艺高超的"手艺人"。在萨利亚，食材的形状、厨房的布局，甚至于员工的一举手、一投足，所有的这些都被转化为数字来加以规定。

　　三、将作业流程转换成数字

　　比如，萨利亚有一种午餐经常用到的特制调味品，类似于以蛋黄酱和番茄酱为底料的三丝二酱调味汁，由于不同于那种大量掺入了橄榄油等油料的调味品，不会产生分离现象，所以在使用时不用花时间摇晃使其均匀，即使大批集中订餐也能应付自如，而且还十分省事。还有，将被分装成一人份的汤汁包装袋从开水锅里取出，开封后倒入碟中，空袋丢在哪？一抬头，眼前的调理台上已准备着一个小盒子。本来垃圾箱是放在背后的，这只是一个临时的垃圾箱，装满了后再倒入大的垃圾箱。这样又省去了操作工转身的动作。

　　"将每天的行动转换成数字，然后消灭浪费。"正垣总裁甚至将厨房内的作业细致分析到弯曲关节的次数，寻求不会累积疲劳的动作有哪些等，而制作不用摇晃均匀的调味料、增设临时垃圾箱也是这种绞尽脑汁后的成果。

　　"集中一起做才有效率"是萨利亚员工耳熟能详的工作法则。比如，在准备鱼贝鸡肉米饭这道餐食时，要拆开很多装紫米的口袋，做这道工序时，按规定就是 3 袋一起用剪刀剪开，而不是一袋一袋拆开。这是"人时营业额"达到 6000 日元的目标已像经营理念一样渗透到每个员工脑中的证明。

　　这种为实现目标而执著努力的劲头还反映在萨利亚布局分店的扩张战略上。开设分店，萨利亚有一条底线，那就是预期销售额一定要达到投资额的 2 倍以上，经常性利润率 10％。如果估计下来总资本经常利润率无法达到 20％的话，这个分店就要暂缓开出，不然，占毛利约四成左右的劳动力成本支出用劳动时间一除，就无法达到 6000 日元。

　　因为有了这条底线，萨利亚很少新开分店，倒是常常可以看到它在同行撤退后的旧址上开张新店。一个有趣的现象是，萨利亚非常讲究餐饮制作烹饪的标准化和工作效率，但对分店的规模和形态却不怎么在意。有的甚至在二流、三流地段择址开出分店，这类分店往往就成为萨利亚尝试新的效率化手法的"实验分店"。

　　资料来源：中国营销传播网

■ 11.2　市场营销组合战略

11.2.1　市场营销组合战略概述

1.市场营销组合战略的意义

市场营销组合对一个组织具有多方面的有利影响。例如，激励个人和团队，从而推动组织目标市场得以实现；可以根据自身情况进行营销组合，扬长避短，充分发挥企业的竞争优势，实现企业战略决策的要求；可以加强企业的竞争能力和应变能力，使企业立于不败之地；可以使企业内部各部门之间紧密配合，分工协作，形成协调、和谐的营销系统，从而企业能够灵活地、有效地适应营销环境的变化；由于系统性的特性，又能强化企业的核心价值观和企业文化，并推动组织变革的实现，由于要求各部门之间的协调一致性，降低管理中的矛盾和冲突，利于降低企业管理成本等等。或许正是因为营销组合对于企业有着如此举足轻重的作用，所以几乎所有的企业都在这方面投入了大量的精力。

然而，在很多的时候，企业往往因为过于关注细节问题而使得营销组合活动流于技术层面，最终把对技术本身的检验和评价当成了市场营销组合的目的。在实践中，这种情况主要表现是，在设计有关市场营销组合的问题时，很少有企业会真正去考虑这样一些问题：这项营销组合技术可以使企业达到什么样的目的？它是否有助于企业战略目标和营销目标的实现？能否使企业获得预期的竞争优势？它是否会支持企业的组织文化？在这种情况下，企业就很容易混淆市场营销组合的目的和手段，错把手段当成目的。其结果是，许多企业会发现，自己在市场营销组合方面花费了大量的人力和金钱，但是对于企业的经营目标的实现却没有起到太大的作用，甚至还会出现由于各部门之间的各自为政，相互推诿，但有利益时却互不让步，最终导致企业无法整体配置资源，而出现占用了企业的不少资源却费力不讨好的局面。

事实上，随着市场竞争的白热化，企业都在想方设法提高自己的市场竞争能力，提高自己的产品在市场中的市场占有率。这就要求企业有一个好的企业战略，并有一个支持企业战略实现的经营战略，而企业要实施经营战略，必须对企业自身的资源进行整合，然后形成一个有力的营销组合。这里的营销组合必须提升到战略的地位，而不只是以往的简单在产品、价格、渠道和促销等方面的技术组合，它必须进行全局性考虑，使得企业中相关的职能部门都行动起来，产生协调一致的行动。只有这样，上升到战略地位的市场营销组合才能更好地支持经营战略，促进企业战略目标的实现。

2.市场营销组合战略的内涵

市场营销组合战略是市场营销研究的重要内容之一，它是构成企业营销战略的重要内容。站在战略的角度来看，市场营销组合战略实际上是看待市场营销组合职能的一套崭新的理念，它的核心是作出一系列战略性组合决策。通常情况下，企业需要首先作出一系列根本性决策，即企业的战略，就是企业应该进入并停留在什么行业，企业靠什么赢得并保持在本行业或相关产品市场上的竞争优势，企业的整体市场营销组合政策应该如何设计。一旦企业的战略确定下来，并确定其市场营销战略，那么，企业需要回答的问题就是：企业如何才能依靠市场营销组合决策来帮助自己立于不败之地？这些关于如何帮助企业赢得并保持竞争优势的相关市场营销组合决策就是我们所探讨的市场营销组合战略。它主要需要回答以下几个方面的问题。

第一是市场营销组合的目标是什么？即市场营销组合如何支持企业的经营战略？当企业面临着竞争对手和外部不可控的经营环境要素（如人口、政治、经济、法律、自然和社会文化等）发生变化时，应该如何调整自己的市场营销组合战略？

第二是如何实现产品策略以满足消费者的不同需要？即站在消费者的立场，如何在产品的特性、质量、外观、附件、品牌、商标、包装、担保、服务等方面实施产品发展、产品计划、产品设计、交货期等决策。

第三是如何实现既被消费者接受又具有竞争性的价格策略？即如何在付款方式、信用条件、基本价格、折扣、批发价、零售价等方面来确定定价目标、定价原则与定价技巧等决策。

第四是如何实现让消费者了解产品，并产生消费欲望的促销策略？即如何通过广告、人员推销、宣传、营业推广、公共关系等方式达成与消费者之间的沟通，促进消费者购买商品以实现扩大销售的策略。

第五是如何实现将产品快速传送给消费者的分销策略？即如何通过分销渠道、区域分布、中间商类型、运输方式、存储条件等政策来使商品顺利到达消费者手中的途径和方式等方面的策略。

第六是如何管理营销组合系统？即企业中各相关的营销组合部门以及辅助部门之间应该如何协调工作，如何做到信息沟通的流畅，以便形成快速应变企业内部资源和外部经营环境的变化而及时进行营销组合战略的调整，同时还要注意应该由谁来设计和管理营销组合体系。

第七是提高营销组合成本的有效性？即如何进行营销组合以达到有效控制营销组合成本，如何加强管理以便提高营销组合成本的有效性。

综上所述，市场营销组合战略的基本思想在于，从企业的战略出发，确定企业经营战略，然后选择某一策略作为主导策略，进而制定其他策略。例如，从制定产品策略入手，同时制定价格策略、促销策略及分销渠道策略，组合成战略总体，以便实现企业进入目标市场的目的。在实践中，企业经营能否成功，在很大程度上取决于如何选择这些组合策略，以及对这些组合策略的综合运用效果。

3. 市场营销组合战略的特点

1) 市场营销组合战略具有目标性

从战略上来说，营销组合是以促进企业进入目标市场为目的，也就是说，在制定市场营销组合战略时，要有明确的目标市场，并以此为依据来制定战略。同时对市场营销组合中的各个主要要素（如产品、价格、渠道和促销等）以及它们的子要素之间所形成的组合，都要求要围绕着这个目标市场来进行最优的组合。对于营销组合战略而言，它是支撑目标市场得以实现的营销战略，进而推动企业战略的实现。如果没有明确的目标，则会导致企业的营销组合成为一种短期行为，变为只追求某一方面的利益（如在价格方面获取高利润），无法顾及大局，使营销组合成为一种操作手段。这样，当企业的经营环境发生变化时，就会使得企业手忙脚乱，难以应对经营环境的变化，在这种意义上来说，它将不成其为战略。所以从战略的层面上来讲，营销组合战略具有较强的目标性，它只有围绕着这一目标来进行微调，才能使企业适应变化的经营环境。

2) 市场营销组合战略具有协调性

营销组合战略的协调性，体现在两个方面：一方面体现为组织结构之间的协调性，表现为推动营销组合战略实现的各个职能部门之间的相互配合，行动要具有协调性，共同推动企业经营目标的实现。企业在实施经营战略目标时，将会涉及生产、流通、销售等环节，会涉及生产部门、财务部门、人事部门、销售部门、研发部门等各部门之间的相互配合。如果任何一个部门不能够从战略的角度来思考问题，并形成协调一致的工作行为，而只顾本部门的利益得失，必然会导致企业的整体营销计划难以实现，最后会出现各部门之间的矛盾加剧，企业管理成本增加，更为严重时会导致人才流失。

另一方面体现为营销组合中各个要素之间的协调性，表现为营销组合战略使各要素有机地联系起来，以最佳的状态进行合理组合，服务于整体营销目标的实现。在组合时，要分析各要素之间的相互关联作用，形成协调一致的营销组合，也可以采取重点选择几个要素进行组合搭配的方式来进行组合。例如，如果考虑到产品的质量和价格直接关系到市场营销组合整体战略的优劣，那么，对二者进行多方案匹配，可以组成若干种不同的组合策略方案，同时进行竞争对手的营销组合策略分析，以及本企业的资源、技术、设备等情况分析，综合考虑其他策略的互补作用，兼顾相互之间的协调性，然后选出优秀的组合战略，这样有利于组合战略的实施。

3) 市场营销组合战略具有经济性

营销组合战略的经济性，主要体现于不同的营销组合策略所产生的经济效益不同。在这里，企业在进行营销组合时，主要考虑参与组合的各个要素对企业营销战略实现的经济效用，这是企业在优化营销组合时必须思考的问题。下面以某企业对产品促销时，其促销费用对销售量的影响来说明这个问题，如图 11-2 所示。

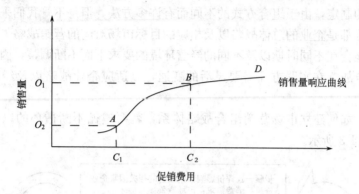

图 11-2　销售量与促销费用之间

由上图可知，当某种商品进入市场时，为引起消费者的注意，企业往往会通过某种促销手段（如广告）来激起消费者的购买欲望，随着促销费用的增加（如从 C_1 到 C_2 部分），消费者对该产品有所了解并接受，开始消费该产品，从而使产品的销售量也在不断增加（如从 A 到 B 部分），此时促销的作用效果是比较明显的，也是有意义的。但当促销费用继续增加并超过 C_2 时，此时的销售量呈现出增长较为平缓的趋势（如从 B 到 D 部分），此时促销的作用效果就不明显了。可见，只有销售产量与促销费用之间的关系处于曲线 AB 段时，增加促销费是有意义的，但两者的关系处于 BD 段时，增加促销费用没有多大的意义了。此时就要考虑其他营销组合要素了，而其他各组合要素与销售量的关系也有类似于销售产量与促销费用之间的关系，同样有一个对应性问题。可见，从战略角度来思考时，其经济性表现为各组合要素之间的合理搭配，以便达到优化组合，节约成本的目的。

4）市场营销组合战略具有适应性

市场营销组合战略的适应性表现为营销组合战略随企业外部营销环境的变化而进行调整。当企业选定目标市场以后，将会采取对应的营销战略，并制定相应的营销组合战略来进入该目标市场。而企业面对的目标市场的外部营销环境发生变化时，企业会依靠及时反馈的市场信息，对其营销组合进行调整，提高其适应能力。如果企业的市场信息反馈及时，而且反馈效果较好，那么企业的营销组合战略就可以随营销环境变化，及时重新对原市场营销组合进行反思、调整，进而确定新的适应市场和消费者需求的组合战略模式。

11.2.2　市场营销组合战略的决策程序

企业要制定一个符合营销战略的营销组合体系，根据前面的知识要完成营销组合战略的制定，由于组合方式的不同而有许多方法，但是不管我们采用什么方法，其依据都是企业的总体战略以及相应的目标市场对应的营销战略。由于企业的战略可能会在不同时期以及不同的经营环境的要求下而不断调整，因此，企业的营销组合战略在实践方面需要灵活的变通，以适应企业战略以及经营环境的要求。

那么，如何建立市场营销组合战略体系，就要遵循不断循环的以下几个步骤，如图 11-3 所示。

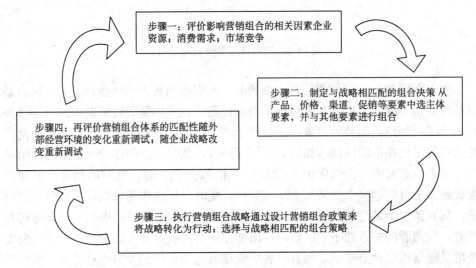

图 11-3　市场营销组合战略设计的四个基本步骤

第一步：全面评价企业所面临的内、外部营销环境及其对营销组合的影响

企业的营销组合战略是以企业的战略和经营目标为导向的，而无论是企业的战略和经营目标还是营销组合战略本身，都会受到诸多因素的影响。所以，企业在制定市场营销组合战略时，应全面收集和分析影响企业市场营销活动的相关因素。其中包括：企业总体战略；目标市场上消费者的需求状况；市场上企业的竞争情况；企业自身拥有的资源优势等。因此，企业首先必须全面、准确地了解自己所处的环境，然后确定为了在特定的环境中针对目标市场要取得的竞争优势而采取的营销组合方案。

在对影响营销组合的相关因素进行分析时，要以构成营销组合的四大要素为基础，使形成的营销组合能尽可能发挥资源优势，以便能吸引和满足消费者的需求，并能应对市场竞争。例如，在对企业自身所拥有的资源进行分析时，要分析其资源（如组织结构、资金规模、技术优势、管理特长等）在营销组合方面有何优势；在对目标市场上消费者的购买行为进行分析时，要分析消费者在各方面需求的重要性，了解消费需求的倾向，如在购买过程中首先看重的是产品的质量还是价格、是偏重理性购买还是感性购买、是否重视购买的方便性等。

第二步：制定与企业战略和经营环境背景相匹配的营销组合决策

市场营销组合的核心是创造价值，而营销组合战略由产品策略、价格策略、渠道策略和促销策略等共同组成，那么任何一方面组织得好或坏，都会影响到营销组合战略能否为企业和消费者创造价值。而对于消费者而言，其需求是多方面的，企业不可能满足所有消费者的需要，只有确定目标市场后，找出影响消费者需求的重点，分析企业所拥有的资源对满足消费者的需求是否具有足够的市场竞争力。

第一，选择主体组合要素。为了使营销组合能为企业和消费者创造更大的价值，要找出影响消费者购买行为的最重要因素，然后分析这些因素对应体现于产品、价格、渠道和促销等要素的哪个方面。从企业的战略和经营战略出发，选择其中的一个营销组合要素作为主体要素，并进一步提炼出相应的经营理念。有了这样的经营理念，在产品、价格、渠道和促销等要素各相关内容出现矛盾和冲突时就不会迷失方向，并逐步构建出企业独具个性的经营特色。

第二，确定主体要素的构成内容。在确定营销主体要素和企业经营理念以后，企业就可以进一步对主体性策略的具体内容进行规划，使其满足消费者需求。此时一个重要的工作是全面分析企业资源，从可行性角度全面调动和调整企业资源，规划出主体性策略的具体操作措施。例如，某通讯公司根据消费者的潜在需求，不断探索通过产品创新来满足消费者需求，从而形成了将产品和产品创新作为企业营销的主体性策略的模式。

第三，确定与主体要素相匹配的其他营销组合要素。企业在明确主体性策略并对其进行初步规划之后，就可以根据主体性策略的特点和要求，匹配另外的营销组合要素，并使之与主体要素相协调。例如，某儿童玩具生产商将其消费的主流群体定为 3～6 岁的小孩，根据此年龄段小孩具有一定的判断力，喜新、好动的特点，将产品策略的款式新颖作为与其他企业竞争的主要措施，进而在价格策略方面采取跟随策略，重点突出根据玩具款式变换的节奏来调整价格，在渠道上采用短渠道来更快地响应市场，以便做到更快地变换款式，在促销上使用小孩喜爱的卡酷动漫明星作为代言人来吸引小孩的注意力。

第三步：将营销组合战略转化为具体的实践

市场营销组合战略实际上是企业在做营销组合时所坚持的一种导向或基本原则，因此企业下一步所要做的是将这些原则用一定的营销组合体现出来。这一步实际上是从理论和原则到操作层面实现，而一种好的营销组合战略能否顺利地贯彻执行，具体的营销组合策略的选择和匹配相当重要。而实践是检验真理的工具，通过实践，全面审查市场营销组合的各细节因素的整体协调性，对不协调的方面进行调整以确保其系统性。

第四步：对营销组合体系的匹配性进行再次评价

营销组合体系的设计和实施，并不是一件容易的事情，营销战略管理者必须不断地对其进行重新评估并适时调整，以使之与变化的经营环境和企业战略相适应。因此，阶段性地对企业的营销组合体系的匹配性和适应性进行重新评价是非常重要的。

11.2.3　市场营销组合战略在具体运用中必须处理好的几个相应关系

市场营销组合战略无论是在制定，还是执行的过程中，都会受到多方面因素的影响，企业必须对这些因素有所认识，这对市场营销组合战略的制定和执行，增强企业的竞争力都很有意义。

1. 市场营销组合战略与营销战略

在市场营销组合战略的制定与执行过程中，都体现出营销组合战略与营销战略之间的相辅相成，有机结合的关系。市场营销战略包括市场营销的目的和市场营销组合战略，可见，市场营销组合战略不仅是市场营销战略的组成部分，而且是市场营销战略实现的基础和核心，它为市场营销战略的实现提供保证，进而推动企业战略的实现。同时，市场营销战略又指导市场营销组合战略的构建，为其提供指导思想和构建方向，使得营销组合战略更好地为市场营销战略服务。

那么，如何处理好二者之间的关系，将会影响到企业营销的成败。因此，营销组合战略在具体执行过程中，体现出目标性、协调性、经济性、适应性的特点，并根据营销环境的变化，以营销战略目标为指导，不断加强和完善。而若营销战略未取得预期的效果，企业就有必要重新评价这一营销组合战略在营销战略中是否偏离了目标，甚至考虑营销组合战略制定得是否正确，而不能只是注重在个别组合策略（如产品策略）上的调整，要从整体性、战略性方面来思考问题。

2. 市场营销组合战略与营销环境

企业的营销环境包括微观环境（如企业内部环境、供应商、营销中介、消费者、竞争者和社会公众等）和宏观环境（如人口、经济、自然、科技、政治和文化等）。环境的变化可能会给企业带来机遇，同时也可能会给企业带来威胁。而实践中营销环境对企业营销的影响，是通过影响目标市场的需求，再间接影响企业对市场营销组合要素的判断，从而直接制约企业对其市场营销组合的选择，并进一步影响到企业的市场营销战略的制定。所以，企业在制定市场营销组合时，必须对营销环境进行分析。而实践中，也要根据营销环境的变化对营销组合战略进行微调，使两者处于动态协调中，这样才能把握住企业生存和发展的主动权。

第一，营销环境制约者市场营销组合战略的形成。企业的经营活动是以外部营销环境为依托的，并与之发生着各种各样的错综复杂的联系，其营销活动必然受到营销环境的影响和制约并表现为多种渠道和多种形式，进而使得企业形成以某一营销组合要素为主体的营销组合战略。

第二，市场营销组合战略要能主动适应营销环境。由于营销环境随时都在变化，这就决定了企业必须随营销环境的变化及时调整市场营销组合，使其从战略上与企业营销战略和企业战略相一致，以求得与营销环境的适应和协调。由此可见，企业的营销活动过程实质上是企业适应营销环境变化，并对变化着的营销环境不断作出新的反应的动态过程。而这一过程应该是积极、主动地适应并影响营销环境的，企业面对变化莫测的营销环境，时刻观察和识别由于环境变化给企业带来的机遇与威胁，并将市场机遇变为企业机会。这样，不但使企业的市场营销组合战略能适应营销环境的变化，同时在一定程度上选择、影响、改造营销环境，使营销组合战略具有更大的灵活性和主动性。

3. 市场营销组合战略与目标市场

实践中，企业进行市场细分的目的在于探索市场机会，进而确定企业的目标市场。市场营销组合与目标市场共同构成企业市场营销战略的主体，以目标市场为中心，满足其需求，为其服务是企业一切营销活动的出发点和归宿，而市场营销组合的目的在于从战略上使用有效的手段去达到目标市场。

所以，市场营销组合战略的性质，实质上是由目标市场的需要所决定的。例如，目标市场上潜在的消费者所在的地理位置和人口方面的特点，将影响企业对目标市场的潜力大小判断，同时影响营销组合战略的渠道策略（何地可以购买）、促销策略（何地对谁促销）；目标市场上消费者的消费模式和购买行为特点，将影响营销组合战略的产品策略（设计，包装、产品线等）、促销策略（心理需要）；目标市场上消费者的需要的迫切程度以及选购商品的意愿，将影响营销组合战略的渠道策略（如渠道的长短、宽窄、直接或间接）、产品策略（如服务标准）、渠道策略（如是否便利购买）、价格策略（如消费者愿意支付的价格）。

4. 市场营销组合战略与市场营销观念

企业的经营行为首先受到市场营销观念影响，进而影响到企业营销战略，影响营销组合战略的选择，所以有必要对两者的关系进行认识。其中生产观念是从企业自身生产出发，主要表现为企业生产什么就买什么，它是在卖方市场条件下产生的，组合策略侧重于产品策略，更多努力于扩大规模，以便降低产品成本。产品观念也是在卖方市场条件下产生的，组合策略也侧重于产品策略，注重产品的高质量、多功能性质，企业注重产品改良，而忽视市场需求及其变化，易出现"营销近视"。推销观念是在买方市场条件下产生的，此时市场产品出现过剩，供大于求，表现为企业卖什么消费者就买什么。企业营销目标是销售制造出的商品而不是市场需要的商品，组合策略为促销策略。市场营销观念出现于供过于求的买方市场是以满足消费者需求为出发点，变现为顾客需要什么，企业就生产什么。制定的组合策略是多角度的，目标在于尽力使潜在顾客转化为显在顾客，促使其完成购买行为。社会市场营销观念认为，企业应该确定目标市场的欲望、需要和利益，然后给消费者提供超值的产品和服务，在制定营销政策时，应该在企业利润、消费者需要和社会利益等方面进行平衡。

5. 市场营销组合战略与企业资源

企业的资源状况主要有企业的公众形象、员工技能、企业管理水平、原材料储备、物质技术设施、专利、销售网络、财务实力等要素。这些要素决定了企业如何选择合适的市场营销组合战略，并使之与企业的实际相符合，以便保证营销组合战略的实现，企业不可能超出自己的实际能力去满足所有消费者的需要。任何企业在资源方面都会有与其竞争的企业相区别的优势和弱势，而市场营销组合就应该充分利用企业在资源方面的优势，在目标市场上完成企业的既定目标。市场营销组合战略实际上是企业在对各种营销策略运用程度上的合理控制，使它们之间的匹配达到最优状态。企业在实践中，只有不断地注意对各组合要素之间的协调与配合，必要时以企业的整体营销目标为原则，适当放弃局部利益，作出合理的调整，才有可能获得营销组合的最佳效果。

11.3 市场营销组合理论的发展历程

在竞争日益激烈的市场经济下，任何企业都面临着怎样把产品销售出去，怎样提高产品的市场占有率等问题。随着科学技术的发展，在某些产品领域里，产品的性能相似性较高，相互替代的可能性极大，这就出现针对同样或类似的产品，企业在面对市场时，有着不同的市场定位，不同的营销组合战略，于是企业怎样把握市场策略，获得消费者就成了重要的战略。为此，有必要从市场营销组合理论发展的角度来探讨其对企业营销战略怎样转变以及怎样实现目标市场进行探讨。

11.3.1 20 世纪 60 年代的 4P's 营销理论

1953 年，尼尔·鲍顿（Neil Borden）提出"市场营销组合"（marketing mix），指出市场需求或多或少的在某种程度上受到所谓"营销变量"或"营销要素"的影响，为了寻求一定的市场反应，企业要对这些要素进行有效的组合，以便满足市场需求，获得最大利润。他提出的市场营销组合包括 12 个要素，即"12P's 营销组合"策略，包括产品计划、定价、厂牌、供销路线、人员销售、广告、促销、包装、陈列、扶持、实体分配和市场调研。

　　1960 年，美国密西根大学教授杰·罗姆·麦卡锡（Jerome McCarthy）在其著作《基础营销》中将这些要素进一步概括为 4P's，即产品（product）、价格（price）、渠道（place）、促销（promotion）。4P's 营销策略自提出以来，对市场营销理论和实践产生了深刻的影响。

　　该理论的各组成要素有其较为深刻的含义，其中产品不仅是一个产品体系，而且从产品层面上来看，它包括核心产品、一般产品、期望产品、附加产品和潜在产品等层次；从产品系列组合来讲，包括产品的广度、长度、深度和相关性等要素；从产品的构成方面来看，包括品牌、特色、质量状况和售后服务等。价格是一个价格体系，它包括出厂价格、经销商批发价格、零售价格，还包括企业的价格政策里面的折扣、返利等指标要素这些构成了整个价格体系。渠道包括公司的渠道战略是通过自己建设渠道还是通过总经销建设渠道，是总经销代理还是小区域独家代理，还是密集分销。在渠道方面，企业会面对产品要占领哪些终端，终端的策略怎样，渠道链条怎样规划，怎样选择客户，管理和维护客户，怎样选择渠道等等方面的问题。促销活动应是对消费者、对员工、对终端、对经销商的广泛意义上的一个促销组合，这样的促销才是完善、全面的。

　　该理论产生于饱和经济时代，它曾经主张可以单独地看待每一类要素。但如今经营环境瞬息万变，如果不能够灵活、变通，而是盲目使用该理论，就难以形成有效的营销组合体系。而实践表明，构成营销组合的各要素之间拥有千丝万缕的联系，并不是孤立存在的。目前，许多学者和企业管理者都在从不同的角度对该理论进行补充和完善，在企业的实际操作中，无论是对营销战略的调适，还是对新产品进行开发，都是围绕该理论的四个主要要素及其子要素之间匹配的合理性展开的。由于大家的共同努力，使得该理论成为目前应用最为广泛的营销理论，并在企业中被广泛运用，甚至影响了企业的组织结构，推动现代市场营销理论的发展。

11.3.2　20 世纪 80 年代的营销理论

1. 7P's 营销理论

　　美国服务营销学家布姆斯（Booms）和比特纳（Bitner）针对服务业的特殊性，在 1981 年提出了适用于服务业的扩展营销组合。他们在 4P's 的基础上，根据服务业的特点，新增了有形展示（physical evidence，即服务组织的环境和它所有用于服务生产过程以及与顾客沟通过程的有形物质）、人员（participants，即作为服务提供者的员工和参与到服务过程中的顾客）和过程（procedures，即构成服务生产的程序、机制、活动流程和顾客之间的相互作用与接触沟通）等三个组合要素。7P's 理论主要是针对服务营销量身定制的，因此也被称为"服务营销组合"的 7 个 P。

该理论提出了让员工参与到整个营销活动实践中来，营销活动不再是营销部门的专利，在一定程度上体现了以人为本的管理思想；考虑到顾客利益，提出了营销活动中顾客群体的重要性；认识到通过展示来沟通与传播信息，让顾客在某种特殊的环境下认识产品，产生购买欲，达到促销的目的；由于营销活动是一个由各职能部门的全员参与的活动，而部门之间的有效分工与合作是营销活动实现的根本保证，因此，该理论既体现了对服务过程的重视，也体现出了营销组合的系统性。

2. 6P's 营销理论

6P's 组合理论是在世界经济走向滞缓发展，市场竞争日益激烈，政治和社会因素对市场营销的影响和制约越来越大的情况下产生的。在 1986 年，科特勒提出了企业要进入被保护的市场，并冲破政治壁垒和公众舆论的障碍，那么在做好 4P's 基础上，再增加政治权力（power）和公共关系（public relations）两个要素，于是出现了 6P's 组合理论，并将它命名为大市场营销。

该理论指出，企业在营销过程中，需要借助政治力量和公共关系技巧去排除产品通往目标市场的各种障碍，获得相关方面的支持与合作，实现企业营销目标。强调在营销过程中，要协调好与企业有利益关系的外部各方面之间的关系，以便排除来自人为的（主要是政治方面的）障碍，打通产品的市场通道，来满足目标顾客的需要。该理论的提出，使得企业可以通过的各种活动施加影响或运用政治权力疏通关系来加以改变某些外部环境因素，使其为企业市场营销活动服务，提出了在某些情况下，企业是可以通过某种手段来控制外部不可控环境因素的。

3. 11P's 营销理论

该理论由美国著名市场营销学家菲利浦·科特勒教授在 1986 年提出，他在大市场营销理论的基础上再加上探查、分割、优先、定位和人等要素，自此 6P's 组合正式演变为 11P's 组合。该理论认为，企业在"战术 4P's"和"战略 4P's"的支撑下，运用"权力"和"公共关系"这 2P's，可以排除通往目标市场的各种障碍。

该理论将所包含的大市场营销组合即 6P's 组合称为市场营销的策略，指出该策略确定得是否符合要求，能否顺利实施，取决于其包含的 4P's 组合（即探查、分割、优先、定位）所形成的市场营销战略，以及贯穿于整个企业营销活动全过程的 1P's（即员工），这里的员工是实施前 10P's 成功的保证，该理论将市场营销组合从战术层次转向战略层次。

11.3.3　20 世纪 90 年代的营销组合理论

1. 4C's 营销理论

20 世纪 90 年代，美国学者劳朋特（Lauteborn）教授提出了与传统营销的

4P's 相对应的 4C's 理论，其主要构成要素为：消费者（consumer needs wants），成本（cost），便利（convenience），沟通（communication）。其中，对消费者而言，主要考虑其需求与欲望，就是在生产产品前，应对消费者的需求和欲望进行市场调查与研究，并以此为依据来生产符合消费需求的产品；就成本而言，就是在定价方面，要考虑消费者愿意付出的成本，通过了解消费者为满足一定的需求与欲望而愿意支付的成本与费用，考虑消费者对价格的敏感度，并综合考虑消费者的交易成本和企业的生产经营成本。便利体现为购买商品的方便性，是在建立销售渠道时，要考虑加强销售网络建设，提供优质服务，为消费者购买商品的便利性。沟通，就是要让消费者了解产品，就要提供资讯，建立感情，加强与消费者之间的沟通，寻找消费者更易接受的促销方式，真正关心消费者。

　　该理论站在产品策略的角度，提出了企业生产产品时，要更关注消费者的需求与欲望，生产他们需要的产品；从价格策略角度，要考虑消费者为得到某项商品或服务所愿意付出的成本；在渠道方面要考虑消费者购买商品的便利；同时强调促销过程是一个与消费者保持沟通的过程，而且是双方之间的双向诚信沟通。

　　该理论的指导思想是以消费者为中心，强调企业的营销活动应围绕消费者的需求、欲望、条件来进行。适应了消费者需求中心论时代的企业营销实践的要求，因此该理论从其出现的那一刻起就普遍受到营销理论界与企业界的关注，并成为消费者满意管理的理论基础。

　　但是，从企业的实践和市场发展趋势来看，4C's 理论依然存在不足之处。该理论以消费者为导向，去满足消费者需求，而在市场竞争较激烈的情况下，企业不仅要看到需求，同时也要关注竞争对手以及外部营销环境的变化。另外，在该理论的指导下，企业由于过度关注消费者的需求，容易注重短期利益，一味追求时尚，从而迷失了发展方向，最后可能被竞争对手挤出市场。

　　2. 4R's 营销理论

　　20 世纪 90 年代，美国学者舒尔茨（Don E. Schultz）根据关系营销思想提出了 4R's 营销理论，即关联（relevancy）、反应（respond）、关系（relation）、回报（return）。

　　该理论强调在竞争的市场中，消费者具有动态性。因此，企业应与消费者在变化的市场中建立长久互动的关系，建立与消费者的关联性，把企业与消费者看做一个命运共同体，与消费者在平等的基础上建立互惠互利的伙伴关系，防止消费者流失，赢得长期而稳定的市场；企业面对迅速变化的消费者需求时，应站在消费者的角度及时地倾听他们的希望、想法和需求，了解消费者的意见后，及时寻找、发现和挖掘消费者的欲望与不满及其可能发生的变化，并建立对市场变化快速作出反应的机制；企业也要与消费者之间应建立长期而稳定的朋友关系，重视长期利益，让消费者主动参与到生产过程中来促成共同的和谐的发展，建立以产品或服务给消费者带来的利益为核心的产品策略，从实现销售转变为实现对消费者的责任与承诺，以维持消费者再次购买及其忠诚为主要任务；企业应追求市场回报，因为回报是维持市场关系的必要条件，那么企业在满足消费者需求时，为其提供有价值的产品或服务，而消费者必然予以货币、信任、支持、赞誉、忠诚与合作等物质和精神的回报，这些回报最终会归结到企业利润上。所以将市场回报当做企业进一步发展和保持与市场建立关系的动力与源泉，并在企业与消费者之间建立共赢的关系。

该理论的最大特点是以竞争为导向，体现并落实了关系营销的思想，反应机制体现为互动与双赢，回报兼顾成本和利益。根据市场不断成熟和竞争日趋激烈的形势，着眼于企业与消费者互动、双赢，不仅积极地适应消费者的需求，而且主动地创造需求，通过关联、关系、反应等形式与消费者形成独特的关系，把企业与消费者联系在一起，形成竞争优势。当然，该理论也有不足的地方。例如，在与消费者建立关联时，企业必须有一定的实力基础或某些特殊条件，这并不是任何企业都可以轻易做到的。

本 章 小 结

从管理决策的观点来看，企业的市场营销受两大要素的影响：企业不可控制的要素（如人口、政治、经济、法律、自然和社会文化等外部营销环境要素）和企业内部自身可以控制的营销要素（即产品、价格、渠道和促销）。市场营销组合是企业为进入某一特定的目标市场，综合考虑营销环境因素，分析自身的资源情况，对企业内部的营销要素进行搭配、优化组合、综合运用，以实现企业的营销目标的系统过程。营销组合具有可控制性、动态性、系统性、层次性等特点。它由产品、价格、渠道、促销等四要素构成。它对支持企业营销战略的实现、使企业获取竞争优势、协调企业内部各部门之间的关系具有重要意义。

在激烈的市场竞争中，企业要提高自己的市场竞争能力，要有一个支持企业战略实现的经营战略和营销组合战略。市场营销组合战略实际上是看待市场营销组合职能的一套崭新的理念，它的核心是作出一系列战略性组合决策。它具有目标性、协调性 、经济性、适应性的特点。在进行市场营销组合战略决策时，首先全面评价企业所面临的内、外部营销环境及其对营销组合的影响，然后制定与企业战略和经营环境背景相匹配的营销组合决策，并将营销组合战略转化为具体的实践，最后对营销组合体系的匹配性进行再次评价。

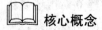 **核心概念**

市场营销组合　大市场营销　4C's 理论　4R's 理论

自我测试

1. 简述市场营销组合的构成要素。
2. 试述市场营销组合战略的内涵。
3. 简述市场营组合战略的决策过程。

讨论问题

进行市场营销组合战略决策时要考虑哪些问题?

第*12*章

产品设计与开发

　　宝洁公司以其寻求和明确表达顾客潜在需求的优良传统，被誉为在面向市场方面做得最好的美国公司之一。其婴儿尿布的开发就是一个例子。1956 年，该公司开发部主任维克·米尔斯在照看其出生不久的孙子时，深切感受到一篮篮脏尿布是家庭主妇的烦恼。洗尿布的责任给了他灵感。于是，米尔斯就让手下几个最有才华的人研究开发一次性尿布。

　　一次性尿布的想法并不新鲜。事实上，当时美国市场上已经有好几种牌子了。但市场调研显示：多年来这种尿布只占美国市场的 1%。原因首先是价格太高；其次是父母们认为这种尿布不好用，只适合在旅行或不便于正常换尿布时使用。调研结果还表明，一次性尿布的市场潜力巨大。美国和世界许多国家正处于战后婴儿出生高峰期，将婴儿数量乘以每日平均需换尿布次数，可以得出一个大得惊人的潜在销量。

　　宝洁公司产品开发人员用了一年的时间，力图研制出一种既好用又对父母有吸引力的产品。产品的最初样品是在塑料裤衩里装上一块打了褶的吸水垫子。但1958 年夏天现场试验结果，除了父母们的否定意见和婴儿身上的痱子以外，一无所获。于是又回到图纸阶段。

　　1959 年 3 月，宝洁公司重新设计了它的一次性尿布，并在实验室生产了37 000 个，样子类似于现在的产品，并拿到纽约州去做现场试验。这一次，有三分之二的试用者认为该产品胜过布尿布。然而，接踵而来的问题是如何降低成本和提高新产品质量，为此要进行的工序革新，比产品本身的开发难度更大。一位工程师说它是"公司遇到的最复杂的工作"，生产方法和设备必须从头做起。不过，到1961 年 12 月，这个项目进入了能通过验收的生产工序和产品试销阶段。

　　公司选择地处美国最中部的城市皮奥里亚试销这个后来被定名为"娇娃"的

产品。发现皮奥里亚的妈妈们喜欢用"娇娃",但不喜欢 10 美分一片尿布的价格。因此,价格必须降下来。在 6 个地方进行的试销进一步表明,定价为 6 美分一片,就能使这类新产品畅销,使其销售量达到零售商的要求。宝洁公司的几位制造工程师找到了解决办法,用来进一步降低成本,并把生产能力提高到使公司能以该价格在全国销售娇娃尿布的水平。

娇娃尿布终于成功推出,直至今天仍然是宝洁公司的拳头产品之一。它表明,企业对市场真正需求的把握需要通过直接的市场调研来论证。通过潜在用户的反映来指导和改进新产品开发工作。企业各职能部门必须通力合作,不断进行产品试用和调整定价。最后,公司做成了一桩全赢的生意:一种减轻了每个做父母的最头疼的一件家务的产品,一个为宝洁公司带来收入和利润的重要新财源。

资料来源:吴健安 . 2007. 市场营销学. 北京:高等教育出版社

12.1 产品整体概念

产品是企业市场营销组合中的一个重要因素,产品决策直接影响和决定着其他市场营销组合因素的决策制定,对企业市场营销的成败关系重大。

12.1.1 产品的概念

什么是产品?按照传统的观点,产品是指一种具有某种特定物质形状和用途的物质实体,把产品局限于有形物体,如电冰箱、电视机、家具等。这一概念仅强调了产品的物质属性,是较为狭隘的含义。从现实中来看,消费者购买某一产品,不仅仅是需要得到产品的有形物体,而且还希望从产品中得到某些利益和欲望的满足。例如,消费者购买一台洗衣机,并不是为了买一台具有某种机械性能的物体,而是为了减轻家务劳动。所以,从这个意义上来讲,服务也应当包括在产品之内。在现代市场营销学中,产品的概念具有极其宽泛的外延和深刻而丰富的内涵,是指能满足消费者需求的物质产品和非物质形态的服务的总和,它不仅是一种有形物体,还包括一些不可见的因素,如纪念性、欣赏价值以及其他被使用者感觉到的产生心理满足的因素。因而,市场营销学中所理解的产品是指整体产品。

12.1.2 产品的整体概念

以往学术界产品的整体概念一般由三个部分构成,即核心产品、形式产品和延伸产品。但菲利普·科特勒等学者认为,产品的整体概念由五个层次来表述更能准确而深刻地反映其内涵。这五个层次如图 12-1 所示。

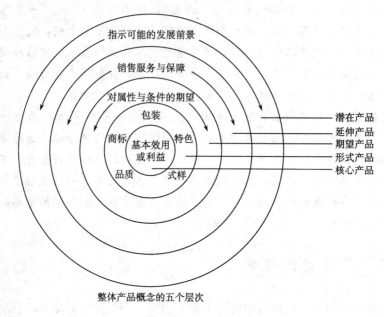

整体产品概念的五个层次

图 12-1　产品整体概念

1. 核心产品

核心产品是指消费者购买某种产品时所追求的利益，因而是顾客要真正购买的东西。这是产品最基本的层次，也是最主要的部分。例如，食品的核心是满足充饥和营养的需要；化妆品的核心是满足护肤和美容需要等。因此，企业营销人员要善于发现隐藏在产品背后的真正需要，把消费者所需要的核心利益和服务提供给顾客。核心产品是企业影响的根本出发点和归宿。

2. 形式产品

形式产品即产品的形式，与核心产品相比，具有更广泛的内容。它是目标市场消费者对某一需求的特定满足形式。一般说来，形式产品在市场上通常表现为产品质量水平、外观特色、式样、品牌名称和包装等。产品的基本效用必须通过某些具体的形式才得以实现。比如，消费者对电视机的购买，可能就要选择电视机的性能、色彩、款式、型号、操作等。所以，企业的影响人员应根据顾客对产品形式的新要求研制新型产品，以满足顾客需求。

3. 期望产品

期望产品是指顾客在购买产品时期望得到的与产品密切相关的一系列属性和条件。例如，宾馆的客人期望得到干净整洁的房间、洗浴香波、毛巾、电话、衣橱、电视等；饭店的客人期望得到营养卫生、美味可口的食物，周到的服务和安静舒适的环境。

4. 延伸产品

又称附加产品，或扩张产品。是指消费者在购买产品时所得到的附加服务和利益，如质量保证、售后服务、提供信贷等。随着竞争的日益加剧，产品给顾客带来的附加利益已成为竞争的重要手段之一。美国 IBM 公司之所以取得成功，部分原因是由于该公司在提供有形产品——计算机的同时，还擅长于提供附加产品。IBM 公司意识到，消费者主要感兴趣的是计算机解决实际问题的能力，而不是计算机的外壳，它们出售的不只是一台计算机，而是整个系统。正如美国的一位营销专家所说的：现代竞争并不在于各家公司在其工厂中生产什么，而在于它们能为其产品增加些什么内容，诸如包装、服务、广告、客户咨询、融资、送货、仓储，以及人们所重视的其他价值。每一公司应寻求有效的途径，为其产品提供附加价值。

5. 潜在产品

潜在产品是指现有产品包括所有附加产品在内的，可能发展成为未来最终产品的潜在产品状况。例如，电视机可能发展成为录放像机、电脑终端机等。

从上述的分析可知，产品的整体概念是以顾客的需求为中心的。衡量某个产品的价值，不是由生产者决定，而应由顾客来决定。产品的整体概念是建立在"需求＝产品"这样一个等式的基础之上。没有产品的整体概念，就不可能真正贯彻现代营销观念。

12.1.3　产品整体概念对企业营销的意义

产品的整体概念体现了以消费者为中心的现代市场营销观念。理解产品整体概念的含义，对于企业从事营销活动具有重要意义。

（1）产品的整体概念是企业贯彻市场营销观念的基础市场营销管理的根本目的，是要保证消费者的基本利益，随着市场竞争加剧，消费者需求不断变化，他们对产品的要求，除了满足实际使用的需要外，还要满足其社会心理动机。因此，企业所提供的产品只有真正满足消费者的需求和欲望，才能受到消费者的欢迎，在市场上才有销路，也才能在激烈的竞争中占据优势。可以这样说，不懂得产品整体概念的企业，就不可能真正贯彻市场营销观念。

（2）产品的整体概念，是制定产品策略的基础。企业要想在激烈的市场竞争中取胜，就必须使自己的产品与其他企业的产品相区别，使自己的产品形成一定的特色。比如，在产品的功能、品牌、包装上形成差异，或在产品的服务上形成差异。特别是随着现代经济的发展和市场竞争加剧，非价格竞争在市场竞争中也越来越重要，如增加花色品种、改进包装装潢、提供更多担保、加强服务等。因而，企业只有充分认识产品整体概念的含义，才能制定行之有效的产品策略，才能在激烈的市场竞争中取得成功。

12.2　产品组合及其相关概念

12.2.1　产品组合的含义

一个企业的产品都要经历从投入市场到衰退的发展过程。因此，企业不应该只经营单一的产品，而需要同时经营多种产品，同时使各种产品分别处于寿命周期的不同阶段，使各种产品之间有一个最优化的组合结构，以避免风险。

1. 产品组合

所谓产品组合，是指一个企业生产或经营的全部产品线、产品项目的组合方式。产品组合包括了四个变化的因素，即产品组合的宽度、长度、深度和关联度。这里涉及一些基本概念。

（1）产品线。或称为产品类别，是指具有相同的制造原理与技术，且用途相同的一组类似产品。比如，某个家用电器公司产品有冰箱、洗衣机、烘干机、电炉等，这就有4条产品线。通常每条产品线都设专人管理，称为产品线经理。

（2）产品项目。指与企业生产经营的其他商品在性能、规格、式样等方面相区别，列入生产和销售目录中的产品。

（3）产品组合的宽度。又称产品组合的广度，是指一个企业所拥有产品线的数量。产品线越多，则企业产品组合就越广。例如，甲、乙两企业，甲企业生产销售吸尘器，而乙企业除生产销售吸尘器外，还有冰箱、彩电，由乙企业产品组合的广度要比甲企业广得多。

（4）产品组合的长度。指一个企业所拥有的产品线中产品项目的总和。

（5）产品组合的深度。指一条产品线中所包含的产品项目的数量。一条产品线中所包含的产品项目数量越多，说明产品组合越深；反之则浅。比如，美国宝洁公司生产的"佳齿"牌牙膏有三种规格和两种配方（普通味和薄荷味），"佳齿"牌牙膏的深度就是6。衡量每个企业产品组合的深度，一般用全部产品线中所包含的产品项目的平均数表示。

（6）产品组合的关联度。指产品组合中各条产品线在最终用途、生产条件、销售渠道或其他方面相似或相近的程度。甲、乙两个企业，甲企业生产经营洗衣粉、肥皂、清洁剂；乙企业生产经营汽车、自行车、电冰箱，则甲企业产品组合的关联性较好。

图12-2是美国宝洁公司生产消费品的产品组合示意图。由图中可以看出，宝洁公司产品组合中共有产品项目31个，产品组合的广度是6条产品线。宝洁公司的佳齿牙膏有三种规格与两种配方，则佳齿牙膏的深度为6。用品牌数除各

种品牌的花色品种规格总数，即可求得一个企业的产品组合的平均深度。宝洁所生产经营的产品都是消费品，而且通过相同的分销渠道，就产品的最终使用和分销渠道而言，这家公司的产品组合的关联性大；但宝洁公司的产品对购买者有不同的功能，就这点而言，宝洁公司的产品组合关联性小。

清洁剂	牙　膏	条状肥皂	除臭剂	尿　布	咖　啡
象牙雪 193 德来夫特 1933 汰渍 1946 欢乐 1949 奥克雪多 1952 德希 1954 小曝布 1955 杜斯 1956 象牙水 1957 圭尼 1957 道尼 1972 伊拉 1972 波尔德 1976	格利 1952 佳齿 1955	象牙 1879 佳美 1927 洗污 1928 柯克斯 1930 香味 1952 保洁净 1963	秘密 1956 必除 1972	娇子 1961 滤污 1976	伏尔高 1963　速溶 伏尔高　1963　高点速 溶伏尔高 1973 雪片 1977

图 12-2　宝洁公司产品组合广度和深度示意图

　　产品组合，为企业确定产品策略提供了依据。一般说来，企业可以增加新的产品线，以扩大产品组合的广度，有利于发挥企业的潜力，开拓新市场；企业可以增加每一产品的品种，以增加产品组合的深度，这样适合更多的特殊需要；企业还可以加强产品系列的产品组合宽度关联性，增强企业的市场地位，发挥和提高企业在有关专业上的能力。

　　分析产品组合的宽度、长度、深度和关联度，有助于企业更好地制定产品组合策略。扩大产品组合的宽度，即增加产品系列，有利于企业扩展经营领域，实行多角化经营，便于企业充分发挥企业的潜在的技术、资源优势，提高经济效益；延伸产品组合的深度，即增加产品的项目、花色品种等，能够适应顾客的不同需求；加强产品组合的关联度，可以使企业在某一个领域增强竞争力和取得良好的信誉。

　　2. 产品组合策略

　　产品组合策略，是指企业根据市场需要，考虑企业经营目标和企业实力，对产品组合的广度、深度和关联性等作出的最佳决策。总的说来，企业拓展产品组合的广度，加深其深度以及加强其关联性都有可能促进销售、增加利润。但是，这种努力要受以下三个条件限制。

　　（1）企业的资源条件。一个企业所拥有的资源总是有限的，企业在经营产品时，必须考虑自己的特长和薄弱环节，一定要与企业的自身能力相适应。

（2）市场需求情况。企业只能增加或加深具有良好成长机会的产品线。

（3）竞争条件。如果新增加的产品线将遇到强大的竞争对手，利润的不确定性很大，那么与其增加新的产品线不如加深原有的产品线更为有利。

通常产品组合策略有以下几种类型可供选择。

1）全线全面型

这种策略着眼于对任何顾客提供其所需要的一切产品或劳务。采取这种策略的条件就是企业有能力照顾整个市场的需要。整个市场的含义可以是广义的，也可以是狭义的。从广义的角度看，是指不同行业的产品市场的总体；从狭义的角度看，是指某个行业的各个细分市场的总体。因而，广义的全线全面型产品线策略就是尽可能增加产品组合的广度和深度，不受产品线之间关联性约束；狭义的全线全面型产品线策略，是指提供在一个行业内所必需的全部产品，也就是产品线之间具有密切关联性。

2）市场专业型

这种策略是指企业用多条产品线和多个产品项目来满足某一专门的目标市场的需求。例如，海尔电冰箱集团公司生产的电冰箱，注重产品的系列化和多样化，分别满足不同消费者的需求，形成独特的技术优势和市场声誉，这对企业市场占有率的提高具有较大帮助。

3）产品线专业化型

这种策略是指企业以某一类产品供应几个不同的细分市场，形成产品的高度专业化生产和经营。这种方式便于发挥某一行业技术和经营专长，有利于产品质量的提高和销售的扩大。例如，某汽车制造厂，根据不同的市场需要，生产小轿车、大客车、运货卡车等三种产品系列，以满足不同用户的需要。

4）有限产品专业化型

这种策略是指企业根据自己的专长，集中生产经营有限的甚至单一的产品线，以求在某个特定的细分市场上提高占有率。比如，有的汽车制造厂专门生产运输卡车以满足这类用户的需要。

5）特殊产品专业型

这种策略是指企业根据自己的专长生产某些具有优越销路的特殊产品，比如说某些具有特效的药品、具有特殊用途的器械。这种策略由于产品的特殊性，市场的开拓有一定限度，但所受的竞争威胁也很小。

3. 产品组合优化（倪杰，2009）

产品组合策略只能从原则上提供产品组合的基本形式。由于市场环境和竞争形势及企业内部因素不断变化，产品组合也会不断变化。为此，企业需要经常分析产品组合中各个产品项目的销售成长率、利润率和市场占有率，判断各产品在市场上的生命力，评价其发展的潜力和趋势，以便确定企业资金的运用方向，作出开发新产品、改进老产品、淘汰衰退产品的决策，以调整其产品组合。

　　进行产品组合优化分析主要在两个层面，一是企业层面，主要考虑的是产品组合宽度和深度优化的问题，是扩大产品组合还是缩减产品组合；二是产品线经理，关键在于分析两个方面，对各产品线销售额和利润进行分析，对各产品项目市场地位进行分析。产品线经理需要了解产品线上每一个产品项目所提供的销售额和利润水平，确定关键的产品项目，并努力发展具有良好发展前景的产品项目。

■ 12.3　产品市场生命周期

　　一种产品在市场上的销售情况及获利能力随着时间的推移而相应变化。这种变化的规律正像人和其他生物的生命一样，从诞生、成长到成熟，最终将走向衰亡。这个过程在市场营销学中指产品从进入市场开始，直到最终退出市场为止所经历的全部时间。

12.3.1　产品市场生命周期的含义

　　产品市场生命周期是指产品从进入市场开始，直到最后被淘汰退出市场为止的全部过程所经历的时间。一般包括市场生命周期的投入期、成长期、成熟期和衰退期四个阶段。在整个生命周期中，销售额和利润额的变化表现为类似 S 形的曲线，如图 12-3 所示。

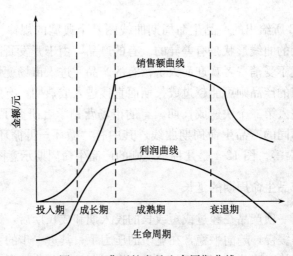

图 12-3　典型的产品生命周期曲线

在理解产品市场生命周期这个概念时，必须注意：

(1) 产品市场生命周期不等于产品的使用寿命周期，这是两个完全不同的概念。产品的市场寿命是指产品从进入市场开始直到被市场淘汰为止所经历的时间。它是无形的，抽象的。市场寿命是指经济寿命，是产品在市场上存在的时间，其生命长短是由科学技术、消费者需求等众多的社会因素决定的。而产品的使用寿命是产品的自然使用寿命，亦即产品实体经过磨损，使物质形态发生变化的过程。它是具体的、有形的。其寿命的长短是由被消费过程中的时间、使用程度、维修保养等因素确定的。有的产品、市场寿命很长，但使用寿命却很短；而有的产品，使用寿命较长，但经济寿命较短。例如，牙膏、名牌香烟，它们的使用寿命在一次或几次消费过程中就结束了，而作为一种市场上的产品，却一直被消费者接受；电子管收音机、旧式家具虽然被一些人使用，但其市场寿命早已结束。

(2) 产品市场生命周期虽然包括投入期、成长期、成熟期和衰退期四个阶段。但不能说，产品市场寿命周期是指产品从投入期开始进入衰退期为止的时间。因为，处于衰退期的产品，并未意味着被市场淘汰。有一些产品进入衰退期有可能是由于经营不善而造成的，只要企业调整了经营措施，产品仍会有一定的销路。

(3) 产品的市场生命周期是就整个行业或整个市场而言。一个企业的销售资料，一般不能确切说明某种商品的市场生命周期问题，并且行业的产品生命周期也是一个相对概念。同一行业在不同国家，其产品生命周期也是不一致的。有的产品，在发达国家已进入成熟期或衰退期，而在发展中国家则可能刚进入投入期。

(4) 图 12-3 所给出的产品生命周期曲线图是个典型的规律。而实际上，各种产品生命周期的曲线形状是有差异的。有的产品，由于开发研制及市场预测失误，刚一上市就不受消费者欢迎而夭折；有的产品一进入市场就快速成长，迅速跳过介绍期；有的产品则可能越过成长期而直接进入成熟期；有的产品可能经历成熟期以后，进入第二个快速成长期。有的市场营销学者研究了数百种产品后，推出其他多种不同的产品生命周期曲线，其中有"循环—再循环"、"扇形"和"非连续循环型"等。图 12-4 是几种不规则的产品生命周期示意图。

12.3.2　产品生命周期的延长

企业的任何一项产品在经过或短或长的投入期和成长期后，销售量和利润率的增长逐渐变得缓慢，趋向平稳，在竞争的压力下，其进一步的变化必然呈现或快或慢的下降趋势。因此，如何延长产品生命周期是企业营销人员面临的迫切问题。要延长产品的生命周期，首先必须弄清楚影响产品生命周期的因素。

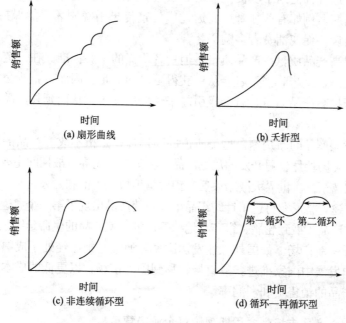

图 12-4　不规则产品生命周期

1. 影响产品生命周期的因素

（1）社会生产力的发展和科学技术进步。这是影响产品市场寿命的基本因素。社会生产力发展越快，科学技术进步的速度越快，产品更新换代的速度也就越快，其产品的市场寿命也就越短。

（2）产品本身的性质和用途。如果说产品符合基本的日常生活的需要，则产品的市场寿命周期较长；反之，产品是在某种特定的社会背景下产生，则产品的市场寿命周期较短。一般来说，满足生存需要的产品，其寿命周期较长，而发展用品、享受用品寿命周期较短。

（3）消费需求的变化。当社会生产力发展较为缓慢，人们生活水平较低，消费需求长时期停留在一个水平上，产品的市场寿命周期较长。随着社会生产力的发展，人们生活水平逐渐提高，消费需求变化较快，则产品的生命周期逐渐缩短。

（4）市场竞争程度。当市场上产品竞争越激烈，替代性产品就越多，从而产品的市场寿命周期缩短。如果一种产品长期占领市场，或长期垄断市场，则产品寿命周期较长。

2. 延长产品生命周期的方法

延长产品生命周期的方法很多，大致可分为四类：

（1）通过各种促销手段促使消费者频繁使用产品。这样无形之中会延长产品市场寿命周期。例如有些牙膏厂商通过广告宣传早中晚刷牙，能保持牙齿洁白，预防口腔疾病，促使消费者多购买牙膏。

（2）提高产品质量。产品质量是消费者购买的重要标准。在一定情况下，所购商品质量高，意味着消费者会从中获得更多的满足。因而，企业必须重视产品质量，不断提高产品质量，就会吸引越来越多的需求，从而延长产品的市场寿命周期。

（3）发展产品的新用途。这里所说的新用途，是指不改变产品的特性或功能而得到的。美国杜拜公司开发的尼龙产品，在第二次世界大战期间主要用于生产降落伞、绳索。第二次世界大战结束后，销售量很快趋于饱和。公司开发部门开辟了产品的新用途，将尼龙打进了针纺织品市场，使产品出现了第二个急速成长期。以后又把尼龙产品扩展到轮胎、帘布、地毯等市场，使产品的生命延续至今不衰。

（4）开辟新市场。如国外工业发达国家，通常是把已经处于成熟期甚至衰退期的产品向发展中国家推进，或直接转移到国外市场，以更低的成本进入当地市场，提高产品的销售量和利润率。

12.3.3　产品市场生命周期理论对企业经营意义

产品市场生命周期的理论概括描述了产品从投入市场到退出市场的全部过程以及其变化的趋向。决策人员在制定营销策略时应考虑产品市场寿命周期的不同阶段，不断开发新的市场、新的产品，制定新的竞争对策，使产品在整个生命周期中取得最大的利润。

产品市场生命周期的理论说明，企业经营必须具有创新精神。一项产品，不可能长期占领市场，经久不衰。企业必须勇于创新，必须对企业各类产品的市场状况进行分析，使企业在经营方式上不断改进，使企业的产品组合处于最优状态。如果企业死守住原有的产品，不作改进，不开发新产品，这种企业是注定要被淘汰的。但企业在判断产品所处的生命周期阶段时必须慎重从事，要确认产品已到了衰退期，才能采取淘汰策略。如果在产品市场生命周期阶段判断失误，将会扼杀产品的生命，使其失去为企业创造利润的机会。

12.3.4　产品市场寿命周期各阶段的特征与营销策略

1. 导入期的特点及营销策略

导入期指新产品试制成功投放市场试销的时期。

1）导入期的主要特征

（1）产品刚进入市场，消费者、用户和经销商对产品不了解。因而销售增长缓慢。

（2）新产品生产批量小，试制费用高，因而产品生产成本较高。

（3）客户对产品不了解、不熟悉，要做大量的宣传工作，促销费用较高。

（4）产品没有定型，质量和性能不稳定。

（5）产品获利较小。

处于投入期的产品，一般只有少数厂商甚至只有独家生产的式样。此阶段竞争者较少，企业营销策略的重点，应使产品尽快地被消费者所接受，缩短产品的市场投放时间。

2）导入期的营销策略

处于导入期的产品，企业营销策略要重点突出"快"字，把销售力量直接投向最有可能的顾客，使产品尽快被市场所接受。导入期的营销策略，主要有：

（1）快速掠取策略，又称为"双高"策略，即采用高价格和高促销费用推出新产品，迅速占领市场，取得较高的市场占有率。这种策略通常适用于满足用户感情动机需要的产品。企业实施这种策略必然会使潜在竞争较为激烈，因而企业应随着生产批量增大而适时地降低价格。采取该策略必须有一定的市场环境：产品确实有一定的特色，优于市场上同类产品；市场上有较大的潜在需求量；消费者求新心理强，急于求购，愿意按价购买。

（2）缓慢掠取策略，又称为"高价--低促销"策略，即采用高价格低促销费用将新产品推进市场。高价格结合低促销费用，从而获得较大的利润。采取这种策略的市场环境必须是市场容量小，竞争的潜在威胁不大，市场上消费者对该产品基本熟悉，选择性较小，因而愿意出高价。

（3）快速渗透策略，又称为"低价高促销"策略，即采用低价格高促销费用将产品推进市场。它常可使产品以最快的速度渗入市场，并为企业带来最大的市场占有率。采用这种策略，由于价格较低，广告费用较大，当产品投放市场时，企业有可能发生亏损，或者获利较小。采用这种策略的市场环境是：该产品的市场容量相当大；消费者对产品不了解但对价格十分敏感；潜在竞争较为激烈。

（4）缓慢渗透策略，又称为"双低"策略，即采用较低的价格和低促销费用推出新产品。低价格可促使市场易于接受新产品，低促销努力是为了尽可能降低成本，多取得利润。实施这一策略的市场环境是：市场容量较大；消费者对产品较为了解且对价格十分敏感；潜在竞争较多。

根据上述内容，可将投入期的营销策略用图表示出来，如图 12-5 所示。

2. 成长期特点及营销策略

产品经过导入期后，消费者逐渐了解该产品，销售量迅速增长，这时产品进入市场寿命周期的成长期。

促销水平		
	高	低
价格水平 高	快速掠取策略	缓慢掠取策略
价格水平 低	快速渗透策略	缓慢渗透策略

图 12-5　投入期的营销策略

1）成长期的主要特点

（1）消费者对产品已日趋熟悉，销售量迅速增加。

（2）产品的技术、性能逐步完善，已形成批量生产，产品成本显著下降。

（3）分销渠道基本确定，数目增加。

（4）在高额利润的吸引下，新的竞争者进入市场，致使市场竞争激烈。

（5）销售成本大幅度下降。

2）成长期的营销策略

处于成长阶段的产品，是企业销售的黄金阶段，营销策略应突出一个"好"字，即保持良好的产品质量和服务质量，切勿因产品畅销而急功近利，片面追求产量和利润。企业为促进市场的成长，可采取如下对策：

（1）根据市场需要，不断改善产品性能，提高产品质量，增加产品的新功能、特色和款式。

（2）加强广告宣传等促销活动。广告宣传的重点应从建立产品知名度转向劝说顾客购买，树立本企业良好的产品形象。

（3）积极开拓新的细分市场和增加新的分销渠道。发挥中间商的作用，广泛分销，并注重销售服务，保持原有顾客，争取新顾客。

（4）在适当的时机降低售价，吸引对价格敏感的顾客，并抑制竞争。

3. 成熟期的特点及营销策略

成熟期是指产品进入大批量生产，而在市场上处于竞争最激烈的阶段。

1）成熟期的主要特征

（1）产品的工艺、性能完善，质量稳定。

（2）市场需求逐渐饱和，销售增长缓慢并呈下降趋势。

（3）生产批量大，产品成本低，利润也将达到最高点。

（4）同类产品进入市场，市场竞争十分激烈。

2）成熟期的营销策略

处在成熟阶段的产品，市场竞争激烈，行业的产品寿命周期中成熟期的持续时间一般较长，但各企业的具体情况不同，竞争能力也有差异，因而采用的策略应重点突出"争"字，建立和宣传产品的特定优势，争取市场份额，一般可以采取以下策略：

（1）市场改革策略，即指寻求新用户，可通过下述三种方式进行：

第一，寻求新市场，把产品引入尚未涉足的市场；

第二，刺激现有老顾客，增加重复购买；

第三，重新进行市场定位，寻找有潜在需求的新顾客。

（2）产品改革

以改变产品的自身来满足顾客的不同需要，以便保持老用户，吸引新顾客，从而延长成熟期，甚至再次进入投入期。

（3）市场营销组合改革

综合运用定价、渠道、促销来刺激消费者购买，尽量延长产品的成熟期。在这一策略中，最常用的是通过降低价格来吸引顾客，提高竞争能力。

4. 衰退期特点及营销策略

在成熟期，产品的销售量从缓慢增加直到缓慢下降。如果销售量的下降速度加剧，利润水平很低，在一般情况下，就可以认为这种产品已进入其生命周期的衰退期。

1）衰退期的主要特征

（1）产品销售总量急剧下降，利润急减。

（2）产品的价格已降到最低水平。

（3）市场上出现了更好的产品取代老产品，竞争者相继退出市场。

2）衰退期的营销策略

面对处于衰退期的产品，企业重点在于"转"。要认真地研究分析，决定何时、采取何种策略退出市场。通常有以下几种策略可供选择：

（1）集中策略，又称为收缩策略。即把企业的资源集中使用在最有利的分市场和销售渠道上，从中获取利润，便于缩短产品退出市场的时间。

（2）持续策略。继续沿用过去的策略。仍在原来的分市场经营，沿用过去的营销组合策略，直至产品最终退出市场。

（3）收缩策略。企业大幅度降低促销水平，尽量缩小各种费用，以增加目前的利润。这样可导致产品在市场上的加速衰退。

（4）放弃策略。对于衰落比较迅速的产品，应当机立断，放弃经营。

12.4 新产品开发策略

在前面我们已谈到，产品同任何事物一样，也有其生命周期。因此，聪明的企业不能只埋头生产和销售现有的产品。当企业的某些产品进入衰落期，企业必须采取适当的措施，加强新产品开发，用新产品代替衰落的产品。著名的营销学家菲利普·科特勒说："市场营销计划的主要任务之一就是不断发掘新产品创意。"

12.4.1　新产品的概念及类型

1. 新产品的概念

按照社会的观点，人们会认为新产品就是独创发明的产品。但从市场营销学的角度来理解，新产品含义很广，既是指"绝对新意"的产品，又指"相对新意"的产品。它认为，只要整体产品概念中某一个部分发生改变或有所创新，这种产品都称之为新产品。例如，一台问世的电子计算机是新产品，但如果某一企业把现有产品略加改进，并打上自己的商标投放市场，也称为新产品；在现有的产品系列中增加新的品种，同样也会被认为是新产品；国外市场上很流行的产品投放到国内市场上，对本国来讲也属于新产品。由此可见，市场营销学中所说的新产品的范围要比一般观点所说的新产品的范围要广得多，这里所论述的"新产品"概念，包括原有产品、产品改进、产品改型和新品牌。市场营销学中通常从市场和企业两个角度来判断新产品。

2. 新产品的类型

根据上述两个标准可将新产品分为以下几类：

（1）全新型的新产品通常是由于科学技术的进步，或者是为了满足市场上出现新的需求而发明的产品。这种产品无论对企业或市场来讲都属新产品，如第一次发明飞机、电视机等。这种类型的产品发明时需要大量的资金和先进技术，而且市场风险也较大。这类产品在新产品中通常只占 10 ％左右。

（2）新产品线，即使一个企业首次进入已建立市场的新产品。也即是说，这种产品在市场上已经出现，但对企业来讲属新产品。这类产品通常是在原有产品的基础上稍加改进，打上自己的品牌，创出本企业的系列产品。这类产品的开发不需要太多的资金，也不需要高精尖技术，开发起来容易得多。这类产品在新产品中通常占 20％左右。

（3）市场再定位新产品，即以新的市场或细分市场为目标的现行产品。这种产品对企业来说是老产品，但在某市场上则属于新产品。如果一个企业在原有的目标市场上产品已饱和，就可以进入新的市场部分。但企业必须对新的目标市场作认真的可行性研究后方可进入，并要考虑原有目标市场上的占有率是否会下降。这类产品在新产品中约占 7％。

（4）改进新产品，提供改进性能或有较大的可见价值的新产品，并替代现行产品，即企业利用科学技术，对原产品的质量、造型特点等方面予以改进，以使其性质更优，或者求得商品品种、规格、花色、款式的多样化，如将普通牙膏改为药物牙膏，单卡收录机改为双卡收录机。这类产品与原产品较为接近，便于在市场上普及，使消费者迅速接受，因而是众多中小型企业竞争的对象。它在全部新产品中占 26%。

（5）增加现有产品大类，在企业已建立的产品线上增加新的品种，即在原有的产品大类中开发新的品种、品牌、规格、花色等。它所需要的开发投资和技术较少。在全部新产品中，有 26% 属于这一类。

（6）成本减少新产品，以较低的成本提供同样性能的新产品，即企业利用新的科学技术，改进原有产品的原料配方和生产工艺，或者提高生产效率，削减原有产品的成本，降低价格，并保持原有的功能不变。这类新产品的比重为11%。

12.4.2　新产品开发的意义

企业要不断开拓市场，在竞争中占据优势，其前提是开发新产品。对于企业来说，新产品开发具有极其重要的意义：

（1）新产品的开发，能防止产品老化，始终保持企业利润增长。任何一种产品都具有一定的寿命周期，如果企业不开发新产品，那么当老产品走向衰落时，企业也就只好关门。因此，企业应不断开发新产品，抓住原有产品退出市场之前的时机，大力设计、研制新产品，使企业在任何时期都有不同的产品处在生命周期的各个阶段，这样才能保证企业赢利稳定增长。

（2）新产品的开发，能满足消费者日益增长的物质文化生活需要。随着社会的不断发展，人们生活水平的提高，消费者的需求在不断变化。消费者需求的变化一般由下列因素引起：人口构成，包括性别、年龄、婚姻状况等；人数变化；居住地区的改变（例如，西方国家目前出现人口从城市流向郊区的现象，使人们的消费习惯随着地域的改变而变化）；生活方式的改变。所有这一切变化，一方面给企业带来威胁，不得不淘汰难以适应消费需求的老产品，另一方面也给企业提供了开发新产品满足新的市场需求的机会。

（3）新产品的开发，是提高企业经营水平和经济发展的重要标志，是提高企业竞争能力的重要手段。最近几十年来，科学技术的发展非常迅速，科技产品不断涌现，促使企业不断运用新的科学技术改造自己的产品，促使产品升级换代，提高企业经营水平。随着市场竞争日趋激烈，任何企业要想在市场上保持竞争优势，都必须不断创新，开发新产品，争取在市场上占据领先地位。例如，日本的索尼、松下等企业都特别重视新产品的开发。

12.4.3　新产品开发的程序

新产品开发是满足新的需求、改善消费结构、提高人民生活水平的物质基础，也是企业具有活力和竞争力的表现。它实质上是企业适应外部环境的变化，适时地、经常地研制、推出新产品，更新老产品的管理过程。西方企业为了减少因开发新产品而承担的风险，日益重视对新产品开发程序的研究工作。现代市场营销学认为，新产品开发程序一般有八个阶段：① 构思创意；② 构思筛选；③ 产品概念的发展和测试；④ 拟出初步的市场营销战略报告书；⑤ 商业分析；⑥ 产品开发；⑦ 市场试销；⑧ 商业化。在每一个阶段，主管人员应作出这样三个决策：① 是否向下一阶段转移；② 是否放弃产品创意或产品；③是否需要暂时搁置起来，收集更多的信息资料。

1. 构思创意

新产品开发过程的第一个阶段是构思创意。这种创意，不依赖于偶然发现，也不是无穷尽地搜索。企业要采取各种办法，集思广益，尽量多地收集创意，从中选出有价值的构思方案来。所谓创意，就是开发新产品的设想。在寻求创意时，企业首先应当弄清楚：企业重点投资的领域及其发展程度；新产品开发的目的及其计划投入资金；要确保多高的市场占有率；对独创新产品、老产品、改进品、竞争对手产品的仿制品投入力量的分配。只有这样，才能减少创意的失败率。

1) 新产品创意的来源

新产品创意来源有很多：顾客、科学家、竞争者、企业推销员、经销商和高层管理当局。

（1）顾客。顾客的需求和欲望是寻找新产品构思的合乎逻辑的起点。美国一位学者专门论证过，大量的工业产品的新构思起源于用户。企业可以通过对顾客的直接调查法、投影法、集中小组讨论法以及顾客建议和诉说信件，来确定顾客的需求和欲望。

（2）科学家。在科学技术突飞猛进的今天，科学家越来越成为新产品创意的重要来源，尤其是在化学、电子和药品工业公司。例如，杜拜、贝尔实验室和马斯克公司就是这方面的典型。

（3）竞争者。企业通过对竞争者产品的监视也能发现新构思。在西方国家，许多企业都十分重视通过分销商、供应商和销售人员来了解竞争者产品的销售情况以及消费者对他们的评价。

（4）企业的推销人员和经销商。他们处在市场竞争的第一线，对消费者最了解，对竞争对手最了解。因而他们的创意往往是最符合市场需要的。为了产生新的创意，越来越多的企业正在培训和奖励它们的销售代表和经销商。

（5）企业的高层管理人员。企业高层管理人员是站在整个企业的角度来观察市场和考察新产品开发的。新产品开发部门往往可以从高层管理人员所制定的战略中悟出新产品创意来。最后，新产品创意的其他来源有：发明家、专利代理人、大学和商业性的实验室、工业顾问、广告代理商、营销研究公司和工业出版物。

2）产生创意的技术

（1）属性一览表法。把一个现行产品的主要属性列成一览表，然后对每一属性进行处理，以找到一个改进后的产品。

（2）引申关系法。这种方法将几个不同的物体排列出来，然后考虑每一物体与其他物体之间的关系。

（3）顾客问题分析法。这是从消费者的角度寻求产品创意的方法，克服了以上方法脱离市场的不足。它首先要求消费者提出他们使用一个特定的产品或产品类型时所遇到的问题，然后对消费者提出的问题进行综合评估和整理，据此选定值得开发的构思。

（4）群辩法。主管人员挑选若干性格、专长各异的人员座谈，自由地交换看法，无拘无束地讨论，以产生更多更好的创意。

（5）开好主意会。企业管理人员召集有关方面的人员和专家一起座谈，寻求创意。

在采用上述方法时，要注意对任何创意都要鼓励、支持，不可嘲讽，并同时重视对创意的组合与支持。

2. 构思筛选

构思筛选是从征集到的大量构思创意中选择出具备开发条件的构思创意。其目的在于淘汰那些根本不可行或可行性较低的创意，使有限的资源集中在成功机会较大的创意上面。

在筛选阶段，企业应避免两种错误：①"误舍"，即企业对某一有缺点但能改正好的构思草率下马。例如，施乐公司看中了卡尔森公司的复印机，认为它是有新颖性和希望的产品，而国际商用机器公司和柯达公司却忽视了它，而丧失良机。②"误用"，即企业将一个没有发展前途的创意付诸开发并投放市场。由此可造成的产品失败可分为三类：①产品彻底失败，销售额太低，连可变成本都收不回来；②产品部分失败，虽不能收回全部投资，但销售额可以保证收回全部可变资本和部分固定成本；③产品相对失败，只获得比企业通常投资收益率低的利润。

企业在构思筛选时，一般要考虑两个因素：一是该创意是否与企业的战略目标相适应；二是企业有无足够的能力开发这种创意。图 12-6 所示的各个过程显示了构思创意筛选的主要过程。

企业对初步筛选出来的构思创意还要进一步评估，以决定取舍。美国一些企业设计了一种评估新产品构思的方法如表 12-1 所示。

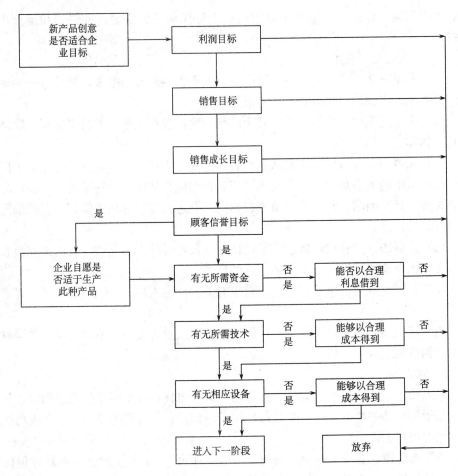

图 12-6 创意构思的筛选过程

表 12-1 产品构思与创意评估

A	B	C												D
新产品成功的因素	各因素相对重要性	新产品构思对企业能力的适度性												B×C
		0.0	0.1	0.2	0.3	0.4	0.5	0.6	0.7	0.8	0.9	1.0		
战略与目标	0.20									√				0.160
营销技能与经验	0.20										√			0.180
财务能力	0.15								√					0.105
分销渠道	0.15									√				0.120
生产能力	0.10									√				0.120
研发开发能力	0.05								√					0.070

续表

A	B	C												D
新产品成功的因素	各因素相对重要性	新产品构思对企业能力的适度性												B×C
		0.0	0.1	0.2	0.3	0.4	0.5	0.6	0.7	0.8	0.9	1.0		
采购供应	0.05						√							0.250
总计	1.00													0.780

　　在上表中 A 栏是决定新产品开发能否成功的因素，B 栏是企业决策者确定的各因素重要性的比重，其总和为 1.00 ，如表中所列。这家企业认为营销技术及经验的重要性是 0.20 ，而采购与供应能力相对次要，仅占 0.05 。C 栏表示新产品构思对企业各项能力的适应程度，在 0～1.0 范围内表示，由评估人填写。例如，本表评估人在营销技能及经验适应度很高，而在采购与供应能力这一项中只给 0.5 分，即认为企业的采购与供应能力与新产品很不适应。最后，将 B 栏与 C 栏的数字逐一相乘就得出每项的加权分数，然后各项相加得出总分。例如，本表评估人对新产品的总评是 0.78 分。一般以 0～0.49 分为差，0.50～0.75 分为中，0.76～1.00 分为良好。一项新产品构思需得 0.70 分以上方可采纳。上述评估方法所得结果，可供企业决策时参考。

　　3. 产品概念的发展与测试

　　经过筛选后的新产品构思，还要进一步形成比较完整的产品概念，即把新产品的构思具体化，用文字或图像描述出来。这样，可使顾客形成一种产品形象。

　　一种产品构思，可以引出许多不同的产品概念。例如，一家奶制品公司打算生产一种富有营养价值的奶品添加剂，这属产品创意。在将其发展成为产品概念的过程中，必须考虑目标消费者（婴儿、小孩、少年、青年、中年或老年人）、产品所带来的利益（口味、营养、提神、健身）及使用环境（早餐、上午点心、午餐、下午点心、晚餐、夜宵）。根据这几方面的因素，可以组合成许多不同的产品概念。例如，老年人在早餐时可迅速得到营养价值较高的快速早餐饮料，小孩在中午得到一种可口快餐饮料，供孩子们饮用提神，老年人夜间就寝时饮用的一种康复补品。企业对这些发展出来的概念加以评价，从中选择出最好产品概念，据此制定产品品牌定位策略。

　　4. 拟出初步市场营销战略报告书

　　产品概念确定出来之后，企业的有关人员必须提出一个将新产品投放市场的初步的市场营销战略报告书。

　　营销战略报告书包括三个部分。第一部分描述了目标市场的规模、结构和行为，新产品在目标市场上的定位，市场占有率，最初几年的利润目标。第二部分略述新产品的预定价格、分销渠道和促销预算。第三部分阐述新产品长期的预计销售量、投资收益率和营销组合等。比如，一家汽车制造商设计一种价格低廉、专门适用于日常采购和接送小孩的微型汽车。产品市场定位比一般汽车价格低、使用经济、驾驶灵敏；第一年预计销售 20 万辆，亏损不超过 300 万元，第二年预计销售 22 万辆，赢利 500 万元；预定零售价格为每辆 8000 元，经销商可享受 15 ％的折扣。如月销售量超过 10 辆者，该月内多卖一辆可享受 5 ％的附加折扣。第一年的广告预算为 1000 万元，其中一半用于全国，一半用于当地，广告宣传的重点是电力车使用经济和灵敏的特点。长期预计销量为汽车市场总销量的 3 ％，预计投资收益率为 15 ％，如果竞争情况允许，第二年、第三年可连续提高价格，广告预算每年增加 10 ％，第一年后营销调研费缩减至每年 6 万元。

5. 商业分析

商业分析，这是新产品开发过程的第五个阶段。在这一阶段，企业管理人员主要是对商品未来销售量进行预测，并根据预测值估算收益情况，看新产品有没有开发的价值。如果有，就可以进行新产品开发。随着新情报的到来，该商业分析也可作进一步的修订。

商业分析通常包括：① 销售额估计，即估计新产品的销售额有多大，能否到达企业的赢利目标。② 成本和利润估计，即对新产品的长期销售额作出预测之后，可推算这期间的生产成本和利润情况。

6. 产品开发

如果产品概念通过了商业分析，研究与开发部门及工程技术部门就可以把这种产品概念发展成为产品，进入试制阶段。这是开发新产品过程中最关键的阶段，目的在于把产品构思转变为使用安全、增进消费者利益、制造经济效益、具有为顾客乐于接受的物质特性的实际产品概念。这一阶段应当搞清楚的问题是，产品概念能否变为技术上和商业上可行的产品。如果不能，除在全过程中取得一些有用副产品即信息情报外，所耗费的资金则全部付诸东流。通常，技术方面的可行性论证是由工程技术部门来负责的，而商业方面的可行性分析由市场营销部门来完成。如果通过产品开发，试制出来的产品符合下列要求，就可以认为是成功的：① 消费者觉得它是产品概念说明中关键属性的具体体现；② 在正常使用和正常条件下，该原型安全地执行其功能；③ 该原型能在预算的制造成本下生产出来。

7. 市场试销

所谓市场试销，就是把产品和营销方案在更加符合实际的条件下推出，以观察市场的反应。其目的在于了解消费者和经销商对于经营、使用和再购买这种新产品的实际情况以及市场的大小，然后酌情采取适当对策。

在市场试销阶段，要处理好两个问题：一是试销市场的选择。选择试销市场一定要有代表性，试销范围的大小以取得必要的资料为准。二是试销时间的确定。试销的时间既不能过长，也不能过短。只要达到了试销的目的，试销就应结束。

8. 商业化

商业化是新产品开发的最后阶段，即使该产品成为企业的正式产品，向市场全面推出。在这个阶段，企业的主要工作是：

（1）对产品的功能特性、包装、商标以及售价等要作出适合市场需要的改进，对产品和制造工艺要加以定型。

（2）投资购买新设备，形成强大的生产能力。

（3）制订好一套恰当的营销组合计划。在此中，要考虑在什么时间将新产品投放市场最恰当；在什么地方推出新产品最适宜；向谁推出新产品最能带动一般顾客购买；怎样推出新产品。

商业化阶段是新产品开发过程中耗资最大的阶段。例如，美国著名的麦当劳快餐店，在介绍一种新式快餐时，每周广告费高达 500 多万美元。通常，商业化的第一年，销售费用占销售收入的一半以上，获利的可能性很小。一般情况下，通常采取分阶段逐步进入市场的策略。

➤ 案例 12-1　汰渍洗衣粉的出生——先有概念后有产品

1837 年 10 月 31 日，两位来自欧洲大陆的移民，威廉·普罗克特和詹姆斯·甘布尔在美国辛辛那提市正式签订合伙契约并成立了宝洁公司，生产销售肥皂和蜡烛。2004 年，宝洁公司的全球销售额超过了 514 亿美元，全球雇员超过 10 万，在全球 160 多个国家和地区经营 300 多个品牌的产品，而汰渍是众多品牌中颇具传奇色彩的一个。

汰渍被称作"洗衣奇迹"，自从 1946 年推出以来，汰渍经过了 60 多次技术革新及市场开拓。由于采用新的配方，洗涤效果比当时市场上所有其他产品都好，再加上合理的价格，汰渍现已成为全球最大的洗衣粉品牌之一。

1993 年年底，宝洁公司在中国的汰渍品牌小组成立，小组从消费者的需求与习惯研究中得到的数据显示，消费者关心的洗衣粉前三个基本功能是日常清洁、去油、衣领和袖口清洁，再通过概念开发座谈会和消费者深度访问后，宝洁确定了两个待选概念：一个是油迹去无痕；另一个是领干净，袖无渍。在随后的概念测试阶段，由产品研究部开发配方，进行产品匿名测试，通过将品牌总体评价、功能评价、购买意向的测试分数与白猫和活力 28 比较，得出两个概念都有上市成功可能的结论。最终，品牌小组选择了"去油污"概念。

然而，汰渍在"去油污"概念下销售一段时间后，发现品牌生长并不理想，概念未能明显胜过竞争对手，真正打动消费者。于是，汰渍品牌小组决定，全国推广暂缓，重新选择概念。汰渍再次进行调研发现，领子、袖口是消费者对他人形成印象的一个信号，而当时没有别的厂家想到这个概念。因此，他们选择了"领干净、袖无渍"这一概念并获得了巨大的成功。宝洁随后推出了"柠檬汰渍"来推动销售量。在宝洁，永远是先有概念后有产品。宝洁推出的其实不是一个产品，而是一个概念、一个说法。产品只是概念的载体，如果调研发现消费者确实需要这个产品，宝洁就去开发这个产品。

　　资料来源：吴健安. 2007. 市场营销学. 北京：高等教育出版社

➤ 案例12-2　海尔的新产品开发策略

　　海尔集团按照不同的消费心理、不同的消费习惯和不同的消费层次开发新产品的策略为其成功起到了巨大的作用。例如，每年5～8月是洗衣机销售量的淡季，因为夏天人们出汗多，不是不需要用洗衣机洗衣服，而是现售的洗衣机的容量太大，多数为5公斤型，换下一件衬衣扔到5公斤型的洗衣机里洗，要浪费很多水，所以手搓一搓就算了。针对这一点，他们开发了"小小神童"：1.5公斤容量，3个水位，最小水位洗两双袜子。这种洗衣机的开发上市，开拓了淡季洗衣机市场。在这个季节，当其他洗衣机的销售量下降，"海尔小小神童"洗衣机的销量却直线上升。1996年，他们总共开发出86个品种，申请了300多项专利，平均每周推出2个新品种，每天一项专利。

　　资料来源：海尔官网，http://www.haier.cn

■ 12.5　品牌、商标与包装策略

12.5.1　品牌与品牌策略

1. 品牌的概念与作用

　　产品品牌是产品战略的一个实质性问题。当前，竞争的同质化和消费个性化是市场明显的特征。品牌不仅是消费者选择商品的一个重要因素，也是企业竞争的焦点。品牌是企业的重要无形资产。现介绍产品品牌的有关用语。

　　1）品牌

　　根据美国市场营销协会的定义，品牌是一种名称、名词、标记、符号或设计，或是它们的组合运用，其目的是借以辨认某个销售者或某群销售者的产品或劳务，并使之同竞争对手的产品和劳务区别开来。品牌是一个包括许多名词的总名词，它既包括品牌名称，也包括品牌标志。但品牌不同于招牌。招牌是指工厂、商店的名称，每个企业只能有一个名称，而品牌是保证产品质量的标志，一个企业的产品，可以用一个品牌，也可以用若干个品牌。

　　品牌名称是品牌中可以被发出声来、可以念出来的那一部分，如"雪弗兰"、

"雅芳"、"可口可乐"、"联想"、"奥迪"等。品牌标记是品牌中可以识别但不可念出声来的那一部分，通常由设计、符号、图案、色彩等要素构成，如"花花公子"的兔女郎、"麦当劳"的金色"M"、"海尔"的兄弟图样、IBM博大而和谐的蓝色、奔驰的三叉星圆环、耐克的一钩造型等，这些品牌标志象征着品牌的投资和生命力。品牌化是指企业为其产品规定品牌名称、品牌标志，并向政府有关部门注册登记的一切业务活动。

2）品牌的类型

品牌可分为生产者品牌和销售者品牌。生产者品牌又称全国性品牌，它是由生产厂家对产品自命牌名，如"福日"电视机，"永久"牌自行车；销售者品牌又称私人品牌，产品上不注明制造厂家的牌名，而用销售者自己的品名。

➤ 案例 12-3　宝洁公司对品牌的命名

宝洁公司对品牌的命名非常考究。他们深知，一个贴切而绝妙的品牌命名能大大减小产品被消费者认知的阻力，能激发消费者美好的联想，增进顾客对产品的亲和力和信赖感，并可大幅度节省产品的推广费用。宝洁公司通过对英文名字的精确选择或组合来给产品的品牌命名，使中文名字与英文能在意义和发音上很协调贴切配合，同时还准确地体现了产品的特点和要塑造的品牌形象以及消费者的定位，提升了品牌形象。

资料来源：中国营销咨询网

3）品牌的层次

由于品牌本身具有文字和图案，这便构成了品牌文化的内涵，因而，品牌的概念具有多种层次。

（1）属性。品牌代表着特定的属性，表示产品或企业的品质内涵，包括质量、功能、工艺、服务和附加价值。例如，"林肯"牌轿车意味着工艺精湛、信誉好、声誉高等。

（2）利益。品牌体现着某种特定利益。顾客购买商品的实质是购买某种利益，这就需要将属性转化为功能性或情感性的利益。

（3）价值。不同的品牌由于代表企业的品质和声誉不同而形成等级层次，从而在消费者心目中形成不同的价值和利益。一个成功的品牌价值应具有科技力、形象力和营销力。

（4）文化。品牌是文化的载体，它能唤起消费者心理认同。一个品牌文化取向是企业品牌塑造的重心所在。未来品牌的竞争，主要体现在品牌对文化的融合上。

（5）个性。品牌应具备鲜明的个性特征，从而使品牌产生更加有效的识别功能。

（6）用户。品牌暗示了购买或使用产品的消费者类型。

从以上品牌层次可以看出，品牌最持久的含义是其价值、文化和个性。它们构成了品牌的基础，揭示了品牌间的差异的实质。一个企业只有拥有了牢固的根基才能发展壮大。

> **案例 12-4　海尔的品牌层次**

品牌属性，一个品牌首先应给人带来特定的属性。海尔表现出的质量可靠、服务上乘、"一流的产品、完善的服务"的特性奠定了海尔"中国家电第一品牌"成功的基础。

品牌利益，"质量可靠"会减少消费者的维修费用，给消费者提供节约维修成本的利益，"服务上乘"则节约了消费者的时间，精减成本，从而方便了消费者。

品牌价值，"高标准、精细化、零缺陷"是海尔体现的服务价值。

品牌文化，海尔体现了一种文化，即高效率、高品质。

品牌个性，"真诚到永远"。

资料来源：阿里巧巧，http://www.aliqq.com.cn

4）品牌的构成要素

一个好的品牌应具有如下要求：

（1）能显示有关产品的优点，包括用途、特性与品质，如"汰渍"洗衣粉。

（2）简短，易于拼读、发音和识记。出口商品的品牌名称更应力求选择可用多种语言发音的字，如"娃哈哈"。

（3）有特色，要与其他品牌有显著的差异。

（4）有充分的伸缩性，可适用于其他新产品。

（5）易于申请、注册登记，以便得到法律保护。

5）品牌的作用

品牌，无论是对消费者，还是市场营销者，都具有十分重要的作用。

从消费者的角度看，品牌能使消费者易于辨认所需要的产品或劳务；由于同一品牌的产品原则上具有相同的品质，使消费者易于消除对新产品的疑虑；消费者可按品牌找到制造者，便于修理及更换零件，无形中受到保护；使消费者可以互相比较同类产品。品牌的上述作用，可以促进产品改良，有益于消费者。

从市场营销者的角度看，品牌有助于广告与陈列计划。企业宣传品牌比介绍企业名称或产品制造技术方便。在自选商场，同类产品陈列在一起，要依赖有说服力的品牌以刺激消费者选购某种产品；品牌有助于企业扩大市场份额。品牌能引起消费者重复购买，并保障产品不被其他同类产品所代替；品牌有助于减小价格弹性。品牌使企业产品与竞争品自然会发生差异，品牌所有者可借此宣传产品的不可替代性，使购买者难以从价格方面与其他竞争品相比较，减少价格对需求的抑制作用，成为产品差异化的一种手段。据研究，著名品牌的产品，比无品牌产品的价格的弹性要小；品牌有助于产品组合的扩张。例如，企业已拥有一种或数种品牌的产品线，增加一种新产品到产品组合里就比较容易，而且进入市场，也远较为无品牌的产品更易为消费者所接受。

2. 品牌资产（吴健安，2007）

品牌资产是 20 世纪 80 年代在营销研究和实践领域新出现的一个重要概念。20 世纪 90 年代以后，特别是 Aaker 的著作 Managing Brand Equity：Capitalizing on the value of a brand name 于 1991 年出版之后，品牌资产就成为营销研究的热点问题。

那么，什么是品牌资产？

目前，对品牌资产没有一个统一、完整的定义。西方多数学者对品牌资产的界定倾向于从使用某一个品牌与不使用该品牌时，消费者对某一特定产品或服务的不同反应这样一个角度来考察。法奎汉将品牌资产定义为"品牌给产品带来的超越其功能的附加价值或附加利益"。品牌给消费者提供的附加利益越大，它对消费者的吸引就越大，从而品牌资产价值就越高。加利福尼亚大学伯克莱分校的大卫·爱格教授认为：品牌资产是这样一种资产，它能够为企业和顾客提供超越产品或服务本身利益之外的价值；同时品牌资产又是与某一特定的品牌紧密联系的；如果说品牌文字、图形作改变，附属于品牌之上的财产将会部分或全部丧失。

我国有学者将品牌资产定义为"附着于品牌之上，并且能为企业在未来带来额外收益的顾客关系"。这种观点认为，品牌资产给企业带来的附加利益，归根结底来源于品牌对消费者的吸引力和感召力。所以，品牌资产实质上反映的是品牌与顾客（包括潜在顾客）之间的某种关系，或者说是一种承诺。这种顾客关系不是一种短期的关系，而是一种长期的动态的关系。那些有助于增加消费者购买信心的记忆、体验和印象，以及在此基础上形成的看法与偏好，是构成品牌资产的重要组成部分。

迄今为止，大多数学者是从消费者角度来定义品牌资产的。现代品牌理论认为，品牌是一个以消费者为中心的概念，没有消费者，就没有品牌。所以营销界对品牌资产的界定倾向于从消费者角度加以阐述。即使用与不使用某一品牌，消费者对某一特定产品或服务也不会有不同的反应。也就是说，品牌能给消费者带来超越其功能的附加价值，也只有品牌才能产生这种市场效益。市场是由消费者构成，品牌资产实质上是一种来源或基于消费者的资产。而消费者的品牌购买行为又是其品牌心理驱动的，所以 Aaker 认为品牌资产之所以有价值并能为企业创造巨大利润，是因为它在消费者心中产生了广泛而高度的知名度、良好且与预期一致的产品知觉质量、强有力且正面的品牌联想（关联性）以及稳定的忠诚消费者（顾客）这四个核心特性。

品牌资产具有四个特点。

首先，品牌资产是无形的。品牌资产是一种特殊的资产，是一种无形的资产。它一方面使人们难以直观把握，另一方面品牌资产的所有权获得和所有权的转移也与有形资产存在着差异。

其次，品牌资产可以在利用中增值。品牌资产作为一种无形资产，其投资与利用常常是交织在一起的。如果品牌资产利用管理得当，品牌资产会在利用管理中增值。

再次，品牌资产会影响消费者的行为包括购买行为，以及对营销活动的反应。

最后，品牌资产难以准确计量。一是由于品牌反映的是企业与顾客的关系，这种关系的深度与广度需要通过品牌知名度、品牌联想、品牌忠诚和品牌形象等多方面透视，而且这些组成部分相互联系、相互影响；二是品牌资产的获利性受许多不易量化的因素影响，难以准确计量。

3. 品牌定位

1）品牌定位概念

品牌定位是指企业在市场定位和产品定位的基础上，对特定的品牌在文化取向及个性差异上的商业性决策，它是建立一个与目标市场有关的品牌形象的过程和结果。换言之，即指为某个特定品牌确定一个适当的市场位置，使商品在消费者的心中占领一个特殊的位置，即成为该品类或特性的代表品牌，让消费者产生相关需求是其首选。例如，购买可乐；选择可口可乐；购买创可贴时，选择邦迪；购买安全的汽车时，选择奔驰。

2）品牌定位目的

品牌定位的根本目的就是将产品转化为品牌，以利于潜在顾客的正确认识。成功的品牌都有一个特征，就是以一种始终如一的形式将品牌的功能与消费者的心理需要连接起来，通过这种方式将品牌定位信息准确传达给消费者。因此，企业进行品牌定位最终目的是要建立对目标市场最有吸引力的竞争优势，并通过一定的手段将这种竞争的优势传达给消费者，转化为消费者的心理认识。

3）品牌定位的意义

品牌定位是品牌经营成功的前提，为企业进占市场，拓展市场起到导航作用。如若不能有效地对品牌进行定位，以树立独特的消费者可认同的品牌个性与形象，必然会使产品淹没在众多产品质量、性能及服务雷同的商品中。

品牌定位是品牌传播的客观基础,品牌传播依赖于品牌定位,没有品牌整体形象的预先设计,品牌传播就难免盲从而缺乏一致性。

4. 品牌定位策略(余明阳,2009)

1) 以产品类别定位

产品类别定位就是根据产品的类别建立起品牌联想。该定位力图在消费者心目中形成该品牌等同于某类产品的印象,使之成为某类产品的代名词或领导品牌。例如,七喜汽水"非可乐"的定位使七喜处于与"百事"、"可口可乐"对立的类别,成为可乐饮料之外的另一种选择。这样,既避免了与"百事"、"可口可乐"的竞争,同时又巧妙地与两品牌挂钩,使自身处于和它们并列的地位。

2) 以竞争者定位

以竞争者定位又称比附定位,是参照竞争者品牌,依附竞争者定位。其目的是通过品牌竞争提升自身品牌的价值与知名度。企业可以通过各种方法和同行中的知名品牌建立一种内在联系,使自己的品牌迅速进入消费者的心里,借名牌之光使自己的品牌生辉。

蒙牛公司在刚启动市场时提出了"为民族争气、向伊利学习"、"争创内蒙古乳业第二品牌"等广告口号,并将这些口号印在产品包装之上。这些广告看似是对伊利的赞赏,同时也把蒙牛和伊利放在了并驾齐驱的位置,在消费者心里留下深刻印象。

3) 以产品档次定位

品牌价值是产品质量、消费者心理感受及各种社会因素如价值观、文化传统等的综合反应,档次具备了实物之外的价值,如给消费者带来自尊和优越感等。高档次品牌往往通过高价位来体现其价值。例如,五星级的宾馆其高档的品牌形象涵盖了舒适的环境、良好的服务、优质的设施;中低档次的宾馆,则满足追求实惠和廉价的低收入者需要。

4) 以目标市场定位

按照产品与某类消费者的生活形态和生活方式的关联作为定位的基础,深入了解目标消费者希望得到什么样的利益和结果,然后针对这一需求提供相对应的产品和利益。

百事可乐定位于"新一代的可乐",抓住了新生代崇拜影视偶像的心理特征,请迈克·杰克逊做广告代言人,使新生代成了百事的俘虏,而百事也成了"年轻、活泼、时代"的象征。

5) 以消费者情感定位

运用产品直接或间接地冲击消费者的情感体验而进行定位。

菲利普·科特勒认为,人们的消费行为变化分为三个阶段:第一是量的阶段,第二是质的阶段,第三是感情阶段。在第三个阶段,消费者所看重的已不是产品的数量和质量，而是与自己关系的密切程度，或是为了得到某种情感上的渴求满足，或是追求一种商品与理想自我概念的吻合。显然，情感定位是品牌诉求的重要支点，情感是维系品牌忠诚度的纽带。

"娃哈哈"品牌之所以成功，除了其通俗、准确地反映了一个产品的目标对象外，最关键的一点是将一种祝愿、一种希望、一种消费结合儿童的天性作为品牌命名的核心，从而使"娃哈哈"这一名称天衣无缝地传达了上述形象及价值，这种对儿童天性的开发和祝愿又恰恰是该品牌形象定位的出发点。

6）功能性定位

功能性定位是将品牌与一定环境、场合下产品的使用情况联系起来，以唤起消费者在特定情景下对该品牌的联想。

王老吉的广告词"怕上火喝王老吉"红遍了大江南北，凭借其明确的功能性定位，使王老吉销售额直线上升，王老吉也俨然成了凉茶的代名词。

7）文化定位

将某种文化内涵注入品牌之中形成文化上的品牌差异，称为文化定位。文化定位不仅可以大大提高品牌的品位，而且可以使品牌形象独具特色。例如，中国"景泰蓝"和法国"人头马"，无不承载了深厚的民族文化特色。

5. 品牌策略

品牌策略是产品策略的重要组成部分。每一个营销者在其品牌策略上，都面临以下几个不同的策略。

1）品牌有无策略

品牌有无策略，即企业是否要给自己的产品建立一个牌子。

历史上，最初的商品是没有牌子的，品牌是商品经济发展到一定阶段的产物。现代市场上，几乎所有的商品都有牌子，甚至水果都有。近年来，一些商品特别是日用品又回到了"无品牌"状态，称为"不注册产品"，目的是节省广告、包装等费用，降低成本和售价，增强产品竞争能力。例如，在美国，无品牌产品的售价比全国性品牌低 30％～50％，因而对一些有牌子的食品和日用品是一大威胁。在无品牌的条件下，招牌具有更大的作用，一个招牌往往反映了一定的经营特色。

即使如此，大多数企业仍致力于建立自己的品牌，这对于企业营销者维护和增加自己的权益有十分重要的作用：

（1）便于企业进行经营管理，促进产品质量的不断提高。

（2）激发企业的创新精神。

（3）可建立稳定的顾客群，吸引那些具有品牌忠诚性的消费者。

（4）有助于市场细分和产品定位。企业按不同的需求建立不同品牌，以不同的品牌分别投入不同的细分市场，就可加强对市场控制。

2）品牌归属策略

品牌归属策略，即品牌归谁所有，由谁负责。对产品的制造者来说，有三种选择：

（1）制造商品牌策略。又称全国性品牌，是指将全部产品置于生产者品牌之下。采用此策略是为了获取品牌所带来的利益，以利新产品上市。制造商品牌过去在市场上一向占统治地位，但近年来在有些西方国家中间商品牌较为流行。

（2）中间商品牌策略。又称自有品牌或私人品牌。即在销售者品牌下从事市场营销。例如，著名的美国零售企业西尔斯公司创立了若干名牌，在消费者中享有盛誉，90％以上的商品都用自己的品牌。实行中间商品牌，对中间商而言有很多好处：第一，中间商通过自有品牌不仅可控制价格，而且在一定程度上可控制厂商。第二，中间商可以培养顾客的品牌偏好，使之乐于来商店买那些独家商品，从而保持市场稳定。但是，采用中间商品牌也有不足之处：自有品牌要对制造商的产品质量严格控制；大批进货占压了大量资金；促销费用较大，市场风险也很大。

（3）混合品牌策略。即中间商品牌与生产者品牌连用。有些大规模的批发商及零售商，想建立自己的品牌，以便能有效控制价格、控制生产者，获取较高的经济效益。但为了获得顾客信任，维持高水平品质，故不得不使用生产者品牌，将两种品牌并用。

3）品牌统分策略

品牌统分策略即企业对所经营的各种产品如何确定品牌的决策。有四种可供选择的策略。

（1）统一品牌策略。即企业决定其所有的产品都统一使用一个品牌名称。例如，美国奇异电器公司对其所有产品都统一使用"GE"这个品牌名称。采用统一品牌，能使推广新产品的成本降低，节省品牌的设计费用和宣传费用；能够扩大企业知名度，提高企业影响；能借助已成功的品牌，推出新产品。但使用统一品牌，必须对每一种产品进行严格的质量控制。否则，任何一种产品的质量问题，都会影响全部产品声誉。

（2）个别品牌策略。即不同的产品分别采用不同的品牌。这种策略，可使企业的整体声誉不受个别商品声誉降低的影响；分散品牌使用过程中对企业的风险威胁。个别品牌策略，主要适用四种情况的产品：第一，不同类别的产品。例如，美国通用汽车公司生产的不同种类汽车，就分别使用了"卡迪莱克"、"别克"、"雪佛兰"等多个品牌；第二，不同档次的产品。这种策略能严格区分高、中、低档产品，便于满足顾客不同爱好与需求；第三，不同品种的产品；第四，新产品。

（3）个别式统一品牌策略。企业为所生产经营的各类产品分别命名，即一类产品使用一个牌子。例如，美国的西尔斯零售公司，对它所经营的家用电器、妇女服饰、家具等各类产品分别使用不同的牌子。事实上，不同用途的产品，如食品和农药、化妆品和化学原料等，也不宜使用同一牌子。

（4）企业名称加个别品牌策略。即一类产品用一个牌子，同时在每个牌子之前均冠以企业名称。这样，既可利用企业的声誉推出新产品，节省广告费用，又可以保持每种产品、每个品牌相对独立性。例如，美国凯洛洛公司就采取这种决策，推出"凯洛洛米饼"、"凯洛洛葡萄干"。

4）品牌扩展策略

品牌扩展策略，又称品牌延伸决策，是指企业尽量利用已获成功品牌的声誉来推出改良产品或新产品，包括推出新的包装规格、香味和式样。例如，美国在老人牌麦片公司名为"开好吃"牌的干型谷类早餐获得成功后，公司就利用该品牌名称和动画片的特点来推出一系列的产品，如冰激凌棒、T恤衫和其他产品；海尔企业成功推出海尔冰箱之后，又利用这个品牌及其图样特征，成功推出了洗衣机、电视机等新产品。目前，品牌扩展策略已成为西方企业发展战略的核心，很多企业已把品牌扩展看成是一种有效的营销手段。

品牌扩展策略有两种不同的情况：①品牌本身的延伸。品牌本身的延伸是指企业在市场声誉高的原品牌基础上，进一步推出子品牌，分别对应于不同的款型和产品档次；如通用汽车公司的"别克"品牌推出的"荣御"、"君威"、"凯越"、"GL8"四大子品牌形成了强大的市场阵容；②品牌覆盖产品范围的延伸。这种策略是将企业成功的品牌用在其他新产品开发上。例如，雀巢咖啡经品牌延伸后形成的婴儿奶粉、冰激凌、柠檬茶等系列产品都十分畅销。

品牌扩展策略使制造商节省了用于促销新品牌所需的大量费用，并且使人们能迅速识别新产品品牌。但也包含了某种风险，如一种品牌在扩展时失利，可能导致消费者对其他产品的怀疑和不信任。

5）多品牌策略

多品牌策略指企业决定同时经营两种或两种以上互相竞争的品牌。这种决策是美国宝洁公司首创的。其目的在于使两种品牌彼此比较，自我构成一种竞争态势，以吸引消费者的注意。例如，美国宝洁公司生产的"潮水牌"洗涤剂畅销，后公司又推出"快乐牌"洗涤剂。虽然"快乐牌"洗涤剂抢了"潮水牌"的一些生意，但两种品牌的销售额却大于只经营潮水一个品牌的销售额。

多品牌决策能使企业获得更多的货架面积，也增加了零售企业对生产企业产品的依赖；现实生活中大部分消费者是"品牌转移者"，提供多种品牌的产品有利于吸引这些"品牌转移者"；能将竞争机制引入企业，提高效率；能使企业占领更大的市场份额。但应注意，企业在使用多品牌决策时，应使自己的品牌压倒竞争者的品牌，而不应造成自己品牌之间相互倾轧。

> **案例 12-5 宝洁公司的品牌策略**

世界上著名的宝洁公司大都是一种产品多个牌子。洗衣粉就有汰渍、洗好、欧喜多、波特、世纪等 9 个品牌。在中国市场上，仅洗发香波就有"飘柔"、"潘婷"、"海飞丝"等 3 个品牌。它们的多品牌决策追求每个品牌的鲜明的个性，使每个品牌都有自己的发展空间。例如，"海飞丝"的个性在于去头屑；"潘婷"的个性在于对头发的营养保健；而"飘柔"的个性则是使头发光滑柔顺。

资料来源：周力军.2005.宝洁，称雄中国市场有术.世界，(4)：28

6）品牌再定位策略

由于市场环境变化，品牌往往要重新定位。例如，竞争者推出一个新的品牌，打入本企业产品的市场；或是顾客的口味改变，减少了对原品牌需求。在这些情况下，企业为保护自己的利益，需要为品牌重新定位。

企业在进行品牌重新定位时，一般要考虑两个重要因素：一是将品牌转移到另一细分市场所需费用。费用包括产品品质改变费、包装费和广告费。通常，重新定位离原位置距离越远，所需费用就越高。二是定位于新位置的品牌能获得多少收益。收益的大小取决于产品在新的市场位置能吸引的顾客数量，这些顾客购买力的大小、竞争者的数量和竞争者的程度，以及企业能订多高的售价。

12.5.2 商标与商标策略

1. 商标的概念

商标是一个品牌，或品牌的一部分，已获得专用权，并受到法律的保护。商标保护着销售者使用品牌名称或品牌标记的专用权。在现代市场经济的条件下，商标依其知名度的高低和信誉的好坏，具有不同的价值，是企业的一项无形资产，产权可买卖。

商标与品牌既有联系，又有区别。某产品的品牌与商标可以相同，也可以不同，它们都是产品的标记，用以显示产品的性质，以区别于其他同类产品。这是它们的共同点。但商标与品牌又有区别。商标是法律上的名词，是将品牌图案化，作为商品的记号，经注册登记后受法律的保护，可防止他人仿效使用。

2. 商标的设计

要使商标充分发挥其作用，体现出应有的价值，在商标设计时应符合下列要求：

（1）简单明显，美观新颖。商标所使用的文字、图案、符号都不应冗长，力求简洁，色彩明快，才能便于消费者记忆和识别；商标不仅给人一种美的享受，而且还应使顾客产生信任感。因而，商标美观大方，构思新颖，别致有趣，才能引人注目，在消费者心中树立良好的企业形象和产品形象，激发消费者的购买欲望。

（2）体现产品的特色。对于一个具体的产品来说，并不是任何造型美观的商标都能适用。商标应能充分体现产品的性质、特点和风格，表现产品的特色，这是商标成功设计的基础。只有体现出产品特色的商标，才能对顾客产生吸引力。例如，美国加州一家水果公司的商标名"sunkist"，生动形象，示意该产品是在阳光照耀下自然成熟的。再如，美国一种眼镜用"OIC"三个字母作商标，英语读音恰似"oh，I see"（噢，我看见了），构思巧妙，耐人寻味。

（3）与目标市场相适应。企业的一切活动包括商标设计在内，都是围绕目标市场运作的。因此，商标的设计须与企业的目标市场相适应。商标的设计要符合消费者的心理要求，适应消费者对该产品的喜爱和偏好，避免心理上的反感和其他错觉。特别是在设计出口产品的商标时，尤其要注意各个国家的风俗习惯、色彩方面的偏好与禁忌，投其所好，避其所忌。比如，"白象牌"电池的英文译名为 white elephant，这在美国人心目中是累赘无用的代名词，这种无用又累赘的东西是很少有人问津的。又如，美国通用汽车公司为新推出的雪佛莱轿车定名为"NOVA"。而"NOVA"一词的字面含义应为"新星"，但其发音"NOVA"在西班牙语中意味着"走不动"，试想又有哪些消费者愿意去买"走不动"的轿车呢？再如，世界上著名的商标"金利来"，在它设计时也曾遇到一些问题。"金利来"最初的名字是"金狮"（Gold Lion），是从英文直译的。当时，"金狮"衬衣和领带用料很讲究，质量优良，包装精致，但销路并不好。曾宪梓老板一直很奇怪。后来一次偶然的机会，他知道了问题的症结所在。原来，"金狮"在粤语里与"甘输"发音相近，谁敢戴"甘输"领带，穿"甘输"衬衣去做生意、去干事业呢？后来，曾宪梓老板决定更换商标，以"金利来"代替"金狮"。"金"是英文直译，"利来"按英文音译。这样一改，"金利来"意味"好运来"。从此，"金利来"这个商标就打响了。

（4）符合法律规范。企业在设计商标时，必须符合国家有关法令和国际上关于商标法的有关规定。例如，有些国家的商标法规定：不能用国旗、国徽、国际组织名称、军撤、军章等相同或类似的文字、图形作商标；不能使用在政治上有不良影响的文字、图案作商标；要尊重民族风俗、习惯，内容文明、健康等。

3. 商标的分类

根据商标构成因素的不同，商标可分为以下几种类型。

1）按照商标的构成分类

（1）文字商标。由中外文字构成的商标为文字商标。其特点是含义明确，易读易记，如"永久"、"三洋"、"SONY"等。

（2）图形商标，指由图形构成的商标。其特点是形象鲜明，印象深刻，但不便称呼。例如，凤凰牌自行车的商标是一只凤凰图形。

（3）记号商标，由记号构成的商标，是历史上最早的商标。

（4）组合商标，由两个以上文字、图形、记号相互结合而构成的商标。

2）按照商标的作用分类

（1）营业商标，指以生产经营企业的名称作为商标，如"盛锡福"、"六必居"。这种商标便于消费者把产品质量与企业声誉联系在一起。

（2）产品商标。为了将特定的商标、品种的产品和其他产品区分开来而使用的商标。

（3）等级商标。同一企业为使消费者区别同一种产品不同的质量、规格而使用的商标。

（4）证明商标。产品的质量经过鉴定，保证或证明其质量等级而用的商标。

（5）防御商标。为防止他人侵犯商标专用权，在非同种和类似商品上注册同一个商标，或是在同一类型的不同商品上注册几个近似的商标。

3）按照商标使用目的分类

（1）生产商标。又称制造商标，是表明商品制造者的商标。这类商标在目前我国注册商标中数量最多。

（2）销售商标。又称经营商标，是经营者为销售商品而使用的商标，有时与制造商标并用。

4）按照有无专用权分类

（1）注册商标。商标经申请注册，并经商标主管机关核准。

（2）未注册商标。在自愿注册制度下，未申请注册而使用的商标。

4. 驰名商标（梁东等，2008）

1）驰名商标的含义

驰名商标是国际上通用的为相关公众所熟知的享有较高声誉的商标。驰名商标起源于《保护工业产权巴黎公约》，现已为世界上大多数国家认可。但对驰名商标没有形成一致的概念。在我国，驰名商标是指在市场上享有较高声誉并为相关公众所熟知的注册商标。

2）驰名商标的条件

（1）商标设计具有独创性。

（2）商标使用时间较长。

（3）商标所指定的商品或服务项目的质量优良而且稳定。

（4）使用该商标的商品，市场覆盖面大、销售量大。

（5）该商标的广告投入与商品的销售量或服务收入成正比增加。

（6）在有关国家注册了该商标并销售使用该商标指定的商品或开展经营服务。

（7）在同行业中有很高的知名度和信誉度。

（8）为相当范围内的消费者所熟知。

3）驰名商标的特征

与一般的商标相比，驰名商标有其独有的特征：

（1）驰名商标的专用权跨越国界。驰名商标的专用权，与一般意义上的商标专用权不同，而是超越本国范围、在巴黎公约成员国范围内得到保护的商标权。

（2）驰名商标的注册权超越优先申请的原则。世界上包括我国都实行品牌注册及优先注册的原则。但对于驰名商标而言，他人虽申请在先，只要其申请注册的商标是对驰名商标的复制、仿照或翻译，而且用于相同或类似的商品上，就不给予注册。即使他人申请已获批准注册，驰名商标的所有人也有权在五年之内请求撤销并注册商标。

5. 商标策略

在商标策略中，除了与品牌策略类似的，即商标与无商标、生产者商标与销售者商标、统一商标与个别商标外，还应考虑产品质量异同与商标异同策略，商标创新策略。

1）产品质量异同与商标异同策略

一般有以下四种选择：

（1）不同质量的产品制定不同的商标，能把质量和价格联系在一起。

（2）质量相同的产品确定相同价格，便于整个产品线使用共同的零售网，也可以强调所有产品的质量是统一的。

（3）质量相同的产品确定不同的商标，主要是为了迎合各地区、各细分市场的不同偏好，以扩大推销。

（4）不同质量的产品确定相同的商标，一般是为了使消费者由此联想到某一特定的创造者和销售者。

2）商标的创新策略

商标的创新策略又称更换商标策略，当一商标或由于设计上的原因、或由于管理上的原因、或由于消费者爱好转移的原因等在消费者心目中形象不佳，声誉受损，致使商品销路受到严重影响时，可考虑使用更换商标策略。它包括两种类型：全新商标策略和改良商标策略。

（1）全新商标策略，即舍弃原商标，采用重新设计的全新商标。这种策略虽可标新立异，显示企业特色，但花费太大，且风险也较大。

（2）改良策略，即指在原商标上作些局部改进，企业使改进后的商标与原商标造型接近。这种策略花费较少，风险也小，能使产品保持原有的信誉。但这种策略受原有商标的局限，难以创新。

12.5.3　包装与包装策略

包装在产品的整体概念中占有重要的位置。在现代市场营销中，包装的作用远远超越了作为容器保护商品的作用，而是成为树立企业形象，促进和扩大商品销售的重要因素之一。

1. 包装的含义与作用

1) 包装的含义

包装是产品整体的又一重要组成部分，通常是指产品的容器或包装物及其设计装饰。产品的包装一般分为三个层次：内包装、中层包装和储运包装。内包装是指盛装产品的直接容器，如香烟的小纸盒、牙膏的软管等；中层包装指用于保护产品和促进销售的直接容器外面的包装，如每条香烟的包装物；储运包装，又称外包装，是指便于储存和搬运的包装，如装运香烟的纸板箱等。

2) 包装的作用

包装设计的好坏直接关系到产品的价值和销路，因而一直受到生产经营者的高度重视。包装在市场营销过程中，可以发挥以下具体作用：

(1) 保护产品。这是包装最基本的作用。保护产品即是指保护产品在流通过程中完整无损、清洁卫生，使用价值不受损害。

(2) 促进销售。造型新颖、独特的产品包装，能把产品和消费者紧密地联系在一起，起到促进产品销售的作用。一方面，产品的包装，能使产品更加美化，使它本身具有广告宣传的作用。产品的包装是"无声的推销员"，能引起消费者的兴趣，激发购买动机，从而促进产品销售；另一方面，不同的包装便于消费者携带和使用，消费者乐于购买。例如，20 世纪 80 年代我国出口茅台酒改用新包装后每瓶售价提高了 5～6 倍，很受市场欢迎。又如，英国曾进行了一次抽样调查，1000 名家庭主妇中，92 ％的主妇是在邻近的自助商店里购买包装好的商品，对于包装不好的商品根本不考虑。

(3) 增加利润。优良、精美的包装往往可以提高产品的身价，使顾客愿意付出高价购买，避免出现"一等产品、二等包装、三等价格"的不良后果，使企业利益受损。另外，包装能保护产品，减少损失，使运输、储存、销售各环节的劳动生产率提高，从而增加企业的赢利。

过去，我国企业对包装不够重视，包装技术落后，国家每年因此造成的损失数以亿计。据外贸系统估计，我国出口商品由于包装落后，每年至少损失 10 ％的外汇收入。在国内市场上，销售商品的包装问题也很严重。例如，1978 年全国年产玻璃 1250 万标箱，仅因包装不良造成破损的达 100 万标箱，相当于两个中型玻璃厂的年产量。因而，在市场经济高度发展的今天，包装已成为企业之间市场竞争的一种重要武器。企业营销者必须引起高度重视。

2. 包装的种类

1）产品包装按其所处的层次分

（1）首要包装，即产品的直接包装。

（2）次要包装，即保护首要包装的包装物。

（3）装运包装，即为了便于储运、识别某些商品的外包装。

2）产品包装按产品经营的习惯分

（1）内销产品包装。凡在国内市场上转移、周转和销售的产品的包装，称为内销产品包装。

（2）出口产品包装指出口产品所使用的包装。

（3）特种产品包装指工艺美术品、古文物、军需用品等包装。由于这些商品的特殊性，要求商品包装在防压、抗震、抗冲击等方面具有强度更高的保护性能，保护措施更周到，安全系数更大。

3）产品包装按产品在流通中的作用分类

（1）外包装，又称运输包装，是指商品最外层包装，一般与运输工具直接接触，主要作用为保护产品品质安全和数量完整。

（2）内包装，又称销售包装或小包装。一般与商品实体直接接触。它随同产品进入零售环节和消费者直接见面。因此，除了保护产品的基本作用外，它便于顾客购买和使用，美化产品，具有较好的促销作用。

4）产品包装按照内含产品的数量分

（1）单个包装指包装物内只有一个商品销售单位的包装。

（2）集合包装，即将若干商品销售单位置于一个包装物内的包装。

5）产品包装按照产品使用的次数分类

（1）一次用包装指产品包装物只使用一次，不可回收复用的包装。

（2）多次用包装指产品包装物回收后经适当的加工整理，仍可复用的包装。

（3）周转用包装是为一些特殊商品而设计的，可长期使用，单位费用最低。

3. 包装策略

1）类似包装策略

企业将其生产经营的各种产品在包装上采用相同的图案，近似的色彩，共同的特征，使顾客容易辨认是同一企业的产品。采用类似包装策略，可以节省包装费用，可以强化企业的影响，扩大企业声势，有利于新产品拓展市场。但采用这种策略，要求产品质量大体相同。

2）等级包装策略

企业将产品分成若干等级，高档优质产品采用优等包装，一般产品采用普通包装，使包装的价值和质量相称。

3）多种包装策略

企业将使用时互有关联的多种产品，纳入一个包装容器内同时出售。这种包装策略既便于消费者购买，又利于扩大产品销售。

4）双重包装策略

双重包装策略又称再使用包装或复用包装，即原包装的产品用完后，空的包装容器可移作其他用途。这种包装会引起消费者的兴趣，增强对消费者的吸引力。

5）一次性包装策略

商品消费完毕其包装物便被废弃的包装，称为一次性包装。这种包装简便、造价低，便于消费者携带和使用。

6）附赠品包装策略

企业在商品包装物内附赠给购买者一定的物品。这种策略目前在国外市场较为流行。

7）更换包装策略

当原来的商品包装因陈旧、落后而丧失影响力时，企业要及时更换新的包装，以保护和提高商品形象。

本 章 小 结

产品是用来满足目标市场需求的。产品策略是整个市场营销战略的基础。整体产品概念是由核心产品、形式产品、期望产品、延伸产品和潜在产品五个层次有机组成。

产品组合，是指一个企业生产或经营的全部产品线、产品项目的组合方式，包括了四个变化的因素即产品组合的宽度、长度、深度和关联度。产品组合策略，是指企业根据市场需要，考虑企业经营目标和企业实力，对产品组合的广度、深度和关联性等作出的最佳决策。通常产品组合策略有以下几种类型可供选择：全线全面型、市场专业型、产品线专业化型、有限产品专业化型、特殊产品专业型。

产品市场生命周期是指产品从进入市场开始，直到最后被淘汰退出市场为止的全部过程所经历的时间。一般包括市场生命周期的投入期、成长期、成熟期和衰退期四个阶段。在理解产品市场生命周期这个概念时，必须注意：产品市场生命周期不等于产品的使用寿命周期，这是两个完全不同的概念；产品市场生命周期虽然包括投入期、成长期、成熟期和衰退期四个阶段。但不能说，产品市场寿命周期是指产品从投入期开始进入衰退期为止的时间；产品的市场生命周期是就整个行业或整个市场而言。产品市场生命周期不同阶段有其不同特点，应采取不同的营销策略。

新产品是指整体产品概念中某一个部分发生改变或有所创新，这种产品都称之为新产品。由此可见，市场营销学中所说的新产品的范围要比一般社会观点所讲的新产品的范围要广得多。新产品的类型有全新型的新产品、新产品线产品、市场再定位新产品、改进新产品、增加现有产品大类新产品、成本减少新产品。

新产品开发具有极其重要的意义：能防止产品老化，始终保持企业利润增长；能满足消费者日益增长的物质文化生活需要；是提高企业经营水平和经济发展的重要标志，是提高企业竞争能力的重要手段。现代市场营销学认为，新产品开发程序一般有八个阶段：① 构思创意；② 构思筛选；③ 产品概念的发展和测试；④ 拟出初步的市场营销战略报告书；⑤ 商业分析；⑥ 产品开发；⑦ 市场试销；⑧ 商业化阶段。

品牌是一种名称、名词、标记、符号或设计，或是它们的组合运用，其目的是借以辨认某个销售者或某群销售者的产品或劳务，并使之同竞争对手的产品和劳务区别开来。品牌的类型可分为生产者品牌和销售者品牌。品牌的概念具有多种层次：属性、利益、价值、文化、个性、用户。

品牌策略包括品牌有无策略、品牌归属策略、品牌的统分策略、品牌扩展策略、多品牌策略、品牌再定位策略。

商标是一个品牌，或品牌的一部分，已获得专用权，并受到法律的保护。商标与品牌既有联系，又有区别。

驰名商标是国际上通用的为相关公众所熟知的享有较高声誉的商标。驰名商标起源于《保护工业产权巴黎公约》，现已为世界上大多数国家认可。驰名商标有其独特之处：专用权跨越国界，驰名商标的专用权，注册权超越优先申请的原则。

包装在产品的整体概念中占有重要的位置。在现代市场营销中，包装的作用远远超过了作为容器保护商品的作用，而是成为树立企业形象，促进和扩大商品销售的重要因素之一。

包装是产品整体的又一重要组成部分，通常是指产品的容器或包装物及其设计装饰。

包装具有保护产品、促进销售、增加利润等作用。包装策略有类似包装、等级包装、多种包装、双重包装、一次性包装、附赠品包装、更换包装等策略。

核心概念

产品　整体产品　产品组合　产品市场生命周期　新产品　品牌
品牌资产　驰名商标　商标　包装

自我测试

1. 什么是产品的整体概念？它对企业营销有何重要作用？

2. 产品组合包含哪几个基本因素？企业在进行产品组合时可采用的策略有哪几种？

3. 何谓产品的市场寿命周期？产品市场寿命周期理论对企业营销有何作用？

4. 试述产品市场寿命周期各阶段的基本特征是什么？

5. 举例说明如何延长产品的市场寿命周期？

6. 企业为什么要开发新产品？开发新产品的基本要求是什么？

7. 产品市场寿命周期不同阶段应采取何种营销策略？

8. 新产品开发的程序包括哪些阶段？

9. 什么是产品组合？产品组合的基本策略是什么？

10. 品牌资产有何特征？

11. 什么是品牌？什么是商标？品牌和商标有什么重要作用？有哪些主要策略？

12. 什么是产品包装？产品包装对企业经营有何重要作用？

讨论问题

"在产品市场生命周期的成长阶段，企业面临着高市场份额或高利润的选择"，请谈谈你对这句话的认识。

第 *13* 章

产品定价

美国柯达公司生产的"柯达"彩色胶片在 20 世纪 70 年代初突然宣布降价，很快吸引了众多的消费者，挤垮了其他国家的同行企业，柯达公司甚至垄断了彩色胶片 90% 的市场份额。到了 20 世纪 80 年代中期，日本胶片市场被"富士"所垄断，"富士"胶片压倒了"柯达"胶片。对此，柯达公司进行了市场调查研究，发现日本人购买商品有一个习惯：重质而不重价。于是他们制定了高价政策，实施与"富士"胶片竞争的价格策略。他们在日本发展了贸易合资企业，专门以高出"富士"1/2 的价格推销"柯达"胶片。经过 5 年的努力和竞争，"柯达"终于被日本消费者接受，打进了日本市场，并成为与"富士"平起平坐的企业，销售额也直线上升。

这充分说明了企业在制定价格策略时，根据市场中不同变化因素对商品价格的影响程度采用不同的定价方法，制定出适合市场变化的商品价格，进而实现定价目标的企业营销战术。

在市场经济条件下，任何企业都要给生产或经营的产品制定适当的价格。因为价格是企业市场营销过程中一个十分敏感而又最难有效控制的因素，它直接关系到市场对产品的接受程度，影响着市场需求量，影响着生产者、经营者、消费者三方的利益。也就是说，定价策略与方法的运用是否恰当，与企业营销活动的成败息息相关。因此，企业必须重视产品定价策略的制定、选择和使用。

13.1 产品定价的重要性

产品价格是市场营销组合中最重要的因素之一。产品定价是指工商企业为其产品制定的定价方针、方法和措施的总称。企业要把产品定价与企业营销目标巧妙地结合起来，从而制定出顾客愿意接受、企业也能实现营销目标的价格。产品定价在市场营销及其经济活动中占据着十分重要的地位，主要表现在。

1. 价格直接影响企业的盈亏

在市场经济条件下，企业作为独立的经济实体，其直接的目的是追求利润的最大化。一种产品的销售价格直接影响到这种产品的利润水平，价格的提高或降低，都可能使销售利润增加或减少。

2. 价格的高低直接关系到消费者的切身利益

价格是消费者最为关心的问题之一，消费者在购买商品时通常非常注意价格，往往将价格、产品质量及产品的其他属性等因素结合起来考虑。因而，价格是否合理直接影响到消费者的购买动机和购买行为。也就是说，价格是影响市场供求的最重要的敏感因素。

3. 产品定价直接或间接地影响其他营销策略能否有效发挥作用

价格是营销组合中最关键、最活跃的因素，它随市场变化而上下波动，协调着买卖双方的利益关系。通过价格的变动和在市场营销活动中采用不同的定价策略，可以弥补市场营销诸因素的缺陷。

1) 定价与产品策略的关系

(1) 产品性质。企业要给产品定价，首先必须考虑产品的性质。产品是工业品，还是消费品？是一次性消费品，还是坚固耐用品？不同性质的产品，其价格的制定不尽相同。

(2) 产品市场寿命周期。企业在给产品定价时，必须考虑产品市场寿命周期，即产品处在市场寿命周期的哪个阶段。寿命周期阶段不同，价格的制定亦不相同。在市场寿命周期的投入阶段，产品刚刚上市，经营规模小，成本较高，定价时既要考虑让消费者能够接受，同时也要让企业能弥补成本；成长期、成熟期的产品需要稳定的价格支持；而当产品进入衰退期，企业应通过降低价格来寻求最大的边际收益。

(3) 产品组合。企业定价，还必须考虑产品组合。在产品组合中，产品与其他产品是替代品，还是互补产品？如果其中一种产品的价格策略变动，必然会影响同一产品组合中的其他产品。

2）产品定价与促销策略的关系

企业在市场营销活动中，开展的广告、人员推销、公共关系及营业推广等促销活动，都需要支付相应的费用。在不同的市场条件下，不同的商品促销费用是不同的。例如，生活必需品的促销费用较低，而发展用品、享受用品的促销费用较高。因此，企业在选择促销策略时，既要考虑适应市场拓展的需要，又要考虑是否有相应的价格策略支持及消费者对价格的心理及经济承受能力。

3）产品定价与渠道策略的关系

在市场营销中，企业选择渠道的长短宽窄及分销环节的多少，对企业定价都会产生不同程度的影响。例如，企业采取长渠道策略，其中有各类中间商，为鼓励他们积极经销产品，开拓市场，因而出厂价较低；而采取短渠道策略，开拓市场的任务由企业自己承担，必然会产生相应费用，因而价格相应提高。可以说，定价制约着销售渠道的选择。

由此可见，产品定价在营销过程中与其他各因素存在着相互依存、相互制约的联系。企业在选择定价策略时，既要考虑其他营销组合因素对价格的影响，也要考虑价格对其他因素的制约。综上所述，定价是一项很复杂的工作。国外的一位专家曾指出："在所有决策问题中，价格是最令人捉摸不定的。"特别是近几十年来，随着科学技术进步，产品市场寿命周期缩短，产品质量之间的差异缩小。消费者对产品、服务提出更高的要求，使企业定价工作显得更为重要。企业要正确理解定价的重要性和复杂性，正确认识产品定价在市场营销中的作用，有预见地做好定价工作。

13.2　影响产品定价的主要因素

13.2.1　定价目标

企业为产品定价时，首先必须有明确的目标。定价目标是指企业通过制定合理的产品价格以实现的产品销售的规划或意向。由于受到资源的约束，企业的规模和企业所采用的管理方法的差异，企业可能从不同的角度选择自己的定价目标。不同的企业、不同的产品、不同的市场有不同的营销目的，因而也就有不同的定价目标。企业应根据自身的性质和特点，权衡各种定价目标的利弊而加以取舍。一般而言，企业的定价目标有。

1. 以维持企业生存为定价目标

如果企业由于经营管理不善，或由于激烈竞争或消费者需求偏好转移等原因，造成产品大量积压，销路受阻时，企业应以维持生存为定价目标。企业为其积压产品制定较低的价格，只要能收回变动成本或部分固定成本即可，目的在于使存货出手，收回资金。但这种目标只能是短期的，不宜长期使用。

2. 以获得利润为定价目标

获得利润是企业生存和发展的必要条件，也是企业从事经营活动的主要目标。在企业营销活动中，大多数企业就直接以利润为产品定价目标。

1) 以当期利润最大化为目标

这种定价目标是指追求目前利润的最大化，而不考虑长期效益。具体做法是将几种不同价格与其相应的需求量，并结合产品成本进行比较综合考虑，从中选择一个适当的价格，即可以取得当期最大利润、最大现金流量和最大投资收益的价格。利润的最大化取决于合理的价格所推动的销售规模。因而，追求利润最大化的定价目标并不意味着企业要制定最高单价。通常采用这种定价目标，要求产品声誉较好，在市场中居于竞争优势。

2) 以投资收益率为目标

投资收益率目标是指企业以其投入资金的预期收益作为定价目标。它反映了企业投资效益。为此，企业在产品定价时，需要在产品成本的基础上加上预期收益。在产品成本费用不变的情况下，价格高低取决于企业所决定的投资回收率的大小。

3) 以合理的利润为定价目标

合理的利润目标是指企业在激烈的市场竞争下，由于实力所限，为减少风险、避免不必要的竞争，只能在补偿正常的社会平均成本的基础上，加上适度的利润作为商品的价格，以获取正常情况下合理利润的一种定价目标。这种定价目标由于价格适中，顾客大都愿意接受，同时能稳定市场价格，获得长期利润，因而是一种兼顾企业利益和社会利益的定价目标。

3. 以市场占有率为定价目标

以市场占有率为定价目标，是指企业以维持或扩大市场占有率为目标。市场占有率是企业经营状况和产品竞争力状况的综合反映。提高市场占有率、维持一定的销售额，是企业得以生存的基础。越来越多的企业开始把提高市场占有率作为企业定价目标。较高的市场占有率可以保证企业产品的销路，巩固企业的市场地位，从而使企业利润稳步增长。但这种定价目标的主要风险是利润率具有不确定性。

4. 以避免竞争或应付竞争为定价目标

这种定价目标是指以应付或防止竞争为定价目标。有些企业为了阻止竞争者进入目标市场，通常是将产品的价格定得较低，一方面可以刺激需求、扩大销售量，在规模经济中获得理想利润；另一方面是为了有效阻止竞争者加入。这种定价目标通常适用于中小企业或是在竞争中处于追随者地位的企业。

5. 以保持价格稳定为定价目标

以保持价格稳定为定价目标，即以保持价格稳定而获得稳定利润为定价目标。价格保持稳定，能使企业得到一定的投资收益率和长期利润。因而，一些规模较大、实力雄厚的企业，为长期有效地经营该种商品并稳定地占领市场，往往以保持价格稳定为定价目标。中小企业也以此价格作为基础价格。当然，以稳定价格为定价目标，并不是说价格固定不变。当市场形势发生变化，或者是企业生产要素发生较大变化时，价格也必须作相应的调整。

6. 以保持最优产品质量为定价目标

有些企业的目标是以高质量的产品占领市场，这就需要实行"优质优价"策略，以高价来保证高质量产品的研发成本和生产成本。

13.2.2 影响产品定价的因素

1. 成本因素

产品成本是产品价格的最低限度，它是价格构成中一项最基本、最主要的因素，也是产品定价的基础。一般说来，产品价格必须能够补偿产品生产及市场营销的所有支出，并补偿产品经营者为其所承担的风险支出。成本是企业盈亏的分界线。产品的价格如高于产品成本，企业则可获得利润；反之，产品的价格如低于产品成本，企业则会发生亏损。因此，企业在制定产品价格时，必须考虑产品成本。根据市场营销定价策略的不同需要，对成本可从不同的角度作以下分类：

（1）固定成本指在一定限度内不随产量和销量的增减而增减，具有相对固定性质的各项成本费用。如固定资产折旧费、办公费、房地租、上层管理人员的工资等。

（2）变动成本指随着产量或销量的增减而增减的各项成本费用。如原材料费用、储运费用、生产工人的工资等。

（3）总成本，即固定成本与变动成本之和。当产量为零时，总成本等于固定成本。

（4）平均固定成本是总固定成本与总产量之比的比值。它随产量的增加而减少。

（5）平均变动成本是总变动成本与总产量之比。它在生产初期水平较高，而后随产量增加而减少，但减少到某一程度又会上升。

（6）平均总成本是总成本与总产量之比。因为固定成本和变动成本随生产效率提高、规模经济效益的逐步形成而下降，单位产品平均总成本呈递减趋势。

（7）边际成本为每增加或减少一个单位产品而引起总成本变动的数值。在一定产量上，最后增加的那个产品所花费的成本，从而引起总成本的增量。这个增量即边际成本。

（8）机会成本指企业为从事某项经营活动而放弃另一项经营活动的机会，或利用一定资源获得某种收入时所放弃的另一种收入。另一项经营活动所应取得的收益或另一种收入即为正在从事的经营活动的机会成本。

企业定价必须首先保证总成本费用得到补偿。这就要求价格不能低于平均成本费用。但是，这仅仅是获利的前提条件。由于平均成本费用由平均固定成本费用和平均变动成本费用组成，而固定成本费用并不随产量变化按比例变化。因此，企业取得赢利的初始点只能在价格补偿平均变动成本费用之后的累积余额等于全部固定成本费用之时，即盈亏分界点 A（图 13-1）。

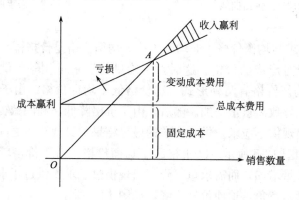

图 13-1　盈亏分界点

2. 市场因素

1）市场商品供求状况

产品价格受市场供求关系影响很大。市场上产品供求关系反映着商品可供量与社会购买力之间的适应状况。供求基本平衡，价格就能基本稳定；供不应求，价格呈上涨趋势；供大于求，则价格呈下跌趋势。因此，在市场不同的供求状况下，企业应采取不同的定价策略。

（1）市场供求决定市场价格。市场上某种商品需求量不变时，市场价格与市场供给成反比例变化，即市场供给量增加，价格下跌；市场供给量减少，价格上涨。而当市场上某种商品供应量不变时，市场价格与市场需求成正比例变化，即市场需求量减少，市场价格就下跌；市场需求量增加，市场价格就上升。

（2）市场价格决定市场供求。假定消费者的消费偏好、购买力水平、替代商品和相关商品价格等因素不变的前提下，市场供给量与价格呈同一方向变动，如图 13-2 所示；市场需求量与价格呈反方向变动，如图 13-3 所示。

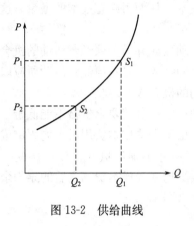

图 13-2　供给曲线

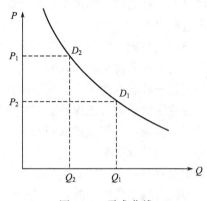

图 13-3　需求曲线

（3）市场供求与均衡价格、非均衡价格。均衡价格是价格落在供给曲线与需求曲线交叉点上时形成的价格。这时，供给量与需求量相等，供求平衡。如图13-4 所示。非均衡价格有两种形式：①价格低于均衡价格。由于价格较低，购买者大量购买，导致需求量增加。随后，由于价格降低，利润减少，从而使供应量减少，产品出现供不应求。供不应求的最终结果，又使买主之间竞争激烈，推动价格上升，如图 13-5 所示。②价格高于均衡价格。由于价格较高，对卖者有利，从而使供应量增加，而需求量下降，出现供过于求。供过于求的长期结果又导致卖主之间激烈竞争，迫使价格下降，如图 13-6 所示。

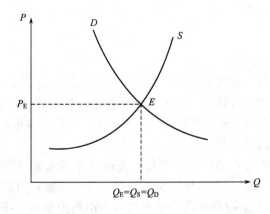

图 13-4　均衡价格

均衡价格受多种因素的影响，特别是科技进步、劳动生产率提高和收入水平的变动等，都会促使供求均衡点移动，从而使均衡价格发生变动。

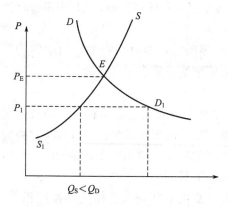

图 13-5 供不应求的非均衡价格   图 13-6 供过于求的非均衡价格

2）价格弹性

A. 供给弹性

供给弹性，又称供给价格弹性。它表明供给量对于价格的变动反应的灵敏程度，即价格变动会导致供给量发生多大变动。供给弹性通常根据供给弹性系数来衡量。供给弹性系数反映了供给量变动的百分率与价格变动的百分率之比，它说明：当价格变动百分之一时，供给量发生变动的百分比。其计算公式为

$$E_s = \frac{\Delta Q_s}{Q_s} / \frac{\Delta P}{P}$$

式中，E_s 代表供给弹性系数；Q_s 代表供给量；ΔQ_s 代表供给变动数量；P 代表价格；ΔP 表示价格变动数量。

影响供给弹性的因素有：

稀缺性大、技术水平高、资金投入量大的产品供给弹性小，反之则供给弹性较大。劳动密集型产品供给弹性较大，而技术密集型产品供给弹性较小。

生产周期长的产品，近期供给弹性小；生产周期短的产品，供给弹性大。

随产量增加导致生产成本上升的产品，供给弹性小；而随产量增加成本递减的产品，供给弹性较大。

B. 需求弹性

需求弹性，又称需求价格弹性。它表明，需求量对于价格变动作用反应的灵敏程度，即价格变动会导致需求量发生多大变动。需求弹性的大小通常用需求弹性系数来衡量。需求弹性系数是指需求量变动的百分率与价格变动的百分率之比。它说明当价格变动百分之一时，需求量变动的百分比。其计算公式为

$$E_d = \frac{\Delta Q_d}{Q_d} / \frac{\Delta P}{P}$$

式中，Q_d 表示需求量，ΔQ_d 表示需求量的改变量，P 代表价格，ΔP 表示价格的改变量。

由于价格变化和需求量的变化的方向是相反的，因而它们的比值通常为负数。但在需求弹性的分析中，通常是以绝对值来衡量需求弹性系数。

需求弹性系数按其大小分为三种类型：

其一，$E_d > 1$。这表明某种商品的需求量变化幅度大于其价格变化幅度，意味着该种商品的需求对其价格变化较为敏感，故称为需求弹性较大。对于这类商品，价格的上升或下降会引起需求量较大幅度的减少或增加。企业定价时，应通过降低价格、薄利多销的方式，达到增加赢利的目的。

其二，$E_d = 1$。这表明某种商品的需求量变化幅度与其价格变动幅度相等。这种现象有时是某种商品价格以外的因素，或是某种商品价格对其需求量的直接影响。这类商品价格的上升或下降会引起需求量等比例的减少或增加。企业定价时，可选择以实现预期赢利率为价格依据，或选择现行的市场价格，同时配合其他市场营销措施以提高赢利率。

其三，$E_d < 1$，这表明某种商品的需求量变化幅度小于其价格变化幅度，意味着该种商品的需求对其价格变化较为迟钝，故称为需求弹性较小。对于这类商品，价格的上升或下降仅会引起需求量较小幅度的减少或增加。企业在定价时，往往采用提价策略增加企业赢利。

图 13-7 分别表示了不同弹性状态下企业收入的变化。在图中 D_1、D_2、D_3 为不同弹性的需求曲线。价格从 P_1 降至 P_2，需求量从 Q_1 增至 Q_2，但增长幅度因需求弹性不同而呈现差别，致使收入变化不同。收入等于 PQ 所表示的矩形面积，即价格与数量的乘积。$E_p = 1$ 时，$P_1Q_1 = P_2Q_2$，收入不变；$E_p > 1$ 时，$P_1Q_1 < P_2Q_2$，收入增加；$E_p < 1$ 时，$P_1Q_1 > P_2Q_2$，收入减少。由此可见，需求价格弹性的大小对企业制定价格策略很有意义。

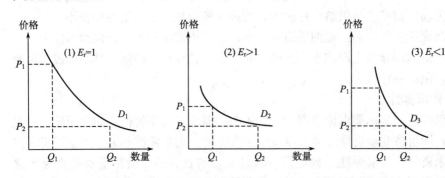

图 13-7　不同需求价格弹性状态下的收入变化

影响需求弹性的因素很多，主要有以下几个：

产品与生活关系的密切程度。与人们生活密切相关的产品，其需求弹性较小，如油、米、盐等；一些发展用品、享受用品，其需求弹性较大。也就是说，产品的需求弹性与产品的需要程度成反比。

产品的替代性。产品的替代品越丰富，产品的需求弹性较大，反之弹性较小，即产品的需求弹性与产品的替代性成正比。

产品本身的性质和知名度。产品越具特色、知名度越高，消费者对价格越不敏感，需求弹性越小。反之，需求弹性较大。

连带商品价格不变，或者呈相反的方向变动，需求价格弹性较小。反之，若连带商品的价格呈同一方向变动，则该商品的需求弹性较大。

3. 竞争因素

价格是企业参与竞争的重要条件。价格的确定不以个别成本为依据，而是取决于既定需求条件下同类产品的竞争状态，取决于由竞争形成的社会平均成本和平均利润。市场竞争依其竞争程度不同，可分为完全竞争、完全垄断和不完全竞争三种状况。不同竞争状况对企业制定价格会产生不同影响。

1) 完全竞争的影响

完全竞争主要指同种商品在没有任何垄断因素的市场条件下有多个营销者，他们商品的供给量都只占市场买卖总量的极小份额，任何一个买主或卖主都不可能单独左右该种商品的价格。商品价格在多次交易中自然形成，买者或卖者都是价格的接受者。事实上，完全竞争只是一种理论上的抽象，因为任何一种产品都不可能完全同质，必定存在一定差异。再加上国家政策的干预、企业不同的营销措施，都会限制完全竞争的实现。如果出现完全竞争，企业可采取随行就市的定价策略。

2) 完全垄断的影响

完全垄断主要指市场上某种产品完全由一家企业生产和销售。市场上的价格完全由这个垄断企业根据自己的要求自由制定，企业在市场上没有竞争对手，可以独家或与极少数的几家协商制定控制市场价格，主要通过市场供给量调节市场价格。完全垄断一般在特定的条件下才能形成。例如，拥有专卖、专利商品的生产企业，就可能处于垄断地位。完全垄断在现实生活中也极为少见。而且政府出于政治考虑或从宏观经济发展的需要考虑，总是在价格上给予必要的干预。

3) 不完全竞争的影响

不完全竞争是商品经济生活中普遍存在的典型市场交易形态，介于完全竞争和完全垄断之间，既有竞争成分，又有垄断倾向。在不完全竞争的市场上，同行业中各企业的产品类似，但各类产品又存在不同程度的差别。消费者有自由选购的权利，而营销者也不再是价格的被动者，他们能积极主动地影响市场价格。因此，企业在制定价格时，应认真分析研究各种竞争力量和垄断力量的强弱，制定针锋相对的价格措施，力争竞争的主动权。

4）寡头垄断的影响

寡头垄断是指某一产品的市场由少数几家大企业控制，只要其中一家企业的产量或价格发生变动，就会直接影响到市场价格，并引起其他几家企业的反应。寡头企业之间相互依存、相互影响。每个寡头企业对其他寡头企业的价格水平非常敏感，任何一个寡头企业调整价格都会影响其他竞争对手的定价政策，整个行业的价格较稳定。企业在制定价格时的成本意识强，并且受竞争市场因素的制约。

以上四个方面因素是企业作出定价决策时的主要依据。

4. 国家价格政策因素

商品的价格直接关系到群众生活和国家安定。因而各个国家都在不同程度上制定了一系列的政策和法规，对市场价格进行管理，控制物价总水平的波动幅度。这些物价政策有监督性的、有保护性的、有限制性的。企业在制定价格策略时必须依照执行，不能违背。

5. 消费者心理因素

消费者的心理因素，是影响企业定价的一个重要因素。消费者在消费过程中，必然会产生种种复杂的心理活动，支配消费者的消费过程。如消费者在购买商品时有经济实惠心理、自尊心理、求廉心理、求美心理等。企业定价要使消费者接受，必须注意分析消费者的心理，使价格符合其特点和变化规律。如有的消费者既想购买价廉物美的产品，又担心吃亏上当。企业定价时，应充分把握这一购买心理的矛盾，制定适宜的定价策略。又如，有的消费者在购买商品时，由于商品品质难以直观判断，消费者常以价格高低评判商品的品质。在炫耀性消费心理的驱使下，这些消费者为获得优质产品并不介意价格的高低。企业就应充分利用这一心理来制定某些产品的价格。总之，随着社会经济的发展和不断变化，消费者的消费水平不断提高，竞争日趋激烈，消费者购买心理行为也发生着巨大的变化，而且日趋复杂，心理因素对价格的影响也越来越大。企业在进行产品定价时，必须研究消费者的消费心理因素及其变化情况，正确制定出适应消费者的心理需求及购买习惯的产品价格，使产品顺利进入市场。

13.3　产品定价的方法

企业产品的价格高低受市场需求、成本费用和竞争情况等因素的影响和制约，企业定价时应全面考虑这些因素。但在实际工作中，产品的定价方法应结合企业的营销战略、目标市场需求特征、市场环境、产品特征等因素，分别选用一定的方法灵活运用。常规的定价方法主要有以下几种。

13.3.1 成本导向定价法

成本导向定价法是以产品的总成本为中心来定价。它以产品的成本为基础，加上预期的利润，即为产品的基本价格。这种定价方法由于较为简便，企业易于核算，因而是一种较为普遍、常用的定价方法。但这种方法没有考虑市场需求，缺乏一定的灵活性。比较常用的成本导向定价法有以下几种。

1. 成本加成定价法

成本加成定价法是成本导向定价法中运用较为广泛的定价方法。所谓的成本加成定价法是按产品单位成本加上一定比例的毛利定出销价。加成的含义就是一定比率的利润。其基本计算公式为

$$单位产品价格 = 单位产品总成本 \times （1 + 加成率）$$

例如，某产品的单位总成本为 600 元，加成率是 12%，采用加成定价法计算，该产品的销售价格为：$600 \times （1+12\%） = 672$ 元。

与成本加成定价法相类似的还有一种售价加成定价法。这种方法以售价为基础形成加成率。计算公式为：加成率＝（售价－进价）/售价。

成本加成定价法的关键是确定加成率。在实际情况中，不同行业加成率是不相同的，因此必须根据各种具体情况而定。在美国，烟草制品的加成率为 20%、照相机的加成率为 28%、服装的加成率为 41%、书籍的加成率为 54%。

成本加成定价法的优点在于简化企业定价程序，便于企业进行核算；在弥补企业成本的同时，还可以获得预期利润。

成本加成法的缺点是忽视了市场需求和竞争状况，难以适应市场竞争的形势。

2. 变动成本定价法

变动成本定价法以变动成本为基础，加上预期利润来制定商品的销售价格。计算公式为

$$单位产品价格 = （变动成本 + 变动成本 \times 利润率）/ 产品产量$$

企业采用变动成本定价，是因为这种成本主要包括原材料采购价和职工工资，这些因素量化比较确切。

3. 边际成本定价法

边际成本定价法是指企业在市场竞争较为激烈的情况下，抛开固定成本，只计算变动成本的定价方法。其固定成本则由预期的边际收益来补偿。边际收益是指企业每多出售一单位商品而使商品总收益增加的数量。当边际成本等于边际收益时，企业获得的利润最大。如果增加的边际收益大于边际成本，表明利润增

长，应扩大生产。一旦边际成本大于边际收益，表明利润下降，企业应减少产量，直至边际成本等于边际收益。其计算公式为

$$单位产品价格 = 变动成本 + 边际收益$$

边际成本定价一般是在卖主竞争激烈时，企业为迅速开拓市场而采用的较为灵活的方法。

4. 损益平衡定价法

损益平衡定价法也叫收支平衡定价法或保本点定价法。这种定价方法是指在预测商品销售量和已知固定成本、变动成本的前提下，通过求解商品盈亏临界点来制定商品价格的方法。其计算公式为

$$损益平衡时的销售量 = 固定成本 / (单位产品价格 - 单位可变成本)$$

在此价格水平下实现其销售量，表明企业刚好做到不赔不赚，该价格实际是保本价格。计算公式为

$$保本价格 = (固定成本 ÷ 损益平衡销售量) + 单位产品变动成本$$

如某企业预计生产一种产品，固定成本 9000 元，单位产品变动成本 6 元，销售量 4000 件，这一产品的价格应是：$(9000 ÷ 4000) + 6 = 8.25$ 元/件。也就是说，该产品在盈亏平衡时的定价为 8.25 元/件，如果把价格定在保本价格以上，企业就可以获得利润，否则就要亏本。

损益平衡定价法比较简单，可以使企业明确在不盈不亏时的产品价格和产品最低销售价格，使企业有回旋的余地。但这种定价法要求产品销售量预测要准确，否则会影响保本价的计算。

5. 目标利润定价法

目标利润定价法以总成本和目标利润作为定价原则。企业首先要估计未来可能达到的销售量和总成本，在收支平衡的基础上，加上预期的目标利润额，或是加上预期的投资报酬额，然后计算出具体的价格。其计算公式为：

$$单位产品售价 = 单位产品成本 + 单位产品目标利润$$

$$单位产品目标利润 = (投资总额 × 目标收益率) ÷ 预期销售量$$

$$目标收益率 = (1 ÷ 投资回收期) × 100\%$$

13.3.2　需求导向定价法

需求导向定价法又称为顾客导向定价法。它是根据市场需求的大小和消费者对商品的反应不同，分别确定产品的价格。这种方法并不排除对成本因素的考虑，但成本并不是定价的基本出发点，即使是成本完全相同的同一产品，由于消费者价值观的不同，价格也可能形成较大差异。需求导向定价法常用的方法有以下几种。

1. 理解价值定价法

理解价值定价方法是以消费者对本企业产品的认可价值而不是以该产品的制造成本作为定价的基础。例如，同样的服装，名牌与非名牌在市场上售价往往差别很大，甚至达到数倍至几十倍之多，这并不是因为服装面料、加工费用等成本有多大差别，而是消费者对不同品牌的服装在价值理解上的差异。理解价值定价法要充分考虑消费者的心理和需求弹性。对需求弹性小的商品在必要时可制定较高的价格；对需求弹性大的商品，价格可适当定得低一些。

实施理解价值定价法，关键是要进行认真的市场调查，对消费者心目中的认可价值有正确的估计和判断，否则会出现定价过高或过低的现象，造成不必要的损失。因此，企业首先要运用各种营销策略和手段，影响消费者对商品价值的认识，形成对企业有利的价值观念，再根据商品在消费者心目中的价值来确定产品的售价，进而估算在此价格水平下的产品销量、成本和赢利的状况，最后确定实际价格。

2. 区分需求定价法

区分需求定价法是对某种产品根据其需求强度的不同定出不同的价格，价格的差别并不和成本成比例。

区分需求定价主要有以下几种形式：

（1）按不同的顾客制定不同价格。同一种质量和成本的产品或劳务以不同价格售给不同的消费者群。例如，公园的门票对某些顾客（学生、残疾人、军人等）给予优惠。

（2）按不同的产品式样制定不同的价格。同一种质量和成本的产品，由于花色、款式不同，产品的价格不同。

（3）按不同的地点制定不同的价格。同一种质量和成本的产品，由于销售的地点不同，产品的价格不同。

（4）按不同的时间制定不同的价格。同一种质量和成本的产品，由于在不同季节、不同日期甚至同一天的不同时间制定不同的价格。

实行区分需求定价法需要具备一定的条件：市场必须进行细分，细分出来的市场应有明显的差异和显著的特征；细分后的分市场要相对独立，高价市场不应进入低价竞争行列，低价市场不应进入高价竞争行列；价格差异要适度，不至于引起消费者的反感；采取的价格差异应符合国家相关法律规定。

13.3.3　竞争导向定价法

竞争导向定价法是通过研究竞争对手的商品价格、生产条件、服务状况等，以竞争对手的价格为基础，确定同类商品的价格。其特点是，只要竞争者价格不变，即使成本或需求发生变动，价格也不动，反之亦然。

竞争导向定价法的主要方法有以下几种。

1. 随行就市定价法

随行就市定价法是企业根据市场主要竞争者的价格水平，或者平均的市场价格水平，来相应地确定产品的市场售价。这种方法的应用很普遍。因为有些产品的需求弹性难以计算，随行就市定价法可以反映本行业的市场供求情况，也可以保证适当的收益，同时还有利于处理好同业者之间的关系。这种定价方法多为小型企业采用。

2. 投标定价法

投标定价法指买方引导卖方通过竞争成交的一种方式。一般在政府购买、建筑包工、大型设备制造等方面较常采用。买方通过刊登招标广告或者发出招标邀请函，公开进行招标。卖方按照招标的内容与要求，在规定的时间内密封报价，进行投标竞争。企业投标递价时，主要是依据竞争者的可能报价来确定自己的投标价格，并不直接以成本或需求为依据。

3. 拍卖定价法

拍卖定价法是由卖方出示商品或发布公告，引导买方公开报价，利用买方竞争求购的心理，从中选其最高价格成交。一般情况下，古董、古玩和某些文物比较适于采用此方法。

13.4 产品定价策略

产品的定价策略是指企业根据市场中不同变化因素对商品价格的影响程度采用不同的定价方式与方法，制定出适合市场变化的商品价格，从而实现定价目标的企业营销战术。其宗旨在于使商品价格既能为消费者接受，又能为企业带来较多的利润。

产品的定价策略很多，常用的有以下几种。

13.4.1 新产品定价策略

新产品的定价策略运用得是否恰当，直接关系到产品能否在市场上具有较强的竞争力，关系到新产品能否给企业带来较大的利润。新产品定价策略大致有以下几种。

1. 撇脂定价策略

撇脂定价又称取脂定价，是指在产品市场寿命周期的初期阶段，把新产品的价格定得较高，以攫取最大利润。撇脂定价，其寓意为从鲜奶中撇取乳脂，含有提取精华之意。

撇脂定价策略的优点：利用消费者求新的心理，高价刺激需求，在短期内获得较高收益；有利于企业掌握市场竞争及降价的主动权；价格高，有利于企业在一定程度上调节供求矛盾，随着供应量不断增加，再降价或转产。

撇脂定价策略的缺点：价格远远高于成本，损害了消费者的利益；高价有可能限制需求，不利于市场的开拓；高价有可能吸引竞争者，加大企业的压力。

撇脂定价策略主要适用于新产品、某些市场上奇缺而且需求弹性较小的产品，通常情况下不宜长期使用。

2. 渗透定价策略

渗透定价策略正好与撇脂定价相反。它是指企业将新产品的价格定得较低，使新产品以价廉物美的形象吸引顾客，挤占市场。这种定价策略由于产品价格低廉，产品很快能被市场接受，同时因为价格低廉，能有效阻止竞争对手进入市场，比撇脂定价具有更积极的竞争意义。

渗透定价策略的优点：产品以低价进入市场，能迅速打开产品的销路，有利于企业提高产品市场占有率；价格低，易于与同类产品竞争；有利于企业批量生产、降低成本、增强产品竞争力；价格低、利润较薄，可有效排斥竞争者。

渗透定价策略的缺点：产品价格较低，使新产品投资回收期较长；若产品成本上升，需要调高价格时，会引起消费者的不满；价格较低，企业在市场竞争中价格回旋余地不大。

渗透定价策略是一种长远的价格策略，适用于需求弹性较大、竞争对手较多、竞争者容易进入市场和企业在成本方面有一定优势的产品。

3. 满意定价策略

满意定价策略又称温和定价，是介于撇脂定价与渗透定价之间的一种定价策略。价格既不过高，也不太低，以得到社会平均利润为目标。采取适中的价格，达到使消费者感到基本满意，企业又能获取一定利润的目的。

13.4.2 心理定价策略

心理定价策略是指企业在营销过程中针对顾客的消费心理或心理障碍而采用的一种定价策略。

➤ 案例 13-1 休伯莱恩公司的定价策略

休伯莱恩公司生产的 Smirnoff 是美国领先的伏特加品牌。几年前，Smirnoff 受到另一个品牌 Wolfschmidt 的攻击，它的定价比 Smirnoff 低 1 美元，但宣称有同样的品质。为了保住市场份额，休伯莱恩考虑了两种方法，要么将 Smirnoff 的定价降低 1 美元，要么保持其原价，但是增加广告和促销费用。任何一种策略都带来更低的利润。但休伯莱恩公司的营销人员想到了第三种策略。他们将 Smirnoff 的价格升高了 1 美元！然后休伯莱恩公司推出了一种新的品牌 Relska

与 Wolfschmidt 竞争，同时还推出了第三种品牌 Popov，价格比 Wolfschmidt 更低。这一明智的策略将 Smirnoff 定位为杰出的品牌，而 Wolfschmidt 就成为很一般的品牌。这一策略使休伯莱恩公司的总体利润大幅度上升。具有讽刺意味的是休伯莱恩公司的三种品牌不论在味道上还是在生产的成本上几乎完全一样。休伯莱恩知道，产品的价格表明了它的质量。以价格作为标志，休伯莱恩公司在三种不同定位的市场上销售着几乎同样的产品。

资料来源：科特勒 P. 2007. 市场营销原理. 郭国庆，等译. 北京：清华大学出版社

常用的心理定价策略主要有以下几种。

1. 尾数定价策略

尾数定价策略又称奇数定价策略。企业在定价时，往往价格带有尾数，使消费者产生心理错觉，从而促使其购买。这种定价针对的是顾客的求廉心理。例如，某商品定价 99.80 元，其销路可能远远好于定价为 100 元的商品，消费者感觉只要几十元就能买到这种商品，比较便宜，其实它比 100 元只少了 0.02 元。

尾数定价策略使价格水平处于较低一级的档次，以满足消费者愿意购买便宜货的心理。同时，从心理学的角度来看，价格带有尾数，会使消费者感到定价精确，从而对商品产生信赖感，促使其产生购买行为。不同国家，由于社会、文化背景不同，运用此策略时也有所不同。在我国，尾数带有"8"的商品价格比较受欢迎。这种定价策略多用于需求价格弹性较大的中低档商品。

2. 整数定价策略

整数定价策略正好与尾数定价策略相反。企业在给商品定价时，往往有意识地将商品的价格定为整数，以显示商品的声望。例如，某种名牌电视机，价格应定为 6000 元，而不是 5998 元。这种定价策略迎合的是顾客的求名、虚荣的心理，这时价格的高低已成为显示顾客身份的重要标志。

3. 声望定价策略

声望定价策略是企业根据消费者求名的心理，为商品制定比市场上同类商品更高的价格，以显示其商品的名贵或企业的声望。例如，美国的 P & G 公司，在将其产品"海飞丝"洗发水推进中国市场时，在同类产品中定价最高，结果反而畅销。再如，一件名牌服装，价格定为几千元甚至上万元，就是消费者认为选择名牌服装能带来心理上的满足，能充分体现其身份和地位。声望定价策略适合一些不易鉴别质量的商品，这时，消费者往往以商品价格的高低作为衡量商品优劣的标志。另外，传统的名优产品、具有民族特色的产品、知名度较高且深受市场喜爱的驰名产品也可采用该策略。

➢ **案例 13-2　金利来领带**

金利来领带，一上市就以优质、高价定位，对有质量问题的金利来领带他们绝不上市销售，更不会降价处理。从而给消费者这样的信息，即金利来领带绝不会有质量问题，低价销售的金利来绝非真正的金利来产品。极好地维护了金利来的形象和地位。再如，德国的奔驰轿车，售价 20 万马克；瑞士莱克司手表，价格为五位数；巴黎里约时装中心的服装，一般售价 2000 法郎。

资料来源：成都电大在线，http://ba-d. cdrtou. com/News-Views. asp? NewsID=1021 ［2010-12-25］

采用声望定价策略，必须以高质量的产品和良好的服务为基础，否则，会丧失企业的声望，失去已占领的市场；同时，产品的价格应定在消费者愿意接受的水平上。

4. 习惯定价策略

习惯定价策略是企业对消费者经常购买、重复购买的商品，按消费者需求的经验、消费习惯和主观评定的价格来定价的策略。一般日常消费品，由于质量稳定、需求弹性较大、代用品较多，在历史的发展中形成了习惯价格，对这些商品的价格不宜随意升降，而应力求稳定，避免因价格波动带来不必要的损失。如因原材料涨价等因素而不得不改变其价格，也应采取改换包装、品牌，或减少商品的分量等措施，减少消费者的抵触心理，并引导消费者形成新的习惯价格。虽然这从实质上来讲是一种变相的涨价，但从消费者的心理来说，比直接提价的效果要好些。

5. 招徕定价策略

招徕定价策略又叫促销定价策略。它是指企业利用部分消费者求廉的心理，特意将某几种消费者熟悉商品的价格定得较低以吸引顾客。例如，有的商店把一些商品用处理价、大减价来销售，吸引顾客购买廉价商品，从而也带动了其他正常价格商品的销售。

➢ **案例 13-3　一元拍卖活动**

北京地铁附近有家每日商场，每逢节假日都要举办"一元拍卖活动"，所有拍卖商品均以 1 元起价，报价每次增加 5 元，直至最后成交。但这种由每日商场举办的拍卖活动由于基价定得过低，最后的成交价就比市场价低得多，因此会使人们产生一种卖得越多，赔得越多的感觉。岂不知，该商场用的是招徕定价术，它以低廉的拍卖品活跃商场气氛，增大客流量，带动了整个商场的销售额上升。这里需要说明的是，应用此术所选的降价商品，必须是顾客都需要而且市场价为人们所熟知的才行。

日本"创意药房"在将一瓶 200 元的补药以 80 元超低价出售时，每天都有大批人潮涌进店中抢购补药。按说如此下去肯定赔本，但财务账目却显示盈余逐月骤增，其原因就在于没有人来店里只买一种药。人们看到补药便宜，就会联想到其他药也一定便宜，促成了盲目的购买行动。

资料来源：论文大全，http://www.lw23.com/paper-869034911

但要注意的是，招徕定价的商品，应该与低质的商品、过时的商品区分开来。否则，该策略不仅达不到吸引顾客的目的，反而会使企业的声誉受到影响。

6. 分级定价策略

分级定价策略是把同类产品比较简单地分为几档，每档定一个价，以简化交易手续、节省消费者的购买时间。采用这种定价策略，等级的划分要适当，否则就起不到应有的效果了。

13.4.3　折扣与让价定价策略

折扣与让价定价策略是企业为了刺激消费者的购买欲望，酌情调整其价格，以鼓励消费者及早付清货款、大量购买、淡季购买，折扣与让价定价策略主要包括以下几种。

(1) 现金折扣策略是企业给那些以现金付款或提前支付货款的客户的一种减价。其目的在于鼓励顾客提前支付货款，加速资金流通。例如，"2/10，纯 30"，意思为应在 30 天内付清货款，但如果在成交后 10 天内付款，照价给予 2 ％的现金折扣。这种方式多适用于批发商向生产者购货或零售商向批发商购货。

(2) 数量折扣策略是卖方因买方购买数量大而给予的一种折扣。采用这一策略的目的在于鼓励顾客购买更多的货物。购买量越大，折扣率也就越大。这种策略的可行性在于，大量的购买能使企业降低生产、销售、储存、运输等环节的成本。数量折扣通常分为非累计折扣和累计折扣。非累计折扣规定一次购买某种商品达到一定数量或购买多种产品达到一定金额时，给予折扣优惠；累计折扣规定顾客在一定时间内购买商品达到一定数量或金额时，按总量的大小给予不同的折扣。

(3) 季节折扣策略是企业给那些购买过季商品或服务的顾客提供的一种减价。其目的在于鼓励顾客早期购买、减少企业的资金互担，加速企业资金周转，使企业的生产或销售在一年四季内能保持均衡。

(4) 功能折扣策略又称交易折扣策略。这种折扣策略是生产企业给某些批发商或零售商的一种额外折扣，促使他们愿意执行某种市场营销职能。

(5) 折让定价策略也是减价的一种形式。例如，"以旧换新"折让和促销折扣。它是对中间商提供促销的一种回报。

13.4.4 地理定价策略

地理定价策略是企业根据顾客地理位置的远近、交货时间的长短和运杂费用负担的不同，在制定价格时，针对不同地区的顾客，采用不同的价格策略。这一定价策略主要有以下几种。

（1）生产地定价策略规定卖方在生产地交货，负担货物装上运输工具之前的一切费用，交货后产品的所有权归买方所有。这是由买方负担运输、保险等一切费用和责任的价格形式。这种定价策略单纯、简便，适用于一切企业。

（2）统一运送定价策略指企业对于卖给不同地区顾客的某种产品，都按照相同的厂价加相同的运费定价。这种定价策略又叫邮资定价策略。采用这种策略，使顾客认为运送是一项免费的服务，有利于提高企业的市场地位，企业所获取的利润也较大。但企业的风险也较大，这种定价策略一般适用于运费在全部成本中所占比重较小的商品。

（3）区域定价策略是指企业把市场分为几个大的区域，在每一个区域内实行统一的销售价格。

（4）基点定价策略是企业指定一些城市为基点，按基点到顾客所在地的距离收取运费，而不管货物实际上是从哪里起运的。

（5）免收运费定价策略是指企业急于和某些地区做生意，为使交易达成，企业负担全部或部分实际运费。这种方法可以使企业加深市场渗透，并逐渐在竞争中站稳脚跟。

13.4.5 产品组合定价策略

在产品组合中，各种产品之间存在需求和成本的相互联系会带来不同程度的竞争，因此，企业要制定出一系列的价格，使整个产品组合的利润实现最大化。

1. 产品线定价策略

所谓产品线定价策略是指根据产品线内的不同产品，由于它们的价值相差不大或同一型号但质量稍有不同，企业有意识地专门制定不同的价格。如某体育用品商店，对某型号的男装制定三种价格：350 元、430 元、510 元，在消费者心目中形成低、中、高三个档次，消费者在购买时就会根据自己的消费水平选择不同档次的服装。如果一味地定成一个价格，效果就不好了。通常情况下，如果相邻两种型号的商品价格相差大、消费者大多会买便宜的；如果价格相差较小，消费者则倾向于买好的。因此，企业就必须要合理确定各个产品项目之间的价格差异。这一价格差异不仅要体现消费者对各个产品项目的价值理解，更要反映各个产品项目之间的成本差异及竞争对手的产品价格。

2. 选择品定价策略

很多企业在提供主要产品的同时，还附带提供一些可供选择的与主要产品相关联的产品。如汽车经销商除销售汽车外，还提供电子开窗控制器、灯光调节器等。这些选择品定价是否合理，直接影响到主要产品的销售。选择品的定价有两种方式：一是将选择品的价格定得较高。例如，将打印机的价格定得较低，而将打印机耗材的价格定得较高；二是将选择品的价格定得较低。例如，餐馆的饭菜是主要产品，而酒水是附带产品，可以将酒水的价格定得较低，而将饭菜的价格定得较高，靠饭菜的收入赢利。

3. 互补品与替代品的定价策略

互补产品是指在使用过程中需要同时使用的相关配套产品，如灭蚊器和灭蚊药片、打印机和硒鼓、汽车和汽油等。企业在定价过程中，常常将主要产品的价格定得低一些，而将与其互补的产品的价格定得较高，以此获取利润。

替代品是指功能和用途基本相同，在消费过程中可以互相替代的产品。替代品的定价策略是企业为达到既定的营销目标，有意识安排本企业替代品之间的关系而采取的定价措施。

4. 副产品的定价策略

在一些特殊的行业，如肉类加工、化工产品生产及其他产品生产时，常常会有副产品。副产品价值的高低和处理费用的多少会直接影响主要产品的定价。企业确定的价格必须能弥补副产品的处理费用。如果副产品的价格对某一消费群有价值，就要按其价值定价。例如，生产糖果的企业，可以将其副产品可可豆壳做成花泥，销售给家居花园中心、园林设计商和杂货商店。

5. 产品束定价策略

产品束是指一组产品组合。其定价策略是企业将产品组合进行一揽子定价，以提高整体产品的销售量。例如，化妆品、计算机、旅游公司为顾客提供的一系列活动方案。企业在进行销售时，通常是将一组相关的产品组合在一起进行销售，其实际的价格低于各个产品的价格之和。例如，电影公司可以出售年票、季票、月票，其售价应低于分别购买每场电影票的费用。但是，消费者通常并不想购买企业的全部产品，因此，产品束的价格必须要有较大的降价幅度，以刺激消费者购买。

■ 13.5　价格变动策略

企业处在一个不断变化的环境中，为了生存和发展，必须随着市场环境的变化主动对价格进行调整。企业产品价格调整的动力有外部和内部两个方面。如果企业利用自身的产品或成本优势，对价格进行主动调整，将价格作为竞争的利器，称为主动调整价格；反之，当竞争对手主动调整价格，企业为应付竞争的需要相应调整价格，称为被动调价。产品价格调整的形式有提高价格和降低价格两种形式。

13.5.1 提高价格和降低价格策略

1. 提高价格

(1) 提价的原因。企业之所以提高产品的市场售价，主要有以下几个方面的原因：① 应付产品成本增加，减少成本压力。这是造成提价的主要原因。由于原材料价格上涨，或企业的生产和管理费用增加，为保证企业利润，必须采取提价策略；② 由于通货膨胀、物价上涨，企业的成本费用增加，若产品的价格不上涨，则企业难以维持或难以保证一定的利润；③ 市场供不应求，不能满足市场上消费者的需要，在这种情况下企业必须提价，以限制一定的需求量，遏制过度消费。

(2) 提价的策略：① 直接提价。这是提高价格的手段之一。但这种方式容易引起消费者反感，企业要谨慎使用。② 间接提价。这是企业提价的主要方式，通过间接提价，企业应把提价的不利因素降到最低限度，使消费者能普遍接受。同时，企业应通过各种渠道向消费者说明提价的原因，辅之产品策略、渠道策略，以减少消费者的不满，维护企业的形象。可采取的方式有：价格不变，减少单位产品的容量；取消原来不收费的服务项目；适当减少或改变产品的功能；减少产品的尺寸、规格、型号。另外，为保证企业提价策略的顺利进行，提价时机应选择在以下几种情况进行：产品在市场上处于优势地位；产品进入市场生命周期成长期；季节性商品达到销售旺季；竞争对手提价。

2. 降低价格

(1) 降价的原因：① 宏观政策环境。当整个国家经济不景气，消费者的收入和购买意愿下降，由于币值上升，价格总水平下降，企业应降低价格，以适应消费者的购买水平。② 生产能力过剩。当产品供过于求而消费者的需求相对不足时，企业很难在正常的价格情况下将产品销售出去，为扩大销售，往往采取降价策略。③ 急需回笼资金。由于产品销售不畅，或由于企业要进行某种新活动，企业会采取降价的方式刺激产品销售。④ 竞争激烈。由于企业面临着激烈的价格竞争，致使市场占有率下降，为击败竞争者，企业会通过降价来扩大市场占有率。

(2) 降价的措施：① 让利降价。企业通过减少自身的利润来降低产品的价格。② 采用优惠券、数量折扣、现金折扣、免费试用等方式。另外，降价的方式和手段多种多样，可以是直接的，也可以是间接的。这些方式具有较强的灵活性，在市场环境变化时，即使取消也不会引起消费者反感。但企业在降价时，必须谨慎分析和判断，要把握好降价的时机，掌握好降价的幅度，制定最优的降价策略。

13.5.2　消费者对价格调整的反应

不同市场的消费者对价格的反应是不同的。因此，企业调整价格，应关注消费者对调整价格的反应。

(1) 对于企业产品的降价，消费者有可能作出这样的反应：①该企业薄利多销；②产品质量有问题；③将有新产品取代老产品；④产品市场销售不畅；⑤企业财务困难，难以继续经营下去。

(2) 对于企业产品的提价，消费者有可能作出这样的反应：①产品畅销，消费者认可；②产品供不应求；③产品生产费用提高；④企业要赚取最大利润；⑤产品有特殊效用；⑥将高价作为一种手段，树立企业产品形象。

13.5.3　竞争者对价格调整的反应

一般情况下，企业对产品价格作出调整，不仅会引起消费者反应，同时，还会引起竞争者的反应。因此，企业必须认真预测竞争者对企业产品价格变动的反应。

(1) 如果降价会损失很多利润，竞争者可能不会跟随降价；

(2) 如果要靠改变生产经营方法来减少成本与价格，竞争者可能要经过一段时间才会降价；

(3) 如果竞争者的目标是提高市场占有率，竞争者一般会降价，如果目标是最大利润，竞争者会采取其他非价格策略。

13.5.4　企业对竞争者价格调整的对策

(1) 对同质产品市场而言，如果竞争者降价，企业也必须随之降价，否则，消费者就会购买竞争者的产品；如果竞争者提价，企业既可跟进，也可观望。

(2) 对异质产品市场而言，由于不同企业的产品在质量、品牌、服务、包装及消费者偏好等方面存在明显的不同，企业对竞争者的价格反应有更多的选择权。

(3) 企业对策。为保证对竞争者调整的价格作出及时的反应，企业应对竞争者展开调查：竞争者调价的目的是什么？竞争者调价是长期的还是短期的？竞争者调价对本企业的市场占有率、销售量、利润等有何影响？同行业的其他企业对竞争者的调价有何反应？具体对策如下：①价格不变，任其自然。任消费者随价格的变化而变化，企业主要靠消费者对产品的偏爱和忠诚度来抵御竞争者的价格进攻。等待市场环境变化或出现有利时机再采取行动。②价格不变，加强非价格竞争。企业可加强广告攻势，增加销售网点，强化售后服务，提高产品质量，或在产品包装、功能、用途等方面改造产品。③变动价格。企业跟随竞争者的价格变动，采取较稳妥的策略，维持原有的市场格局，巩固市场地位。④价格变动与非价格手段相结合。比竞争者更大的幅度降价，比竞争者更小的幅度提价，加强非价格竞争，形成产品差异，利用较强的经济实力和优越的市场地位，给竞争者以毁灭性的打击。

本 章 小 结

价格是市场营销组合中重要的因素之一。影响企业定价的因素包括定价目标、成本因素、市场因素、竞争因素、国家政策和法律因素等。

企业在定价之前，首先要明确定价的目标。企业定价目标分为以维持企业生存为定价目标、以获得利润为定价目标、以市场占有率为定价目标、以避免竞争或应付竞争为定价目标、以保持价格稳定为定价目标、以保持最优产品质量为定价目标。

常见的企业定价的方法一般有成本导向定价法、需求导向定价法和竞争导向定价法。

定价策略对于企业的成败至关重要。定价策略不仅是一门科学，还是一门艺术。常用的定价策略包括新产品定价策略、心理定价策略、折扣与让价定价策略、地理定价策略、产品组合定价策略等。

产品的价格不是一成不变的。为了生存和发展，企业必须随着市场环境的变化主动对价格进行适当的调整。产品价格调整的形式有提高价格和降低价格两种。

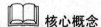 **核心概念**

成本导向定价　需求导向定价　竞争导向定价　折扣定价　地区定价　声望定价　差别定价　取脂定价　渗透定价　尾数定价　招徕定价　价格调整

 自我测试

1. 定价策略在市场营销组合中的作用是什么？
2. 影响企业定价的因素有哪些？
3. 几种成本定价法各有哪些利弊？
4. 盈亏平衡定价法有什么优缺点？
5. 需求导向定价法有什么优缺点？

6. 新产品的定价策略有哪几种类型？各有什么利弊？

7. 什么是心理定价策略？常见的心理定价策略有哪几种？

8. 定价策略如何与其他营销组合策略协调配合？

9. 企业在竞争对手进行价格调整时，应如何对待？

讨论问题

什么样的市场环境会阻碍企业运用渗透定价策略进入市场？

第 *14* 章

分销渠道的设计选择与管理

　　A公司是一家医药保健品企业，其开发的减肥产品"丽人"已经在全国大部分市场销售三年了，而且该产品销售量稳步增长，每年都能给公司带来百万以上的利润回报，A公司在发展中又为"丽人"申报了保健食品批号并获批准，"丽人"批号的顺利升级，创造了极为有利的市场条件，当然，原有的一套市场格局也因此出现了脱节，"衣服"过时了。扩大市场，势在必行。为此，A公司实行了三项大的分销改革。一是省会中心城市重点市场，采用多种途径加大了招商力度。二是设立省级经销商，全面负责"丽人"的营销管理工作，同时设立强势市场区域经销商，负责大区域市场营销管理。三是淘汰了部分中小经销商，使经销商数量由原来的140多个，缩减到了30多个。经过有效的调整和营销努力，营销管理成本降低，工作成效增强。营销部对市场的服务得到有效深化。A公司的渠道变革，由其产品"丽人"的批号升级而引发，反映了企业营销要素或环境变化后对企业销售渠道格局的影响。这种影响在A企业由产品批号引起，在别的企业可能会由其他市场因素引起，对于众多中小企业来说，要准确把握市场因素的变化，推动产品销售渠道变革，积极为产品销售的提升和企业的发展创造有利的条件。上述案例中，A公司通过上述的渠道搭建、归拢和调整，实现了对空白市场的有效覆盖，调动和提高省级总经销商和区域市场强势经销商的市场投入和经营的积极性，简化和减轻了营销部门的工作量，提高了工作效率，降低了营销管理成本，为营销部日后为市场提供深度、高质量的市场服务创造了有利条件。更为重要的是，A公司对"丽人"销售渠道的变革，将对该产品的销售产生极大的市场推动作用。

　　资料来源：价值中国网

14.1 分销渠道概述

14.1.1 分销渠道功能与流程

分销渠道是指某种产品和服务从生产者向消费者转移时取得这种产品和服务的所有权或帮助转移其所有权的所有企业和个人。生产企业和消费者分别处于分销渠道的两个端点，作为商品的提供者和接受者。虽然生产者和消费者之间也可以直接形成一种分销渠道，但是，在现实经济中，绝大多数商品的分销渠道中存在第三者。一般来说，商品从生产厂家到消费者大多需要经过批发、零售等环节，投入其中的中间力量是批发商、零售商、代理商以及储运商等。这些机构处于流通领域，履行商品从生产厂家到消费者之间的信息沟通、所有权转移和实物转移等各种职能，因此被称为中间商。

1. 分销渠道的功能

从经济系统的观点来看，分销渠道的基本功能在于把自然界提供的不同原料根据人类的需要转换为有意义的货物搭配。分销渠道对产品从生产者转移到消费者所必须完成的工作加以组织，其目的在于消除产品（或服务）与使用者之间的差距。市场营销渠道的主要职能有如下几种：

（1）研究，即收集制订计划和进行交换时所必需的信息。

（2）促销，即进行关于所供应的货物的说服性沟通。

（3）接洽，即寻找可能的购买者并与其进行沟通。

（4）配合，即使所供应的货物符合购买者需要，包括制造、分等、装配、包装等活动。

（5）谈判，即为了转移所供货物的所有权，而就其价格及有关条件达成最后协议。

（6）实体配送，即从事商品的运输、储存。

（7）融资，即为补偿渠道工作的成本费用而对资金的取得与支用。

（8）风险承担，即承担与从事渠道工作有关的全部风险。

2. 分销流程

把商品从生产厂家转移到消费者手上，能够同时满足生产厂家、消费者以及中间商的需要。为了使这一转移过程能够有效完成，在销售渠道中，通常有五大流程发生，即实体流程、所有权流程、付款流程、信息流程及促销流程。

1）实体流程（图 14-1）

2）所有权流程（图 14-2）

3）付款流程（图 14-3）

4）信息流程（图 14-4）

5）促销流程（图 14-5）

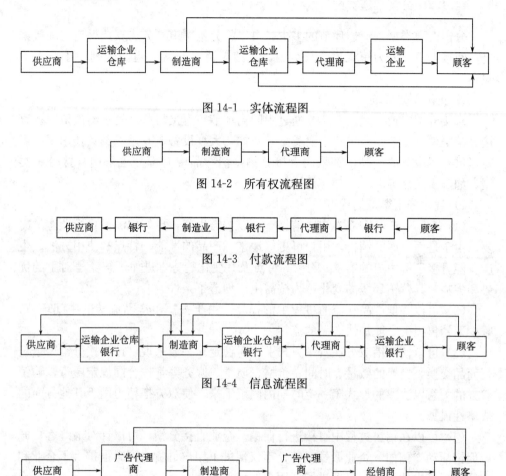

图 14-1 实体流程图

图 14-2 所有权流程图

图 14-3 付款流程图

图 14-4 信息流程图

图 14-5 促销流程图

　　实体流程是指实体产品从制造商转移到最终顾客的过程。所有权流程是指货物所有权从一个市场营销机构到另一个市场营销机构的转移过程。付款流程是指货款在各市场营销中间机构之间的流动过程，信息流程是指在市场营销渠道中，各市场营销中间机构相互传递信息的过程。促销流程是指由一单位运用广告、人员推销、公共关系、促销等活动对另一单位施加影响的过程。五大流程构成商品销售渠道的所有成员共同执行和完成的职能。虽然各个成员发挥的作用不尽相同，通过合理的组织、执行完成上述流程，客观上就形成了销售渠道的整体功能。销售渠道的主要职能是使生产厂家的商品快速、准时、安全地到达目标市场和消费者手中，同时有效地完成货款回收和信息沟通。

14.1.2　分销渠道类型

分销渠道类型按流通环节的多少，可以将分销渠道划分为直接渠道与间接渠道，间接渠道又分为短渠道与长渠道。直接渠道与间接渠道的区别在于有无中间商。

1. 直接分销渠道

直接分销渠道指生产企业不通过中间商环节，直接将产品销售给消费者。直接分销渠道是工业品分销的主要类型。例如，大型设备、专用工具及技术复杂需要提供专门服务的产品，都采用直接分销，消费品中有部分也采用直接分销类型，如鲜活产品等。

1) 直接分销渠道的优点

(1) 有利于产、需双方沟通信息，可以按需生产，更好地满足目标顾客的需要。由于是面对面的销售，用户可更好地掌握产品的性能、特点和使用方法；生产者能直接了解用户的需求、购买等特点及其变化趋势，进而了解竞争对手的优势和劣势及其营销环境的变化，为按需生产创造了条件。

(2) 可以降低产品在流通过程中的损耗。由于去掉了产品流转的中间环节，减少了销售损失，能加快产品的流转。

(3) 可以使购销双方在营销方式上相对稳定。一般来说，按直接分销渠道进行商品交换，交换的数量、时间、价格、质量、服务等都按合同规定履行，购销双方的关系以法律的形式于一定时期内固定下来，使双方把精力用于其他方面的战略性谋划。

(4) 可以在销售过程中直接进行促销。企业直接分销，可以针对最终客户开展促销活动。例如，企业派员直销，不仅促进了用户订货，同时也扩大了企业和产品在市场中的影响，又促进了新用户的订货。

2) 直接分销渠道的缺点

(1) 目标顾客方面：对于绝大多数生活资料产品，其购买呈小型化、多样化和重复性的特点。生产者仅凭自己的力量去广设销售网点，往往力不从心，甚至事与愿违，很难使产品在短期内广泛分销，很难迅速占领或巩固市场，企业目标顾客的需要得不到及时满足，势必转而购买其他厂家的产品，这就意味着企业失去目标顾客和市场占有率。

(2) 协作伙伴方面：商业企业在销售方面比生产企业的经验丰富，这些中间商最了解顾客的需求和购买习性，在产品流转中起着不可缺少的桥梁作用。而生产企业自销产品，就拆除了这一桥梁，势必自己去进行市场调查，包揽了中间商所承担的人、财、物等费用。这样，加重生产者的工作负荷，分散生产者的精力。更重要的是，生产者将失去中间商在销售方面的协作，产品价值的实现增加了新的困难，目标顾客的需求难以得到及时满足。

（3）生产者与生产者之间：当生产者仅以直接分销渠道销售产品，致使目标顾客的需求得不到及时满足时，同行生产者就可能趁势进入目标市场，夺走目标顾客和商业协作伙伴。在生产性团体市场中，企业的目标顾客常常是购买本企业产品的生产性用户，他们又往往是本企业专业化协作的伙伴。所以，失去目标顾客，又意味着失去了协作伙伴。当生产者之间在科学技术和管理经验的交流受到阻碍以后，将使本企业在专业化协作的旅途中更加步履艰难，这又影响着本企业的产品实现市场份额和商业协作，从而造成一种不良循环。

2. 间接分销渠道

间接分销渠道是指生产者利用中间商将商品供应给消费者或用户，中间商介入交换活动。间接分销渠道的典型形式是：生产者—批发商—零售商—最终使用者。现阶段，我国消费品需求总量和市场潜力很大，且多数商品的市场正逐渐由卖方市场向买方市场转化。与此同时，生活资料产品的销售已经基本由市场调节，工商企业之间的协作已日趋广泛、密切。因此，如何利用间接分销渠道使自己的产品广泛分销，已成为现代企业进行市场营销时所研究的重要课题之一。

1）间接分销渠道的优点

（1）有助于产品广泛分销。中间商在产品流转的起点同生产者相连，在其终点与消费者相连，从而有利于调节生产与消费在品种、数量、时间与空间等方面的矛盾。既有利于满足目标顾客的需求，也有利于企业产品价值的实现，更能使产品广泛的分销，巩固已有的目标市场，扩大新的市场。

（2）缓解生产者人、财、物等力量的不足。中间商购买了生产者的产品并交付了款项，就使生产者提前实现了产品的价值，开始新的资金循环和生产过程。此外，中间商还承担销售过程中的仓储、运输等费用，也承担着其他方面的人力和物力，这就弥补了生产者营销中力量的不足。

（3）可以进行间接促销。消费者往往是货比数家后才购买产品，而一位中间商通常经销众多厂家的同类产品，中间商对同类产品的不同介绍和宣传，对产品的销售影响甚大。此外，实力较强的中间商还能支付一定的宣传广告费用，具有一定的售后服务能力。所以，生产者若能取得与中间商的良好协作，就可以促进产品的销售，并从中间商那里及时获取市场信息。

（4）有利于企业之间的专业化协作。现代机器大工业生产的日益社会化和科学技术的突飞猛进，使专业化分工日益精细，企业只有广泛地进行专业化协作，才能更好地迎接新技术、新材料的挑战，才能经受住市场的严峻考验，才能大批量、高效率地进行生产。中间商是专业化协作发展的产物。生产者产销合一，既难以有效地组织产品的流通，又使生产精力分散。有了中间商的协作，生产者可以从烦琐的销售业务中解脱出来，集中力量进行生产，专心致志地从事技术研究和技术革新，促进生产企业之间的专业化协作，以提高生产经营的效率。

2）间接分销渠道的缺点

（1）可能形成"需求滞后差"。中间商购走了产品，并不意味着产品就从中间商手中销售出去了，有可能销售受阻。对于某一生产者而言，一旦其多数中间商的销售受阻，就形成了"需求滞后差"，即需求在时间或空间上滞后于供给，但生产规模既定，人员、机器、资金等照常运转，生产难以剧减。当需求继续减少，就会导致产品的供给更加大于需求。若多数产品出现类似情况，便造成所谓的市场疲软现象。

（2）可能加重消费者的负担，导致抵触情绪。流通环节增大储存或运输中的产品损耗，如果都转嫁到价格中，就会增加消费者的负担。此外，中间商服务工作欠佳，可能导致顾客对产品的不满情绪，甚至引起购买的转移。

（3）不便于直接沟通信息。如果与中间商协作不好，生产企业就难以从中间商的销售中了解和掌握消费者对产品的意见、竞争者产品的情况、企业与竞争对手的优势和劣势、目标市场状况的变化趋势等。在当今风云变幻、信息爆炸的市场中，企业信息不灵，生产经营必然会迷失方向，也难以保持较高的营销效益。

14.1.3　长渠道和短渠道

分销渠道的长短一般是按通过流通环节的多少来划分，具体包括以下四层：

（1）零级渠道：制造商—消费者。

（2）一级渠道：制造商—零售商—消费者。

（3）二级渠道：制造商—批发商—零售商—消费者，或制造商—代理商—零售商—消费者。

（4）三级渠道：制造商—代理商—批发商—零售商—消费者。

可见，零级渠道最短，三级渠道最长。长渠道是指产品分销过程中经过两个或两个以上的中间环节；短渠道是指企业仅采用一个中间环节或直接销售产品。两种策略各有利弊，必须认真分析和选择。

长渠道由于渠道长、分布密，能有效覆盖市场，从而扩大商品销售范围和规模。缺点则主要表现为：销售环节多，流通费用相应增加，进而使商品价格提高，价格策略选择余地变小；信息反馈慢且失真率高，不利于企业作出正确决策；需要更好地协调渠道成员间的关系。

短渠道可以减少流通环节，节约流通费用，缩短流通时间；使信息反馈迅速、准确；有利于开展销售服务工作，提高企业信誉；有利于密切生产者、中间商及消费者的关系。其缺点是难于向市场大范围扩张，市场覆盖面较小；渠道分担风险的能力下降，加大了生产者的风险。

14.1.4　宽渠道与窄渠道

渠道宽窄取决于渠道的每个环节中使用同类型中间商数目的多少。企业使用的同类中间商多，产品在市场上的分销面广，称为宽渠道。例如，一般的日用消费品（毛巾、牙刷、开水瓶等），由多家批发商经销，又转卖给更多的零售商，能接触大量消费者，大批量地销售产品。企业使用的同类中间商少，分销渠道窄，称为窄渠道，它一般适用于专业性强的产品，或贵重耐用消费品，由一家中间商统包，几家经销。它使生产企业容易控制分销，但市场分销面受到限制。

➤ 案例 14-1　条条道路通罗马

美娜宝公司的前身是一家面料厂，出于"看厌了服装厂的脸色，干脆自己做成品"的初衷，不久前，改制为一家生产、销售高档床上用品和布艺饰品的公司。前身的"面料厂"，作为半成品供应商所留下的资源，除了技术开发和生产管理方面尚能借鉴外，其余对"美娜宝"来说，所用不大，特别是销售渠道这一块，一切都要重新建立。现在公司烦恼的是，如何尽快为这个新公司拿出"渠道规划方案"，即为美娜宝床上用品规划合适的销售渠道并制定相关政策。而就这个问题，销售部门内部讨论的结果，就有四种完全不同的意见，更不要说来自其他部门的了。一种是找行业内的代理商，依靠他们的原有渠道逐步做大；一种是开自营店，自产自销；一种是找代销商场，让他们担当"美娜宝"的直供经销商；还有一种就是寻找社会投资者，以特许经营的方式来确定合作关系，"美娜宝"只提供产品和管理。但行业内的现有代理商很分散，高端产品的代理商更是少之又少；作为新公司，自营的投资费用太大，短时间铺市到位也很难；进商场超市，除了会遇到进门难的问题，对于"美娜宝"这样的新牌子，其他交易成本也很高；搞特许经营，"美娜宝"不仅没有管理经验，也缺乏品牌影响力。

资料来源：侯贵生．市场营销学概论．上海：复旦大学出版社

案例中讨论的各种分销渠道，包括直接渠道、间接渠道、长渠道、短渠道、宽渠道、窄渠道等，在实际运用中是相互联系的。一般说来，长渠道必然是宽渠道，短渠道同时也是窄渠道。例如，生产企业自销属于直接渠道，是最短也是最窄的渠道；间接渠道中，最长的渠道也是最宽的，即经过几道批发环节再零售的产品，在渠道宽度上必然是广泛性渠道。因此，企业在选择分销渠道策略时，必须全面考虑，避免出现渠道间的矛盾而影响分销效果。

14.2　中间商

中间商是指处于生产者和消费者之间，参与产品交易活动，促进买卖行为发生和实现的具有法人资格的经济组织或个人。按中间商在流通过程中所起的不同作用，可以将其分为批发商和零售商；按中间商是否拥有商品所有权，可以将其分为经销商和代理商。在商品流通过程中，中间商所起的作用非常重要，它们是生产者和消费者之间的纽带与桥梁。实际上，分销渠道策略的中心问题就是中间商的选择，以及生产者与中间商、最终消费者或用户之间关系的协调问题。

14.2.1　批发分销渠道

1. 批发商的性质和作用

如果购买的目的是为了向其他商品经营单位转售，或向生产企业提供设备和生产资料，而不是为了销售给最终消费者或用户，那么，这样的经营单位就是批发商。批发商处于商品流通起点和中间阶段，交易对象是生产企业和零售商，一方面它向生产企业购进商品，另一方面它又向零售商业批销商品，并且是按批发价格经营大宗商品。其业务活动结束后，产品仍处于流通领域中，并不直接服务于最终消费者。批发商是产品流通的大动脉，是关键性的环节，它是连接生产企业和商业零售企业的枢纽，是调节商品供求的蓄水池，是沟通产需的重要桥梁，对企业改善经营管理及提高经济效益、满足市场需求、稳定市场具有重要作用。

（1）批发商是专门从事市场产品流通业务，把生产商的供给与零售商的需求结合在一起。这里，它就充当了生产商推销中心和零售商采购中心的角色，减少了众多的买主与卖主各自频繁交易的次数，节省了流通费用，提高了产品的成交率。

（2）独立批发商采购产品后，通过分类、分等、分割，使各个生产商生产的各类商品分配成零售商所需要的货色，供应给零售商，以满足消费者的多样化需求。这一职能对于中小零售商来讲尤为重要，可满足他们勤进快销、品种杂、数量少、加快资金周转的需要。

（3）批发商把来自生产商和零售商（代表消费者）的购销信息汇集在一起，成为沟通信息的中枢。扩大了产品质量、价格等方面的可比性，提高了市场的透明度，从而减少了生产商、零售商因盲目推销、采购所造成的巨大损失。

（4）独立批发商还通过仓储、运输等业务，调节不同时间、不同地区的供求。这种调节生产与消费之间客观上存在的时间和空间矛盾的作用，被称为地点效用和时间效用。

此外，批发商还具有多种服务功能，包括帮助生产厂家扩大宣传、提高产品声誉、诱导消费需求；协助零售商，为其提供支援和服务（商业信用等资金融通的服务）；为生产厂家提供产品开发、竞争趋势等信息。

当前，随着科学技术的迅猛发展，尤其是以计算机为基础的信息技术的广泛应用，给传统的流通结构、流通方式带来了巨大的冲击，对传统的批发业提出了严峻挑战。尽管如此，由于批发业享有专业化和规模经济优势以及在产品流通过程和社会经济运行中发挥着特殊的职能作用，因而仍有其存在的必要性。

2. 批发商的主要类型

批发商主要有三种类型，即商人批发商、经纪人和代理商、制造商的分销机构以及零售商的采购办事处。

1）商人批发商

商人批发商，也称为独立批发商，指独立进货，取得商品所有权后再批发出售的商业企业。商人批发商是批发商的最主要的类型。商人批发商按职能和提供的服务是否完全可以分为两种类型：①完全服务批发商。完全服务批发商执行批发商的全部职能，他们提供的服务主要有保持存货、提供信贷、运送货物以及协助管理等。完全服务批发商又分为批发商人和工业分销商，批发商人主要是向零售商销售商品，工业分销商主要是向制造商销售商品。②有限服务批发商。有限服务批发商为了减少成本费用，降低批发价格，因而只执行批发商的部分职能。有限服务批发商主要有以下五种类型：第一，现购自运批发商。现购自运批发商不赊销不送货，客户要自备货车去批发商的仓库选购货物并即时付清货款，自己把货物运回来。现购自运批发商主要经营食品杂货，客户主要是小食品杂货商、饭馆等。第二，承销批发商。承销批发商拿到客户（包括其他批发商、零售商、用户等）订货单后，就向生产者求购，并通知生产者将货物直接运送给客户。承销批发商不需要有仓库和产品库存，只需要一间办公室或营业所办公，因而也被称为"写字台批发商"。第三，卡车批发商。卡车批发商从生产者处把货物装车后立即运送给各零售商店、饭馆等客户。由于卡车批发商经营的产品多是易腐或半易腐产品，所以一接到客户的要货通知就立即送上门。实际上卡车批发商主要执行推销员和送货员的职能。第四，托售批发商。托售批发商在超级市场和其他食品杂货店设置货架，展销其经营的产品，产品卖出后零售商才付给其货款。这种批发商的经营费用较高，主要经营家用器皿、化妆品、玩具等产品。第五，邮购批发商。邮购批发商指那些全部批发业务均采取邮购方式的批发商，主要经营食品杂货、小五金等商品，其客户主要是边远地区的小零售商等。

2）经纪人和代理商

经纪人和代理商是从事购买、销售或二者兼有的洽商工作，但不取得商品所有权的商业单位。与商人批发商不同的是，他们对其经营的产品没有所有权，所提供的服务比有限服务商人批发商还少，其主要职能在于促成产品的交易，借此赚取佣金作为报酬。与商人批发商相似的是，他们通常专注于某些产品种类或某些顾客群。

经纪人和代理商主要有以下几种：

（1）产品经纪人。产品经纪人的主要作用是为买卖双方牵线搭桥，协助双方进行谈判，成交后向雇佣方收取一定的费用。产品经纪人不备有存货，不参与融资，也不承担买卖风险。

（2）制造商代理（也称为制造代表）。制造商代理代表两个或若干个产品线种类互补的制造商，分别和每个制造商签订有关定价政策、销售区域、订单处理程序、送货服务、各种保证以及佣金比例等方面的正式书面合同。制造商代理了解每个制造商的产品情况，利用其广泛关系为代表的制造商销售产品。制造商代理商多为小型企业，雇用的销售人员虽少但都极为干练。服饰、家具、电器等产品生产企业以及无力为自己雇用外勤销售人员的小公司往往雇用制造商代理商，某些大公司也利用制造商代理商开拓新市场。

（3）销售代理商。销售代理商是在签订合同的基础上，为委托人销售某些特定产品或全部产品，对价格条款及其他交易条件可全权处理的代理商。尽管销售代理商与制造商代表一样，同许多制造商签订长期代理合同，替这些制造商代销产品，但两者也有显著不同。两者的不同表现为：第一，每一个制造商只能使用一个销售代理商，而且将其全部销售工作委托给某一个销售代理商以后不得再委托其他代理商代销产品，也不得再雇用推销员去推销产品；而每一个制造商可以同时使用几个制造商代理商，制造商还可以设置自己的推销机构。第二，销售代理商通常替委托人代销全部产品，没有销售地区限定，在规定销售价格和其他销售条件方面有较大的权力；制造商代理商则要按照委托人规定的销售价格或价格幅度及其他销售条件，在一定地区内替委托人代销一部分或全部产品。所以，销售代理商实际上就是委托人的独家全权销售代理人。

（4）采购代理商。采购代理商一般与委托人有长期关系，代委托人采购、收货、验货、储运。由于采购代理商消息灵通，因而可以向委托人提供有价值的市场信息，而且能以最低价格买到最好的货物。

（5）佣金商（也称为佣金行）。佣金商是指对委托销售的商品实体具有控制力并参与商品销售谈判的代理商。大多数佣金商从事农产品的委托代销业务。佣金商和委托人的业务一般包括一个收获季节或一个销售季节。佣金商通常备有仓库，可以替委托人储存、保管货物；佣金商还执行替委托人发现潜在买主、获得最好价格、分等、打包、送货、给委托人和购买者以商业信用（即预付货款和赊销）、提供市场信息等职能。佣金商对委托代销的货物通常有较大的经营权力，佣金商收到农场主运来的货物以后，有权不经过委托人同意而以自己的名义按照当时可能获得的最好价格出售货物，以免经营的易腐品变质造成损失。佣金商卖出货物后扣除佣金和其他费用即将余款汇给委托人。

3）制造商的分销机构以及零售商的采购办事处

制造商的分销机构以及零售商的采购办事处，属于卖方或买方自营批发业务的内部组织。

（1）制造商的分销机构和销售办事处。制造商的分销机构执行产品储存、销售、送货以及销售服务等职能。制造商的销售办事处主要从事产品销售业务，没有仓储设施和产品库存。制造商设置分销机构和销售办事处，目的在于改进存货控制、销售和促销业务。

（2）零售商的采购办事处。许多零售商在大城市设立采购办事处，这些办事处的作用与经纪人或代理商相似。

14.2.2　零售分销渠道

1. 零售商的作用

如果购买目的是为了向最终消费者出售，而不是向其他产品经营单位转售，这样的产品经营单位就是零售商。从它在营销渠道中所处的地位来看，它一头联结生产企业或批发企业，另一头联结消费者。零售商是推销系统中数量最多的组织，又是产品流通过程中的最后一个中间商业环节，因此它在整个营销渠道中有着举足轻重的作用。对于制造商和批发商来说，他们既是营销者又是顾客。他们既要从事众多的营销活动：买、卖、分级整理、承担风险，又要收集有关顾客需求的信息，为制造商和批发商服务。对于消费者而言，通过提供使消费者满意的各种产品，零售商能创造时间、空间和所有权效用。他们把产品从制造商或批发商那里转移到需求地点，创造出空间效用；通过库存，在消费者需要时随时供给，创造出时间效用；还要通过所有权承担风险和库存占用的资金，创造出所有权效用。

零售商直接面向广大消费者，能够经常地、灵活地向消费者供应在数量、质量、价格、花色、品种、规格等方面适销对路的产品；能够灵活地适应不同消费者的、多变的需求。因此，零售商的种类最多，企业类型的发展变化也最大，而且可以从不同角度进行多层次的分类，零售商种类极为复杂，变化也快。从总的趋势上看，我国零售商的类型正在向国际靠拢。随着零售经营的对外开放，许多国外行之有效的零售方式和机构，正与我国传统的零售类型融合起来。

2. 零售商的种类

零售机构多种多样、五花八门、新形式不断涌现。在此，我们仅对主要的零售商的形式作一个简单的介绍。零售商可以分为三种基本类型，即商店零售商、非商店零售商和零售组织。

1）商店零售商

（1）百货商店。百货商店的经营特色是经营的产品组合广而深。对每一条产品线都作为一个独立部门实施专业管理，规模一般较大。百货商店大多设在城市繁华区和郊区购物中心，店内装饰富丽堂皇，橱窗陈列琳琅满目。经营的商品主要是优质、时髦、高档商品和名牌货，其价格也高于一般的超级市场（高 10%～20%），经营的目标顾客是中产及中产以上阶层，百货商店通常采用传统的售货方式，每个商品部的商品柜都由若干服饰整洁、彬彬有礼、主动热情的营业员为顾客介绍商品、解答问题、取拿包装商品。百货商店为顾客提供一系列服务，包括记账赊物、分期付款、送货到家。有的还设有餐厅、茶室、儿童游乐场所、休息室等。百货商店出现 100 多年来获得迅速发展，于 20 世纪中期达到顶峰。尔后由于百货商店之间的激烈竞争，以及来自其他零售商的挑战，加上城市商业中心区交通拥挤等问题，发展速度明显放慢。目前，许多发达国家的百货商店，正在采取设立分店、改变经营方式和加强服务等措施，以求东山再起。但在发展中国家，百货商店仍在迅速发展。

（2）专业商店是专门经营某一类或几类专业性商品的商店。其产品线比较窄，但品种齐全，一般以经营的主要商品类别为店名招牌，如服装商店、五金商店、饮食商店等。这种商店的专业化程度可以非常高，如专营纽扣的商店、专营婚纱的商店。这种超级专用品商店将会随着细分市场的再细分和目标市场的再发展而更加完善和成熟。

（3）超级市场。被誉为"商业上第二次革命"的超级市场，出现于 1930 年的美国纽约。它的特点是规模庞大、薄利多销、一次结算，消费者购物量多而且自我服务，对购买量大的顾客实行折扣优惠，并开辟大型停车场和购物小推车，便于购买者把货物运至自己的车上。有的还出售本商场的定牌商品，以扩大声誉、加强竞争力，早期超级市场以销售食品和少量杂货为主。为了满足消费者的需要和低成本竞争的要求，超级市场越来越向多品种发展，一般拥有商品 2 万种以上，多选供中低档商品，但包装精美、说明详细，以吸引顾客和代替售货员讲解。超级市场是一般薄利多销并采取自动售货方式的大型零售商业组织，这里出售的商品——注明分量、定价、包装整齐地陈列在货架上或悬挂起来，顾客可自选自取，然后统一计价付款。超级市场的产品十分注重包装，因为它要起到代替售货员介绍产品名称、用途、用法及特点，成为"无声的售货员"。

（4）便利店。便利店是一种以经营最基本的日常消费用品为主，规模相对较小，位于住宅区附近的综合商店。便利店营业时间较长，不少是 24 小时营业。例如，7-11 便利店就是早晨 7 点开门，晚 11 点关门，且每周 7 天营业的商店。一般经营周转较快的方便产品，如日用百货、药品、应急商品、即食食品等。由于便利店能随时满足消费者的即时需要，所以商品的价格相对较高。便利店的经营者认为根据居民的生活特点和需求，大概每一万人口应当配备一家便利店。根据这种推断，在中国的一些大城市中便利店的发展前景十分广阔。

（5）仓储商店。仓储商店的特点是店堂装饰简单、产品价格低廉、服务有限，商品既有家具等体积较大、比较笨重的用品，也有各种日常生活用品。商店往往设在房租低廉的郊区，消费者从货架上选中商品、付清货款，就可取走货物。商品价格比一般商店便宜 10%～20%。

（6）折扣商店，也是一种百货公司，是第二次世界大战后在美国出现的一种有影响的零售商店，因其价格具有吸引力，深受消费者喜爱。商品以日常用品为主，同一产品有两种价格：一是牌价，二是折扣价，消费者按折扣价购买。这种商店经营全国性品牌的产品，质量可靠，同时折扣形式也经常改变。折扣商店是第二次世界大战之后兴起的有影响的零售企业。

（7）样本目录陈列商店。这种形式的商店是将商品样本陈列在店堂内，大部分是价值大、毛利高、周转快的商品，如珠宝、首饰、摄影器材等。同时印制成精美逼真的商品目录提供给消费者。目录中附有每种商品的价格、货号、折扣数，顾客可拨打电话订货，商店可送货上门、收取货款和运费，顾客也可亲自去商店看样选购。

（8）超级商店、联合商店、特级商场。超级商店是以满足消费者的全部生活需求为目标而建立的，规模比超级市场更大，同时提供洗衣、支票兑现、餐饮、休息等服务项目。联合商店则比超级商店更大，与医药和处方领域结合起来。特级商场比前两者规模都大，综合了超级市场、折扣商店和仓储商店的特点，规模品种超出人们的日常所需，产品原装陈列，以减少搬运成本，并给愿意自行提货的消费者以价格优惠。

2）非商店零售商

近年来非商店零售发展得比较快，非商店零售商主要有以下三种形式：

（1）直复市场营销。直复市场营销，是使用一种或多种广告媒体传播商品信息，以使广告信息所到之处迅速产生需求反应并最终达成交易的销售系统。直复市场营销者利用广告介绍产品，顾客可通过写信、打电话等形式订货，订购的货物一般通过邮寄交货，顾客用信用卡付款。直复市场营销者可在广告费用开支的一定范围内，选择可获得最大订货量的传播媒体，目的是迅速实现潜在交换，而不是为了刺激顾客的偏好和树立品牌形象。

（2）直接销售。直接销售主要有挨门挨户推销、逐个办公室推销和举办家庭销售会推销等形式。需要支付雇用、训练、管理和激励销售人员的费用，因而直接销售的成本费用很高。目前，直接销售所存在的问题已经引起很多人对这种销售方式的反感。从发展趋势来看，除某些特定种类商品及以某些特定顾客为对象的直接销售外，一般的直接销售很可能被电子销售所代替。

（3）自动售货。自动售货就是利用自动售货机进行商品销售。自动售货机向顾客提供全天候售货服务，工作人员要经常给相当分散的售货机补充存货，而且机器遭破坏、失窃率高等，因此自动售货的成本很高，商品的销售价格比一般水平要高 15％～20％。售货机被广泛安置在工厂、办公室、大型零售商店、加油站、街道等地方，方便了人们的购买。自动售货始于第二次世界大战后，现已被用在相当多产品的销售上，包括消费者经常购买的饮料、糖果、香烟、报纸等，以及食品、化妆品、书刊、唱片、胶卷、T 恤、袜子、鞋油、保险等。目前，自动销售的领域还在进一步扩展，自动售货的硬件也在不断得到完善。

3）零售组织

零售组织主要有连锁商店、自愿连锁商店、零售店合作社、消费者合作社、特许专营机构和销售联合大企业六种类型，下面着重介绍其中的三种。

（1）连锁店。连锁经营主要有三种形式：正规连锁，即总店对分店拥有资产所有权，对人财物实行统一管理，各分店不是独立的法人；自由连锁，即总店和分店都是独立的法人，两者依靠契约关系进行连锁；特许连锁（也称为特许经营），这种形式介于正规连锁和自由连锁之间，以总店向分店提供的特定商品和服务规范为基础进行连锁。连锁店能够在市场竞争中取得成功的根本原因，就在于连锁经营形式能够促使其实现成本优势、价格优势、品牌效应、大销售量的良性循环。

（2）消费者合作社。消费者合作社是一种消费者自发组织、自己出资、自己拥有的零售单位。某一社区的消费者出资自发组织消费者合作社的原因很多，如社区没有零售商店，居民购物很不方便；当地的零售商店服务欠佳，或者售价太高，或者提供的产品质量低劣。消费者合作社采用出资人投票方式进行决策，并推选出一些人对合作社进行管理。消费者合作社可以定价较低，也可以按正常价格销售，年终根据每个人的购货数量给予惠顾红利。

（3）销售联合大企业。销售联合大企业是一种组合形式的公司，它以多种所有制的形式将不同类型、不同形式的零售商组合在一起从事多样化零售，并通过综合性、整体性的管理运作为所属零售商创造良好的经营环境与条件。

3. 零售商业发展趋势

零售市场是产品销售过程中具有决定性意义的市场，因而也是"商战"兵家必争之地。零售市场的激烈竞争推动了零售商业的迅速发展。从世界范围看，零售商业的发展出现了如下趋势。

1）新的零售形式不断涌现，威胁着现有零售方式

从历史上看，百货商店、超级市场、连锁商店，都曾以其新的特点威胁并摧毁了若干旧的零售方式。今天，一些创造性的零售方式仍在不断涌现。如家庭电脑联网售货方式、上门服务的零售形式等，正在一些发达国家迅速发展。

2）零售生命周期正在缩短

据一些学者研究，百货商店从开始出现到成熟期经历了 80 年时间，超级市场为 35 年，便利店为 20 年，超级专营商店为 10 年，新的零售形式的生命周期也在明显缩短。

3）非商店零售异军突起

在过去 10 年，美国邮购销售量的增长是店内销售量增长的两倍。电子时代为非商店零售提供了广阔的发展空间，其发展前景不可估量。

4）垂直渠道系统迅速发展

渠道管理与计划的专业化程度越来越高。由于大公司逐步增强对营销渠道的控制，独立的小型商店正在被排挤出来。

5）零售经营手段日益现代化

许多零售商正在用电脑提高预测水平、控制仓储成本，用电子技术向供应商订货、在商店之间传递信息，建立电子检测系统、资金电子转账系统、店内闭路电视和改进的商品处理系统。

➤ 案例 14-2　7-11 便利店在北京的首家店开业迎客

某日早晨 7 点，7-11 便利店在北京的首家店开业迎客。有意思的是，7-11 便利店一开张就不会因下班而关门了，因为它将 24 小时营业，365 天不关门。刚刚开业不到一小时，大批闻讯而动的附近居民被要求排队等候，分批进入店内。这家位于东直门桥西北角的 7-11 便利店，面积达 100 多平方米。店面被设计成特有的红、绿、黄三色。这里商品非常丰富，据说是 7-11 便利店的商品专家经过很长时间调研最终确定的商品方案。便利店商品主要以食品为主，包括方便面、饼干、薯片、口香糖等，还有书报、洗发护发用品、电池、香烟、啤酒，甚至有家里请客急需的茅台酒等一系列生活中的"急需"用品。这里最大的特色是自制食品和自有品牌食品，油条、豆浆、各式面包、热乎乎的大米粥、饭团等在"快餐岛"卖的食品，都是后厨刚刚加工出的"新鲜货"。面包、饭团、套餐等都是"7-11"品牌。据介绍，开发适合当地人口味的自有品牌食品是 7-11 便利店在最大的经营特色之一。

资料来源：新浪网

14.3　分销渠道的设计、选择与管理

生产者在设计分销渠道时，必须在理想的渠道和可能得到的渠道之间作出抉择，最后确定达到目标市场的最佳渠道。最佳渠道是对目标市场的覆盖能力最强、使目标市场的顾客满意程度最高、对生产者能提供较多利润的渠道。生产者

对渠道的设计和管理过程，由确定影响分销渠道选择的因素、确定并评估渠道选择方案和分销渠道的管理几个重要步骤构成。

14.3.1　影响分销渠道选择的因素

1. 产品因素

不同产品适合采用不同的分销渠道，这是企业选择分销渠道时必须首先考虑的因素。产品因素通常包括以下几方面。

1）产品价格

一般说来，单位产品价格高的产品宜采用短渠道，以尽量减少流通环节，降低流通费用；而单位产品价格低的产品，则宜采用较长和较宽的分销渠道，以方便消费者购买。例如，日用百货品的生产企业经常把自己的产品卖给批发商，由批发商转卖给零售商，再经零售商交给最终顾客，而高级服装的生产企业，则愿意把自己的产品直接交给大的百货公司或高级时装商店出售给顾客。

2）产品的重量和体积

重量和体积直接影响运输费用和储存费用。因此，对于体积和重量过大的商品，宜采用短渠道，以减少商品损失，节约储运费用；体积和重量较小的商品，可采用较长渠道。一般来说，较轻、较小的产品运输和储存比较便利，费用也比较少，宜选择较长、较宽的销售渠道。笨重和大件的产品，如重型机器、水泥及其他建筑材料，由于运输和储存困难，费用又比较高，则应选择较短的销售渠道。

3）产品的时尚性

对于时尚性强、款式花色变化快的产品，应选用短渠道，以免产品过时；而款式花色变化较小的产品，渠道则可长一些。例如，各种新式玩具和妇女时装，应选择较短的销售渠道，以减少中间层次；款式不易变化的产品，则可选择较长的销售渠道。

4）产品本身的物理化学性质

凡是易腐、易毁产品，如鲜活产品、陶瓷制品、玻璃制品；有效期短的产品，如食品、药品等，应尽可能地选择短而宽的渠道，以保持产品新鲜，减少腐坏损失。

5）产品的技术服务要求

技术复杂、售后服务要求高的产品，宜采用短渠道，由企业自销或由专业代理商销售，以便提供周到的服务。相反，技术服务要求低的产品，则可选择长渠道。例如，各种机械设备、电子计算机等技术复杂的产品，最好由生产企业直接销售给最终顾客，以免中转过多而影响顾客对产品的了解，或对服务不周产生不满。

6）产品的通用性

通用产品由于产量大、使用面广，分销渠道一般较长较宽；定制产品由于具有特殊要求，最好由企业直接销售。产品生产的标准化程度。产品生产的标准化程度高、通用性强，可选择较长、较宽的销售渠道；而非标准化的专用性产品，则应选择较短的销售渠道。

7）产品所处的生命周期阶段

产品处于生命周期的不同阶段，对分销渠道的要求也不同。处于投入期的产品，其分销渠道是短而窄的，因为新产品初入市场，许多中间商往往不愿经销，生产企业不得不直接销售；处于成长期和成熟期的产品，消费需求迅速扩大，生产者要提高市场占有率，就要选择长而宽的渠道，扩大产品覆盖面。

2. 市场因素

市场状况直接影响产品销售，因此它是影响分销渠道策略选择的又一重要因素。市场因素主要包括：

（1）目标市场范围。市场范围大的产品，消费者地区分布较广泛，企业不可能直接销售，因而渠道较长较宽；若目标市场范围较小，则可采用短渠道。例如，产品若在全国范围内销售或要出口到几个国家去，则要通过批发商、代理商乃至许多的零售商进行销售；若产品销售的市场范围很小，只在当地销售，则生产企业自销即可。

（2）市场的集中程度。市场比较集中的产品，可采用短渠道；若顾客比较分散，则需要更多地发挥中间商的分销功能，采用较宽较长的渠道。

（3）每次的销售批量。每次销售批量大的产品，可采用短渠道；批量小及零星购买的产品，交易次数频繁，则需要采用较长较宽的渠道。

（4）消费者购买习惯。消费者的购买习惯直接影响着企业分销渠道的选择。如消费品中的便利品，消费者要求购买方便，随时随地都能买到，因此需要通过众多中间商销售产品，渠道长而宽；消费品中的特殊品，消费者习惯上愿意花较多时间和精力去挑选，生产者一般只通过少数几个精心选择的中间商销售其产品，因此渠道窄而短。

（5）需求的季节性。季节性商品由于时间性强，要求供货快销售也快，因此要充分利用中间商进行销售，渠道相应就宽些。

（6）市场竞争状况。企业出于市场竞争的需要，有时应选择与竞争对手相同的分销渠道。因为消费者购买某些产品，往往要在不同品牌、不同价格的产品之间进行比较、挑选，这些商品的生产者就不得不采用竞争者所使用的分销渠道；有时则应避免"正面交锋"，选择与竞争对手不同的分销渠道。

（7）市场形势的变化。市场繁荣、需求上升时，生产商应考虑扩大其分销渠道，而在经济萧条、需求下降时，则需减少流通环节。

3. 企业因素

影响渠道策略选择的企业因素主要有：

（1）企业的规模和声誉。企业规模大、声誉好、资金雄厚、销售力量强，具备管理销售业务的经验和能力，在渠道选择上主动权就大，甚至可以建立自己的销售机构，渠道就短一些，反之就要更多地依靠中间商进行销售。

（2）企业的营销经验及能力。一般而言，企业市场营销经验丰富，则可考虑较短的分销渠道。反之，缺乏营销管理能力及经验的企业，就只有依靠中间商来销售。

（3）企业的服务能力。如果生产企业有能力为最终消费者提供各项服务，如安装、调试、维修及操作服务等，则可取消一些中间环节，采用短渠道。如果服务能力有限，则应充分发挥中间商的作用。

（4）企业控制渠道的愿望。企业控制分销渠道的愿望各不相同。有的企业希望控制分销渠道，以便有效控制产品价格和进行宣传促销，倾向于选择短渠道，而有些企业则无意控制分销渠道，因此采用宽而长的渠道。

14.3.2　确定渠道选择方案

1. 建立渠道目标

渠道目标也就是在企业营销目标的总体要求下，选择营销渠道应达成的服务产出目标。这种目标一般要求建立的分销渠道达到总体营销规定的服务产出水平，同时使全部渠道费用减少到最低程度。企业在认真分析影响销售渠道选择决策的主客观因素的基础上，划分出若干分市场，然后决定服务于哪些分市场，并为之选择和使用最佳渠道。

2. 确定营销渠道模式

确定营销渠道模式，即决策渠道的长度，首先要根据影响渠道的主要因素，决定采取什么类型的营销渠道，是派销售人员上门推销或自设销售商店的短渠道，还是选择通过中间商的长渠道，以及通过什么规模和类型的中间商，渠道选择模式首先要确定渠道的长度。一般认为，生产者—批发商—零售商—消费者（包含两个中间层次）的模式是比较典型的市场营销渠道类型。当然，营销渠道的长与短只是相对而言，因为随着营销渠道长短的变化，其产品既定的营销职能不会增加或减少，而只能在参与流通过程的机构之间转移或替代。例如，某制鞋公司决定改由自己的推销机构直接向顾客出售商品。由此，公司必须把原来批发商、零售商承担的储存、运输、资金融通等职能全部承担和统管起来。因此，渠道长度决策的关键点是选择适合企业自身特点的渠道类型，权衡利弊得失，使营销渠道产生最理想的销售效益。

3. 确定中间商的数目

确定中间商的数目，即决策渠道的宽度，要确定每个渠道层次使用多少个中间商，这一决策在很大程度上取决于产品本身的特点、市场容量的大小及市场需求面的宽窄，通常有三种可以选择的形式：

(1) 密集分销策略。实施这一策略的企业尽可能多地通过批发商、零售商销售其产品，使渠道尽可能加宽。密集分销策略的主要目标是扩大市场覆盖面，使消费者和用户可以随时随地买到商品。消费品中的便利品（香烟、火柴、洗衣粉等）及工业品中的小型通用机具，适合采用密集分销。

(2) 独家分销策略。实施此策略的企业在一定区域仅通过一家中间商经销或代销，通常双方协商签订独家经销合同，独家经销公司在享有该产品经销的特权下，其经营具有排他性，制造商规定经销商不得经营竞争产品。独家经销是一种最极端的形式，是最窄的分销渠道，通常某些技术强的耐用消费品、名牌商品及专利产品适用独家经销。这种策略对生产者的好处是有利于控制中间商，提高中间商的经营水平，加强产品形象，并可获得较高的利润率。但这种形式具有一定风险，如果独家经销商因经营管理不善或其他原因发生意外，生产者将蒙受损失。

(3) 选择性经销策略。这是介于密集分销和独家分销之间的销售形式，即生产厂家在某一销售区域精选几家最合适的中间商销售公司的产品。这种策略的特点是：比独家经销面宽、有利于开拓市场，展开竞争；比密集分销面窄，有助于厂商对中间商进行控制和管理，同时还可以有效地节省营销费用。这一策略的重点在于稳固企业的市场竞争地位，维护产品在该地区的良好声誉。同时，促使中间商之间彼此了解，相互竞争，能够使被选中的中间商努力提高销售水平。选择性经销适用于消费品中的选购品（如时装、鞋帽、家用电器等），从某种意义上说，也适合于各类产品，特别是新产品的开发与试销阶段。

4. 确定渠道成员的条件和义务

制造商在确定了渠道的长度和宽度之后，需要进一步规定渠道成员彼此的条件和应尽的义务，即制定"贸易关系组合"协议，协议主要涉及价格政策、销售条件、地区权利以及每一方为对方提供的服务及应尽的责任义务。

价格政策要求制造商制定价目表，对不同地区、不同类型的中间商和不同的购买数量给予不同的价格折扣比率，价格政策的原则及主要内容应得到中间商的理解和认可。

销售条件是中间商的付款条件及生产者的担保。对及时全部付清货款的中间商应给予现金折扣，生产者还应向中间商提供有关产品质量保证和跌价保证，生产者的跌价保证能够吸引并激励中间商大量购货。

除上述条件外，生产者还应明确中间商应具有的特许权力，规定交货的时间、结算条件以及彼此为对方提供哪些服务。譬如，制造商提供维修、配件、培训、促销等义务和责任，经销商提供市场信息和各种业务统计资料等。对于双方的义务和权利，必须十分谨慎地确定，尤其是采用特许代理或独家代理等渠道形式时，更应当明确双方的义务和责任；在确定了制造商与经销商之间的贸易组合协议之后，营销渠道的设计还应认真地研究渠道的经济成本，即比较不同渠道方案的销量及成本。譬如，认真地衡量公司使用自身的销售力量能获得的销量及成本以及使用经销商或代理商的销量与成本。这个问题在产品销售的不同阶段会得出不同的结论。一般而言，在产品销售前期，利用代理商的成本较生产者自销成本低，但到销售的中、后期阶段，即当销售增长超过一定水平时，用代理商的成本则愈来愈高。这是因为代理商的佣金比公司推销员的佣金高得多。

5. 选择渠道成员

中间商选择合理与否，对企业产品进入市场、占领市场、巩固市场和发展市场有着关键性的影响。选择中间商时，应主要考虑以下因素：

（1）服务对象。不同制造商有不同的目标市场，不同中间商有不同的服务对象。生产企业选择分销渠道，应首先考虑中间商的服务对象是否与企业要求达到的目标市场相一致，只有一致的中间商才能选择。

（2）地理位置。中间商的地理位置直接影响到产品能否顺利到达目标顾客手中。因此，选择中间商必须要考虑其地理分布情况，要求既要接近消费者，又要便于运输、储存及调度。

（3）经营范围。在选择中间商时，如果其经营主要竞争对手的产品，就需格外谨慎，不宜轻易选取。当然，若本企业产品在品质、价格、服务等方面优于同类产品，也可以选择。

（4）销售能力，即考察中间商是否有稳定的、高水平的销售队伍，健全的销售机构，完善的营销网络和丰富的营销经验。

（5）物质设施与服务条件。一些特殊商品要求一定的物质设施和储运条件，这就要求中间商具备这种物质储运条件。此外，有些商品属高档耐用消费品，需要提供一系列的售中和售后服务，这也同样对中间商提出了要求。

（6）财务状况。中间商财务状况的好坏，直接关系到其是否可以按期付款，甚至预付货款等问题。企业在选择中间商时，必须对此严加考察。

（7）合作诚意。若没有良好的合作诚意，再有实力的中间商也不能选择。

（8）营销经验。生产者要尽可能选择营销经验丰富的中间商。以便产品顺利地通过中间商推销出去，如果中间商不具备较好的经营知识和能力，则不宜选用。

6. 对分销渠道方案进行评估

分销渠道方案确定后，生产厂家就要根据各种备选方案进行评价，找出最优的渠道路线，通常渠道评估的标准有三个：经济性标准评估、可控性标准评估和适应性标准评估，其中最重要的是经济性标准评估。

（1）经济性标准评估主要是比较每个方案可能达到的销售额及费用水平。①比较由本企业推销人员直接推销与使用销售代理商哪种方式销售额水平更高。②比较由本企业设立销售网点直接销售所花费用与使用销售代理商所花费用，看哪种方式支出的费用大。企业对上述情况进行权衡，从中选择最佳分销方式。

（2）可控性标准评估。企业对分销渠道的选择不应仅考虑短期经济效益，还应考虑分销渠道的可控性。因为分销渠道稳定与否对企业能否维持并扩大其市场份额、实现长远目标关系重大。企业自销对渠道的控制能力最强，但由于人员推销费用较高，市场覆盖面较窄，因此不可能完全自销。利用中间商分销就应充分考虑渠道的可控性，一般说来，建立特约经销或特约代理关系的中间商较容易控制，但这种情况下，中间商的销售能力对企业的影响又很大，因此应慎重决策。对分销渠道的控制应讲究合理适度，以求在合理的控制程度下，较好地实现企业的销售目标。

（3）适应性标准评估。每一分销渠道的建立都意味着渠道成员之间的关系将持续一定时间，不能随意更改和调整，而市场却是不断发展变化的。因此，企业在选择分销渠道时就必须充分考虑其对市场的适应性。一方面是地区的适应性，在某一特定的地区建立商品的分销渠道，应与该地区的市场环境、消费水平、生活习惯等相适应；另一方面是时间的适应性。根据不同时间商品的销售状况，应能采取不同的分销渠道与之相适应。总之，适应性要求企业在分销渠道决策时保留适度弹性，能根据市场形势的变化，对其分销渠道进行适当调整，以更好地实现企业营销目标。

14.3.3　分销渠道的管理

1. 检查中间商

企业必须定期评估中间商的绩效是否达到某些标准。也就是说，企业要对中间商进行有效的管理，还需要制定一定的考核标准，检查、衡量中间商的表现。这些标准包括：销售指标完成情况、平均存货水平、向顾客交货的快慢程度、对损坏和损伤商品的处理、与企业宣传及培训计划的合作情况以及对顾客的服务表现等。在这些指标中，比较重要的是销售指标，它表明企业的销售期望。经过一段时期后，企业可公布对各个中间商的考核结果，目的在于鼓励那些销量大的中间商继续保持声誉，同时鞭策销量少的中间商努力追赶。企业还可以进行动态的分析比较，从而进一步分析各个不同时期各中间商的销售状况。若某些中间商的绩效低于标准，应查找其原因，采取相应的措施。

2. 分销渠道的激励与扶持

企业在选择了分销渠道以后，为了保证中间商努力扩大对本企业产品的销售、不断提高业务水平，必须对其进行激励与扶持。

对中间商的激励首先体现在向其提供价廉物美、适销对路的产品。只有经销畅销商品，中间商才能加速资金周转，增加企业赢利。因此，提供适销对路的优质产品就是对中间商的最好激励。

对中间商激励的另一种方式是合理分配利润。企业与中间商在一定程度上是一种利益共同体，因此必须"风险共担、利益均沾"，这就要求企业合理分配双方利润，否则中间商就没有销售积极性。所以，对中间商要视其情况采取"胡萝卜加大棒"的政策。对销售指标完成得好的中间商可给予较高的折扣率，提供一些特殊优惠，还可以发放奖金或给予广告补助、促销津贴等；若中间商未完成应有的渠道责任，则对其进行制裁，可降低折扣、放慢交货甚至终止关系。

做必要让步也是对中间商的激励方法之一。要求企业了解中间商的经营目标和需要，在必要时作一些让步，以满足中间商的某些要求，鼓励中间商努力经营。

对中间商的扶持主要体现在资金、信息、广告宣传和经营管理等方面。资金方面，可适当延长中间商的付款期限，放宽信用条件，以解决其资金不足的困难。信息帮助是指将企业了解的市场信息和产品信息等及时传递给中间商，为其扩大产品销售提供信息方面的依据。广告宣传帮助主要包括帮助中间商策划当地的促销活动，并提供广告津贴、陈列经费、宣传品等。经营管理帮助是指生产企业通过帮助中间商搞好经营管理，从而扩大本企业产品的销售。例如，协助中间商搞好产品陈列、新产品专柜或某些展销活动，主办产品操作表演，协助培训销售人员和推销人员，进行技术指导等，这样不仅密切了双方关系，还可大大提高中间商的工作效率和服务水平。

值得注意的是，对中间商的激励必须适度，激励过少难以刺激其经营积极性，过分的激励或越俎代庖又会造成企业利润的损失，影响中间商独特功能的发挥。

3. 渠道调整

市场营销环境是不断发展变化的，原先的分销渠道经过一段时间以后，可能已不适应市场变化的要求，必须进行相应调整。一般说来，对分销渠道的调整有三个不同层次：

（1）增减分销渠道中的个别中间商。由于个别中间商的经营不善而造成市场占有率下降，影响到整个渠道效益时，可以考虑对其进行削减，以便集中力量帮助其他中间商搞好工作，同时可重新寻找几个中间商替补；市场占有率的下降，有时可能是由于竞争对手分销渠道扩大而造成的，这就需要考虑增加中间商数量。企业决策时必须进行认真分析，不仅要考虑其直接收益，如能带来销售额的多大增长，而且还要考虑对其他中间商的销量、成本与情绪所带来的影响。

（2）增减某一个分销渠道。当生产企业通过增减个别中间商不能解决根本问题时，就要考虑增减某一分销渠道。例如，企业在经营过程中可能发现有的渠道作用不大，需要缩减，有时又会由于渠道不足造成某种商品销售不畅，需要增加新的分销渠道。

（3）调整整个分销渠道。这是渠道调整中最复杂、难度最大的一类，因为它要改变企业的整个渠道策略，而不只是在原有基础上缝缝补补。如放弃原先的直销模式，而采用代理商进行销售；或者建立自己的分销机构以取代原先的间接渠道。这种调整不仅是渠道策略的彻底改变，而且产品策略、价格策略、促销策略也必须作相应调整，以期和新的分销系统相适应。总之，分销渠道是否需要调整、如何调整，取决于其整体分销效率。因此，不论进行哪一层次的调整，都必须做经济效益分析，看销售能否增加，分销效率能否提高，以此鉴定调整的必要性和效果。

➢ 案例 14-3　可口可乐公司全新的 101 分销商管理模式

自 1979 年可口可乐公司重新进入中国后，如何满足中国消费者的需求成为可口可乐公司首先考虑的问题，可口可乐公司根据中国市场的状况，实施了"3A"营销策略，即"买得到（available）、买得起（affordable）、乐得买（acceptable）"。随着市场的不断变化，消费者的消费观念也随之变化，可口可乐公司又提出更高层次的"3P"原则，即可口可乐的产品做到"无处不在（pervasiveness）、物有所值（price to value）、心中首选（preferece）"。2001 年起可口可乐开始实施"101 计划"，目的是强化对渠道出货流向的控制和终端的价格控制。其主要内容是和二、三线市场的分销商合作，给终端零售商提供硬件和软件的服务。硬件方面包括给零售商提供冰箱、冰柜、展示架等器材，软件方面则主要是培训零售商关于经营软饮料的知识。这些知识虽然琐碎，但是无论对于提高零售商的销量还是可口可乐的品牌形象都有"润物细无声"的微妙作用。101 项目是根据 CSS（消费者服务系统）原理所发展起来的一个全新的分销商管理模式。它是针对我们指定的客户群或者业务区域，以及公司所选定的批发商所共同建立起来的一个适合本地市场状况的客户服务系统。第一个"1"是指我们的产品可以让消费者"一瓶在手，欢乐无穷"；"0"是指我们要帮助合作伙伴（批发商）从被动的服务零售客户，转化为积极、主动地开拓零售客户，协助他们做好零售客户的深度分销工作，从而确立"零售目标，深入民间"；最后的"1"代表我们同合作伙伴之间"一体结盟，互利互助"的双赢局面。101 合作伙伴就是我们产品的批发商。但是他们与传统意义上的批发商不同。必须要具有三个主要特征：第一，能够按照可口可乐公司的业务原则、方法和要求来执行 101 项目所分派的部分工作，接受指导并提供我们所需要的资讯；第二，着眼于市场的长远发展，注重自身战略性的业务规划；第三，期望提高自身的市场竞争地位，并希望与我们公司共同获得有一定效益的业务增长。也只有符合这样条件的批发商，才能够成为我们的合作伙伴。

　　资料来源：中国管理传播网

本 章 小 结

　　分销渠道是产品由生产者向最终消费者或用户流动所经过的途径或环节。分销渠道由众多承担营销功能的中间商以及实体分配机构所组成，具有商品所有权流程、商品实体流程、货款流程、情报信息流程和促销流程五大流程。由于这些营销中介机构的存在、缓和了产需之间在时间、地点、商品数量和种类上的矛盾，也使得市场上总体交易的次数减少、交易费用降低。

　　营销中介机构按照其在流通领域中承担的不同角色可以分为批发商、零售商。批发商是从事为转卖或生产加工而进行批购批销的中间商，一般按商品所有权转移的特点，批发商分为商人批发商、经纪人和代理商、制造商的分销机构以及零售商的采购办事处。零售商是专门向消费者开展零售活动的商业机构。零售商分为商店零售商、非商店零售商及零售组织。

　　企业在构建分销渠道时，应当根据商品特点、市场和顾客特点以及企业自身的条件合理选择。必须作出几种渠道策略的决策，生产者对渠道的设计和渠道选择，主要由确定渠道目标、确定营销渠道模式、确定中间商的数目、确定渠道成员的条件和义务、选择渠道成员、对分销渠道方案进行评估。

　　有了一个适用于企业的分销策略和分销渠道体系之后，企业还必须注意对渠道成员的管理、控制、评估和激励。通过给予中间商一定的财力、物力、人力的支持，激励其发挥积极的作用。企业还必须根据市场的新动态，及时改变渠道结构和分销方式。只有这样，企业才能有效地管理、控制好渠道。

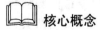 **核心概念**

　　分销渠道　中间商　零售商　批发商

 自我测试

怎样进行分销渠道的设计选择与管理？

讨论问题

1. 制造商、批发商和零售商的经营目标是否一致？为什么？如何协调它们之间的关系？

2. 为什么说分销渠道能够为消费者创造价值？试举例说明。

3. 如何设计一套渠道系统来组织复印机或矿泉水产品的分销？

4. 你认为分销渠道的五大流程彼此之间存在什么关系？是否有必要增加或减少什么流程？

第15章

促销策略

乔·吉拉德因售出13 000多辆汽车创造了商品销售最高纪录而被载入吉尼斯世界纪录大全。他曾经连续15年成为世界上售出新汽车最多的人，其中6年平均每年售出汽车1300辆。

销售是需要智慧和策略的事业。在每位推销员的背后，都有自己独特的成功诀窍。那么，乔的推销业绩如此辉煌，他的秘诀是什么呢？

1. 250定律：不得罪一个顾客

在每位顾客的背后，都大约站着250个人，这是与他关系比较亲近的人：同事、邻居、亲戚、朋友。如果一个推销员在年初的一个星期里见到50个人，其中只要有2个顾客对他的态度感到不愉快，到了年底，由于连锁影响就可能有500个人不愿意和这位推销员打交道，他们知道一件事：不要跟这位推销员做生意。这就是乔·吉拉德的250定律。由此，乔得出结论：在任何情况下，都不要得罪哪怕是一个顾客。

2. 名片满天飞：向每一个人推销

每一个人都使用名片，但乔的做法与众不同：他到处递送名片，在餐馆就餐付账时，他要把名片夹在账单中；在运动场上，他把名片大把大把地抛向空中。名片漫天飞舞，就像雪花一样，飘散在运动场的每一个角落。你可能对这种做法感到奇怪。但乔认为，这种做法帮他做成了一笔笔生意。

3. 建立顾客档案：更多地了解顾客

乔说："在建立自己的卡片档案时，你要记下有关顾客和潜在顾客的所有资料，他们的孩子、嗜好、学历、职务、成就、旅行过的地方、年龄、文化背景以及其他任何与他们有关的事情，这些都是有用的推销情报。所有这些资料都可以帮助你接近顾客，使你能够有效地跟顾客讨论问题，谈论他们自己感兴趣的话题。有了这些材料，你就会知道他们喜欢什么、不喜欢什么，你可以让他们高谈阔论、兴高采烈、手舞足蹈……只要你有办法使顾客心情舒畅，他们不会让你大失所望。"

4. 猎犬计划：让顾客帮助你寻找顾客

在生意成交之后，乔总是把一叠名片和猎犬计划的说明书交给顾客。说明书告诉顾客，如果他介绍别人来买车，成交之后，每辆车他会得到 25 美元的酬劳。几天之后，乔会寄给顾客感谢卡和一叠名片，以后至少每年他会收到乔的一封附有猎犬计划的信件，提醒他们的承诺仍然有效。如果乔发现顾客是一位领导人物，其他人会听他的话，那么，乔会更加努力促成交易并设法让其成为猎犬。实施猎犬计划的关键是守信用——一定要付给顾客 25 美元。乔的原则是：宁可错付 50 个人，也不要漏掉一个该付的人。

5. 推销产品的味道：让产品吸引顾客

乔认为，人们都喜欢自己来尝试、接触、操作，人们都有好奇心。不论你推销的是什么，都要想方设法展示你的商品，而且要记住，让顾客亲身参与。如果你能吸引住他们的感官，那么你就能掌握住他们的感情了。

6. 诚实：推销的最佳策略

诚为上策，这是你所能遵循的最佳策略。可是策略并非是法律或规定，它只是你在工作中用来追求最大利益的工具，因此，诚实就有一个程度的问题。

推销过程中有时需要说实话，一是一，二是二。说实话往往对推销员有好处，尤其是推销员所说的，顾客事后可以查证的事。乔说："任何一个头脑清醒的人都不会卖给顾客一辆六汽缸的车，而告诉对方他买的车有八个汽缸。顾客只要一掀开车盖，数数配电线，你就死定了。"

7. 每月一卡：真正的销售始于售后

乔有一句名言："我相信推销活动真正的开始是在成交之后而不是之前。"

推销是一个连续的过程，成交既是本次推销活动的结束，又是下次推销活动的开始。推销员在成交之后继续关心顾客，将会既赢得老顾客，又吸引新顾客，使生意越做越大，客户越来越多。

正因为乔没有忘记自己的顾客，顾客才不会忘记乔·吉拉德。

资料来源：百度百科网

15.1 促销与促销组合

促销是企业与市场联系的重要手段，企业将自己的产品和服务向消费者宣传，引起消费者的购买欲望，从而扩大产品和服务的销售。为了充分发挥促销在市场营销中的作用，企业要对促销组合进行正确的选择。

15.1.1　促销与促销的目的

1. 促销的概念

促销是指企业以各种有效的方式向目标市场传递有关信息，以启发、推动或创造对企业产品和劳务的需求，并引起购买欲望和购买行为的一系列综合性活动。促销的本质是企业同目标市场之间的信息沟通。促销是企业市场营销活动的基本策略之一，它一般包括广告、人员推销、营业推广和公共关系等促销形式。

2. 促销的目的

（1）提供商业信息。通过促销宣传，可以使顾客了解企业生产经营什么产品，有哪些特点，到什么地方购买，购买的条件是什么等，从而引起顾客注意，激发其购买欲望，为实现和扩大销售做好舆论准备。

（2）突出产品特点，提高竞争能力。在激烈的市场竞争中，企业通过促销活动，宣传本企业产品的特点，努力提高产品和企业的知名度，促使顾客加深对本企业产品的了解和喜爱，增强信任感，从而也就提高了企业和产品的竞争力。

（3）强化企业形象，巩固市场地位。通过促销活动，可以树立良好的企业形象和商品形象，尤其是通过对名、优、特产品的宣传，更能促使顾客对企业产品及企业本身产生好感，从而培养和提高"品牌忠诚度"，巩固和扩大市场占有率。

（4）影响消费，刺激需求，开拓市场。新产品上市之初，顾客对它的性能、用途、作用、特点并不了解，通过促销沟通，引起顾客兴趣，诱导需求，并创造新的需求，从而为新产品打开市场，建立声誉。

15.1.2　促销信息的有效沟通

1. 促销的实质是信息沟通

促销的实质是一种沟通活动，是企业作为行为主体发出作为刺激物的信息，以刺激影响信息受众的有效过程。换言之，就是企业发出信息，提出意图，传递到目标对象——消费者或顾客，以影响其态度和行为，使其贯彻企业意图，并产生企业所期待的行动。因此，对企业来说，促销不仅仅是企业自身的事情，而应该是一个与消费者合作来共同完成沟通的过程。

企业与顾客进行有效沟通，应能准确回答六个方面的问题：谁？说什么？通过什么途径？对谁说？效果如何？收集什么样的反馈？

2. 促销信息的沟通过程

促销信息的沟通过程基本上有八个要素：信源、编码、信息、沟通渠道、解码、受众、反馈、噪声。这个过程可用图 15-1 来概括。

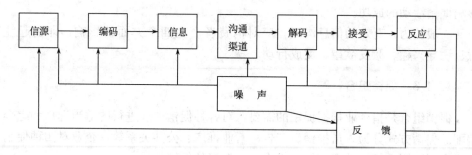

图 15-1　信息沟通模式

　　(1) 信源，也叫信息发送者、沟通者或编码者。在促销信息的沟通过程中，信源就是企业。企业首先要弄清楚顾客是谁？他们的购买受哪些因素影响？他们需要哪些信息以帮助自己作出购买决策？

　　(2) 编码，也叫译出，是指把需要传递的信息转换成信息符号的过程。这些"符号"可以是文字、语言、声音、图像、动作，因不同的沟通途径而异。编码的基本要求是，主题明确，表达准确，生动形象对人有吸引力，容易理解，不会产生误解和不正确联想。

　　(3) 信息。促销沟通的核心是信息。信息是信源对某一观念或思想编码的具体结果，即企业向消费者所要传达的内容。企业在促销过程中，必须开发出有针对性的信息，保证信息沟通的有效性。同时，信息必须是真实可靠的，信息越可信，促销就越有吸引力。

　　(4) 沟通渠道。信息的沟通需要一定的渠道，把编码的信息传达给受众的渠道，可以是电视、广播、报纸、杂志等媒介，也可以是销售人员的解说、邮寄信件等媒介。企业可以采用一种渠道，也可采用各种组合的渠道。

　　(5) 受众，也称接受者，包括目标市场上的潜在购买者和现实购买者。受众实际上是决定沟通活动能否成功的购买者。能否选准受众，能否了解受众的特点，是企业沟通能否成功的关键。

　　(6) 解码，也叫译入，是受众将信息译成对他们有意义的形式，这种转换过程称为解码过程。受众能否准确地解码，即能否使按自己的感觉"译出"的信息解释与信源的意图相符，关系到信息沟通的效果。

　　(7) 反馈。反馈就是将沟通过程反转过来，使受众变成编码者，信源变成解码者。基于受众在沟通过程中的主动地位和解码过程的复杂化，反馈便成了沟通过程中的十分重要的因素。

　　(8) 噪声。沟通过程中出现的意外称为噪声。噪声在沟通过程中的每一阶段都会出现。企业在沟通过程中，必须防范可能发生的干扰。

　　需要注意的是，促销信息的沟通过程中的任何一个环节，任何一个因素都会影响促销活动的成功。

一般认为，有效的信息沟通，应对消费者产生四个方面的影响，即引起注意、诱导兴趣、激发欲望、促成行动。

15.1.3　促销组合

促销组合是指企业根据促销的需要，对各种促销方式进行的适当选择和综合编配。促销方式分为人员推销、广告、营业推广、公共关系等，企业对四种促销方式进行适当选择，综合使用，以求达成最好的促销效果。

1. 促销的基本方式

（1）人员推销。人员推销又称人员销售，是企业通过派出推销人员或委托推销人员亲自向顾客介绍、推广、宣传，以促进产品的销售。可以是面对面交谈，也可以通过电话、信函交流。推销人员除了完成一定的销售量以外，还必须及时发现顾客的需求，并开拓新的市场，创造新需求。

（2）广告。广告是企业以付费的形式，通过一定的媒介向广大目标顾客传递信息的有效方法。现代广告不应只是一味地单向沟通，而是形如单向沟通的双向沟通，即应把企业与顾客共同的关心点结合起来考虑广告的制作和传播。

（3）营业推广。营业推广是由一系列短期诱导性、强刺激的战术促销方式所组成的。它一般只作为人员推销和广告的补充方式，其刺激性很强、吸引力大。与人员推销和广告相比，营业推广不是连续进行的，只是一些短期性、临时性的能够使顾客迅速产生购买行为的措施。

（4）公共关系。公共关系是企业通过有计划的长期努力，影响团体与公众对企业及产品的态度，从而使企业与其他团体及公众取得良好的协调，使企业能适应它所处的环境。良好的公共关系可以达到维护和提高企业的声望，获得社会信任的目的，从而间接促进产品的销售。

2. 促销信息流向策略

从促销信息流向的角度看，促销可以分为"推"和"拉"两种策略：

（1）推式策略。推式策略就是企业把产品推销给批发商，批发商再把产品推销给零售商，最后零售商把产品推销给消费者。这种方式中，促销信息流向和产品流向是同方向的。因而人员推销和营业推广可以认为是"推"的方式。采用"推"的方式的企业，要针对不同的产品、不同的对象，采用不同的方法。花费在现有产品和新产品、现有顾客和潜在顾客上的精力是有区别的。

（2）拉式策略。拉式策略就是企业不直接向批发商和零售商做广告，而是直接向广大顾客做广告。把顾客的消费欲望刺激到足够的强度，顾客就会主动找零售商购买这些产品。购买这些产品的顾客多了，零售商就会去找批发商。批发商觉得有利可图，就会去找生产企业订货。采用"拉"的方式，促销信息流向和产品流向是反向的。其优点就是能够直接得到顾客的支持，不需要去讨好中间商，在与中间商的关系中占有主动。但采用"拉"的方式需要注意中间商（主要是零售商）是否有足够的库存能力和良好的信誉及经营能力。

推式策略和拉式策略都包含了企业与消费者双方的能动作用。但前者的重心在推动，着重强调了企业的能动性，表明消费需求是可以通过企业的积极促销而被激发和创造的；而后者的重心在拉引，着重强调了消费者的能动性，表明消费需求是决定生产的主要原因。企业的促销活动，必须顺乎消费需求，符合购买指向，才能取得事半功倍的效果。许多企业在促销实践中，都结合具体情况采取"推"、"拉"组合的方式，既各有侧重，又相互配合。

15.1.4 影响促销组合的因素

企业的促销组合，实际上就是对促销方式的综合运用。在选择采取哪一种或几种促销方式时，有一些因素是企业必须考虑的。这些因素包括：

（1）产品类型。不同类型产品的消费者在信息的需求、购买方式等方面是不相同的，需要采用不同的促销方式。一般地说，工业品购买者希望在掌握大量信息的基础上进行选择，人员推销可以更好地满足这方面的要求；消费品购买者则更多地注重产品的形象，高知名度的产品容易受欢迎，广告的促销效果就比较明显。通常，不同的促销方式在工业品和消费品市场上的作用如图15-2所示。

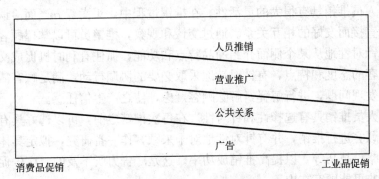

图 15-2　不同促销方式在工业品和消费品市场上的作用

（2）市场特点。企业目标市场的不同特征也影响着不同促销方式的效果。在地域广阔、分散的市场，广告有着重要的作用。如果目标市场窄而集中，则可使用更有效的人员推销方式。此外，目标市场的其他特性，如消费者收入水平、生活习惯、受教育程度等也都会对各种促销方式产生不同的影响。

（3）促销预算的大小直接影响促销手段的选择，预算少，就不能使用费用高的促销手段。预算开支的多少要视企业的实际资金能力和市场营销目标而定。不同的行业和企业，促销费用的支出也不相同。

（4）产品生命周期。在不同的生命周期阶段，企业的营销目标及重点都不一样，因此，促销方式也不尽相同。在投入期，要让消费者认识并了解新产品，可利用广告与公共关系广为宣传，同时配合使用营业推广和人员推销，鼓励消费者试用新产品；在成长期，要继续利用广告和公共关系来扩大产品的知名度，同时用人员推销来降低促销成本；在成熟期，竞争激烈，要用广告及时介绍产品的改进，同时使用营业推广来增加产品的销量；在衰退期，营业推广的作用更为重要，同时配合少量的广告来保持顾客的记忆。

15.2　人员推销

人员推销，是现代市场营销活动中促销组合的重要手段之一，在现代促销活动中起着重要作用。就如无论现代化程度多高的战争，打阵地战仍需步兵一样，无论现代市场营销活动的促销手段怎样创新，仍需要人员推销实际占领市场与巩固市场。

15.2.1　人员推销的特点与任务

1. 人员推销的特点

（1）人员推销具有很大的灵活性。在推销过程中，买卖双方当面洽谈，易于形成一种直接而友好的相互关系。通过交谈和观察，推销员可以掌握顾客的购买动机，有针对性地从某个侧面介绍商品特点和功能，抓住有利时机促成交易；可以根据顾客的态度和特点，有针对性地采取必要的协调行动，满足顾客需要；还可以及时发现问题，进行解释，解除顾客疑虑，使之产生信任感。

（2）人员推销具有选择性和针对性。在每次推销之前，可以选好具有较大购买可能的顾客进行推销，并有针对性地对未来顾客作一番研究，拟定具体的推销方案、策略、技巧等，以提高推销成功率。这是广告力所不及的，广告促销往往包括许多非可能顾客在内。

（3）人员推销具有完整性。推销人员的工作从寻找顾客开始，到接触、洽谈，最后达成交易，除此以外，推销员还可以担负其他营销任务，如安装、维修、了解顾客使用后的反应等，而广告则不具有这种完整性。

（4）人员推销具有公共关系的作用。一个有经验的推销员为了达到促进销售的目的，可以使买卖双方从单纯的买卖关系发展到建立深厚的友谊，彼此信任、彼此谅解，这种感情增进有助于推销工作的开展，实际上起到了公共关系的作用。

2. 人员推销的任务

（1）沟通。与现实的和潜在的顾客保持联系，及时把企业的产品及其他相关信息介绍给顾客，同时了解他们的需求，沟通产销信息，成为企业与消费者联系的桥梁。

（2）开拓。不仅要了解和熟悉现有顾客的需求动向，而且要尽力寻找新的目标市场，发现潜在顾客，从事市场开拓工作。

（3）销售。通过与消费者的直接接触，运用推销的艺术，解答顾客的疑虑，达成交易。

（4）服务。除了直接的销售服务外，尚需代表公司提供其他服务，如业务咨询、技术性协助、融资安排等。

（5）调研。利用直接接触市场和消费者的便利，进行市场调研和情报收集工作，并且将访问情况作出报告，为企业开拓市场和制定营销决策提供依据。

15.2.2　人员推销的步骤

不同的推销方式可能会有不同的推销工作步骤，通常情况下，人员推销一般包括以下七个相互关联又有一定独立性的工作步骤。

1. 寻找潜在顾客，是推销工作的第一步

寻找潜在顾客有很多途径，可以通过现有顾客的介绍，以及其他销售人员介绍、查找工商名录、电话号码簿等寻找潜在顾客。

2. 事前准备

在走出去推销之前，推销人员必须知己知彼，掌握三个方面的知识：

（1）产品知识——关于本企业、本企业产品的特点、用途、功能等各方面的情况。

（2）顾客知识——包括潜在顾客的个人情况，所在企业的情况，具体用户的生产、技术、资金情况，用户的需要，购买决策者的性格特点等。

（3）竞争者知识——竞争者的能力、地位和它们的产品特点。同时，还要准备好样品、说明材料，选定接近顾客的方式、访问时间、应变语言等。

3. 接近

接近，即开始登门访问，与潜在客户开始面对面交谈。这一阶段推销员要注意：

（1）给顾客一个好印象，并引起顾客的注意。因而，穿着、举止、言谈、自信而友好的态度都是必不可少的。

（2）验证在准备阶段所准备的全部情况。

（3）为后面的谈话做好准备。在接近时，注意使自己有一个正确的心态：友好、自信。友好：自己与对方是进行利益交换，是互惠互利的交换；自信：你不是低人一等求别人，你的企业产品是能经得起考验的。

4. 介绍

介绍是推销过程中的重要一步。任何产品都可以也必须用某种方法进行介绍。即使那些无形产品（如保险、金融、投资业务），也可以采用图形、坐标图、小册子等形式加以说明。介绍要注意通过顾客的视、听、触摸等感官向顾客传递信息，其中视觉是最重要的。在介绍产品时，要特别注意说明该产品可能给顾客带来的利益，要注意倾听对方的发言，以判断顾客的真实意图。

5. 处理异议

处理异议，即克服障碍。推销人员应随时准备处理不同意见。顾客在听取介绍的过程中，总会提出一些异议，如怀疑产品的价值，不喜欢交易的条件。这就需要推销员应当具有与持不同意见的买方洽谈的语言能力和技巧，能解释、协商，随时有应对否定意见的措施和论据，但不要争辩。

6. 达成交易

达成交易，即推销人员要求对方采取行动，属于订货购买阶段。有经验的推销人员认为，接近和成交是推销过程中两个最困难的步骤。在洽谈、协商过程中，推销人员要随时给予对方能够成交的机会。有些买主不需要全面的介绍，介绍过程中如发现顾客表现出愿意购买的意图，应立即抓住时机成交。在这个阶段，推销人员还可以提供一些优惠条件，以尽快促成交易。

7. 售后追踪

达成交易不是推销的结束，而是下一轮推销的起点。如果推销人员希望顾客满意并重复购买，希望他们传播企业的好名声，则必须坚持售后追踪。在这一阶段，推销人员应认真执行订单中所保证的条件，如交货期、售后服务、安装服务等。售后追踪访问调查的直接目的是了解顾客是否满意已购买的产品，发现可能产生的各种问题，表示推销人员的诚意和关心。另外一个重要的目的，是促使顾客传播企业及产品的好名声，听取顾客的改进建议。

15.2.3　人员推销的管理

1. 人员推销的规模和结构

1）推销人员的规模

合理确定推销人员的规模，是人员推销管理的首要问题，确定推销人员规模的方法有两种：

一是销售能力分析法。通过测量每个推销人员在不同范围、不同市场潜力区域内的推销能力，计算在各种可能的推销人员规模下，企业的总销售额及投资收益率，以确定推销人员的规模。

二是推销人员工作负荷量分析法。即根据每个推销人员的平均工作量及企业所需拜访的客户数目来确定推销人员的规模。假设某企业在国内有 1000 个甲级客户和 2000 个乙级客户，甲级客户每年需要 36 次登门推销，乙级客户每年需要 12 次，这样每年共需 6 万次登门推销。假如每个推销员每年平均能进行 1500 次登门推销，那么该企业将需要 40 名专职推销员。

2）人员推销的组织结构

（1）产品型结构，即将企业的产品分成若干类，每一个推销员（或推销组）负责推销其中的一类或几类产品。这种结构适用于产品结构类型较多并且技术性较强、产品间缺少关联的情况。

（2）区域型结构。将企业的目标市场分成若干区域，让每个推销人员负责一定区域内的全部推销业务，并定出销售指标。采用这种结构有利于推销人员与顾客建立良好的人际关系，并且有利于节约交通费用。

（3）顾客型结构。按照目标客户的不同类型（如所属行业、规模大小、新老客户等）组织推销人员，即每个推销员（或组）负责向同一类顾客进行推销活动。采用这种结构有利于推销人员了解同类顾客的需求特点。

（4）综合型结构，即综合考虑产品、区域和顾客等因索，来组成推销人员队伍。采用这种结构时，每个推销员的任务都比较复杂。

2. 推销人员的选择、评价和报酬

1）推销人员的基本条件

（1）推销人员应熟悉企业产品情况，了解市场上同类产品的基本情况并能正确地进行比较和鉴别。

（2）推销人员应熟悉了解企业情况，以便随时回答顾客的咨询。

（3）推销人员应掌握市场营销的基本理论和技能，在市场上灵活地开展推销活动。

（4）推销人员应认真学习并努力掌握各种政策法规，以便使自己的推销行为符合政策法规的要求，避免违法违纪的现象。

具有胜任推销工作的个人素质。推销员在推销商品的同时也在推销自己。所以，推销员必须有良好的气质和职业素养，仪表端庄、热情大方、谦虚有礼；必须具有一定的沟通和社交能力，能够与各种各样的人打交道，善于倾听和说服；必须具有自我控制能力，无论遇到什么情况，都能沉着冷静，应付自如。

2）推销人员的评价和报酬

对推销人员进行评价的主要指标是：销售量增长情况、毛利、每天平均访问次数、每次访问的平均时间、每次访问的平均费用、每百次访问收到订单的百分比、一定时期内新顾客的增加数及失去的顾客数目、销售费用占总成本的百分比。

推销人员的报酬主要有两种形式：一是销售定额制，即规定销售人员在一年中应销售多少数额并按产品加以确定，然后把报酬与定额完成情况挂起钩来。二是佣金制，即企业按销售额或利润额的大小给予销售人员固定的或根据情况可调整比率的报酬。佣金制度能鼓励销售人员尽最大努力工作，并使销售费用与现期收益紧密相连，同时，企业还可根据不同产品、工作性质给予销售人员不同的佣金。但是佣金制度也有不少缺点，如管理费用过高导致销售人员短期行为等。所以，它常常与薪金制度结合起来运用。

➤ 案例 15-1 一位新人的成功推销

　　湖南怀化地区的工商企业不少，从哪家企业开始呢？他想，参加这个活动必须具有两个条件：一是效益好，能有广告资金投入；二是重视广告宣传，乐于投入资金。自然，一家制药企业——广州白云山制药总厂怀化分厂进入了他的视野。这是一家沿海地区先进企业与内陆合办的工厂，联营后，他们通过加大科技投入、不断开发新产品、努力提高产品质量、强化销售等一系列措施，使工厂发生了很大的变化。特别是他们带来的广东人注重广告宣传，注重销售等新的营销观念深深地吸引了他，他决定上门推销。

　　厂长是一位精明的医学硕士，是位三十刚出头的年轻人，因为年龄相仿，经历相似，可以交谈的话题很多，容易相处，一见面他决定先不谈推销的事。于是自我介绍后，他即代表公司感谢白云山总厂对湖南特别是湘西人民的支持，对他们远离家乡、远离亲人在外艰苦创业的精神表示钦佩，并和他们谈起了工作、生活和工厂生产情况。待气氛变得融洽之后，他就将一本《公共关系》杂志递给了厂长，并翻出事先折好页的文章，请厂长指教。

　　推销员怎么要带上一本杂志呢？原来事前他做了充分准备。临去之前，他请一位与厂长很熟的朋友与其联系，预先约见。动身时他又带上一本西安出版的《公共关系》杂志，因为里面刊登着广州白云山制药总厂开展赞助型公关广告的实例，他认为，拿着它到时肯定会帮上忙。果然不出所料，杂志起到了作用，当厂长看到已用红线画出的白云山厂实例后，马上来了兴趣，不仅把实例看完，还把文章从公关广告与商品广告的不同一直到公关广告有赞助型、服务型等七种基本类型的全文都认认真真看了一遍。等厂长看完抬起头来，他乘机把计划和盘托出。或许是文章的宣传效应，没等推销员怎么解释公关广告宣传如何如何重要，厂长便对这次活动表现出了浓厚的兴趣，并就其中一些技术性问题进行询问。等听到他圆满的回答，并了解到活动安排十分周详后，厂长欣然应允，答应投入广告费一万元，买下本次大奖赛活动的冠名权。很快，一份关于举办"正清杯"十佳礼仪小姐大奖赛广告宣传协议书正式签署，一万元广告费如期汇到了公司的账户上。

　　试分析：这位新进的推销员为什么能顺利完成这次推销任务？

　　资料来源：业务员网

本 章 小 结

　　促销是指企业以各种有效的方式向目标市场传递有关信息，以启发、推动或创造对企业产品和劳务的需求，并引起购买欲望和购买行为的一系列综合性活动。促销是企业市场营销活动的基本策略之一，它一般包括广告、人员推销、营业推广和公共关系等促销形式。促销的本质是企业同目标市场之间的信息沟通。

　　人员推销，是现代市场营销活动中促销组合的重要手段之一，在现代促销活动中起着重要作用。就如无论现代化程度多高的战争，打阵地战仍需步兵一样，那么无论现代市场营销活动的促销手段怎样创新，仍需要人员推销实际占领市场与巩固市场。

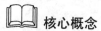 **核心概念**

　　促销　促销组合　人员推销　人员推销管理

 自我测试

　　促销的本质是什么？从促销的本质属性出发，谈谈怎样才能有效提高促销工作的效率？

讨论问题

　　1. 促销的本质是什么？从促销的本质属性出发，谈谈怎样才能有效提高促销工作的效率？

　　2. 什么是促销策略组合？影响促销策略组合的因素有哪些？

　　3. 什么是人员推销？人员推销的主要工作流程是怎样的？如何进行人员推销管理？

第16章

非人员沟通

2010 年，微博在传播界独领风骚，越来越多的品牌企业开始打微博营销的主意，其涉足最深、影响最广者，非中粮集团有限公司（以下简称中粮）莫属。中粮充分发掘和利用了微博这一新媒体"随时随地分享"的特点，设计了最利于 UGC（user generated content，可译为"用户生产内容"）的机制，引导网友踏上了一段"发现美好"的心路旅程。为期三个半月的活动，500 多万用户在"美好生活——中粮"活动中创造了 1000 万条相关的原创、转发微博，42 万余博友挂上了"中粮美好勋章"，"中粮美好生活" ID 拥有超过 23 万个粉丝，是新浪微博里粉丝最高的企业 ID。

中粮微博营销之新在于其自我生产内容之机制，根据不同时点的社会热点和企业特性，每周设计不同的话题，从不同侧面、全面地引导用户发现和体验"中粮美好生活"。

配合各种送粮票以及抽奖的活动，中粮微博营销的影响力变得空前强大。特别是发动网友在线下各种场合拍摄中粮的产品传到微博上得奖品的活动，颇得社会化媒体（以前叫 Web2.0）的精髓，可颁发最佳 UGC 精神大奖。

事实告诉我们：在新营销环境下，企业的沟通方式不能一成不变。企业应该像中粮那样，结合新技术的发展，寻找适合目标受众的恰当的沟通方式，得到消费者的高度响应，实现企业的沟通目标。

资料来源：改编自《2010 年十大营销》，载新浪网 2010 年 12 月 20 日

从整合营销的思想来看，企业想要达到更好的沟通效果，除了人员沟通之外，必须综合更多非人员沟通方式，如广告、营业推广、公共关系等沟通工具，以达到刺激消费者需求，增加企业产品或服务销售的目的。

16.1　广告

16.1.1　广告的含义

广告（advertising）是由明确的主办人发起并付费的，通过非人员介绍的方式展示和推广其创意、商品或服务的行为。广告是一种经济、有效的信息传播方法，它能够树立品牌偏好，或者起到教育大众的作用。是广告宣传了贵州百灵生产的咳速停止咳糖浆的功效，是广告让海飞丝平衡活发洗发露帮助宝洁公司在近年来取得了巨大的销售成就。

16.1.2　广告的决策过程

在制订广告方案时，首先要确定目标市场和购买者动机。然后，才能作出制订广告方案的五项主要决策，也就是 5M：任务（mission），即广告的目标是什么；资金（money），即广告要花多少钱；信息（message），即广告要传送什么信息；媒体（media），即广告使用什么媒体；衡量（measurement），即如何评价广告效果。这一决策过程，如图 16-1 所示。

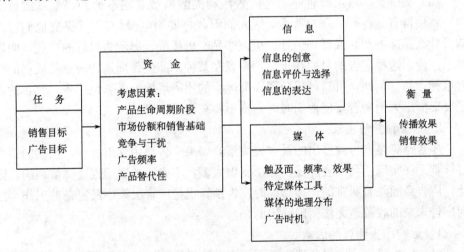

图 16-1　广告的决策过程

1. 建立目标

广告目标必须服从先前制定的有关目标市场、市场定位和营销组合的诸种决策。广告目标（advertising goal）是指在一个特定时期内，对于某个特定的目标受众所要完成的特定的传播任务和所要达到的沟通程度。广告目标可分为三种类型：告知型、诱导型、提醒型。

（1）告知型广告，即企业通过广告活动向目标沟通对象提供某种信息。例如，告诉目标市场将有一种新产品上市行销，介绍某种产品的新用途或新用法，通知社会公众某种产品将要变价，介绍各种可得到的服务，纠正假象，说明产品如何使用，减少消费者的顾虑，建立企业信誉等。以向目标沟通对象提供信息为目标的广告，叫做提供信息的广告，又叫做开拓性广告。告知型广告主要用于一种新产品的入市阶段，目的在于建立基本需求，即使市场需要某类产品，而不在于宣传介绍某种品牌。某洗发水打入市场的广告就是："还有半个月，一种全新型洗发水将与你见面。"然后依次递减天数，"还有 10 天……""还有一周……""还有一天……"然后在预定的那天再打出全面介绍该种品牌洗发水的广告。

（2）诱导型广告，即企业通过广告活动建立本企业的品种偏好，改变顾客对本企业产品的态度，鼓励顾客放弃竞争者品牌转而购买本企业品牌，劝说顾客接受推销访问，诱导顾客立即购买。这种广告的目的在于建立某种选择性需求，即使目标沟通对象从需要竞争对手的品牌转向需要本企业的品牌。"达克宁"药膏通过"不但治标，而且治本"来暗示其同类产品只能治标，不能治本，从而影响消费者的选择。

（3）提醒型广告，即企业通过广告活动提醒消费者在不远的将来（或近期内）将用得着某种产品（如秋季提醒人们不久将要用电暖炉），并提醒他们可以购买什么品牌的产品或者到何处去买该产品。以提醒、提示为目标的广告，叫做提示广告。这种广告的目的在于使消费者在某种产品生命周期的成熟阶段仍能想起这种产品。例如，可口可乐公司在奥运会的比赛场地上做彩色广告，其目的就是要提醒广大消费者，使他们时时刻刻不要忘记可口可乐。

2. 广告预算的决策

广告预算是广告商作出的最重要决策，如果广告费用支出过少，预期的销售目标就无法实现，利润会降低；如果支出太多，不必要的费用也会降低利润。因此，广告商面临着两难的选择。同时广告预算也是广告决策中最复杂的工作，因为广告未来的收益是无法精确确定的。

1）影响广告预算的因素

（1）广告目标。广告预算水平要同广告的具体目标相适应，更高的目标要求更高的广告预算。如果广告是为了增加市场份额，就应比简单地保持消费者的认知度要求更高的广告预算。

（2）产品生命周期。新产品一般需花费大量广告预算以建立知名度和鼓励消费者试用。已建立的品牌所需的广告预算在销售额中所占的比例通常比较低。

（3）市场份额和竞争。市场份额高的品牌，只求维持其市场份额，因此其广告预算在销售额中所占的百分比通常较低，相反就高。在竞争激烈的市场中，需要投入更多的广告费用以增加或者保持目前的市场地位。每一个公司的广告支出费用占总额的百分比为广告市场份额（share of voice，SOV）。SOV 通常与市场份额（share of market，SOM）是正相关的，具有较高的 SOV 的品牌通常会实现较高的 SOM。SOM 与 SOV 之间的关联是双向的：一个品牌的 SOV 代表了它的 SOM 水平；同时，拥有较大 SOM 的品牌有能力负担起更高的 SOV，而较小份额的品牌通常被限制于相对较小的 SOV。

图 16-2 以广告商的 SOM 和竞争者的 SOV 为坐标，分为四种常见的情况，以及在各种情况下广告商的对策。不过这仅仅是在制定广告预算决策时的简单行为准则，而不是必须遵守的准则。设定广告预算时充分关注竞争对手行为是完全必要的。

	广告商的SOM 低	广告商的SOM 高
竞争者的SOV 高	A 寻找防御点，降低广告开支	B 增加广告开支，巩固地位
竞争者的SOV 低	C 使用较大的SOV进攻	D 保持温和的广告支出

图 16-2 SOV 影响和广告支出

（4）广告频率。品牌信息传达到顾客所需的重复次数，它对决定广告预算也有重要的影响。

（5）产品替代性。在差异化很小或品类近似的产品类别中的品牌需要做大量广告，以树立差别的形象。

2）确定广告预算的方法

（1）销售百分比法。根据过去的经验，按计划销售额的一定百分比确定广告费用。例如，假定一个公司设定计划销售额的 3% 作为预算，并计划明年该产品的销售额达到 1 亿元，那么它的广告预算应该是 300 万元。这种方法的好处是简便易行，缺点是实际操作中过于呆板，不能适应市场变化。

（2）目标任务法。在明确广告目标后，选定广告媒体，再计算出为实现这一广告目标应支出的广告费用。这种方法在实际操作中难度较大，因为，广告目标很难用数字来精确计算。

（3）竞争对抗法。根据竞争对手的广告宣传情况，来决定自己的广告费用支出的一种方法。值得注意的是，想在竞争性广告中取胜，不只是需要支付更多的费用，更重要的是选择明智的投资方式。

（4）承受力法。企业在不能测定广告目标和广告效果的情况下，常常采用有多少费用就做多少广告的办法，将其他预算得到满足之后的余额用来做广告，这种做法的风险比较大。

在实际中，许多广告预算决策者往往综合使用两种或两种以上的方法，而不是单单依靠某一种方法。

3. 设计广告信息

企业设计广告内容一般包括以下三个步骤：

（1）广告信息的创意。广告的目的是向目标受众传递特定的信息。然而，每一个消费者每天都会接触到成千上万的广告，如何吸引到目标受众的注意，这就需要广告人员能够提出新的广告定位和创意，而这种创意是建立在对目标受众和产品服务的深入了解的基础上的。广告创意者们必须了解目标受众是谁，并仔细考虑他们的兴趣、需求、动机、生活方式等。

（2）广告信息的评估和选择。企业必须根据三方面的标准来评估广告的吸引力：①广告信息要有意义，能够向消费者说明产品所提供的价值与内容是让人期待和感兴趣的；②广告信息要有特色，能够反映出产品和服务与其他竞争者的区别；③广告应该具有可信性。广告商不能制作虚假广告。

（3）广告信息的表达。广告信息的表达决定着广告效果。策划人员必须寻找一种适合目标受众的广告风格、音调、文字和形式来表现产品和服务。

4. 选择广告媒体

营销者选择合适的广告媒体在适合的时候推出可以事半功倍。选择广告媒体主要有以下三个步骤：

1）确定广告的覆盖面、播出频率和效果

广告媒体决策的根本就是要寻找成本效益比最佳的媒体，以便向目标受众传达预期的展露次数。展露次数也叫毛点评（gross rating points，GRP），是在一定时期内为达到预期效果，预期的覆盖人口所接触到的广告次数的总和。展露次数可以用下面的公式来表示

$$总展露次数＝期望覆盖人口数×播出频率×效果系数$$

覆盖面，也称接触面，是指在一定时间内某一特定媒体一次最少能够接触到的不同人或家庭的数目。频率是一个测定目标市场中普通人能够接触到该广告的次数指标。

2）选择广告媒体种类

传统的广告媒体包括报纸、杂志、广播、电视，这是广告媒体的四个基本种类。随着资讯业的高速发展，尤其是互联网技术的普及运用，出现了很多新型媒体。每一种媒体都有各自的特点，表16-1列出了现代主要媒体的优缺点，媒体策划人员需要根据媒体各自的特点和商品的特征，以及广告预算选择不同的媒体组合。通常，对于那些日用消费品，如饮料、日化产品、家电等，电视广告的效果比较好；服装、高档奢侈品选择针对性较强的杂志效果比较好；地域性产品如房地产、文化演出一般会选择当地报刊、广播、户外广告等；店内广告则为企业提供了另一个非常直接而又价格低廉的宣传渠道。

表 16-1　主要媒体的优缺点

项目	优点	缺点
报纸	灵活、及时、覆盖面相对广、信息容量大、形式多样	保存性差、传阅的人少、大多只能针对本地市场
电视	全面视听效果、感染力强、覆盖面广	成本高、瞬时记忆、干扰大、信息量相对少、针对性较差
杂志	目标人群针对性高、可信并有一定权威性、保存时间长、传阅者多	周期较长，不利于快速传播；时间性、季节性不够鲜明
广播	大众化，成本低，目标人群针对性相对较高	信息容量小、瞬时记忆、不易吸引注意、效果较差
户外广告	展示形式灵活多样，有可能图、文、音、影并茂，展示时间长，费用低，竞争少，覆盖面广	观众没有选择；缺乏新意容易产生厌倦感；信息容量小，浪费接触率大
交通广告	可移动、竞争少、覆盖面广、展示时间长、费用低	缺乏新意，容易产生厌倦感；信息容量小，效果较差
店内广告	目标人群针对性强，展示形式灵活多样，有可能图、文、音、影并茂，成本低	覆盖面小、干扰大
传统邮件	目标针对性强、信息量大、形式多样、人情味较重、竞争少	成本高、不易引人注意、可能成为垃圾邮件
电子邮件	目标人群针对性强、信息量大、形式多样、竞争少、费用低	可能成为垃圾邮件
网络	非强迫性、覆盖面广、费用低、形式多样、时间长、目标人群针对性强	信息污杂，消费者关注度低；受众数量难以统计；受众会有安全性担忧（或受众担忧安全性）

3）选择具体广告媒体

正因为每一种媒体都有它特有的优势和局限性，因此每一种媒体分别适用于不同的场合，不是所有的媒体都能取得最优的广告效果。广告主要选择适合自己的广告媒体，除了要考虑各种媒体的特性外，还需要考虑以下一些因素：

（1）产品因素。如果是技术性强的机械产品，宜用样本广告，它可以较详细地说明产品性能，或用实物表演，增加用户的真实感。

（2）消费者媒体习惯。针对工程技术人员的广告，应选择专业杂志；推销玩具和化妆品最好的媒体是电视。

（3）销售范围。广告宣传的范围要和商品推销的范围一致。

（4）广告媒体的知名度和影响力。它包括发行量、信誉、频率和散布地区等。

（5）广告主的承受能力。广告主能够用于广告的总预算是选择媒体的大前提。

5. 评测广告效果

企业应对广告效果进行持续的评估，评估的内容很多，但主要有两方面：一是信息传递效果，即沟通效果；二是销售效果。

1）衡量沟通效果

衡量信息传递效果的方法比较多，分为广告播出前测试和广告播出后测试。

广告播出前用的测试方法有：①直接评分法。广告主向消费者提供几种不同的广告方案以供评选。这种方法可以很好地反映广告对消费者的吸引度和影响力，尽管在测定广告的实际效果方面还不完善，但实际运用中效果不错。②综合评定法。让消费者观看一个广告组合，然后请他们回忆广告和内容，以测定广告的信息被理解和记忆的程度。③实验室测量法，主要利用仪器来测定消费者对广告的生理反应，包括脉搏、血压、瞳孔变化以及排汗量等。这种方法可以有效地测量广告引起注意的能力，但是不能反映广告对消费者的消费信念、态度和意图的影响。

在广告播出后，比较流行的测量方法主要有：①回忆测试法。请一些看过广告的人回忆他们所看到的人和有关广告方面的信息，以测量广告和产品的引人注意的程度。②认知测试法。由专业的研究人员请某一媒体的不同受众，反复观看广告媒体，然后指出他们看到的东西，以评估广告在不同的细分市场上的影响，并将本企业的广告与竞争者的广告相比较。

2）衡量销售效果

广告的销售效果比较难以直接衡量。通常假设广告的播出会增加销售量，但到底能够增加多少，很难量化。衡量广告的效果一般是将过去的销售量与过去的广告支出相比较，此外是通过实验加以测试。

16.2　销售促进

销售促进（sale promotion）也叫营业推广，是营销活动的一个重要组成部分，包括各种短期性的激励工具，用以激励销售商（批发商、零售商或其他渠道成员）以及消费者购买某个品牌和鼓励销售人员大力推荐某个品牌的刺激行为。

▶ 案例 16-1　淘汰光棍节营销

2010 年 11 月 11 日，全中国的光棍与伪光棍把长年的寂寞转化成支付宝的现金流。这一天，淘宝商城全场半价，早知者呼朋唤友在 10 日晚上的 11 点便守候在电脑前，后知者匆忙地四处寻找信用卡。光棍与半价没有必然联系，就像半价与购买没有必然联系一样。但这都不影响笼罩在通货膨胀阴影之下的中国网民对五折商品的疯狂投入。

2010 年 11 月 12 日，淘宝公布结果，光棍节单日淘宝商城交易额达 9.36 亿元，每秒有超过 2 万元人民币流入支付宝账户。很多淘宝卖家一天完成了一年的任务，其中有 2 家店交易额达 2000 万元，11 家店铺达 1000 万元，20 家店铺达 500 万元，总共 181 家店铺达 100 万元。据悉，在那以前全国百货店单店单日销售的最高纪录是一个商场一天 1.2 亿多元，而淘宝网在这一天的销售额比这个最高纪录还要多。

资料来源：2010 年十大营销，新浪网 [2010-12-20]

16.2.1 两种销售促进

1. 消费者导向的销售促进

消费者导向的销售促进（consumer promotion）可以鼓励老顾客继续使用，促进新顾客使用，动员顾客购买新产品或新服务，引导顾客改变购买习惯，或培养顾客对本企业的偏爱行为等，可以采用以下几种方式：

（1）赠送。向消费者赠送样品或试用样品，样品可以挨户赠送、在商店或闹市区散发、在其他商品中赠送，也可以公开广告赠送。赠送样品是介绍一种新商品最有效的方法，费用也最高。

（2）优惠券。给持有人一个证明，证明他在购买某种商品时可以免付一定金额的费用。

（3）优惠包装。是在商品包装或招贴商上注明，比通常包装减价若干，它可以是一种商品单装，也可以把几件商品包装在一起。

（4）抽奖、游戏和竞赛。这三种形式的促销都为消费者提供赢取现金、商品或旅游的机会。抽奖和竞赛主要用来提升产品形象——通过将产品与有吸引力的奖品联系在一起，而游戏主要用来鼓励重复购买行为。

（5）现场示范。企业派人将自己的产品在销售现场进行使用示范表演，把一些技术性较强的产品的使用方法介绍给消费者。

（6）组织展销。企业将一些能显示企业优势和特征的产品集中陈列，边展边销。

（7）组合与捆绑销售。组合是指多种促销手段的组合，而不是单独使用一种促销方式；捆绑销售是指把两个或多个产品捆绑在一起销售，捆绑两个或多个产品可以来自同一家公司，也可以来自不同的公司。不同的公司互补产品的捆绑销售可以极大地增进促销效果。

（8）返券（返款）。指消费者拿出购买凭证后，生产商或零售商会给予现金返款或者抵用券，其中抵用券可以鼓励消费者重复购买。

2. 商业销售促进

商业销售促进（inter-trade promotion）是为了鼓励批发商大量购买，吸引零售商扩大经营，动员有关中间商积极购存或推销某些产品而采用的促销手段。可以采用以下几种方式：

（1）批发回扣。企业为争取批发商或零售商多购进自己的产品，在某一时期内可给予购买一定数量本企业产品的批发商或零售商一定的回扣。

（2）推广津贴。企业为促使中间商购进企业产品并帮助企业推销产品，还可以支付给中间商一定的推广津贴。

（3）销售竞赛。根据各个中间商销售本企业产品的实绩，分别给优胜者以不同的奖励，如现金奖、实物奖、免费旅游、度假奖等。

（4）交易会或博览会、业务会议。

（5）工商联营。企业分担一定的市场营销费用，如广告费用、摊位费用，建立稳定的购销关系。

16.2.2 销售促进的实施过程

一个公司在运用销售促进时，必须确定目标、选择工具、制订方案、实施和控制方案，以及评价结果。

1）确定销售促进目标

就消费者而言，目标包括鼓励消费者更多地使用商品和促进其大批量购买；争取未使用者试用，吸引竞争者品牌的使用者。就零售商而言，目标包括吸引零售商们经营新的商品品目和维持较高水平的存货，鼓励他们购买落令商品，储存相关品目，抵消各种竞争性的促销影响，建立零售商的品牌忠诚和获得进入新的零售网点的机会。就销售队伍而言，目标包括鼓励他们支持一种新产品或新型号，激励他们寻找更多的潜在顾客和刺激他们推销商品。

2）选择销售促进工具

可以在上述各种方式中，灵活有效地选择使用。

3）制订销售促进方案

销售促进方案应该考虑以下几个因素：①费用。营销人员必须决定准备拿出多少费用。②促进对象。可以提供给任何人，或选择出来的一部分人。③销售促进措施的分配途径。营销人员必须确定怎样进行销售促进和分发销售促进方案。④销售促进的时间。调查显示最佳的频率是每季有三周的销售促进活动，最佳持续时间是产品平均购买周期的长度。⑤营业推广的总预算。

4) 实施和控制销售促进方案

实施的期限包括前置时间和销售延续时间。前置时间是从开始实施这种方案前所必需的准备时间。它包括最初的计划工作、设计工作、包装修改的批准，以及材料的邮寄或者分送到家；配合广告的准备工作和销售点材料；通知现场推销人员，为个别的分店建立地区的配额；购买或印刷特别赠品或包装材料，存放到分配中心准备在特定的日期发放。销售延续时间是指从开始实施到大约95％的采取此促销办法的商品已经在消费者手里所经历的时间。

5) 评价销售促进效果

最常见的一种方法是把销售促进前、中、后的销售情况进行比较。

16.3　公共关系

公共关系（public relation）是指某一组织为改善与社会公众的关系，促进公众对组织的认识、理解、支持，达到树立良好组织形象、促进商品销售的目的的一系列促销活动。它的本意是企业必须与其周围的各种内部、外部公众建立良好的关系。它是一种状态，任何一个企业或个人都处于某种公共关系状态之中；它又是一种活动，当一个企业或个人有意识地、自觉地采取措施去改善自己的公共关系状态时，就是在从事公共关系活动。

16.3.1　公共关系的职能

作为促销组合的一部分，公共关系体现的是管理职能。其职能主要体现在以下五个方面：

（1）信息收集。公共关系所需收集的信息主要有两大类，即产品形象与企业形象信息。产品形象信息包括公众特别是用户对于产品价格、质量、性能、用途等方面的反应，对于该产品优点、缺点的评价以及如何改进等方面的建议。企业形象信息则包括公众对本企业组织结构的评价，如机构是否健全、设置是否合理、人员是否精干、运转是否灵活，办事效率如何等；公众对企业管理水平的评价，如经营决策评价、生产管理的评价、市场营销管理的评价、人事管理的评价等；公众对于企业人员素质的评价，如对决策者的战略眼光、决策能力、创新精神等方面的评价；公众对企业服务质量的评价，包括服务态度、对顾客的责任感等。

（2）咨询建议。其内容涉及本企业知名度和可信度的评估和咨询，公众心理的分析预测和咨询，评议本企业的方针、政策、计划等。

（3）传播沟通。这是公共关系的主要方式。要使一个组织在公众心目中树立良好形象，并让公众理解支持，首先就需要让公众了解组织的目标和现实的状况。在企业创建时期，信息沟通的主要任务是争取建立公众对于本企业的良好印象，使组织富有吸引力、凝聚力，能够招揽人才，争取投资来源。这一时期传播沟通工作应注意造声势、树招牌，注重形成组织的独特风格和独特形象。在企业发展兴盛时期，公共关系的重点在于维护企业在公众心目中已树立的形象和声望，在巩固现有成果的基础上扩大影响，这一时期的工作重点是居安思危，着眼未来，为企业进一步发展奠定基础。在企业遇到风险时，要弄清事情的原因，区别对待，对公众的误解或他人的陷害，要进行必要的解释，将本企业采取的预防措施向公众宣布；对企业自身过失危害公众利益，公共关系人员应该实事求是，使恶劣影响减小到最低限度，将本企业的改进措施公之于众，帮助企业重振声誉。

（4）树立形象。建立商品信誉和组织信誉，塑造组织形象。建立信誉的基础是通过公关活动将优质产品和优良服务的信息传递出去，为公众所了解。建立信誉必须遵循整体性原则、竞争性原则、长期性原则。树立组织形象首先要提高组织的美誉度，扩大知名度；此外，塑造形象要遵循形象性原则、创新性原则、持久性原则。

（5）协调关系。企业对内要协调内部关系，增强凝聚力；对外要开展社会沟通，建立和谐的社会环境。内部关系的协调主要是协调三类关系：内部成员的关系、领导人员的关系、企业与股东的关系。相比于内部关系，外部公众关系涉及的面更广泛，关系更复杂，企业需要协调外部关系的对象主要有：政府、顾客、社区、上下游企业。

16.3.2 公共关系营销工具

公共关系信息较之广告信息而言，可信度更高。而且，公共关系所需费用比广告少得多，因为在报纸、杂志、电台或电视台上刊登或播放新闻信息是全部免费的。公共关系工具如表 16-2 所示。

表 16-2　主要公关工具

工具	描述
公开出版物	依靠各种传播材料去接近和影响其目标市场，包括年度报告、宣传小册子、文章、视听材料以及公司的商业信件和刊物。在向目标客户介绍某种产品是什么、如何使用、如何安装方面，小册子往往起着很重要的作用；由公司经理撰写的富有思想和感染力的文章可以引起公众对公司及产品的注意；公司的商业信件和刊物可以树立公司的形象，向目标市场传递重要信息；视听材料如幻灯片、录像和 VCD 已被越来越多地用于促销

工具	描述
事件	通过安排一些特殊的事件来吸引对其新产品和该公司其他事件的注意,这些事件包括记者招待会、讨论会、展览会、竞赛、论坛、赞助体育事件以及周年庆等活动,以接近目标受众。例如,资助一项运动,可以给公司提供一个邀请、招待供应商、经销商和客户的机会
新闻	公关人员的一个重要任务就是创造对公司、公司产品或服务、公司人员有利的新闻。新闻的编写要在一定的事实基础上,要善于构思,并争取宣传媒体录用新闻稿。新闻界需要的是有趣而且及时的信息、文笔流畅和能吸引注意力的新闻报道。这需要公关媒体负责人尽可能多地接触新闻编辑人员和记者,以便使公司获得较多、较好的新闻报道
演讲	公司负责人可以经常通过宣传工具圆满地回答各种问题,并在各种公开论坛活动和销售会议上发表演说,以树立公司形象
公益活动	公司可以向一些公益事业捐赠,以提高其公众信誉。例如,向慈善事业、环保事业捐款,赈灾以及投入其他公益活动
形象识别	在现代信息社会中,公司必须努力去赢得注意,至少要创造一个公众能够迅速辨认的视觉形象。视觉形象可以通过公司的广告标志、文件、小册子、招牌、公司模型、名片等来传播

16.4　事件营销

16.4.1　事件营销的概念

事件营销(event marketing)是通过把握新闻的规律,制造具有新闻价值的事件,并通过具体的操作,让这一新闻事件得以传播,从而达到广告的效果。具体来说,就是企业通过策划、组织和利用具有名人效应、新闻价值以及社会影响的人物或事件,引起媒体、社会团体和消费者的兴趣和关注,以求提高企业或产品的知名度、美誉度,树立良好品牌形象,并最终促成产品或服务的销售手段和方式。事件营销的营销理念以人本营销理念为指导。无论是吸引消费者注意力还是整合企业行为满足消费者的需求,事件营销都是围绕着激发人的积极因素而展开相应的营销行为。

▶ **案例 16-2　蒙牛的事件营销**

蒙牛牛奶从一个名不见经传的地方品牌迅速腾飞为全球知名的国际品牌,无不得益于其精心策划、严谨执行、切实传播的事件营销策略。"蒙牛，中国航天员专用乳制品！""蒙牛，为中国喝彩！""蒙牛，强壮中国人！"在"蒙牛，中国航天员专用乳制品"的事件营销实践中，蒙牛真正将其品牌精髓与"神五"飞天事件紧密结合起来，创造了中国乳业发展的"第一速度"神话。据 AC 尼尔森发布的统计数据显示，蒙牛液态奶销量自 2003 年 10 月至 2004 年 4 月，已经连续 7个月居全国之冠。也就是说，从"神五"飞天之日起，蒙牛牛奶品牌也犹如"神五"一样一飞冲天！

资料来源：博锐管理在线，http://www.boraid.com［2003-11-10］

16.4.2　事件营销的模式

（1）借力模式，是指企业将自己的议题向社会热点话题靠拢，从而使公众从关注热点话题转变为关注企业议题。需要注意的是：首先，社会议题必须与企业的自身发展和目标受众密切相关。例如，运动鞋本土品牌"匹克"赞助"神六"并没有成功，其关键原因就是相关性太低，人们不会相信运动鞋造就了宇航员的强壮体格，但人们会相信是喝蒙牛牛奶造就了宇航员的强壮体格。其次，事件营销需要具备可控性，即能够在企业的控制范围内，否则可能达不到期望的效果。最后，企业借助外部热点话题必须策划和实施一系列与之配套的公共关系策略，整合多种手段，以实现外部议题与企业议题相结合，使公众从关注外部议题转变为关注企业议题。

（2）主动模式，是指企业主动设计一些自身发展所需的议题，通过恰当的宣传，使之成为公众所关注的热点。这里需要注意的是：第一，企业选择的事件或话题必须有新闻价值，这样才易于获取公众的关注。第二，事件具有可发展性，以便使人们持续地关注。贵州茅台酒的成名就是利用这种模式，它通过"摔酒"这一事件，成功地引起与会者的关注，进而让人们发现产品的魅力，创造出出其不意的新闻效果，最终获得广泛关注。

16.4.3　事件营销的开发

1．选择合适的时机

事件必须与企业的营销目标和宣传战略相匹配，同时事件的受众也必须与品牌的目标市场相一致。一个"理想的事件"应该具有如下性质：第一，受众是企业希望的目标顾客；第二，能够吸引到足够的注意力；第三，不受其他赞助者干扰；第四，有助于辅助营销活动；第五，能够反映或提高品牌或企业形象。

2．设计赞助计划

参与一个事件不是仅仅通过赞助获得一个展示名称或企业标志的机会，更重要的是企业需要设计一个合理的计划，利用多种方式展示自己。例如，饮料品牌"宝矿力水特"赞助了北京举办的亚运会，但其并没有运用多种手段，借助多种媒介，向人们广泛宣传，仅在终端做了不到一个星期的宣传，而在亚运会举办的大部分时间内没有采取宣传措施。比赛结束，几乎没有人知道其赞助了亚运会。这样的赞助就是一种浪费。所以，为了获得显著的影响，企业通常需要选择与样品、奖品、广告、零售促销和公关宣传这样的活动一起进行。

3. 衡量事件影响

和广告宣传一样，事件效果的衡量也是很困难的。企业一般经常采用两种方法衡量事件效果：一是衡量供应方；二是衡量需求方。

衡量供应方就是估计媒体对事件报道的时间和空间。例如，品牌在电视广告中出现了多少秒，在媒体报道中被提及多少次，重要程度如何，以及在宣传印刷品中的位置和内容多少等，然后根据相应的比例和价格进行计算，看投入是否值得。根据一些行业专家的意见，一般而言，标志在电视上 30 秒的展示可能只有6～10 秒的价值。

衡量需求方就是评价赞助企业对消费者产生的有关品牌知识的影响，通过跟踪或者制定调查来分析事件对于品牌知名度、美誉度、顾客态度，甚至销售的影响。赞助企业可以调查衡量该事件后目标受众对于企业的态度和意图。

16.5　视觉传播与卖点展示

视觉传播（visual communication），就是运用视觉符号和符号系统来构成视觉语言，用来传达有效信息。它借助视觉图像来传达信息，以文字、形象、色彩、空间等作为视觉基础元素来进行信息设计。

视觉传播与卖点展示旨在推销、宣传一种产品、服务或者其所涉及的观念，是沟通企业—商品—消费者的桥梁，因而必须具有以下特点：具有视觉吸引力，能够产生预期的设计效果；能够激起消费者的好奇心和阅读欲望；以令人愉悦的方式传达信息，并在提供这种信息后仍继续发挥着巨大的潜意识作用，必要时能够激发消费者的购买行为。

➤ 案例 16-3　"俏江南"的视觉传播

北京"俏江南"餐饮有限公司是一家以餐饮经营管理为主的有限责任公司。公司于 2000 年在中国北京创办以"俏江南"为品牌的、集东西方文化为一体的、具有独特韵味的四川精品餐厅。北京国贸店是"俏江南"公司于 2000 年 4 月 14日开设的首家店。用餐环境十分幽雅、别致。餐厅进门即是小桥流水、翠竹欲滴，抢眼的美式酒吧位于大堂，雨花石满铺，点缀着两边情侣沙发雅座，休闲石凳置于幽幽的意式吊灯下，柔和的灯光衬得室内十分舒适而温馨。环形水晶珠墙面间隔的是表石包围的贵宾房，桌面上永远是鲜花、银器。这里有俏丽的江南景色，在浓郁古朴的中国文化气息中又不失现代感，餐厅共分沙发卡座区、休闲石凳区和贵宾散座区，既适宜宴请宾客，又适合休闲小憩。

资料来源：新华网，http://www.news.cn/〔2004-11-22〕

16.5.1　产品设计及其包装设计

产品本身的设计及其包装设计是最先受到消费者关注的部分，是吸引消费者注意力、激发消费者购买行为的第一轮视觉传达。按照消费者心理学理论，消费者的购物行为，在很大程度上都是由冲动引起的。而引起购买冲动的很大一部分因素就是产品的外观包装和造型。在购买产品之前无法体验到产品带来的实际效果，那么外包装就在很大程度上决定了消费者对产品所产生的兴趣。同时，现代消费的多层次性要求同一类商品有不同的附加价值，而产品设计及其包装设计就是一种创造商品高附加值的方法。

1. 营销沟通中的产品设计

产品设计属于工业设计的范畴。营销沟通中的工业设计要摆脱给予功能价值的原始设计理念，从消费者需要出发，形成"消费者—产品设计—产品生产"的过程。

营销沟通中的工业设计就是为了实现或增加某一产品的功能和价值，考虑材料、技术、工艺、环境、市场、文化、心理等诸多因素，决定产品的外观造型，使结构和功能融为一体，创造一个完美的新产品。

2. 营销沟通中的包装设计

不同的包装方法、不同的包装形式和不同的包装材料，可以带来不同的消费者认同效果。调查研究表明包装具有重要的广告和促销作用：购物者在挑选或选定某类物品前会花10～12秒的时间来看看商品，而就在这短短的10～12秒之内消费者将作出购买决策。所以，有人说："包装是最便宜的广告"，"每个包装都是一个5秒钟的商业广告"。

包装通过各种象征性因素，如颜色、图案、大小、材料及标志来传达产品的信息。这些结构元素必须相互协调，具有整体性概念，才能实现预设的营销目标。颜色可以影响人们的情感。例如，红色被认为是活跃、积极、活力的象征；橘黄色被认为是能使人开胃的颜色；绿色象征丰富、健康等。包装的形状也有某种特殊含义，通常圆形、弧线有阴柔之美，直线、折线含有阳刚之气。同时包装的形状会影响消费者感知的容量的大小，一般说来如果两种包装有着相同的容量，通常高的那个会被认为容量更大一些。不同包装的大小可以满足不同细分市场的特殊需要。包装材料也能够激发人们的情感，通常金属包装给人以力量和耐用的感觉；塑料暗含轻便、干净的感觉；软材料如天鹅绒等常与女性联系在一起等。

16.5.2　商业环境及其展示设计

视觉传播也体现在营销环境和各种促销展示之中，主要包括各种商业卖场以及陈列设计和专业性的宣传展示。

1. 商业环境设计

商业环境设计指各类商场、商店、超级市场、售货亭的商业销售环境的展示设计，包括各种形式的标志、旗帜、橱窗、灯光、各种产品展示、海报、地板广告、电子屏幕广告等卖点展示。

卖点本身的影响可能很有限，但是当它与广告和促销结合起来使用时，就会产生相互促进的作用。有研究表明：当卖点强化了品牌广告信息的时候，销售量的平均增幅比单使用广告高出一倍。卖点展示可以起到以下四个方面的作用：第一，告知，标记、海报、展示和其他卖点材料都会提醒消费者注意特殊的商品，并提供给消费者有用的信息；第二，提醒，卖点展示会提醒消费者曾在电视、路牌广告等媒体中看到过的品牌；第三，鼓励，有效的卖点展示能影响卖点处消费者的产品和品牌选择，并鼓励他们购买；第四，推销，卖点展示使得零售商能够充分有效地利用地面空间，并通过帮助消费者进行产品和品牌选择来推动零售销售量。

现代化购物环境往往采用开放式，为了形成一个令顾客心情愉悦的购物环境，购物环境的设计必须在室内装修、商品陈列上动心思。灯光照明、货架、货柜、展台、柜台等应方便顾客选购；广告招贴布置既要醒目，又要协调。商店橱窗没有固定的规格和模式，多取决于商店建筑的格局和布置，通常有封闭式、开放式和半开放式等形式。橱窗的设计除了要充分展示商品的功能外，还要充分考虑多维空间的关系、立体构图、色彩搭配、照明等诸多因素。

2. 展示设计

展示设计除了展示环境本身的设计之外，还包括展示对象陈列形式的设计。就整个展示设计规划来说，展示设计主要可以分为总体设计和具体设计。总体设计对展示设计具有主导意义，它是在一个宏观水平上对整个展览的空间布局、艺术风格、整体形象及重点表达方式进行设计，是一种对具体设计起到规划性和指导性作用的设计活动。强调展示空间的变化是总体设计的主要目的之一。展示的总体设计重点在于空间的设计方面，空间的设计首先就必须以空间的变化和空间的形象来引人入胜，在形象上、结构上、色彩上要新颖，有个性、有变化、有对比，同时又要协调。

就性质来说，展示设计主要包括两个方面的工作：一是文案工作，主要包括展示的计划安排、文字脚本的编辑工作；二是艺术上和技术上的设计。前者主要决定展示的主题及内容，确定展示的目的和宗旨，对环境氛围的设想，以及编排展示的程序；后者的工作则集中在确定整个展示活动的空间形态、平面布局、参观流程，以及设计整个展示活动的色彩、版式、风格与形式等。

16.6　数据库营销

16.6.1　数据库营销的含义

数据库营销（database marketing）就是企业通过收集和积累消费者的大量信息，经过处理后预测消费者有多大能力去购买某种产品，以及利用这些信息给产品以精确定位，有针对性地制作营销信息以达到说服消费者去购买产品的目的[①]。通过数据库的建立和分析，可以帮助企业准确了解用户信息，确定企业目标消费群，同时使企业促销工作具有针对性，从而提高企业营销效率。

➤ **案例16-4　数据库营销帮大忙**

法国航空在中国推出新航线以后，急于想让更多的合格的企业用户、个人用户或企业的消费者知道。北京世纪微码营销咨询有限公司基于比较庞大的消费者数据库，进行了庞大的数据库筛选，选择了比较符合国际航线需要的旅客，针对这些旅客的偏好设计了相应的沟通和传播的方式，使得新航线获得了更好的上座率。

资料来源：新浪网，http://www.sina.com［2006-02-20］

对于数据库营销，需要从以下几个方面来理解：

（1）数据库营销的本质是借助信息技术为企业提供一个关于市场行情和顾客信息的数据库，以此来提高企业和市场之间信息响应的针对性和及时性，提高营销活动的效率。

（2）数据库营销建立在直复营销和关系营销的基础上，又充分体现全面质量管理的原则，并借助于信息技术发展而日益强大起来。数据库营销专家认为："直复营销更多研究的是客户沟通的手段，客户关系管理更多的是一种理念，而数据库营销将这种理念和营销技术落到实处。"

（3）这里的数据库并不是一个单纯的顾客名单，而是一个关于市场状况的综合数据源，即营销数据库。一个好的数据库应该及时更新顾客身份和联系方式，包括顾客的需求（品种、款式、颜色等）及特征（人口和心理方面的信息），集

[①] 这一定义采用了全球著名整合营销传播大师舒尔茨的观点。

团性消费者所处行业的类型及主管部门方面的决策信息，顾客对公司营销计划的反应，顾客与企业竞争对手的交易情况等。

（4）数据库营销是信息的有效应用。目前很多企业都建立了数据库，但有些企业的营销数据库只是一些顾客名单，而没有有效地运用它们，这样的数据库营销认识是不全面的。

16.6.2　数据库营销的优点

数据库营销的优点表现为：

（1）提升了营销效果的可测试性和反馈速度。数据库的运用使得企业在营销活动的定性研究中增加了定量的成分，使营销活动更加科学，企业可以测试产品、沟通媒介、目标市场等方面的有效性。

（2）帮助企业实现精准营销，从而降低营销成本，提高营销效率。数据库营销可以使企业能够集中精力于更少的人身上，实现准确定位。企业可以避免使用昂贵的大众传播媒体，从而运用更经济的促销方式，降低成本，增强企业的竞争力。

（3）使消费者成为企业长期、忠诚的用户，保证企业掌握稳定的客户群。

（4）为新产品开发和营销提供准确信息。利用数据库资料，可以计算了解客户的价值，分析预测显示和潜在客户的需求行为，为新产品开发和营销提供准确的信息。

（5）使大批量一对一营销成为可能。消费者数据库的建立使大企业也能像小企业那样实施一对一的营销。

本 章 小 结

非人员沟通工具主要包括广告、销售促进、公共关系、事件营销、视觉传播与卖点展示、数据库营销。随着互联网技术的快速发展，新的沟通工具不断涌现，一些企业正是运用了新的沟通工具提高了沟通效果；另外，企业也应该具备整合营销的思想，将品牌和产品信息进行立体式、全方位的有效传递。

核心概念

广告　销售促进　公共关系　事件营销　视觉传播　数据库营销

自我测试

1. 什么是广告？广告决策包括哪些内容？

2. 请归纳销售促进的优缺点。

3. 公共关系实务活动有哪些？各有什么特点？

4. 商业环境设计有哪些值得注意的问题？

5. 请列举网络营销的优劣势。

6. 数据库营销的内涵是什么？

讨论问题

你喜欢看的电视广告是什么？为什么？它的信息和有创造性的战略是怎样产生效果的？企业怎么获得品牌资产？

第17章

全球化营销

　　海外市场巨大的商业利润潜力吸引着曼联。尽管中国人均消费能力有限，但中国人口众多，各个领域的市场潜力巨大。2000 年曼联将营销的目标锁定在了东南亚，在马来西亚、泰国及中国的香港、上海等地积极展开营销，年销售额高达 1000 万英镑。

　　1. 全球拓展三大主业

　　作为世界上经营最成功的俱乐部，曼联的商业收入主要来源于比赛日及零售收入、电视转播收入和商业经营收入三类。在开发海外市场时，曼联基本沿袭这一商业模式。

　　亚洲的中国、日本和韩国是全球重要的三大足球市场。曼联通过出访活动，友谊比赛获得一部分球票收入，更重要的是以此加强品牌推广，密切同球迷的联系，将球迷发展成为曼联的"顾客"。

　　在商业开发方面，曼联于 2003 年在成都开设了一家"曼联主题餐厅"，还雄心勃勃地要在未来几年再在亚洲开设 100 家这样的连锁店。曼联的专卖店、咖啡厅还在不断增加。

　　曼联也在尝试将以"经营许可证＋赞助商"为标志的曼联经营模式引入中国。一旦成为曼联的赞助商，其品牌在全球的影响力将会大大加强。当前，曼联正在中国积极寻找合作伙伴，希望在 2006～2007 年赛季上能够出现来自中国的赞助商。

　　近几年来，曼联开通了"曼联球迷联盟"和"曼联天空"以及其他网站，它们已经成为曼联的摇钱树。据统计，曼联网站的收入达到 200 万英镑。2002 年和 2003 年的收入分别为 70 万英镑和 140 万英镑。2005 年 7 月 14 日，曼联同中华网共同开通了曼联的中文网站，在商业服务和电子商务方面进行合作。

2003 年曼联与英国商业电视供应商 Granada TV 共同建立了俱乐部官方电视频道——曼联电视。格莱泽收购曼联后,一直试图独立出售曼联比赛的转播权,但遭到英超联盟和欧盟委员会的反对。然而,不受欧盟管制的亚洲与美洲却仍存在着广阔的市场空间。在那里,曼联可以获得单独国际转播权,预计在这项收益上每年至少可以达到 2.5 亿英镑。

2. 与赞助商、合作伙伴双赢

只有不断提升商业价值,品牌才会变得更加强大。2002 年 8 月,曼联同耐克签订了长达 13 年的合作协议,由耐克生产的曼联球衣在全球 58 个国家同时推出,其全球影响力得以提升。2004 年 9 月,曼联同英国奥迪签订了两个赛季的赞助协议。根据该协议,奥迪成为曼联指定官方用车。在豪华汽车市场上,英国奥迪是一个不断改进、迅速演变的品牌。无论质量、设计和技术革新方面都无可指摘,拥有良好的声誉。奥迪同曼联的品牌形象相吻合,合作强化了双方高端的品牌定位和豪门品牌形象。

3. 球星战略吸引者众

欧洲足球分析家称,欧洲球迷的忠诚度主要体现在对某支球队固定风格的爱戴上,而亚洲球迷的忠诚度则会集中在某个球星身上。在众多的亚洲球迷眼中,贝克汉姆是时尚的象征,成功人士的代表。有许多球迷是先知道贝克汉姆,然后才知道曼联这支球队;先崇拜贝克汉姆而后忠于曼联。在中国,人们亲切地称他为"小贝";在日本、韩国,贝克汉姆特别受女球迷的追捧。贝克汉姆还在曼联的黄金时代,在日本、韩国、新加坡、马来西亚和另外一些国家拥有数以百万的曼联球迷。

4. 竞争全面升级,曼联领先地位面临挑战

虽然曼联在全球化营销方面成绩卓越,但目前,它在国内外市场竞争方面均面临严峻挑战。在英国本土,足球生意越来越难做。曼联的销售额在 2004~2005 年的头半个营业年度下滑了 50%。此外,格莱泽举债收购曼联,迫使曼联急需在未来赚更多的钱。在财务状况不利的情况下,曼联同时也遭到了切尔西强有力的挑战。

近来切尔西的一系列动作,向曼联在亚洲市场的领导地位提出了挑战。2006年 4 月 25 日,亚足联与切尔西签署合作备忘录,表明对"亚洲展望"计划的支持。英超切尔西俱乐部 CEO 皮特·肯扬表示,合作将是全方位的,除了财政资助,还将在市场开发、媒体宣传、训练和运动医疗方面提供帮助。

资料来源:中国忠诚度营销网,http://www.loyaltychina.com/news_detail.php? news_id=2112

全球化是一个以经济全球化为核心、包含各国各民族各地区在政治、文化、科技、军事、安全、意识形态、生活方式、价值观念等多层次、多领域的相互联

系、影响、制约的多元概念。当用在经济方面时，它指的是减少和取消国家边界间的障碍，以促进流动商品、资本、服务和劳动。随着科技的进步，交通、通信的发展，各国之间交往日益频繁，世界经济社会一体化趋势进一步加强，全球在众多方面具有越来越多的共同性，各国市场之间的需求也越来越具有相似性。就某些产品而言，各国市场之间的差异性甚至将完全消失，市场的全球化近在咫尺。

科技的进步也进一步推动了市场全球化。例如，电子创新创造出许多更简单、更轻、运送费用更低的产品，货运成本因为货柜以及大容量商船的使用而大幅降低。通信与资料传输的方便使连接不同国家的营运变得较为可行。在此同时，科技逐渐让资讯流向购买者，购买者知道新的高品质商品，因而产生需求。

市场全球化同时也导致了顾客全球化，世界各国消费者的需求日益趋同。许多产品，如麦当劳从德里到银座，可口可乐在巴林，百事可乐在莫斯科，李维斯牛仔裤、摇滚乐、好莱坞电影、iPad 在各地都受到欢迎。作为全球最大的社交网站，Facebook 在 2010 年 1 月，活跃用户人数突破 5 亿，这个社交大国使全球化世界里的人们之间的距离更近。

市场多元化、新的市场和利润、成本、开发的产品生命周期的差异等因素激发企业越过国界寻求事业机会，进入全球市场。全球市场提供无限机会，同时竞争也十分激烈。为了在全球市场获得成功，企业必须将全球视为一个大型的单一市场、忽视表面的区域与国家差异，通过管理创新和营销创新获得持续的竞争优势。

17.1　全球营销

17.1.1　全球营销的含义

全球营销指企业通过全球性布局与协调，使其在世界各地的营销活动一体化，以便获取全球性竞争优势。全球营销是针对不同国家的国情，把营销目标、选择目标市场、营销定位和营销组合等原则灵活地加以运用。

科特勒认为成功的公司是那些能发现在宏观环境中尚未被满足的需要和趋势并能作出赢利反应的公司。对公司的营销人员来说，其主要任务就是辨认历史意义重大的环境变化。日本是开展全球营销最成功的国家，他们在汽车、摩托车、手表、照相机、电视机、录像机、光学仪器、钢铁、造船、计算器等许多产业领域，已经取得了全球性的市场领先地位。日本的成功在于他们在全球营销中懂得如何选择市场，如何以最恰当的方式打入市场，如何占领市场、扩大市场份额，如何维护自己的领先地位不受竞争对手的威胁。

17.1.2　全球营销的特征

全球营销有三个重要特征：全球运作、全球协调和全球竞争。因此，开展全球营销的企业在评估市场机会和制定营销战略时，不能以国界为限，而应该放眼于全球，是在全球采用统一的标准化营销策略，应用前提是各国市场的相似性，具有规模经济性等优点。

企业的全球营销战略包括四个主要方面：确定全球营销任务、全球市场细分战略、竞争定位及营销组合战略。全球营销是企业国际化的高级阶级，其核心内容在于全球协调和营销一体化。

17.1.3　全球营销的发展趋势

当今，大多数企业的全球营销已从最初的阶段，即往往只在个别职能，如采购或生产等方面实现了全球化，进入更高级阶段的全球营销，即几乎在所有可能产生竞争优势的环节都实现了全球化，建立了全球网络，在全世界范围内进行采购、生产、研究开发、信息扫描、人力资源等重要职能的分工，各自相对专业化，但彼此之间又相互高度依赖。

随着科技的进步，交通与通信的发展，各国之间交往日益频繁，世界经济社会一体化趋势进一步加强。同时，各国市场的需求也越来越具有相似性。就某些产品而言，各国市场之间的差异甚至将完全消失。企业要想在激烈的市场竞争中获得发展，就必须以世界市场为导向，采取全球营销战略。

17.2　全球市场环境

17.2.1　经济差异

经济环境直接影响企业对全球目标市场及营销决策的选择。全球市场营销中的经济环境十分复杂，涉及因素很多，只有通过对东道国和全球经济环境因素的分析与研究，才能真正了解全球市场营销活动的机会与风险所在。经济发展水平、经济结构、经济特征、人口、消费模式、收入、国际金融和外汇环境及国际经济组织均会对全球市场营销产生影响，其中，经济发展水平是影响企业选择目标市场和营销决策的重要因素之一。

美国经济史学家罗斯托（Walt W. Rostow）提出了经济成长阶段理论。这一理论将经济发展阶段与工业化过程结合起来，将经济发展分为下列六个阶段。

（1）传统社会阶段（the traditional society）。该阶段的特点是，人们的知识文化水平低，生产力水平低，没有能力采用现代的科技方法从事生产，基础设施严重缺乏。处于传统阶段的国家，经济发展落后，收入水平很低，自给自足的自然经济是绝对的主体，这是一个十分有限的全球营销市场，因此市场上对产品或服务的需求有限，市场竞争不存在威胁。

（2）为起飞创造条件阶段（the preconditions for take-off）。该阶段的特点是，人们的教育及保健逐渐受到重视，现代化的科学技术知识开始应用于农业及工业生产方面，各种基础设施逐渐建立。处于这一阶段的国家正普遍推行工业化政策，对部分资本物品有一定需要，同时人均收入水平的增长也在加速，对消费品也有一定的需求市场。但总的来说，在这些国家的经济结构中仍存在一定的自然经济成分，因而，市场规模受到了一定的限制。这些国家通常会出现收入和财富分配不均，贫富悬殊，中产阶级不多。因此进口产品的种类和档次差异很大。

（3）起飞阶段（the takeoff）。该阶段的特点是，人们的受教育水平较高，人力资源的运用已经能维持经济稳定的发展，各项基础设施得到了较好的完善，农业等各项产业逐渐现代化。处于这一阶段的国家一般都拥有某些高度发达的产业部门，尤其是一些加工制造部门，另外投资增长较快，使新兴的工业部门不断涌现，为资本品提供了大量的市场机会。随着个人收入的较快增长，消费品市场也具有相当规模。起飞阶段的经济大致已经形成了经济成长的雏形。这些国家往往需要进口先进的机器设备等，以完善自己的工业体系，对工业制成品的进口逐渐减少。

（4）向成熟推进阶段（the drive to maturity）。经济起飞后逐渐进入成熟阶段，在这一阶段，国家经济能够维持长足增长，而且会不断地追求更现代化的科技，并将现代化科技应用于各种经济活动。由于节省劳动的需要，产生了一些新兴的工业品市场，从而带动新兴工业的快速发展。同时人们的收入增加得更快，对各种耐用消费品的需求急剧上升，产品的市场饱和度较大，消费者用于提高生活质量方面的支出明显增加。在这些国家中，消费者的购买动机注重产品特性和质量，喜欢高质量、高档定型的产品。这些国家出口大进口也大，进口产品各种各样，包括原料、半成品、劳动密集型产品、奢侈品等，是全球营销规模较大的市场。

（5）大众消费阶段（the age of high mass consumption）。该阶段的特点是，主导经济的部门转向耐用性消费品、社会福利、安全及各项服务业的生产，第三产业在国民经济中的比重最大，个人收入猛增，公共设施、社会福利设施日益完善，整个经济呈现出大量生产、大量消费的状态。由于经济的高速发展，很大一部分消费者取得了较高的可任意支配收入，服务性消费支出占了较大比重。同时由于商品的市场饱和度很高，市场竞争异常激烈，市场机会更多地取决于发展和创新。在这些国家中，整个社会富有和贫穷的人数极少，大多数消费者属中产阶级。消费者偏重理智动机，极少情绪动机，因此产品必须既经济又可靠。

（6）追求生活质量阶段（the age of pursuing life quality）。大众消费阶段还不是繁荣的顶点，在此之后，将有一个追求生活质量的阶段。在这一阶段，小汽车一类的耐用消费品不再是人们的理想追求，而是向往环境优美、生活舒适和精神生活方面的享受。这时的经济增长和发展的主导部门已不再是传统产业部门，而是以公共服务业和私人服务业为代表的提高居民生活质量的有关部门。

大致而言，凡是属于前三个阶段的国家，一般被称为发展中国家，而属于后三个阶段的国家，则可视为发达国家。当然，不是每个国家的经济发展都必须依次经过这六个阶段，有的会跳过一两个发展阶段，并且各个国家每一发展阶段持续时间的长短也不尽相同。

因而，消费者的消费行为受到一国经济发展水平的影响。例如，处于像美国这样高度发达国家中的公司倾向于在产品中加入许多额外的功能。这些产品特性对于欠发达国家的消费者来说通常是本协议的，这些国家的消费者需要的是更基本的产品。在欠发达国家中，对于大多数耐用消费品来说，产品的可靠性与发达国家相比或许是一项更为重要的产品特性。因为，在那里购买一件耐用品可能要花去消费者收入的很大部分。

一个国家的经济发展水平所处的阶段不同，消费模式不同，居民收入水平明显不同，农村人口与城市人口比重和教育水平也有区别，消费市场对产品的需求也就不一样。因此，企业要根据不同的营销环境制定不同的全球营销策略。

17.2.2　文化差异

世界各国社会文化的差异，决定了各国消费者在购买方式、消费偏好、需求指向等方面都具有较大差别，主要体现在语言、教育、宗教、社会结构和风俗习惯等方面。例如，英国人说一项谈判"爆炸"（bombed）了，意思是谈判成功了，而美国人恰好理解为相反的意思。汉堡包在伊斯兰国家就不好销，因为伊斯兰法律禁止人们食用火腿。文化差异最重要的影响莫过于传统带来的影响，这一点对食品尤为重要。例如，考虑到传统的饮食习惯，瑞士食品公司雀巢的芬德思冷冻食品分公司在英国销售鱼饼和鱼肠，而在法国销售牛肉和葡萄酒，在意大利销售蘑菇烧小牛肉和咸牛肉条。

宗教影响着产品和服务。宗教信仰影响了人们的消费行为、社交方式、穿着举止、经商风格、价值观、在社会中处理和谐与冲突的方式，以及人们对时间、财富、变化、风险的态度。由于伊斯兰教国家忌讳高利贷，银行和伊斯兰学者一直致力于创造免息的金融产品，如采用租赁合同、互助基金和其他避免支付利息的方法。

在商业活动中，妇女的作用与宗教也有密切联系，特别是在中东地区。例如，在某些国家，公司不能雇佣妇女做经理或人事工作。在不同的国家，妇女在消费中的作用和影响力不同。有的国家，除了食品外，男人拥有一切最终决策权。在伊斯兰国家，接近妇女的唯一办法是雇佣女性销售人员，或直接对妇女销售，或开妇女专用品商店。如现在，美国离婚率很高，而且美国人普遍晚婚，妇女婚后要参加工作的人数也在增加，这就关系到妇女在家庭中的地位，以及对家庭购买决策起到何种作用。因此，企业在进行全球营销时，应根据国外家庭的状况，适当地调整营销策略。

家庭是社会的基本单位，很多产品都是以家庭为单位购买的。在富裕的工业国家，一般流行"nuclear family"（小家庭），只包括父母和子女的家庭；在相对落后的国家，则是"extended family"（大家庭），如数代同堂的家庭。例如，在印度社会，家庭是重要的，大家庭的模式是普遍的。这种大家庭的模式影响印度家庭的购买力和消费模式。企业在评估市场潜力和消费模式时，必须着重考虑这一点。

价值观是共同的信仰或群体内个体认同的规范。不同的国家、不同的民族，在价值观念上常常存在着较大的差异。例如，在时间观上，美国人崇尚效率，因而他们谈生意安排得紧，常常是一见面就谈，而且是今天来，明天走。然而这在阿拉伯国家却可能会被视为傲慢无礼、不尊重人，他们喜欢慢慢来。在日本，对生产和销售外国产品的人的反感比对外国产品本身更强烈。结果，外国公司在日本雇佣大学毕业生或者中年职员时遇到了困难，因为偏见使得他们拒绝外国雇主。

17.2.3 政治环境

全球营销的政治环境指各种直接或间接影响和制约全球营销的政治因素的集合，包括全球的国际政治环境和东道国的政治环境，它们对企业的全球营销活动产生重大的影响和制约作用。政府和政党体制、政府政策的稳定性、民族主义、政治风险等因素在全球市场营销活动中具有举足轻重的作用。

1. 政府和政党体制

（1）政府类型。政府是国家的权力机关和执行机关。世界上多数国家的政府可分为两类：议会制政府和专制政府。在议会制度下，政府经常与公民协商，其政策在某种程度上能够反映大多数人的意见。而在专制制度下，政府政策的制定在很大程度上带有独裁者的意愿。

（2）政党。政府内部的政党体制可以分为四种：两党制、多党制、一党制和一党专制。观点不同的政党会造成政府对贸易及相关问题的政策走向的改变。对一个国家政治观点及态度的估计，对于从潜在市场角度评价一个政府的稳定性与吸引力是非常重要的。

2. 政府政策的稳定性

政府政策的稳定性直接影响企业经营战略的长期性。在与对外商务活动有关的政治因素中，最为重要的是现政府政策的稳定与否。但企业首要关注的是一国对外政策的根本性变化。这种根本变化可以定义为不稳定性。例如，在泰国，政府的更换并非总意味着政治风险程度的变化。而在墨西哥，其最稳定的政府中，对外国经营活动的政策也会发生较大的变化。

3. 民族主义

民族主义是评价商业气候的重要因素之一。民族主义是一种民族自豪感和团结心，常常体现为只买本国货、限制进口，限制性关税和其他贸易壁垒。无论哪一个民族国家，不管它作过什么保证，也不会容忍外国公司对其市场和经济的无限渗透。民族主义对外国企业的影响，无论在发达国家还是发展中国家都是一样的，只是激烈程度不同而已，特别是在东道国认为外商的决策没有顾及本国的社会经济发展需要时。即使在外国企业较少的美国，国会也颁布一些条款，限制外商的侵入。

4. 政治风险

政治风险主要来源于东道国的政体改变、社会动荡与混乱及东道国政府对外国企业未来利益的损害等。常见的政治风险如下：总体政局风险，所有权/控制风险，经营风险，转移风险。

(1) 总体政局风险产生于企业对东道国政治制度前景认识的不确定性。例如，1998 年印度尼西亚 5 月骚乱，导致许多华人企业损失严重。总政局不稳定不一定会迫使企业放弃投资项目，但肯定会干扰企业经营决策和获利水平。

(2) 所有权/控制风险产生于企业对东道国政府注销或限制外商企业行为认识的不确定性。这类风险包括政府的没收和国有化行为。

(3) 经营风险产生于企业对东道国政府控制性惩罚认识的不确定性。它主要表现在对生产、销售、财务等经营职能方面的限制。

(4) 转移风险主要产生于对东道国政府限制经营所得和资本的汇出认识的不确定性。转移风险还包括货币贬值的风险。例如，可口可乐的配方使用是保密的。当印度政府命令可口可乐公司在印度的分公司必须将 60% 的股权转让给印度人，并在 1978 年 4 月前交出其生产技术，否则就关门停止。可口可乐公司最终放弃了该市场。而印度是一个有 8 亿人口的潜在市场。

东道国的政治环境对于企业产品政策、定价、促销及分销渠道的决策有很大影响。为了避免由于东道国的政治风险给本企业带来损失或是为了将这种损失降低到最小，西方许多大型跨国公司越来越重视对全球市场及目标市场营销中的政治风险进行评估，从而使企业在全球市场营销过程中能够快速地对政治环境的变化作出反应。

5. 国际法律环境

影响跨国公司全球营销活动的法律体系包括母国法律、国际法律、东道国法律，它们是解决全球营销争端的途径。

母国法律主要有出口控制，即限制、管制、管理出口许可证制度；进口控制，即通过关税、非关税、配额制严格控制进口产品和数量，国际收支赤字国这方面的控制尤其严格；外汇管制，即外汇供需和使用管制，包括限制本国出口商所能持有和获得的外汇数额，限制国外投资者所能汇出的利润数额等。

国际法是调整交往中国家间相互关系并规定其权利和义务的原则和制度，国际法的主体即权利和义务的承担者是国家，依据是国际条约、国际惯例、国际组织的决议、有关国际问题的判例。

东道国法律是影响全球市场营销活动最经常、最直接的因素，东道国法律对国际营销的影响主要体现在产品标准、定价限制、分销方式和渠道的法律规定和促销法规限制。

17.3　全球市场营销策略

企业进入全球市场，寻找市场机会，同时也面临着巨大的挑战。当一个公司制定了全球营销策略，营销策略中的大多数元素已被全球化，包括产品策略、渠道战略、定价策略和促销策略，以及市场细分和定位等战略要素。企业要根据各目标市场国的市场营销环境、竞争环境以及自身的资源和优势，调整其营销组合，尽管增加了营销成本，但同时能获得更多的市场份额和利润，提升企业的竞争力。

17.3.1　产品策略

满足用户的需要和期望是营销成功的关键，因此，企业的成功取决于产品或服务的优势和区别于对手的特色。企业在制定产品策略决策时，要考虑以下因素：

(1) 企业成长和利润的总目标；

(2) 企业的国际发展经历、理念和态度，用于全球营销的企业财务和管理资源；

(3) 市场特点；

(4) 消费者的要求、期望和态度；

(5) 产品本身特点、价值、生命周期阶段、销售难度等；

(6) 产品需要的市场营销组合和售后服务；

(7) 环境限制；

(8) 企业的风险承受能力。

1. 全球市场产品的标准化与差异化策略

1) 全球市场产品标准化策略

全球市场产品标准化策略是指企业在全世界不同国家或地区的市场都提供同样的产品。这是一种产品延伸策略，即企业的产品从国内市场延伸至国外市场。例如，可口可乐、麦当劳快餐、好莱坞电影、索尼随身听等产品的消费者遍及世界各地。

企业采取标准化策略的优点是：

(1) 能够大幅度地降低成本，取得规模经济效益；

(2) 有利于树立全球统一的产品形象；

(3) 有利于延长产品的生命周期；

(4) 有利于满足流动性较强的顾客需求。

标准化策略的缺点是不能满足不同国家不同消费者的不同需求。

2) 全球市场产品差异化设计

全球产品差异化策略是指企业向全球范围内不同国家和地区的市场提供不同的产品，以适应不同国家或地区市场的特殊需求。产品差异化策略满足了不同国家或地区的消费者由于所处不同的地理、经济、政治、文化及法律等环境尤其是文化环境的差异而形成的对产品的千差万别的个性需求。

企业采取差异化策略的优点是企业更多地从全球消费者需求个性角度来生产和销售产品，能更好地满足消费者的个性需求，突出自己产品与竞争产品之间的差别，并让顾客了解到这一差别的存在，那么企业就可以限制竞争对手，有利于开拓全球市场，在激烈的竞争中处于有利地位。

差异化策略的缺点是企业生产和销售的产品种类增加，其生产成本及营销费用将高于标准化产品，企业的管理难度也将加大。

2. 产品标准化与差异化策略的选择

在营销实践中，企业往往将产品差异化和产品标准化策略综合运用。许多产品的差异化、多样化主要是体现在外形上，如产品的形式、包装、品牌等方面，而产品的核心部分往往是一样的。可见，全球产品的差异化策略与标准化策略并不是独立的，而是相辅相成的。有些原产国产品并不需很大的变动，而只需改变一下包装或品牌名称便可进入全球市场；有些原产国产品要想让全球消费者接受则需作较大的改变。因此，企业的产品策略通常是产品差异化与产品标准化的一个组合，在这种组合中有时是产品差异化程度偏大，有时是产品标准化程度偏大，企业应根据具体情况来选择产品差异化与产品标准化的组合。

3. 全球市场的产品策略

产品系列的选择方案是指将全球产品的标准化和差异化策略与全球产品的促

销策略相结合产生的各种营销组合策略。基甘教授把适用于全球市场的产品和促销的组合分为五种，如表 17-1 所示。

表 17-1 国际营销中产品与促销策略的组合

促销	产品		发展新产品
	不改变	改变	
不改变	直接延伸	改变产品	产品创新
改变	改变沟通方式	双重改变	

1）产品和促销直接延伸

这是一种产品和广告宣传的标准化策略。其内容是，企业把现有的产品不加任何改变直接销往全球市场，全球市场的促销方式直接沿用国内市场的促销方式。这种策略最显著的优点是成本低廉。这种战略主要适用于生产资料的全球市场营销，如石油、煤炭等。

2）产品不变，促销改变

产品不变—促销改变战略不要求企业在全球市场营销中改变产品，但为更好地实现营销目标，需要根据目标市场的实际情况而调整促销方式，即通过改变广告、推销、服务和公共关系等内容，在全球市场上营销与国内市场相同的产品或服务。产品扩展—促销适应战略仍然是一项低成本战略。因为产品不变，意味着生产线和生产组织不变，成本仅仅与促销方式的变化有关。

3）产品改变，促销不变

根据全球目标市场顾客的不同需求，对国内现有产品的部分进行改进，促销策略不变。企业对产品稍作改进，以适应各国市场的需要，产品的改变涉及功能、外观、包装、商标和品牌及服务五个方面的改变。

（1）功能的更改。这是一项能给消费者提供更多利益的产品更改内容，如空调车等。

（2）外观的更改。这主要是对式样的颜色进行更改。更改的原因是因为产品使用国的条件特殊和文化环境不同，如厨具的大小和衣着的色彩、款式等。

（3）包装的更改。包装的更改与销售地的自然状况和产销两地的运输距离有直接关系，但全球市场营销特别强调包装，是因为消费国的风俗习惯和消费水平更为重要。

（4）商标、品牌和标签的更改。在这方面的更改，除有不同的文化要求以外，消费国的法律也有这方面的规定。例如，加拿大要求商标必须用英、法两国文字书写等。从营销学的角度来说，商标画面的设计必须要有艺术性和吸引力，要与个性化的包装及产品相呼应。

（5）服务的更改。做好产品的服务工作（如保修、供应零配件等），对保证产品的销售十分重要。作为整体产品的一部分，良好的服务可以增强用户的购买信心，提高产品的声誉，打开市场、扩大销路。

4）产品改变，促销改变

当目标市场的市场营销环境与从事全球市场营销的企业所在国差异较大，特别是公司不处于领导地位，或跟随竞争者时，企业一般使用产品改变—促销改变战略。这一战略涉及产品生产和产品促销两个方面的改变，因此成本较高，这就要求企业在采用这种策略之前应做好市场调研和分析。一般而言，采用这种方法的前提是改变产品和促销后增加的收益应能补偿改变产品和促销所产生的费用。

5）产品创新

全球市场的产品创新策略是指企业针对目标市场研究和开发新产品，并配以专门的广告宣传。当目标市场消费者的需求存在较大差异，仅产品改进无法满足需要，就必须针对市场需求开发设计新产品，并配合相应促销手段。如果新产品开发成功，获利将很大。

17.3.2　定价策略

全球定价策略是整个全球营销组合的一个重要组成部分，随着经济一体化程度的提高以及市场的全球化，商业定价的战略协调性就变得更为重要。

1. 影响全球营销产品定价的因素

公司的定价由下列因素决定：定价目标、成本、顾客行为和市场条件、市场结构。

1）定价目标

企业必须依据所在市场的条件来制定和调整目标，包括财务目标（如投资收益）和营销目标（如维持或增加市场份额）等。从总体上看定价会影响到公司全局的战略行为。企业的定价目标主要有以下几种。

（1）维持生存：企业生产能力过剩，在全球市场面临激烈竞争导致出口受阻时，为了确保工厂继续开工和使存货出手，企业必须制定较低的价格，以求扩大销量。此时，企业需要把维护生存作为主要目标。

（2）当期利润最大化：企业出于对目标市场的国家政治形势和经济形势复杂多变等原因的考虑，希望以最快的速度收回初期开拓市场的投入并获取最大的利润，往往会在已知产品成本的基础上，为产品确定一个最高价格，以求在最短时间内获取最大利润。

（3）市场占有率最大化：采用这种策略需具备如下条件：①目标市场的需求弹性较大，偏低定价能刺激市场需求。②随着生产、销售规模的扩大，产品成本有明显的下降。③低价能吓退现有的和潜在的竞争者。

（4）产品质量最优化：由于获得质量领先地位的产品，往往比处于第二位的产品售价高出很多，以弥补质量领先所伴随的高额生产成本和研发费用。因此，采用这种策略，企业需要在生产和市场营销过程中始终贯彻产品质量最优化的指导思想，并辅以相应的优质服务。

此外，有些企业还考虑其产品或公司在全球市场上的形象，并以此作为定价目标。

2）成本

成本核算在定价中十分重要，是制定价格的最低限额。其成本包括采购、生产制造、物流、营销成本和企业的管理费用等，同时，运费、保险费、包装费等在全球营销成本中占有较大比重。而另外一些成本项目则是全球营销所特有的，如关税、报关、文件处理等。

关税是当货物从一国进入另一国时所缴纳的费用，它是一种特殊形式的税收。关税是国际贸易最普遍的特点之一，它对进出口货物的价格有直接的影响。

在全球营销实践中，风险成本主要包括融资、通货膨胀及汇率风险。由于货款收付等手续需要比较长的时间，因而增加了融资、通货膨胀以及汇率波动等方面的风险。此外，为了减少买卖双方的风险及交易障碍，经常需要有银行信用的介入，这也会增加费用负担。这些因素在全球营销定价中均应予以考虑。

3）市场需求

产品的最低价格取决于该产品的成本费用，而最高价格则取决于产品的市场需求状况。各国的文化背景、自然环境、经济条件等因素存在着差异性，决定了各国消费者的消费偏好不尽相同。对某一产品感兴趣的消费者的数量和他们的收入水平，对确定产品的最终价格有重要意义。

营销商在制定价格时，必须考虑以下两个因素：一方面要考虑消费者对于产品的理解和销售信息的交流；另一方面，公司定价时，不仅要考虑终端消费者，而且还要考虑到中间商，定价的成功与否也取决于与中间商的合作。

4）市场竞争结构

竞争有助于更好地根据成本因素和需求因素来定价。营销商可以根据自己的目标和竞争环境，选择直接的价格竞争或非价格竞争手段。如果价格变化会使其他厂商有所反应，营销商可以采取捆绑定价（价值增加于产品组合上）或品牌忠诚度定价的方式，以摆脱价格战的困惑。

企业在不同的国外市场面对着不同的竞争形势和竞争对手，竞争者的定价策略也千差万别。因此，企业就不得不针对不同的竞争状况而制定相应的价格策略。竞争对企业定价自由造成了限制，企业不得不适应市场的价格。除非企业的产品独一无二并且受专利保护，否则没有可能实行高价策略。

5）环境限制

政府对价格和价格制定也会产生直接影响。除了一些政策措施之外（如关税、税收、汇率、利息、竞争政策以及行业发展规划等），政府还可以直接管制价格。比如，政府对进口商品实行的最低限价和最高限价，都约束了企业的定价自由。

即使东道国政府的干预很小，企业仍面临着如何对付国际价格协定的问题。国际价格协定是同行业各企业之间为了避免恶性竞争，尤其是竞相削价而达成的价格协议。这种协议有时是在政府支持下，由同一行业中的企业共同达成的；有时则是由政府直接出面，通过国际会议达成的多国协议。企业必须注意目标市场的价格协议，同时关注各国的公平交易法（或反不正当竞争法）对价格协定的影响。

2. 定价策略的制定

企业在制定全球定价策略时，有四种策略可选择。

（1）统一定价策略：指企业的同一产品在全球市场上采用同一价格的策略；这种策略有利于扩大市场占有率。同时，能使企业维持一个全球性的广告价格，易于管理。该策略适用于体积小、重量轻、运费低或运费占成本比重较小的产品。

（2）多元定价策略：指全球营销企业对同一产品采取不同价格的策略。

（3）控制定价策略：指全球营销企业对同一产品采取适当控制价格的策略。

（4）转移价格策略：指全球营销企业通过母公司与子公司、子公司与子公司之间转移产品时确定某种内部转移价格，以实现全球利益最大化的策略。

17.3.3　分销策略

分销是指将产品或服务从生产者向消费者转移的过程。企业管理分销渠道主要有两个目标：一是将产品有效地从生产国转移到产品销售国市场；二是参加销售国的市场竞争，实现产品的销售和获取利润。为实现这两个目标，一次分销过程要经过三个环节：第一个环节是本国的国内分销渠道；第二个环节是由本国进入进口国的分销渠道；第三个环节是进口国的分销渠道。通常，企业使用以下的分销体系中的一个或几个分销渠道：

（1）企业通过自己内部的销售机构或电子商务直接把产品出售给客户；

（2）企业通过独立的分销商把产品销售给客户，这些分销商通常处于客户所在地；

（3）企业通过外部分销体系把产品销售给客户，这个分销体系可能覆盖一个地区或国家。

全球分销系统由营销中介机构以及生产者和消费者或用户构成。营销中介机构根据所执行的功能不同，可分为经销中间商、代理中间商和营销辅助机构。根据营销中介机构所处的国境的差异，国际分销渠道机构还可分为国内中介机构（包括对外贸易公司和出口代理商）和国外中介机构（包括进口代理商和分销商）。

分销策略的选择决定了公司将使用怎样的渠道将产品转移到消费者手中。具有竞争力的策略是有每一种方式的相对成本和优势所决定的。每一种方式的成本和优势因国家的不同而有所差异。分销策略的核心是选择到达目标市场的最佳途径，因此在选择分销渠道类型时必须充分考虑顾客、产品、中间商、竞争者、企业、环境等因素的影响。渠道设计的决定因素可总结为"11Cs"。

（1）顾客特性（customer character）。分销渠道选择受顾客人数、地理分布、购买频率、购买数量、购买习惯及对促销手段敏感性等顾客特性的影响。对购买人数多、分布广泛、购买频率大、每次购买量少、喜欢随时随地购买的产品，应选择长渠道，反之则使用短渠道。

（2）文化（culture）是指渠道设计中的分销文化，市场营销人员需考虑目标市场国现存的阶段结构、渠道成员的关系、与渠道有关的立法等内容。

（3）竞争（competition）。选择分销渠道需要考虑竞争者特性，如果企业产品与竞争者产品在各方面大体相似或有竞争优势，即可以选择与竞争者产品相同或相似的分销渠道，也可以选择不同的分销渠道。无论选择与竞争者相同或不同的分销渠道，都要以企业的总体战略为出发点。

（4）公司（corporation）。分销渠道选择必须基于公司目标，同时也受企业实力、渠道管理能力、产品组合宽度、深度、关联性、控制渠道的欲望，现行营销政策等企业因素的影响。如果企业实力强，渠道管理经验丰富，产品组合宽度与深度大，控制渠道愿望强、选择便于终端顾客购买的分销方式则采用短渠道，反之则用长渠道。

（5）产品特性（commodity character）。分销渠道选择受产品理化性质、单价、时尚性、季节性、标准化程度、技术复杂程度、售后服务等产品特性的影响。专业化程度又高、又昂贵、笨重或容易变质的产品，售后服务要求高，选择短渠道；而日常用品，如洗衣机，则选长渠道。

（6）成本（cost）包括开发渠道的投资成本和维持渠道的持续成本，如分销商为营销者的产品所花费的促销费用。支付渠道成本是任何企业都不可避免的，营销决策者必须在成本与效益间作出权衡和选择。如果增加的效益能够补偿增加的成本，渠道策略的选择在经济上就是合理的。顾客总是希望从分销渠道上得到更多的服务，如及时地交货、大量可供选择的商品类别、周到的售后服务等。评价渠道成本的基本原则是以最小的成本达到预期的销售目标。

（7）资金（capital）指建立分销渠道的资本要求。全球市场营销者的财力将决定渠道的类型和渠道关系赖以建立的基础。营销者的企业越有能力建立自己拥有或控制渠道。在发展的市场上，中间商的缺乏要求分销功能尽可能地整合大量的直接投资。

(8) 控制（control）。企业自己投资建立全球分销渠道，将最有利于渠道的控制，但相应增加了分销渠道成本。如果使用中间商，企业对渠道的控制将会相对减弱，而且会受各中间商愿意接受控制的程度的影响。一般来说，渠道越长、越宽，营销者在产品定价、顾客服务、促销和渠道类型方面等的控制就越弱。

(9) 覆盖率（coverage）指营销者的产品通过分销渠道所能达到或影响的地区数目研究覆盖的质量。在渠道设计中覆盖率包括两个方面：水平覆盖率和垂直覆盖率。覆盖地区的数目依赖于市场需求的分散程度和产品进入市场的时间，有三种不同的方法可以选择：①广泛分销策略指生产者在同一地区选择尽可能多的中间商销售本企业产品的策略。②选择分销策略指生产者在同一地区仅选择部分中间商销售本企业产品的策略。③独家经营分销策略指生产者在一定时间、一定地区内只选择一个中间商销售本企业产品的策略。

(10) 连续性（continuity）。渠道设计决策是营销组合决策中最具长期性的决策活动。因而，企业在选择渠道类型时必须充分考虑到中间商类型和任何有可能影响渠道设计的环境威胁。保持连续性的关键在于营销者，因为中间商是谋求自身利益最大化的组织。

(11) 沟通（communication）。分销渠道相应决定了参与个体在地理、社会、文化和技术等方面的差异和不同，使得企业和中间商的沟通非常重要，良好的信息沟通是渠道设计的重要因素。

17.3.4 促销策略

营销组合中另一个重要因素是如何把产品特性向潜在的消费者传达。在全球营销活动中，企业可通过全球广告、人员推销、营业推广和公共关系进行产品或服务的促销。越来越多的企业选择多样化的全球促销手段和方法，以利用其服务的市场的相似性。由于全球市场环境更加复杂和多变，有效的营销沟通显得更为重要。

1. 全球沟通障碍

当企业为了在其全球目标市场销售产品时，营销宣传是一个非常重要的手段。由于各国的社会制度和文化背景不同，在广告传播过程中，就会受到各个方面的制约，产生沟通障碍。

文化障碍使得在不同文化间传播信息变得很困难。基督教国家善于创新，佛教国家提倡禁欲，伊斯兰国家比较保守，语言和文化传统的不同，政体和经济发展的差异，各民族鉴赏品味和消费习惯的差别，都是造成沟通障碍的因素。必须认识到这种沟通障碍，采用适合当地社会消费习惯的广告策略和创意，以达到广告的最佳效果。例如，在美国，一个口红广告的画面是一对鲜红的嘴唇，广告标题引用布什总统在 1988 年竞选总统时讲的一句话："Read my lips."这句话对美国人来说可是家喻户晓，人人皆知，效果很好。如果翻译成中文为"读我的嘴唇"，中国人就不知所云了，但美国民众马上就可以理解到这句话的意思是：我说的话是算数的，我的许诺会兑现的。

因而，企业要克服文化障碍的有效手段就是培育跨文化的能力，并雇用、培训当地的职员开展各种业务。

2. 全球广告

全球广告是指为了配合全球营销活动，在一定时期内在产品出口目标国或地区所做的商品广告。基于广告成本和广告效果的考虑，全球广告有两种模式可供选择：

（1）标准化广告模式。标准化广告是指在多个市场采用大同小异的标准设计的广告（有时只略作变动），这种广告模式，不考虑市场环境差异，而只采用一个广告版本。万宝路香烟的广告在世界各地采用的是一个相同的主题画面：西部牛仔骑着骏马在草原上奔驰——美国人开拓进取的形象。标准化广告模式的优点是可节省广告设计制作成本，缺点是难以消除文化差异造成的沟通障碍。

（2）差异化广告模式。差异化广告就是针对不同市场的文化差异和消费者需求，采用因地制宜的有针对性的广告设计。P&G 玉兰油，瑞士雀巢咖啡等就采用了差异化设计模式。差异化的广告模式的优点是入境随俗，针对性强，沟通障碍小；缺点是广告设计制作成本高，且不易统一规划。

全球广告选择何种设计模式应以企业广告预算能力、产品差异化程度，各国之间的文化差异及消费需求量大小，品牌的国际知名度等因素为标准。广告预算小者，产品实行无差异策略，目标市场文化差异和需求差异小者，国际名牌宜采用标准化模式，反之则宜用差异化模式。

3. 推、拉策略

促销策略的专业决策是选择推式还是拉式策略。"推式策略"是一种直接方式，人员推销是很有效的，但成本较高。"拉式策略"是一种间接方式，更多地依靠大众传媒将促销信息传达给消费者。

企业采用推式策略或拉式策略，或者是把二者结合起来以取得沟通效果的最大化，取决于产品类型和消费经验、渠道长度和媒体的可得性等因素。

生产消费品的公司一般采用拉式策略，而销售工业品或其他复杂产品的公司就倾向于采用推式策略。分销渠道长的公司大多会采用拉式策略。另外，拉式策略取决于能否找到广告媒体。这在发达国家会有更多的选择，而在发展中国家，各种媒体的数量有限，因此，媒体受到的限制也就多。在一些国家，媒体的可得性还受到法律的约束。

本 章 小 结

市场全球化使得企业在进入全球市场时采用全球化营销策略。企业目标国家间的经济发展水平、政治和法律环境各不相同以及文化的差异，都影响到一个国家对于某种产品的消费需求和偏好。因而，在全球化营销过程中，企业要根据各目标市场国的市场营销环境、竞争环境以及自身的资源和优势，制定有效的营销组合，进而获得更多的市场份额和利润，提升企业的竞争力。

核心概念

全球化营销策略　全球市场产品标准化策略　全球市场产品差异化策略
"11Cs"

自我测试

1. 试述全球市场营销环境。
2. 简述全球市场产品标准化策略和全球市场产品差异化策略的优缺点。
3. 简述影响全球分销决策的因素。

讨论问题

假设你是一家正考虑进入韩国市场的食品公司的营销经理，韩国的零售体系是相当分散的。另外，零售商、批发商和韩国的食品制造商一般都有着长期的合作关系，这使得进入该国的分销渠道十分困难。你会建议公司采取什么样的分销方式，为什么？

第 *18* 章

市场营销创新趋势

随着近年来外贸竞争的加剧，以外销为主的企业纷纷转攻国内市场。然而习惯了订单生产经营的外销型企业面对中国这个熟悉又陌生的市场往往面临新的挑战，无国内市场品牌、营销人才和渠道网络常常成为外销型企业的"软肋"。但外销企业并非在国内市场营销上一无是处，充分的资金实力、领先的产品技术、良好的质量意识和国际化的视野往往会给国内某些市场带来一些全新的营销优势。

B企业是浙江绍兴一家老牌纺织服装企业，感受了这几年外贸的激烈竞争，开始考虑进行国内市场营销，建立自己的品牌。但国内服装市场竞争激烈，从西装、女装到休闲服装都有全国性的强势品牌，再加上国际服装品牌越来越多地进入中国市场，市场竞争不断升级。B企业不敢贸然进入。B企业高层经常到全球各地市场考察，一方面了解纺织服装新趋势，另一方面开拓自己的眼界。最后，B企业选择了泳装作为突破。但面对一直未热的中国泳装市场，B企业担心由于行业选择的错误而导致企业转型的失败。

B企业的举动实质上包含了三种转变：一是由订单生产的运营模式向品牌市场营销的运营模式转变；二是由国外市场向国内市场转变；三是由上游企业向下游企业延伸转变。这三种转变交织在一起，实质上是提高了转变的难度。所以B企业选择中高档泳装行业切入国内市场管销，无论是在营销理念还是营销实践中都要有全新的思维。

如果你是B企业的决策者，那么你如何在市场营销方面实行创新呢？

资料来源：彭本红，于锦荣．2008．营销管理创新．武汉：武汉理工大学出版社．

　　步入 21 世纪后，世界经济正朝着全球市场一体化的方向发展，以满足消费者需求为核心的新经济对企业传统的市场营销活动提出了新的挑战。在新经济的影响下，企业面临一个充满未知和多变的市场营销新时代、一个高速发展的信息时代和网络时代，传统的市场营销面临着全新的调整。面对这样的新环境，企业要想在激烈的市场竞争中提升其竞争力，立于不败之地，关键在于企业经营者在市场营销过程中注重创新，准确识别顾客的需求，确定所能提供最佳服务的目标市场，通过营销创新来创造顾客满意和获得竞争优势。本章主要对市场营销创新的内涵、意义和驱动因素进行探讨，并就网络营销、绿色营销、关系营销、体验营销和整合营销等几种具体的营销创新理论进行介绍，从而明确市场营销的创新趋势。

18.1　市场营销创新

18.1.1　市场营销创新的内涵

　　熊彼特于 1912 年在《经济发展理论》一书中首先提出创新理论。熊彼特的创新理论是以企业的市场营销创新为理论研究起点的。他在创新的定义中不仅阐述了创新的主体、实质，而且直接涵盖了市场营销的若干内容，演示了市场营销创新研究的基本方法，对市场营销创新研究有重要的指导意义。在熊彼特创新理论的基础上，许多学者对创新理论进行了多方位的探讨。管理大师杜拉克说过：企业管理的根本任务只有两个——创新和营销。只有通过不断地创新，企业才能开拓明天的市场。从创新中求生存，在创新中求发展。企业市场营销创新是指企业用新的观念、新的技术、新的方法对企业的营销活动或目标市场、竞争方式、企业形象、顾客满意度、产品类型、品牌、价格、分销渠道、促销手段等方面的战略和策略进行重新设计、选择、实施与评价，以促进企业市场竞争能力，不断提高营销业绩的运作过程和活动，它是企业市场营销功能持续发挥作用的灵魂。一般而言，市场营销创新体现在以下三个方面。

　　1. 营销观念创新

　　营销观念创新是企业市场营销创新的先导，只有观念领先，企业才能在市场竞争中处于领先地位。知识经济的兴起、全球经济一体化进程的加快，极大地改变了企业市场营销环境，客观上要求企业用不断创新的现代营销观念指导具体的营销实践活动。在新经济条件下，传统的生产观念、产品观念、推销观念已经逐步失去了存在的基础，而网络营销、关系营销、绿色营销、体验营销和整合营销等日益成为主导未来营销发展方向的新理念。

　　2. 营销策略创新

　　随着消费需求的变化以及竞争激烈程度的提高，企业着眼于长远利益的市场营销就不应只局限于 4P's 组合策略，而应关注所有与企业营销有关的因素。以消费需求为中心的营销因素组合，还应体现可控性、动态性与统一性的特点，使企业能主动适应变化万千的竞争格局，即各项营销策略要优化组合、默契配合，以充分发挥出整体营销的效果，其中任何一个要素的变化都会形成一种新的营销组合，这为企业的市场营销创新提供了广阔的空间。

　　3. 市场营销方法创新

　　企业在营销实践中，一方面应敢于把国际先进的营销做法加以创造性应用，另一方面要大胆提出和实施新的营销方法，如柔性营销，即企业适时灵活地调整营销活动适应并满足个性化需求的一种方法。不同类型和规模的企业应从本企业和目标市场的实际出发，运用科学的营销方法不断为企业的持续发展注入新的活力和动力。

18.1.2　市场营销创新的意义

　　第一，市场营销创新有助于促进企业核心竞争力的形成，并推动企业的持续发展。通过营销创新，能推动企业提高产品质量，使产品能更好地满足用户需要，提高企业产品的市场竞争；企业所推出的适销对路的新产品还能给企业带来新的用户，形成新的市场，使企业可以在更广阔的市场中进行选择；通过营销创新，企业能加速新工艺在生产中的应用，降低生产成本，提高生产效率，并促进企业改善研制条件，提高研制能力。总之，营销创新能推动企业在产品、技术、服务等各个层面超越竞争对手，获得自身的长远发展。

　　第二，营销创新能给企业创造出奇制胜的机会。营销创新能使企业或其产品与众不同，并且能为企业赢得更广阔的发展空间。对于竞争对手而言，无论是新观念，还是新产品、新技术，都需要花费一定的时间来适应，这就使创新企业在竞争中获得了主动。另外新奇的出发点往往也是竞争对手的薄弱之处，使企业能较轻易地克敌制胜。

18.1.3　市场营销创新的驱动因素

　　1. 市场竞争多样化

　　随着知识经济的发展，企业竞争手段也已由过去偏重于价格竞争转向价格、质量、速度、服务、环境等多样化的竞争。市场竞争日益呈现出多样化的格局，使企业超越竞争对手的途径更丰富。因而，竞争环境更为复杂，企业之间的竞争也更加激烈。在这种新的竞争环境下，企业的经营策略首先要考虑的不是如何击败竞争对手，而是如何经营顾客，更好地满足顾客本质需要，为顾客创造价值。

　　2. 市场竞争动态化

　　竞争对手具有学习、模仿和创新能力，因而任何企业的先动优势都是暂时的，随时都可能被竞争对手的反击行为所击败。另外，新技术的迅速发展使企业所受到的竞争威胁不仅来自本行业之内，且来自其他行业。因此，企业的竞争对手也不再仅仅是静态环境下明确的竞争对手，而是在同新技术的发展进行动态竞争，同潜在的对手竞争。

3. 交易环境虚拟化

在信息量极其丰富的网络时代，消费者的注意力正在变为一种极其重要的稀缺资源。由于信息网络技术的发展和世界经济一体化的推动，企业所服务的市场范围正在突破传统的地理性限制。企业可以为分散在全球各地的顾客提供产品和服务，交易方式因电子商务的出现而发生了革命性的变化。利用交易环境虚拟化，我们能够实现经营过程的高速互动，可以提高效率、降低成本和吸引顾客。

4. 产品和服务的高度顾客化

随着顾客需求的多样化和个性化，产品的种类将越来越多，而产品的生命周期也越来越短。在过去的市场中，客户和企业是界限分明的消费者和生产者的关系，可是今天，这种关系发生了变化，客户和企业双方的角色不断延伸，双方在互动中共同创造价值。于是，产品和服务正在逐步顾客化。企业正按照顾客高度个性化的需求来提供相应的产品和服务。

5. 企业的可持续发展需要

就当前企业所处环境看，竞争激烈，环境变化迅速，企业还应当在生存的基础上谋求可持续发展。可持续发展是指在可预见的未来中，企业能在更大规模上支配资源，谋求更大的市场份额，战胜自我，从而取得更大的发展。拥有长期的竞争优势，实现企业的可持续发展是所有企业都追求的目标。但实现这一目标却非易事。如何能使企业拥有持久竞争力，在激烈的市场竞争中永葆青春活力，始终立于不败之地？那就是保持持续不断的营销创新。

18.2　网络营销

互联网起源于 20 世纪 60 年代的美国，几十年来，在全球范围内以一种不可阻挡的势头迅猛发展，使整个社会步入了新的网络经济时代。互联网的出现深刻地影响了人类生活的各个角落，改变了人们的生活方式和消费习惯。很多企业通过网络营销方式获得了商业上的巨大成功。

18.2.1　网络营销产生的原因

1. 现代电子技术和通信技术的应用与发展

现代电子技术和通信技术的应用与发展是网络营销产生的技术基础。国际互联网是一种集通信技术、信息技术和计算机技术为一体的网络系统。互联网就是众多计算机通过电话线、光缆、通信卫星等连接而成的一个计算机网。它和不同类型的网络和不同机型的计算机互联起来，构成一个整体，从而实现网上资源的共享。截至2010年6月，我国总体网民规模达到4.2亿，突破了4亿关口，较2009年年底增加3600万人。互联网普及率攀升至31.8%，较2009年年底提高2.9个百分点。可以预见，越来越多的网民将会利用电子广告、电子支付、信息服务和博客等"虚拟形式"，成为网络营销众多的服务对象。

2. 消费者理念的变革

消费者主导的营销时代逐渐到来，面对琳琅满目的产品品牌，消费者心理呈现出了一些除传统价值因素以外的几个新特点：个性化、互动性、便利性。网络营销则恰恰适应了消费者新的价值观。

(1) 个性化。网络营销的最大优势在于可以根据消费者的个性特点和需求，全天候地在全球范围内为其寻找产品。消费者甚至还可以通过某些企业网址或虚拟商店自行设计或修改自己需要的产品，真正实现DIY定制产品或服务。戴尔电脑虽然在中国内地的网络定制营销不算成功，但它在国际市场上通过其个性、便捷的快速反应服务为网络直销树立了一面旗帜。

(2) 互动性。网上沟通成本低，为消费者购物增加了积极性。特别是小企业可通过电子布告栏、贴吧及企业博客社区等方式与消费者进行沟通。消费者鉴于在虚拟空间里能获得的海量信息，也愿意关注企业的网络营销渠道。这种双向互动的沟通方式最终将使企业的营销决策有的放矢，企业逐渐由注重消费者对商品品牌的传统形式上的"口传效果"转变为越来越注重网络互动带来的"鼠传效果"。

(3) 便利性。现代化的生活节奏使消费者户外购物的时间越来越有限。而网络营销给人们提供了一个便利的场景，能简化消费者购物步骤，消费者足不出户便知天下事，使购物不再是一种费时的负担，甚至有时还是一种乐趣。此外，值得一提的是，网络营销随着终端技术的提高和消费者心理的不断成熟，人们对网络营销真实性和安全性差等诟病也在逐步消除。许多企业正在为网络营销注入透明、逼真的元素。

3. 商业竞争的激烈化

随着市场竞争日益激烈化，要求企业在销售理念上发生变革。为了在竞争中取得优势，各个企业都不断依靠更深层次上的经营形式上的竞争来满足消费者需求。网络营销可以节约大量昂贵的店面租金；可以减少库存商品成本的占用；可以突破场地限制；可以低成本收集用户信息等。这些会使企业的经营成本和费用降低，运作周期变短，从根本上增强企业的竞争优势，增加利润。

18.2.2　网络营销的内涵与特点

网络营销也称网上营销、在线营销或因特网营销，是企业整体营销战略的一个组成部分，它是借助联机网络、计算机通信和数字交互式媒体来满足客户需要，实现一定市场营销目标的一系列市场行为。随着因特网和电子商务应用的迅速普及，网络营销也迅速兴起并快速发展，且成为电子商务加速推广的重要推动力。与传统营销相比，网络营销具有以下特点。

1. 网络营销具有全球性，可以使企业营销活动拓展到最大市场范围

因特网的全球用户越来越多，接入因特网就意味着进入了这个巨大的全球市场，因特网将成为商家进行市场扩张的最佳工具。网络营销的全球性为国际贸易提供了方便，帮助世界范围内的进出口商建立直接联系，出口商可以在网上发布商品信息，图文并茂地展示供应商品；进口商需要什么商品可通过 E-mail 及时联系成交。

2. 网络营销具有交互性，为企业提供快速应变能力

如何提高企业的应变能力，尽快开发或组织适销对路的产品，以满足消费者需求是企业成败的关键。传统的市场调查方式固然可以为企业提供一些反馈信息，但时效性差，调查的对象面窄，无法适应瞬息万变的市场需要。网络营销的交互性及快速信息传递，可让企业及时地、广泛地听取消费者的意见或建议。因特网可以实现买卖双方的相互交流，对生产企业来说可根据消费者的要求及时改变产品设计，开发新产品，直接提供各种交互式服务；对商业企业来说，可根据消费者需求组织货源。

3. 网络营销的定制化有助于实现以消费者为中心的营销理念

企业可以以消费者为中心处理商品信息，有针对性地推销自己的产品，能克服传统促销方式强行推销消费者不喜欢的商品而造成消费者反感的缺陷。在网上推出的各类商品目录，可以让消费者比较挑选，从而迅速、经济、实惠地达到采购目标。

4. 网络营销的互联性可加强企业间的协作关系

利用内联网与外联网技术，各企业可在内部信息安全的基础上共享相关数据信息，协调管理项目，增加企业协同开发新产品的机会和联合提供优质服务的能力。因特网的这种特性尤其适用于技术难度大、投资大、风险大的国际合作开发的项目。协作单位可通过远程会议等交流，因而能大大缩短设计周期，节约旅费开支，从而降低产品成本。

5. 网络营销的平等性营造了相对公平的市场竞争环境

在传统的营销活动中，出于地理环境、配备设施、店面大小、市场规模、交通状况等因素，其营销效果和经营状况差别巨大。这种不平等的竞争环境，会影

响企业的竞争能力，形成市场垄断。采用网络营销，任何厂商都可以自由地在网上开设虚拟商店，其商品展示是全方位的，不管这种商品来自何方，展示的机会是均等的，不受时空限制。就消费者而言，任何人都可以通过因特网随心所欲地去浏览网上任何虚拟商店里的任何虚拟商品，并货比三家，从而确定自己的购买行为。由此可见，网络营销方式对任何厂商和消费者都是平等的。

6. 网络营销的商品多，成本低

网络营销的商品不受限制，只要网络服务器有足够容量，送货等售后服务能跟上，可以包罗万象。一家网上虚拟商场往往可以提供几十万、上百万种商品，甚至还有各种服务项目，如飞机票、电影票等都可以经营。网络营销实际上是一种直销方式，因而可减少商品流通的中间环节，进而降低营销成本。

18.2.3　网络营销的功能

1. 网上调查

企业网站为网上调查提供了方便而又廉价的途径，通过网站上的在线调查表或者通过电子邮件、论坛、实时信息等方式征求顾客意见，可以获得有价值的用户反馈信息。企业将通过不同方式获取的信息和商机进行对比分析，可以了解竞争对手的竞争策略和态势，帮助决策者进行科学的经营决策。随着网上调查和信息搜索由单一化向集群化、智能化的发展，以及定向邮件搜索技术的延伸，网络搜索的商业价值得到了进一步的扩展和发挥，能够比较容易地寻找到特定的消费群体，更好地实现网络营销目标。

2. 信息发布

网络营销的基本思想是通过各种互联网手段，将企业营销信息以高效的手段向目标用户、合作伙伴、公众等群体传递，因此，信息发布就成为网络营销的基本职能之一。在网络营销中，企业可以把信息发布到全球任何一个地点，既可以实现信息的全面覆盖，又可以形成地毯式的信息发布链，信息的扩散范围、停留时间、表现形式、延伸效果等大大超过其他传统媒体。同时，在网络营销中，还可以实现能动地跟踪、获得消费者回复并进行再交流和再沟通，这是其他营销方式所无法比拟的。

3. 销售促进

市场营销的基本目的是为最终增加销售提供支持，网络营销也不例外，各种网络营销方法大都直接或间接地具有促进销售的效果。企业利用网络广告、搜索引擎注册与排名、交换链接、病毒性营销等多种网络促销手段，打破交通阻隔、资金限制、语言障碍，吸引更多的消费者参与购买，不仅可以提高网络销售的数量，对于网下销售同样具有很强的促进作用。

4. 品牌塑造

网络营销的重要任务之一就是在互联网上建立并推广企业的品牌，以及让企业的网下品牌在网上得以延伸和拓展。与传统品牌管理相比，互联网的出现不仅给品牌带来了新的生机和活力，而且推动和促进了品牌的拓展和扩散。网络品牌价值是网络营销效果的表现形式之一，通过网络品牌的价值转化实现持久的顾客关系和更多的利益。

5. 在线顾客服务

互联网提供了更加方便的在线顾客服务手段，从形式最简单的常见问题解答，到电子邮件、在线论坛、聊天室等各种即时信息服务，还可以获取在线影音介绍、订购、交款等选择性服务以及无假日的紧急服务和其他服务。在线顾客服务具有成本低、效率高的优点，加上服务的跟踪延伸功能，极大地提高了顾客服务水平，也直接加强了网络营销的效果。

18.2.4　网络营销策略实施

1. 产品策略

（1）市场定位。网络营销市场细分是指企业在调查研究的基础上，依据网络消费者的购买欲望、购买动机与习惯爱好的差异性，把网络营销市场划分为不同类型的消费群体，每个群体构成企业的一个细分市场。企业可以根据自身的条件，选择适当的细分市场作为目标市场，并依此拟定本企业的最佳网络营销方案和策略。

（2）确定适合网上营销的产品。信息产品和有形产品的销售是不一样的，信息产品可以直接在网上试用并实现销售，而游戏产品只能通过网络展示，结合网下销售实现交易过程。因此，企业必须根据网上消费者的总体特征设计出最适合于在网络上销售的产品。目前，网络上销售得较多的商品和服务是书籍、电脑用品、机票、股票交易服务等。

（3）产品定制。由于网络具有双向沟通特性以及多媒体技术的发展，顾客可以通过互联网在企业的引导下对产品和服务进行选择甚至自主设计，消费者的个性化需求在互联网的帮助下得到了充分的体现和满足。企业可以在自动化柔性制造系统的条件下实现产品的大规模定制，这是传统流水线生产方式下不可能实现的。

（4）新产品开发。在新产品开发过程中，产品设计人员可以通过网络通信技术经常性地与消费者进行对话，了解他们的想法和要求，并让他们参与到产品开发活动中来，通过企业与消费者在新产品开发过程中的互动，可以大大提高开发速度、降低开发成本。在企业合作过程中，也可以利用网络电视会议等工具与其他公司协作共同开发新产品，提高企业的竞争力与灵活性，减少企业自身开发新产品的复杂性和新风险。

2. 价格策略

在网络营销中，由于企业营销成本降低、流通环节减少，消费者掌握了对称信息，加上价格竞争的结果，致使产品的价格趋于较低的水平。网络信息技术的发展对传统的定价理念提出了挑战，消费者通过网络获得的信息越来越多，顾客忠诚度越来越低，企业实施营销诱导更加困难，传统的成本加成定价法和竞争导向定价法等定价策略已经不再适应企业的营销过程，必须建立新的定价策略。

3. 促销策略

网络促销是指利用现代化的网络技术向虚拟市场传递有关产品和服务的信息，以引发需求，激起消费者的购买欲望和购买行为的各种活动。虽然传统的促销和网络促销都是让消费者认识产品，引起消费者的注意和兴趣，激发他们的购买欲望，并最终实现购买行为，但由于互联网强大的通信能力和广泛的覆盖面积，网络促销在时间、空间和观念上，在信息传播模式以及在顾客参与程度上都与传统促销活动有很大的差别。网络促销的具体策略有：

（1）网络广告。网络广告完全有别于报纸、杂志、电视这三类传统的广告媒体，它使传播者与接受者之间的关系发生了根本的转变，使原来压迫式的单向诉求变为双向互动的信息交流。网络广告类型很多，根据形式不同可以分为旗帜广告、电子邮件广告、电子杂志广告、新闻组广告、公告栏广告等。

（2）站点广告，就是利用网络营销策略扩大站点的知名度，吸引网上流量访问网站，起到宣传和推广企业以及企业产品的效果。站点推广主要有两类方法，一类是通过引进网站内容和服务，吸引用户访问，达到推广效果；另一类是通过网络广告宣传推广站点。

（3）销售促进，就是利用可以直接销售的网络营销站点，采用一些销售促进方法如价格折扣、有奖销售、拍卖等方式，宣传和推广产品。

（4）关系营销，就是借助互联网的交换功能吸引用户与企业保持密切关系，培养顾客忠诚度，提高顾客的收益率。企业还要善于利用网络论坛、邮件、新闻组等网络社区聚集的场所发展企业和其潜在顾客的公共关系，使更多的潜在消费者转换为企业忠诚的顾客。

4. 分销策略

第一，网络直销渠道。网上直销渠道与传统的直接分销渠道一样，都没有中间商，商品直接从生产者转移给消费者或使用者。在网络直销中，生产企业可以通过建设网络营销站点，使顾客直接从网站进行订货；可以通过一些电子商务服务机构的合作，如网上银行等，直接提供支付结算功能，建立有效的物资配送体系。网络直销渠道一般适用于大型商品及生产资料的交易。

第二，网络间接营销渠道。网络间接营销渠道是指把商品通过网络营销的中间商销售给消费者或使用者的营销渠道。传统间接分销渠道可能有多个中间环节，但在网络营销中，由于互联网技术的运用，网络间接营销渠道只需要新型电子中间商这一中间环节即可。间接营销渠道一般适用于小批量商品及生活资料的交易。

18.3　关系营销

18.3.1　关系营销的含义和特征

关系营销是 20 世纪 70 年代北欧的学者在研究服务市场与工业品市场的基础上提出来的。1985 年，巴巴拉·本德·杰克逊强调了关系营销的重要性，提出把营销活动看成是一个企业与消费者、供应商、分销商、竞争者、政府机构及其他公众发生互相作用的过程，其核心是建立和发展与这些公众的良好关系。企业是社会经济大系统中的一个子系统，企业营销目标的实现要受到众多外在因素的影响。所谓关系营销，是以系统论和大市场营销理论为基本思想，将企业置身于社会经济大系统中来考察企业的市场营销活动，认为企业营销是一个与消费者、竞争者、供应商、分销商、政府机构和社会组织发生互动作用的过程，企业营销的核心是正确处理与这些个人和组织的关系，将建立与发展同相关个人和组织的良好关系作为企业市场营销成功与否的关键因素。因此，运用关系营销手段，正确处理企业与消费者、竞争者、供应商、分销商、政府机构和社会组织的关系，是企业营销的核心，也是企业成败的关键。

随着社会经济的不断发展，市场竞争出现了新变化。许多经过悉心策划的市场营销策略在具体实施过程中困难重重，很难达到预定目标。对这种情况，唯有突破传统市场营销理论的桎梏，发展出一种新的关系营销理念，才能适应社会经济发展的新特点。相对于传统企业对顾客的营销观点而言，关系营销具有以下特点：

（1）长期性。随着市场条件的变化，企业获取新顾客的成本越来越高，企业开始更加关注顾客的"终身价值"。企业的营销活动也由传统的短期行为转化为一个长期行为，引起了一系列诸如建立顾客数据库、开展会员制等进行顾客长期管理的手段。相对而言，交易营销旨在获取短期利益，其不注重与顾客建立长期、稳定关系，而关系营销不仅将注意力集中于发展和维持与顾客的关系上，而且扩大了营销的视野，包括企业与其他所有利益者之间发生的所有关系。

（2）整体性。关系营销不仅仅是企业营销部门的工作，还会涉及企业的各个部门。因此在开展关系营销时，必须强调企业内部的相互协调，加强企业的信息沟通，避免部门间的权利冲突。正是基于这种思路，有人提出专门设立关系营销经理的职位，并主要关注企业在制定、开展其关系营销战略时的整体协调性。

（3）层次性。关系营销有三种创造顾客价值的层次，即一级关系营销、二级关系营销和三级关系营销。一级关系营销是最低层次的关系营销，它维持顾客关系的主要手段，是利用价格刺激增加目标市场顾客的财务利益。二级关系营销既增加目标顾客的财务利益，同时也增加他们的社会利益。在这种情况下，营销在建立关系方面优于价格刺激，公司人员可以通过了解单个顾客的需要和愿望，并使服务个性化和人格化，来增加公司与顾客的社会联系。三级关系是增加结构纽带，与此同时附加财务利益和社会利益。结构性联系要求提供这样的服务：提供不能通过其他来源得到的服务价值。当面临激烈的价格竞争时，结构性联系能为扩大现在的社会联系提供一个非价格动力，因为无论是财务性联系还是社会性联系，都只能支撑价格变动的小额涨幅。

> **案例 18-1　客户关系管理助推东方饭店成功**

在世界十大饭店之一的泰国东方饭店，你也许从未看过他们的服务员一眼，但他们却知道你是个有价值的老客户。他们会在把你提升为头等客户之前，优先给你提供服务；楼层服务员在为你服务的时候叫出你的名字，餐厅服务员会问你是否会坐一年前你来的时候坐过的老位子，并且会问你是否需要一年前你点过的那份老菜单。到了你的生日，你还可能收到一封他们寄给你的贺卡，并且告诉你，他们全饭店都十分想念你。

泰国东方饭店几乎天天客满，不提前一个月预订很难有入住机会。用他们的话说，只要每年有 1/10 的老消费者光顾，饭店就会永远客满。非常重视培养忠实的客户，并且建立一套完善的客户关系管理体系，这就是东方饭店成功的秘诀。

资料来源：冯少辉．2008．泰国东方大饭店．百度空间：专业酒店博客

18.3.2　关系营销的市场模型

关系营销是一项系统工程，它有机地整合了企业所面对的众多因素，把一切内部和外部利益相关者都纳入研究范围，用系统的方法考察企业所有活动及其相互关系。在关系营销中，我们主要用六个市场模型来概括关系营销的市场活动范围，即企业必须处理好顾客市场、供应商市场、内部市场、竞争者市场、分销商市场、其他相关利益者市场六个子市场的关系。

1. 顾客市场
顾客是企业存在和发展的基础，市场竞争的实质是对顾客的争夺。只有企业

为顾客提供了满意的产品和服务，才能使顾客对产品进而对企业产生信赖感，成为企业的忠诚顾客。忠诚的顾客是企业最宝贵的财富，现在的企业日益重视设计出最好的关系组合以争取和保持顾客。好的顾客就是资产，只要管理得当和为其服务，他们就能成为公司丰富的终身利益来源。在紧张的竞争市场中，公司的首要业务任务，就是持续地用最优的方法满足他们的需要，以保持顾客的忠诚度。最新的研究表明，争取一位新顾客所需花的费用往往是留住一位老顾客所花费用的 6 倍，因此，企业在争取新顾客的同时，还必须重视留住老顾客，培育和发展顾客忠诚度。

2. 供应商市场

供应商是指那些向企业提供各类产品以供企业进行生产或销售活动的各经济单位。企业必须对供应商市场开展营销，在精心挑选供应商的基础上与供应商建立长期紧密合作与互惠互利的关系，在产品开发、产品质量、制造、后勤、营销等方面进行全面的沟通与合作。在营销过程中，企业可以通过有组织、有计划地制定和推行供应商关系的政策，对采购部门进行升级，与供应商进行有效的沟通交流等措施，结成紧密的合作网络，巩固和完善企业伙伴关系，增强企业竞争能力。

3. 内部市场

在关系营销理论中，一般把员工看做是企业的内部市场。在营销过程中，要想让外部顾客满意，首先需要让内部员工满意，只有对工作满意的员工，才可能以更高的效率和效益为外部顾客提供更加优质的服务，并最终让外部顾客感到满意。内部市场不只是企业营销部门的营销人员和直接为外部顾客提供服务的其他服务人员，它包括所有的企业员工和部门。建立良好的内部营销策略是实施关系营销的基础，其目的是协调和促进企业内部所有员工之间、部门之间以及企业与股东之间的相互关系，使企业员工和部门转向关系营销的新视野，激励全体员工执行关系营销策略。

4. 竞争者市场

随着市场竞争的加剧和经济全球化的进程，企业之间的竞争开始转向合作。实施竞争者关系营销的主要目的是争取那些拥有与自己具有互补性资源的竞争者的协作，实现知识的转移、资源的共享和更有效的利用。企业与竞争者结成各种形式的战略联盟，通过与竞争者进行研发、原材料采购、生产、销售渠道等方面的合作，可以相互分担、降低费用和风险，增强经营能力。

5. 分销商市场

在分销商市场上，零售商和批发商的支持对于产品的成功至关重要。销售渠道对现代企业来说无异于生产线，随着营销竞争的加剧，掌握了销售的通路就等于占领了市场，优秀的分销商是企业竞争优势的重要组成部分。通过与分销商的合作，利用他们的人力、物力、财力，企业可以用最小的成本实现市场的获取，完成产品的流通过程，并抑制竞争产品的进入。

6. 其他相关利益者市场

企业作为一个开放的系统从事经营活动，不仅要注意与顾客、员工、竞争者、供应商和分销商的关系，还必须考虑与金融机构、新闻媒体、政府、社区，以及诸如消费者权益保护组织、环保组织等各种各样的社会团体的关系。这些组织和团体都是企业经营管理的影响者，对于企业的生存和发展产生着重要的影响。因此，企业有必要把它们作为一个市场来对待，并制定以公共关系为主要手段的营销策略。

18.3.3　关系营销的实施策略

关系营销是与关键顾客建立长期的令人满意的业务关系的活动，应用关系营销最重要的是掌握与顾客建立长期良好业务关系的种种策略。

1. 设立顾客关系管理机构

建立专门从事顾客关系的管理机构，选派业务能力强的人任该部门总经理，下设若干关系经理。总经理负责确定关系经理的职责、工作内容、行为规范和评价标准，考核工作绩效。关系经理负责一个或若干个主要客户，是客户所有信息的集中点，是协调公司各部门做好顾客服务的沟通者，关系经理要经过专业训练，具有专业水准，对客户负责，其职责是制订长期和年度的客户关系营销计划，制定沟通策略，定期提交报告，落实公司向客户提供的各项利益，处理可能发生的问题，维持同客户的良好业务关系，建立高效的管理机构是关系营销取得成效的组织保证。

2. 个人联系

个人联系即通过营销人员与顾客的密切交流增进友情，强化关系。例如，有的市场营销经理经常邀请客户的主管经理参加各种娱乐活动，如滑冰、野炊、打保龄球、观赏歌舞，双方关系逐步密切；有的营销人员记住主要顾客及其夫人、孩子的生日，并于生日当天赠送鲜花或礼品以示祝贺；有的营销人员利用自己的社会关系帮助顾客解决孩子入托、升学、就业等问题。

3. 频繁营销规划

频繁营销规划是指设计规划向经常购买或大量购买的顾客提供奖励，奖励的形式有折扣、赠送商品、奖品等，通过长期的、相互影响的、增加价值的关系，确定、保持和增加来自最佳顾客的产出。频繁营销规划的缺陷是：第一，竞争者容易模仿。频繁营销规划具有先动优势，尤其是竞争者反应迟钝时，如果多数竞争者加以仿效，就会成为所有实施者们的负担。第二，顾客容易转移。由于只是单纯价格折扣的吸引，顾客易于受到竞争者类似促销方式的影响而转移购买。第三, 可能降低服务水平, 单纯价格竞争者容易忽视顾客的其他需求。

4. 俱乐部营销规划

俱乐部营销规划指建立顾客俱乐部, 吸收购买一定数量的产品或支付会费的顾客成为会员。

➤ 案例 18-2　俱乐部营销规划

日本的任天堂电子游戏机公司建立了任天堂俱乐部, 吸引了 200 万会员, 会员每年付 16 美元会费。可以每月得到一本任天堂杂志, 先睹或惠顾任天堂游戏, 赢者有奖, 还可以打"游戏专线"电话询问各种问题, 哈莱·戴维森公司建立了哈莱所有者团体, 拥有 30 万会员, 向会员提供一本杂志 (介绍摩托车知识, 报道国际国内的骑乘赛事)、一本旅游手册、紧急修理服务、特别设计的保险项目、价格优惠的旅馆, 经常举办骑乘培训班和周末骑车大赛, 向度假会员廉价出租哈莱·戴维斯摩托车。第一次购买哈莱·戴维斯摩托车的顾客可以免费获得一年期的会员资格、在一年内享受 35 美元的零件更新。目前, 该公司占领了美国重型摩托车市场的 48％, 市场需求大于供给, 顾客保留率达 95％。

资料来源: 百度文库, http://wenku.baidu.com/vieur/223cf484ec3a87c24028c436.html

5. 顾客化营销

顾客化营销也称为定制营销, 是根据每个顾客的不同需求制造产品并开展相应的营销活动。其优越性是通过提供特色产品、优异质量和超值服务满足顾客需求, 提高顾客忠诚度。用最新科学技术建立的柔性生产系统, 可以大规模高效率地生产非标准化或非完全标准化的顾客化产品, 成本增加不多, 使得企业能够同时接收大批顾客的不同订单, 并分别提供不同的产品和服务, 在更高的层次上实现"产销见面"和"以销定产"。

6. 顾客数据库管理

顾客数据库既是数据库营销的基础, 也是关系营销实施的手段。数据库营销具有极强的针对性, 是一种借助先进技术实现的"一对一"营销, 可看做顾客化营销的特殊形式。顾客数据库中的数据包括以下几个方面: ①现实顾客和潜在顾客的一般信息, 如姓名、地址、电话、传真、电子邮件、个性特点和一般行为方式; ②交易信息, 如订单、退货、投诉、服务咨询等; ③促销信息, 即企业开展了哪些活动, 做了哪些事, 回答了哪些问题, 最终效果如何等; ④产品信息, 顾客购买何种产品, 购买频率和购买量等。数据库维护是数据库营销的关键要素, 企业必须经常检查数据的有效性并及时更新。

7. 顾客退出管理

"退出"指顾客不再购买企业的产品或服务, 终止与企业的业务关系。退出管理指分析顾客退出的原因，相应地改进产品和服务以降低顾客流失率。退出管理可按照以下步骤进行：

（1）测定顾客流失率；

（2）找出顾客流失的原因；

（3）测算流失顾客造成的公司利润损失；

（4）确定降低流失所需的费用；

（5）制定留住顾客的措施。

18.4　绿色营销

在经济高速增长的同时，人类的生存环境也由于温室效应、臭氧层破坏、水土流失、土地荒漠化、人口数量急剧上升、资源枯竭、生物物种减少等环境问题不断恶化，人类社会的可持续发展呼唤着绿色消费方式和绿色营销活动的兴起。

18.4.1　绿色营销的内涵与特征

绿色营销是人类环境保护意识与营销观念相结合的一种现代市场营销观念，也是实现经济社会可持续发展的重要战略举措。它要求企业在营销活动中，要注重对生态环境的保护，促进经济与生态的协同发展，以确保企业的持续经营。广义的绿色营销是指企业营销活动中体现的社会价值观、伦理道德观，充分考虑社会效益，即自觉维护自然生态平衡。狭义的绿色营销定义为，企业在营销活动中，追求消费者利益、企业利益与环境利益的协调，既要充分满足消费者的需求，实现企业利润目标，也要充分注意自然生态的平衡。纵观世界各绿色组织及企业绿色理念的建立、发展过程，可以发现绿色营销具有以下几个特点。

（1）绿色营销是长久以来人类营销观念的突破性变革，它所倡导的社会责任道德观和环境保护资源观必将得到可持续发展。

（2）绿色营销是企业经营手段的创新。它所强调的绿色生产、绿色物流和绿色消费宗旨必将成为消费者判定企业形象和技术含量的重要标准，从而引领更多的企业注重经营业绩和生态发展与社会稳定的和谐统一。

（3）绿色营销是企业文化因素参与市场竞争的提升。传统营销要求企业突出运营业绩的竞争，而绿色营销使这种市场竞争回归于人性价值，这种经营导向又会作用于企业声誉和员工精神风貌，促使各企业形成良性的伙伴式共赢关系。

（4）绿色营销是人类消费观念发展的契机。消费者购买产品不再是满足单纯的欲望需要，而是要求将消费过程看成是爱护环境、造福子孙。

18.4.2 绿色营销与传统营销的区别

绿色营销是传统营销的延伸及发展,就营销过程而言,二者并无差异,都包括市场调查、目标市场选择、制定市场营销组合策略等。但如果抛开营销的一般特征,对二者进行深入剖析,将会发现二者显现出以下不同的特征。

1. 研究焦点不同

传统营销的研究焦点是由企业、顾客与竞争者构成的所谓的"魔术三角"。这类营销主要通过协调三者间的关系来获取利润,所以,作为企业外在的自然环境,只有当它影响到"魔术三角",进而影响企业赢利时,方受到关注。绿色营销的研究焦点是考虑企业营销活动同自然环境的关系,即研究自然环境对企业营销活动发生何种影响,而企业营销活动又对自然环境发生何种冲击。可见,绿色营销研究的焦点是对"魔术三角"的进一步扩展。绿色营销不仅同传统的营销研究焦点有差异,同传统的社会营销亦有区别。传统的社会营销虽然重视将企业利益同消费者及社会长远利益结合起来研究,但它并未重视社会可持续发展。而绿色营销则重视企业经营活动同环境的关系,并突破了国家和地区的界限,关注全球的环境。因而,绿色营销的着眼点比传统社会营销更长远,也更具时代性。

2. 绿色产品与传统产品的不同

所谓绿色产品,是指对社会或环境的改善有所贡献的产品,或指较少损害社会和环境的产品,或指对环境及社会生活品质的改善优于传统产品的产品。从产品能否维持环境的可持续发展及从企业应负的社会责任来评价,绿色产品必须体现以下四种绿色理念:一是企业在选择生产何种产品及应用何种技术时,必须考虑尽量减少对环境的不利影响;二是既要考虑产品生产的安全性,又要考虑降低产品消费对环境的负面影响;三是企业设计产品及包装时,必须重视降低原材料消耗,并减少包装对环境的不利影响;四是产品及其形体的设计与售后服务都要注重节约及保护环境。

3. 绿色分销与传统分销的差异

绿色分销与传统分销的差异:例如,提出及使用绿色通道,采用无铅燃料,使用装有控制污染装置的交通工具和节省燃料的交通工具;降低分销过程中的浪费,即对产品处理及储存方面的技术进行革新;在分销环节上,简化供应环节,以减少资源消耗。

4. 绿色促销与传统促销的不同特点

绿色促销是通过绿色媒体,传递绿色产品及绿色企业的信息,从而引起消费者对绿色产品的需求及购买行为。在绿色促销中,绿色广告、绿色公关等具有重要的作用。它们同传统广告、公共关系、人员推销等相比具有不同的特征。

5. 绿色价格的不同特点

绿色价格的主要特征是反映环境成本，即绿色产品通常包括与保护环境及改善环境有关的成本支出。因此，一个企业及产品的绿化程度将影响其成本构成。许多种情况会引起绿色价格上升。例如，引进对环保有利的原材料；用有利于环保的设备替换污染环境的设备；实施环保法也会增加费用；为推行绿色营销而改变公司组织结构及行政管理方式，等等。同时，绿色价格亦可能由于其他因素的作用而降低，例如，由于产品及包装原材料的节约而降低使用。

18.4.3　绿色营销的实施

1. 树立绿色营销观念

绿色营销观念是在绿色营销环境条件下企业生产经营的指导思想，在传统营销观念的基础上增添了新的思想内容。它要求企业营销决策的制定必须首先建立在有利于节约能源、资源和保护自然环境的基点上，促使企业市场营销的立足点发生新的转移。对市场消费者需求的研究，要着眼于绿色需求的研究，并且认为这种绿色需求不仅要考虑现实需求，更要放眼于潜在需求。企业与同行竞争的焦点，不在于传统营销要素的较量，争夺传统目标市场的份额，而在于最佳保护生态环境的营销措施，并且认为这些措施的不断建立和完善，是企业实现长远经营目标的需要，它能形成和创造新的目标市场，是竞争制胜的法宝。与传统的社会营销观念相比，绿色营销观念注重的社会利益更明确定位于节能与环保，立足于可持续发展，放眼于社会经济的长远利益与全球利益。

2. 设计绿色产品

企业实施绿色营销必须以绿色产品为载体，为社会和消费者提供满足绿色需求的绿色产品。生产绿色产品必须选择绿色资源，着重使用无公害、养护型的新能源、新资源；采用新技术、新设备，节省能源及资源。综合利用边角下料及废旧物资，提高资源利用率，减少对地球资源的耗用。在设计产品时，应考虑产品尽可能短小轻薄、节省物料；考虑材料选用，无毒无害容易分解处理；更应使产品在使用过程中安全和节能；产品使用后的废弃物易回收处理，无污染、无公害。现在的绿色产品有用自然纤维、亚麻、棉布、丝绸等无污染物质制作的“自然装”、“生态服”；绿色冰箱、绿色电脑、绿色汽车、绿色食品、绿色饮料、绿色蔬菜等。例如，法国雷诺汽车公司设计出一种报废后所有废料均可回收再利用的绿色汽车，这种汽车一旦报废后不会给社会留下难以处置的垃圾。

3. 制定绿色产品的价格

定价是市场营销的重要策略，实施绿色营销不能不研究绿色产品价格的制定。一般来说，绿色产品在市场的投入期，生产成本会高于同类传统产品，因为绿色产品成本中应记入产品环保的成本，主要包括以下几方面：

（1）在产品开发中，因增加或改善环保功能而支付的研制经费。

（2）在产品制造中，因研制对环境与人体无污染、无伤害而增加的工艺成本。

（3）使用新的绿色原料、辅料而可能增加的资源成本。

（4）由于实施绿色营销而可能增加的管理成本、销售费用。

但是，产品价格的上升会是暂时的。随着科学技术的发展和各种环保措施的完善，绿色产品的制造成本会逐步下降，趋向稳定。企业制定绿色产品价格，一方面当然应考虑上述因素，另一方面应注意到，随着人们环保意识的增强，消费者经济收入的增加，消费者对商品可接受的价格观念会逐步与消费观念相协调。所以，企业营销绿色产品不仅能使企业赢利，更能在同行竞争中取得优势。

4. 绿色营销的渠道策略

（1）启发和引导中间商的绿色意识，建立与中间商恰当的利益关系、不断发现和选择热心的营销伙伴，逐步建立稳定的营销网络。

（2）注重营销渠道有关环节的工作。为了真正实施绿色营销，从绿色交通工具的选择，绿色仓库的建立，到绿色装卸、运输、储存、管理办法的制定与实施，认真做好绿色营销渠道的一系列基础工作。

（3）尽可能建立短渠道、宽渠道，减少渠道资源消耗，降低渠道费用。

5. 搞好绿色营销的促销活动

绿色促销主要是围绕绿色产品而开展的各项促销活动的总称。我国企业绿色促销的核心，就是通过充分的信息传递，来树立企业和企业产品的绿色形象，使之与消费者的绿色需求相协调，巩固企业的市场地位。绿色产品作为一种新产品，很多潜在消费者并不很了解。缺乏绿色商品化知识，可以通过推销人员直接向消费者宣传产品功能、使用方法及对环境保护的作用，并当场回答消费者的提问。同时能够协调消费者与企业关系，并能将绿色产品的有关信息反馈给企业。绿色营销广告同其他广告比较起来要强调企业产品的"绿色"特性，宣传企业的绿色形象，将绿色产品信息传递给广大消费者，刺激消费需求。

■ 18.5   体验营销

体验经济来临的驱动力是市场中消费形态的变迁。在农业经济和工业经济中，生产决定消费；在服务经济和体验经济中，消费决定生产，并推动着经济形态的不断演变，体验消费带来的是体验经济。中国央视调查咨询中心列出了中国消费市场的十大发展趋势，其中一个重要内容是中国即将进入"全面体验"消费模式。中国台湾著名的资讯社会学教授罗家德先生在其《网络网际关系行销》一书中也曾指出，消费不仅仅是买有用的东西，而且成为消费者用来表达自己的

"语言"，消费符号化的趋势日趋凸现。在生活富裕的社会里，当温饱舒适已不成问题，任何商品都"符号化"了，人们要买的已不只是商品本身，而是附加在商品上的象征意义。一件衣服面料成本很低，但因为有了新颖的设计、创意的广告、动感的促销，就如同给其贴上青春、活泼、典雅、开放、大方的"价值"标签，又为这些价值寻找年轻的、高知识的、国际化的、反传统的等"社会性"的定位。再如，不买最好的，要买最贵的；女性为美丽付费，男性为尊严付费等不绝于耳。随着"体验"变成可以销售的经济商品，"体验消费"的旋风开始席卷全球各个产业。体验消费在商业社会并不是个新鲜话题。所谓"体验消费"的基础与载体仍旧是传统的商品与服务，只不过是这些商品与服务中已经凝聚了"体验价值"，如娱乐因素、文化因素等，它实际上要求我们在发展经济中，必须与时俱进，必须不断渗入"体验价值"。但是这种体验价值的渗入，会引发企业经营行为的巨变。

体验是一种客观存在的心理需要，每个人或明或隐或多或少都有这样的心理需要。问题的关键是，随着人们物质需要的较好满足，以及生活节奏的不断加快，富裕而又忙碌的人们会对体验有越来越多、越来越强的需求。相对应的是企业将会面临一个新的营销机会。体验营销将会是未来营销的一个潜力巨大的新领域。谁能把握住这种机会，谁就能在未来的营销领域中领先一步。

18.5.1　体验营销的内涵与特点

1. 体验营销的内涵

体验营销是指企业以满足消费者的体验需求为中心所开展的一切营销活动，它从消费者的感官、情感、思考、行动和关联五个方面重新定义、设计营销理念。换言之，体验营销是指企业通过采用让目标顾客观摩、聆听、尝试、试用等方式，使其亲身体验企业提供的产品或服务，让顾客实际感知产品或服务的品质或性能，从而促使顾客认知、喜好并购买的一种营销方式。这种方式以满足消费者的体验需求为目标，以服务产品为平台，以有形产品为载体，生产、经营高质量产品，拉近企业和消费者之间的距离。体验营销更清楚地掌握消费者的所有消费行为，更加关注消费者在购物前、中、后的全部体验，超越他们的预先设想。体验营销主要研究如何根据消费者的期望，利用现代技术、艺术、大自然以及社会文化传统等各种手段来丰富产品的体验内涵，以更好地满足人们的娱乐体验、情感体验、超脱体验及审美体验等体验需求，在给人们心灵带来震撼和满足的同时实现产品销售的目的。

2. 体验营销的特点

（1）消费者的主动参与。离开了消费者的主动性，体验是难以产生的，而且消费者参与程度的高低也直接影响体验的产出。譬如采摘体验中，积极的采摘者总是会获取较丰富的体验，而一个心不在焉的参与者往往体验较少。

（2）以体验需求为中心。在现代社会，人们已不满足于单纯地购买产品，而更着重于购买产品过程中所产生的满足。因此，企业在提高产品本身的使用价值时，更应该开展各种沟通活动，增强顾客的体验需求，从而使顾客物质上和精神上得到双重满足。体验营销要求企业切实站在消费者的立场，从消费者的感觉、情感、思考、行动和关联五个方面进行产品和服务的设计思考，提供可以满足不同体验诉求的产品和服务。

（3）消费者的"双性体"。体验营销认为消费者同时受感情和理性的支配，消费者因理智和情感因素而作出购买的几率是一样的，是集感性和理性于一体的"双性体"。这也是体验式营销的基本出发点。

18.5.2 体验营销的运作模式

体验营销主要是研究如何根据消费者的状况，利用各民族传统文化、现代科技、艺术和大自然等手段来增加产品体验内涵，更好地满足人们的情感体验、审美体验、教育体验等多种体验，在给人们的心灵带来强烈震撼的同时达到促进产品销售的目的。

1. 感情模式

情感是人的需要是否得到满足时所产生的一种对客观事物的态度和内心体验。消费活动是一种满足需要活动，它是通过商品的实体购买和使用来实现的。消费者在选购使用商品的过程中，对于符合心意、满足实际需要的产品和服务会产生积极的情绪和情感，它能增强消费者的购买欲望，促进购买行为发生。体验营销就体现这一基本点，寻找消费活动中导致消费者情感变化的因素，掌握消费态度形成规律以及如何在营销活动中采取有效的心理方法，激发消费者积极的情感，促进营销活动顺利进行。

2. 节日模式

每个民族都有自己的传统，传统的观念对人们的消费行为产生无形的影响。随着我国的节假日不断增多，出现了新的消费现象——"假日消费"，商家如果能够把握好此契机，必然可以大大增加产品的销售量。北京一家电脑专卖店，决定在母亲节当天举行一项电脑贺卡表心意活动，免费提供电脑、印表机与可将各种图案、文字组合的软件，参加者自行发挥创意，给出各式各样的母亲卡，以表达对母亲敬爱的心意。此项活动既以母亲节绘贺卡为主题，与母亲节商品沾上边，也赶上了时下流行的自己动手的热潮，结果引起不少人的兴趣，而最重要的是企业还能大量地促销电脑，一举两得。

3. 文化模式

针对企业的商品和顾客的消费心理，利用一种传统文化或现代文化，使之形成一种社会文化气氛，有效地影响顾客的消费观念，进而导致顾客自觉地接近与文化相关的商品或服务，促进消费行为的发生，甚至形成一种消费习惯、一种消费传统。

4. 美化模式

美是人们生活中一种重要的价值尺度。因每个人的生活环境与背景不同，对于美的要求也不同，这种不同的要求也反映在消费行为中。消费行为中求美的动机主要有两种表现：一是因为商品本身存在客观的美的价值，如商品外包装漂亮精美，商品造型与质感具有美感等。对于各类艺术水平较高的艺术品、工艺饰品以及艺术品的表演、展示来说，这类商品能给消费者带来美的享受和愉悦，购买到这类艺术品时，消费者体验到了美感，满足了对美的需要。二是商品能为消费者创造出美和美感来。

5. 个性模式

为了满足个性化需求，富有创意的销售者开辟出一条双向沟通的销售渠道，在掌握消费者忠诚度之余，满足了消费大众参与的成就感，同时也增进了产品的销售。

6. 服务模式

现代社会正由"出售实物"的时代转向出售实物、服务以及文化的时代。海尔的服务模式可算是一个很好的例子。福州一位顾客购买的青岛海尔冰箱出了故障，当天给企业的售后服务部打了个电话，希望厂方能在半个月内派人上门维修，岂料，第二天就有一位胸别"青岛海尔"徽章的维修人员连夜乘飞机赶来，一个小时后，冰箱故障排除了，用户准备的一桌酒席却一口未动。用户十分感动，在维修回单上写下："我要告诉所有的人，让他们都来购买青岛海尔冰箱。"正是由于海尔优越的服务模式，征服了广大消费者的心，使得海尔冰箱的销售量大增。

7. 环境模式

良好的店堂环境，迎合了现代人文化消费的需求，提高了商品的外在质量和主观质量，使商品的形象更加完美，顾客在听、看、嗅的过程中，能够产生喜欢的特殊感觉。在美国有一家蛋糕店，整个店面是一个巨大的蛋糕，蛋糕把人们的视线给吸引了，并引发了人们对食品的欲望。当人们踏进蛋糕屋，一股草莓的香味迎面扑来，此时肚子当然免不了会引起"共鸣"，消费者食欲大增，自然不会空手而归。

8. 多角化经营模式

现代零售企业不仅装饰豪华，环境舒适典雅，设有现代化设备，减轻了顾客的体力消耗，而且在功能上也大力拓展，集购物、娱乐、休闲之大成。许多新建的大型零售企业，吃的、用的、穿的、行的商品齐备，有的设餐馆、卡拉 OK

厅、歌舞厅、冷热饮厅、录像厅、电影馆、儿童乐园等，使消费者在购物过程中也可娱乐休息。这种多角化经营战略符合"开放经营"政策，显然有利于延长消费者在商店内滞留的时间，创造更多销售机会，同时也使消费者自然而然地进行心理调节，感到去商店是一桩美事。

18.5.3　体验营销的实施

1. 体验平台的流程设计

1）确定体验载体

虽然体验业务的生产离不开产品或服务，但此时体验才是企业真正要出售的东西，产品或服务只不过是辅助手段。很多产品包含不止一种体验，从而展现出与众不同的各种机会空间，促使消费者因为新的和不同的理由实施购买行为。可见，实体产品提供者应该懂得，产品不仅要有功能质量，还要具备能满足使用者视觉、触觉、审美等方面需求的感知质量。此外，商家还可通过限量发行、到期回购、个性编码等手段让产品拥有实体之外更丰富且更稀缺的价值。服务中传递附加体验感受。在信息传播现实条件下，实体产品间的借鉴和改进越来越容易，其调整周期也越来越短。用优质服务增加附加体验已经成为现代营销中明显的激励性因素，因此更多的企业把目光投向了传递体验的天然平台即服务。服务的突出特点在于其生产和消费的不可分割性，企业除了完成基本的服务外，还应该有意识地向顾客传递他们所看重的体验，使顾客形成有利于企业的情绪资本。

2）营造体验氛围

为了支持和强化体验主题，体验营销通常是和现场布置的特殊场景或是独到的宣传紧密地结合在一起。体验氛围的成功营造不仅能使身处其中的顾客清楚体验主题，还能提升其对体验的感知价值。这就是所谓的"接触管理"思想，即某一个时间、地点或某种状况下的沟通。为此，企业必须有意识地调集产品展示、空间环境、电子媒介等不同类型的资源进行全方位的展示，引导其主动参与到预设的事件环境中来，从而完成"体验"生产和消费过程。需要强调的是，只有消费者的"主动参与"才是体验营销的根本所在。

3）整合传播媒介

围绕体验主题可调动广告、公关、营业推广等诸多交互工具，借助新闻事件、特别活动等丰富形式的运用，使信息更加直接、单纯、聚合，最大可能地实现营销目的。对于企业而言如同策划一场总体战：将空军（广告）、战略导弹（有冲击力的社会公关活动）、地面部队（现场促销）、基本武器（产品与包装）等一些消费者能够感受到的武器合为一体。企业在整合传播方式内容过程中应该注意人性化、多样化以及协调性等原则的把握，以期针对不同的顾客类型和顾客期望实施不同的传播沟通方案，有效地引导顾客的体验过程和价值感知过程。

2. 体验营销的实施过程

1) 体验调研

市场调研是体验营销的首要环节，主要运用 SWOT 分析法，一方面要调查了解市场上的机会和威胁，了解目标顾客的体验需求，他们的生活方式、价值观以及他们对颜色、图案、口味、音乐等的偏好，明确这些设计体验的基础要素；另一方面是调查了解企业优势和劣势。通过分析企业的研发、采购、生产、营销、财务、管理等情况了解企业自身情况，为企业进行体验营销创造合适条件。

2) 体验设计

在此阶段，企业首先要根据市场调查的结果并结合企业的实际情况，分析顾客的偏好，提炼出企业的体验营销主题，企业所有体验活动都必须围绕这一主题展开。主题设计成功的关键是领悟什么才是真正令人瞩目和动人心魂的，在体验主题的设计过程中应该注意以下几点：第一，主题必须带给顾客不同于日常现实的感受。第二，有关地点的主题应该通过影响人们对空间、时间和事物的体验，彻底改变人们对现实的感觉。第三，应该把空间、时间和事物集于相互协调的现实整体。第四，企业应通过多景点的布局深化主题。第五，主题的特性必须与企业的性质相同。第六，主题应简洁动人。第七，设计要素和体验事件的风格必须统一，这样主题才会牢牢吸引住顾客。确定了一个好的主题后，企业应围绕主题设计体验提供物和各类体验活动。为策划出给人留下难忘印象的主题，企业必须把活动时间、空间和物体有效地结合成一个整体。在确定企业体验主题之后，企业应该围绕这一主题运用体验营销的策略，设计相互协作、整合一体的营销策略。这一营销策略应该充分发挥企业自身的优势，填补企业的劣势，利用市场中的机会，避开市场中的威胁。

3) 体验产生

在体验产生阶段，企业必须尽一切可能删除任何可能削弱、抵触、分散顾客体验产生的环节和要素。企业对这些情况必须作出迅速的处理，延续顾客体验的进程，甚至在此基础上产生新的体验。体验会随着时间的流逝而削弱或隐藏于大脑的深处，不经过经常的唤醒，顾客就会忘记它，因此，企业可以用纪念品、照片、广告等达到顾客体验唤起这一目的。同时，企业必须不断地创新，推出新的体验。要有效地进行体验营销，企业必须不断地创新。固守既有的体验线索，不谋求创新、推陈出新、顾客也会感到厌烦、视而不见、感而不动。因此从事体验营销的企业必须不断地创新，不断地推出新的体验线索，使顾客产生新的体验。此外，企业必须严格地执行和控制企业所制定的营销策略。策略再好如不能执行也是一纸空文，企业执行力的好坏在很大程度上决定了企业能否存活于市场之中。另外，良好的控制能够弥补企业营销计划的缺陷性，能够保证计划意图的执行，并能在组织中建立起必要的秩序，最终确保企业体验营销计划发挥应有的作用。

4）体验提升

在企业围绕某主题进行体验活动的过程中，企业必须不断地总结经验教训，既要及时地控制整个体验活动的进行，保证体验活动围绕既定的主题按预定的方案进行，同时又要不断地创新，在总结以前工作的基础上，不断地推出更激动人心的体验活动和体验提供物。总结在体验营销中有着举足轻重的作用，它承前启后，完善过去，创造未来。通过总结，企业可以发现以往工作中的不足而在以后的工作中予以补足；可以发现以往工作中的成功经验，找到更好的方法创造新的体验，从而提升顾客的体验，更好地满足顾客的需求。

18.6　整合营销

18.6.1　整合营销的内涵

1993 年，舒尔茨指出企业要赢得新环境中的竞争，必须聚合并整理自己的营销资源，从而提出"整合营销"概念；整合营销是一种对各种营销工具和手段的系统化结合，根据环境进行即时性的动态修正，以使供求双方在交互中实现价值增值的营销理念与方法。传统营销组合强调的是各个要素的重要性，而整合营销强调的是各种要素之间的关联性，即从满足消费者利益出发，使各种要素形成统一的合力，为营销目标服务。菲利浦·科特勒指出：整合营销包括两个层次的内容：一是不同营销功能——销售、广告、产品管理、售后服务、市场调研等必须协调；二是营销部门与企业其他部门，如生产部门、研究开发部门等职能部门之间的协调。这实际是从企业外部和内部定义了整合营销的实质，它是谋求从供应商—生产商—分销商—消费者整条价值链的最优化。现代营销观念可以把整合营销视为是对价值链的整合，整合可以保证提供产品或服务的各个环节的质量，以实现消费者价值的最大化；整合可以更有效地管理各种相关资源，以发挥高效的经济效益。因此说，整合既有利于消费者，又有利于企业，可以实现双赢。一般来说，整合营销包括水平整合和垂直整合两个层次。

1. 水平整合

（1）信息内容的整合。企业的所有与消费者有接触的活动，无论其方式是媒体传播还是其他的营销活动，都是向消费者传播一定的信息。企业必须对所有这些信息的内容进行整合，根据企业所想要的传播目标，向消费者传播一致的信息。

（2）传播工具的整合。为达到信息传播效果的最大化，节省企业的传播成本，企业有必要对各种传播工具进行整合。所以企业要根据不同类型顾客接受信息的途径，衡量各个传播工具的传播成本和传播效果，找出最有效的传播组合。

（3）传播要素资源的整合。企业的一举一动都是在向消费者传播信息，应该说传播不仅仅是营销部门的任务，也是整个企业所要负担的责任。所以有必要对企业的所有与传播有关联的资源进行整合。

2. 垂直整合

（1）市场定位整合。任何一个产品都有自己的市场定位，这种定位是在市场细分和企业的产品特征的基础上制定的。企业营销的任何活动都不能有损企业的市场定位。

（2）传播目标的整合。有了确定的市场定位后，就应该确定传播目标了。想要达到什么样的效果，多高的知名度，传播什么样的信息，这些都要进行整合。有了确定的目标才能更好地开展后面的工作。

（3）营销要素整合。其主要任务是根据产品的市场定位设计统一的产品形象。各个“P”之间要协调一致，避免互相冲突、矛盾。

（4）品牌形象整合。主要是品牌识别的整合和传播媒体的整合。名称、标志、基本色是品牌识别的三大要素，它们是形成品牌形象与资产的中心要素。品牌识别的整合就是对品牌名称、标志和基本色的整合，以建立统一的品牌形象。传播媒体的整合主要是对传播信息内容的整合和对传播途径的整合，以最小的成本获得最好的效果。

18.6.2　整合营销产生的理论基础

整合营销观念改变了把营销作为企业经营管理的一项职能的看法，而是要求所有的活动都整合和协调起来，努力为消费者的利益服务。同时强调企业与市场之间互动的关系和影响，努力发现潜在市场和创造新市场。在 20 世纪 90 年代，著名的营销管理专家罗伯特·劳特朋提出从企业经营活动为中心的 4P's 理论走向强调消费者利益的 4C's 理论。这是整合营销及其传播方式的理论依据。

（1）消费者（consumer）：消费者的需要和欲望。企业要把重视消费者放在首位，强调创造消费者比开发消费者更重要，满足消费者需要和欲望比产品功能更重要。

（2）成本（cost）：指消费者需求获得满足的成本。这不同于以往的定价策略，而是消费者满足自己的需要和欲望所愿付出的成本价格。这里的营销价格因素延伸为生产经营过程的全部成本，包括：企业的生产成本；消费者购物成本，不仅指购物的货币支出，还有时间、体力和精力耗费以及风险承担等。

（3）便利（convenience）：购买的方便性。与传统的营销渠道相比，新的观念更重视服务环节，在销售过程中，强调为顾客提供便利，让顾客既购买到商品，也购买到便利。企业要深入了解不同的消费者有哪些不同的购买方式和偏好，并且把便利原则贯穿于营销活动的始终。在售前要及时向消费者提供充分的关于产品性能、质量、价值、使用方法和效果的准确信息；售货地点要提供自由挑选、方便停车、免费进货、咨询导购等服务；售后应重视信息反馈和追踪调查，及时处理和答复顾客意见，对有问题的商品主动退换，对使用有故障的商品积极提供维修，大件商品提供终身保修。为方便顾客，很多企业已开设热线电话服务。

（4）沟通（communication）：与用户沟通。不能依靠加强单向劝导消费者，要着眼于加强双向沟通、增进相互之间的理解，实现真正的适销对路，培养忠诚的消费者。

18.6.3 整合营销的内容

企业整合营销的内容包括营销观念整合、营销体制整合、营销流程整合、营销策略整合、营销传播整合等五个方面。

1. 营销观念整合

整合营销首先需要实现营销观念的整合。整合营销不仅追求自身企业系统的最优化和高效率，而且，还要扩展到供应商及消费者之间的整个营销链大系统的最优化和高效率。因而，企业必须革新传统的营销思想，整合分散的、零散的、互不关联甚至互不协调、互相冲突的营销手段与工具，实现思想观念上的升华，形成以用户为导向、与环境相协调、各营销策略与手段统一协调的整合营销观念。

2. 营销体制整合

整合营销体制，首先要建立现代企业经营机制，包括企业的利益机制、决策机制、动力机制、约束机制等，使企业真正成为自主经营、自负盈亏、自我发展、自我约束的市场主体和享有民事权利并承担民事责任的法律实体。此外要根据市场需要，实施企业组织再造，整合组织结构、功能和流程，改善组织管理体系，形成组织合力。

3. 营销流程整合

任何产品都由设计、开发、原材料采购、生产、到产品最终传送到消费者手中的一系列相互影响的活动所构成。这种运作流程涉及了不同的参与者和不同的工作过程。按照整合营销的思想，企业要突破以往的单一部门和单一环节的局限性，而要求企业的各个环节、各个部门、各个参与者都参与到整体运作流程行动中。因此，企业要从系统分析入手，围绕企业营销的总体目标，正确认识和处理企业内外各个环节以及各个子系统之间的关系，使企业的整个营销系统达到最佳绩效。即必须进行企业流程系统整合,变传统的部门营销为整体营销、全员营销、全过程营销。

4. 营销策略整合

营销策略包括产品、分销渠道、价格、促销四大策略。营销策略整合,就是这四大营销策略内部整合及其相互之间的适当组合与搭配。四大营销策略之间必须保持协调性、统一性,才能达到整体最佳的效果。否则,各种营销策略、各个营销手段互不协调,互相矛盾,互相冲突,只能互相抵消其作用。同时,企业还必须根据市场的动态发展和四大策略本身的变化,调整相应的营销策略,并进行四大营销策略的系统整合。只有通过各种营销策略的动态优化组合,充分利用资源,追求整合变量的合理效果,才能实现企业的营销目标。

5. 营销传播整合

营销传播整合,是指在与消费者的沟通中,以统一的传播目标来统领和协调各种不同的传播手段,使不同的传播工具在每个阶段发挥出最佳的、统一的、集中的作用。企业通过对传播过程的整合处理,争取和维护消费者与企业、品牌之间的亲密关系,达到吸引消费者的目的。一是营销传播的横向整合,亦称水平整合或空间整合,就是将各种传播工具(如广告促销、人员推销、公共关系、事件营销等)处于"并列"位置加以整合。具体整合内容表现在以下三个方面:传播工具的整合、传播信息的整合、传播对象的整合。二是营销传播的纵向整合,亦称垂直整合或时间整合,是指在不同传播阶段,综合运用各种传播手段,传播协调一致且不断强化的信息,并注意不同阶段传播手段的优先选择,完成所设定的传播目标。

本 章 小 结

在新经济的影响下,企业经营者面对的市场环境发生着快速的变化,这些变化要求企业经营者在市场营销过程中必须注重创新,准确识别顾客的需求,确定所能提供最佳服务的目标市场,通过营销创新来使顾客满意和获得竞争优势。市场营销创新不是自发形成的,其受到诸多因素的驱动,包括市场竞争多维化、市场竞争动态化、市场和交易环境虚拟化、产品和服务的高度顾客化、企业的可持续发展需要等因素。科学的营销创新有助于促进企业核心竞争力的形成,能给企业创造出奇制胜的机会,并推动企业的持续发展。营销创新主要体现在营销观念、营销策略和营销方法的革新上,并在实践中形成了不同的营销创新理论模式。其中,网络营销、关系营销、绿色营销、体验营销和整合营销反映了当今企业营销创新的基本趋向。企业只有认真研究不同营销创新理论的内核,并在实践中有效应用这些营销创新理论,才能在竞争激烈的市场环境中促进企业经营绩效的提升，实现企业的可持续发展。

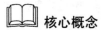 **核心概念**

市场营销创新　网络营销　关系营销　绿色营销　体验营销　整合营销

 自我测试

1. 试述市场营销创新的内涵及其意义。
2. 试述网络营销产生的原因及其内涵和特点。
3. 简述关系营销的实施策略。
4. 试述绿色营销与传统营销的差异。
5. 简述体验营销的运作模式。
6. 试述整合营销的内涵及其理论基础。

讨论问题

请你结合经济社会发展形势，谈谈未来市场营销理论和实践的创新发展方向。

参 考 文 献

艾强. 2004. 组合营销策略与方法. 广州：广东经济出版社.

鲍丽娜，姚丹. 2008. 市场营销学实用教程. 大连：东北财经大学出版社.

布莱蒂 E G. 1999. 产业营销（英文版）. 北京：中国人民大学出版社.

蔡恒汉，杨福盛. 2006. 市场营销学. 南昌：江西高校出版社.

晁钢令. 2009. 市场营销学. 上海：上海财经大学出版社.

陈杰. 2008. 市场营销理论与实务. 北京：中国传媒大学出版社.

陈林. 2006. 新环境下企业的营销组合战略. 商场现代化，（01）：96 .

程艳霞，马慧敏. 2008. 市场营销学. 武汉：武汉理工大学出版社.

郭国庆. 2007. 市场营销学通论. 北京：中国人民大学出版社.

郭国庆，李军，任锡源. 2008. 营销学原理. 北京：对外经济贸易大学出版社.

郭松克. 2008. 市场营销学. 广州：暨南大学出版社.

韩庆祥. 2004. 市场营销学. 北京：高等教育出版社.

何永祺，张传忠. 2008. 市场营销学. 大连：东北财经大学出版社.

黄典波. 2010. 图解微观经济学. 北京：机械工业出版社.

黄方正. 2008. 市场营销学. 成都：电子科技大学出版社.

黄建军. 1998. STP 营销. 北京：中国人民大学出版社.

黄沛，张喆. 2007. 市场营销学. 北京：北京师范大学出版社.

黄志锋，吕庆华. 2009. 市场营销组合理论历史沿革及发展趋势. 江南大学学报，（06）：103-108.

纪宝成. 2008. 市场营销学教程. 北京：中国人民大学出版社.

焦胜利，朱李明，丁长青. 2008. 营销组合理论的调适与权变. 当代经济，（11）：48-49.

杰恩 S C. 2004. 市场营销策划与战略. 贾光伟译. 北京：中信出版社.

津科特 M R，朗凯恩 Y A. 2007. 国际市场营销学. 曾伏娥，刘颖斐译. 北京：电子工业出版社.

科特勒 P. 1999. 营销管理：分析、计划和控制. 梅汝和，等译. 上海：上海人民出版社.

科特勒 P. 2006. 市场营销原理. 何志毅译. 北京：机械工业出版社.

科特勒 P. 2007. 市场营销学. 何志毅译. 北京：中国人民大学出版社.

科特勒 P. 2009. 营销管理. 卢泰宏，高辉译. 北京：中国人民大学出版社.

科特勒 P. 2009. 营销管理. 王永贵，等译. 上海：格致出版社，上海人民出版社.

科特勒 P. 2010. 营销管理. 王永贵，等译. 上海：格致出版社，上海人民出版社.

邝鸿. 1992. 现代市场营销大全. 北京：经济管理出版社.

兰苓. 2006. 市场营销学. 北京：中央广播电视大学出版社.

黎开莉，徐大佑. 2009. 市场营销学. 大连：东北财经大学出版社.

李飞，王高. 2006. 4Ps 营销组合模型的改进研究. 管理世界，（09）：147-148.

李海斌. 2008. 关于营销组合策略的组合方法思考. 中国市场，（02）：80-81.

李萍，戴凤林. 2008. 市场营销. 北京：冶金工业出版社.

李晏墅. 2008. 市场营销学. 北京：高等教育出版社.

里斯 A，特劳特 J. 2002. 定位：有史以来对美国营销影响最大的观念. 王恩冕，等译. 北京：中国财政经
　　济出版社.

梁东，刘建堤. 2008. 市场营销学. 北京：清华大学出版社.

梁士伦，李懋. 2006. 市场营销学. 武汉：武汉理工大学出版社.

梁晓萍，胡穗华. 2005. 市场营销. 广州：中山大学出版社.

林峰，杭建平，王海云. 2004. 市场营销策略与应用. 北京：社会科学文献出版社.

刘志迎. 2008. 现代市场营销学. 合肥：安徽人民出版社.

刘治江. 2008. 市场营销学——知识、技能与应用. 北京：经济管理出版社.

刘宗盛，薛骞. 2007. 市场营销学. 兰州：兰州大学出版社.

卢海涛. 2008. 市场营销学. 武汉：武汉理工大学出版社.

陆娟，乔娟. 2008. 市场营销学. 北京：清华大学出版社.

吕一林. 2000. 现代市场营销学. 北京：清华大学出版社.

苗月新. 2008. 市场营销学理论与实务. 北京：清华大学出版社.

倪杰. 2009. 现代市场营销学. 北京：清华大学出版社.

佩罗特 W D，麦卡锡 E J. 2001. 基础营销学. 梅清豪译. 上海：上海人民出版社.

彭本红，于锦荣. 2008. 营销管理创新. 武汉：武汉理工大学出版社.

祁定江. 2008. 口碑营销. 北京：中国经济出版社.

屈云波，张少辉. 2010. 市场细分. 北京：企业管理出版社.

所罗门 M R，卢泰宏，杨晓燕. 2009. 消费者行为学·中国版. 北京：中国人民大学出版社.

万晓. 2005. 营销管理. 北京：清华大学出版社，北京交通大学出版社.

王便芳，王兴明. 2008. 市场营销学. 南京：南京大学出版社.

王方华. 2002. 非营利组织市场营销. 大连：东北财经大学出版社.

王方华. 2007. 市场营销学. 上海：上海人民出版社.

王妙. 2005. 市场营销学教程. 上海：复旦大学出版社.

王煊. 2009. 市场营销学新编. 武汉：华中科技大学出版社.

王志伟. 2008. 市场营销学. 北京：对外经济贸易大学出版社.

卫军英，2008. 整合营销传播典例. 杭州：浙江大学出版社.

吴健安. 2007. 市场营销学. 北京：高等教育出版社.

希尔 C W L. 2002. 国际商务：全球市场竞争. 周健临，等译. 北京：中国人民大学出版社.

希夫曼 L G，卡纽克 L L. 2007. 消费者行为学. 江林译. 北京：中国人民大学出版社.

谢春昌. 2009. 营销组合理论的回顾与展望. 商业研究，(03)：6-9.

徐冰，谢仁成. 1999. 企业营销组合战略的策划. 经营管理者，(04)：47-48.

亚科布奇 D，卡尔德 B. 2007. 凯洛格论整合营销. 邱琼，等译. 海口：海南出版社，三环出版社.

余明阳. 2009. 市场营销战略. 北京：清华大学出版社、北京交通大学出版社.

约翰逊 G，斯科尔斯 K. 2004. 战略管理. 王军，等译. 北京：人民邮电出版社.

曾凡跃. 2005. 现代市场营销策略. 北京：电子工业出版社.

张梦霞. 2007. 市场营销学. 北京：北京邮电大学出版社.

张雁白，苗泽华. 2010. 市场营销学概论. 北京：经济科学出版社，中国铁道出版社.

张英奎，姚水洪，贾天钰. 2007. 现代市场营销学. 大连：大连理工大学出版社.

张泽起，董贵胜，狄俊峰. 2008. 市场营销学. 北京：中国传媒大学出版社.

朱成钢，王超. 2008. 市场营销学. 上海：立信会计出版社.

Kotler P. 2005. Principles of Marketing. 4th ed. UK：Prentice Hall.